流传

黄若 著

作家出版社

谨以此书致敬天一先贤及旅居海外的华夏儿女

序

　　流传郭氏族人的故事，始于天一信局创始人郭有品，至今已横跨3个世纪，150年，6代人。

　　流传三部曲之一《百年天一》讲述的是清朝末年的华侨企业家、福建流传村人郭有品，他的儿子郭和中和孙女郭月3代人创立及经营天一信局的故事，其创作基于真实的历史题材，华侨企业"天一总局"旧址作为全国重点文物保护单位，如今仍矗立于福建龙海流传村。第二部《太阳花》描写的是郭家第四代郭玉洁和第五代陈平在改革开放后几十年的人生经历和投身经营管理的故事。而这部封笔之作《流传》则用更多笔墨，展现信息时代大环境下郭家第六代人的生活足迹。几位千禧年代的新人如今活跃在地球村的不同角落，或求学，或在职场奋斗，或创业，演绎着他们各自生命中的绚丽与精彩。他们有着卓越的学识、跨地域的全球视野、刻苦勤奋的拼搏精神，有着与祖辈们不尽相同的价值观，他们还时常面对东西方不同文化的碰撞，并需要与不期而至的各类种族歧视抗争。

　　不知是不是远古祖先冥冥之中的预判和祝福，郭氏家族渊源所在村庄使用的是"流传"这么一个富有寓意的名字，这个真实存在的村名已经存续了上千年，"流传"这个词语乍看只是普通的村庄名字，却传神地高度概括了郭氏几代人生生不息的生命旅程：从背井离乡下南洋谋生，到创办实业接济乡人；从只身赴英留学深造，到安居海外融入西洋文化……血脉流传，文化承袭，流传村的名字，流传人的步履，流传6代人的故事，起伏跌宕，引人入胜。他们身上流淌着的流传血液，源自我们共同拥有更引以为豪的那份源远流长的中华文化。

亦舒，亦然，亦诚，流传郭氏家族的第六代人，穿行在二十一世纪二十年代东西方社会的不同城市，融合于肤色和信仰背景各异的不同文化，抒发着新一代华夏儿女的人生精彩。从职场，到人际，从爱情，到创业，他们演绎着各具特色的人生历程，唯有做事的执着、诚信的理念、对故土的情怀，凸显出每个人身上浓浓的流传人印记。

跨越3个世纪的家族故事，传承6代人的企业经营历程，三部曲《百年天一》《太阳花》《流传》让我们为中华儿女骄傲。

泡一杯热茶，让《流传》跌宕起伏的故事，带你走进精彩的现代职场，迈入五光十色的世界舞台。

1

伦敦，梅菲尔区

    米勒金融的伦敦办公楼位于市中心海德绿地公园附近一条名为库尔松大街的把角处，这栋楼正对着著名的白金汉宫，与它相距只有不到 500 米的直线距离。从位于办公楼八层的开放式阳台往外眺望，那个印刷在无数明信片和旅游介绍图册封面最显要位置的英国皇家白金汉宫标志式建筑清晰可见。能够在这么一家位于寸土寸金的伦敦市中心的顶级金融机构上班，是无数年轻毕业生的梦想。

    今天是周五，年轻的投行分析员陈亦然早早来到公司，先在楼下拐角处要了一杯咖啡和一个三明治，匆匆站着吃完就拎着电脑包上楼了。陈亦然原籍福建，读小学的时候随父母到香港定居，高中开始一个人来到英国上学，从高中、大学本科，到硕士研究生，一共度过了 8 年的海外留学生涯，今年夏天研究生毕业后，正式入职米勒金融，成为一名菜鸟级的初级投行分析员。由于僧多粥寡，每年的应届毕业生进入投行的如凤毛麟角，亦然在一年前就投递了简历，经过前后五轮面试，以大约 5% 的录取比例被选中后，需要参加为期两个月的实习生试用，这个阶段又淘汰掉二分之一的人，最后留下来的幸运人选才能拿到米勒金融的正式 offer 聘用书。今年米勒金融在全球的应届生招聘人数是 60 位，其中伦敦公司录用了 8 位，据米勒金融负责应届生招收事宜的人事专员介绍，今年仅他经手的应届毕业生申请简历，就超过 500 份。

    投行是一个典型的大鱼吃小鱼、老人奴役新人的行业，位于金字塔顶尖的合伙人，俗称董事总经理的大佬们工作时间最短，他们通常中午时分才进公司，晃一圈开几个会，打几通电话布置一下工作，下午5点钟就开溜出去打高尔夫或者参加商务晚宴了。下一个层级的Principal投资董事和VP投资副总裁，上班到晚上8点左右，最悲惨的是处于投行职级金字塔底部的Associate投资经理和Analyst分析员，对这些人来说，超负荷工作是常态。昨天晚上亦然他们几个年轻人工作到午夜12:00，相对来说已经算是比较早结束的了。以亦然过去几个月在金融公司当实习生的经验，第一年级的分析员们和实习生一样，都很少能够在晚上12:00离开工位的，这已经是金融行业沿袭多年的惯例。因此几乎所有刚参加工作的年轻人都会选择在距离公司步行10分钟以内的地方租房住，哪怕这一带房租贵得离谱，住宿条件也很一般，大家也都顾不上计较太多，因为对这些平均每天工作15个小时，每周至少上6天班的菜鸟级职场新人来说，节省一点时间比什么豪华公寓配置都更为重要。

虽然投行的入门工资让人羡慕，以亦然现在第一年的基本年薪8万英镑，外加大约60%—80%的绩效奖金，远远高于其他行业应届毕业生的平均工资。不过扣除个人所得税和英国强制性的NI即国民社保，亦然的净收入有50%用于支付房租，加上通勤费、置装费、酒吧社交开销、每周洗衣费、网络费用，以及其他日常生活支出，他预计自己只能维持大致的收支平衡，将是一名典型的月光族，英文称为Check to Check。

库尔松大街是一条有着几百年历史的伦敦城老街，米勒金融办公楼就在进入老街的转角处，这是一栋维多利亚时代建成的老式楼宇，入口处门廊上方有一排年代久远的大理石人体塑像，两扇整齐对开的大门是深褐色的非洲原木，一切都是古色古香的模样。大门口轮值的保安基本上都是头发花白的男性老人，今天站在门口值班的这位算是年轻的了，50多岁模样，黑色毛呢制服，红色帽子，白手套，他负责替进出大楼的每个人开门关门，招呼迎送，举止专业，同时彬彬有礼。亦然知道这是欧洲社会与亚洲社会的不同之处，在中国香港和内地，越豪华的地方服务人员总是越年轻靓丽，而这里的服务行业，大凡高端场所，服务人员都是上了岁数的。当你走入一家高档餐厅，那里面的侍应生几乎都是中年以上的人，要想看年轻服务员的话，就得去麦当劳。

亦然是一名十足的职场新人，他本周三才开始在这家顶级金融公司任职医疗行业投资分析员，这是他在英国剑桥研究生毕业后的第一份正式工作，为此，他在各方面都准备得很仔细，仅仅上班用的这几套行头，就让他狠狠破费了一番。他给自己添置了6套深色西服、24件白色衬衣，还有4双黑皮鞋。投行本来对于着装就有很多规矩，伦敦金融界的穿着品位又在行内独占鳌头，远比美国和欧洲大陆的同行更加讲究。就拿男士皮鞋来说，尖头带有细细鞋带的牛津体是标配，如果你不懂行情穿了一双宽头皮鞋进入办公室，所有人都会像看怪物一般地盯着你的脚下。好在陈亦然从小熟悉西方生活方式，又已经在英国生活了许多年，算是驾轻就熟了。

进入办公大楼，亦然凭员工出入工卡刷卡乘电梯来到位于八楼的米勒金融开放办公区域，刚走进门，他就下意识地觉得这会儿周围的气氛有些诡异。现在正是上班的高峰期，这片供100多人办公的开放区域人来人往，他发现四周晃动着不少陌生面孔，而且公司里的人数明显增多了。虽然刚刚上班才两天，这是亦然的第三个工作日，一多半的同事他现在还不认识，但他还是觉得那些来回走动的陌生人不像是米勒金融的同事，特别是前面靠近大会议室门前聚集了十来个壮汉，看样子颇有一些电影里美国海军陆战队士兵的模样，他估摸着这些人应该是专业的便衣保安人员。何况，好几个看上去是高阶主管模样的人在办公区域四处走动，这些人通常不会这么早就来办公室的。

"什么状况？"亦然把笔记本电脑拿出来在工位上放好，悄声问邻座，"有什么事吗？"

邻座的同事茫然地摇摇头，一副一无所知的模样。

亦然心想自己刚刚入职，属于十足的菜鸟，先别管那么多了。他把好奇心收回来，将笔记本电脑的端口连接到桌子前面几个屏幕上，准备开始他今天的工作。

作为第一年级的初级金融分析员，亦然每天的基本工作内容之一是收集医疗板块上市公司的行业信息，经过筛选汇集后写出当天行业简报。考虑到各地股票市场时差的关系，他每天上班的第一件事，是要先看一遍美国和香港在过去几个小时股市的最新动态。虽然昨天夜里，准确地说是今天凌晨离开工位到现在不到 10 个小时，但全球各地的时政动向、股市风波变幻无常，起伏往往就是瞬间的事，在伦敦本地股市开市的早期阶段掌握最新动态，这是他每日必做的工作内容。

这项每日信息汇总的例行工作亦然已经做得很熟练了，这归功于他之前几次实习经历的训练和他良好的文字处理能力，他知道从哪些合作伙伴那里能快速获取最新消息，如何提炼精简成供内部同事阅读的提纲式简报，以及怎样制作最新股票市场曲线变化的图表，以他现在的速度，完成这项工作大约只需要半个小时。

不一会儿，电脑屏幕突然弹出一个邮件提醒，亦然点开一看，这是一份由公司总裁 Smith 发出的群发邮件，通知大家伦敦时间今天上午 10:00，准时收看公司重要的视频直播，邮件下方附上直播的观看链接。亦然看了一下手表，现在是 9:45，很明显，这个邮件的发出时间是精心设计好的。

米勒金融是一家美国金融公司，业务遍及美洲、欧洲、亚洲各地，总部位于美国纽约，纽约与伦敦有 5 个小时时差，那就是纽约的凌晨 5 点。"什么事能让米勒金融总裁凌晨从被窝里爬出来做视频直播？"亦然不由得在心里嘀咕着。他注意到邮件末尾处特意提醒了一句：今天伦敦时间上午 10:00 内部视频直播的内容，将在互联网各大媒体同步发出。"一定是什么大事。"他猜测道。

亦然左右环视了一眼，发现周围的同事都收到了邮件，也几乎都在阅读邮件，有些人打开链接，开始预先调好画面，也有人继续忙手头上的事情。在这个开放办公区，大家约定俗成的做法是每个人都戴着耳机，不论是自己听音乐，或者浏览网站，这样就避免了相互间的干扰。放眼望去，陆续到岗上班的 100 多人几乎每人耳朵上都挂着颜色不一、品牌各异的耳机，有蓝牙无线的，也有硕大的环绕音响耳机。

很快，上午 10:00 到了，亦然眼前的大型电脑显示屏上跳出米勒金融总裁 Smith 的上半身画面，这是一位头发灰白的 60 多岁老头，西装革履在他的办公桌前站着：

"各位英国同事，大家好。"Smith 一口标准的波士顿口音从耳机里传出来，只见直播视频屏幕上的演讲人拿起放在他面前的一瓶苏打水，拧开喝了一口，"我是 Smith，米勒金融总裁，今天的视频内容在互联网平台同步播出。米勒金融总部位于美国纽约，我们在英国的伦敦和伯明翰拥有两个办公室，其中伦敦办公室一共有 140 位同事，伯明翰有 12 位，英国员工总人数 152 人，这个人数包括从国家总经理到这星期刚刚入职的几位年轻同事，感谢大家收看我的视频。"

"我总是希望自己是一个传递好消息的人，但身为公司总裁，如果不幸地当公司遇到坏消息的时候，我也责无旁贷地必须坦诚与大家沟通，所以我今天起了个大早，坦率地说，昨晚我根本就无法平静入睡。"主讲人提前做好了充分的铺垫，看得出，这是一名对于公共演讲驾轻就熟的老将。

"很遗憾，今天我要向大家传递一个令我满怀愧疚的坏消息。"Smith 再次停顿了一下，他希望此时观看视频的人能做好充分的心理准备，提前进入他所要揭秘的坏消息的场景里。

"我知道这不是一件容易开口宣布的事情，但总得有人来做这个坏人，与其让人事部门去得罪大家，不如由我背负这个骂名。"这句话看样子又是事先想好的一通渲染。

"好，我们就直奔主题。"Smith 再次停顿了一下，深吸了一口气，似乎在给自己鼓劲，"我很遗憾地告诉各位，公司决定即日关闭米勒金融英国公司的全部业务，直白地说，从现在开始，英国公司的 152 位员工都将被解聘，当然我们会按照相关的法律规定给予相应的离职补偿，这方面的后续工作将由人力资源部门跟进。"

Smith 一口气说完上面一段话后停顿了一会儿，显然是试图让大家消化一下这个消息。过了 20 秒钟，他接着简要陈述了做出关闭英国公司的主要理由："我尽量说得简单些，因为有些人可能不太愿意听，大家都知道我一贯的主张就是只问结果，不问过程。下面的介绍主要针对一些想了解原因的同事，还有媒体界记者。关闭英国公司的原因主要有三条：第一，这几年，整体投资环境变得更加严峻，特别是近期出现的新冠疫情导致全球尤其是欧洲的经济出现萎缩和低迷，我们在欧洲各个国家的业务都发生不同程度的亏损，其中亏损最严重的是英国。第二，英国自从'脱欧'之后，对欧洲的影响和辐射力明显减弱，我们很难再通过英国公司实现对欧盟国家的投资介入。第三，因为管理监控等问题，长期以来，我们在英国的业务一直是用美元和欧元操作，按照当地政府新近出台的规定，今后在英国的业务只能以英镑操作，这样一来，作为一家全球化的金融企业，我们将要面对除美元、欧元之外的另一种货币风险，这对我们来说不合适。"

Smith 接下来还说了一些感谢大家的贡献，以及公司会竭尽所能为每位员工提供好的推荐信等场面话，这会儿亦然放眼望去，似乎大家各怀心思，不再关注总裁先生的侃侃而谈了。

亦然随手点开谷歌新闻，输入"米勒金融"这个关键词，只见网站上的新闻已经铺天盖地冒了出来，标题都很吸引眼球：

老牌投资公司败退英伦三岛
米勒金融敦刻尔克大逃亡
近 200 名金融精英今晨失业
米勒金融总裁的越洋屠刀
……

亦然有点发蒙。这是他毕业以后的第一份正式工作，虽然说他曾经以实习生的身份做过几份短期工作，但那些都不是正规的就职。3天前，亦然办理入职手续，人力资源经理和他进行一对一入职介绍的时候，还向他勾勒了一幅非常美好的前景。亦然记得很清楚，就在他现在工位正前方那间面向白金汉宫的通透会议室里，人力资源经理首先为他播放了一段公司历史的介绍短片，接下来豪气万丈地对他说，米勒金融已经有 96 年历史，是全球领先的公募市场投资名企，在美国、欧洲和亚洲拥有 8 家分公司，员工人数超过 2000 人，英国公司是米勒金融除纽约之外规模最大的海外公司，至今已经有 60 年的历史。当时人力资源经理说这句话的时候，脸上浮现出一副兴奋的表情，他在这家公司已经干了25年，今年50岁。"亦然，像你这样学有所成的年轻人，又有多元文化背景，在米勒金融一定能够得到快速的晋升机会。"谁能料想得到，这番话语才过了两天，整个场景就发生一百八十度的大转弯，看样子，即便那位灌输给自己心灵鸡汤的人力资源经理，今天应该也在裁员名单里。亦然这下子意识到，周围的这些陌生面孔，除了那些看上去像是保安模样的，其他人应该是专程从美国过来处理公司关闭善后事宜的。

这边Smith的直播刚刚结束，来自美国总部的人力资源工作人员显然根据事先安排好的流程，给每位员工的邮箱发来一封邮件，告知后续事宜。依照邮件的时间安排，亦然将在今天上午11:40—11:50在第二会议室与负责解聘事宜的第三方经办公司代表洽谈。

"我该准备些什么呢？"亦然完全不知道应当怎么应对，他走到Jack的工位前问道。Jack今年28岁，米勒金融的投资经理，是亦然的顶头上司，他是5年前进入米勒金融的。

Jack招呼亦然走向茶水间，一路过去，看到大厅办公区域的员工们正三三两两地交头接耳，也有一些人在打电话，显然都在咨询和商讨对策。进入茶水间，Jack打了两杯现磨咖啡，递一杯给亦然："说实话，这种场景我以前听说过，在电影里面也见过，但是真让我亲身碰上，这是头一回，今天办公区域的这100多号人估计绝大多数人也都从来没有经历过。改变是绝对不可能的了，唯一能做的，就是怎么最大限度地争取自己的利益。我们各自跟公司签的合同都是保密的，但我估计每个人大体都有这么一个规定，那就是，如果公司单方面无缘由解聘员工，必须有相应的补偿。我看过你的合同，因为我是你的上司，我记得你合同上面规定你入职1年之内如果被解聘，公司的补偿是1个月，1年到5年之间的补偿两个月。这个可以作为一个大概的依据。像我吧，在公司干了5年，我的合同跟你差不多，所以我应该是能得到两个月的模样，那些工作了十几年20年的老伙计，我估计他们应该拿到3—5个月不等吧。但我初步判断没有人会接受这样的条款，因为一旦从这家公司丢了饭碗，短期内根本找不到和眼下这份工作相当的待遇和职位。现在整个投资市场不景气，竞争越来越激烈，每年都有新的毕业生涌入，一旦失业再找一份工作就相当困难。往乐观里估计，没有大半年的时间根本就别指望，所以我是下定决心要跟公司死扛到底的。因为解约需要双方签字，只要雇员不签字，理论上公司就得继续支付薪水，现在的这种情况是，公司并没有倒闭破产，而是关闭业务，你我都懂得法律，就这点而言，法律是站在我们这边的。"

亦然点了点头，他知道对方比自己有更多的经验，便开口问道："Jack，具体你觉得我应该怎么陈述呢？"

"你不用陈述，"Jack 把杯子里的咖啡一口气喝完，"因为你入职公司才第三天，你没有任何 bargaining power（谈判价码），如果想和公司讨价还价，你没有可以站得住脚的理由，要我说，你应该做的事情只有一项，那就是不签字，随大溜，等着看公司出什么牌。因为我判断 90% 以上的人这几天都是不会签字的。只要多数人不签字，这件事情一直拖着，公司受到舆论压力，就得出台一个更优惠的补偿方案，等到那个方案出来了，例如说同意给每个人赔偿至少 3 个月，那个时候你再签字。只要咬住不签字跟随这一波大溜，你就有可能获益。"

亦然有些茫然地听着，他其实没有完全吃透对方的意思。

"有一点你一定要记住，"Jack 补充道，"从公司决定解聘你的这一刻起，它就不再是你的伙伴或者职业平台，而是你的对立面、你的对手、你的敌人。你应该想办法怎么去战胜它而不是屈服它。好，我不跟你多说了，我还得赶紧找个地方给我的律师打个电话问些细节呢。"

亦然谢过 Jack，回到工位。他拿起手机，刚刚想给父母打电话通报一声，还是忍住了。"我已经走向职场了。"亦然提醒自己，往后的一切都要靠自己想办法解决。

11:40，亦然准时来到约定的会议室。一位女性经理自我介绍说她名叫 Rebecca，来自纽约，是一家专门从事企业裁员事务的代理公司，Rebecca 把几项主要条款简单陈述了一下。按照规定，亦然将获得入职以来这 3 天的薪水，外加 1 个月的工资，对方要求他在当天下午6:00之前在双方协商同意解除雇佣协议的文件上签字。

亦然看得出对方就是一副公事公办的姿态，这其实也是最近这些年越发流行的操作套路，大凡解聘员工，尤其是大规模裁员或者像眼下这种连根拔整体关闭的，公司方面都喜欢外包给第三方处理，省得来来回回地磨嘴皮搞拉锯战。第三方人员与被解聘人员既非同事也没有任何交情，这也减少了很多人情账、亲情牌，反正一切按照合同规定处理，从公司的角度考虑，自然是怎么简单怎么来。亦然想起今天一大早走进公司看到的那些在办公区来回走动的陌生面孔，原来有一部分就是这次特意过来处理米勒金融英国公司裁员的第三方服务公司人员，以及它们临时从外面聘用的便衣保安。

"长见识了。"亦然心里嘀咕了一句。

面谈只用了不到10分钟时间，亦然走出会议室，站在门外的保安立即点头示意下一个正在门外等候的员工进去。透过落地玻璃窗，亦然看见刚刚和他交谈过的Rebecca正招呼着走进会议室的人在对面椅子上坐下，开始她的陈述。虽然听不见交谈的声音，从讲述人的嘴型和手势，亦然判断出那就是几分钟前刚刚和他说过的内容，亦然微微半闭双眼，做出一个聚焦的凝视，从透亮的玻璃望进去，几米开外那一张一合的嘴巴像是在无声的场景中机械重复的机器人，显得有些滑稽。

不一会儿，午饭时间到了，和往常的情况不一样，今天工位上基本上没人，大家都三三两两地相约一同外出午餐。正常情况下，投资公司的员工午餐，多数人都懒得下楼，就在工位上订个外卖送上门，今天情况特殊，大家觉得要到外面透透气，同时也想相互打探和商量些对策，于是纷纷选择外出就餐。

亦然和同一小组的几位同事一起来到楼下街对面的一家印度餐厅，每人点了一份咖喱鸡卷，亦然另外要了一瓶苏打水，坐在一侧默默吃着，听几位同事的热烈议论：

"这件事无论如何是不能签字的。"

"不签，除非它至少赔我一年工资。"

"对，还有，今年的奖金必须按去年的水准一并发放。"

"妈的，替他们挣了这么多钱，现在就一脚踢开了，混蛋！"

"骂不能解决问题。"有一位中年男子开口说道，大家都静了下来，这人是一位资深投资董事，已经在米勒金融工作了10多年，这个职级的同事通常不会和几位小年轻一起出来吃午餐的，今天情况特殊，共同的境遇让彼此都有一种同病相怜的默契和可以沟通的话题。董事解释说："我们可以联名请律师，我刚刚打电话问过了，委托那种不成功不收费的律师，按所得的20%抽成，我们只要签一份委托书，剩下的交给专业人士对付。你们没看到今天上午和大家对话的那家劳务公司，一副无所谓的模样，他们就是靠干这种裁员的事情拿工资的，在这方面肯定很老到，你如果想和他们讲情分，那纯粹就是白搭。"

众人点头称是。

资深董事接着说："我还给我的一位好朋友打了个电话，他现在是一家全球五百强企业的人力资源总监，他告诉我像米勒的这种情况属于'群体性雇佣关系纠纷'，有一个法规就是针对这类事件，只要涉及人数超过50人，双方不能协商解决的话，可以提交劳资关系仲裁法庭裁决，在最终裁决判决之前，公司必须按月支付每人的薪资。"

亦然只是坐在一边听着，没有插话，他知道以自己这种菜鸟中的菜鸟身份，没有资格在这种裁员事件上发表意见，况且这是他走出校门的第一份正式工作，上班刚刚3天，对这类事情的处理毫无经验。亦然听得出来，同事们最在意的都是赔偿金额，而且多数人的看法很一致，那就是不能签字，否则将失去争取更多权益的机会。

从印度餐厅出来，亦然找了一个借口，告别几位一起午餐的同事，独自走到500米外的一处小酒吧。

这是一个很安静的静吧，距离亦然租住的公寓只有800米。伦敦的酒吧又可以细分为若干种，例如有威士忌吧、葡萄酒吧、Free house即不受某个品牌专卖授权的自由酒吧，还有这种Piano bar，中文通常翻译成钢琴吧。"静吧"是亦然给它命名的称呼，因为这种酒吧通常比较安静，有一台三角钢琴，大多时候，室内播放的都是悠扬的钢琴奏鸣曲，不像其他类型的酒吧喧闹不已。这家静吧亦然以前光顾过很多次，他朝吧台的侍应生打了个招呼，要了杯威士忌一饮而尽，接着又要了第二杯，端起来找到一处角落，坐下来梳理自己的思路。

短短几个小时内发生的事，完全颠覆了自己原先的打算。按照他本来的设想，毕业后职场的第一步至关重要，好不容易能申请加入这么一家一流的投资公司，怎么也得在这里至少干3年再考虑下一步的职业打算。他知道投资公司有两到3年一个台阶的说法，也就是说作为职场新人进入一家投资公司，用两年到3年的时间当分析员，接下来晋升为投资经理，如果你的表现优秀，你有可能比同期入职的人提前晋级。一旦进入投资经理职级，不仅在薪资上可以有近一倍的涨幅，以他现在服务的这家公司为例，投资经理的中位年收入每年大概能拿到20万—25万英镑，外加其他福利待遇，同时还可以独立操作项目。这是他在入职前给自己订立的目标，可是没想到才3天不到，就好比美梦一场，一觉醒来什么都不是了。但是亦然也很清楚，对他来讲现在最主要的并不是能拿到几个月的薪水补偿，而是怎么去接受这个现实，抓紧亡羊补牢，寻找变通的替代方案。意外打击总是让人颓废的，面对这种突如其来的挫折，绝大多数人震惊气愤，在离职待遇上与公司纠缠不休，或者经受打击后难以自拔，萎靡不振好长一阵子都不能缓过劲来，亦然告诫自己不能成为那样的人。

不能让情绪左右理性判断，陈亦然掐了掐自己的脸颊提醒自己。他知道对于他这种刚刚走出校门，获得第一份毕业生工作机会的年轻人来说，时间点是至关重要的。所有投资公司每年都会招收一批应届毕业生，包括本科生和硕士研究生，行业上管这个叫作 Graduate Intake，这是职场新人一辈子只有一次的上车机会。如果你错过了这次机会，明年人家要招收的就是下一年度的毕业生，你就再也没有资格入选了。对于知名的金融企业来说，Graduate Intake 是它们选拔未来优秀人才的年度大事件，筛选严格，层层过关。应毕业生一旦受聘，将能获得最全面的培训和职业发展的扶持机会，这也是为什么几乎每一名金融专业的学生都把申请入选 Graduate Intake 看成毕业前最重要的一件事，通常都是提前一年准备的。亦然在一年前先后经历了5轮面试笔试，在全球几千名申请人中脱颖而出，拿到了米勒金融的这个offer，与他同期入职的一共有8位。如今的情形是，他本来已经上了这一趟 Intake 列车，登车以后正四处张望开心不已，可是这股兴奋劲还没过呢，万万没想到这趟列车都还没开出站台，自己突然间就被赶下车了。最糟糕的是，与他同时毕业加入其他投资公司的同学们，就好比登上同期出发的其他列车，现在都已经按照自己的节奏开出站台。亦然猛地意识到，自己如果还想继续以金融行业作为职业生涯目标的话，无论如何必须想办法搭上今年发出的另外一趟 Intake 列车。

可是，哪有这么容易啊！

问题在于这是一年只发出一趟的特殊列车，车票一年前都已经售罄了，每条线路（公司）的发车时间节点和上车规矩都是大致相同的。如今的情况是：在自己被突然赶下车的同时，其他列车也都已经缓缓驶离站台，无法再去购票上车了，因为每个公司的毕业生入职时间大同小异，每年9月中下旬到10月上旬，都是集中发车时间。

"咦。"亦然猛然拍了一下脑门，突然意识到，或许还有这么一个小小的机会。

缝隙！

眼前的事实是，职场列车的车门关上了，车子正在驶离站台，爬窗进入似乎也不现实，但不等于一点缝隙都没有！

"这个机会不大，"亦然坐在酒吧边角处的小桌子前自言自语道，"但是这确实是我自己可以争取的，也是目前唯一应该做的事。"想到这里，亦然觉得脑子清楚了许多，他把面前的威士忌端起来一饮而尽，径直走回办公室。

"我过来签字。"当天下午，米勒公司的每间会议室都被临时改造为员工办理离职手续的地方，进进出出询问的人流络绎不绝，陈亦然插了一个空当，推门而入，找到上午和他沟通过的那位美国妞，毫不犹豫地拿起笔，在自己的离职协议书上签了字，接着回到工位，收拾好个人物品，装进一个纸箱，在保安的护送下离开了米勒金融。这是他走向职场的第一份工作，工龄3天。仅仅几个小时前，他还是一位让人羡慕的伦敦顶级金融机构年轻有为的职业投资人，现在成了一名失业游民，从天堂到地狱其实只需要一瞬间的切换，这是残酷的职场教给这位刚刚走出校门的新人的第一课。

来到户外，陈亦然抬眼望去，伦敦的天空阴沉沉的，预示着很快会有一场大雨来临。

2

伦敦，市中心布佬街

这是一家临街褐色门面的咖啡馆，生意一如既往地热闹。咖啡馆和酒吧，无疑是西方国家最常见的社交场所，各个阶层的人都喜欢在这种地方消遣，交友，打发时间。

最近这几天，亦然每天都在这家古色古香的咖啡馆待上好几个钟头，服务生都认识这位天天光临的常客了。

自从决定离开米勒金融公司以后，陈亦然就面临着下一步的去向问题。这个问题显然很严峻，亦然知道留给自己的时间十分有限，如果不能在接下来的这两个星期找到一份新的工作，他基本上就失去了以应届毕业生身份加入顶级投行的机会。那样的话，他只能选择加入二流三流的投资机构做一些打杂类的事情，或者改行投简历进入企业的财务部门，这两个都不是他职业生涯追求的目标。眼下亦然可以做的，就是每天不停搜索各大主要投行网站和相关的招聘平台，看看有什么新发布出来的招聘信息。他每天几次浏览 Linkedin 领英社交 App 上面的信息，只要有任何沾点边的消息，他都紧追不舍，绝对不放过。所有能搜索到的各大投资公司的执行董事、人力资源负责人，以及领英平台上第二层第三层的关系，亦然无一遗漏地都发出了自我介绍的求职函，指望能凑巧碰到某位被录用的应届生临时未能入职，或许有空位出来。他知道这有如大海捞针一般，但除此之外，他实在想不出还有什么其他途径了。亦然以一种近乎叩拜菩萨的心情，希望有人能够站出来，像中国古典故事里的伯乐一样，识得他这匹即将奔跑的千里马。

按道理，陈亦然可以在公寓里做这些上网的事，但他觉得如果整天都待在房间里，弄不好会更加抓狂发疯，所以还是选择就近到咖啡馆来上网搜索空缺和发送简历，这样可以让他觉得是置身于一个社交场所。

人真是一种很奇怪的动物，希望保持一份独处的空间，不喜欢被干扰，为此，人们寻求独立住宅，各个公司里的高职级的管理者和老板都喜欢配有独立办公室，但同时绝大多数人又忍受不了一个人长时间独处的那种孤独。在一个小屋子里与世隔绝，仿佛就是被社会所抛弃。

亦然每天夹着他的笔记本电脑来到这家咖啡馆，要一大杯美式黑咖啡，找一个僻静的角落坐下，上网搜索，投送简历，拨打所谓的cold call 即陌生电话问询，设法推销自己。上高中的时候，亦然有过上街销售彩票的经历，那是学校的一门选修课，亦然一直很感谢那段经历，至少在面对陌生人介绍自己或者推荐商品的时候，他早已毫不怯场。

但不怯场不等于有胜算，已经整整一个星期过去了，算起来亦然已经发出了不下 100 封寻找工作的邮件，打过几百个电话，至今为止并没有得到任何建设性的回应。大多数人都很客气，礼貌地表示感谢，同时要他留下联络电话，说是有合适的机会就主动与他联系。亦然知道这只是西方社会的一种礼节，尤其是在以绅士文明著称的英国，人们通常不会直接拒绝你，至于你说出你的电话号码以后，那一头是不是随手就给扔进垃圾桶或者删除，谁也不知道。

今天是周一，进入亦然寻职的第二个星期，他心里更加着急。按照亦然的预计，他大概只有两个星期的时间去寻找下一个能够入职的机会，时间已经过去了超过一半，如果不能在接下来这几天内找到一个可以面试或者进一步接触的投行的话，意味着他今年以应届生入职的机会将失去了。

他这边正呆呆地思考着，从咖啡馆门口走进来一位女性。

亦然知道她，也注意她好几天了，这位 30 多岁的女子过去几天几乎每天都会到这家咖啡馆来，固定地买一杯卡布奇诺，外卖带走。这会儿她走进来的时候，亦然看到她穿着一身剪裁得体的湛蓝色职业套裙，一看就是那种精致典雅的投资圈主管。让亦然印象深刻的是，她的脸上有一对小酒窝，笑起来向咖啡馆服务生道谢的模样特别好看，亦然至今从未和这个人打过招呼，但留意她已经有好几天了。她每次来买咖啡，付款的时候总是要多支付一杯，然后把预付款的贴纸转身订到对面的粘贴板上，这是这家咖啡馆的传统，就是每位进来的客人可以自愿多买一杯咖啡，付完钱以后，店家会给一张心形贴纸，让付款人贴到收银台对面的粘贴板，一张帖纸代表着一杯咖啡，这是用于赠送的，如果有人身上没带钱，或者不论什么原因想喝一杯免费咖啡，就可以揭下一张贴纸换任何一杯咖啡喝。这家咖啡馆位于伦敦市区 Old Broad 布佬街，这是伦敦金融区的中心地带，皇家英格兰银行和伦敦证券交易所距此处只有 10 分钟的步行距离，来这里的客人绝大多数都是金融行业上班族，愿意奉献一杯咖啡的人总是远远多过想进来喝一杯免费咖啡的人。于是每隔一段时间，咖啡馆的老板就会把粘贴板上的贴纸取下来，点好数量，再以一比一的比例添上同等数量的咖啡，作为店家赠送，统一制作好送到附近的圣保罗大教堂门口，供路人免费享用。

两个月前，亦然第一次进入这家咖啡馆的时候，曾经好奇地从墙上揭下来一张贴纸，跟店家换了一杯咖啡，他发现整个服务过程与正常购买毫无二致，他因此记住了这家咖啡馆，以及这个很温馨的创意，同时也默默加入了买贴纸送咖啡的行列。

其实从几天前开始，亦然就一直留意这位每天几乎在同一时间段步入咖啡馆买咖啡的职业女性。她看上去有一些东方人的基因，长头发，高挑身材，瓜子脸型，黑眼珠。亦然判断这个人应该就在这附近的某家金融机构上班，而且根据她的年龄和着装判断，应该至少是投资董事或者合伙人职级。亦然之所以做出这个判断，是因为这周围全是高端写字楼，里面 80% 的用户都是各个大型金融机构的办公室。因此这家咖啡馆的客人，几乎都来自在附近金融机构上班的白领。而一位30多岁女性，如果她是在金融公司任职的话，至少已经工作了10年左右，按照推断应该是董事或者合伙人职级。

亦然两天前已经策划好了，他告诉自己，如果等到第一周结束时找工作的事还没有任何进展的话，就要启动这个剑走偏锋的冒险方案，看来不能再犹豫了。"上吧，阿弥陀佛。"亦然眼见他留意的这位女子从门口走了进来，便下决心似的对自己自言自语道。他从座位上站了起来，心里有点害怕，感到衬衣里面的心脏像是上足了发条的马达一般急促跳动着，几乎要从喉咙口蹦出来，他连忙喝了一口桌上的冰水，试图平稳一下心境。

女子径直走到柜台前，向服务生打了声招呼："老样子，一杯卡布奇诺，一个麦芬，带走。对了，我再买两个爱心贴，一起结账，谢谢。"说完掏出手机，用电子钱包把款支付了，闪到一旁候着。服务生忙着为客人现场加工制作，亦然端起手上的咖啡，走到女士身后。

1分钟后，面前的这位女士拿到咖啡，点头称谢转身正准备迈步离开，亦然很不凑巧地刚好迎着她的方向走过去，两个人撞了个满怀，女子手中的咖啡被碰掉了，洒到她的套裙上。

"哎呀，真是对不起，对不起！"亦然忙不迭地道歉，"您瞧我这冒失劲，这，这，这真是，真是太不应该，太冒犯了。"亦然显得有些语无伦次，话说得都不连贯了。

对方显然吃了一惊，一下子没反应过来，抬头一打量，面前站着一位亚洲人模样的年轻人。

"你看我真是的，怎么犯这么大的错。"陈亦然一边说着，一边从柜台前拿起几张餐巾纸，想要替对方擦去沾到套裙上的咖啡渍，但又觉得不合适，一只手停在半空中，进退都不是。对方穿的是湛蓝色套裙，虽说只碰到一点点，但是咖啡渍的痕迹还是很明显。

女子见自己裙装被弄成这样，一开始显然有几分不快，接着听到眼前的这个小伙子一个劲地道歉赔不是，心里倒有些过意不去，连忙摆了摆手："没事儿，也是我转身的时候没留意。"

"哪里，这不是您的问题，完全是我自己不，不小心。"亦然还是一副语句不连贯的样子。

接连的道歉让对方都有些不好意思了："真的没关系。"

"您看怎么补救呢？"亦然说了一个主意，"我都不知道我今天是怎么回事，再怎么道歉也无济于事，我得想一个解决办法。您看这样行不行，不好意思，您先在这等我一会儿，就10分钟时间，斜对面有一家哈罗德百货，我去那家百货公司二楼女装部帮您先买一件衣服让您换上吧，您看您这个样子无论如何不能走出门的。"亦然还是一副结巴说话的模样，忽然提出了一个建议。

对方低头看了一眼自己套裙上的那块咖啡渍，也知道自己这个样子是出不了门的，于是说道："买衣服就不用了，再说你也不一定能买到合适的，这样吧……"女子停顿了一下，接着说："你不用管了，我给我助理打个电话，让她送一件衣服过来，因为我在办公室里留了几套衣服。"说完拿起手机。

"别别别，"亦然连忙制止："您至少得让我做点什么事，不然我这心里无论如何过不去的。我叫亦然·陈。"亦然自我介绍道。

"你好，我叫 Viana（薇娜），就在前面的 Capital Haven（睿德投资）上班。"女子介绍自己上班的公司，算是一种礼貌。

"我知道睿德投资，是一家顶尖的全球性投行。"亦然充满敬意地回复道。

"嗯，看来你对这个行业很熟悉啊。"

"我也是做金融的，今年刚刚毕业入行。您看看我，正经事情没做好，闯祸倒是在行，把您身上弄成这么一个模样。"

"你就不用再道歉了，我知道这只是意外。没事，你走吧，我让我助理送衣服过来。"

"您等等，"亦然提议说："您如果实在不愿意让我替您去买一件衣服——本来我觉得这是我应该做的——那您至少让我去您公司找您的助理，帮您把衣服拿过来，您别让您的助理跑了，这样至少让我稍微心安一些。"

薇娜见亦然如此执着，也不便再多推辞，她知道这家咖啡馆里面有洗手间，所以在这里更换一件衣服不是一件难事。"那好吧，公司就在前面 200 米处。"

"我知道那个地方,几乎每天都路过。"

"嗯,那你过去找一下我的助理,她叫 Michelle(米歇尔),我给她发个短信,你直接进去找她就可以了,对了,你叫什么名字来着?亦然是吧?"

"是的,亦然,Yiran,这个名字不常见。"亦然拼读出他的名字。

"好的亦然,我让她把东西准备好,你帮我带过来就行。"

"好的,谢谢谢谢,我现在马上就过去。"亦然再次跟对方点头致歉,转身走出门外,朝睿德投资办公楼的方向走去。

其实这是陈亦然精心策划的一个方案,他知道带有一定的冒险性,甚至颇有孤注一掷的味道。但他心里知道,如果不冒这个险的话,他实在找不到一个摆脱眼前困局的方法。几天来发出无数封邮件,打过几百通电话,以及试图直接上门拜访周边各大金融机构,都没有得到积极回复,所以他从几天前就开始留意观察这位举止不凡的女子,亦然判断对方应该是一个在金融行业工作的人,如果能够寻找到某个机会与她认识,对方或许可以帮自己一把。亦然知道自己策划这么一件迎面撞上人家把咖啡弄洒的事件有些不够厚道,但他实在想不出别的办法。如果说不得已为之的冒犯算得上半个正当理由的话,或许可以被原谅。亦然心里是这么想的。

10 分钟以后,亦然拿到了薇娜助理米歇尔交给他的衣服,返回咖啡馆交给对方。薇娜谢过后,很快到后面的洗手间更衣完毕走出来:"好了,没事了,你放心走吧。"

"您稍等一下,"亦然叫住了正要走出门的薇娜,递给她一杯卡布奇诺,"我帮您点了一杯,还有,我有一个不情之请。"

"你说。"

"您能不能把您刚换下来这套被我咖啡泼脏的衣服留下来,我去做个干洗,这附近就有干洗店,我知道它们有特快服务,明天上午就能洗好熨妥,我明天送到您公司,您看这样可以吗?"亦然说。

"不用了吧?我自己处理就好了。"对方对亦然的提议略微感到意外。

"我能坚持吗？"亦然很坚定的口气，"我做错了一件事，您不计较我已经非常感谢了，至少让我做一点事情弥补一下，这样，我心里会好受一些。如果什么都不让我做的话，我都不知道应该怎么惩罚自己。"

薇娜见眼前这位小伙子如此坚持，也就不再说什么，随手把衣服递给他："那好吧，不着急，你什么时候做好了送到公司给我就行了。"

"好的，多谢多谢，再次向您道歉。"说完目送着对方走出咖啡馆。

3

托德街1号办公楼，伦敦梅菲尔区

亦然等到第二天，周二上午11点左右，拿上干洗熨烫妥帖的衣服，来到睿德投资。

"不好意思，真是挺麻烦你的，还劳你跑了这么一趟。"薇娜很客气，把亦然请到自己的办公室，招呼对方坐下。

进办公室的时候，亦然瞟了一眼门上的标牌：Vivian Wilton-Partner，果然是合伙人级别的高管。薇娜的办公室不大，但布置得很典雅，桌上有几张照片，还有一个中国布娃娃。

"我有四分之一的中国血统，我外祖父是中国人，上世纪四十年代原籍江苏的海员，被英国轮船公司雇用当火头，哦，就是给轮船添煤的杂工，后来就在利物浦定居了下来。"薇娜自我介绍道。

"好巧啊，我们算中国同胞，"亦然回复道。

"可惜我不太会说中国话，简单的几句没问题，太复杂就不行了，听一听这个：我喜欢石头做的石狮子，虽然它只是一只死狮子。"薇娜打趣地说起了一句中文绕口令。

"我在英国待了8年，从高中到本科硕士，这8年，中文用得不多，也退化了。"亦然自嘲道，这句话他是用中文说的。

"看样子你也在金融区上班，具体是哪家公司来着？"薇娜递给亦然一瓶饮用水，回到英文频道。

"我是那个米勒金融。"

"米勒金融？一个多星期前宣布结束营业的那家？"薇娜有些意外。

"是的，新闻里报道得很多，我是新入职的应届毕业生，才上班3天。"

"我知道大多数米勒金融的员工都还在和公司谈判遣散费的事。"薇娜显然对同行的消息很了解。

"应该是吧，不过我没有加入，我在周五消息公布的那天就已经签字解约了。"

"哦？"薇娜有些意外，"我听说大家都还僵持着，员工们大多不接受公司的遣散条款准备走法律程序。"

"我不想纠缠，寻找下一个机会更要紧。"亦然拧开瓶盖喝了一口水。

薇娜若有所思地看着亦然，开口问道："你有什么具体打算呢？"薇娜知道，各大投行对于应届毕业生招聘是异常苛刻的，用过五关斩六将来形容一点都不过分，自己10多年前也是和眼前这位年轻人一样，经历过无数轮的面试才获得了正式聘用的offer。只不过这一入职就待了十几年，睿德是她至今为止唯一供职的公司，自己也从最开始的分析员、投资经理、董事，一步步升迁到合伙人的位置，现在薇娜是睿德投资最年轻的女性合伙人。

"我在努力找一个新的工作机会，尽量争取还能赶上应届毕业生招聘的这趟班车。"

"你是哪个学校毕业的？"薇娜追问道。

"我是剑桥商学院金融专业，今年毕业的硕士生。"

"学校的名号挺响亮的，我可以帮你问一下，要不你把你的邮箱还有你的简历发一份给我吧，看看我能不能帮你打听打听。好像我们公司今年招收 5 位应届毕业生，但我记得好像，嗯，可能还有一点机会，但是具体我还得问一下，"对方显然不想过度承诺，从桌上拿起一张名片递给亦然，"你抓紧把简历发给我吧，如果我们公司没有合适机会的话呢，我兴许还可以找熟人帮你四处问问。"薇娜显然对这个小伙子有良好的第一印象。

"真的吗？"亦然惊喜道，"那太好了，太好了。这可是完全没有想到的意外收获，我这算不算是因祸得福呢？"

"什么都算不上，最多算是机缘巧合吧，我和你都是中国血统，也是缘分。"薇娜笑着回答。

与对方道别后，亦然来到这家最近十来天自己每天必来的咖啡馆，把简历稍做了一点修饰，在工作简历上面备注：米勒金融，在职时间 3 天，因为公司关闭英国业务，目前已办完全部离职手续。他把简历更新后，依照薇娜名片上的邮箱地址，将电邮发了出去。

让他完全没料到的是，当天下午 4 点多，亦然就接到了睿德公司的电话。

"您好，请问是陈先生吗？我是睿德伦敦办公室人力资源部，我叫 Cynthia，今天给您打电话，是想问一下您明天有没有时间，我们想约您过来面试一下。"

"好的，我有时间，您看几点方便？"亦然压制住心头的兴奋劲，连忙问对方。

"那明天下午 2:00 可以吗？"

"可以的。"

"好的，陈先生，我们这里有您的简历，需要您提供一份您在英国的居住证明，如果您不是英国公民的话，我们需要看一下签证，麻烦您带一下签证页的复印件。"

"好的，没问题。"

"需要的材料我一会儿邮件发给您，明天您先到人力资源部填写一些基本的个人信息，接下来，我们会安排 3 位同事和您分别做一对一的面试，他们分别是 HR 的经理和两位投资部门的同事，预计整体时间两个小时左右。"

"好的，我一定准时，明天下午 2：00。"亦然重复了一遍，等到对方挂断电话，他才把手机放下。

"耶！"小伙子忍不住高兴地大喊了一声，引得周围几个人侧身朝这边望来。

他知道自己这一次的放手一搏是成功的，至少他终于拿到了一个面试的机会。这些年在西方社会生活，亦然心里很清楚，在英美社会，所谓的熟人圈朋友圈帮忙或者推荐，最多只能帮你得到被列入第一轮面试的名单，至于申请人能不能把握住机会，能不能说服面试官接受你，进而被公司录取，那就全凭个人的实力和临场发挥了。在这一点上，西方和中国的传统文化有很大不同，中国人讲究人情，只要托对了人，基本上就没有办不成的道理，西方社会人际关系也能起一点作用，只不过东西方当事人各自的期待值大不相同。

面试过程对于应届毕业生来说，不仅仅看个人的学习成绩，还要看临场发挥，这是与同龄人竞争的较量，这一点亦然倒是有充分的自信。他拥有一流学校的文凭，学习成绩优秀，这些年又做过几份很不错的实习工作，还有参与过几个社会活动项目的经历，这些都是足以给他添分的。加上他过往面试的表现，无论是逻辑思维、专业知识的基础面，还是流畅的英文表述能力，他都对自己有足够的信心。

第一轮、第二轮面试进行得都很顺利，按照睿德人力资源部 Cynthia 的说明，正常情况下，应届毕业生新人招聘的面试要走五轮，但如今时间比较紧迫，睿德决定将五轮压缩为三轮。说来也是巧了，睿德今年计划招收 5 位应届毕业生，和其他各大知名投资公司一样，这项招聘筛选过程早在 10 个月以前都已经确定了，也发了 offer，就像亦然 10 个月之前接到了米勒金融的录用聘书一样。不巧的是，今年睿德招聘的这 5 位新人中，有一个人在半个月前因为车祸导致腿部残疾，不能按时入职，因此就空出了 1 个名额，需要从原来备选人员中寻找补充。可是等人力资源部门电话询问那些备选名单上人员的时候，由于时间过了 10 个月，那些人大部分都已经找到了工作，一下子没有合适的人选，正好薇娜碰到亦然，把他的简历推荐过去，亦然就和其他3位面试者一同竞争这个补缺的位子，相比于1年前应聘的时候几百人挑选一人的比例，眼下这个机会的胜出概率高了许多。

睿德人力资源安排得很紧凑，显然他们希望尽快把人员补上，免得影响这个年度新人入职培训的进展。这周四将是亦然要参加的第三轮，也是最后一轮面试。

周四上午10:00，亦然穿戴整齐，提前10分钟来到公司前台，接待小姐把他迎进小会议室。不一会儿，会议室外响起轻轻的两下敲门声，亦然起身开门，不禁吃了一惊，薇娜走了进来："我们又见面了，请坐。"

亦然站在那里有些不知所措，见小伙子这副紧张的模样，薇娜连忙拉过一把椅子，示意他坐下。人力资源的Cynthia给薇娜端来一杯咖啡，转身退出，随手将会议室的房门关上。

"亦然你好，今天是你和我的面试，这也是你的最后一轮面试，我们现在开始，你不用紧张，放松点。"薇娜一边说着，一边打开桌上的录音开关，亦然知道如今大多数公司在面试的时候都会录音，主要是为了避免事后有应聘落选者提出疑问，这个录音的告知在第一轮面试前已经告诉每位应聘人员了。

"陈先生，"薇娜开始进入角色，"你的个人简历我看过了，很出色。今天我主要有两个问题想请你谈谈。第一个问题是，如果让你做新兴市场的投资，公募投资，例如在某个项目上，钱已经投进去了，最后证明你的判断是错误的，整个市场走向或者被投公司的发展并没有如你所愿，这个时候你会怎么做？我们公司有公募、私募两块业务，我们今天面试将会同时涉及公募和私募投资。"

亦然清了清嗓子准备回答，对方打断他："不着急，我把两个问题先一并告诉你。第二个问题是，对于一个潜在的投资项目，你认为公司创始人的背景经历，创始团队的组合，所从事领域的竞争态势，以及其他各个方面，你最看重的是哪一个环节，为什么？不着急，你想一想，我等你，10分钟后再回答问题。"对方一副很和蔼的模样，拿出随身的iPad，自顾自地浏览起新闻来，这让亦然放松了许多。

亦然拿起笔来，在一张白纸上边思考边写下重点，10分钟后开始回答问题。薇娜这种提问题的方式他是第一次遇上，尽管对这两个问题他心中有数，他还是依照对方的习惯先认真梳理了一遍。

亦然用了大约15分钟时间详细阐述了自己对这两个问题的看法。

对于亦然的回复，薇娜没有做更多的评价，她换了一个话题："我注意到你有几项个人爱好，例如户外长跑、无动力航行等，这些都很富有挑战性，但都是些个人项目，能问一下为什么吗？"

亦然明白投资行业招聘新人的时候很注重团队协作精神和融入群体的能力，他回答说："以往在上学和实习的时候，我都比较善于和不同类型的同学同事以及不同风格的上级合作做项目，我本人作为在西方社会生活的亚洲人，天然地具有强大的文化融合能力和兼容性。但在业余时间的运动爱好方面，我的确以solo（单人）项目为主，主要原因是对于时间支配的主动性考虑，从事金融行业的人业余时间非常有限，如果寻找团队性的运动项目，往往时间协调上不允许，再说单人项目更能锻炼一个人的意志。"亦然回答得很干脆，他确信最后一句话是面试人特别想听到的。

"看上去你很自信，这是作为一名职业投资人必须具备的，但你的缺点是什么呢？以你从事投资行业的角度来说。"薇娜抛出了另一个问题。

"很不容易放下，一旦接手一个项目，心里总是时时想着它，这是一个有待克服的毛病。"亦然回答得很坦率。

"不仅你有这个问题。"薇娜理解地点了点头，"投资通常都区分行业，你更喜欢做什么行业？"

"这个我没有偏好，能挣钱的行业就是好行业。"

薇娜笑了，虽然没有直接表态，但亦然感觉到和对方聊得很投机，接下来对方又询问了一些Excel运算和数据统计的问题，这些都是投资公司一年级分析员的重点工作内容，亦然一一做了回复。

3天以后，陈亦然收到睿德投资的聘用书。

4

福建，漳州郊区，流传村

流传是一个有着 800 多年历史的古老村庄，行政管辖现在归福建龙海县，地理位置邻近厦门。根据零星的记载和民间老人的叙述，流传村的历史大概可以追溯到宋朝时期，那时候，南宋晚期的流亡小王朝为了躲避蒙古军队的追逐，一路南迁，最后落脚于距离流传约 20 公里外海边一处无人居住的荒芜之地。如今那里叫港尾村，港尾村紧挨着太平洋，前面就是茫茫大海，按当时的说法，这里已经算是走到陆地的尽头了。南宋流亡小王朝就依着这块海边荒地隐居下来，相随南迁的很多中原和江浙一带居民，也纷纷在这周围择地而居，由此构成各处村庄的雏形。流传村以郭姓为主，村子里 80% 的人家都是郭氏族人，这里也是重点侨乡，从清朝晚期开始，村里就有年轻男丁下南洋谋生的传统。当地土地稀少，人口稠密，特别是碰到荒年或者战乱的时候，外出讨生计成为最好的选择。就像北方的山西人山东人走西口闯关东，福建沿海地区的乡民们，倚仗靠海的位置便利，一叶孤舟，漂洋过海，外出闯荡谋生，书写了一段以华侨华工为主体的中国人移民史。

流传是闽南著名的侨乡，最高峰的时候，生活在海外的流传人数和居住在村里的人数大致相当。1949 年新中国成立后的 30 年间，华侨出国基本中断了，到了上世纪七十年代末期"文革"结束大陆实行改革开放政策，侨乡人员出国以及海外华侨华人与家乡的联系才陆续恢复。经过 100 多年的动荡变迁，现在流传村至少有一半人家还有海外关系，也因为这个背景，流传村的村民住宅颇有些南洋风格，许多建于清末和民国时代的乡间住房都是华侨汇款修建的，依照南洋的习惯，筑有长长的回廊或楼上露台，外侧栏杆用的是琉璃瓦。流传村最著名的招牌，是退休老教授郭玉洁祖上的郭有品先生在十九世纪八十年代开创的天一信局。当年信局业务遍及中国沿海各省市和东南亚国家，拥有 50 多家分行，而总部就在流传村，因此郭家也毫无疑问地曾经是流传村的第一大户。天一信局这座宏伟建筑是 100 年前由郭玉洁的外公郭和中出资，母亲郭月负责监工修建的，经历了整整 100 年的岁月洗礼，往日的那些辉煌早已飘零，信局大楼的建筑群被拆的被拆，毁坏的毁坏，唯有眼前仅存的这一小截两层楼还能隐约展现当年的辉煌与气派。

天一信局的创始人是郭氏族人郭有品，1869 年，年仅 16 岁的郭有品随"客头"越洋前往吕宋（今菲律宾）当"水客"，即通过搭乘水路运输，从事往来南洋和福建老家送递信件和侨汇的派递员。他为人忠厚老实，乐于助人，深受同乡侨胞信赖。随后，郭有品于 1880 年在家乡流传村创办了中国首家华侨信局天一批郊，后改名为天一信局，主要经营吕宋和闽南之间的华侨银信汇寄业务。老家流传村的这座"天一信局"综合楼建成于 1921 年，由郭有品的次子郭和中出资建造，郭玉洁是郭和中的外孙女，算来是天一信局创始人的第四代后裔。"天一信局"建筑原本分为前院、中院和后院，解放后被没收充公，政府将各个房间分给村里的贫困农民，最多的时候，整栋大楼里面住了 30 多户人家，还有一部分被用作谷物仓库和牛圈。"文革"期间破"四旧"，建筑物内外各种充满中国传统文化和南洋风格的雕塑悉数被毁，前院被拆了院墙，作为社员们组织"批林批孔"活动的开会广场，中院和后院多半建筑也都铲平了用来种庄稼，直到上世纪九十年代落实华侨政策，政府陆续清退了住在里面的村民，把剩下的建筑归还给了郭氏后人。

由于"文革"时期大多被拆除砸毁，年久失修坍塌，天一信局如今只剩下残垣断壁，仅存的一处结构尚且完整的建筑，据说是当年郭玉洁母亲郭月女士在上世纪二十年代修建时位于后院右侧的一排房子。现在保存下来的这个部分，上下两层，各有 8 间屋子，以及 1 个庭院，其他部分都已经不复存在了。老宅退回来的时候，郭玉洁的母亲郭月还健在，她给自己留了楼上楼下各两间，其他的分给了还在村里的其他郭氏族人后裔。郭玉洁原先在厦门正南大学医学院任教，22 年前在她 70 岁那年，从执教岗位退休。老太太退休以后大部分时间就住在这个离厦门市区 40 公里的流传村老宅里，儿女辈如今分散在各个地方，有在厦门的，也有的定居香港，孙子辈们走得更远，有好几个孙子孙女分别在欧美不同国家工作生活，他们每隔一阵子都会回到老宅来看望郭玉洁老奶奶。

郭玉洁今年 92 岁，当年她就是在这座老宅出生的。她和自己的母亲郭月在这里度过了童年时光，少年时代的玉洁随母亲在厦门鼓浪屿居住并上学，后来遇到日本人入侵，厦门沦陷，玉洁又随母亲回到流传老家，中学毕业后从这里去英国留学。时间一晃而过，从海外留学归来已经是 70 多年前的往事了。

虽然已是 90 多岁高龄，郭玉洁依然头脑清楚，耳朵也不聋，原来患有老人常见的白内障，几年前做了白内障切除手术，现在视力基本上正常，只不过腿脚行动起来不是很方便，但是她还是坚持每天都在村里四处走走，作为每日必备的健康活动项目。无论是论辈分还是论资历，郭玉洁都是全村最为德高望重的老人，从村长书记，到郭姓族长，对她都是恭恭敬敬的，逢年过节，县上和乡里也都会派人登门慰问。郭玉洁还是流传小学的名誉校长，每个月她固定到小学开两次英文课，听她讲课的除了本校小学生以外，还有从附近几所学校提前报名赶来听课的老师和职员。每一次授课都安排在小学的礼堂，开课的时候，礼堂里有密密麻麻的几百个人。做了一辈子的教师，郭玉洁对每一堂课历来都要精心准备，写好教案，提前准备好授课内容的每一个细节。而且在开课的时候，把事先印刷好的当天讲课大纲分发给听课的所有人，这是郭玉洁坚持了几十年的习惯。虽然作为 90 多岁的老人，平常站立 20 分钟都有些困难，但是每次讲课的时候，她都坚持全程站立授课，拒绝用坐着讲课的方式。流传村的小学校长一开始不理解，问她说："郭教授，您这么大年纪了，坐着讲不是稍微舒服一点吗？"郭玉洁摇摇头回答道："当我站在讲台的时候，我就是一个授课人，这是一份职业，站着讲课是对这份职业的要求，也是对前来听课的学员们的一种尊敬。"小学校长听了点点头，发自内心地赞叹道："这就是老一辈人身上的中国士大夫气质。"

每个月两次的授课活动之外，郭玉洁坚持写作，她是中国现代医疗护理专业的知名教授，退休这二十几年间，已经陆续出版了3本关于护理方面的专业书，其中《护理专业的心理辅导》一书已经被教育部指定为高校护理专业的必读书。对于郭玉洁来说，写作既是把自己的经验总结出来并分享给年轻一辈，同时也让自己不会完全处于一个悠闲的状态。都说老人最怕的就是无所事事，因为找到了这么两件她所擅长并且喜欢的事情，郭玉洁退休生活的每一天，过得还是挺充实的。

这天上午，郭玉洁和往常一样，7点不到就起床了，稍事洗漱，吃过早餐，就在小保姆翠花的陪伴下溜达到村头小河边散步。翠花是小春的孙女，今年19岁，已经在郭玉洁身边待了两年。两年前，郭玉洁的几个晚辈张罗着要帮她找一位照料起居的保姆，小春知道这个消息，便强烈推荐她自己的孙女翠花。小春是郭玉洁年轻时候的婢女，12岁那年就来到郭家，侍候玉洁小姐10多年，后来在玉洁母亲郭月的撮合下，与一位进步青年结了婚，定居在100多公里外的云霄。上世纪五六十年代极左思潮冲击的时候，郭家受到许多排斥，玉洁和她母亲被赶出老宅，居无定所，"文革"那些年更是生活没有着落，小春一直惦记着太太和小姐，惦记着待她恩重如山的老东家，尽管自己也困难，但不时地送些红薯、芋头和各种乡下土特产，竭尽所能帮助郭家祖孙三代，那时候郭玉洁已经育有两个男孩一个女孩。后来在九十年代初，郭玉洁母亲郭月年迈病逝，小春获悉噩耗，当天就赶了过来，为老主人郭月守灵3天，在郭月的葬礼上，小春哭得昏倒过去，可见感情之深。用小春的话讲，郭家是她生命的恩人，她12岁因为家境贫寒被贩卖出来给大户人家当婢女，旧社会婢女是可以买卖的，小姑娘被卖到哪户人家，结局如何就完全是听天由命了。小春一辈子唠叨最多的一句话就是：太太和小姐，也就是郭月和郭玉洁两人，是她和她们全家最大的恩人，如果没有遇上她们母女俩，就没有小春和小春一家人的后代。所以当她听说玉洁小姐要找人照料时，再三坚持无论如何要让自己的孙女过来照顾。翠花是在云霄农村长大的，小姑娘水灵灵的，手脚勤快，性格也很开朗。过来以后跟玉洁老太太相处得很好，郭玉洁知道她只有初中文化，便鼓励她报考中专函授课程，她现在正在进修漳州市卫生学校的中专学历。

一老一少两个人在河边散步走了半个钟头，回到天一老宅院子。郭玉洁准备接下来把手上刚刚写作完成的这一本书稿再校对一遍，然后就可以交给出版社。翠花特意在院子的一角放了一张书桌，她知道郭玉洁奶奶喜欢坐在院子里。今天天气很好，翠花安顿好老太太在书桌前的藤椅上坐下，同时替她沏好一壶茶。

这会儿是早上9点多，村子里的乡民们都已经下地干活，院子周围一片寂静，各家各户的农家妇女开始忙着准备午餐，远处荔枝园传来阵阵知了唧唧的叫声，完全是一派安逸恬静的田园生活场景。郭玉洁喝了几口刚刚泡好的岩茶，戴上老花镜，开始她的审稿工作。

"太婆，有两位客人找你。"院门口传来一串童声，是村里小学的一位小学生，脖子上戴着红领巾。在流传村，小孩子们都管郭玉洁叫太婆。

随着话音，古老的木制门口闪进来两个人影。

郭玉洁抬起头仔细端详了一下，只见有两位陌生男士刚刚走进庭院，在她面前站定，两人都身着西装，左边一位大约50岁模样，右侧这位是个30来岁的年轻人，两个人手里都提着一个公文包，看上去像是商务人士。"谢谢小林同学，你赶紧回学校上课去。"郭玉洁谢过领路的儿童，随后站起身来招呼道："两位先生找我吗？"

对方恭敬地点了点头。

5

流传村，郭家老宅

站在郭玉洁面前的两位男子恭恭敬敬地朝郭玉洁点头致敬并双手抱拳行礼，领头的那位从上衣口袋掏出一张名片，连同自己的护照递给郭玉洁，十分礼貌地问道："请问您是郭玉洁女士吗？"

郭玉洁点了点头，接过对方的名片和护照，名片上印着：

金水事务所董事总经理　李成阳

护照是一本新加坡护照。郭玉洁收下名片，把护照还给对方，有些狐疑地看着眼前的这两位陌生访客。翠花闻声走过来，替两位客人沏好茶水，转身回到屋里。

"请坐，随便点就好。"郭玉洁笑着招呼客人。

宾主三人在老宅院子里呈三角形坐下，李成阳开口说道："郭女士，我们今天有很重要的事情来拜访您。在我开始之前，能不能冒犯一下，可不可以麻烦郭女士让我看一下您的证件，任何证件都可以。不好意思，唐突了。"对方说这句话的时候有些惶恐的语气，他似乎也明白，对一个在本地有很高威望的90多岁老人来说，这样的要求显得不合常理。

郭玉洁这才反应过来，刚刚对方把自己的护照连同名片一同递给她，显然是要做身份确认。郭玉洁有些不解，但还是从书桌抽屉里拿出了自己的身份证，递给对方。李成阳接过证件，从上面一串18位数的身份证号码读出眼前这位老人出生于1928年。李成阳和同伴交换了一个眼神，点头确认了今天前来拜访对象的身份后，双手把身份证交还给郭玉洁："谢谢。"说这话的时候，李成阳从刚刚落定的座位上站起来，再次躬身致敬。

待郭玉洁把身份证放回抽屉，大家重新落座就绪以后，李成阳从随身的公文包里取出一个密封得严严实实的卷宗，开口说道："郭女士，我们今天找您，是受郭和中先生生前的委托。"

"和中，我外公？"

郭玉洁顿时觉得脑袋有点蒙，一下子惊呆了。她知道自己的外公是60年前也就是1960年在菲律宾首都马尼拉去世的。郭玉洁最后一次见到外公是在1946年，她18岁的时候途经菲律宾和新加坡赴英国留学，那次她在外公那里住了一个礼拜，那是母亲特意交代的。玉洁从小跟母亲一起生活，外公在她还没有出生的时候就下了南洋。外公在国内育有一子一女，儿子也就是郭玉洁的舅舅叫郭亮，女儿就是玉洁的母亲郭月，郭亮比郭月年长两岁。玉洁知道外公在菲律宾另有妻室，在她母亲郭月还很小的时候，郭和中，也就是自己的外公就随着曾外公、天一信局的创始人郭有品一起在南洋闯荡，外公一辈子基本上都生活在南洋，只是按照中国人的习俗，在他18岁那年回故乡老家娶妻生子，后来陆续回来过几趟，并未长久居住。外公的故事和经历，郭玉洁更多的是在年轻的时候从母亲那里听到的。天一信局在创始人郭有品过世以后，海外的业务基本上就交给外公打理，国内业务一开始是外公的弟弟也就是郭有品的三儿子负责，后来因为三儿子的身体不好，她母亲郭月就在外公的指令下接手管理天一信局的国内业务，直到1949年解放前夕因为持续的政局动乱关闭了所有国内经营。海外天一的后续经营状况和外公的生活细节，国内这边的信息在1949年中国大陆解放后就基本中断了。在上世纪五十到七十年代，侨乡流传村眷属们与东南亚失去正常的通信往来，有近30年时间海外华侨与国内家人基本处于隔绝状态，偶尔的联系需要经过几道中转，断断续续，时有时无，直到上世纪八十年代国家政策开放以后，一些同村的华侨族人回来，郭玉洁才陆续从他们口中听到外公的一些情况，据说外公是1960年在马尼拉过世的。得到这个消息的时候，郭玉洁的母亲郭月还健在，为此还伤心了好几天。

那位自我介绍是金水事务所董事总经理的李成阳只说了上面一句话，便和他的同伴一道静静地坐在椅子上没有再开口。显然，他们试图给郭玉洁一段时间来消化这突如其来的信息。

整整过了10分钟，郭玉洁才从这始料不及的意外消息中缓和过来，开口问道："二位，是有什么我外公的消息要带给我吗？"

李成阳郑重地点了点头，字斟句酌地开口叙述道："郭女士，我尽量把这个事情的大致情况做个简要叙述，可能您会很吃惊。我们事务所主要负责各种客户的委托信托业务，经营至今已经有80年历史，这是我祖上的产业，我在金水事务所已经任职30年，哪怕对我本人来说，现在手上的这个委托业务，也是最为慎重的一个。"

李成阳继续说："先介绍一下，我们是一家家族企业，到我这已经是第四代人。我们公司总部位于新加坡，主要受理新加坡和东南亚周边国家，包括马来亚、菲律宾、印尼，还有泰国等地一些华侨华人客户的委托事项，例如信托、遗嘱执行、法律事务等等。郭和中先生是我们事务所的委托人，我们在61年前，也就是1959年接受了郭先生的这份委托，您看上面有相关的签字。"李成阳向郭玉洁展示面前的这个棕色牛皮纸卷宗，他并没有急着把卷宗打开，只是比画给郭玉洁看。顺着李成阳手指的地方，郭玉洁看到面前这份卷宗的背面封口处有一排并列相连的三个蜡封封印，每个封印下面对应着三个人名签字。李成阳解释道："这三个签字，您瞧，左边这个是我们的委托客户，也就是您外公郭和中先生，中间这个是我们事务所当年的总经理李海波先生，他是我祖父，右边这第三个签字的人，是当时我们事务所聘请的当地一位太平绅士，高进川先生。让太平绅士作为见证人签字是英联邦国家的习惯，当时新加坡还属于英联邦，就沿用了这个惯例。请郭女士您确认一下，这三个蜡封，到现在为止完好无损，没有任何缺损，没有裂痕，说明这个文件自从1959年被封存之后——您看这里有1959年8月25日的标记，对，就是这里。从蜡封当天的日期到现在从来没有被打开过，请您确认一下，我们也需要做个视频记录。"他朝一旁的同事示意了一下："这位是我的同事，公司协理刘鹿鸣。"

郭玉洁点了点头做确认状，她清楚地看到三个签字落款都正好位于每个蜡封封条上头，只要封条被打开，签字部分一定是被损毁的，签字下面有一行清晰的小楷毛笔字：蜡封于西历1959年8月25日。

"好，那我接着往下说。"李成阳待协理刘鹿鸣做好蜡封确认的片段录像后，小心翼翼地把卷宗放到一旁的书桌上，缓缓说道，"我们事务所是在61年前，也就是1959年接到委托人郭和中先生的这个委托的。委托人当时的要求是从交付的第二年也就是1960年算起，60年后，我们需要依照委托人的叮嘱，找到委托人的直系后代，并且把这个委托件交给指定的接收人。委托人还给了我们几个明确指令：第一，鉴于这个委托事项交付时委托人所在马尼拉与中国大陆联络受阻，委托人无法知晓60年以后的情况将会是怎么样，所以他给我们的指令是委托期满60年即2020年开始寻找，如果到时候联系路径还不顺畅或者寻找无果的话，就顺延10年，以每10年为一个时间节点，直到找到指定接收人为止。也就是说，如果我们这次没有找到指定接收人并完成委托人的这份委托，那么我们将在10年以后再重新启动下一轮寻找，以此类推，直到我们完成委托人交办的这个事项。第二，委托人指令，这个卷宗必须交给委托人的直系后裔，第一顺序是他的女儿，如果女儿已经不在人世，第二顺序是女儿的下一代直系后代，即外孙子或者外孙女，再下来就是下下一辈，如果出现接收方一代有多位兄弟姐妹的情况，那么指令明确交给最年长的那位，不论性别。"

"听上去有点英国法律逻辑。"郭玉洁年轻时在英国留学3年，对这种西方继承的顺位概念略有了解。

"嗯。"李成阳接着说，"按照委托人的委托，我们在今年1月也就是进入60年周期的时候即着手处理这个事务，委托人当年交代给我们的第一顺位交付人是他的女儿郭月女士，据我们了解，郭月女士已经在26年前过世，我们需要寻找她之后的第二顺位交付人，按照我们调查了解到的情况，郭月女士如今存世健在的只有一个女儿，就是您。刚才我很冒昧地一见面就索要您的证件，也是最后做一个身份认证。现在我正式知会您，郭玉洁女士。"他示意一旁的刘鹿鸣打开摄像机：

"我代表金水事务所，将委托人郭和中先生于1959年委托给本事务所的这份封存文件卷宗正式交付给您，接收人为郭和中先生的外孙女郭玉洁女士。"李成阳用非常正规的语气轮番以中文普通话、闽南话和英文叙述了一遍。

郭玉洁听着对方的这些陈述，觉得脑袋瓜乱哄哄的，曾经听民间说书人讲故事，那种秘而不宣的宝藏，多少年以后突然出现，还有什么第一第二顺位等等，她有点想笑，一见眼前这两个人一副正经八百的样子，便不好意思笑出声来。郭玉洁有些好奇地问道："那二位又是怎么找到我的呢？"

"这属于我们事务所的主要业务，负责替委托人保管物品，包括信函、珠宝、遗物和债券股票等，我们事务所有一整套的交办流程。就这项委托事项来讲，我们今年1月份开始启动相关的寻找工作，在这之前我们已经来过厦门三趟，大致把郭和中先生在大陆的亲属情况了解清楚了。关于委托人的后裔目前的状况以及他们各自的分布，我把我们了解到的向您说说，您看一下这个。"说着，李成阳从随身的文件箱里取出一张纸，只见上面用中英两种文字写明了郭和中以下几代后裔的名字，包括女儿孙女曾孙玄孙玄孙女，以及他们各自现在的职业和居住地。

"你这张图颇有些中国古代族系族谱的味道。"郭玉洁感叹道。

"这是我们事务所寻找线索的必备能力，在不触犯客户隐私以及法律允许的范围内，我们做好先期调查，便于准确无误地执行委托人的委托事宜，特别是对于年代跨度较为久远事项的办理。"

郭玉洁接过那张纸仔细看着，只见在郭和中儿女那一列，除了母亲以外，还有郭亮这个名字，郭亮是自己的大舅，他和大舅妈全家在解放前夕从厦门乘船去了台湾，两家从此失去联系。在自己名字下面的第一列是她的两个儿子和一个女儿，第二列则是长子陈平的三个子女：长女陈亦舒，次子陈亦然，幼子陈亦诚。郭玉洁突然想起一个相关事宜，赶忙问道："那你们帮我外公找到我，这中间有一些费用，是不是我应该先支付给你？"

"这个不用，"一直坐在一旁没有说话的年轻人解释道，"先自我介绍一下，我叫刘鹿鸣，大陆人，原籍福建泉州，在广州大学主修历史，后来考入新加坡科技大学念工商管理，毕业后应聘加入金水事务所，我是事务所的客户协理，这个项目也是由我协助总经理李成阳先生。"刘鹿鸣把自己的名片递给郭玉洁，接着说道：

"我们的客户已经在 61 年前提前支付了这个委托事项的全部费用，包括无限期的保管费、寻找后人的相关费用，以及寻找到交付人以后，他所托付物件按照交付人的意愿安置运送等所有费用，直到这个委托事项完全办妥为止。所以这笔开支 61 年前一次性提前支付了。"

"是我爷爷收的钱，那时候，他亲自承接了这个委托项目。"李成阳补充道。

"你是律师出身的吗？"郭玉洁不曾知道还有这样的一种代理业务。

"我大学在新加坡大学主修的是法律专业，不过我不是律师，我们的工作准确地讲是客户代理。我们事务所有几百个不同领域不同类型客户的委托业务，时间跨度和具体要求各不相同，我们的任务就是准确无误地执行委托人的指令。金水事务所是一家80多年的老号，主要服务于在南洋的华侨华裔，我是第四代管理人。"李成阳解释说。

郭玉洁与对方交谈了20多分钟，总算大致明白了这个事情的来龙去脉。

郭和中，也就是她外公，在61年前病情加重，自知来日无多的时候，写下了一份遗嘱，或者更贴切地说，对他身后的一些事项做了一个书面陈述交代，把它放到一个卷宗里，委托这家金水事务所在自己过世60年以后，找到自己的后裔，将这卷宗里的东西，交给他提前指定好的后人。如今，这份跨越历史长河的先人文件交到自己手里。

这一瞬间，郭玉洁有一种岁月回流、时光隧道穿越的感觉。自己的外公仿佛就站在面前，面带慈祥微笑地望着她。而她，还是一位18岁的芳龄少女。

"为什么要等到60年以后呢？"郭玉洁喃喃自语道。

李成阳听到了老人的呢喃："郭女士，这个或许我可以做一个解释。这个委托事项是由我爷爷交给我父亲，我再从我父亲手上接手的。当时我也有同样的困惑，我直接问过我爷爷——他现在已经过世了——我爷爷是当时在场的经手人和见证人，这上面有他的签字。他告诉我，他的客户也就是这位郭和中先生亲口告诉说，他相信60是一个轮回，因为当时中国内陆和南洋通信往来基本中断，内陆官方对于海外华侨的政策有一些限制和偏差，老先生觉得这样的情况下就必须等一个时间，而他也不知道到底要等多久，什么时候会开放。于是他就人为地设定了一个时间点，60年。很多从中国下南洋的老一辈华侨都有固定的老习惯，他们认定60是一个轮回，所谓的六十甲子。据说很多海外老一代的华侨，都希望自己能够叶落归根，对他们来说这是一种归宿的期盼和宽慰，既然回不去，以60作为一个轮回，寓意是希望自己的灵魂能回到故乡故土。我觉得这恰恰是我们的这位委托人，也就是您外公选择60年后向他的后裔交付这些文件的原因。"

郭玉洁点了点头，还是有些不敢相信，眼前拿着的这份卷宗，竟然是61年前出自自己外公的手，可惜母亲郭月没有活到看见卷宗的这一天。

李成阳说道："郭女士，我有一个建议，一会儿您想必会查看这卷宗里面的内容，这里面是什么东西我们也都不知道。但是我们作为委托人的信托方，需要全程负责妥善处理这件事情。我想要不我们今天就先告辞，给您留一段自己的时间，您可以等我们离开以后再拆开这个卷宗。明天下午我们再过来一趟，到时候您根据里面的内容再来向我们发布下一步的处理指令。我们住在厦门的恩格里大酒店，这是我在中国的手机和酒店的房间号，如果您有什么事情可以随时联系我或者我的同事刘先生。"说完，一旁的刘鹿鸣递过来一张酒店卡片，上面有手写的联络号码和酒店房号。"那么，我们就先跟您暂定明天，我想您中午可能会午休，我们约定明天下午3:00再过来拜访您可以吗？"

郭玉洁点点头："那就有劳两位了。"

"哪里，您太客气了。"说罢，两个人起身恭恭敬敬地朝郭玉洁作揖鞠躬，转身告辞。

郭家老宅院子内阳光明媚，墙外树上的知了正在唧唧地叫着，远处隐约传来肩挑货郎摇晃拨浪鼓的声音。

流传村这番古老的田园景色，至今已经持续了近千年。

6

流传村，郭家老宅庭院

送走两位不期而至的客人，郭玉洁回到院子里的藤椅上坐下，她试图让自己一直扑通扑通快速跳动的心稍微平静下来，可是没有用，整个心脏像是要从喉咙口蹦出来似的，这在过去可是从来没有过的。郭玉洁只好从抽屉里取出一片盐酸维拉帕米片——这是一款适用于老年人缓解心跳的药片——她把药片就着温水吞服后，站起身来，在院子里来回走动，试图缓和一下心跳的节奏。翠花正在厨房忙着用石臼捣磨黄豆，见郭奶奶有些异常，连忙走出来想探个究竟，郭玉洁比了个手势，让小姑娘回屋里忙她的事去。

　　郭玉洁一生经历过无数跌宕起伏，从中学时代逃避日本人的战乱，辍学报名参加抗日救护队，到只身赴英国求学，1957 年"反右派"运动受冲击，"文革"期间被关牛棚，自己和母亲从流传老宅被驱赶出来，还有后来的平反复课，等等，90 多年的人生经历就像幻灯片似的一帧一帧在眼前闪过。外公的形象在郭玉洁的记忆中依稀可见，她一共只和外公见过 3 次，最早那次是玉洁刚出生还未满月的时候，那是母亲告诉她的，最后一次和外公相聚，是在 1946 年，距今已经整整 74 年光阴了。如今放置在眼前书桌上的这个卷宗，是自己血脉之亲的前辈 61 年前的亲笔书写。时光荏苒，岁月穿梭，当年与外公在菲律宾见面的时候，自己是一位刚满 18 岁的花季少女，她在马尼拉郊区外公的别墅里听外公讲华人在海外打拼的故事，在外公别墅的游泳池中游泳，和外公嬉闹。那次玉洁途经新加坡前往英国上学，外公安排她从新加坡乘坐飞机前往伦敦，那时候空中旅行刚刚问世，是个稀罕物，票价高昂。从马尼拉到新加坡停留的时候，经外公介绍，玉洁在新加坡见到了著名华侨实业家和爱国华侨领袖陈嘉庚老伯。一晃四分之三个世纪过去了，如今自己已是一位耄耋老人，在人生旅途进入倒计时的时候，意外收到一封来自 60 多年前的外公留下的亲笔信，这仿佛是在时光隧道背后那一端，毫无意料地照射来一束强烈的白炽光，让她不由自主地转身回头看去，她看到了牙牙学语的自己，看到了牵着她的小手玩耍的母亲，看到了把她抱在怀里，微笑着凝视自己的外公，还看到了自己的两个儿子一个女儿，以及一群欢快蹦跳的孙子孙女和曾孙，他们都在长长的时光隧道中步伐不一、形态各异地行走着。这束从背后射过来的光芒是如此明亮耀眼，郭玉洁清清楚楚地看得见自己过往 92 年发生过的每一个细节。

"真是神奇啊！"眼前半是想象半是回忆的场景让郭玉洁深深陶醉。

时光隧道之 1946：
马尼拉郊区别墅，露天泳池

1946 年，菲律宾马尼拉。

"外公，你下来一起游会儿？"18 岁的郭玉洁身着蓝色泳衣，在外公郭和中别墅后院的泳池里游了几个来回，见外公从屋子里走过来，连忙爬到泳池边，挥手邀请道。

"外公老了，现在可是游不动了，"郭和中走到泳池边上伸出手测了一下水温，"水温挺好的。"

"嗯，比起在海里游舒服多了。"玉洁一骨碌从泳池里跳出来，"我还想喝椰子汁。"

"来，"郭和中从一旁的躺椅拿起一条浴巾替外孙女披上，然后走向不远处的凉亭，从竹筐里取出一个新鲜的椰子，用刀子劈开小口子，插上吸管，捧起来递给玉洁。郭玉洁接过椰子，大口地吸将起来："好爽。"爷孙俩的这几句话是用闽南方言说的。

"明天你就要离开去新加坡了，我替你买好的机票，从新加坡到伦敦，中间要停两次加油，但比起坐船，时间上快多了。"郭和中吩咐道："记得上飞机前带足干粮，万一路上饿着了就不好了。"

"知道了，外公。"玉洁顺从地点了点头，这将是她第一次乘坐飞机，航空旅行是这几年刚刚兴起的新鲜事，从新加坡去伦敦按照惯例都是乘坐远洋客轮，大约需要 15 天，现在开通的空中航线只需要不到1 天时间，就是票价贵得吓人，她知道外公是心疼她才花大价钱给她买了机票。

玉洁这次是要去英国伯明翰大学上学，主修护理专业，母亲郭月特意让她前往英国的途中到马尼拉与外公见面，所以玉洁从厦门乘轮船出发，一个星期前到达这里，这处郊区别墅是外公日常居住的地方。外公郭和中是流传村的华侨，多年来一直在菲律宾住，负责经营家族企业"天一信局"。

"还是你们好啊，从小就上学识字，现在又要去留洋读大学，不像我总共就念了两年私塾。"

"私塾都念些什么呢？"玉洁有些好奇，她从小学开始就在新式学堂读书，对老家村子里的私塾很不了解。

"私塾是中国人上千年的学堂，"郭和中解释道，"有钱人家请教师先生到家里来教自家孩子们，在流传村，我们郭姓宗族的惯例是在祠堂里办私塾，本姓孩子免费，外姓人家收一点钱。那里主要教四书五经，教写毛笔字，打算盘。"

"我知道他们不上体育课。"玉洁回应了一句。

"还体育课呢，私塾里女孩子是不能去的，通常只有男孩才能读书，女孩子六七岁的时候就得裹脚。"郭和中接过玉洁喝完的椰子壳，扔进垃圾桶。

"好恐怖，好在我母亲和我都躲开了。"玉洁伸了伸舌头。

"到你们这一代已经是民国了，新思想，乡下大多女孩都不裹小脚也可以上新学堂了，你母亲那阵子可是不容易，她小的时候还是大清朝代，我交代说不要给她裹脚，因为裹脚不人道，残酷，而且不好看，这是我在南洋的看法，老家人可不这么想，记得村里的族长还对我有意见，说这样一来带了一个不好的开头。"郭和中回忆说。

"外公，今晚还能吃炒米粉吗？"玉洁有些嘴馋。

"吃，今晚就我们俩，一定让你吃个够，还有五香肉条。"郭和中满脸慈祥地答应道。

流传，天一老宅，露天院子里。

92岁的郭玉洁围着老宅天井四周来来回回走了整整20分钟，这会儿心跳逐渐恢复到正常水平，她这才走到书桌前重新坐下来，试图撕开那个用蜡封封条密闭的卷宗。当她的手指刚刚接触到蜡封封条的时候，手指抚摸过外公郭和中三个草体签字，禁不住激烈颤抖起来。郭玉洁不得不停下手中的动作，闭着眼睛又缓和了几分钟，然后再次睁开眼，屏住呼吸缓缓揭开三个并排的蜡封封条，这份已经被尘封了61年的卷宗文件，此刻展现在郭玉洁面前。

卷宗内有几份文件、一串钥匙、几张已经发黄的照片，还有一封用小楷毛笔手写的信函，那是外公的笔迹。郭玉洁首先拿起手写信函仔细阅读起来：

敬启者。

写这封信的执笔人，我本人，姓郭名和中，中国福建流传村人，现住菲律宾马尼拉市奔弗区53街18号，于1959年8月15日手写立下如下遗嘱：

一、我已委托新加坡金水事务所，全权处理此遗嘱所列各项，并已向金水事务所支付相关所有费用。此委托事宜及费用支付已获得金水事务所总经理李海波先生的确认，费用缴费收据附件于后。

二、本遗嘱首次交付时间为我本人离世后60年。中国人讲究生命轮回，60为一次天干地支之循环，也是一番完整的轮回。作为身在海外的华侨，我希望自己能够魂归故里。现因南洋与中国大陆通信不便，目前此遗嘱内容无法通达，我亦不知何年何日通信能够恢复正常。如果60年之后，此遗嘱内容仍无法送达交付人的话，我要求顺延10年，再重新启动，由此类推，直至送达。

三、本遗嘱送达人即受托人或受益人的承接顺位如下：第一顺位为我的亲生女儿郭月女士，第二顺位即如果郭月女士届时已经亡故，则由郭月女士的女儿，即我的外孙女郭玉洁女士作为送达人。如果郭玉洁女士亡故，则由郭玉洁女士的子或女及其后裔顺位承接。同辈如果多人以长幼为序，不论性别。

四、本人委托金水事务所办理此事，此委托权不可转移。若金水事务所不再存续，则由金水事务所指定相关第三方代为处理。

五、本人已明确此遗嘱及委托事务相关内容如下，此遗嘱和相关文字的建立地点是在菲律宾，以下部分内容以中文陈述，考虑到年代保存，同时提供手写和打字机打印稿，内容并无二致。如遇到后人开启此信件不认识中文之情形，可由金水事务所聘请专人译为英文，如若字面理解上有争议，以中文文字为准。

郭玉洁大致明白了，这是他外公手写遗嘱的引言。她停下来，闭上眼睛再次让自己平静下来，几分钟后，深深呼吸了一大口气，翻到手写信函的第二页：

我的郭氏血脉后人，我的女儿，孙女，曾孙，曾孙女，玄孙，玄孙女：

你们是我郭和中血脉后裔，身上流淌着我的血液和传承。我自幼年离开老家福建流传村，随我父亲即天一信局创始人郭有品先生来南洋谋生，创办企业，至今 70 余载。我的一生绝大部分时间都在南洋度过，然我一直心系故土，乡情难舍。我总是希望自己百年之后能够魂归故里，陪葬于我父亲墓旁，一则灵魂得以回归安息，另则希望贴近故乡土地长眠。此人生夙愿能否得以实现，今仍不得而知。本卷宗后面附有十几张照片，是我在南洋各个时期的生活照，其中也包括和我女儿郭月、我外孙女郭玉洁的合照。这些都是最为宝贵的家族记忆，现传给本遗嘱的接收人。

除了为后人送上我的一份亲人祝福，并表述我作为海外华侨对故土的思念之情外，本遗嘱共有五项主要内容，分列于下：

甲项：本人在菲律宾拥有两家公司，分别是菲律宾郭氏吕宋橡胶公司和菲律宾郭氏吕宋贸发茶叶公司。两家公司分别传于我在菲律宾所娶华裔女子张氏，包括我与张氏所育两子，以及我的另一位菲律宾裔妻子 Enko 氏，我与 Enko 氏育有一子二女。其中菲律宾郭氏吕宋橡胶公司包括 300 公顷橡胶种植园、两处橡胶加工厂和一家出口贸易商行。我以此遗嘱明确指令：菲律宾郭氏吕宋橡胶公司 20% 股份保留给我在中国大陆的后裔即本遗嘱的接收方。此接收方不论性别年龄，拥有上述公司 20% 之股份。不论在任何情况下，此 20% 股份不受稀释或任何转移，即接收方有权无条件获得此 20% 股份，作为我的赠予。如果接收方在接收以后有意愿改变其获得的这部分股份，例如出售或者转让，则任由其本人处理。关于此项遗产分配，我另函交由公司委任之律师事务所即马尼拉华洋律师所处理，此 20% 的赠予保留及不受稀释的规定，本人已在公司章程、董事会决议和其他有关文件书面明确，相关文字附录于后。

乙项：本人旅居菲律宾数十年，多次见到华侨先人南下南洋，终亡于斯，未能回归故土，其墓地墓碑多有荒芜，不少石碑断损破裂，散落荒野地头，甚为凄凉。本人本着安抚亡灵之意愿，几十年间陆续将所见所遇之废弃华族墓碑逐一收集，并购地十顷妥为存放。这些墓碑有远至明代郑和船队的随队兵士和船人，也有二次世界大战期间被日本军人残杀之华族乡人，共计 200 余块，请后人检视。如届时条件允许，请洽商合适之博物馆捐献，作为华族下南洋历史足迹的一份文物收集。

丙项：我所管理之天一信局曾于 1938 年护送约 5 吨华侨物资由菲律宾送往乡梓厦门流传，不料途中突遇风暴，船只翻倾，所载物品悉数沉没，幸船工及随行人员均及时获救无恙。事发之后，身在老家流传的小女郭月倾其个人所有对托寄乡民物资一一做了赔偿，乡民尽皆满意。然这么多年，我心中一直存有遗憾，盖因此批次运输物品中有 28 块亡故在斯之流传乡人墓碑，此 28 人皆系老家来此打拼之男丁，未有家室，身亡后无以妥当安葬，草草立碑标记，经多年风雨淋晒，早已墓地不存，石碑残缺。我本意将此二十几位孤独乡民墓碑运回内地交其家人以慰亡魂，不料天未遂人愿，它们亦随众多物资沉没于海底，多年间，此事令我牵挂。如若

60 年后开启此遗嘱时技术发达，可委托专业公司搜索打捞，让这些墓碑不至永远沉没海底，将其妥为供奉，则可告慰于我。后有附件包括当时菲律宾报纸对沉船事件的报道，船公司预计行驶航程记录，和获救天一伙计之陈述记载。

丁项：我请我的遗嘱交付方如果条件允许，负责将我的棺木遗骸迁回中国内陆埋葬，希望能重新葬于我父亲郭有品墓旁。身躯早已化为泥土，但灵魂犹在，我希望自己最终能够贴近故乡的田地。

戊项：我在新加坡南洋银行保险柜，存有 20 金锭，钥匙亦附于后，此可作为上述遗嘱丙项执行之相关费用或执行人继承款项。

上述各项除丙项外，均由金水事务所协助办理，我已支付毕各项费用。

言犹未尽，生命有限，就此告别我的后人。

郭和中，立于西元 1959 年 8 月 15 日。

郭玉洁仔细阅读着，透过面前发黄的信纸上用小楷毛笔工整书写的每一个汉字，她仿佛能听到外公的呼吸，闻到先人的气味，禁不住老泪纵横。她终于明白了，外公费尽这么多的周折，是希望给自己的后裔留下一份爱的祝福，也期盼着他身故之后某一天，能够在未来太平盛世的年代魂归故里。

翠花是一位贴心而乖巧的女孩，她意识到奶奶今天有很重要的事，也不敢多问，悄悄地把院子前后两扇门都掩上，自己拿了一个竹筐，坐在厨房里细细地挑选黄豆。

7

流传村，郭家老宅庭院

第二天下午 3:00，一辆黑色奥迪轿车在流传村天一老宅门口停下，李金水和他的同伴刘鹿鸣按时到来。李金水给郭玉洁带来了两盒产自菲律宾的白咖啡："当地的土特产。"

"这个东西好，多谢，以前我母亲在世的时候很喜欢白咖啡。"郭玉洁已在院子里等候客人，她接过礼物，点头致谢。

几个人一阵寒暄后相向坐下。

郭玉洁把昨天拆开的遗嘱信件交给对方。李金水和刘鹿鸣默不作声地依次读了一遍，问道："我们可以把这些内容拍个照片吗？"郭玉洁点点头，对方拿出手机快速地拍了几张照片，接着说："郭老先生的这个遗嘱已经写得很清楚了，郭女士，您看我们是不是可以按照上面的内容来执行。这上面提到的菲律宾郭氏吕宋橡胶公司，年轻时候我听我祖父介绍过，据我所知，后来改名为毕其太平洋橡胶公司，因为菲律宾限制华文和华语名称，很多华侨企业和个人的名字都改了。现在应该还是一家私营的家族企业，具体情况我还得去了解一下，您有什么特殊的要求吗？"

"这方面我一点都不懂，什么叫公司继承呢？"郭玉洁不太理解地问道，她说的是实话。

"是这样的，我大致向郭教授解释一下，"李金水说道，"指令人的明确要求是要将当时他名下拥有的这家菲律宾郭氏吕宋橡胶公司 20% 股份赠送给您，这部分的股份赠送不会受到任何后来股份重组或者稀释的变化干扰，换一句话讲，就是当年 1959 年的 20% 股份应该归您所有，指令人应该是为了避免日后他不在人世间出现任何理解上的争执，特意事先安排好把他提到的这个 20% 股份赠送的指令交给当时公司委任的律师事务所办理，同时写入公司章程和董事会决议，指令人已经把相关文件都附在这个卷宗里了。"

"可是我人在国外，又是这一把年纪了，这股份什么的对我来说没有什么用处啊。"郭玉洁好像没有特别动心。

"这个我理解，"李金水从事这个行业几十年，显然很了解客户的顾虑和诉求，他提议道，"您可以直接把股份继承下来，也可以指定给您的任何后辈亲属。先不去说这个股份有多少价值，至少是满足了您外公的一份心意。"

"这倒是。"郭玉洁点头认可。

"关于石碑的捐献运输，我们会根据您的指令帮助办理，这个没有额外费用，因为郭老先生已经把所有的费用都提前支付过了，所以我们会按照您的要求直接把几个事项协助您处理妥当，可以直接交给您或者您指定的交付人。"

刘鹿鸣插问了一句："关于这里面提到的这些石碑处理，和郭老先生棺木转移的事，您有什么具体要求吗？"

"说到这两件事情，我昨天晚上来回想了大半个晚上，我现在的初步意见是：石碑是文物，承载着华侨先人的历史，很有爱国主义的纪念意义，我想可以考虑捐赠给有关的博物馆，近来有不少国内和东南亚的华侨协会都在像我们流传村这样的侨乡向民间征集华侨文物，我知道他们有这方面的兴趣。至于你说到的棺木，就是我外公提到的回葬大陆的事，容我再想想，我理解我外公希望能够魂归故里的愿望，但是按照我初步的理解，我外公已经在当地墓园下葬60年，现在再把棺木挖出来，反倒惊扰了老人，似乎不妥。"

李金水点了点头表示赞同。

郭玉洁接着说："所以我想，我们是不是可以有一个两全其美的方案？但具体怎么做，我还没有想出特别好的办法。"其实还有一个让郭玉洁顾虑的是，外公郭和中的父亲，也就是大家所熟知的天一信局创始人郭有品先生在老家的墓地，几十年前"文革"期间被作为"四旧"铲除了，葬有其他人的家族墓园也已经在当时号召开荒造田的运动期间被彻底损毁，所以郭和中回故乡安葬的条件现在看来难以实现，那怎么能让外公跟他自己的父亲相邻而葬，郭玉洁还是没有想出一个妥善方案。倒是后来，这个让老太太发愁的难题被孙女亦舒的一个好点子解决了，那是后话。

"我知道郭女士您是中国护理学界知名的教授，我还特意购买拜读过您的两本专业书籍，不过我不懂医学和护理，看得不是很懂。"李金水说道，"看上去，您的身体很棒，走路活动都没问题，要不要考虑借这次机会到新加坡、马来亚、菲律宾走走呢？"

"我估计是走不动了，这辈子我也就出过两趟国，1946年的时候在菲律宾和新加坡停留一个多星期，看望我外公，就是这份遗嘱的立嘱人郭和中，那年我才18岁，途经南洋赴英国留学3年。再有一次就是两年前让我儿子陪我重访伯明翰我的母校，其他时候我大多在国内教书，不常出门。"郭玉洁一直是个喜欢安静的人，对于到处旅游观光的时髦，她一直没有太多兴趣，这会儿她琢磨的是，眼前突然发生的这件事情，应该交给谁去处理？

8

美国波士顿，喜来登酒店

上午8点，酒店一楼自助餐厅。

这是位于波士顿市中心的一家商务型酒店，住客大多是商旅出行的上班族。这会儿正是早晨用餐的高峰时段，位于酒店一楼大堂一侧的自助餐厅，人群熙熙攘攘，各色人等穿梭进出，一派忙碌景象。

陈亦舒身着一袭米色风衣，肩膀上背着一个黑色的双肩背包，快步走进餐厅，在就餐区来回转了两圈，好不容易才在一处角落找到了一个空闲的位置。她把双肩背包放下，匆匆走到自助餐的食物陈列处，拿起盘子要了一个煎蛋、两根香肠、一片面包，还有几勺色拉，再从冰柜取出一杯果汁，回到座位吃了起来。

陈亦舒是郭玉洁的长孙女，他们姐弟仁人，亦舒是老大，下面有两个弟弟，亦然和亦诚。作为一位从事新媒体采编工作的职业媒体人，亦舒每年有 2/3 的时间都是在差旅途中度过的。她所服务的环球21世纪是一家新媒体公司，总部位于香港，亦舒在这家公司已经工作了5年，现在她是一名资深编导，负责一档名为《世界那些事儿》的专题节目，包括视频、音频和文字多种形式的播报。这是一个深度采编的专题报道，主要聚焦于发生在全球各个角落的有趣的人和事。它的报道特点是每一期专辑、每一篇文稿、每一段音频，只用来介绍一个人物或者挖掘一个事件。这个节目今年进入第二年，目前是环球21世纪各个专题节目里最为叫座的节目之一。

这个节目组的专题播出频率为每周一期，视频、音频和文字稿件同步上线，对于亦舒来说，保证这个节目收视率的关键，主要在于选题的新颖、现场采访的精彩、后期制作加工的用心，这三点是每期节目能否成功最为核心的要素。亦舒是一个喜欢亲力亲为的人，虽然说作为编导，她这个专题组有5位同事，包括主播、编辑、摄像和行政协调，但每个选题的最后拍板，每个脚本的润色和加工，每一期视频后期制作的剪辑配音，亦舒都是要亲自动手的。她毕业于香港大学的传媒硕士专业，打从少年时代起，亦舒就对传媒情有独钟，中学时候，她是学校广播站的站长和校刊的责任编辑，后来上大学和研究生，她也一直是各种学生社团媒体宣传方面的活跃分子。

美国对于陈亦舒来说并不陌生，在香港大学上学时，通过校际课程交换，她曾经在纽约哥伦比亚大学上过一个学期的三门选修课，加入环球21世纪后更是多次因为采访任务前往美国。作为忙碌的空中飞人，她早已经习惯了穿梭于不同城市旅馆之间的流动式生活状态。

今天亦舒一行的采访计划安排得满满的，上午要去波士顿大学采访一位经济学教授，对方是一位华裔美国籍学者，他是上世纪八十年代中国改革开放以后，第一批来美国留学的大陆青年，毕业以后就在美国待了下来，主要从事宏观经济学的研究，如今在宏观经济学领域颇有一些名气，亦舒的采访将主要围绕当下疫情时代全球宏观经济的发展走向。下午两点，亦舒团队与中国驻波士顿领事馆有一个事先安排好的采访计划，准备制作一个专题片。采访对象包括领事馆的总领事、商务参赞，还有几位工作人员，请他们谈谈在中美两国关系摩擦日渐增多的背景下，两国之间的文化交流前景。今天晚上的最后一个采访计划，是采访 NBA 美职篮波士顿凯尔特人篮球队，这是亦舒本人最为期待的一次采访，一想起来就有些激动。亦舒自己是一名资深的 NBA 篮球迷，而波士顿凯尔特人篮球队恰恰是亦舒从小就特别追崇的一支球队，这些年从事采编工作，时间节点不好把握，很多 NBA 的现场比赛没办法观看，但亦舒几乎都要找机会观看比赛的回放。亦舒一直是凯尔特人队的痴迷粉丝，她保留着凯尔特人成立以来的每一款球衣，她甚至记得每一位球员的球衣号码、所在位置以及他们各自获得的最佳成绩。今天采访凯尔特人球队是 3 个月之前就沟通安排好的，他们一行将带着摄像机全程跟踪采访今晚的主场赛事，同时还将拍摄凯尔特人队员们中场休息时候的镜头，亦舒预计这些独家内容一定会获得无数球迷的欢呼。这次采访，凯尔特人媒体专员还破例允许亦舒他们在休息室有 10 分钟对任何球员进行随机采访，这可是一个十分难得的机会。亦舒一想到自己可以在休息室里嗅到她所喜欢的球星的汗味，甚至可以把脚放到那身高马大的男性球员 48 码的球鞋里面蹭一蹭，心里觉得有股莫名的兴奋和期待。

随着互联网应用的普及，媒体行业在过去十几年发生了巨大变化，以前居于霸主地位的传统媒体包括电视台、电台、报纸杂志等，正让位于新型的网络新媒体。如今风头正劲的互联网新媒体运用网络传播作为它的主要承载方式，吸引着众多以年轻族群为主的观众、听众和粉丝。亦舒所在的环球 21 世纪是一家典型的新媒体公司，公司的运作已经颇具规模，拥有 300 多位员工，进行全方位的视频、音频、文字内容发布，包括全天无间断的 24 小时新闻、财经直播、专题节目播出，以及各种文字和音频形式的报道，公司拥有自己的网站、移动端手机 App，并在各大主要网络平台辟有自己的栏位，但它并不像传统媒体那样，维持一个电视台台号，也没有固定的广播电台频道或者纸质出版物，所有的内容都是经由网络发布传播。在环球 21 世纪的 App，以及其脸书账号、微信公众号上，观众，读者，粉丝，可以自由发表意见，是一种 UGC 即用户产生内容的互动模式。对于能从事自己所喜欢的媒体行业的工作，亦舒是相当满意的。虽然说这个行业薪酬不高，基本上是一个清汤寡水的职业，但是能做自己喜欢并且擅长的工作，这份满足感是金钱无法衡量的。亦舒从小就不是一个十分在意物质追求的人，她不像很多女孩子喜欢那些漂亮好看的衣服、化妆品或者晃眼的珠宝，也不像她的两个弟弟对于商务经营和金融有多大兴趣。亦舒是个大大咧咧、比较粗线条的女人，喜欢跟各种不同类型的人打交道，酷爱社交，用她母亲的话说，女儿的性格天生就是从事组织协调方面工作的料，如果不是干媒体的话，她去一些非营利机构从事管理，应该也是挺适合的。

一年多前，亦舒提议并获得上司同意，开辟了一个新栏目，名为《世界那些事儿》，这是一档专门从事深入报道的专题节目，主要是采访各行各业有代表性的人物和重大事件。作为栏目的资深编导，亦舒对于采访对象的选择，并不一味地只锁定政要名人，例如一个国家的总统总理、商界大佬或者文艺体育界的明星，这些当然有收视率，能获得较多的观看人数，但这类人选通常都被各个媒体反复报道过了，可以挖掘的新鲜内容不多，你很难想象采访苹果 CEO 库克，或者脸书的扎克伯格还能找到没有被其他媒体报道过的好料，他们早被各家媒休同行来回底朝天翻了无数遍，虽然这种现象级名人有吸引大众眼球的传播效应，但就采访内容来说，很难出什么新意。这类题材的选取当然不可缺少，毕竟它们本身具有收视率的保证，但亦舒更加注重采访一些不同行业有代表性的人物，透过他们的人生经历，向观众与读者们展示每个人独一无二的价值观和亮点。例如亦舒曾经采访过一位德国调音工匠，他一辈子的工作，只是负责保养和维修各个教堂的风琴，在这个行业足足干了 50 年，据说全德国 2/3 教堂的风琴都曾经他的手调制过。亦舒还带领节目组采访过一个印度街头制作手抓饭的师傅，正常情况下，他和一名帮手每天能够在街边摊现场制作并出售3000 份手抓饭，按每天 12 小时计算，平均每分钟售出 4 份，其生意所使用的工具，除了一台简单的炉子、一个平底圆形的铁盘，就只有他的一双手。那份娴熟的技巧，对火候温度的拿捏，各种调料抓一把扔下去的分量控制，以及每次几个鸡蛋同时敲开入盘翻炒，每个动作都做得如同行云流水，他简直就是一位工艺大师。通过这些林林总总的采访，亦舒感到自己的每一天都过得十分饱满充实。与此同时，这些角度新颖、内容引人入胜的专题栏目，自从上线播出后，一直很受欢迎，仅仅在微信公众号，"世界那些事儿"现在就已经累计超过400万粉丝。为了满足中国以外其他国家用户的观看需求，半年前，"世界那些事儿"已经正式推出英文版。

陈亦舒一边吃着早晨，一边用 iPad 对今天的几个采访稿做最后的修改润色，这也是她养成的一个职业习惯，由于现场采访受到被采访人问答风格和采访时间的限制，对于每次采访主题，亦舒不仅仅要事先了解相关背景资料和主要问题，还得拟出若干套提问大纲，或者以 ABC 不同权重的方式标识。在她刚刚开始从事采访工作后不久，有一次在北京协和医院采访一位外科主任医生，约好的是在他进入手术室前30分钟采访，亦舒按照惯例，准备了12—15个问题，常规情况下这是一对一采访的正常频率，她刚开始提问第一个问题，是有关这位主任医生早年读大学所在学校的情况，这本来是一个过渡性问题，没想到对方一开口就洋洋洒洒地回答了20多分种，从他怎么考入那所大学，他上学时候学生宿舍长得什么样，他每天晚自修都在哪里进行，以及学校实验室有什么设备，中间亦舒几次试图打断都未能如意。好容易等到这位中年主任医生回答完第一个问题，采访时间也到了。那次事件以后，亦舒改变了自己的采访策略，一是开门见山，先提问主要问题，二是多几套问题备选，根据被采访人的风格随时调整。今天的这三场采访，针对的是不同行业的优秀人士，亦舒更需要提前做好充分准备。

"亦舒早，我们在 lobby 等你哦。"助理张琪走过来招呼了一句。

"等我 5 分钟，一会儿见。"亦舒朝对方挥了挥手。

9

波士顿北岸花园篮球馆

波士顿北岸花园篮球馆是波士顿凯尔特人队的主场。作为 NBA 的一支老牌劲旅，凯尔特人队成立于 1947 年，是 NBA 历史上夺冠次数最多的球队。北岸花园球馆在 1995 年 9 月开始启用，据说至今累计接待观众已超过 3000 万人次。

今天白天的两个采访大体都还顺利。下午在中国驻波士顿领事馆的节目本来预计开始时间是下午 2:00，因为领事馆临时有接待任务，被推迟到 3:30 才开始。所以亦舒一行人接下来的时间就有点赶。她们今天的采访团队一共 4 个人，租了一辆面包车，从领事馆采访完就匆匆往北岸花园篮球馆的方向赶，饭都顾不上吃。这会儿已经是下班时间的晚高峰时段，路上车辆拥堵得很。对于从事媒体采访的行业人士来说，饥一顿饱一顿似乎都是常态了，好在助理张琪还是一个很机灵的人，在临上车时匆匆忙忙就近买了几杯咖啡和几个三明治，大家就在面包车上边赶路边狼吞虎咽地吃着三明治聊着下一个采访的分工安排，波士顿凯尔特人的采访是今天的最后一项工作。

"好，我把细节再说一遍，"亦舒喝了一大口拿铁咖啡，对身边的几位同事说道，"大家要特别注意集中精神哈，因为今天在凯尔特人的采访是随着比赛节奏走的，没办法回过头来再走一遍。我们在现场的时间大约两个半小时。按照计划，我们分两个采访阶段，第一个阶段是比赛开始前，我们去凯尔特人展览馆，从里面取一些球队各个时期的镜头片段。同时在球赛开始之前，我们在入口处随机采访几位有代表性的入场观众，注意找几个铁杆粉丝，他们的表现力强。比赛开始以后呢，我们要在场内拍摄现场镜头，尤其是……"亦舒对着一位抱着摄像机的男子叮嘱道："老汪，你一定别漏过开场前热身时篮球宝贝的热舞，还有记得进入内场拍几个球员热身时的上篮投篮镜头，这种镜头表现力强，我们可以后期加工做海报用，观众喜欢看这些平常他们在电视转播中看不到的东西。这方面我们都已经熟门熟路了，大家就按照事先规划好的节奏来。"

亦舒停顿了一下，见众人点头没有疑问，才接着说："另外一个环节，也是今天采访最关键的节点，就是球员休息室。大家都知道我们这一次被允许在比赛第二节结束后的中场休息时段进入球员休息室拍摄并采访，这是一个非常非常难得的机会，因为这些大牌明星通常是不轻易让人家去拍摄他们在休息室活动的画面的，当然了，他们换衣服的时候我们是不能拍的，那种限制级镜头我们不专业。"亦舒开了一句玩笑，车内几个人也一起大笑起来。"但是我们被特别允许可以在休息室里面自由走动和采访任何一位球员。这段时间比较紧凑，我们大概有 10 分钟的时间可以在休息室里活动，进行拍摄和采访，因为时间很赶，所以我们上两台机器，老汪你用你的这个大家伙，对，就你抱着的这个，小丁你配合老汪，这是主要的拍摄组。另外呢，"亦舒指了指刚刚替众人买咖啡的助理，"张琪，你就用那个随身带的轻便摄影机，这个时候就没有人再跟你搭档了，你自己操作。两个机位，交叉作业，我会拿着麦克，随机采访几位明星球员，当然我们主要冲着 3 号、15 号和 28 号，他们是知名度最高的主力，这几个人的球路球风、个人经历背景我都比较了解，别忘了，我是凯尔特人的资深球迷。我到时候会相机行事提问题。最最重要的一点，大家听仔细了，这里还有一个我事先构思好也和大家确认过的镜头，特别特别关键，你们千万别给我漏了。"亦舒做了个鬼脸。

"就是你要把你的一双脚放进凯尔特人队球员的球鞋里，穿上他的超大号球鞋然后摆两个 pose 的镜头。"负责摄影的老汪回答道。

"是的，你们一定要把这个拍下来。"

"你不走两步吗？"

"到时候看情况，你想想人家是 50 多码，我的脚是 38 号，整整多出 10 多个码号，我如果迈开腿的话，不知道会不会摔个趔趄。"亦舒笑了，"我设计这么一个镜头，最主要就是从吸引观众的角度考虑，观众一定很想见识一下球员那双大脚的球鞋是什么样的，穿着有什么感觉。我一个 1 米 73 身高的女生，在香港绝对是傲视众生，在 NBA

球员两米二高个头、150 公斤体重面前，简直就是一个侏儒。千万记住，这里还有一个细节你们务必注意，拍摄的角度尽量不要拍到鞋的品牌 logo，因为我们不想替品牌打免费广告，不管是耐克也好，阿迪也好，我们不替它宣传，所以拍摄的时候尽量避开品牌 logo，如果实在避不开，那我们就在后期制作的时候再来剪辑，因为今天采访的时间比较紧张，不能有太多时间选角度找镜头，先拍下来再说。"

"你能让球员用中文跟我们的观众说两句吗？"张琪提议道。

"这是个好主意，可是，要说些什么呢？"亦舒反问说。

"我想一想，"张琪侧着脑袋望着车窗外闪动的街道，显然是在快速思考，"说什么好呢？我爱中国，我爱篮球，这些话好像太落俗套了，要来点新鲜的，有了。"张琪把脑袋转回来："让对方用中文给我们做个广告吧：我——爱——看——《世界那些事儿》，怎么样？"

"这个主意好。"亦舒点点头，随手从她的双肩背包里拿出一个塑料夹板，这是她现场采访时候做纪要用的，她在一张纸上用拼音写上了："wo-ai-kan-shi-jie-na-xie-shi-er。"这段拼音正是"我爱看世界那些事儿"这句话的汉语读音。

"咦，你这是干什么？"张琪是今年大学毕业刚入职的新人，见亦舒写下这串稀奇古怪的字母，有些不解。

"我这是写给老外的，让他照着拼音读，不然他那大舌头绕不过来的。"亦舒解释道。

"噢，到底是行业'老枪'，我又学到一招。"张琪一脸受教的表情。

几个人聊着细节，不知不觉，面包车已经驶入球馆，一行人下车经过球员专用的入口进入室内。凯尔特人篮球队负责媒体事务的专员杰西小姐已经在此等候。双方略做寒暄，杰西小姐请他们在几张打印好的文件上签了字，大概意思就是规定今天的采访内容不可以询问球员的个人隐私，不可以用带有种族歧视的语言，等等。同时还必须书面声明，本次采访只用于环球 21 世纪的播出，未经凯尔特人篮球队的书面许可，不可以转让给任何第三方使用，也不能用于任何广告播出的前缀，或者用于做任何品牌广告宣传的背景资料。这些年来，西方各大知名体育团队以及球星队员对于各自的肖像权、采访权、播放权和名字使用权的保护越来越细致了。

　　一行人很快进入凯尔特人球队展览馆。这会儿是 7:15，距离 8:00 比赛开始还有 45 分钟，几个人抓紧把设备拿出来，开始在陈列馆拍摄一些素材。张琪拿着她的轻便型摄像机走到门口，拍摄球馆的外景以及三三两两入场的观众。

　　今天晚上的比赛异常激烈，是凯尔特人队对阵克利夫兰骑士队，第一节，双方打得难解难分，虽然这里是凯尔特人的主场，第一节，客队还是通过猛烈的进攻和超高三分球命中率，领先主队 6 分，30 比 36。第二节，主队替换了中锋和后卫，改变打法，加强传切配合，掀起了一波连得 12 分的小高潮，反倒以 4 分的领先结束上半场。

　　终于到了亦舒一行期待已久的中场休息时间，进入球员休息室的采访时间到了，亦舒一行 4 人在杰西小姐的引导下，来到主队休息室。

　　一进门，亦舒就看见正坐在休息室中间条凳上准备换鞋的梅多克，这不就是她追星多年的凯尔特人头号明星吗？她激动极了，赶紧快步抢先走过去，用英语自我介绍道："您好，阿隆姆先生，我是环球 21 世纪的记者，也是你的球迷。"亦舒用一口标准的美式英语开始了她的采访。亦舒以前在哥伦比亚大学当过一学期交换学生，具有流利的中英双语沟通能力，这也是她在世界各地现场采访必不可少的一项语言技能。"今天打得怎么样？"

　　"还好。就是我们今天进入状态比较慢，特别是第一节有几次进攻都没有得分。"梅多克回答说。

　　亦舒知道他指的是什么，作为资深的 NBA 篮球爱好者，她也感到刚刚第一节主队打得松松垮垮，不过这显然不是亦舒今天要重点采访的内容，她把话题一转，说道："我在今天采访之前，特地研究过您的履历。我相信您也知道，在中国有很多您的球迷，像我一样的球迷，从某种意义上讲，我是代表很多您的粉丝采访您的，中场休息的时间紧迫，我就问三个问题。第一个问题是，您为什么会选择篮球作为您的职业呢？"

　　"谋生。"对方毫不犹豫地说。

　　"谋生？"

"是的，我出生于一个穷苦人家，很小的时候父母就已经离婚，母亲带着我们三个小孩艰难生存。我小时候一日三餐都是难以保证的。接触篮球最开始的时候是喜欢，打街头篮球，后来被星探发现，说跟他们签约可以拿到一笔钱。我觉得那可能是获得经济保障的最好机会，所以就签了。篮球对我来说，拿漂亮话讲，是一个职业，兴趣爱好。往最基础最本质的说，就是谋生。每个人都得活下去，每个人都得有一个饭碗，不是吗？"梅多克身高两米一，说起话来声音如同钟声一般。

"谢谢您，我的第二个问题是，我注意到您在凯尔特人已经打了6年了，对于一名一线球星来说，这么长时间一直没有转队，这是不多见的。我相信也有很多好的机会，您为什么没有像其他球员那样2—3年换一支球队呢？"亦舒调整了一下角度，让侧面的摄像机能够对准梅多克的正面。

"篮球是一个群体项目，团队的配合非常重要。很多球星转会并不仅仅是因为图谋更好的薪水，或者为了进入联盟排名更高的球队，而是因为他原先的队友离开了，这一来，彼此建立起来的默契配合就得重新开始，那还不如到一个新的环境去构建。对我而言，我在凯尔特人队6年时间，我们的基本搭档一直很稳定，同时我们的球队总经理、教练也没有任何更替，大家多年形成的这份默契度已经达到很高的境界，基本上一个眼神、一个动作甚至一个表情，相互都知道对方的意图，传切、跑动、助攻……这些是非常宝贵的团队优势，也是我不曾考虑离开的主要原因。还有一个原因，是我很喜欢波士顿这座城市，我太太和孩子现在都在波士顿安顿下来了，他们都习惯于这里的气候，家庭方面的原因也是一个考量。"

"谢谢您的解释，"亦舒抓紧时间，"最后一个问题，可能有点私人问题的色彩，希望您不会介意，如果您觉得不方便的话，可以不用回答我。"亦舒提前警示对方，这是她在采访名人时提问敏感问题时习惯事先说明的，以亦舒的经验，只要提前说清楚，采访对象通常都能通融。

"您想问什么呢？"梅多克打量着眼前这位举止干练、打扮得体的年轻东方女子，有些警惕。

"我就想问一下，您穿多少码的鞋？"对方一听到这个问题，松了一口气，随之放声大笑："这个没问题，我可以告诉你。按国际码号来算的话，我穿的是53码的球鞋。"

"53码？"说着，亦舒示意摄像机对准梅多克端坐的位置，在他面前摆着一双超大号的白色球鞋。"我今天想要借您的这双球鞋，把我的脚伸进去拍几个镜头，可以吗？"亦舒带着几分调皮的口吻问询道。

"可以，这当然没问题，只不过你穿得进去吗？"对方被亦舒略带调侃的索求感染了，随即招呼亦舒坐下，接着亲手帮她把双脚放到这双48码的超大号球鞋里，还有模有样地把鞋带系好，搀扶着亦舒站起来，在休息室跟跟跄跄地走了几步。

夜色下的波士顿大街，这会儿已经是晚上10:30了，来往行驶的车辆依旧川流不息。

载着亦舒一行人的面包车在夜幕下行驶着，朝喜来登酒店的方向开去，车厢里没有任何声音，所有乘客都在打着瞌睡。他们这4个人从今天早上8:15出门到这会儿，十几个小时几乎一口气都没有歇息，连轴转都累坏了，每个人都东倒西歪地迷糊着，全然没有了坐姿。

20分钟后，当地聘用的黑人司机拧亮面包车的车内灯光，招呼大家："各位，下一个拐弯就到目的地了。"

亦舒睁开眼睛朝车窗外望去，果然，喜来登酒店高耸的广告牌就在前面不远处，她连忙把放在座位上的风衣穿上，准备下车。

很快，面包车在前面缓缓拐了个弯，降低车速驶入通往大门的酒店内部道路，就在这时，亦舒的手机叮叮响了，她掏出来一看，是奶奶的号码，亦舒有些意外，连忙按下接听键："奶奶，是您吗？"

"是我，田田宝贝你好。"话筒里传来一个老妇人的声音，"田田"是亦舒的乳名，奶奶一直这么叫着她，"你这会儿说话方便吗？"

"方便，奶奶您稍等我几秒钟啊，别挂电话。"亦舒捂住手机，用英文跟司机说了一句："麻烦你先靠边停一下，我就在这下车。"司机点点头，车子停在离酒店大堂20米处的车道旁，亦舒打开车门跟大家招了招手，同时叮嘱她的助理张琪："一会儿你把我的包放我房间里就行了，各位明天上午见。"

下了面包车，亦舒朝酒店正门西侧的草坪漫步走去，一边继续和奶奶交谈："奶奶您好，我现在下车了。"

"还在忙吗？我知道你在美国出差。"老人说道。

"嗯，今天一天的采访，刚刚回到酒店。也是巧了，您这会儿给我电话的时候，我们的车子刚刚回到酒店。对，我们这边和中国有时差，我现在是夜里11点，奶奶您那边应该是上午11点对吗？"亦舒的奶奶郭玉洁住在漳州郊区的乡下老家，一个叫作流传的侨乡村落。"奶奶您都好吧？"

"我都好，身体都好。"奶奶回复道。亦舒和奶奶差不多有半年时间没有见面了，她从小是奶奶带大的，和奶奶的感情特别深厚。奶奶现在居住的流传村老宅，距离厦门市区大约40公里，老宅是原先奶奶祖上传下来的古迹。奶奶好像很留恋那座老房子，以前奶奶在厦门正南大学任护理系教授的时候，大部分时间住在厦门，前些年退休以后，奶奶郭玉洁就搬到乡下这处老宅居住。

"田田，你能不能抽时间回来奶奶这里一趟？"老人没有过多地寒暄，直接问了一句，并说，"我有一些事要跟你说。"

亦舒一听奶奶用的正儿八经的口气，连忙问道："奶奶，是您那边出了什么事吗？"

"没有，田田你不用担心，我这边没有什么事，身体都很健康。不过呢，有一个跟家族有关的事情，要当面和你说一下，我跟你爸爸说过了，你父亲觉得还是让我直接联系你，所以我才给你打这个电话。放心，不是什么不好的事情。"奶奶听出孙女有点紧张，连忙解释道。

"好的，奶奶。我大概在美国还要待3天，计划是这个周六回香港，回去以后第二天就可以从香港飞回厦门去看您，您看我这个周日过去可以吗？"

"可以的，那我们就见面再细聊。这个长途电话我也不说太多了，你自己在外面一定要多保重。听说美国的治安不是很好，特别是晚上，你这会儿11点多了，别在户外走动哦，一定要注意安全。"奶奶叮嘱着。

"好，奶奶您放心，我会小心的。"

"那我们周日见。"郭玉洁挂断了电话。

亦舒把手机拿在手里，低着头在喜来登酒店外的草坪上来回踱着方步，感到有些疑惑。"奶奶这么火急火燎找我，到底是什么事呢？"她想不出个究竟，犹豫了半天，还是打消了想给父亲打电话问询的念头。因为从小父亲就一直教育他们三个孩子，不论碰到什么事情，都要学会自己处理。

10

流传村，郭家老宅

"奶奶！"

刚一脚迈进大门，亦舒一眼就看到了正端坐在庭院中间看报纸的郭玉洁，连忙拎着手提箱快步跑上前去。

"田田啊，我正想着你这会儿该快到了。"郭玉洁笑着站起身来，接受孙女热烈的拥抱。身高1米73的亦舒，比她奶奶高出大半个脑袋，她俯下身来，亲热地在奶奶的脸颊亲了一口。

"你换香水了。"

"奶奶您厉害啊，这个是我刚刚在香港机场新买的，好闻不？"

"比较青春，有一股茉莉花的香味。"

亦舒惊奇地看着奶奶，奶奶到底有大户人家大小姐背景的熏陶。她知道奶奶几乎不怎么用香水和化妆品，但是她从小在富裕华商家庭长大，对于各种优质布料、好的衣服、高端香水、化妆品等等，具有一种近乎天然的鉴赏力。亦舒记得以前在网上读到过一篇文章，说是有一位著名的收藏家，大半生收集了不少古代名画，有一次请到了末代皇帝溥仪到他家里帮忙鉴赏，溥仪只瞄了两眼，便说这位收藏家所收藏的几十幅古代名画全是赝品，收藏家不服气，说他这些都是请了多少位鉴定大师甄别的，怎么你只看一眼就说是假货，溥仪轻轻说了一句：反正跟我小时候在宫里看到的那些画都不一样。

郭玉洁招呼着孙女在藤椅上坐下。翠花闻讯跑了出来，热络地和亦舒打了招呼，紧接着端过来一碗包心汤圆。

"尝尝，今天一大早特意给你准备的。"奶奶郭玉洁一脸慈祥地望着她最疼爱的孙女，微笑地说道。

亦舒也顾不上洗手，拿起汤勺猛地一大口咬下去："好香，啊烫。"

"你慢点。"郭玉洁心疼地提醒着孙女。包心汤圆是奶奶的拿手菜，用鲜虾、瘦肉、海米和蘑菇混合剁成馅，再用现磨的糯米包上，外侧滚一道芝麻，吃起来香喷喷的。亦舒埋着头一副狼吞虎咽的样子："翠花，再来一碗好吗？"

翠花把一口精致的不锈钢锅端过来："来，这还有不少呢，奶奶说了要让你吃个够。你只管放开肚子吃。"

"囡囡，你也别吃太多了，一会儿还有别的好吃的呢。"郭玉洁忍不住劝了一句。

亦舒很快吃完了第二碗，这才抬起头来回答说："没事，奶奶，我还能吃，过去这两个星期尽是吃汉堡和牛排色拉，真的难为了我的这个中国小嫩胃了。"她这一趟在美国待了半个月，4天前接到奶奶的电话，连忙提前订好机票，昨天下午从美国纽约回到香港后，赶着今天一大早到公司转了一圈，交代了几件手头上的事情，就直奔香港机场飞回厦门，下飞机后叫了一辆出租，直接回到位于厦门市40公里外的流传村郭家老宅。这边把汤圆点心吃完，亦舒问郭玉洁："奶奶，您这么着急让我回来，一定是有什么重要的事情吧？您身体确定没事吧？"

"没事，我都好好的。"

"昨天我在香港和我爸通了一个电话，我爸说您这边身体没事儿，您找我是其他事情，但更多的他也不愿说，只说让我回老家由奶奶直接告诉我，好神秘。"亦舒拉过郭玉洁的手，来回摩挲着。

"嗯，我和你爸说过这件事了，我们商量下来，你爸的意见是让我直接找你。"郭玉洁解释道。

"是什么事呢？奶奶您跟我捉迷藏哈。"

"奶奶没有和你玩捉迷藏。只不过这个事情，说来比较突然，也算是一件比较重要的事，事先完全没有料到，突然就发生了，我和你爸爸商量下来，觉得把它交给你处理最妥当。"

亦舒不再说话，静静地看着眼前这位把自己一手带大的老人，她意识到奶奶将要和她说一件特别严肃的事情。

"事情牵涉到我们郭氏家族，我外公曾外公的一些事，也就是你的高祖和天祖，从辈分上算，到你父亲和你这里分别是第五代和第六代。这里面有些祖先们过往的经历和故事，所以我想还是请你回来当面和你说比较好。"郭玉洁停顿了一下，站起来走到院子侧面的书桌，打开抽屉，取出一个棕色卷宗，"你先看看这个。"

陈亦舒接过来的，正是几天前金水事务所交给郭玉洁的文件。她有些好奇地打开卷宗，把里面的遗嘱和几份文件仔细阅读了一遍，足足有 30 分钟，双方都没有说话。亦舒低头一行一行地认真读着，老人郭玉洁静静地坐在孙女侧面，注视着眼前这位充满青春活力的年轻后裔。

"很神奇哎，不过我还不是完全明白，奶奶您再跟我捋一遍。"亦舒把信函和文件放回卷宗，抬头说道。在此之前，她对于家族前辈的事略微知道一些，小时候跟奶奶一起生活的时候，偶尔曾听奶奶说起过，但那时候她还小，基本上就是左耳朵进，右耳朵出的。这些年从事媒体采编工作，也曾经想过要找一个时间把族人先辈的经历和故事梳理下来，但总是忙于各个专题节目的采访制作，就把这事搁置下了。

奶奶从桌上拿起一张 A4 白纸，用水笔一边画着郭氏族人辈分的延续图，一边解释道：

"来，田田，我给你大致画一下，你看，我们现在所在的这个老宅，名字叫作天一信局。天一信局是我曾外公，也就是你的天祖在1880年创立的，公司主要做侨汇业务，同时替流传村外出在东南亚谋生的华侨们往内地老家带回一些信件和物资，算是三位一体吧，你们今天汇款寄钱找银行，寄信上邮局，快递包裹请物流公司，在100多年前，天一信局实际上承担了上面说的这三项业务功能。"

亦舒坐直了身子，职业本能地掏出记事本，开始做着记录。

郭玉洁继续在白纸上标示着说道："你天祖郭有品有三个儿子，我的外公也就是你的高祖叫郭和中，是郭有品的老二，现在我们住着的这个房子就是由我外公出资，我母亲当监理，在1921年落成的，当时建这座大院的时候前后用了4年时间，当然了，现在保留下来的只是一小部分，面积不到当年的1/20，那时候整栋楼群包括前院中院后院，总面积大概有五六千平方米。前院是办公楼，中院是员工休息和各个分号伙计来往的客栈，后院则是郭姓家人的居住区，我们现在所在的这个位置就是当时郭氏家人居住区右侧的一排，房子分上下两层，当时一层的下面还有地下室，后来被填埋了。"郭玉洁说着，用水笔在纸上一点一点地画着族谱的曲线图，只见她在郭和中的下面画出两条直线来，略微喘了一口气，接着说道：

"我外公郭和中十几岁起就去了南洋，跟着他父亲也就是郭有品打理天一在南洋的生意，后来他回流传老家，娶妻完婚，生了两个孩子，一儿一女，儿子叫郭亮，就是我的大舅，女儿郭月，也就是我母亲，你的曾奶奶，曾奶奶是你出生后4岁的时候过世的，那时候你还小，应该记不得了。"

亦舒没有作声，聚精会神地听着奶奶的详细叙述。

"我母亲18岁那年，经我外公操办，和一位同样也是在南洋菲律宾谋生的华侨青年结婚，新郎回到流传和我母亲办了婚礼，住了一个星期就回南洋去了，我母亲怀上了我。可惜天不遂人意，我母亲怀我的那段日子，她丈夫，也就是我父亲——那时候，他已经回到南洋在一处橡胶园干活——出事故身亡了，我就成了遗腹子，我母亲也一生守寡未再改嫁，从小把我一手拉扯大。所以我外公在国内就有这么一支后裔，我是我母亲唯一的血脉后裔。我大舅后来在1949年年初全家去了台湾，以后就没有再联系了。怎么说呢，我的大舅是一个抽大烟的人，算是游手好闲吧。后来你外公在南洋又分别娶了两个姨太太，大姨太姓张，是一位土生土长的当地华侨后代，替我外公生了两个儿子。二姨太是菲律宾人，我不知道她叫什么名字，我们只叫她小姨太，她生了一子二女。在这之后，我外公晚年直到病故的这些线索呢，我也是一个多星期前刚刚知道的，这也就涉及你今天看到的这一堆文件。"郭玉洁虽然 90 多岁高龄，讲起事情的来龙去脉，思路依然十分清晰。

"从我这里算，我有三个孩子，你父亲、你叔叔和你姑姑，你父亲有你们姐弟三人，论辈分的话，从郭有品到你这一代是第六代。今天你看到的这份遗嘱的写信人就是我外公郭和中，也就是你的高祖，族谱中的第二代。我之所以使用郭姓，是因为我生下来的时候父亲已经亡故，我外公坚持要用郭家的姓氏，由郭家将我抚养成人。"

奶奶郭玉洁的叙述让陈亦舒听得入了迷，或许是从事传媒工作的职业本能，她很快理清了几代人的来龙去脉："奶奶，那就是说，您外公，也就是我的高祖，他十几岁的时候去了南洋，一辈子都在菲律宾打拼，最后在南洋病故。从这信件上看，他立遗嘱于 1959 年，那么他第二年病故，也就是 1960 年，到现在正好是 60 年时间。"

郭玉洁点点头："是的，从时间上看，我外公写遗嘱的时候，正好我们国内经历三年特殊困难，后来又是'文革'，前后有近 30 年时间内地和南洋的通信基本中断。那时候虽然也有零星一些南洋的信件通过香港转过来，但都是偷偷摸摸夹带的。我在'文革'十年被关进牛棚，在这之前我是大学老师，在当时的政策下，我们是不允许随便与境外通信的，否则很有可能被扣上通敌的帽子，福建当时是面对台湾的前线地带，与外面联络的管控就更为严格。直到改革开放七十年代末，侨乡与海外亲属的联络才陆续恢复，我记得是到了 1978 年，我们才重新获得流传村人在南洋的一些消息，有回来的同乡告诉我们，说我外公已经在十几年前过世，但这么多年一直没有收到任何确切的信息。"

亦舒把刚刚放在桌子上的卷宗文件和照片又拿出来细细地看了一

遍："奶奶，这真的很神奇，61年前的一封信，而且我的高祖就把这些东西交给一家事务所，然后这家事务所替他保管了整整60年。直到10天前您拿到卷宗，读到了您外公61年前写给您的亲笔信，真的太神奇了！"

"是啊，在一个多星期以前，当事务所的人找到我说起这个事情的时候，我都不敢相信，你看上面的信纸都发黄了。"郭玉洁感慨道。

"我还是很好奇，他为什么会设定一个60年的周期呢，有什么讲究？"亦舒感到有些疑惑。

"关于这一点我问过事务所，他们也是猜测的，"郭玉洁试图解释道，"当时两地通信中断，多久恢复也不知道，就像你高祖信上写的，中国人相信60是一个轮回，觉得一个人过世以后，经过一个轮回，灵魂会再生。我想这也是你高祖在临终时的一番精神寄托。"郭玉洁起身替孙女倒了一杯岩茶，自己也端起一杯喝了一口，接着说道：

"按照这上面遗嘱清清楚楚的交代，他要求把这个内容传给他的直系亲属，他女儿已经过世，外孙女就是我，再往下，按照我外公的说法，就是传于血脉后裔，传于长子或者长女。我给你父亲打了电话，你父亲的意思，是让我直接把这个事情交给你来处理，让你作为这封61年前郭族前辈遗嘱的交付人和执行人。因为按照计算，你父亲是我下一辈的长子，你是你爸下一辈的长女，论长幼排序，这是千百年的习惯。"郭玉洁解释道。她向这位30岁的长孙女说出了自己这些天考虑好的设想：

"我把这个卷宗和遗嘱交给你处理，一方面能通过这个事情，让你们年青一代对家族的历史多一些了解；另一方面，你比较擅长社交，以及组织协调，又正好从事媒体工作，你来接手这件事应该是最合适的。这就是为什么奶奶打电话把你叫过来，也是想当面和你说明白。这件事虽然重要，但不是很紧急，等你什么时候有些空闲时间再处理就行。当然，我也是借这个机会，把我的宝贝孙女叫回来聚聚，奶奶都有半年时间没看到你了，很想让你回来，跟奶奶一起待几天。"

"好的，奶奶，我很乐意做这件事，一会儿我把这些材料拿到村头的那家商店复印几份，原件放在您这里收好。"

郭玉洁点点头："好，那这个事情就先说到这里，我们回头还可以细细再聊，田田要不要先去洗个澡？"

"好的，我把行李先放到房间，然后洗个澡。"亦舒站起身来，"奶奶我今晚还要跟你一起睡哦。"

"好，奶奶把你的被子提前铺好。"

亦舒出生于1990年，她小时候父母都忙于工作忙于事业，顾不上照料她，亦舒出生的时候奶奶刚刚退休，亦舒又是孙子辈中第一个降世的，奶奶很喜欢这个小孙女，便负责照料她，所以亦舒从小就跟着奶奶一起生活，大部分时间在厦门，偶尔也会回到流传的这处乡下老宅住一阵子。亦舒小时候上的是奶奶工作单位正南大学的附属幼儿园和附属小学，后来进入厦门市第八中学，也就是原先的华侨中学，然后在上海复旦大学读本科，再到香港上研究生。她在高中住校生活之前的14年都是由奶奶一手带大的，这个世界上让她觉得最亲近的人，应该就是郭玉洁奶奶了。

和其他隔代养育孙子辈的老人不一样，奶奶不爱唠叨，也从不限制她做什么事情。记得从小到大她唯一被奶奶训斥的一次，是在她5岁的时候，奶奶领着她和弟弟去厦门鹭江路上一家新开的西餐厅吃饭，那次亦舒看到餐桌上的汤勺很精致，就悄悄地揣了一把在兜里，回到家里，亦舒炫耀似的拿出来给奶奶看。

没想到奶奶一下就变脸了，一脸严肃地问亦舒："田田你知不知道这是偷窃？"

亦舒从来没有被奶奶这般训斥过，眼泪汪汪地低着头不敢吭声。

奶奶严厉地批评了小孙女，而且没有就此了结的意思："田田，不能偷东西的道理，你应该知道的。如果你喜欢，我们可以去买，或者跟店家借来使几天。"说完，奶奶不顾夜里9点多，牵着亦舒的小手，走了整整30分钟的路，回到那家餐厅，将汤勺还给店家。用奶奶事后的解释，闽南民间有一个谚语，叫作"小童偷薯，成人牵牛"，意思就是说如果一个人小时候偷地里的红薯，长大了很可能会去盗窃耕牛，这就是告诫人们不能让孩子在小时候形成顺手牵羊的坏习惯。

11

流传，天一老宅，亦舒房间

亦舒洗了个澡，然后打开笔记本电脑，回复了几个工作上的邮件，并且把刚刚奶奶叙说的故事在电脑前快速做了一个文字归纳整理，合上笔记本，这会儿奶奶午睡以后刚刚起来，她对奶奶说："奶奶，我们去散散步吧。"

"好啊。"

一老一少两人在村子里闲逛着，走到村口的时候，奶奶指着前面的空地，那里是一处中心广场："田田，这个地方就是当年天一信局大楼外边的广场，广场中间有一个旗杆，每次有华侨运送物资回到家乡，信局伙计们就会在旗杆上升起天一的旗帜，让方圆几十里的乡亲们知道这个好消息，过来领取侨汇和侨资，这个地方每年都要热闹好几回，还有戏班子唱戏，戏台就在右边那个位置。"郭玉洁沉浸在过往岁月的回忆之中。

"有意思，可惜这个广场后来被铲除了，好像是用来做生产队的晒谷场？"亦舒问道。

"嗯，那也是一个特殊时代的产物。"郭玉洁接着说，"还没来得及告诉你，地方政府和市文化局最近联系我了，说他们准备在这个地方为你的天祖，天一信局创始人郭有品立一个雕像。"

"这个好啊，这个很有意义。"亦舒走到广场的最中央地段站住，转身环视了一圈，这个位置正对着流传村的道路入口，前面是一条小河流，那是九龙江的支流。100多年前，天一信局的先人们就是从南洋航行经过浩瀚的太平洋，再从厦门港转运内河，走水路把华侨物质和信件送回故乡的，面前的这条河道曾经行驶着天一信局的蒸汽船。她猛然想起中午在老宅院子里读高祖61年前遗嘱的时候，奶奶提到她外公的遗愿是想迁坟回老家安葬，但目前国内条件其实不太可行的顾虑，她建议道："奶奶，关于遗嘱里安葬的事，我有一个好办法。"

"你说。"郭玉洁侧过身来望着孙女。

"您不是说有关部门准备要在这个地方替我的天祖也就是郭有品立个塑像吗?"

"是的,不过现在还是一个意见征询,估计一时半会还不会动工。来,我再和你算一遍啊,郭有品到你这里是第六代。你,你父亲,你奶奶我,你曾奶奶郭月,高祖郭和中,天祖郭有品,正好是第六代。"郭玉洁掰着手指头计算着说。

"那我们可以这样啊,"亦舒挽起奶奶的手臂,斟酌着提议道,"其实对于祖上来讲,他们魂归故里就是一种象征,准确地说是一份情感上的叶落归根和灵魂的归宿,我有一个主意,不是说我的天祖,就是郭有品,他的坟墓被毁了吗,墓地都不在了,也找不到遗骸,但是那个地方我们都记得的,对吧?"

"当然记得,他的墓地在破'四旧'运动中被毁,遗骸也找不见了,但墓地的位置我知道,我每年清明节都要到那个位置遥拜,记得你小时候我还带你上去过。"郭玉洁回答说。

"对啊,那我们就到我天祖的墓地原址,从那边挖来一抔土,然后我们再到马尼拉从我高祖郭和中在菲律宾的墓地上取一抔土回来,我们把两抔土一起放在我天祖郭有品将要竖立的这个纪念塑像基座底下,不就象征着他们父子两代相互比邻而眠了吗?那土壤上面有他们各自的DNA,这不就实现了前辈老人魂归故里的愿望?这个创意好不好?"

"嘿,我怎么没想到这点?这个好,这个办法好。田田你想出的这个点子应该是最完美的。"郭玉洁听完,发自内心地称赞这个主意,"这么一来不兴师动众,把两位先人的墓园泥土放在郭有品的雕像下面,这就实现了长辈们团圆的夙愿,对了,我还可以把我母亲郭月,就是你的曾奶奶的骨灰盒也一同放过去,这样就是三代同眠了,太棒了!田田你真是出了一个好主意。"郭玉洁异常高兴地夸奖道。

"耶!"亦舒得意地举起双臂,比画了一个胜利的动作。

散步回来，亦舒纠缠着奶奶把老宅的故事又细细述说了一遍，还让奶奶领着她看了老宅外墙上方残存的天一信局天字形商标以及修建于100年前的抽水马桶和走廊上的自来水道，她从来不曾留意过这些，现在边看边拍照，觉得很有意思。

无意中，亦舒居然在一层东侧一间用于堆放农具的昏暗小屋墙上发现了若干处用毛笔书写的模糊标语，这间屋子多年来只是用于堆放不常使用的农具，几乎未曾打理过，屋里满是蜘蛛和灰尘，而且没有拉电线。亦舒找了一个接线板，从隔壁房间把电源接过来，拿起自己随身携带的拍照用白炽灯，就着灯光沿着墙壁上下照射了几遍，无意中发现写在墙上的几行歪歪扭扭的字迹，不由得倒吸了一口粗气：好家伙！这么珍贵的红色历史遗迹藏在民间乡下，将近一个世纪过去了，居然从来没有被人发现！

墙上有几行用毛笔书写的标语：

"打倒土豪，农会万岁！中国工农红军第一团宣。"

"红军是工人农人的军队。"

"加入红军，农人翻身得解放。"

从时间上看，这是开国领袖毛泽东领导的中国工农红军1932年进入福建时留下的，这些标语说明眼前的这座百年老宅曾经接待过红色革命队伍，这么珍贵的历史记载居然从未被发现。亦舒激动得手舞足蹈地把奶奶喊了过来。奶奶也十分意外，她回忆了好半天，才想起来，对亦舒解释说：上世纪三十年代，也就是标语上的那个年代，她和她母亲常住厦门鼓浪屿，印象中听说过红军进驻流传村的事，但好像只有很短的几个晚上，她从未曾注意到老宅屋内墙上有这样的标语文字。

"这是红色文物啊！"亦舒一边用相机做着拍摄，一边说道。

晚上吃过晚饭，亦舒在一楼客厅陪奶奶看电视剧《大明王朝》，奶奶对于历史题材的影视节目很感兴趣，例如《康熙王朝》《雍正王朝》《大风歌》等等，她都看了好几遍。亦舒的叔叔体贴老人，提前把一些电视连续剧下载存储在一个移动硬盘里，将硬盘和电视连接好，这样郭玉洁什么时候想看都能看，不用受电视台转播时间的限制。对于现在流行的那些网络影视平台，郭玉洁不习惯。

一老一少坐着看电视，一边扯着闲话。老人家睡得早，9:15，翠花过来侍奉郭玉洁洗漱完毕，准备上床睡觉了。亦舒换了一套纯棉睡衣，随着奶奶走进卧室，一骨碌躺到玉洁奶奶身边："奶奶，抱抱。"

郭玉洁笑了，她记得这是孙女小时候的习惯，那时候每天晚上睡觉前，奶奶替她压好被子，道"晚安"的时候，亦舒总要奶奶抱她一下。郭玉洁在床铺的另一侧躺下来，侧过身子轻轻拥抱了亦舒，然后伸出右手在孙女的脸上抚摸了一把："田田小宝贝，乖乖的。"

"今天您跟我说的这件事，直到现在我满脑子还是一帧一帧幻灯片一般的画面。"亦舒把脑袋贴到奶奶脸旁，轻声说道，"您外公怎么会想到用这样的方式，安排一份60年后的遗嘱，它更像是60年后赠送给自己后裔的一份礼物，真是太有创意了。"亦舒感叹道。

"是的，一代人有一代人的人生哲学，你们现在最流行说的一句话，叫作活在当下，不要思前想后，这是今天信息化时代人们的价值观，今天喜欢上一个人，就跟他好，明天不喜欢了就分手很正常。所以你们不太能理解100年前，你天祖、高祖他们那个年代人们的人生信仰，你们也很难明白六七十年前我们年轻时候的价值观。那个时候我们半辈子可能就做一件事情，把它做得尽善尽美，工作，谋生，生活，婚姻，大致都是如此。跟你们今天不同的是，我们一辈子可能只做2—3个重要的决定，而你们可能每个月都会有2—3个决定要做，所以你们在做决定的数量上比我们多了许多，但是在持续性方面肯定不如我们这一代人。用这个思路去想，你就容易理解为什么我外公会有这么一个安排。我相信从他开始酝酿这件事情到他最后办理完委托，以及这个60年周期的设计，他前前后后应该花了几年甚至更长的时间琢磨。他在自己即将走到生命尽头的时候，提前预计把这件事情交办妥当，还包括把相关费用预先支付好，与事务所确定流程细节，等等，这显然是一个非常深思熟虑的决定，这就是这份遗嘱最为神奇的地方，回头你负责执行，你一定有更多感触。"

年龄相差60多岁的一老一少躺在床上，漫无目的地闲扯着。

"奶奶，您给我讲讲您跟我爷爷是怎么恋爱的？我听我爸爸说，爷爷当年还跑到英国去追求您。"亦舒好奇地提了一个问题。

"你爸爸怎么和你胡扯这些？"老太太有点不好意思。

"我觉得很浪漫啊，您和爷爷是一见钟情吗？"亦舒对70多年前的往事并不了解，明显地充满疑惑。

老太太被孙女的询问勾起了回忆："我们那不叫一见钟情，是日久生情。"

"到底是怎么一个日久生情，奶奶您跟我好好说说吧，这也是家族历史的一部分哦。"亦舒拿出她做媒体采访的劲头，一定要问个究竟。

"好，趁着我现在还没糊涂，要是过两年你再问我的话可能就记不清了。"郭玉洁把枕头调了个角度，让自己躺平了，望着天花板，打开了话匣子，"你爷爷是天一信局的伙计，那时候我跟我母亲，就是你外曾祖母在抗日战争期间躲避战乱，从鼓浪屿逃难回流传老家，路上曾被他接济过一次，我和我母亲都是大户人家的大小姐出身，那时为了逃难赶路走乡村土路，我的两只脚都起了血疱，再也走不动了。你爷爷是我们路上经过的一户乡下贫困人家，我母亲用戒指和那户人家的主人换了几碗米饭，不然我们就得饿死。你爷爷大我5岁，那时应该18岁左右，他主动提出用独轮车送我们回家。"

时光隧道之1941：
中国抗日战争，逃荒路上，郭玉洁和她母亲郭月

1941年10月，厦门通往流传的乡间土路。

第二次世界大战和中国抗日战争正处于对抗最激烈的岁月，继厦门港被日本人占领后，最近传来消息，日本军队即将攻占与厦门港隔海相望的鼓浪屿。鼓浪屿历来被视为万国花园，原本是众多西洋侨民和中国华侨居住的地方，战火逼近的风闻造成这个小岛屿的恐慌，几乎所有的居民都纷纷举家外逃。天一信局的少东家郭月、女儿郭玉洁、管家郭贺以及婢女小春一行主仆四人也在两天前雇用小船离开鼓

浪屿，渡海从对岸的港尾登陆，计划步行从这里经过海澄回老家流传村。

郭家主仆四人随着无数逃难的人群走在灰尘漫天的土路上，今天是第二天，刚刚经历过日本飞机的轰炸，中学生年龄的郭玉洁目睹了身旁的路人们被飞机投下来的炮弹无端炸死，尸横遍地，她和母亲咬着牙一步步往前走，两只细嫩的脚板都长满了水疱，鞋子早已经不见了，脚上仅剩下郭府管家郭贺替她临时绑的两片布条。这会儿已经是傍晚时分，走在玉洁前面的母亲郭月心里清楚，再这样走下去无论如何是不行的，需要找个地方歇下来，补充最基础的粮食。可是他们四个人现在身上既无干粮，也再无分文。原先带在包裹里的蛋糕馒头和那一点银元早已在上午躲避飞机炸炮弹时候丢失了。母亲郭月让郭贺挽着玉洁慢慢往前走，自己快步走到路旁的一户人家，敲了敲门。

门打开了，走出一位中年男子。"老乡，我们是路过的，想在你这里讨一口水喝。"那人看了一眼郭月和后面三个人："又是讨饭的，我都还没的吃呢。"说完把门关上。

郭月强忍住眼泪，咬了咬嘴唇，又看着身后几乎完全走不动的女儿玉洁，默默地把自己手指上的翡翠戒指摘了下来，这是在她出嫁时父母送给她的礼物，郭月一直随身带着，从不离身。郭月拿着这枚戒指，又走上前去敲了几下门。门再次打开，主人不悦地喊道："怎么还不走呢？"郭月赶紧把翡翠戒指递上去："老乡，帮个忙，给我们一口饭吃吧。我们在你院子外歇一口气，不进屋，就在您的墙根底下歇一晚上，麻烦你了。"那人看了看郭月递过来的戒指，掂量了一下："唉，都不容易啊。"他开口说道："你们几位在这里等着，不许进来！"转身把门掩上。

不一会儿工夫，他端过来四碗米饭、一壶热水。"这是给你们的。""谢谢老乡。"几个人沿着墙根坐下，端起饭碗大口吃了起来，这可是他们四个人今天上路以来吃到的第一口粮食。

当晚，郭月、郭玉洁以及管家郭贺、婢女小春四人就倚靠在这户人家的墙根睡了一个晚上，隔天一早天刚发亮，一行人起身稍事收拾，便要继续出发。这时，大门忽然吱呀一声打开，从里面走出来一个小伙子，"几位客人，你们拿上这个"。说完，他递过来一个布包。郭贺接过来，打开一看，里面是几块烤好的红薯，还有四个鸡蛋。"带着路上吃吧，赶路的时候没有一点粮食是不行的。"郭月有些不解地看着这个小伙子，她知道眼下所有人家都闹饥荒，这个陌生人怎么会出手如此大方，这几块红薯和鸡蛋在今天对他们几个人来说价值连城，胜过几个金元宝了。

"我叫大旺，您是流传村天一郭府的头家（闽南语，老板）吧，我见过您。"小伙子自我介绍说。

看着这个小伙子，郭月却是一点印象都没有。"您不认得我的，"大旺说，"前些年闹饥荒，我们村子里有好些人跑到流传村去讨饭，天一信局在广场上设粥棚接济饥民，我在那里喝过两碗粥，至今还记得很清楚。"

"哦，是这样，那真的太谢谢了。"郭月答谢道，"感谢大旺兄弟相助。"

大旺摆摆手，说："你们赶紧上路吧，再晚了太阳出来以后，天气会越来越热，早一点走还能凉快一点。"

几个人谢过大旺，启程准备继续赶路。

"哎哟。"刚刚走出两步，只听玉洁尖叫一声，婢女小春连忙一把将玉洁搀扶住，不让她摔倒。

郭贺把刚才大旺送的包裹交给小春，"把这个包裹绑到身上看管好，这可是我们的保命粮草"。随后他将玉洁抱起来走到路旁放下，解开她脚上的布条，只见玉洁两只脚底的大水疱都已经破裂，正往外渗出血水，"难怪孩子这么疼呢"。郭贺明白，这是郭玉洁两天来走路走的，她一个大户人家的千金小姐，什么时候走过这么远的土路，肯定受不了的。郭贺对玉洁说："小姐，你趴到郭伯背上，我背着你，这就不疼了。"

这边，大旺刚好要关门进屋，看到这一幕，高声喊了一声："几位请稍等一下。"

片刻，大旺从后院里推出来一台独轮车："这样，请这位太太和这位小姐坐到独轮车两边，我送你们一段。走过这段上坡路，下面的路就会好走一些。"

"这哪行啊？我背着小姐走。"郭贺连忙制止，一边蹲下来就要背玉洁。

大旺摆摆手："这位大叔，我是当地人，这里的路况我比你熟，接下来你们走的是一段连续几里的上坡路，而且都是石子路，很颠，你背不上去的。我把你们送到那个坡顶上，我就回来了，你们顺着路再往前慢慢走。"说罢，他把独轮车停到玉洁身旁，招呼站在一边的婢女小春帮忙搭把手，俩人将玉洁扶到独轮车的左侧。大旺接着对郭月说："这位太太，小姐已经坐在这边了，您得坐到另外一边，要不然这个独轮车只有一边负重，我是推不了的。"独轮车是闽南民间常用的运输工具，只有中间一只轮子，上面是一个木头框架，分左右两侧，通常用来运载粮食重物甚至载人，由于只有中间单独的一只轮子，其负重左右两边要大致相当，不然的话车子就无法推动。郭月满怀感激地点了点头："真是的，这么麻烦你。"小春扶着郭月坐到独轮车的另一侧。"好咧，那我们开始走喽。"大旺说罢，起身推着独轮车往前行进，郭贺和小春连忙跟上。

大概半个多钟头后，几个人总算走过了这段特别颠簸的石子路，来到坡顶。路边陆续有三三两两结伴逃荒的难民走过，老老少少，衣衫褴褛，不时有人因饥饿疲劳晕倒在路旁，完全是一幅逃难落败的画面。到达坡顶，大旺把独轮车停下，扶着郭月和她女儿郭玉洁分别下了车，郭月充满感激地说："真是太感谢大旺兄弟了，瞧把你累的。"

"没事。"大旺拿起袖角擦了擦汗，"那你们就慢点走，别赶得太急，这位小姐脚上起疱，她是走不快的。"

郭贺接过话茬："非常感谢了，兄弟，接下来我和小春，我们轮流背着小姐走。没事，我的体力好，再说前面基本上都是平地了，路好走得多。"说罢就蹲了下来，抓住玉洁的两只胳膊往上将。玉洁显然是累坏了，浑身有气无力的，乖乖地趴到郭贺的后背。郭贺双手绕到后面扶住玉洁，背着玉洁站起来，对大旺说："这位兄弟，这次真的太不好意思了，这么麻烦你。希望以后有机会能够报答。"大旺满脸是汗地回答道："大叔看您说的，这点小忙不算什么，现在任谁都是最艰难的时候，理当相互照应着点。更何况，太太府上还在流传村还帮过那么多人，那是积德的事哩。"大旺爽朗地笑了笑，举起胳膊再次擦了擦额头的汗。"你们走吧，我看着你们走远了，再往回返。"四个人千恩万谢地顺着下坡路往前走去。

路上三三两两地都是逃难的人，一个个衣衫褴褛的。郭家这四个人走在人群里，显得分外突出。特别是郭月和郭玉洁母女，气质和行头显得与周围人群格格不入。虽然她们俩疲惫不堪，不修边幅，但一眼看上去就是大户人家的模样，连走路的姿势都和路上其他人不同。郭月出门之前已经换了一身最普通的服装，玉洁穿的是学校的校服，在这种逃难队伍里，依然显得分外突出。一行四人往前走着，郭月走在最前头，郭贺背着玉洁走在中间，小春在最后头。也就刚刚走出几十步远，人群中有人突然冲上前来，抓住小春背上的包裹一把扯下，将包裹夺了过去，转身就跑。"有人抢东西了，你站住。"小春惊慌地叫喊着。

管家郭贺回身一看，赶紧把玉洁放下来，起身去追，可是那人跑得飞快，三下两下就钻到路边的果树林里，根本寻不见了。郭贺责怪地对小春说："你瞧你，就这点东西都没看管好！你不知道现在路上的每双眼睛都跟饿狼似的，人家只要看你包里面装的像是吃的东西，就一定会过来抢。"郭月连忙劝说道："哎，这也怪不得小春，她怎么会知道有人从后面抢劫呢？"

小春被刚才突如其来的袭击吓蒙了，这会儿才反应过来，自责地说："这都怪我，我们接下来这两天就全靠这一点点粮食，这么被我给弄丢了。好不容易人家给了我们一点接济，这下全没了。"

眼前发生的这一切，恰恰被站在山顶上的大旺看到了，他本想目送郭家几口人走远了以后再往回返，没想到四个人才走出几十步远，就出了这档子抢劫的事。大旺推着独轮车冲下坡来，停在郭月几个人面前。"刚刚的景象我都看到了，这种事这些天时常发生。现在的饥民们都饿得不行了，人到了这个份上，都有想要活下来的本能，只要看到有一点可以吃的东西，马上就两眼冒光。"

郭月点点头："也怪我们自己不小心，好不容易这位兄弟给了我们一些保命的粮食，就这样丢了。"

"没有关系。"大旺倒是挺开朗的，他接着对郭月说："太太您和小姐如果要从这里走到流传村的话，大概还有五十里地。照着你们几个人的速度这么走下去的话，最快也还得要两天的工夫，更何况这一路上会出什么事也不知道。要不这样，你们先在路边歇会儿，等我一下，我回去跟我父亲说一声，打声招呼，我送你们过去吧。"

……

流传村天一老宅，郭玉洁卧室。

"这就是我和你爷爷认识的过程。"郭玉洁继续回忆道，"后来他就到你曾祖母，也就是我母亲的商号做事。抗战结束以后，我去英国读书，天一转行做贸易，出口茶叶到英国，你爷爷随船押送货物到英国，特意跑到我留学的伯明翰大学来找我，他是第一次出国，一句英文都不会说。我记得很清楚，那天他到伯明翰的时候，自己从港口坐公共汽车到伯明翰大学校门口找到了我，我问他是怎么独自一个人连英文都不懂就能摸过来的，他说有人帮他写了公共汽车路线，告诉他要经过的每一个站的站名，他就一个站一个站地数数，数到第14个停靠站，就是他要找的伯明翰大学，他还说他事先记住了这个站的第一个英文字母是 U，就这么摸着过来找到我的。"

"哇，这个有点神奇。"亦舒侧身依偎在老太太身旁，专心致志地听着老人的叙述，"后来呢？"

"后来我回国，我们交往了几年，一开始你爷爷不太敢答应我，他有些自卑，因为我当时是大户人家的小姐，从小有婢女侍候，有好的家庭环境，他只是一个打工的。我还记得很清楚，当时我问过我母亲的意见，你外曾祖母告诉我，决定的事情就大胆去做，不要太瞻前顾后，只不过一旦决定了，就要承担这个决定所有的后果。你爷爷文化水平不高，他没上过什么学，但是这么多年风风雨雨，在我最落魄的时候他也从来没有想过要离开我，或者嫌弃我。对了，说到这，田田你和奶奶说一下，你为什么还一直单着呢？"亦舒知道奶奶不像很多老人那样总催着孩子们处对象结婚生子，但是作为长辈，还是觉得女孩家只要未出嫁，就好像没有落定似的。

亦舒做了个鬼脸："还没有固定的，看缘分呗。放心奶奶，您不用操心，孙女嫁不出去就一直赖着您哈。"

郭玉洁听出亦舒不想多聊这个话题，便转而问道："对了，你现在还痛经吗？我上次让你妈交给你的那个中药方子，你都有按时吃吗？"

"嘿嘿，忘了，"亦舒不好意思地摇了摇头，"中药还是太麻烦，得去抓药，煎药还要掌握什么一碗六分的水，熬到剩下八分。哎呀，我真的是搞不来。还是西药简单，疼的时候吃两粒止痛片，立马就解决了。"

"你这孩子就是粗心。"郭玉洁嗔怪地拍了一下孙女的手掌，"这件事你一定要听我的，女孩子内分泌不顺畅是需要调理的，如果你不花点心思，总是靠吃止痛片的话，时间久了会有副作用的。你奶奶干了一辈子的护理，也算是这方面的行家了。你可以这样，找个时间到药房把药抓来，让你母亲提前把药熬好了，分成一袋一袋地放到冰箱里，这些如今都很方便的。内地现在有专门替人家熬药，熬完以后帮忙用塑料袋子密封好，你在香港问一下，应该有类似的服务。"

亦舒点了点头。她这几年处过两个男朋友，但是到最后彼此都没有找到一起婚嫁的感觉，也就没有下文了，偶尔约在一起过个周末，看看电影，仅此而已。如今新一代青年，特别是在职场上有所建树的女性，单身的比重越来越高，亦舒的几个闺蜜都是三十出头的人，有一大半现在都还是单着的。这些从思维意识和个人财务都有着高度独立性的女性，已经无须为生存的需要依附于男人，相夫教子那种古老传统的家庭观念也与这一代人的价值观不符，性生活生理需求方面大家心照不宣地都有各自的伙伴。在如今这个强调个性、强调独立的信息时代，生活的基础单元正在从家庭更多地转向一个一个的个体，亦舒觉得，像奶奶她们那一代人，一辈子固定与一个人结伴，相濡以沫70多年，真是人生的一大幸事，但也是可遇不可求的了。

"如果想要和一个人一起生活，相互之间要有包容，这是最为关键的。"奶奶忍不住回忆着说，"我记得在我结婚之前，我母亲跟我说了一句话，你要爱对方的优点，但也要接受对方的缺点，不要试图去改变对方，而是要去包容他，去接受他的全部。"

亦舒点了点头，她知道这句话出自一位92岁高龄、有着70年坚如磐石婚姻经验的人，它的分量有多重。

一老一少两个人就这么闲聊着天，亦舒向奶奶描述了这次在美国做专题采访的几段经历，包括上星期她把自己的一双脚放到身高2米多的男子球员48码球鞋里的趣事。静谧的夜色下，两人聊着聊着，渐渐安静下来，怡然入睡。

窗外，静谧的夜色中，一轮明月高高悬挂在半空，仿佛从天际张开了一张巨大无比的轻纱幔帐，村子里的每户人家都进入了梦乡，偶尔有几声农家土狗的叫声，打破了夜空的寂静。

12

悉尼市中心，乔治大道公寓

清晨一觉醒来，陈家老三陈亦诚习惯性地伸手从枕头下面掏出手机，夜晚时段，手机被他设定于静音状态。

他侧身翻看微信留言，上面有五六条短信，其中有一条是母亲发过来的：你这几天感冒了，要记得按时吃药。

做母亲的对孩子总是有无尽的牵挂。亦诚妈妈住在香港，她这辈子最喜欢做的事就是买房置业，包括眼下亦诚居住的这套公寓。亦诚父母育有一女二子，长女亦舒，从事媒体编导，现在香港工作，次子亦然，在金融公司上班，亦诚是最小的一位。亦诚长得阳光帅气，是姐弟三个中最上镜的一位，经常有人说他有几分男明星模样。他身高1米82，是中国南方人里少见的高个子，小时候在福建和香港两地生活，从高中开始来到澳大利亚读书，先是在墨尔本念私校高中，随后参加当地的统一高考进入悉尼大学，现在在悉尼大学攻读商科专业荣誉本科学位，目前他居住的这套位于市中心的两室一厅的高层公寓，是亦诚母亲在3年前买下来供他在这里上学生活时使用的。

卧室双人床的另一侧，一头金发的Elina（伊琳娜）睡得正香。这个女孩的睡姿和常人不同，她是趴着睡的。亦诚缓缓地抽开被伊琳娜压在胸前的右胳膊，在空中抖动了几下，试图恢复已经发麻的手臂神经。

裸身而眠的伊琳娜今年21岁，大学三年级，来自新南威尔士州中部一个不知名的小镇，她在悉尼科技大学主攻拍摄专业。两人是一个礼拜前认识的，昨晚上，亦诚电话邀请伊琳娜一起去参加一个周末派对。这是两人第二次见面，派对晚会上，十几个年轻人嗨得很高，大学生轰趴的主题永远是喝酒，蹦迪，吹牛狂欢，让青春荷尔蒙尽情释放。聚会结束的时候已经是凌晨1点多，大多数参加派对的人都成双成对离去。亦诚和伊琳娜似乎很默契，一同叫了一辆Uber（优步），回到这处位于市中心的高层公寓。公寓是那种很普通的老式建筑，大约有七八十年的建筑年龄，位置就在离悉尼唐人街两个街区外的一条名为威士廉的小街，从这里走到风景优美的旅游胜地达令港，步行只需要15分钟。屋子里的摆设很简单，床铺家具都是从宜家买来的，两间卧室，亦诚住一间，另外一间本来是可以用于出租的，亦诚却一直没心思去应对招租的事，除了偶尔有朋友过来临时借住一两个晚上，大多时候那一间屋子都空着。

当晚两个人宽衣解带，耳鬓厮磨，缱绻旖旎之际，伊琳娜问亦诚："能不能不戴手套上班？"

亦诚温存地抚摸着伊琳娜柔滑的肌肤，低声呢喃道："要尽兴，更需要对彼此的安全负责。"对方也就不再坚持了。到底是年轻富有活力，一次比一次闹的动静更大，伊琳娜又是那种喜欢叫喊的女孩，亦诚有点不好意思，赶紧将床铺对面的电视机打开，拿遥控器把音量调大，试图遮盖女伴高分贝娇喘的呼叫声。他知道公寓楼层的隔音效果有限，尤其在这种夜深人静的时候。等两个年轻人最后一次忙乎完，已经是凌晨 4 点钟了，两人都用尽了身上所有气力，连起身洗澡的环节都省了，就这样一个侧卧一个趴着熟睡了过去。

此时，墙上的挂钟指向 11 点。

今天是星期六。亦诚的计划是先去一趟健身房，下午需要修改一篇下周上交的作业。亦诚现在是悉尼大学商学院管理专业本科三年级学生，他读的是 Honor 即四学年的荣誉学位，明年年底就可以读完所有科目毕业了。他在香港念完小学和初中来到澳大利亚，屈指算来，这是他在悉尼居住的第 3 个年头，在澳大利亚已经待了 6 年。

伊琳娜翻了一个身，睁开眼睛，看到亦诚已经醒来，笑着凑近前来趴到亦诚身上亲了一口，接着就光溜溜地走进卫生间冲澡。10 分钟后，洗完澡的伊琳娜披着一条白色浴巾，从卫生间哼着小调蹦跶着出来，走到床头掀开被子，一下子扑到亦诚身上。两个人翻滚着，完成了一场淋漓尽致的晨间性爱。

"这个叫 morning call。"完事之后，伊琳娜气喘吁吁地仰卧在弹簧床上，眼光迷乱地望着天花板，舒畅地吐着粗气说道。

"你这个周末准备干什么呢？"亦诚问道，也不等对方回复，一起身进了卫生间，快快冲了一个淋浴，穿上衣服走回卧室。

伊琳娜还躺在床上，见亦诚已经穿戴完毕出来，有些不舍地拉过他的手，放到自己的脸颊，一边抚摸着一边说："我想我应该要到植物园那边去拍一些静景照片，有一个静物拍摄的作业要完成。咦，你这不是要下逐客令吧？"伊琳娜略有些伤感地望着他。

这就是男人和女人的不同，亦诚在心里感叹道。男人做完爱以后，频道可以马上切换到下一件事情，而女人需要更长的时间陶醉在刚刚那份欢愉的场景中，他不想让对方因此失落，连忙提议道："肚子饿了，我们要不要一起下去吃个早餐？我这里啥都没有，除了麦片。"

"不可以点个外卖吗？"伊琳娜显然还没有从那份陶醉的兴奋中走出来。

亦诚随了对方，他打开手机 App，点了两份星巴克的外卖早餐。

这边伊琳娜望着床铺对面墙上的几张照片，那些是不同时代亦诚的生活照，从他刚出生两个月的光屁股照，到他在悉尼大学上学的几张照片，最新的那张，是他和伊琳娜第一次见面时对方抓拍的，通过手机给他发了过来，没想到亦诚这么快就冲洗出来。伊琳娜望着这张照片，心里暖乎乎的。

13

悉尼大学学生公寓

Andy 和陈亦诚两人是铁哥们，Andy 来自中国安徽，现在在悉尼大学主修市场营销本科专业，明年年底毕业。澳大利亚位于南半球，一年四季与北半球的中国正好颠倒过来，这里的夏天是北半球的冬季。悉尼大学每年毕业生结业是在圣诞节前夕的 11 月下旬，比照中国大多数大学毕业生都在六七月份的夏天结束学业。

和无数的大学在校学生一样，一个人能不能被知名大学录取入学是一回事，上学期间有没有足够的财力支撑几年的开销是一回事，是否能够顺顺利利把各门科目读下来修完学分获得学位又是一回事，但是在下面这个最严峻的难题面前，前面这些事说到底都不算事。

最严峻的问题就是：找到工作。

现在大学毕业生找工作很难，这几乎是一个全球性的现象，对于在澳大利亚上学的海外留学生来说更难，而对中国留学生，那只能形容为难上加难。

澳大利亚每年本科和硕士研究生毕业人数加起来，大概是 40 万人，其中海外留学生占 1/3，在海外毕业生里，华人留学生，如果包括海峡两岸及香港的中国人以及来自包括新加坡在内的东南亚和其他地区华裔背景学生的话，每年估计有 6 万—8 万人。这些人里有一多半都希望毕业以后能够在澳大利亚找到一份工作。一方面固然是在完成学业之后，希望有一些当地的工作经验，哪怕将来回国，个人履历上也比较丰满；另一方面也是更重要的还是希望能够充分利用澳大利亚政府允许海外留学生毕业后在当地有两年居留权的政策，寻找居留机会，毕竟澳大利亚的生活质量、自然环境、社会稳定各方面综合起来，是大多数海外学生期待的居留地。澳大利亚是一个移民社会，海外的大学本科以上毕业生，只要能在毕业之后两年时间内找到工作，证明自己的生存能力，同时又是这个社会所需要的热门人才，就可以获得工作签证，名正言顺地在澳大利亚待下来。所以，找工作成为所有大学生最关心的主题，哪怕是平时再怎么吊儿郎当的人，一说到找工作，也立马就一本正经起来。

澳大利亚社会对应届毕业生的招聘一直有个传统，各大企业都设有一年一度的应届生招聘专题，其开放招聘的时间要比学生们的实际毕业时间提前一年多。例如如果是明年11月份毕业的应届生招聘，今年七八月份就正式展开了，从各家企业安排宣讲路演，到招聘面试考评，通常年度圣诞节前就全部结束，过了新年后1月份发出聘用通知。换一句话讲，如果你进入大学课程的最后一年，就是我们国内习惯称呼的大学毕业班学年开学的时候还没有拿到 offer 的话，那么你毕业时以应届生身份进入各大公司的机会，就相当渺茫。

对于 Andy 这种将于明年11月份毕业的本科生来说，第一步很关键，这就是要设法参加各大公司的校园招聘路演，同时投递简历。通常各大公司都会提前安排到各所主要大学举行针对应届生的校园招聘专题会，应届生也可以留意各大公司官网以及招聘网站所发布的毕业生专题招聘启事。

申请人把简历投递出去以后就是等待回复，有机会被列入面试名单的候选人，通常要接受两到四轮的面试，其间还夹杂着被邀请前往企业现场参观或体验，以及参加公司举办群体性活动的安排，这都是为了多方位地进一步考评候选人。每当候选人进入下一轮，就意味着在这个环节至少打败了 50% 的竞争对手，直到最后胜出者拿到 offer。大致上说，每年知名企业录用比例，从应届生递交书面申请到最后拿到聘用，大约只有 10%—20% 的成功概率，大学毕业生获得非知名的中小型企业聘用的机会为1/2—1/3。

之所以提前这么长时间开始下一年度应届生的招聘，一方面固然因为企业相互之间较劲，都想能吸引到优秀的未来人才，另一方面也是就业市场供过于求的缘故。虽然媒体报道一直在叫喊人才缺乏，但那毕竟是针对一些特殊领域或者个别极为尖端的人才，就大学毕业生源的供给来说，澳大利亚和其他很多西方国家一样，还是供过于求。而且每位毕业生都希望找一家好公司，拿到好的待遇，也就是中国俗话说的人往高处走，大家都想挤到最高处，就会出现高处拥挤竞争激烈的局面。你如果仅仅满足于有一份工作，比如做一个小企业职工，当一名账目录入员，那样的工作还是不难获得的，但毕业生们大多数都心高气傲，而且喜欢攀比，这在一定程度上加剧了一年一度毕业生人才招聘的竞争难度。

像 Andy 这样的海外留学生，在应届毕业生的招聘供需关系排序中，处于若干个优先级的最末端。澳大利亚校园招聘第一优先级是当地的土著居民后裔，女性优先于男性，接下来，本国国籍人选优先于外籍，好容易排到海外学生了，Andy 的情形依然还得往后靠，这是没有亲身体会的人无法理解的。事实是现在很多公司讲究所谓的种族平衡，相比于条件出众的中国籍申请人，它们更需要补充一些类似黑人，来自太平洋岛国，以及东南亚族群的员工，因为这类背景的申请人数量相对来说少得多，而华裔则成为同等条件下最靠后排的候选人。即便如此，每年顶级企业所录用的应届毕业生，中国留学生的比例还是逐年上升，只不过他们比一同被录用的其他族裔，在综合能力上要更胜出一筹。换一句话讲，如果别人综合分数 90 分就能进入的岗位，对一个中国留学生而言，可能需要至少 95 分才有机会，这就是当今西方各发达国家的职场现状，让你作为中国人感到自豪、残酷和无奈。

Andy 从 6 月份开始着手准备毕业季的应聘，6 月份全月是澳大利亚大学的寒假，他哪里都没有去，把自己关在公寓房间里，每天浏览各大公司网站，观看招聘培训视频，打磨自己的简历。他还报名参加了一个为期 3 天的面试技巧专题培训班，授课老师是一位退休的大公司 HR 经理，向学员传授应对各种面试官的不同技巧方法、着装礼仪，以及谈吐口气的拿捏，还有和面试官眼神交互的细节，等等。这些内容都是来自一线的实践经验，绝大多数是 Andy 以前不知道的。

今天下午，亦诚来到位于 Manning Road（曼宁路）上的悉尼大学学生公寓 Andy 的房间，两个人玩了一个多小时的 FIFA20 足球游戏，算是一种精神上的调节吧。两位好朋友有几个星期没在一起打游戏了，这阵子 Andy 都忙着工作申请的事，而亦诚正在准备毕业论文的选题。打完游戏，亦诚把手柄一扔，站起来走到冰箱里取出两听啤酒，递给 Andy 一听，自己刺啦打开猛喝了一大口，"爽"，他问 Andy："你的大工程进展如何？我看你都忙乎一个月了。"

"你是饱汉不知饿汉饥，" Andy 也打开啤酒喝了一口，说道，"昨天李卫东来我这里还说呢，他说你小子有福气，不用发这份愁。"李卫东和 Andy 是安徽老乡，在纽省大学上学，两个人是好朋友，亦诚也认识他。Andy 这话指的是陈亦诚不用为找工作的事情发愁，亦诚毕业时间和 Andy 一样，也是明年年底毕业，之前两人聊过毕业生招聘的事，亦诚表示对此不感兴趣，他的志向是要寻找一个自创企业的机会："我姐、我哥两个人都是打工的，我们家总得有一个人干小老板吧。"

"卫东比较困难，这个我想象得到。"亦诚伸出握着啤酒罐的手，和对方碰了一下，"还是说说你的进展吧。"

"我？" Andy 仰起脖子猛喝了一口啤酒，"过去这二十几天基本上都在忙乎这事。说到底我们的起点还是不如本地学生，我指的不是我们的能力不如他们，也不是说我们的英语水平，或者在各大公司聘用的优先级方面不如别人，仅仅就参加面试以及出席人家公司的推介会，在这类场合我们的机会拿捏就甘拜下风。"

"怎么说？"

"就说职场穿搭吧，" Andy 解释道，"他们在中学阶段就学习职场正规着装，上商务会谈的模拟课，别看他们这帮当地学生整天吊儿郎当嘻嘻哈哈的，正儿八经起来我们还真的远不如人家。比如说吧，怎么系领带才最符合职场标准，你知道吗？"

"系领带，我会啊。"亦诚有些不以为意。

"我知道你会打领带结，我是说领带选什么宽度的，领带下摆应该在什么位置。我是这次参加培训班才知道，Tire on the bell，就是商务着装领带下沿要处于腰带扣的位置，过短过长都不合适。还有面试的时候要穿皮鞋，这个我们都知道，但是我们中国学生很少人能懂得皮鞋应该是系鞋带的款型。你别小看这些东西，人家从小就在那种文化环境下熏陶过来，就像我们中国人从小就会拿筷子一样，这些日常穿着佩戴礼仪规范，对我们来讲都很陌生，这仅仅是我们跟别人有差距的一个小地方。"

"这一点我有同感，不过咱们别发感慨了，说说你接下来准备怎么着手？"亦诚问道。

"嗯，让你看看我列的清单，"Andy起身从书桌上把电脑笔记本拿过来，打开屏幕展示给他的好友，"这是我列的接下来要投放简历的公司，大概有50家企业吧，我按照优先级排列，三星、两星和一星，其中列为三星的有12家，是我要重点跟进的。"

"在澳大利亚招聘你们这个专业的公司主要都是哪些行业呢？"

"说来不同的国家就业的行业分布也不一样，以我现在所学的市场营销专业，如果是在中国，现在基本上招聘市场营销应届生的雇主，百分之七八十来自互联网公司，像国内最出名的那些什么BAT，还有头条、小米等等，但是澳大利亚的情况不一样。澳大利亚的互联网不发达，所以市场营销还是以传统企业为主，包括快销品，像可口可乐、宝洁、联合利华、雀巢咖啡，还有娱乐行业，这里主要还不是指什么拍电影、拍电视那些，而是各种从事体育竞赛的公司，例如澳大利亚橄榄球、棒球、曲棍球、网球比赛，澳大利亚是一个全民热衷体育的社会，这些大型体育项目对市场营销的需求很旺，当然了，还有媒体、制造业、国际贸易等，我个人首选的是消费品行业。你看我这里列了有五六家本地最知名的快销品牌公司。例如这家面包公司，Sun Bread（桑博利面包），在本地占有超过50%的市场份额，还有这几家大型的百货公司，另外这一家是刚刚兴起的专门做全国性冷链派送的零售企业，这些都是我投递简历和跟进的重点企业，加起来有6家。"

"看来你是做足了功课。"亦诚一边看着一边点头，"除了投递简历，还有什么别的办法刷一下存在感吗？"

"其实最好的办法是能够以某种形式参加他们组织的活动，混个脸熟，或许有些意想不到的机会，但这都必须花额外的精力争取。例如我刚刚说的这家桑博利面包公司，他们下星期在悉尼达令港有全新系列无糖黑麦面包的市场推广活动，我准备到时候去现场逛一下，当然是为了了解他们的产品情况，更重要的是如果能够跟他们市场营销部的人员交换几张名片，知道一个名字，说不定有帮助。"

"这是一个好主意。"亦诚发自内心地赞许说，"到时我去给你搭把手吧。"

"好啊，反正你小子现在也闲着没事。"

"什么话？我这是替哥们鼓劲好不好？你还不识好人心。"

"行，到时我请你吃中餐。"Andy 许诺说。

14

悉尼达令港，人行步道

一个星期后，亦诚和 Andy 结伴来到达令港，桑博利面包公司从今天开始连续 3 天在这里举办新款产品促销活动。

达令港是悉尼标志性风景名胜，这里除了有迷人的海港景观、停靠在码头的各式游轮以外，四周遍布着林林总总的餐厅、咖啡厅、旅游用品零售商店，还有每天轮换上场的艺人演唱和各种主题宣传推广活动，吸引着无数外来游客和附近居民。桑博利面包公司的促销现场就位于达令港中央草坪的正前方，公司临时搭了一个展示舞台，同时还在四周林荫步道两侧星罗棋布地设立了十几个促销帐篷，每个帐篷前都有视频产品播放，现场免费面包派发，以及安排促销小姐分发宣传活页，向行人介绍新产品。每位过往游人感兴趣的话，只需注册自己的邮箱或手机号码，就有资格参与抽奖，奖品是免费获得 12 个月、6 个月、3 个月和 1 个月不等的新款促销面包。

"咦，这个点子好。"亦诚在一处展销帐篷前品尝了两块面包，然后饶有兴趣地填写了自己的邮箱，"这样的抽奖对于顾客来说获得的是实惠，对面包公司而言，不仅仅得到了一份免费的顾客资料，还获得了一个低成本拓展长期顾客的机会，这是一个好创意。"

Andy 赞同地点点头："这就是好的营销策划方案的价值，不是傻乎乎地花钱做一锤子买卖。"

两个人一边说着一边走向桑博利面包的主展销中心，只见一个长宽各 20 米的演示台上面有几位摇滚歌手弹着吉他正在现场演唱，因为台子面对着草坪，过往行人和游客们纷纷停下脚步，在草坪上坐下来，大家一边品尝促销小姐送上的面包、冷饮，一边听着摇滚歌手的倾情演唱。"能把客人吸引住，让大家停住脚步坐下来，这已经是很大的成功。"Andy 观察着现场的动态评论道，"你看人家这个位置的摆放是很讲究的，正对着草坪，大家走到这里，首先被音乐吸引住，再看有吃的有喝的，坐下来歇口气，10 分钟后再走，这 10 分钟工夫就足够品牌公司做足它们促销的文章。"

两个人找了处草坪的位置肩并肩坐下来，马上有促销小姐笑眯眯地过来分别送给亦诚和 Andy 一小袋面包和一瓶冰镇的软饮，两人惬意地吃着面包，听着吉他歌手的演唱，静静地待了 10 分钟。

"亦诚，你在这坐着，我去转一转，别忘了我今天是带着任务来的。"大约 10 分钟后，Andy 站起来说道。

"去吧，有什么需要我的地方随时招呼。"

"好嘞，一会儿见。"说罢，Andy 转身朝草坪侧面的促销台走过去。

亦诚望着好友走开的背影，一边想着自己下一步的打算，虽然已经确定不在毕业季应聘找工作，打定主意要自己创业，可是从哪个地方入手呢？他到现在还是一点眉目都没有。或许应该像 Andy 这样尽可能地参加一些活动，例如创业沙龙，从那边寻找一点灵感。这个要比自己凭一颗脑袋没有方向地发散性思维要现实得多。他一边听着台上的演奏，一边琢磨着。

20 分钟后，Andy 走了回来。"怎么样？有收获吗？"亦诚站起来问道。

"我们走走吧。"Andy 招呼着，随手接过亦诚手上的面包包装袋和空饮料瓶子，走到旁边的垃圾桶分类放好，然后说，"还是有点收获的，我刚刚去跟一个看上去年龄比较大的现场促销人员聊了几句，那人 30 多岁，从她的胸牌我判断是桑博利公司的员工，一打听果不其然，她正是市场营销部的营销专员，我还帮她分发了几十袋赠品，她对我这么了解桑博利公司的情况感觉很意外，我也直截了当说明我是应届毕业生，希望有机会加入桑博利公司，我们相互交换了手机号码并在脸书上互粉。然后我又到边上几个小的促销点转了一圈，就是我们刚刚走过来的时候看到的那些帐篷，不过那些帐篷里的服务人员基本上都是第三方的外聘，他们跟桑博利公司没有直接的关系，但是有一个线索我觉得挺有意思。"

"什么线索？"

"我听说下个月桑博利面包在悉尼歌剧院前面还有一场类似的活动，那个活动同样需要招聘现场促销人员，为期两天，是周末时间，就是所谓的现场促销临时工，我或许可以去申请这个活，混个脸熟。"

"要联系方式了吗？"亦诚问道。

"我向一位现场的促销人员要了，是一个网址。因为是第三方公司的临时工，人家很痛快就给了我信息，这种外包公司基本上都是做一天活拿一天钱。进去倒是不难，关键是怎么通过这个机会结识到公司里面的人员。"

"你小子脑子转得还是够快的。"

两个人沿着达令港行人步道转了一圈，30 分钟后又回到了主促销台。台上刚才吉他歌手的演奏已经告一段落，现在是一名桑博利面包公司的主管和现场观众的互动时间。他正在介绍今天大力推广的桑博利新款无糖黑麦面包。主管显然很懂得如何把控与现场人员的互动，他只是简单说了两句产品介绍，然后开始提问题，现场回答正确的听众将获得100澳币的购物券，可以在当地超市购买任何产品。

"请问黑麦面包的主要成分是什么？"

"我知道，"听众里有一位男孩举手，从草坪上站起来说，"黑麦粉、酵母、脱脂奶粉、橄榄油。"

"嗯，你真棒。看你答得完全正确，我得赶紧把你打发走，不然你这么年轻就会抢了我的饭碗。"主持人调侃着，把一个装有100澳元购物券的信封送到男孩手里。"下一个问题，"主持人卖了个关子，"为了体现性别平等，这个问题必须由女士来回答。为什么不能吃太多含糖的谷物产品？"

听众群里有一个老太太举手回答："对我来说，这不是一个可选项，因为我有糖尿病。"

主持人点点头："我们的产品就是要帮助无数像这位女士这样的用户，市面上的谷物类产品存在的最大健康隐患就在于含糖量高，如果长期食用会有一定的健康风险，建议各位留意面包的营养成分表，选择低糖谷物，摆脱潜在的糖尿病困扰。"说罢又将一个装有100澳元购物券的信封送到答题者手里。

亦诚和Andy听着台上的宣讲和互动，走到台子侧面找了一张站立式的小圆桌，停住脚步，从服务人员手里接过一听饮料，一边喝着一边观察现场的热闹气氛。

"你好，又碰到你了。"有一位女士走过来打了声招呼。

"哇，您好。"Andy连忙微笑地回复，转过来介绍说："这位是我悉尼大学的同学，亦诚。亦诚，这位女士就是我跟你介绍的刚刚认识的桑博利公司的营销专员米歇尔。"

"您好。"亦诚连忙向对方点头致意。

"这个活动搞得很有创意啊。"Andy赞叹道。

"谢谢，我们整整忙乎了一个多月，预计今天应该会有8000—

10000 人参加，我们达令港的这次活动连做 3 天，明天本地电视 7 号台会过来做现场拍摄，只要新闻上一播出，还会再带动一些人。"米歇尔介绍说。

轰隆隆，轰隆隆，这边正说着话，Andy 手上的运动手表突然发出一阵类似打雷的声音。

"抱歉抱歉，"Andy 连忙伸手按了一下手表侧面的按键，有些自嘲地解释说，"我这是运动手表，设定每两个小时提醒一次。"话音未落，有一位男子闻声走了过来："是 Polar M460？"

"什么 M460？"正在和 Andy、亦诚交谈的米歇尔一脸茫然。

"没错，是 M460。"Andy 肯定地回答，同时伸出手腕。

"只有这款才有打雷的警示声。"对方也把左手手腕伸了出来，只见小圆桌桌面上，两只手臂上分别佩戴着一模一样款型的手表，唯一不同的是 Andy 戴的是白色，另外这人戴的是蓝色外框。

"好神奇，等等，你们两位别动，"米歇尔掏出手机，朝桌子上交叉的两只手臂啪啪拍了两张照片，"这个好有纪念意义啊，这么巧，居然在不经意间，你们两人戴着一模一样的手表。哦，对了，我介绍一下，这位是我们营销部老大威利，这两位是悉尼大学的同学。"

威利点点头："好巧，这个牌子的运动手表我已经戴了 20 年，这是第五只。"他显然对这个品牌很熟悉："预设警铃里有打雷声音是 M460 才有的，很少碰到和我选择同样铃声的。"

"和您相比，我还是菜鸟，"Andy 连忙说道，"这是我的第一块 Polar，去年才买的，我平常骑车锻炼和打球的时候都用它来测试心率，很好用。我设定这个雷声做警铃提醒，就是要强迫自己每隔两个小时从书桌上站起来活动活动，这个声音比较震撼。"

"看来你们有缘，"米歇尔热心介绍说，"这两位是我今天在活动现场认识的，这位 Andy 是悉尼大学的中国留学生，明年毕业，主修的是我们的市场营销专业。"

"太好了，我们就需要更多像你们这样专业对口的年轻人才。"威利微笑着说道，"我刚才刚好走到你们这张桌子边上，突然听到这个打雷的警铃，声音熟悉也很亲切，因为我自己也是这么调的，这个声音只有这款手表才有，很特别，所以我就好奇地过来看个究竟。"

"来，你们交换个联系方式吧。"米歇尔在一旁提议。

"好啊，这是我的手机号码。"威利递过来他的名片。Andy恭敬地接过来。"幸会，威利，我把手机号短信发给您。"说着，Andy通过手机短信给对方发了自己的号码和领英账号。

"Andy你是学市场营销专业的，我们是同行，说说你对我们这个活动的意见。"威利询问Andy。

"我觉得很棒，无论创意、现场布置，还是活动的实施。"

"从你的角度看，你觉得有哪些地方我们做得不够好的？一味夸奖可无法给我留下印象。"威利不满足Andy的客套。米歇尔在一旁也鼓励着："你尽管放开说，这又不是什么正式场合，大家闲聊，再说我们老大是很随意的一个人。"

Andy深吸了一口气："我呢，只是纸上谈兵而已，我有一个观察，刚刚跟我的朋友亦诚说过，我觉得现场发的这些面包样品很好，但如果能在这些样品包装袋里再多加一些好玩的小东西，例如吸引小朋友的小玩具，或者一支圆珠笔，可以借鉴以前麦当劳派送卡通系列玩具的那个思路。我想多了这么一个元素，过往人群里做父母亲的，可能很愿意带一袋回家给孩子，无形中我们就多了一层传播链条，可以触达潜在新用户。"

"咦，你这个创意我觉得有道理。我们现在是现场让大家品尝试吃，让用户体验是一回事，如果有机会让他们带回家，和家里人一起分享，对于传播来讲推广面更宽了，印象加深了。好主意，多谢多谢。年轻人，你这个意见很好，我们马上落实。"威利对Andy的意见很感兴趣。

四个人站着又聊了十几分钟才分开。"看来你今天收获很大。"从促销现场往外走的时候，亦诚感叹道。

"是啊，这就是外溢型的思路，我也是在一点点扭转。澳大利亚人喜欢直截了当，崇尚主动争取机会，这是我们这些中国学生要慢慢适应的。我们的文化过于内向，总觉得要等别人找上门来，不善于推销自己。"

"酒香不怕巷子深。"亦诚想起了这句俗语，脱口而出。

"抱着这样的观念很难在西方社会生活，你看这里的政客，选举前总要到处讲演，宣传自己的主张。就找工作这件事来说，我认识的留学生们都是一门心思地满世界投简历，像今天这种到活动现场找接触机会的事，很少人想到。我现在是双管齐下，一方面按照正常途径给公司的人力资源部门发简历，填报应聘申请；另一方面抓住各种和目标公司人员接触的机会，未必每次都有收获，但多了一个成功的概率。回头我去报名参加它们下个月在悉尼歌剧院的现场展销活动，从那边或许还会发现其他的机会切入点。"Andy 解释道。

两个人一边聊着，一边沿着达令港步道朝不远处的悉尼唐人街方向走去，不管身在哪里，中国人大多改不了的是每人身上的中国胃，这两位中国留学生也不例外。他们接下来的计划，是要到唐人街找一家正宗的川菜馆，好好地犒劳一下自己。

15

乔治大道，亦诚公寓卧室

"丁零零，丁零零……"

伴随着乐曲旋律，一阵急促的手机铃声，把亦诚从睡眠中惊醒。

现在是下午 3:30，通常情况下，亦诚是不会睡午觉的，昨晚上赶一份作业，忙乎到今天凌晨才结束。做完作业，亦诚洗个澡，痛痛快快地吃了一个早午餐，11:00 左右才躺下来睡觉。因为是在大白天睡觉，他忘记将手机调到静音状态，所以手机铃声一下把他给吵醒了。

亦诚拿起放在床头的手机一看，是一个陌生电话号码，他皱了皱眉头，按下接听键："Hello。"

"请问是亦诚·陈先生吗？"电话传来一个有着浓重澳大利亚本土

口音的中年男性的声音。

"是的，请问您哪位？"亦诚似乎觉得这个声音在哪里听过，但他确实想不起来了。

"哦，您好，我是伊琳娜的父亲，Mador。"

亦诚想起来了："Mador 您好。"对方居住在新南威尔士州内陆地区的一个小镇上，距离悉尼市区大约 450 公里。澳大利亚是一个地广人稀的国度，90% 人口都生活在沿海岸线分布的中心城市，内陆地带人烟稀少，罕有开发，那里的居民基本上以牧业为生，卖牛奶、剪羊毛是这些内陆乡镇的主要经济收入。亦诚与 Mador 见过一面，是一个月前的 ANZAC 军人节，Mador 作为以前的老兵，来悉尼参加退伍军人游行。

"很抱歉打扰你，我是从伊琳娜同学那里拿到你的电话的。"对方急促的声音从手机里传出来，"伊琳娜出事了，你知道吗？"

"出事？"亦诚脑袋瓜一个激灵，瞬间完全清醒过来，他噌地从床铺上跳下来，站到卧室中央，试图驱离刚刚被手机铃声唤醒的迷糊劲，"我在睡觉，出了什么事？"

"你打开电视，上面正现场直播呢。伊琳娜和几位同学去蓝山取景拍摄，不小心掉下悬崖，现在还下落不明。"

亦诚顾不得挂断电话，赶紧拿起电视遥控器，快速切换到本地新闻台。话筒里，Mador 还在紧张叙述着刚刚发生的情况，眼前的电视滚动播出的是现场记者的同步新闻。

原来，伊琳娜今天和几位同学一起去了位于悉尼西部 80 公里外的蓝山国家森林公园，根据电视新闻的报道介绍，伊琳娜他们一群人爬到蓝山高处的一个野外观景台上取景拍照，在选取最佳拍摄角度的时候，伊琳娜蹲在一块凸出来的大石头外沿，用带有广角镜头的相机正对着远处的崇山密林拍摄，她的眼睛紧贴在取景框上，全神贯注地调整着角度，不料脚底下踩着的一块小石头松动了，她就这么一下子失足从岩石上掉了下去，前面是百来米的悬崖。意外是在大约两个小时前发生的，现在当地已经设立了警戒线，政府的消防队正组织救援力量搜索救援，但尚未有任何发现。电视台的现场记者介绍说，因为跌落处正好位于未开发的原始森林地带，平常人烟稀少，没有足够的提醒标示和防护栏设置，出事地点周围不通公路，救援车辆上不来，增添了许多救援难度。报道说，根据在现场的蓝山消防队队长介绍，山里头的昼夜温差很大，夜间气温会下降到零度以下，如果不能在太阳下山之前找到失踪女子的话，夜间骤冷的气温很可能导致失踪者身体失温从而失去知觉，现在还不知道她掉落后位于什么位置，是否受伤。如果她摔伤骨折不能动弹的话，一到夜间，就有很大的生命危险。消防队长向采访记者解释道：在这种没有开发的原始森林地带，夜间搜索几乎不可能，消防队现在的计划，就是再抽调 10 个人，增加力量，争取在下午 5:30 天色暗下来之前找到失踪的人。如果没有收获的话，就只能等到第二天天亮以后另想办法。

亦诚意识到手机还连着线呢，于是连忙问 Mador："除了官方消防队，还有没有什么别的办法可以更快搜救的？例如有没有民间的搜查队呢？我现在马上就下楼，开车往那边赶，大约 1 个半钟头可以到蓝山。Mador 你等我一下，我上车以后再和你电话。"说完，亦诚匆匆忙忙地挂断电话，胡乱抓了件外衣套上，拿上车钥匙准备出门。

刚要迈出房门的一瞬间，亦诚突然停住了脚步。他下意识地敲打了一下自己的脑门，自言自语道："我到现场又能做什么呢？而且在车上一边开车一边联络外面的援助，反倒不太方便。"于是他把打开着的房门掩上，走回房间，拨通了 Mador 的电话，开口问道："除了官方救援，怎么能快速找到其他民间的救援机构？我相信应该有这方面的应急救助服务的。"亦诚对这方面没有什么经验，但根据常识判断，这类的紧急救援在西方社会都有对应的民间专业机构提供服务，记得去年新闻里报道过有两个小伙子在远离人群的荒芜海岸线冲浪被卷走，是一个专业救援队火速派出两架直升机迎着五级风浪把落水的两个人救出来的，只不过自己一下子不知道从哪里寻找服务线索。亦诚之所以这么问，是因为这些年独立在国外生活，亲身体会到当地的政府机构处理任何事情都是按部就班，磨磨蹭蹭，这种作风和全世界几乎所有的公家机构一样，效率低下从来都是政府机关共同的毛病，指望政府部门在这么短的时间内把人找到，亦诚实在不敢太过乐观，况且刚刚新闻里也说了，太阳下山以后就得中止搜救。

电话里 Mador 说道："我是退伍军人出身，当年曾经在野外军团服役，对荒野搜救还是有一些经验的，我可以找几个老战友赶过去，但问题是时间上来不及，从我这里开车过去，怎么也得 7 到 8 个小时。我有一位以前的战友，他推荐说悉尼倒是有这种民间紧急搜救机构，只不过那是纯粹的商业化救援，我刚刚打过电话，他们表示有能力承接这个救助，但是费用太高了。"

亦诚顾不得礼貌了，直接反驳道："这会儿我们就别想费用的事了吧，能够在今天晚上把人救出来，这才是最根本的。"

"是啊，我也知道。伊琳娜是我女儿，你让我倾家荡产都行，但是不瞒你说，对方要求必须先预付费用才能动作，我这边实在是一时筹不到那么多钱。"Mador 无奈地说，声音里带着一丝无助的叹息。

"他们要多少钱？"亦诚追问。

"首付 4 万，把人救出来后另外再支付 4 万。"

亦诚瞬间明白了 Mador 的苦衷，对方是一个普普通通的澳大利亚低收入农场雇农，在当地的农场替人干活。记得以前听伊琳娜介绍过，她们一家四口人，父母，哥哥，除了她现在外出到悉尼上大学，家里其他人都生活在那个小镇上，租房过日子，全家一日三餐固然没问题，但这样的家庭应该是没有什么资产的。亦诚以前读过当地的家庭资产统计数据，内陆家庭中位数的家庭净资产，不考虑自住房产的话，平均只有不到 3 万澳元，这还是把汽车、电器、家具、珠宝等都计算在内的，如果仅仅以存款计，人均大约几千澳元。亦诚估摸着 Mador 的家境和绝大多数内陆澳大利亚普通人家差不多，也就是几万澳元的家当，房子是租的，开的是二手车，让他一下子掏出 8 万澳元，显然是不现实的。"你把那家机构的电话和联系人赶紧发给我，我来想办法。"亦诚说完，挂断了电话。

他在房间里来回踱着方步。怎么办呢？同学圈里虽然有一些朋友，但是以陈亦诚在西方社会生活多年的经验，他很清楚熟人、朋友之间借什么都可以，就是不要谈借钱。甚至有人开玩笑说，把老婆、女朋友借给你都行，但是就别跟我借钱。

贷款？来不及了，没有任何机构可以1小时内把钱给你的。

要不要给父母打个电话？还是时间问题，他们都在国外，即便有能力帮助，时间上一样来不及。

可是，如果不能马上筹到这笔救助钱款的话，时间上再有耽误，伊琳娜的危险就进一步加大了。

怎么办呢？

"你应该有办法的，亦诚，你不是一个笨人，别慌，想一想有什么招数？"亦诚在公寓客厅里来回走着，一边自言自语道。

现金，需要现金！

公寓里安静无声，下午的阳光透过窗户照射在地面。

咦……

亦诚突然像是想起什么似的，他连忙走到书桌前，打开抽屉，从最里侧拿出一个铁盒子。

亦诚将铁盒子打开，里面是两封信，这是多年前陈亦诚刚踏上澳大利亚土地求学的时候，母亲交给他的。母亲叮嘱他说：这铁盒子里面的两封信件，是帮助你在紧急情况下使用的。母亲把盒子交给亦诚的时候告诉他：你就把这个当成一个急救箱，平时你放在抽屉里不能动，只有在万分紧急走投无路的关头才可以使用。一转眼，母亲交给他这个盒子到现在已经6年了，他从来没有碰触过它。

躺在铁盒子里面的这两个信封封面，分别写着U1和U2，亦诚明白U是英文Urgent（紧急状态）的首个字母，母亲当时把这个铁盒交到亦诚手里的时候叮嘱说：如果你的生活出现困难，实在自己解决不了，你就打开U1，如果你碰上life or death，就是遇到生死存亡的危急关头，的确没有别的办法了，你打开U2。"记住，这是我留给你用于紧急情况下的应急资源，也是你们家从祖上沿袭下来的传统和习惯，我是遵循你太奶奶、你奶奶的习惯这么做的。我信任你，把这个交给你，但是不到万分危险的紧急关头，这个东西是不能启用的，千万不要哪天你给自己找个理由，手头上没钱，度假资金不够，或者想买一个什么东西缺钱，就想着打开这个，万万不可。我把利害关系告诉你，再三说明这是只能在紧急情况下使用的。至于什么时候启动，由你来判断。"亦诚记住了母亲的这番嘱咐，多年来一直让它躺在抽屉的角落，从没有打开过。刚刚在琢磨着怎么筹款救人，猛地一激灵，突然间就想到了母亲以前交给自己的这个东西。

亦诚让自己的呼吸平稳下来，仔细端详着眼前铁盒子里面这两个封好的信封，望着上面母亲手写的笔迹，犹豫着不知道应该打开哪一个。"生死存亡，这个时候应该是生死存亡关头吧，虽然说不是我，但是我女朋友的事情，生命大于一切。"想到这一层，亦诚毅然撕开标有 U2 的那个厚厚的信封。

里面是一张手写的便笺，一沓现金钞票，一张银行支票，还有一串账户号码。

便笺是母亲的手迹："诚儿，打开这封信，说明你现在已经碰到了非常紧急的状况，深呼吸，试着让自己深深地吸入呼出三口气，不慌张，再难的局面，只要冷静对待，我们就都有转危为安的机会。这里面是 1 万澳元现金、5 万澳元自由汇兑的银行支票，和一个存有 10 万美元的花旗银行账号，直接登录花旗网银就可以进入，密码是你父亲、我和你本人依次顺序各两位数的出生月份组合，一共六位数。"

亦诚按母亲便笺上的叮嘱做了几次深呼吸，然后拿出支票，拨通了 Mador 发过来的电话号码。对方听完叙述，当即表示蓝山意外事件他们已经从新闻里获悉了，这种救援属于他们野外一级救援项目。他们拥有由退役特种兵组成的最专业的野外搜救团队，配备卫星定位仪、生命探测仪、夜间行动的远红外线扫视器和人体温度传感装置，都是最先进的设施，保证具有全天候 24 小时的紧急救援能力。就刚刚发生的这个意外跌落事件，类似的搜救他们每年处理好几起，成功率接近百分之百。"如果承接任务，我们将在 30 分钟内启动，用直升机把专业救援人员空运到现场。大约 1 个半钟头以后就可以开始搜救，我们每隔 1 个小时会把搜索的进展定时报告给客户指定的接收人，例如他的家人或者亲友，直到搜索任务完成。费用方面，野外一级救援承接任务收费 4 万元，完成任务后客户再支付 4 万元奖励，总费用 8 万元。"

亦诚没有跟对方讨价还价，直接回复道："我现在用一张自由汇兑的银行支票支付首款,请告诉我收款公司的名称抬头。"按照对方报出的名称,亦诚将它填入支票收款方栏位,拍照发给对方。"支票我现在闪送速递给你。"对方公司离亦诚不远,闪送速递1小时内可送达。"请你们立即启动吧。"

挂断电话,亦诚下楼直接把装有银行支票的信封用红色快递包装袋封好,填上收件人姓名地址,交给了公寓大楼斜对面的闪送收件点,特地嘱咐对方用A1特级快递。亦诚公寓所在的地方位于悉尼市中心,是全澳为数不多的几个人烟稠密地段,有比较健全的各式跑腿业务,上次亦诚的墨尔本同学过来找他玩,对方返程的时候到机场才发现把笔记本电脑落在亦诚的房间里,他也是用类似的闪送处理,那次只用了30分钟就送达了。

把快递送出去后,亦诚走回公寓,大堂里的电视屏幕仍在滚动播报着蓝山寻人事件的实时新闻。

15分钟后,救援公司打来电话,确认项目已经启动:"陈先生,我们人员已经就绪,一共6个人,正准备登机出发,从现在开始,我们每隔1个小时会给您发一次进程报告,第一份报告在1小时以后提供。"亦诚看了一下手表,现在是下午3:50。

把这个搜救团队落实妥当后,亦诚稍微松了一口气,他喝了一口水,觉得还是应该往现场赶,于是他走出公寓,乘电梯来到地下车库,发动了他的二手车丰田凯美瑞,往蓝山方向驶去。

16

悉尼郊区,一号公路

1个小时后。

亦诚驾车行驶在一号公路上,手机绑定的邮箱准时收到了这家名为美洲豹救援公司第一小时的情况通报，亦诚连忙把车子停到路边，打开邮箱。

通报以时间轴的形式列出了过去 1 个小时搜救团队的工作进展：

4：00：6 人团队从位于五角场的草坪搭上直升机出发

4：10：目标区域高分辨率卫星地形图下载完成，未来 6 小时气候预报和云层变化预测传输到 6 人团队每人腰间的 Epad 多功能电子通信器

4：30：完成与蓝山地区消防队及当地政府的信息对接及同步，建立双方实时通信，与全州紧急呼叫中心拨号台信号对接完毕（这一步保证任何拨入紧急呼叫中心的来电能在第一时间同步给美洲豹团队并实时定位）

4：35：搜救团队在直升机上制定抵达现场后前两个小时的搜救路线及人员分工

4：45：直升机降落，人员及装备向出事地点挺进

通报的结尾部列出下一小时的搜救安排，包括：

1.搜救团队人员预计将在 10 分钟后抵达现场并正式展开搜救。

2.第一阶段搜救将分 3 组左中右 3 路进行，预计耗时 1.5 小时。

3.除非特别紧急情况，请不要联系搜救团队人员，以免耽误进程，如果有需要沟通的相关信息，请拨打调度中心电话。

陈亦诚重新发动车子，加速往失事地点驶去。

下午 5：25，亦诚驾车到达蓝山森林公园山下，顺着盘山路又开了几公里，很快就到了公路尽头，前面只剩下徒步旅行的步道，有辆警车横在公路尽头的正中间，路旁有一个简易的露天停车场。亦诚把车子开进停车场，看到周围有好几辆警车、两部消防车、媒体的转播车，还有两辆民用小车，这会儿已经是下午 5：40，天际渐渐暗了下来。

亦诚把车子停好，下车走到其中的一辆民用小车前，敲了敲车窗。

里面挤着三男两女 5 个年轻人，其中有几位他有些面熟，都是伊琳娜的同学。相互打过招呼后，一位亦诚叫得出名字的男生 Peter 说

道："美洲豹救援队 30 分钟前进去了，消防队的人刚刚撤出来，现在留在这里的是应急备用车。前面这一带目前被警方封锁，不允许闲杂人等入内。"

亦诚点了点头，拨通 Mador 的手机，简单把现场情况和对方说了两句，对方千恩万谢地连连向亦诚致敬，亦诚让 Mador 放心，有任何进展随时同步。挂断电话后，他知道自己出不了什么力，野外搜救是一项具有很强专业属性的紧急工作，美洲豹对接人的意见是对的，客户委托给他们搜救，接下来所能做的就是等候消息，胡乱介入反而是帮倒忙，于是返回到自己的车里，静静等候接下来的消息。

将近 1 个小时过去后，美洲豹这边打来电话，询问亦诚是否可以和伊琳娜失足跌落时的目击者通话，亦诚连忙下车找到 Peter，把手机递给了他。

"对的，没错，就是这样。"山上起风了，虽然与 Peter 面对面站着，亦诚一点都听不清他和美洲豹领队通话的内容。

"好的，"Peter 把手机递给亦诚，"领队要和你通话。"

"你好，陈先生，我是美洲豹领队，Vincent（文森特），我简单和你同步一下，刚才我们用 1 个多小时时间，以伊琳娜跌落下去的地方作为原点，6 个人分 3 组左中右分头搜索，目前我们都在崖底，尚无发现。我们马上会回到顶部，麻烦你和 Peter 还有当时的目击者来顶部与我们碰头一下。前面有警戒线，我已经知会过警察了。"

亦诚和 Peter、Wendy 往前面走去，现在天已经完全暗下来，3 个人靠着手机微弱的灯光探索着前行，好在只有大约两百米的距离。

来到出事现场，这是一块空旷的开阔地，空地正对着一片山谷，对面是耸立的山峰，悬崖下方传来呼啸声响，那是山里头的风刮过森林的声音，从这里望下去，黑压压的什么都看不清楚。空地一侧有个临时搭起来的帐篷，帐篷内的灯光映射出几个忙碌的人影。

亦诚和同行的两位同学走进帐篷，亦诚做了自我介绍，有一位身着警服的中年人问清他的身份以后告诉他们，当天白天政府的搜救没有发现什么线索，美洲豹到来后接管了现场，政府消防队已经撤出，计划第二天早上 8:00 重新恢复，因为他们不具备夜间搜索能力。

Peter 听到这个消息，顿时有些慌张，他们几个人从下午 2 点左右伊琳娜失事时算起，到现在已经 6 个多小时了，心理一直处于高度紧张状态，尤其是站在 Peter 边上的女孩 Wendy 有些崩溃，她当时就挨着伊琳娜蹲着，帮伊琳娜举着反光板，眼睁睁地看着伊琳娜掉下去。

说话间文森特走了过来，又询问了一遍当时的情况，Wendy 复述道："伊琳娜当时就是蹲在我们前面凸出的那块石头上。她想拍一张对面山峰的广角，我在她侧面帮她举着反光板，为了找一个更好的角度，伊琳娜把身子往外面探出，半个身体靠外，就这样。"Wendy 示意着："她端着带广角镜头的相机，相机带挎在脖子上，那相机挺重的，伊琳娜的脸贴着取景框，正专心致志找角度呢，不巧她左脚踩着的那块小石头底下松动了，她脚一滑，整个人失去重心就掉了下去。"

"有听到她的惊叫声吗？"中年警官问道。

"没有，好像什么声音都没有，扑通一下就，就没了。"显然，Wendy 叙述的时候有点慌，话说得都不连贯。

"等等，"文森特突然像发现什么似的，急促问道，"你说她相机挂在脖子上，是怎么个挂法？"

"噢，我们外出拍照，用的都是单反，加上还有专业镜头，比较沉，习惯上我们都会用相机带把机器像挎包一样挂在脖子上，要拍照的时候直接端起相机。"Peter 解释说。

"现场的场景你能向我们演示一遍吗？"文森特问 Wendy。

Wendy 点点头："她的眼睛贴在取景框上面，就是这样。"Wendy 用自己的单方相机比画着："喏，伊琳娜的相机带和我这条差不多，把相机挂在脖子上，瞧，就这样。"

文森特接过 Wendy 的相机，按照对方的示意将相机带子挎到脖子上，拿起相机做拍照瞄准状。"你这个不太对，"Wendy 纠正着，"带子有一边是要绕到腋下的。"说着，她帮忙文森特做了一个调整："这样无论怎样相机都不会掉下去。"

"谢谢。"文森特点了点头，转过来对警官说道："我们 6 个人分 3 路刚刚用了 1 个多小时把左路、中路和右路分别搜索了一遍，我们都带有生命探测仪和夜光镜，都没有任何发现，而且白天崖底几百米方圆地带消防队都地毯式扫过了，也没有看到任何痕迹。山里头夜间的温度很低，这是最让我们揪心的。如果一个人掉到悬崖底下摔伤了，只要不是大出血，一两天之内还能支撑，但是如果在一个接近零度的户外低温下，我们最担心的是失温，一旦失温，例如因为昏迷导致失温，很可能几个小时就有生命危险，所以今天晚上尤其是午夜12:00以前能不能找到伊琳娜是关键。"

文森特停住话语，在帐篷中央左右捯脚来回走了十几圈，最后停下来对几个人说道："按照这位同学刚刚的描述，又综合我们到现在为止的搜索路径，我决定改变方向。"他用皮靴靴头在地上画着示意图："不要一味地再从悬崖下面找人，她可能根本就没有掉下去，而是挂在半空中。"文森特相信自己的判断是正确的，从下午开始到美洲豹接手的前面两个小时，各个搜救路线都是聚焦于悬崖底部，所有可能的跌落点一寸一寸搜索，左中右三路来回扫了好几遍，这些都假设人一定是摔下来的。既然伊琳娜脖子上挂着一根相机带子，这种带子是优质尼龙做的，有很强的负重能力，有没有可能她就悬在半空中呢？文森特决定调整搜索方案，他用对讲机请手下人报告跌落处左中右三个方向从顶部到底部峭壁周围的树木情况，回复说中路右路都很光秃，左路白天是阴面，阳光照射不到，所以有不少树根盘旋在峭壁上的树木，高度大约在2—3米之间。

"全体人，顶部集合，头灯开到最大挡位，左路搜索。"文森特下达了命令。按照他的判断，伊琳娜如果是系着相机带子连人带相机失去平衡跌落下去，十有八九是卡在峭壁边上突出的某棵树木上面。

美洲豹搜救团队的成员都是退役军人出身，一个个身高体壮的，6个身着防水迷彩服佩戴全副装备的汉子很快在悬崖顶部列好队形，每个人各自将身上安全绳一端的金属挂钩在崖顶石缝处钻孔固定，启动安全绳缓释按键，依次顺着悬崖左侧往下滑行搜索。亦诚和两位本地大学生从悬崖顶部探头往下张望，峭壁几乎呈直角直接延伸到100米下面的山谷，峭壁四周布满高低不同的灌木丛和矮小树木，搜索的人影很快消失在夜幕中，只能看见几盏头灯在峭壁中间来回晃动着。

20 分钟后，好消息传来，人找到了。

正如文森特所判断的那样，伊琳娜在坠落过程中，脖子上的相机绳正好卡到突出来的一处树杈，带着惯性，她整个人被挂到了树梢上。现场的场景很危险，因为相机绳子的一头挂在树上，另一头正好卡住伊琳娜的脖子和腋下呈背带状，她的整个身体是悬空的，左手被另一边树枝夹住无法动弹，求生本能使她伸出右手抓紧侧面峭壁上的一丛枯枝，就这样类似三点一线地悬在半空中几个小时，这时已经处于半昏迷状态，好在只有一点外伤，没有发现明显的失血或者骨折。美洲豹救援队几位壮汉做好保护支撑，拿出救援带，两名救援队员面对面将伊琳娜夹在中间紧紧捆住，启动顶部滑轮马达，很快将伤员拉到了山顶，简单包扎后，紧急送往当地医院。

亦诚随救护车到达医院，目送伊琳娜进了急救室，然后拨通了 Mador 的电话。

17

澳大利亚，新南威尔士州威士顿小镇

经历过上次的野外遇险，亦诚与伊琳娜的关系一下子亲密了许多，都说大风大浪见真心，亦诚这么毫无保留地解救伊琳娜，让伊琳娜全家特别是她父亲 Mador 万分感动。原先 Mador 对于两人的交往并不太支持，在澳大利亚社会，父母对子女的恋爱婚姻不会有太多干预，这个社会尊崇个人自我，婚恋是当事人自己的抉择，长辈们通常不介入，最多也就是说一点参考意见。其实 Mador 对亦诚没有负面评价，小伙子给他的印象不错，他觉得亦诚是一位有上进心同时待人接物懂礼貌的年轻人，只不过 Mador 作为土生土长的澳大利亚农民，生活在社会底层，靠着给农场主打工维持生计，周围接触的也都是跟他背景相似的本地人，他又大半辈子住在很封闭的内陆乡村，与外界的接触非常有限，所以有着内地农民的封闭和古板思维。用他女儿的话讲，连交通规矩都不知道，伊琳娜介绍说当年父亲教自己学开车，根本没有转弯打灯、并线回头的习惯，因为他向来都是开的乡下小路，胡乱开就行也不讲什么规则，弄得伊琳娜报名路考好几次都没通过，后来只好找了正规驾校老师辅导，才拿到驾照。在 Mador 这样的乡下农人的观念里，这些年越来越多的亚洲人涌入，抢走的是本地人的饭碗。乡下农人们根本就不知道，也不在意这些外来移民带来多少经济刺激，以及推动了市场繁荣，他们只是本能地觉得，多来一个人，就多了一个争抢饭碗的竞争对手，哪怕在 Mador 所居住的内陆乡下，这些年也都有越南人、菲律宾人、马来亚人到那里去寻找打短工的机会，而这些外来人通常乐于接受比本地雇农还低的薪水，周末加班也不要求额外报酬，因此 Mador 对于这些黑头发的亚裔人士，打心里有些抵触。自从女儿和亦诚交往恋爱以后，他虽然没有公开表态反对，但不冷不热的样子，伊琳娜和她哥哥都能感受到。

这次女儿遇险，亦诚如此挺身而出，实在让 Mador 大感意外。为了这次救援，亦诚前前后后花了 8 万澳元的费用，这在 Mador 的概念里几乎是一个天文数字，事后他代表父母和伊琳娜哥哥打电话向亦诚致谢，表示这笔费用他们预备分期偿还，希望亦诚能给些时间宽限："这次危险得以解脱，实在多亏了陈先生的全力帮助，这 8 万块钱应当由我们来支付。因为伊琳娜还在上学，我们的收入有限，我想和你商量一下，是不是可以允许我们分期，例如 5 年时间把这笔费用还给你？"

"千万不用提这个事，"亦诚回复得很诚恳，"这是危急关头救人用的，只要人平安无事，这笔钱就发挥了它的作用，它的使命也完成了。"

听到这样的回答从一个自己原先并不看好的外族小伙子嘴里说出来，Mador 实在大感意外。他已经从女儿那边了解到，亦诚的家境虽然不错，但也不是什么富豪子弟，他也是跟伊琳娜，以及大多数在校读书的学生一样，需要一边上学，一边打工挣生活费的。据说他之所以能拿出这笔钱来，是他远在香港的父母为他准备的应急资金。这个小伙子竟然会为一个还没有确定关系的女人，把父母留给自己的备用金毫无保留地拿出来，同时还不要求偿还，这大大超出了他的认知。"或许真像伊琳娜说的，我原先看这个小伙子是戴着一副先入为主的有色眼镜？"这位年近50岁的中年乡村雇农开始反省自己。他决定邀请亦诚和女儿一起来乡下几天，借机表示自己由衷的谢意，也让亦诚接触一下澳大利亚内陆的农村生活。

亦诚接到 Mador 的邀请，觉得这是一个不错的主意，于是和依琳娜挑选了一个周末小长假，一起从悉尼开车，来到位于新州内陆城市 Double 郊外一个叫 Winston 的小镇，这里就是伊琳娜父母居住的地方。

说是小镇，尽管亦诚心里有所准备，但是当车子驶入镇上的时候，他还是不由得感到十分意外。通往小镇的是一条水泥路，还算平整，进入镇子主街的路旁竖有一块木牌，上面写着：

Winston, Population 32。

也就是说，这个镇上总共拥有32名常住人口，如此说来即使不算伊琳娜的话，Mador 一家3口人已经是全镇人口总数的1/10。

小镇只有一条街道，虽然没有太多商业氛围，倒也是设施齐全。亦诚缓缓地开车沿着街道驶过，左手侧首先映入眼帘的是一处顶上竖着十字架的独立小屋，显然这是一个小教堂，接下来是有一间邮局和银行的综合楼，紧挨着的是一栋红色外墙的酒吧，再往前是一家杂货店。他把车开到街道尽头，掉转车头往回开，这一侧有一家汽车修车铺，带加油站设施，伊琳娜的哥哥就在这里干活，前面是一家餐厅、一间服装店，店铺正对着教堂的位置，紧接着居然还有一家电影院。"一共只有32个座位。"伊琳娜解释说。

Mador 一家租住的独立小楼，位于镇上主街的后方，据伊琳娜介绍，这个小楼每周租金是220澳元，房子不大，有一个干净的前院。亦诚刚把车子停到路边，Mador 夫妇闻声走了出来，热情地招呼亦诚进屋。

进入屋内，伊琳娜放下背包，领着亦诚快速到各个角落转了一圈。这个小楼有一间客厅兼厨房，三间卧室，Mador 夫妇住一间，她哥住一间，还有一间以前是伊琳娜住的，现在她在悉尼上学，这间卧室空置出来，父母就把它分租出去了，减少一些租金压力，穷苦人家没那么多讲究。现在这间房间是一位在当地打零工的单身汉住着，后侧有一个独立对外的门，可以从侧面的边门直接进入这间卧室。

Mador 招呼亦诚坐下，从冰箱里拿出几瓶啤酒，打开后分别递给亦诚和伊琳娜："欢迎到我家里来，再次感谢你出手相救，没有你的帮助，我们夫妇俩可能就见不到这个宝贝女儿了。"

"您客气了。"亦诚礼貌回答说，"伊琳娜命硬得很，她不会有事的。"

伊琳娜母亲忙着在厨房里张罗，她从烤箱里取出刚刚烤好的牛肉馅饼，招呼大家趁热享用。

"亦诚你必须尝尝这个。"伊琳娜介绍说，"这是一款非常地道的澳大利亚本地美食，我母亲做的这个特别好吃。"

"肉饼 meat pie，咸味酱 vegemite，澳大利亚标志性美食。"亦诚回应道。

几个人在餐桌前坐下。"来，赶紧先吃一点，路上一定饿了吧。一会儿我们晚餐烤羊腿。"伊琳娜母亲笑盈盈地招呼大家。

亦诚尝了一口，果然味道和超市里出售的冷冻馅饼大不一样："太好吃了。"

伊琳娜乘机夸赞："这是我妈妈的绝活，整个镇上没有一个人不喜欢吃我妈妈的牛肉馅饼。"做母亲的在一旁开心地咧嘴笑着。

"喔，烫。"亦诚第一小口咬下去觉得好吃，便用刀叉切了一大块往嘴里送，一下子被烫到了，不禁咧了咧嘴。伊琳娜妈妈赶紧递给他一杯冰水："小伙子，你别太着急啊。"

第二天，Mador 特意向他的农场主请了一天假，开车带亦诚和伊琳娜从镇上出发，沿着乡间土路在方圆 50 公里绕了一圈，Mador 一边开车一边充当临时导游。

按 Mador 的介绍，这一大片几千平方公里是内陆平原区域，平均每平方公里拥有不到一位居民，当地人以畜牧业为主，养牛养羊。养牛的人家出售牛奶，养羊的农庄就是剪羊毛和出售食用的羊肉："昨天晚上我们烤的羊腿，就是我老板的农场自己牧养的。"

半小时后，Mador 把车子停下来，指着路旁两侧平整的草地："喏，眼前你们看到的这些草地就是我们农场。"

亦诚下车眺望，只见面前是一片一望无际的沃野，不禁惊叹："这么大一片啊！"

"嗯，这一圈大概有 300 公顷，也就是 3 平方公里，都是我老板的。他已经是第三代经营这个农场的农场主了。他们一家 4 口人都在农场干活，加上我和另外两位雇农，一共 7 个人。"

"您在这里工作多久了？"

"工作，我们不用这么好听的字眼，我们叫干活，我已经在这里干了 26 年，年轻的时候当了 3 年兵，就驻守在从这里往西 300 公里的一个地面基站。退伍以后回到老家找了这份农场的活一直干到现在，伊琳娜哥哥出生前我就在这了。"说着，Mador 招呼亦诚和伊琳娜上了车，发动汽车，顺着土路往前开了不到 1 公里，在一个岔路口拐弯进入农场，来到一栋工作车间模样的建筑物前停了下来。"这是我们剪羊毛的地方，你要不要进去看看？"

"好的啊。"亦诚饶有兴趣地跟着 Mador 走了进去。

这是一间面积大约 1000 平方米的铁皮工棚，只见里面有几十只被圈在一道半人高的塑料羊圈里，正等候被剃羊毛的羊。入口处右侧是几个操作台，3 名身着厚厚工装的成年男子正忙碌着。只见眼前这位汉子用一只手按住绵羊，另一只手持着电动推子，上下左右来回绕圈，几分钟工夫就把刚刚还披着一身毛发的绵羊剃了个精光，那光秃秃的绵羊周身看上去有些像亦诚以前在中国内地寺庙里见过的和尚脑袋。

"Hi，Mador。"有人走上前来打了声招呼。

Mador 朝对方点点头，转过身来介绍说："这是亦诚，伊琳娜的同学，这位是 Tom（汤姆），我们农场主的儿子，今年 24 岁。"亦诚连忙伸出右手。

对方在工装上擦了擦，热情地将手伸出来。握手的时候，亦诚感觉到对方的手异常粗糙，像老树的树皮一般。

"放假来这边玩，我带他们看看。"

"好的，你们随便看，回头有时间的话，可以请客人到酒吧坐坐。"汤姆推荐道。

"一定的。"刚刚在开车路上 Mador 介绍过，镇上的酒吧是方圆几十里居民休闲聚会最常去的地方。

几个人寒暄了几句，Mador 领着亦诚和伊琳娜走出工棚："亦诚，接下来我带你去看一个地方吧，那个地方你们平常不太容易见得到。"Mador 指的是内陆土著的保留地。

"这是一段很长的历史，"Mador 一只手搭在方向盘上漫不经心地开着车一边介绍道，"澳大利亚这片大陆最早是由本土的原住民居住生活的，两百多年前欧洲人进来，觉得自己是征服者，所有的资源都被欧洲移民拿到手里了，那时候，原住民们对于财富、土地价值是没有什么物质观念的，当然他们也没有书面法律和契约，因此大量土地被欧洲移民占为己有。那些原住民很惨，四处被猎杀，在欧洲移民进来的头 100 年，当地土著人口减少了 80%，最惨的是南边塔斯马尼亚岛的土著，被枪杀得一个不剩，整个人种被消灭。随着欧洲殖民者越来越多涌进这片大陆，当地世代相传的土著被杀掉的被杀，剩下的都被驱散，他们四处散住在荒无人烟的地方，生活医疗都没有保障。最近几十年，社会各界逐渐认识到需要纠正过去 100 多年间外来殖民者对原住民的野蛮屠杀和掠夺，开始采取补救措施，给予原住民更好的待遇，其中有一项优抚政策就是划定土著的保留地。现在土著除了可以在全国任何地方居住，还享有一些政府划定的保留地，这是专门预留给他们的，在这个范围内，只有土著才能拥有这片土地的所有权。如今虽然有不少土著已经融入现代文明，搬到城里镇上工作生活，但依然有许多原住民后代选择在保留地居住，当然这些人以老弱病童居多。我今天带你去看的这个保留地，距离 Winston 镇中心大概有 50公里，那里住着两百多个土著。"

"他们的生活，和你们镇上、农场里的人有什么不一样的吗？"亦诚问道。

"不同的地方还是挺多的。他们一般不会从事畜牧，也不做什么经营，基本上每天无所事事，晒太阳，喝啤酒。"

"那他们怎么维持生活呢？"

"政府给所有原住民比较高的生活津贴，他们可以无限期地一直领下去。"Mador 把方向盘打了个弯，吉普车驶向一条上坡小道，"他们没有什么经济来源。说实话这些人大多比较懒，既然有政府津贴，就这么一天天混日子。"

吉普车朝前开着，过了一会儿亦诚看见路旁竖着一块带有政府标识的大牌子，上面写着：Walla Walla 原住民保留区，进入请尊重原住民风俗习惯。从这个大牌子再往前开出几公里，Mador 把车停到一处排屋前，一行人下了吉普车。

这是一处开阔地带，右边是一片橄榄球场，一群土著孩子正在玩耍，前面有散落安放的几排户外桌椅，看样子这里是当地居民聚居的场所。"土著喜欢橄榄球。"Mador 一边走一边解释道。

3 个人沿着四周绕了一圈，亦诚留意到，这里的每户居民建筑跟他在镇上看的并没有太大的差别，只不过几乎每个建筑物门口或者外墙墙上，都可以看到一些带有土著文化特征的涂鸦或绘画，其中有一面墙上画的是一群土著的脸庞和飞去来器，这引起了他的注意："可以拍照吗？"得到 Mador 点头允许后，亦诚拿起手机，啪啪接连拍了好几张照片。

Mador 见亦诚感兴趣，很热心地介绍说："土著的图画，涂抹是他们的一个艺术特色，色彩鲜艳，构图夸张，很多都是模仿野兽的动作，据说他们的祖先，作为原始猎人在和动物的追逐过程中，要扮演凶狠的形象，所以就形成你现在看到的这个独特风格。现在有好几家博物馆陆续在收集这些土著绘画，所以如果这里的土著要做事谋生，绘制图画和制造飞去来器，是最常见的手艺。"

亦诚想起来在悉尼歌剧院周围看见过许多旅游纪念品商店如今流行出售澳大利亚原住民的涂抹艺术品，从 200 多年前白种人占领这片新大陆对土著居民肆意屠杀，导致后者人口数量在百年间急剧减少了

80%，幸存者被迫离开丰饶的沿海地带向荒芜的内陆四散逃亡，到近些年政府开始纠正种族歧视，也算是一份迟来的忏悔，不久前州议会通过决议，在著名的悉尼海港大桥桥面上升起土著旗帜。

一行 3 人围着土著居民区住宅外土路走了一圈，Mador 介绍着这里的生活习俗，亦诚不多插话，仔细听着，不时地拍上几张照片，对他来说，这是第一次能如此原汁原味地亲身感受这个不同于现代都市生活的澳大利亚本土古老文明。

"很有收获。"回程路上，亦诚真心地向 Mador 道谢。

当天晚上，伊琳娜和她哥哥 Edward 领着亦诚来到镇上酒吧，酒吧里人头攒动，熙熙攘攘的。在沿海城市悉尼，酒吧几年前已经禁烟了，这里好像并没有强行规定，屋里头烟雾缭绕的，靠里侧的角落有一排投币老虎机，天花板垂下来一个木质警示牌，上面写着：18 岁以下禁止入内。亦诚有些纳闷，按理说 18 岁以下是不允许喝酒的，可是这个牌子只示意不让非成年人进入老虎机赌博，看来乡下人对喝酒的限制没那么严格。

Edward 买了 3 杯啤酒："来，cheers！"

"cheers！"亦诚和两位主人碰了碰杯，喝了一大口鲜啤酒，然后放下酒杯，扫视了酒吧里的人群，这里大约有 20 个客人，亦诚有些好奇地问道："我记得 Winston 这个镇才 32 个人，怎么这里就有这么多人？镇上还有超市、衣服店等好几家商店，这生意能维持吗？"

"镇上是只有三十几口人，包括小孩，但是这一带方圆几十公里的农场还有两百来号居民，他们的购物和消遣也都在这个镇上，我们现在待的地方叫什么来着？对了，用你们大城市的时髦用词：CBD。"Edward 说完，3 个人齐声笑了起来。

亦诚望眼过去，酒吧里基本上是清一色的白人青壮男子，这会儿是晚上 9 点，正是最热闹的时候，从天花板悬挂下来的两台液晶彩电播放着今天 Canterbury-Bankstown Bulldogs（肯特伯雷公牛队）对阵 Wests Tigers（西部老虎队）的橄榄球现场比赛实况。橄榄球是澳大利亚国球，尤其在蓝领劳工阶层，是最受男性观众喜欢的体育项目。亦诚以前在悉尼曾经观看过现场比赛，对这项运动的规则有很深的印象。澳大利亚橄榄球是一个纯粹论力量、拼体能的集体项目，对抗的每支球队各有13名球员，它不讲究什么策略，只管抱着橄榄球往前跑，阻止的一方可以生拉硬拽，迎面撞击，抱住进攻队员的腰部大腿，无论使出什么招数，只要让你的对手不能抱球往前冲锋就行。亦诚觉得这个体育项目很能体现澳大利亚本地居民的风格：身强力壮，不推崇阴招诡计，一切凭身体实力说话。酒吧里观看橄榄球转播的现场球迷明显分为两拨，支持的是对阵双方，两拨人自动分开在两台电视机前面，一旦某支球队进攻或者防守出现一个好的回合，支持的现场观众就会大声喝彩，另一拨人则嘘声一片。"他们会打起来吗？"亦诚看着这间不大的酒吧屋内两拨球迷剑拔弩张的架势，有些担心地问。

"经常的，"Edward 不以为然地说，"不过干完一架也就忘了，第二天还是好伙计，mate。"mate 是伙计的意思，它是澳大利亚本地人最经常用的称谓，有点类似中国话里的"哥们"。

随着橄榄球赛进入下半场，酒吧里的喝彩声、叫骂声，还有相互交谈的声音，分贝比起悉尼的酒吧高出许多，几乎每个人都是大嗓门的粗壮汉子。亦诚是现场唯一的亚裔人士，他隐约感觉四周有好多双眼睛在盯着他："我是不是很引人注目？"

"有点，"Edward 说，"这个地方不太常见到亚洲人，我们这里这些年陆续也来过一些打短工的亚洲人，马来人、越南人、台湾人都有，但他们几乎不怎么说英语，也不和当地居民往来，大家对他们都有点好奇，有点陌生。"

"亚洲狗。"亦诚自嘲式地说了一句。

"这种明显的歧视用语是上一代人说的，年青一代，哪怕是乡下的小伙子们都不会这么叫，"Edward 和一位刚刚从身边走过的熟人打了声招呼，接着说，"对于陌生的人和事，有所戒备和提防应该是人之常情，就像我妹妹刚开始和你交往的时候，我父亲心里总有些嘀咕。"

"非我族类，其心必异。"亦诚想起了这句中文，试着翻译给对方，"所以接触沟通可以消除很多误会。"

"是的，不论在哪里，大多数人都更习惯于接受自己熟悉的东西。"Edward 换了个话题，"今天白天我父亲带你去参观原住民保留地，当年这些欧洲移民的先人进入澳大利亚的时候，土人并没有阻止他们，允许他们进来，让他们拥有土地，开荒建房子，反倒是土人自己被欧洲人抢的抢，杀的杀。现在我们自认为是这片土地的主人，对待新进入的亚洲黄种人，带有很多排斥，这实在是没有道理。白种人并不是这片土地的祖先，不过比今天新来的移民早了200多年而已，既然你能进来安居乐业，为什么别人不能进来？更何况如今亚洲人进入澳大利亚都是和平方式，比起当年欧洲殖民者进来的时候文明多了。"

"澳大利亚本地白人很多时候视野比较狭窄，"伊琳娜在一旁插话道，"我们是唯一一个在地理位置上可以把一片陆地和一个国家基本上合二为一的大陆，当然边上还有新西兰，这样的地理特征非常独特。从位置上讲，我们属于东方，和亚洲邻近，或者说被亚洲大陆包裹着，地理上更靠近亚洲，自然有更多的亚洲人就近过来，亚洲文化和风俗的影响随处可见，但同时这个国家的主体居民结构，以及它的法律制度和主体宗教信仰，承袭的是欧洲人的东西，特别是英国传统，所以造成澳大利亚人一方面被欧洲人看不上，另一方面，自己又总是瞧不起周围的亚洲人。"

"让澳大利亚变成亚洲社会估计不可能，同样地，让澳大利亚永远维持一个以欧洲文明为主体的国家也不现实，至少悉尼、墨尔本那些大城市如今亚洲文化的渗透随处可见。我觉得大洋洲就是大洋洲，不用让自己一定要站队靠边。至少，这里的羊肉、牛肉是全世界最好的。"亦诚觉得刚刚聊到的话题有些过于严肃，连忙岔开来。

"对对对，阳光、空气、牛羊肉还有橄榄球，就像我们的国歌所唱的，'一片富饶的土地，遍地稀世资源，处处丰饶美景'。"Edward 端起啤酒杯一饮而尽。

18

睿德投资办公室，伦敦梅菲尔区

到新公司上班后，亦然被分配在东欧投资部，主要覆盖范围包括俄国、乌克兰，其他苏联加盟共和国，还有捷克、匈牙利、波兰、土耳其。东欧投资部一共有 19 个人，分成 3 个组，整个部门的老大是薇娜。

大家每天都忙得黑天昏地的，有一句俗话叫作天下乌鸦一般黑，用这个词来形容投资行业的确非常恰当。不论什么性质的投资公司，从公募到私募，以及对冲、并购，几乎毫无例外都是无止境的加班熬夜，特别是处于职场金字塔底层的初级分析员，每天需要应对的，永远是那些没完没了的报表统计、数据汇总、市场简报，以及上头临时插进来的各种资料收集。这两天克什米亚局势动荡，伦敦股市的东欧板块一下子出现大幅度的跳动起伏，上头的指令是抢在这个风口做几个短板进出，话说得很简单，每一个买入卖出都是几千万英镑的体量，谁不想尽可能多地弄一些量化数据。这种情形最苦的就是亦然和另外 3 名分析员，每天干到夜里 2 点不说，周末至少还得有一整天的加班。薇娜是分管东欧和南欧投资业务的合伙人，虽然是这个部门的头号老大，但除了刚入职第一天与她有过 15 分钟的礼节性交谈，亦然跟她接触的机会很少，因为中间隔着好几个层级，投资经理、资深经理、副总裁等，他所在的这个东欧二组目前有 2 位分析员、2 位投资经理、1 位资深经理，在这之上有一位副总裁负责，最上面才是薇娜。从同事的介绍中，亦然了解到，薇娜多年来一直是整个公司业绩最为突出的标杆，她 12 年前加入睿德，一路从最基层干起，做到今天这个位置。她的行事风格是要求严厉，不能容忍任何差错，再牛的投资经理人在她面前都不敢和她过多抗争。

从表面上看，毕业以后进入顶尖投行或者私募基金对冲基金，是金融专业毕业生最大的就业愿望。这里有超高的薪资待遇，优雅的工作环境，响亮的名片，再加上光鲜的衣着打扮，毫无疑问，向人们展现的是一幅成功人士的素描。在市场经济的作用下，高工资行业显然能够吸引更多尖端的人才。如今在欧美社会，每年的高考录取，分数最高的就是三个专业：医生，律师，金融。

纵观人类发展几千年，财富的创造主要通过两个途径：一是加工制作，把原材料变为终端成品，提升价值，进而获取利润，例如农民播撒谷子种地，工人把一堆钢铁加工成制品，面包师傅将一袋面粉烤成面包卖给消费者；二是出售自己的专业知识以获得财富，例如医生、律师、设计师。从事金融行业的人可以算是第三条路径，它跟上面的两个途径都不尽相同。金融行业的从业人员也需要通过原材料的转化获得利润，只不过它的原材料是金钱。手里现在有 100 万，不管是自己的还是别人委托的，把这些钱在一年以后变成 120 万，这就是职业投资人的本事。如果你能够持续比同行创造更高的产出，就会有越来越多的资本交到你手上，借助你的知识和操作获利。这种获利能力的放大效应是其他行业无法具备的。律师再怎么有本事，手术医生技艺再如何高超，案子总得一宗一宗地打，手术总得一台一台地做，但是一位优秀的金融家，可以操控几百亿的资金，由此获得的产出效益，绝对是其他行业不能比拟的。著名的投资人巴菲特旗下的伯克希尔·哈撒韦公司每年营收超过 2000 亿美元，全公司员工总共不过 25人。这就是金融的魅力，以钱生钱，收益可以一直放大。

利益的另一面就是残酷的竞争和高强度工作，在投资行业，一个人的职级和他的工作时间通常成反比，位置越高的投资董事与合伙人，主要是决策，拍板做投资决定，责任重大但相对而言工作时间比较机动。大量的计算、市场分析、数据比较这些基础工作都要依靠无数像陈亦然这种刚刚走出校门的一年级、二年级分析员和投资经理来完成。投资界的金字塔职级由低往高的分布大概是这样的：

一流院校本科 / 硕士毕业后入行—分析员 Analist—（2—3 年晋级）投资经理 Associate—（2—3 年晋级）副总裁 Vice President—投资董事 Principal—初级合伙人 Junior Partner—合伙人 Partner—高级合伙人 Senior Partner—创始合伙人 Founding Partner。董事级别

以下各层级，工作年限是基本要求，同时看业绩表现。如果到了该升职年限没有获得升职的话，最多有一年的缓冲期，到时候再走不上去的话，就会被淘汰，通常转行进入其他行业。董事以上级别仅仅靠工作年限是不够的，更多评估的是一个人的硬实力，做过多少挣钱的案子，有哪些潜在客户资源，等等。就收益而言，基本上每上升一个台阶，薪酬收入至少增加一倍。

对于陈亦然这些初级投资人来说，长时间工作是他们的常态。亦然自从加入睿德公司以来，只在去年 12 月圣诞节休息两天，元旦放了 1 天假，就进入每周 7 天无休状态，现在已经是 2 月下旬，过去两个月，亦然和几位年轻分析员平均每周工作超过 90 个钟头，每天早上 9:30 到公司，夜里 1 点结束，周末两天如果运气好的话，星期天可以休息半天。金融行业的投资人是没有什么周末、单休、双休概念的，很多身强力壮的青年男女都熬不住进入投行前面两年的超强度工作，只好转行。亦然仅仅准备上班用的白色衬衣就有将近 30 件，每周固定有人上门取件，洗涤熨烫后再送回来，自己的生活日常必需品也都只能通过网购进行，根本没有时间上街逛商店，算来，他最近一次到实体商场，还是去年圣诞节的事。那是圣诞节次日 Boxing Day，他去了伦敦哈罗德百货血拼，一口气买了将近 1000 英镑的各种家居用品，从被套枕头浴巾、厨房用的垃圾袋、开水壶到扫地机器人，把能想到的一次性购足。

亦然所在的东欧二组，负责人是一位拥有匈牙利和英国双重国籍的 VP 副总裁，名字叫 Laszlo（拉斯洛）。拉斯洛今年 40 岁，离过两次婚，现在是单身状态。他是一个工作狂，每天除了睡觉就是上班，他甚至在公司的储物间备了一张行军床，每个星期有两三个晚上就睡在公司里。在这种人手下干活自然比较悲催，别的组做一个项目分析可能只需要两个市场调研报告，拉斯洛要求 5 份，其他组需要收集过去 1 年的销售数据，他要求过去 3 年的，还要加上类似公司的横向比较。这无形中就使得东欧二组几个人的工作量比其他组的同行高出许多，亦然和同组的另一位加拿大籍新人 Tony 都是今年毕业的一年级菜鸟，Tony 毕业于伦敦政经学院。他们几个人私底下给拉斯洛起了一个外号：AD。这是西方远古神话中恶魔 Asmodai（阿斯莫德）的缩写，只有他们几个人知道这两个字母的含义，他们也用这个带有暗号意味的缩写相互通报拉斯洛的行踪。AD 还喜欢喝酒，他的习惯是每星期有 3 个晚上吃完晚饭后要到附近的公羊酒吧喝一顿酒，然后再回公司上班。喝酒的时候，AD 喜欢让底下的投资经理和分析员陪同，因为他不喜欢一个人喝闷酒。仅仅因为他的这个爱好，亦然每次陪他喝酒的时候都要花费将近 100 英镑，一周两次，这对他这种一年级的分析员来说是一笔不小的开销。拉斯洛管理下的东欧二组的几个人都苦不堪言，暗自祈祷这个 AD 恶魔赶紧滚蛋，或者等财年结束的时候能够被重新分配到其他投资组，因为睿德公司每个财年结束时按惯例都会根据员工过去一年的表现情况，该晋升的晋升，该解聘的解聘，该调整的调整，会出现很多新的团队重组。

今天是 2 月份的最后一个周六，东欧二组刚刚完成了一个投资项目，投资标的是一家位于捷克布拉格的医疗器械制造厂，这家厂子是在东欧社会主义政权解体时，在原来国有企业的基础上转型而来的，经过 30 年的发展，现在在东欧各国的主要医院和手术诊所拥有稳固的市场份额。拉斯洛给团队所有人发了邮件，请大家周六下午工作告一段落后，到公羊酒吧聚餐，庆祝这个项目投资的顺利完工。

晚上 8 点，一群人陆陆续续从睿德办公室出来，步行来到公羊酒吧，今天的晚餐由拉斯洛做东，酒水各人自己买单。酒吧提供的晚餐也就是老三样，公羊酒吧的菜单上，可供顾客挑选的正餐，只有羊排、烟熏鸡腿和炸鳕鱼。亦然选了炸鳕鱼，另外要了一大杯艾尔黑啤，紧挨着 Tony 坐下。

"请安静，我说两句，"拉斯洛拿起不锈钢汤勺敲了一下盘子，"各位，捷克项目能够成功拿下，大家都辛苦了，马上就到年底了，希望我们能够拿到更多的奖金。今天我请大家吃饭，都放松一点，随便点餐。"说完，他招呼侍应生让每个人开始点餐。

很快，6 个人各自的主菜都上齐了。

"累死了，"Tony 小声嘀咕着，"我们这个组平均工作时间比别的组至少多出 30%，也不知道这个 AD 什么时候滚蛋。再这么折腾的话，我实在撑不下去了。"

这段时间超高强度的工作，大家怨气都很大，这点亦然心里很清楚，他当然理解 Tony 的感受。进入睿德以来如此高负荷长时间的工作，是他以前从未经历过的，私底下听那些投资经理和二年级的分析员讲，大约一年前拉斯洛接手这个组以后，大家的工作量比以前急剧增加，有两名投资经理都在寻找内部的转岗机会。

"我们是一年级菜鸟，哪敢有什么话语权？"亦然对 Tony 回应了一句。这是实话，在各大投行和金融公司，大学毕业进场的职级是分析员，这是职业投资人最底层的金融民工，干的都是收集资料、整理数据这类的力气活。

"明天要是能休息一天就好了，或许老大一会儿发慈悲。"Tony 一边吃着羊排，一边说道。

"少幻想，少挫折。"亦然随口回复说，他很快将主菜吃完了，紧接着向服务员要了一份提拉米苏蛋糕，慢慢地吃着。

"老大，能不能透露一下这个项目做成后每个人可以拿多少钱？"团队中有人问了一句。

"嗯，"拉斯洛拿起酒杯，将杯子里的威士忌一仰脖子喝干，然后说道，"今年年景不算太好，前面几个月都没有好项目，我们每个人能有相当于固定薪水 50% 的年度奖金应该就很了不起了。不过，不过……"他摆了摆手："别忘了，Taxman（税局）要从中拿走一半，所以，别高兴得太早。"拉斯洛说的是实情，在座所有人都属于高薪资阶层，他们每个人的收入，扣除缴纳的个税再加上各种保险和国民医疗，总额的一半是要被女王陛下的税局拿走的。

大家随意闲聊着，不知不觉，晚餐进行了 1 个多小时，拉斯洛谈兴正浓，他在向大家介绍自己两段婚姻的经历，说他碰到了两个截然不同的女人，说法国女人的故事——那是他的第一任老婆，还有他的第二任太太芬兰女人的胡乱花钱。看得出，团队所有人只是碍于情面，敷衍了事地点点头赔个笑脸，大家其实都很累了，有一个人居然迷迷糊糊地坐在椅子上睡着了。拉斯洛一边回忆着自己的往事，一边不断喝他的威士忌，面前堆了六七个威士忌酒杯，即便像他这种每天喝酒的准酒鬼，这时候也已经是半醉了。亦然起身走到吧台拿了一杯冰水，递给拉斯洛："老大，你喝点冰水缓缓神。"

拉斯洛接过杯子喝了两口，把水杯放下来大声说道："好吧，我今天发慈悲当一次圣人，大家明天全体放假一天。"

"哇！"围坐在长方形桌子四周处于半瞌睡状态的同事们一下子来了精神。"谢谢老大。""老大威武！"每个人都端起手中的杯子朝拉斯洛做致敬状。

从公羊酒吧出来，Tony 问道："亦然你明天干吗？老大说可以休息一天。"

"对啊，这可是整整两个月来的第一个完整的休息日，我准备睡个懒觉，起床后到帕丁顿公园待上半天，好久都没有闻到公园的青草味了。"亦然盘算着。

"还青草味呢，我他妈的连女人胳肢窝的味道都快要不记得了。你如果没有特别的安排，明天我们一起去看一场电影吧，等等。"他掏出手机快速地翻了一下，"不错，现在有一部正在热映的片子，《007 无暇赴死》，这个电影应该不错，杀杀打打的不用动脑子。这个时间段正好，上午 11:20 有一场，睡个懒觉然后我们一起看，怎样？"

"也好，确实是很久没进电影院了。"亦然点头同意。

"那我们就 11:10 在电影院门口见。"

"好的。"

"我这就先下单把票买好。"

说完，两个人各自走回自己的公寓。

第二天早上 11:10，亦然如约准时来到电影院门口，与 Tony 会合，两个人从自动取票机上取出电影票，朝电影院入口走去。就在这会儿，亦然手机的铃声响了，他拿起来一看，不由得皱起眉头，他把手机屏幕对着 Tony 展示了一下，上面显示拨号人是拉斯洛。

"别接。"Tony 一把按下手机屏幕的拒绝键。

"哎，你怎么这样？"亦然责怪道。

"AD 这时候找你还能有什么好事？一定又是要你干活，不接就是了。"Tony 理直气壮地说。

"这恐怕不妥，他毕竟是老大，你这个动作有点……"亦然摇了摇头，Tony 未经自己同意按拒绝键，这个举动有些过分了。他走到大堂一侧，回拨了刚刚的号码："老大您找我？"

"对，30 分钟以后我们办公室见，我把几个人都叫来。"说完这一句话，对方直接把电话挂断了，似乎昨晚上说的休息一天的事压根不存在。

"怎么？果然有事。"

"嗯，通知回公司，这电影是看不成了。"亦然有些沮丧，"老大让我回办公室，估计你也跑不掉。"

"不会吧？明明说好的放一天假，怎么一觉醒来又不算数了。这AD 恶魔，我不理他，你要回去你自己回去，我今天笃定是不会理睬他的。"Tony 愤愤地说道。

"我们还是另外找时间再看电影吧，毕竟只是一年级的，不能太任性。"亦然心里也不痛快，但还是试图劝说正在气头上的 Tony。

"我已经够不任性的，哥们儿。只不过不能这么任由 AD 胡闹，哪怕是机器还有停下来检修的时候呢。"Tony 越发愤怒起来，看得出，这股怨气在他心里已经积压了很长时间，这下子宣泄出来。"你走吧，我今天非看这场电影不可。"说罢，他掏出手机，按下关机键。"这样好了，谁也找不到我。"

"你要不要再考虑一下？不好为这么一点事赌气吧。"亦然还想劝解。

"我就要赌这口气，总得给他一点颜色看看。再说，我如果就这样回公司去干活，无论如何也说服不了自己，回见，亦然。"说完，Tony 也不再听亦然解释，径自通过检票口走向放映厅。

亦然站在影院入口处没有动弹，眼见 Tony 随着观影的人群朝走廊尽头走去，一下子不见了，他叹了口气，转身朝睿德办公室的方向走去。

一个月后，睿德投资公司年度考评，东欧二组有两个人发生了变化。一个是拉斯洛，他被重新安排到基础建设投资部，另一个是Tony，被送回人力资源部，等待二次分配。

投行的规矩是各级老大决定团队人选，这有点像英国多数党领袖组织内阁的味道，拉斯洛被踢出东欧投资部，显然是合伙人薇娜的主意，而Tony被送回人资部等待重新分配，应该是他的上司拉斯洛的意见。对于Tony来说，这是一个仅次于被解聘的糟糕决定，因为如果没有其他投资组愿意接收他的话，意味着他只能把编制挂在人资部，然后在公司的后端支持部门，也就是提供基础服务的数据部做一些简单重复的例行数据汇总，那种工作不直接与具体投资项目挂靠，也是没有奖金的。

任性固然帅气，但是任性的代价可不是一个"帅"字可以描述的。

19

睿德投资办公室，薇娜办公室

不觉间，入职到睿德已经半年多了，马上要到复活节，陈亦然特意准备了一件礼物，选好午间餐后的空隙，敲了敲薇娜办公室的房门。

"请进。"

"老大您好，周五就是复活节了，祝您节日快乐！"亦然说道，随手递过去礼物。

"谢谢亦然，你不必这么破费。"薇娜没有表现出太多的惊喜，她接过礼物，随手放到办公桌后面的矮柜台面上。

亦然有些尴尬，为了这个礼物，他斟酌了好半天，最后选中的是一条产自意大利的丝绸围巾。

薇娜办公桌上摆着几张相片，在自己办公的地方放几张私人照片，似乎是英国人最常有的习惯，亦然试图打破眼下沉默的尴尬，他凑近端详着，眼前的相片是一张全家福的模样，成年两口子和两位小孩，其中一个小孩长的一副完全的中国面孔。薇娜见亦然看得这么仔细，原先严肃的脸上转而浮现出一副幸福的笑意："喏，这是我先生，在帝国理工大学当老师，这是我领养的两个孩子，这个中国模样的小姑娘今年5岁，是我先生从云南认领回来的，另外那小子原籍苏格兰，今年9岁。哦对了，你要是复活节没有特别安排的话，到我们家聚聚吧？就这个星期天，我和我先生准备在家里搞一个烧烤派对，邀请几位朋友一起喝酒吃烤肉，我们家在富勒姆区，坐地铁20分钟就到了，你也正好见见我先生和两个小孩。"后面邀请的这几句话薇娜是用中文说的，他们之间过往的沟通基本上都用英文，亦然觉得对方的中文说得还算流利，虽然带有一些洋泾浜的口音。

"多谢老大，我很乐意参加。"亦然高兴地点头接受。

"好，那我们就周日下午2:00见。"薇娜随手用便笺写下自己家的地址，交给亦然。

周日下午，亦然准时来到了位于伦敦西南方向的薇娜住宅，这是一套联排别墅，一共两层，带前后花园。亦然走到大门前按响门铃，薇娜一身居家休闲装穿着打开房门，招呼道："亦然，快进来。"说罢，转身喊来一位大胡子男子，介绍道："Bob，这就是我跟你提起过的，我们公司的年轻同事，亦然·陈，从中国过来的，在英国念大学，这是我先生，Bob Wilton。"亦然和对方握了握手，把随身带来的一瓶葡萄酒递过去。"节日快乐，谢谢二位的邀请。"

"你还这么客气。"Bob接过葡萄酒，连声致谢。

"来，亦然，要不你们两人先到后院坐会儿，我已经把BBQ烤炉都支好了。你们先喝点啤酒，一会儿我这边把东西张罗一下就加入你们。今天就5位客人，另外4位都是Bob的学生和同事，亦然你随便点。"

Bob领着亦然来到屋子后面的花园草坪上，在太阳椅上坐下。这是一个面积大约100平方米的后院，典型的英国中产阶级住所。花园是绿油油的草坪，靠近左侧围墙的地方放着几把椅子和遮阳伞，草坪中央有两张桌子，一个烧着木炭的烤炉，有几个人正在忙乎着。亦然接过 Bob 递给他的啤酒，欠身道谢。

"我听薇娜介绍，你是从剑桥毕业的？"

"是的，我去年刚刚毕业。"

"那我们俩是校友。"Bob 与亦然碰了一下啤酒瓶。

"是吗？您是哪一届的呢？"

"我 2008 年毕业，12 年前了。"

"真是好巧。"

"是啊，你知道剑桥和牛津的故事？"

"当然，"亦然不由得想起人们津津乐道的校徽之争，剑桥大学和牛津大学的校徽上都有一本书，只是剑桥的那本书是合上的，而牛津的那本是打开的。牛津人因此嘲笑剑桥人根本不会读书，只是拿一本书装装样子，而剑桥人则反唇相讥牛津人，你们学习能力太差，我们早都已经学完并烂熟于心了，你们才刚刚开始读。这种相互认为自己是第一的劲头，有点像中国国内的北大和清华的第一之争。

亦然正和 Bob 闲聊着天，薇娜领着一位小女孩走了过来，介绍说："这是我们的小女儿丽莎。"

"丽莎你好。"见小姑娘穿着中式服装，亦然用中文问候了一句。

"你好，你从中国来的吗？"小姑娘大大方方地用中文回复道。

"是的，你会说中文？"

"当然啦。"

"跟谁学的呢？"亦然有些好奇，他知道薇娜虽然可以说中文，但应该还没有到能够教小孩中文的水平。

"我妈妈请了一个中国老师，每星期教我半天中文。如果爸爸不在家的时候，我跟妈妈有时候也说中文。"

Bob 饶有兴致地在一旁看着他们的交谈，看得出，他完全听不懂两人交流的内容。

"Bob，你没有学一些中文？"亦然转过来问道。

Bob 摇了摇头："我知道那是很有趣的语言，所以我特别鼓励丽莎要把中文学好。"

丽莎闻到远处飘来烤肉的香味,忍不住撒腿跑了过去。薇娜坐了下来,自己打开一瓶啤酒,喝了一口,在一旁介绍说:"亦然,今天是私人聚会,你随便一点就好,我给你大致介绍一下我家和我先生。Bob 是一个典型的读书人,教书匠,他的职业和我从事的这个投资行业,可以说是截然不同的两个世界,我们琢磨的是怎么多赚钱,他是整天想着他的那些化学方程式怎么用不同的组合变化,产生奇幻的效果。我们一家四口,两个孩子都是领养的,这点孩子们自己都知道,我们结婚以后,因为工作实在太忙,我真的是没空生孩子,但 Bob 和我都很喜欢孩子,于是我们决定认养,第一个孩子,老大是男的,今天不在,他参加一个复活节的短途旅行去了。小丽莎,你刚刚见过的,是我们从中国云南领养过来的。我们现在四口之家外加一条德国狼犬,典型的英国家庭。"亦然已经了解到薇娜是第三代华裔,有1/4的中国血统。据她自己介绍,小时候她基本没有学过中文,她是在一个传统英国家庭长大的,没有说中文的环境,进入投行工作这些年陆续接触到一些中国项目,也认识了一些中国籍同事,才一点点地把中文捡起来,她现在还坚持每个周末参加 2 小时的中文补习班。"不过我没有中国式的生活习惯。"薇娜补充着说。

这会儿 Bob 被他的学生拉过去帮忙烤肉了,只剩下薇娜和亦然两人在这个角落坐着,亦然觉得这是个机会,他想把自己憋在心里好几次没有说出口的那个话题坦白出来。

"薇娜,"亦然清了清嗓子,"有一件事情我憋好久了,说出来可能会让您生气,但不说出来的话,我心里总觉得难受。"

"什么事?这么严重。"薇娜抬头看着有些窘态的亦然。

"我还是说了吧,趁着今天这个比较放松的机会。"亦然鼓足了勇气,"我想告诉您,那次我们第一次在咖啡厅遇到,我把咖啡弄洒在您裙子上的那件事,其实我是有意的。"

"我知道。"对方一点都不吃惊的样子。

"您知道?"亦然很意外。

"是啊,准确地说,你当时用咖啡碰到我衣服的时候,我是没有想到的，觉得这个小伙子有点莽撞。但你记得你后来说了什么？忘了？你告诉我说，你可以到对面哈罗德百货公司的二楼帮我买一件衣服。"薇娜还原着当时的情景。

"是是，我是这么说的。"亦然想起来那个细节。

"当你说出这句话的时候，我就意识到对面这个小子是有意这么干的，对了，我刚学会一个中国词，是我周末上中文课的老师教我的，他是北京来的留学生，你让我想想，上周刚刚教我的，说是一个北京俚语，嗯，是不是叫'碰瓷'，有这个俚语是吧？"

"是有这么一个词。"亦然点点头，其实他自己对中国北方的俚语也不在行。

"那我就说对了，碰瓷。你想想，你一个小年轻男生，大学刚刚毕业，都还没谈恋爱呢，你怎么可能知道哈罗德百货的女装在什么位置呢？显然你事先都已经打探好了，就想借这么一个契机跟我认识，是不是？"对方说得直截了当。

亦然听了感到很羞愧，他猛然想起很多年前母亲曾经告诉他的一句话：永远不要觉得你靠编故事把别人耍了，当你洋洋得意觉得耍了别人的时候，人家其实早已经看穿你的把戏，只不过不揭穿而已。亦然不禁在心里暗自庆幸，自己能主动把这个小心思说出来。

"不过你能够这么坦诚地告诉我真相，你就把分数挣回去了。我理解你是为了寻找机会，迫不得已。"薇娜一改过去几个月在办公室的严肃模样，和蔼地说道，"你能想到把事情的原委告诉我，这让我很高兴。要知道，我认为自己是一个聪明人，聪明人最不喜欢看到的就是被人耍，虽然那时候你是迫不得已。现在你说出原委，我心里的这个结就完全解开了。"

"的确是我冒犯了。"听到对方不计较的回复，陈亦然觉得脸上一阵发烫。

薇娜摆摆手："说到底，这是一个 happy ending，你找到了一份喜欢的工作，我也替公司物色到一位优秀人才，这是一个很美满双赢的局面。来，今天不多谈工作上的事，放松过节，咱们去加入他们吃烧烤吧。"说罢薇娜站起身来，领着亦然朝草坪处的烧烤炉走去。

20
悉尼大学图书馆

陈亦诚这一阵子在悉尼大学忙得昏天黑地的，这个学期有一门选修课，叫作 Business Initiative，中文可以翻译为商务创新，这个科目得到了澳大利亚著名银行西太平洋银行的赞助。

作为一门选修课，这门课程的设计有些特别，它要求选修该科目的学生 3—5 人组成一个课题组，以组为单位做出一份富有创造性，同时又能付诸实施的商业计划书。它可以是一个创业项目，也可以是任何市场商业实践的延伸，几乎所有选修这门课程的同学都不约而同地以构建一个新的创业项目作为切入点，大概这也是年轻人的特点吧，富有激情，喜欢从头开始构思一样全新的东西。按照课程要求，这个商务创新项目如果是创业选题的话，必须由三个部分构成。第一，行业的竞争态势分析，市场现况和机会；第二，项目具体实施步骤和阶段性目标；第三，项目运作初始两年的财务预算。

亦诚和平日关系比较好的 3 个同学 Andy、李卫东，还有一位本地学生 Lauranne 一共 4 个人组成一个项目组。周末他与伊琳娜提起这个选修项目的时候，伊琳娜兴趣很浓，再三表示她希望加入。伊琳娜是学摄影专业的，擅长平面设计，这其实正好弥补了现有 4 人的一个短板，而且澳大利亚各所大学对于选修课都允许跨校参加，也就是说伊琳娜如果加入这个项目的话，这门课程的 6 个学分一样可以被计入她在悉尼科技大学的成绩。亦诚和几位项目组成员商议了一下，大家一致同意让伊琳娜加入，这一来这个项目组一共就有 5 个人，3 男两女。

人员组成后，首要任务是选题，大家约好用一个星期时间，各自琢磨自己认为合适的题材，提出来比对讨论。

亦诚一开始提出的是一个关于养老院老年人手机 App 应用的题目。不久前，他去老人院看望一位年迈亲戚——母亲的表姨，发现住在老人院的老人们都有大把的时间，但他们都很孤单，整天不知道该干什么。今天已经普及的互联网世界，对于这些老人来说似乎依然很遥远，很多人甚至不懂得如何在网上看电视听歌曲，亦诚觉得这是一个值得发掘的市场。而 Andy 提出的方案，是做一个以服务大学校园为主力用户群体的外卖送餐业务。

伊琳娜对上面这两个动议都有些不以为然，她觉得老年人市场固然有开发价值，但却不是眼下这几位年轻人所熟知的领域，从陌生板块切入做课题，不可预见性太高，仅仅凭一个 idea（主意）想做成一个好项目是远远不够的。至于说校园送餐，这个题材听上去很热，但是这方面的竞争早已是一片红海，有不少类似产品已经成形，现在从头做起，不太容易超越。伊琳娜提出了一个截然不同的方案，大家听她介绍完，不禁都有耳目一新的感觉。

伊琳娜是一个观察力很强的女生，她注意到这么一个普遍性现象：澳大利亚是一个有着全民广泛运动基础的社会，特别是各种户外运动，从徒步越野，到水上冲浪，很多青少年都十分热衷。如果以平均值计算的话，80% 以上的青少年都有 1—2 项常年性的户外活动爱好，在所有发达国家中，澳大利亚人的户外运动爱好和普及度都是数一数二的，就连各种大型国际赛事，从奥运会到游泳、田径、球类等专项比赛，澳大利亚人获得的各项奖牌，如果以人口基数来计算的话，其比例也几乎都名列榜首。青少年运动在当地更是有着广泛的普及性，但有个环节长期以来没有得到足够的重视：青少年户外活动时皮肤的防晒保护。

澳大利亚的太阳是很猛烈的，这个亦诚有亲身体会，他刚到澳大利亚的时候，第一次到海边游泳，逗留了两个多小时，身上的皮肤就被晒得脱了一层皮，整整难受了两个星期。当地各种各样的户外活动，海里的，陆地的，山上的，从男生踢球、女生游泳，到恋人们在太阳底下暴晒，无数年轻人享受阳光沙滩的同时，因为强烈紫外线照射导致的皮肤病随处可见，至于户外暴露引起的皮肤灼伤情况，更是当地青少年的一种常见现象。按伊琳娜的分析，问题的关键在于大多数青少年缺乏这方面的防护概念，从十几岁的少年到大学生，这群英文表述为 teenage 即 13 到 19 岁年龄段的人们普遍对于保护皮肤不太在意，很多人总觉得出一趟门还要刻意涂抹一层防晒霜或者防晒油，显得小题大做。年纪小一点的儿童还好，因为有父母负责，进入社会的成年人大多也懂得保护皮肤的重要性，就是十几岁到二十岁上下的这批人最难弄，他们是最活跃的户外活动群体，但又处在凡事大大咧咧的年纪。

"澳大利亚的少年男女酷爱户外活动，这是传统。"讨论选题的时候，伊琳娜陈述道，"但是让他们在户外游泳或者踢球前涂上防护霜，大多数人不以为意。据我观察，很重要的一个原因是青少年们觉得那东西太像药膏了，特别是男生，觉得涂那个东西娘娘腔，弄一堆白花花的膏体显得奶声奶气的。市面上的各种防晒霜基本上都是在药店出售的，对于很多年轻人来说，觉得那东西很像药品，包装又不好看，没有使用它的欲望。"

5 人碰头会在悉尼大学图书馆的一间小屋召开，见大家听得很认真，伊琳娜继续阐述说："我可以肯定的是，这是市场刚需，同时还没有人做，至少针对青少年这个用户族群，这是一个空白领域。如果我们的项目从这里切入的话，突破的重点也非常明显，那就是不在研发上面下功夫，如果要搞研发，可能需要好几年时间。我们的注意力应该放在产品宣传，推广，做出更酷的包装，营销更为俏皮有趣，一定要围绕着怎么能够让这类产品看上去吸引人，让人忍不住想使用它，想秀出来，它能让人更美更健康，而不是涂药膏，总之就是让青少年人喜欢，就像几乎每位女生都喜欢唇膏一样。"

Andy 的专业是市场营销，他对伊琳娜提出的看法颇有同感："这个题材如果我们来做，关键就是要在市场推广方面寻找到好的角度，能打动这些青少年。"

Lauranne 是澳大利亚本地人，来自悉尼北部的海港城市纽卡素，她附议道："我上小学那会儿，只要是夏天前后几个月，每天早上出门乘公车前，我妈妈都要在我手上腿上涂满一层防晒霜，小学生夏天的校服是短衣短裤，后来上了中学，我就不让我妈妈涂了，因为别的同学都不涂，我记得在户外玩耍的时候被太阳晒得好几次脱了皮。"

亦诚一开始有些疑虑，他觉得现在小组的这些人都没有护肤产品方面的任何经验，又不是化学系或者理工专业，等于是一群门外汉在干一件没有竞争优势的事，对此，组里的李卫东和Lauranne都有不同的看法。李卫东认为，既然是创新项目，那么关键在于立意新颖，有足够的目标用户，能够在演讲大会上说服评委，从这些方面考虑，伊琳娜的防晒霜方案很有创意。伊琳娜强调："今天的teenage都是信息时代的E人类，我们只要运用好互联网传播工具，包括脸书、Twitter、Snapchat、Whatsapp等，触达和影响目标人群就是一个能产生快速裂变的机会。"

亦诚后来被说服了，一番讨论下来，大家都觉得这个创意别具一格，有可操作性，于是大家举手表决，同意选择这个题材。特别是一提到被太阳晒伤皮肤，在座每个人都有这种经历。

接下来讨论分工，包括市调、网上资料收集、可行性商业方案提纲、营销方案、大致费用预算等等。亦诚提议："市调工作我们一定要自己做，而且每个人都必须参加，这是接触原始数据和了解目标用户需求的出发点。"大家纷纷赞同，按李卫东的提议，5个人分成两个市调小组，分别定位高中生和在校全职大学生两个群体，每个群体采集500人的调查问卷。

经过商议，项目叫作Tenderness Sun（柔软的太阳）。每个人按照计划分头忙碌起来，星期二和星期五下午是固定的项目组碰头时间。

21

悉尼大学图书馆，小会议室

"柔软的太阳"商务创新项目进行了两个半月，总算按时完成，一份洋洋洒洒30页的项目报告书大功告成。

这天下午，在悉尼大学图书馆的一间小型会议室里，团队 5 个人做着项目提交前最后一遍的 rehearsal（演练），Andy、李卫东、Lauranne、亦诚和伊琳娜轮番上阵，按照事先计算好的时间从头到尾把项目计划演讲两遍，中间不做任何停顿。第一遍演练结束，用时 12 分钟，比计划拖延了 2 分钟。"我建议市场竞争描述那个部分压缩。"伊琳娜说道，市场竞争是演讲开篇的第一部分，由 Andy 负责。

"那天在场的听众们事先并不了解我们这个项目切入的这个细分市场的行业状况，如果不把铺垫部分说清楚了，很难在这么短的时间内把听众带入角色。"Andy 坚持自己的观点，这也合乎人之常情，每个人都会认为自己承担的这个部分具有不可缺少的意义。

"有一个变通的办法，"Lauranne 提议说，"Andy 可以考虑把市场容量、用户分布、行业品牌这三个最重要的数据内容用柱状图表示，这样不仅可以比现在这种一行一行的文字展示更直观更容易让听众明白，还能压缩一些时间。"

"这是一个不错的意见。"Andy 点头认同。

"记得要用大号字体显示数字，考虑到现场后排听众的可视距离。"伊琳娜是摄影专业出身，对视觉距离环节尤其敏感。

"我这个部分关于费用预测可以压缩，"亦诚说道，"除了市场推广开销这个部分与我们项目的可行性关系重大，评委们比较关注以外，其他的费用列项，例如人工、办公、网络电费等，我想把它们合并一下，说一个运营费用总数预计就好，这一来，我可以压缩1分钟。"

"还有一个环节，那天的 Q&A（问答），我们提前设想的这 6 个问题仅仅是从我们的角度，是否还得扩散一下？如果提出我们始料未及的问题，会不会现场卡壳？"一直比较沉默的李卫东突然开口问道。

这是一个好问题，大家开始绞尽脑汁地设想还可能冒出哪些预备清单上没有的问题，来回讨论了半天还是没有进展。

"是不是可以这样，"亦诚建议道，"我们还是保持现有的这 6 个问题，这些问题的回答我们已经提前分配好了，让我们几个脑袋去推演现场几百个脑袋可能提出的问题，貌似不太现实。我们可以做这么一个预案，现场如果出现任何我们预测以外的问题，一律由我们组事先指定的一个人负责回答，由他出面应对可能发生的突发事件。"

"谁来当这个救火队员呢？"李卫东询问道。

"这个，他最合适，"Lauranne 用食指指向亦诚，"你的知识面广，又是我们这个项目的牵头人。"

周围几个人都表示同意。

"那好，我来应对这块。大家还有什么别的建议吗？"亦诚看了一眼，见大家都没有其他意见，"那我们现在马上着手修改，一会儿再来一遍。"

大家分头忙乎起来。

两天以后，亦诚团队一行 5 人正装出发，前往参加项目的现场演示会，按照规定，每个项目组有 20 分钟时间，其中 10 分钟为主题演讲，另外 10 分钟是自由问答，要求项目组的每位参与者都必须至少发言一次。每个项目组的 20 分钟演示结束后，由现场的科目指导老师、商学院两位教授以及赞助方西太银行的两名代表共同打分。今年的商务创新选修课一共有 8 个项目组参与，最后评出第一名和第二名，西太银行分别奖励 30 万澳币和 20 万澳币，不过这笔奖励不是奖金，而是项目启动基金，也就是说，如果获奖的项目成员对这个项目有信心并在今后一年内启动项目的话，可以用这一笔基金作为赞助款。如果最后决定不做这个项目，那这笔资金就不予发放。以过往的经验，每年获得奖励第一、第二名的项目赞助，大概有一半左右最后是被兑现的，另外一半则束之高阁。

晚上 7 点，悉尼大学环形演讲厅。

近 300 个座位基本上都被前来听取演讲的各系学生坐满了，第一排座位前面放着 5 张特殊的椅子，正对着演讲台，那是 5 位评委的位子。亦诚他们组的项目在 8 个按抽签顺序上台的序号中排在第六位，他们将在第六顺位出场。5 个人经过了两个月的紧张准备，胜败就在今晚。

登台演讲第一组的选题是 AI 电子机器人割草机，这个组一共 4 个人，清一色的帅气小伙子。很显然，这个选题击中澳大利亚当地刚性需求的要害，这个国家 80% 的住宅是带有前后花园的独立屋以及半独立屋别墅，几乎每户人家都需要收拾草坪、割草，而当地人工费用很高，如果聘请外人打理草坪的话，每两周一次大约需要 150—200 澳币，对于普通工薪阶层来说，这是一笔不小的开销。要是图省钱自己割草，很多双职工家庭没有空闲时间，而且操作割草机是一个力气活，单身母亲和离异家庭难以操作，而如今在澳大利亚社会，单身女性自己居住或者一方独自带孩子的比例持续上升，设计和生产电子机器人割草机，显然拥有广泛的用户基础。只不过在陈亦诚看来，这是一个需要较长时间烧钱研发最后才能推出成品的中长期项目，他不认为大学生们有足够的持续融资能力，果然，在问答环节，观众席上的提问，大多围绕着项目启动一期需要多少资金，从哪里寻找这笔巨款投入。这个项目团队每个人回答问题的时候都礼貌有加，但是未能给出满意的答复。

轮到第六组了，"柔软的太阳"的 10 分钟演讲进行得很顺利，现在是问答时间。

第一个提问来自西太银行经理，她问道，改变习惯是最困难的事，你们几位刚刚在介绍中陈述了青少年皮肤灼伤问题以及这个市场潜在的刚性需求，但是怎么去改变他们现在不以为意的习惯？

事先，团队对于可能出现的各种问题有过多次模拟，这个问题是事先准备好的，不过几个人还是快速交换了一下意见，由亦诚出面回答："这位女士的这个问题提得很好，也是我们在项目计划中很着重考虑的，具体措施在第八、第九页计划书中有详细的解释，我这里先不展开。最为关键的一点是，我们认为对于我们的目标人群，改变习惯不是什么特别困难的事，因为不论中学生还是大学生，都处于接受知识、价值观逐步形成的阶段，他们容易被影响，只要把利弊关系说清楚，他们的习惯可以很快发生改变。就像 10 年前吃麦当劳汉堡是青少年最常见的学生午餐，今天我们看到越来越多的学生选择蔬菜、粗粮、水果色拉，因为大家意识到那些油腻油炸食品，对于健康是不利的。所以我们认为，这个项目的市场营销主要是两点。"亦诚停顿了一下："请伊琳娜女士介绍。"这就是刻意要营造的团队协作氛围，以此获得评委的印象分。

"谢谢亦诚，各位好，我们认为，第一，要把这个利弊以科学的方式告诉我们的目标用户，让数据说话。第二，用今天互联网喜闻乐见的轻松形式去传递我们的诉求。"伊琳娜举了几个广获好评的营销案例。

"你们这个项目跟药房里随处可见的那些 20+、30+ 加的防晒霜有什么不一样呢？"这个问题来自一位统计学教授。

"本质上，我们要做的不是一个产品项目，我们是要做一个市场营销项目，任何一个品牌、一款产品，只要质量好，售价有吸引力，我们都可以拿来推广宣传。至于我们在这个发展过程中，有可能随着项目的推进，用户人数的增加，逐渐发展自己带有年轻人符号的自有品牌产品，那将是我们下一步探讨的一种可能，但本质上我们不介入生产。"Andy 接过话筒回答。

8 个项目组轮番介绍并且接受问询之后，全场几百人静静地等候评委核计分数，只见科目指导老师汇集了 5 位评委的卡片，在一位工作人员的协助下正在认真核算各组得分分值，然后逐一与每位评委最后确认。5 分钟后，指导老师走上讲台，开始宣布各组得分情况：

海马组，78 分。

智能王组，81 分。

电子机器人组，82 分。

遥感组，85 分。

……

每报一个项目组的得分，场上的该组成员随着起立致谢，并接受在场所有人的鼓掌祝贺。分数一步一步地往上爬升，这是西方社会颁奖或公布分数的习惯，从低往高一路向上，制造一种仪式感，把气氛烘托出来。相比之下，中国学校更喜欢首先宣布冠军亚军，拔得头筹的人固然能享受荣耀鲜花，但得分靠后的几乎没有任何庆祝的机会了。

现在已经报完了六组的分数，就剩下两组了，这个时候，指导老师卖了一个关子，说他最近心脏不太好，怕心跳过快支撑不住，指了指坐在第一排的一位代表西太银行的评委，让他上台帮忙公布第一和第二名的得分。

明眼人都知道，老师是想把这个机会让给赞助商，毕竟人家是财神爷。

还没有被公布分数的这两个小组，将获得西太银行今年第一名30万、第二名20万澳元的项目启动赞助。

亦诚和他的同伴们紧张等候着，相邻而坐的5个人互相手拉着手，每个人的手心都沁着汗珠。

西太银行的杰西卡女士走上讲台："很高兴今天有机会出席这个项目报告会，听取了各个令人激动的创新项目。西太银行赞助悉尼大学的这个创新课程，今年是第十二年。我们看到每一次都有优秀的创新想法和计划书涌现出来，今年更不例外。坦率地说，我刚刚很纠结，因为已经公布的这6个项目的得分，其中有好几个项目我个人都很喜欢，当然，这就像我们都喜欢墨尔本杯赛马，赛场上有很多优秀的骑手和马匹，但是最后的冠军只有一个。下面我要公布得分最高的两个项目组，他们将分别获得西太银行的创业奖金。这笔奖金将用于资助项目的启动，在今后一年内，如果这个项目的参与者有意启动项目的话，他们将一次性获得西太银行今天所承诺的这笔奖金。"说罢，她拆开手上的信封。

震撼的音乐声响起，号鼓急促的高分贝乐器声透过环形演讲厅各个角落的音箱，环绕在会场上空，片刻后，音乐声戛然停止，全场一片寂静，聚光灯明晃晃地照射在宣讲台上。

"第二名，AI电子机器人割草机组，得分93分。"

话音未落，亦然一群5个人不约而同地高举双手跳了起来："耶！"

都说亚军是世界上最让人沮丧的奖励。

22

悉尼市区，植物园步道

"柔软的太阳"创新项目获得头奖让一群人非常开心，毕竟对这 5 个人来说，这是他们第一次组队在挑战性的 PK 竞技场拔得头筹。

接下来这十几天，亦诚满脑子总是在琢磨项目的事，连上课吃饭都心不在焉的。

"怎么样，干不干？"这天下午，两人在紧挨着悉尼歌剧院的中央植物园跑步，亦诚问跑在身旁的伊琳娜。这个话题他们已经商谈过十几次了。亦诚觉得这是一次难得的好机会，这个项目一路做下来，从一开始仅仅是应付一门选修课，到全身心投入其中。有关如何启动运作，早期的几个关键节点，他觉得心里大致有些把握，何况现在拿到了西太银行的启动资金资助。在亦诚看来，这正好切合了他毕业以后想自立门户创业的想法，以前一直找不到合适的主题，这下子有现成的了。对于毕业以后应聘进入一家公司朝九晚六上班，亦诚从来没有多大兴趣，他从小就有一种喜欢尝鲜、特立独行的性格，创新项目获奖后，亦诚就下定决心要抓住眼下这个难得的好机会。

问题在于西太银行的资助条件是必须让这个项目在一年内启动，这就意味着如果他要实际操作"柔软的太阳"，就得先休学停课，或者边上课边开始项目创业，自己本科荣誉学位课程还有一年时间，为此，他特意向商学院管理处咨询过，被告知现在的学位管理采用的是学分制，只要他在今后三年内修完所有学分，他一样可以毕业，这样说来，他可以采用兼职上课的方式慢慢修完余下的所有学分。几天前，亦诚跟父母提了自己的打算，家长都很支持，母亲还表示愿意资助 20 万澳币作为启动资金。

"你的情况稍有不同，伊琳娜。"亦诚知道对方有些拿不定主意，伊琳娜现在是大学本科的最后一学期，再过两个月就毕业了。在当地，绝大部分本地学生都会提前 10 个月左右拿到毕业后的第一份工作

offer，称为应届生入职，这是沿袭下来的习惯，而伊琳娜已经拿到的聘用，是当地知名平面媒体《悉尼晨锋报》的美术设计职位，这是一个专业对口，待遇也相对不错的好工作。

伊琳娜对放弃这次聘用机会心里很有些不舍，但同时她又很想参与这次创业。这个创意最早是她提出来的，同时如果加入的话，就能有更多的时间跟眼前这个心爱的男朋友在一起。但自己毕竟来自一个贫寒家庭，西方社会子女长大以后是无须赡养父母的，但是以她的情况，毕竟从小到大都是她父母亲节衣缩食尽最大努力来供她读书上学，很多费用都是父母从日常生活里一点点抠出来的，如果自己能有一份稳定的收入，不仅日常生活能够改善，多多少少也可以给父母一点资助，这是她最为难的地方。这份顾虑恰恰没有办法跟亦诚解释，眼前的这位男朋友虽然不是大富豪人家出身，但是毕竟来自富庶阶层，从来就不愁吃不愁穿，要来悉尼读书，他母亲可以在市中心替他全款买下一套公寓，这对于绝大多数当地的年轻工薪阶层，是想都不敢想的奢华。

植物园步道尽头是一个圆形转盘，两人一前一后在这里绕了个圈，折返后往回跑，植物园里面的这条沿海步道是两位恋人经常跑步的路径，从东侧·边的入口处进来，顺着海边跑到尽头，再折返回去，出植物园大门经过悉尼歌剧院一直跑到大桥桥墩，全程大约 8 公里。

一路无话，等两人跑到终点悉尼大桥桥墩停下来后，亦诚在路边的饮水机前喝了几口水，拉上伊琳娜的手，顺着桥墩的台阶往上走。台阶一共 3 段，每段有 20 级阶梯，从台阶走上来，就到了著名的悉尼海港大桥桥面，站在这里举目眺望，悉尼歌剧院贝壳式造型的建筑全貌展现在眼前，近处是海面涟漪的悉尼港海洋，海水在明媚太阳的照射下泛出一片片白色波浪。亦诚和伊琳娜依偎而立，过了一会儿，待两人的呼吸都喘匀了，亦诚侧过身来对女朋友说：

"宝贝，你如果确定要加入'柔软的太阳'，我们可以有一个比较折中的方案。"伊琳娜虽然没有明说，但亦诚大致猜测得到对方的顾虑，毕竟每个人都需要一日三餐的生活，他望着满脸红扑扑的俊俏姑娘，"我知道你拿到的 offer 薪资大概是一年 5 万澳币，我们来一个折中方案，如果你能加入进来一起做，公司支付大约相当于你现在 offer 一半多一点的薪资，也就是 3 万澳币税前，另外的 2 万就作为你智慧贡献入股，按两年计算，两年以后可以自由交易。"

"这是一个好方法。"对于股权架构，伊琳娜心里没什么概念，但她明白亦诚是在为自己考虑，她感激地趋前上来，轻轻吻了对方。

"不错，还附带赠品。"亦诚开了一句玩笑，"走，找地方吃饭去。"

Andy 是另外一个需要斟酌的人，他原先的打算是找一份好工作，争取拿到工作签证在澳大利亚待下来，他申请加入桑博利面包公司的求职目前进展顺利，已经通过前后四轮面试，预计圣诞之后就能收到公司的正式聘用函。但 Andy 同时对于加入"柔软的太阳"这个项目非常感兴趣，Andy 父母是生意人出身，从小放学的时候他就在父母亲的小超市里帮忙照看店面，招呼客人，被商业经营耳濡目染。这次他们几个做的这个创新项目又是以市场营销为主线，这恰恰能充分发挥自己的专长，考虑了几天之后，Andy 下决心放弃应聘机会，与好友亦诚一同做这个项目。

周末，亦诚把起草好的初步合作草案发给项目组各人。按照这个设想，项目启动的初始股东和创始人为这个项目组的 5 个人，每人各获得 8% 的股份，不论是否介入这个项目的后续经营，这 8% 股份是对每位团队成员的赠予，5 个人的股份相加就是 40%。项目的启动资金目标 60 万，除去西太银行的资助 30 万，内部还需自筹 30 万，以项目组成员自愿认购数额除以募资总额计算每人的持有股权。亦诚表示自己愿意出资 20 万，但如果其他人认购金额比较大的话，他可以等比例减少自己的认购数。伊琳娜已经表态要全职参与这个工作，前面两年只领取市场薪资水准的一半，另外一半折算为非现金股权，算起来就是 5%。Lauranne 表示自己不再继续介入这个项目，她说她感谢团队项目给予的 8% 股权，愿意按照初始估值五折的现金价格对内转让，后来商定 Lauranne 的这 8% 折算为 2 万澳元，由亦诚出资购买。李卫东和 Andy 都表示愿意参加，Andy 的父母如今在老家开了几十家连锁超市，他表示要认股 10%，也就是 5 万澳元。李卫东说他自己可能无法全职进来，但愿意每周参加 10 个小时，不拿薪酬，同时他有意支付 2 万澳元入股。几轮讨论测算下来，"柔软的太阳"成立之初的出资及股权结构为：

亦诚：8% + 40% + 8% = 56%（出资 20 万，另 2 万购买 Lauranne 转让股份 8%）

李卫东：8% + 5% = 13%（出资 2 万）

Andy：8% + 10% = 18%（出资 5 万）

伊琳娜：8% + 5% = 13%（减少薪资折算 2 万）

合计资本 61 万，进入公司账户 57 万澳元。

乔治大道，Captain Cook 酒吧，这周以来四个创始人的第三次碰头。

"细节都谈妥了，这是律师起草的文件，来，一共五份，每人一份，另一份存公司。"亦诚把手上几份打印文件分发给现场的几位同伴，"接下来我们要找一位兼职会计师，着手开始注册公司，'柔软的太阳'的商标和网站我已经注册下来了。"

"办公地方呢？"李卫东问道。

"现在就我们三四个人，租办公室有点浪费，要不要考虑去共享办公？我谷歌上找了一下，离这里不远就有 2 家。"伊琳娜提议道。在座的这四个人目前都住在市中心地带，因为各自的学校就在这附近，其中亦诚已经决定全职做这个项目，把他剩余的大学课程改为兼职上课，伊琳娜和李卫东下个月毕业，Andy 则是兼职、上学，前面三个月全职进来工作。

"我倒是有个提议，最省事也最省钱，卫东你去给大家再买一杯啤酒我才说。"亦诚卖了个关子。

等四杯啤酒端上来，亦诚先喝了一大口，接着说道："我那个公寓不是有两间卧室吗？其中一间基本上都是空着的，偶尔才有朋友周末或者节日的时候过来凑热闹住一个晚上，我想我们可以把这个房间利用起来，这就节省了一笔租房办公的费用，等我们初始架构起来了需要往外招人的时候再考虑租赁。"

李卫东首先表示赞同："这个主意好，苹果的乔布斯当年也是从车库起家的，我们用公寓开始，已经比他好出一截了。"

Andy 说："这一来，晚上加班吃饭熬夜也不受限制，好办法。"

"是不是再想想，把工作和生活混在一起会不会不太妥。"伊琳娜有些犹豫。

亦诚知道她的顾虑，毕竟作为男女朋友，公寓是两个人缠绵厮守的地方，两个人经常光着身子来回走动，亦诚喜欢每天早晚都要练几次哑铃，如果只有他和伊琳娜两个人的话，他可以不管不顾地赤身裸体锻炼，如果这里成了办公的地方，那就没有那么自由自在了。

"还是先这么张罗起来吧，我们可以规定一个时间，我提议 3 个月，我们定一个前面 3 个月的目标和计划，3 个月期间，我们要做成什么，有个量化节点，3 个月时间一到，我们搬家找办公室。说实在的，我不喜欢那种共享办公室，没有一点归属感，我们自己都飘浮不定的，将来怎么让员工定下心来做事？"亦诚说出了自己的看法。

最后，4 个人商定，"柔软的太阳"先从陈亦诚的公寓开始，为期 3 个月。

接下来开始紧锣密鼓地张罗，伊琳娜从当地零售商 Office Work 订购了 4 套办公桌椅、1 张小型会议桌、书写白板、打印机咖啡机等日常办公用品，4 套办公桌椅分左右两列面对面摆放。李卫东固定每周六全天和周一晚上过来，其他的人周一到周六每周工作 6 天，具体的分工是伊琳娜负责设计创作，Andy 负责营销筹划，李卫东负责财务和行政事务，亦诚作为 CEO 同时负责整体商务架构、运营和对外联络。

周六上午 10 点，收拾妥当的办公室里，4 个创始人第一次正式会议，主要议题是讨论第一阶段即今后 3 个月的工作。

伊琳娜给每人沏上一杯红茶，自从和亦诚恋爱以来，她喜欢上了中国红茶，她说道："我觉得最主要的是要找到第一批种子用户，这些人应该来自我们的目标用户群，我们要琢磨透他们的想法和诉求。"

"请说得具体一点。"亦诚提醒道。

"例如，我们设计出来的网页、我们展现的风格能不能符合他们的口味。"

"那营销方面怎么考虑？"Andy插了一句。

"这个可以缓一缓，先把产品做出来，把目标用户的需求找准。"亦诚接过话题，"营销当然是最重要的，但现在没有人知道我们这个项目，同时我们也没有最起码的用户基数，营销冷启动是特别耗钱的，那是有资本融资进来以后的做法，我们现在自掏腰包，只有这一点钱，硬往营销大池里凑的话，一点响声都没有。我觉得Andy现阶段的营销工作，重点是做几个自己的自媒体号，先把我们"柔软的太阳"的脸书、Twitter做起来，有个自己的阵地，如果需要考虑中国留学生群体的话，那还必须运营微信。中国留学生目前在澳大利亚大学、中学就读的，网上报道是接近20万，这些人几乎都用微信。我们所有先期的用户都要拉到自媒体里产生互动，至于对外营销，还不是这个阶段的计划，说白了，那其实就是烧钱打知名度、烧钱买流量的过程。我们现在这点资金做大规模的推广显然是不可行的。"

亦诚说出了他的财务计划："手上的57万资金能够让我们把商业模型跑通，这应该是我们第一阶段费用支出的重点。就像各位提到的，我们第一步把商业模型跑通的关键在于找到用户的需求和痛点，进而解决他们的痛点。只要把这个问题解决了，后续推进就能通过融资方式借势走上快车道，那就是一个规模化复制的问题。"

对此，大家都表示认同，亦诚继续说道："我的意见是，既然我们现在已经安顿下来了，同时我们界定了时间轴，我们要在这个地方待3个月。我们用3个月的时间，把伊琳娜刚刚说的这个目标用户搞明白，设定一个量化的KPI指标，我提一个数字大家讨论，我们可不可以用获得5000位种子用户，以及拥有70%以上满意度和回头率作为衡量。"亦诚说出了他的想法。自从筹备这个项目以来，亦诚一直留意相关创业公司的经验做法，他发现只有把每个节点通过数字化的目标设置固定下来，才能保证每项工作有个衡量标准。

Andy测算了一下："按平均每人20澳元的先期用户运维成本测

算，获得这 5000 人就意味着要花掉 10 万，这还不包括工资、办公费用，再把其他费用都算一起的话，我们现有的钱花不了多长时间，这会不会有点冒进，如果这中间有个闪失，我们的后续资金从哪里来？"

"我知道你的担心，"亦诚回复道，"但是我们现在做这个项目，一定要抢时间，一旦我们把这个项目公布出去以后，每个人都能做，在没有形成初步的业务模型之前，我们所有的仅仅就是一个概念，基本上没有任何进入门槛。任何人采用我们的这个主意都可以和我们同台竞技，我们并不占有任何优势或者领先地位。而且我们这只是一个概念，又不能去注册专利，所以呢，用最短的时间把我们这个模式跑通，这是我们可以取胜的核心因素。只要能跑通，这个项目今后终究还是需要借助于外力，比如大公司、大企业或者一些投资机构的资金介入来扩展规模。靠我们在座几位的这点钱，根本无力登大台唱大戏。"这是涉及融资的问题，四个人都是学生出身，仅有的也就是一点书上读来的知识，觉得亦诚的说法有道理，也就都认同了。

23
悉尼乔治大道，亦诚公寓

砰！

身后传来一声闷重的关门声，亦诚愤愤然地走进卧室，随手把门重重甩上。这是短短几天来，他和伊琳娜第三次吵架了。今天是星期天，"柔软的太阳"四个初始团队的其他两个人都没有过来。在这个办公与住宿合二为一的公寓楼里，两位同为创始人身份的恋人对如何设计出打动目标用户的平面创意，彼此争吵不休。

创意方案来来回回已经讨论了两个星期，核心分歧在于表达方式，平面设计本来的分工是伊琳娜的，但是牵扯到整个项目的运作基调，加上创业公司也没有那么多固定的框框，所以大家就都参与到这个头脑风暴中。

对于伊琳娜提出来的几个平面设计稿，亦诚还是挺满意的，而且他也更愿意相信对方的专业能力，但是对于鼓励青少年使用防晒霜的主题口号，大家有明显的分歧。伊琳娜坚持她的创意——it should be on（有戴/涂无患），以此来演绎户外防晒的必要性。亦诚知道这个用语来自市面上广为流行的保险套广告词，他觉得不雅。但伊琳娜恰恰认为因为类似的宣传铺天盖地，已经深入人心，完全可以通过借词的方式达到引人注意的效果。it should be on 可以是一个多场景的推广，既可以宣传保险套防止疾病传播，也可以用来告诉年轻人不要忽视户外的皮肤保护。用这么一句几乎所有青少年都很熟悉的宣传语，可以起到一语双关、借势宣传的作用。如果独辟新词的话，一来风险更大，二来需要花费大量时间和投放成本才能让用户了解。

仅仅是不满意这个主题宣传语也就罢了，让伊琳娜生气的是，亦诚觉得这个口号过于低俗，无法与阳光沙滩这种美丽的场景联系到一起，但是他又不能提出什么更好的宣传用词。在伊琳娜看来，讨论意见仅仅否定是不够的，你应该提出建设性的意见，一味否定无济于事。

和伊琳娜成为项目同事后，亦诚这才深深体会到以前常听人讲的，恋人之间或者两口子最好不要一起做事的告诫。因为很容易把工作上的分歧和私人感情上的波动混在一起，更何况现在的情况是这么一套两居室公寓，一间是办公室，一间是住房，两边相隔不到几米的距离，人怎么可能在这样的时空里随时自如地切换频道，进了卧室就是甜蜜的小两口，卿卿我我，搂搂抱抱，而一跨步来到相邻的办公室，就是楚河汉界、泾渭分明的工作伙伴？他觉得这实在太难了。

门上传来两下敲门声："我下去咖啡厅。"

亦诚听出这是伊琳娜的声音，他很清楚对方心里肯定也是一肚子的不痛快。亦诚坐在床沿上生闷气，过一会儿忍不住拿起手机，拨通了一个号码。这是他在大学健身房认识的一位学长，名叫 Adam，比他年长 6 岁，现在一家啤酒公司任职销售经理，亦诚一直把他视为兄长。

听陈亦诚在电话里大致叙述了一通，Adam 回复道："我能理解你现在的困惑。男女朋友之间是无所谓对错的，只有好与不好。两个人谈恋爱，或许将来还可能一起过日子，没有什么对错之分，只有开心和不愉快，只要不是太大的事，总得有一个人谦让另一方。但工作上的事情就不一样了，虽然说你们是恋人关系，但是你是公司的 CEO，公司的老大，那么大方向当然是应该由你来决定，但是你女朋友说的有一点是对的，就是你如果觉得她提出的 slogan 不好，你又说不出一个替代方案，那你至少应该给对方一个方向，否则的话，容易让人有一种拒人于千里之外，而且还冷冰冰的不愿施予援手的错觉。"

一席话点醒了亦诚："是我做得不好，看来管理真不是那么简单。"

"管理涉及人和事，人是感性动物，尤其女人。"对方已经在职场上历练了好几年，现在又带领着一个近 10 人的团队，显然更有经验，他转而问道："你们两人争执不下，我们把她的方案先放一边，我问你，关于产品宣传，你想传递什么信号呢？"

"阳光、活泼、健康的生活理念，我不希望用一种很低俗的口号来哗众取宠。"

"这倒是让我脑子里冒出来一个以前看过的广告词，是很多年前我读到的一个关于探险旅行的宣传词，大致是这么表述的：If you never never go, you will never never know。既朗朗上口，又准确传递了核心述求：不尝试，永远不知。这样的 slogan 就值得借鉴。"

"哦，有了，"陈亦诚兴奋地打断对方，"就在听你念探险旅行广告宣传语的时候，我突然间冒出来一个词，是不是可以这么叫呢？Wise Berry, No Wild Berry，做一颗聪明的草莓，而不是野草莓。你觉得怎么样？"

Adam 顿了一下："听上去挺朗朗上口的，不过我不是做你们这个行业的，隔行如隔山，我的第一感觉是挺有趣的，也符合目标用户青少年，好奇，喜欢新词，至少给人的第一反应是：Wiseberry, Wildberry, 有什么区别？你可以跟你的女朋友聊聊。"

放下电话，亦诚松了一口气，从床铺上跳了下来，拿上钥匙出门去楼下咖啡厅找伊琳娜。

24

悉尼市区，乔治大道

李卫东原籍安徽六安新庄县，他从县城中学高考进入珠海城市大学，主修会计专业。珠海城市大学与悉尼理工大学有一个两校合作项目，联合设立国际会计学士班，学生由两所大学共同授课并授予珠海城市大学和悉尼理工大学两所大学的学位证书。李卫东通过校内考试进入了这个国际学士班。这个联合办学的国际班共有4年课程，有两年在珠海市上课，另外两年在悉尼。因为是中澳双方共同承办的课程，中国学生到悉尼上课以及澳大利亚学生来中国上课，彼此校方都相互给予免除学费的优待，这样一来，对于像李卫东这样家境并不宽裕的穷困学生来说，只需要承担自己在悉尼留学期间的生活费和住宿费。另外，悉尼校方对于从中国过来的学生，如果家庭生活条件困难的还可以申请免费入住由学校统一提供的学生合住公寓，李卫东的住宿申请获得了批准，这就使得他在悉尼上学期间的费用大大节省。

李卫东一开始决定加入亦诚的这个"柔软的太阳"创意项目，除了个人兴趣以外，还有一个很重要的居留身份考量。他知道像他这样的海外留学生，按照澳大利亚当地政府的政策，他们在毕业以后在澳大利亚本地有两年的延期居留，这两年之内如果能够找到工作，那么就可以通过工作签证的身份在澳大利亚待下来。李卫东很想获得一个海外身份，但是他也很清楚，海外学生，尤其像他所学的这个专业如今不是移民重点加分专业，要在毕业后找到雇主提名的工作签证，机会相当渺茫。按他原先的设想，如果加入亦诚的这个项目，做得好的话，应该可以以这家公司的名义替自己拿到一个工作居留许可。因此李卫东从一开始就对"柔软的太阳"这个项目的筹备进展十分上心，目前以他海外留学生的身份，李卫东每周可以合法兼职打工20个小时，他把自己的工作暂时停了，除了应对毕业前最后一个学期的3门课程，他把其他时间都用来和亦诚几个人一起做这个项目。

这是一份没有收入的工作，公司筹备到现在已经有两个多月时间，李卫东每个星期都抽出两个晚上，还有周末至少一天忙乎这个项目的事。按照分工，李卫东负责财务，以及公司的资金往来和行政事务，因为几个年轻人每人都有各自承担的工作范围，大家相对的独立性也比较强，亦诚、伊琳娜和 Andy 通常都是白天在这个公寓的临时办公室上班，李卫东更多时候是晚上过来。两周前的工作碰头会上大家已经商定，要开始着手从外面租赁办公室，几个人说好抓紧利用接下来 1 个月的时间把早期的商务模型跑通，实现 5000 名种子用户的初始目标，公司就要正式搬到外面的写字楼上班，为此，大家选定李卫东负责租房事宜。

过去这两个星期，李卫东多次抽空到离悉尼市中心不远的 Mascot 莫斯克区看房选办公室，莫斯克区是悉尼机场所在地，距离市中心只有 10 分钟的火车车程，这一带新近建设了一个高科技产业园区，租金比较便宜，交通方便，是比较理想的创业公司起步办公场所。李卫东的租房目标是能够容纳 8—10 个人的小办公空间，最好允许 1 年期的短租，这样，随着项目的发展情况有调整的弹性。

今天李卫东又去了机场开发区，把他初步选定的几处房子再查看一遍，然后回到位于市区这处由亦诚的两室公寓临时改造的办公室，把他初步选定的几处地方的租金、面积、相关费用做了一个 Excel 汇总表，准备等下一次全体会议的时候跟几个伙伴们一起讨论，一直忙到晚上 11 点多才起身准备回自己在悉尼市区外围萨里区的合租学生公寓。亦诚这两天不在悉尼，他和伊琳娜去了布里斯本，拜会昆士兰州的教育厅长，他们准备以支持昆州中学生帆船竞赛的形式，对这个项目的目标用户做一次重点推广。

李卫东锁上房门下楼，按习惯他都是在公寓楼楼下侧面拐角处扫码一辆共享单车，从这里骑车回自己的学生宿舍，大约 4 公里，只需要 1 澳币的费用。不巧的是，今天停放点没有空余的单车，如果这个时间点打车回宿舍，估计要将近 20 澳币花销，有点太贵了，他决定还是步行回去。4 公里的距离，他如果走快一点的话，也就是 35—40 分钟工夫，还可以顺便想一想移民中介的事。

今天白天从机场开发区看房之后，李卫东特意去了一趟移民中介所，这家中介所是香港人开设的，在悉尼的中国留学生圈里有些名气，他是第三次和移民专员会面。一开始李卫东加入"柔软的太阳"这个项目，想当然地以为他应该能够通过这个联合创始人的身份去申请工作签证或者技术移民，从而获得在当地的居留权。前几天他到这家名为"通达移民"的事务所一了解，才知道自己原先的理解有偏差，"柔软的太阳"项目属于一家新成立的公司，其资质、经营现状，以及纳税记录都还不具备为海外员工做雇主提名的条件，如果是技术移民的话，李卫东所学的专业不被列入澳大利亚短缺或热门急需的领域，没有优先级，排队获批的希望很渺茫。也就是说，自己原先一厢情愿地希望通过"柔软的太阳"项目来争取获得澳大利亚工作许可基本上没有希望。李卫东有些痛恨自己的马虎，怎么事先没有问清楚就贸然加入进来，为这个项目，自己还掏了几万澳元。他决定尽快止损，同时寻找其他出路。

一周前和"通达移民"专员第二次见面的时候，对方告诉他有一个刚刚冒出来的好机会：希腊购房移民。具体地说，因为希腊近年来经济很不景气，国家金融层面出现债务危机，政府为了吸收外来资金，推出了一个针对外国人的投资移民计划，条件就是只要以现金全款的形式在希腊购买价值超过 50 万欧元的房地产，就可以获得希腊的永久居住权即俗称的绿卡，3 年之后可以申请希腊护照。对于李卫东来说，这是一个好消息。虽然说论身份的吃香程度，希腊和澳大利亚相比还是有一定差距，但好歹也是一个外国身份，而且希腊是欧盟成员国，可以在欧盟内部自由流动。更重要的是，这个购房移民的条件比较简单，不像澳大利亚的工作签证，有一大堆条件，首先能不能找到符合条件的雇主给自己提名就是一道难关，由不得自己把控。

机会听上去虽然很吸引人，不过李卫东面前唯一的难题是：从哪里去找来这 50 万欧元。他在悉尼理工大学两年的课程月初已经结束，上个星期拿到了学校颁发的全部成绩单和结业证书，接下来应该是要外出找工作。但以他自己的判断，如果能一步到位拿到绿卡，那岂不比起工作签证更棒，毕竟工作签证终究是为了获得国外身份留下来。

自从移民专员介绍了希腊购房移民的要求和流程后，这个事情一直在他脑子里徘徊。这无疑是一个快速简单有效解决自己身份问题最好的途径，尤其是它可以大大压缩不确定的等候时间，拿身份，直接一步到位。

问题是钱，钱从哪里来？自己来自一个小县城，父母都是普通人，父亲在当地一家纸品厂上班，工作几十年，到现在每月工资只有3000元，母亲没有固定职业，每天外出摆地摊卖一些小挂件。如果不是赶上珠海城市大学和悉尼理工大学的交换项目，以自己的家庭财务状况，是没有能力承担他来澳大利亚的留学费用的。眼下这个希腊投资移民的购房款，想从自己身上或者家里人身上筹措，显然无从谈起。

但是这么好的一次可以改变自己命运的机会，无论如何不能就此放过。这一点，李卫东确信不疑。他读过很多名人传记，人的一生改变命运的机会往往只有一次，把这个机会抓住了，你就能够鲤鱼跃龙门，如果自己下不去手，眼睁睁地任凭机会流失，那就注定一辈子穷困潦倒，重复父辈的艰难人生轨迹。现在自己很幸运，发现了一个好机会，这个难得的机会就在眼前，如果犹豫，困顿，不敢豁出去博一把，那你只能感叹懦弱胆小，而不要怨恨命运对你不公。

自从一星期前移民专员告诉他这个希腊购房移民获取身份的消息后，李卫东脑子里一直塞满了关于购房移民的画面。今天下午和专员的第三次会面，对方告诉他，目前已经有超过10个人正式与"通达移民"事务所签约申办，都是来自中国大陆的留学生，由于名额有限，"通达移民"事务所一共只接受20份委托，满额即止。

"不能这么做。"李卫东走在悉尼市区街道上，一边自言自语道，他脑子里仿佛突然有个魔鬼附体，闪过一个念头，李卫东吓了一大跳，连忙挥了挥手，试图驱散它。

"不行，绝对不行，这是一个歪门邪念，我受这么多年教育，怎么能往这里想！"

"再说，这也对不起'柔软的太阳'项目里的几位伙伴，大家都不容易。"

"可是，我的确没有办法了呀，生存总是第一位的。"

"李卫东你个狗娘养的，你是堂堂的留洋大学生，这种下三滥的招数居然能冒出来？"

"别假装正经了，道德几块钱一斤？父亲一辈子老实巴交地在县城小工厂干了20多年，一个月3000块钱的薪水，儿子都养不起，你还没受够，还想重蹈父亲的步伐？"

"该豁就得豁出去，哪怕一辈子就昧一次良心。"

……

李卫东一边走路一边不时地挥动手臂试图驱散刚刚冒出来的邪恶念头，同时借助喃喃自语和自己抗争着。回到学生公寓，今天是周五晚上，这套五室一厅每间小屋各住一人的合租公寓空空荡荡的，每位室友都外出喝酒或者约会去了。李卫东拿出电脑硬盘，插入客厅电视的 USB 连接口，点击播放美国老电影《教父》，这是他从小最喜欢的一部好莱坞影片，他来来回回看了不下几十遍，影片里的每个情节、每个镜头、每句重点台词，他几乎都能复述出来。李卫东特别佩服迈克·柯里昂的人生哲学：只要达到目的，手段可以忽略不计，因为这个世界从来都是以结果论英雄，没有人关心你的过程。

李卫东看着《教父》电影镜头的播放，不时地按暂停和回放键，他似乎要从这些经典镜头里去寻找最后的决心。

"光喜欢《教父》有什么用，纸上谈兵是懦夫，犹豫是失败者的标签，干吧！"电影让他下定了最后的决心。

"或许，它不是什么魔鬼，是命运的暗示。"李卫东宽慰自己道。

25

悉尼萨里区，学生合住公寓

李卫东脑子里闪过的，是"柔软的太阳"项目的资金。

按照初始的人员职责分工，公司资金归李卫东管控。因为是创业公司，这方面的管理很不规范，虽然开设了公司账号，但实际运作中，为了进出使用方便，大部分的钱款都直接存在李卫东个人账户名下，现在存放于李卫东名下的公司现金差不多有30万澳币，另外，公司账户上还有12万澳币，加起来，公司现在的现金余额一共大约42万澳币。这些资金的调拨操作很简单，公司账户的登录密码和网银Token（优盾）在李卫东手上，任何时间他通过网银就可以汇出，个人名下账户的资金就更容易了，至于汇款拨出要寻找一个名目，李卫东很快想出办法，就做成一个广告推广费用的名义，这几乎成为挪移资金的常用套路，只要是以广告推广的名义，付多少钱，怎么用法，都可以说成仁者见仁智者见智的各种理由。打定主意后，李卫东悄悄地在香港注册了一家有限公司，并在一家中东国家驻港小银行开设了账号，同时在希腊设立了一个私人账户，等这一切准备停当之后，他草拟了一份"柔软的太阳"所属澳大利亚公司与香港公司的广告推广合作协议，装模作样地把甲乙双方的签章流程都办理妥当。

　　接下来，李卫东开始准备自己下一步离境的安排，他知道这个事情只要一动作，他就必须离开澳大利亚，至少是躲一躲风头。他通过澳大利亚"通达移民"中介，要求与这家机构的香港分部签订办理希腊购房移民的委托协议，使用的是他刚刚注册的香港公司的名义。接下来，他去了希腊驻悉尼领事馆，办理了一份旅游签证，同时给自己购买了一张由悉尼飞往土耳其的单程机票。这一切都准备就绪后，李卫东收拾好了自己的个人物品，从学校公寓清退出来，找了一家郊区的小旅馆，预订住宿3个晚上，这一切都是他在过去的20天时间里悄无声息进行的，表面上，他每个星期依然有两个晚上外加周末一个白天在"柔软的太阳"项目工作，和大家讨论事情的进展，为即将到来的办公室搬迁忙碌着，暗地里，他一步一步推动着自己的计划。

　　终于到了要实施行动的这一天了。李卫东特地选定星期天，因为这一天项目里所有人都不上班，更为凑巧的是，亦诚和伊琳娜两人这个周末去雪山滑雪，Andy要去墨尔本参观一个行业展会，他们几个人都不在悉尼。李卫东提前购买的是阿联酋航空从悉尼飞往伊斯坦布尔的航班，准备在土耳其中转去法国，然后再往南折返进入希腊。至于为什么要这么绕道，李卫东自己也不清楚，或许是受悬疑电影的影响吧，总觉得尽可能地不要泄露自己的行踪，以防万一。

　　飞机起飞时间是下午4:00，中午1:00，李卫东从小旅馆出来，提着一只手提箱站在马路边伸手招呼了一辆计程车，这也是他事先考虑好的，如果是用App点击优步叫车，平台端势必会留下叫车人的姓名、电话、行程，路边招手上车，直接支付现金就减少了事后被追踪的痕迹。到达悉尼机场，李卫东很顺利地办好了登机手续，经过海关和安检，进入候机大厅。按他原先的设想，星期天开溜，他的动作几乎不可能在第一时间被发现，几天前，他获知亦诚、伊琳娜和Andy 3人这个周末都外出，这给了他一个额外的惊喜。

　　李卫东在候机大厅找了一个僻静处的长椅坐下来，打开随身携带的笔记本电脑，调出公司和个人两个账号的登录界面："就它了。"李卫东闭上眼睛，试图平稳一下自己的心跳。

　　时间过得好慢啊，怎么还不呼叫登机，他睁大眼睛盯着前面的登机柜台，居然一点动静都没有。边上来回行走的游客，匆匆忙忙的脚步声和行李箱滑轮从地面划过的声音在他听来特别喧闹，不远处有几位全副装备的警察正朝这个方向走来，腰间的黑色警棍一晃一晃的，好像就是冲着自己而来。李卫东觉得有点胃疼，他连忙把笔记本塞进电脑包，站起来走到附近的咖啡厅，要了一杯拿铁咖啡，再返回到原先的位置坐下来，试图平稳自己扑通扑通紧张的心跳。

　　一杯咖啡喝完了，又过了20分钟，终于听到了他期待中的登机广播：

　　"各位旅客：从悉尼飞往伊斯坦布尔的阿联酋航空EK 415航班马上就要起飞了，这是第一次登机广播，请各位旅客准备好您的登机牌和护照，前往45号登机口登机。本次航班登机不分批次，头等舱商务舱旅客请走45号登机柜台左侧通道，经济舱旅客请走登机柜台右侧通道。感谢您乘坐本次航班，预祝大家旅途愉快。谢谢。"

　　"好了，不能再等了。都准备了这么多天，开弓便无回头箭。"听罢广播，李卫东默默对自己说了一句，重新拿出笔记本电脑，打开早已经保存好的两个转账页面。公司账号里的 12 万和公司存于个人账户名下的 30 万澳币现金余额汇出指令早已经被事先设置好，只需要一个确认指令。虽然候机大厅空调开得很足，李卫东这会儿紧张得整个人像是被什么巨大的力量拉扯着，他的额头不断冒出冷汗，像是细雨一般滑过脸颊，落到白色衣领上。他感觉自己如同一个浸泡在冷水中的人，全身冰冷，无法控制自己的动作。李卫东试图通过深呼吸让自己平稳下来，但是不管怎么努力，身体似乎不受大脑神经的控制。他只好闭上眼睛，可是依然能感到自己额头上的汗珠越来越多，整个人有一种打摆子的感觉。"来不及了。"李卫东使劲咬住嘴唇，强迫自己睁大眼睛，瞄准屏幕界面，任凭额头上的汗滴往下流淌，手指头颤抖着来回哆嗦了三次，最后终于按动了确认转账的按钮。

在他座位的前方，100 多名旅客排着两列长队，有序地通过检票口登上即将起飞的飞机，候机大厅依然和刚才一样，穿梭行走着不同肤色、服饰各异的匆匆过往旅客。

26

菲律宾马尼拉华埠

中国人在海外历来有同族聚集的传统。

一开始的时候，主要是因为身处异国他乡，生性比较内向的中国人并不擅长与外族深度交往。加上语言不通，饮食习惯也不相同，所以从国内出来的华侨华工们就居住在一起，形成世界移民史上著名的唐人街文化。

唐人街最早叫大唐街，始于唐代时期的日本，当时日本人以此称呼在日本居住的中国人以及他们所聚集的居住区。唐代是中国历史上最辉煌的朝代，鉴真和尚东渡，向日本人传授佛学理论，同时带去了当时领先的中国技术，促进了日本佛学、医学、建筑和雕塑水平的显著提升，引发日本人对中国文化和中国技术从一开始学习效仿，到逐步领先的历史进程，因此日本人尊称居住在当地的中国人为唐人，这个称谓延续至今。

十九世纪初期，随着大批华工远赴北美，唐人街在美国和加拿大逐渐形成，后来更遍及欧洲、大洋洲诸多国家。唐人街保持着中国的风俗习惯，这里有中国百货店、中式餐馆、中文书店、学校、报刊杂志社、华人社团，更有中国式的庙宇、祠堂，以及大大小小的中国住宅。

与欧美的华侨聚居点唐人街相比，菲律宾马尼拉的中国华侨居住区规模更大，被称为华埠，它位于菲律宾马尼拉市的一个名为 Binondo（岷伦洛）的行政区，也称马尼拉中国城，面积 9 平方公里，居住着 60 多万人。初期，在菲律宾生活的华侨主要聚居在由西班牙人主持修建的王城区所在位置，并且已经形成了比较完善的商业区。后来西班牙殖民者统治马尼拉后，在十六世纪九十年代强制性地要求华人迁出王城区。1594 年，来自西班牙的菲律宾总督路易斯·佩雷斯·达斯马里尼亚斯划定了岷伦洛，将此地作为中国移民的永久定居点。

岷伦洛区域内以后街仔、洲仔岸、知彬、王彬街等 4 条平行大街为主，有数百条大小街巷。居住在这里的华侨和华工们约 90% 祖籍为福建，因此闽南话也成为区内最为流行的交流语言。这里沿街的建筑富有中国风格，街道两侧遍布中国式的金店、首饰店、杂货店，周边有茶馆、餐厅，卖月饼、熏香、摆件和古董的店铺的门口则贴满旅行社广告和各种壮阳药、补品广告。在这里进进出出的几乎都是同文同宗的华人同胞，不时地有电影拍摄团队在这里取景摄录。

陈亦舒身着紧身牛仔裤，上身穿一件短袖的 Polo 衫，左肩挎一个棕色真皮挎包，从宾馆出来，走在人流熙熙攘攘的人行步道上。她今天要去的地方，是位于马尼拉华埠后街仔的一处商铺，名为太平洋蒂姆橡胶公司。亦舒住宿的菲律宾 Mercury（水星酒店）距离她要去的地方只有 2 公里，这是她特意就近挑选的。

一个星期前，亦舒从香港启程前往新加坡，四天前来到马尼拉，她是受奶奶郭玉洁的委托，前来处理论辈分应该是她高爷爷的遗嘱事项。自从上次在流传老家，奶奶跟她讲述了遗嘱事情的来龙去脉以及这个故事的历史背景，亦舒一下子产生了浓厚的兴趣。本来能够找到一个有深度的素材，进而挖掘素材背后的故事，就是她作为媒体编导的职业兴趣，加上这是与家族血缘有关的故事，她很清楚自己被这个故事以及它丰富生动的情节深深吸引住了。奶奶已经决定将这项遗嘱的处理全权委托给她，奶奶同时还告诉她，按照郭家几代人传袭的习惯，谁主事谁说了算，不需要再跟任何人商量。奶奶再三叮嘱说：把这件事作为你了解郭家先人的机会，也当成你独立处理重大事情的一次磨炼，敢于做出决定，相信自己的决定。她应允下来以后，利用业余时间查阅了家族祖先的相关记载和天一信局的很多资料，还特意去了一趟福建省档案馆调看了现存的民国时期华侨企业档案，她同时着手筹划名为《天一永流传》的专题片剧本，前后用了将近1年的准备时间，这才决定动身前往东南亚实地办理此事。

亦舒在环球21世纪每年有15天的年假，她特地把《世界那些事儿》的专题播出内容提前储备了6期，然后安排好团队各个人的工作，才正式向公司提出15天年假的申请，这是她工作这些年来一次性休假时间最长的。一个星期前她开始年假的时候，就把公司的手机关闭，邮箱做了收件转移，转给她的助理张琪，让自己放空，能够专心做这次假期要干的事。

新加坡是她行程的第一站，陈亦舒去了金水事务所，从那边拿到了马尼拉郭氏后人的资料和相关联系方式，4天前，金水事务所指定的客户经理刘鹿鸣和她一同飞来马尼拉。在过去的几天里，亦舒和郭氏在马尼拉的几位后裔见了两次面，她这次过来最主要的拜访对象，是一位名叫阿隆诺的男子，论辈分，这人和亦舒应该是表舅甥的关系。

在金水事务所刘鹿鸣的帮助下，亦舒大致梳理出了她高爷爷郭和中在马尼拉后裔的传承情形。郭和中在世的时候，分别娶了一位当地的华族女孩张氏和一个菲律宾裔女子Enko恩可氏。郭和中与张氏育有两个儿子，均已过世，现在负责这个太平洋蒂姆橡胶公司的，是张氏大儿子的孙子辈，名叫阿隆诺。阿隆诺五十开外，不会说中文普通话，但是懂得福建闽南话。由于菲律宾政府对华侨从事商业活动有很多限制，当地华侨后裔们为了生存需要，纷纷改名换姓，阿隆诺这个听上去很像当地族裔的名字是40多年前上小学的时候老师给改的，一直沿用至今。亦舒勉勉强强可以说几句最基本的闽南方言，进一步的深入沟通便很吃力，于是两个人就用英文作为他们的交谈语言，偶尔夹杂着几句闽南语。

亦舒陆续了解到的情况是，郭和中与张氏生下的两个儿子都是不怎么上进的纨绔子弟，一辈子游手好闲，父辈留下的那一份产业交到他们手里后就开始走向衰败。郭和中在世的时候，他创办的橡胶贸易公司包括两百多公顷的橡胶园，以及在马尼拉的两处大型仓库、一家橡胶加工厂，还有一家独立注册经营的进出口贸易商号。当时手下橡胶园有300多名工人，仓库工厂和贸易商号有近两百个伙计，据说在鼎盛的时候，郭氏橡胶公司规模位居菲律宾同业的前五位。但是企业交到张氏的两个儿子手上以后，由于疏于打理，两个公子哥又爱嫖好赌，生意一落千丈，几百公顷的橡胶园一点一点地被变卖出去，工厂也抵押给银行了，公司改名为现在的这个名字。后来又经过下代人传到了张氏的孙子辈，也就是亦舒的这位阿隆诺表舅的父亲手上，刚好碰上1997年东南亚经济危机前夕，那时候阿隆诺表舅的父亲，论辈分是亦舒的表舅公执掌着公司，被中介商掮客蛊惑参与了橡胶期货买卖，没想到泰国金融危机席卷东南亚，整个橡胶原材料的价格滑梯一般地直线下降，仅仅为了应对那些期货兑现，公司亏掉了几百万美金，变卖了剩下的所有橡胶园和大多数不动产，才勉强保住不至于破产，表舅公也就是阿隆诺的父亲跳楼自尽。现在，这家曾经的行业龙头企业辉煌不再，仅仅剩下马尼拉华埠的这处两层楼商铺和郊区的一座仓库。阿隆诺表舅接手公司将近20年，他们一家子就靠着这一点小生意谋生过日子。说是贸易公司，其实更像是一家橡胶原材料的小型批发商。公司现在已经没有自己所属的种植园，没有工厂，也谈不上再有什么出口业务，经营内容主要就是从上游橡胶炼制厂，或者经销商那里批发各种生橡胶，其中最常见的是一种每桶重量35公斤的乳胶，然后以中间商的角色供应给一些小型的手工作坊，用来制作胶鞋鞋底、橡胶手套等日常用品，属于生态链供应的中下游。公司现在只有六七个伙计，包括两个库房工人，这边写字楼里有一个会计，三个销售，连同阿隆诺表舅夫妇，还有他们的两个孩子在公司上班。亦舒通过金水事务所提供的过去几年的财务报表，大致了解到现在这家商号每年的营业规模，如果折算成美元的话，也就是几百万美元流水，10万美元上下的利润。

亦舒从小就是一个对金钱渴望度不高的人，让她感兴趣的不是这家企业现在还值多少钱，而是看着企业从一片辉煌到衰败萎缩，像是一棵年迈倒地的老树，她不由得想起以前采访过的一位鼎鼎大名的企业家说过的一句话：人无法永生，任何企业也都不可能恒久存在，差别只在于周期的长短。亦舒同时还想到了中国民间的一个说法，富不过三代。参照这几天所看到的这家祖辈企业几十年的发展路径，不禁很有一些感慨。

"陈小姐好，你到了。"有人用中文普通话朝她打了声招呼，是金水事务所的刘鹿鸣。

陈亦舒这会儿已经步行来到后街仔临街一栋两层楼的商铺门前，刘鹿鸣在门口等候，这正是今天他们俩要拜访的地方。亦舒和刘鹿鸣几天前一同乘机来到马尼拉，因为刘鹿鸣在当地有亲戚，便住到他的亲戚家了，据说金水事务所对于外出自行解决住宿的员工另有补贴，这倒是一项对双方都有利的人性化措施。今天出发前，亦舒和刘鹿鸣在电话里商量妥了，这次他们过来主要协商关于郭和中遗嘱里那个20%股份的执行事宜。

这是亦舒到达马尼拉以后第三次走访这栋临街商铺，商铺分上下两层，一楼是商品的陈列区和商务采购接待区，二楼是办公室。门面不大，一层、二层加起来大概也就是150平方米。根据刘鹿鸣提供的调查数据，目前太平洋蒂姆橡胶公司名下的资产，仅仅剩下位于马尼拉市区华埠的这个两层商铺，一些库存乳胶材料，在郊区一座两千平方米的库房，一个注册使用多年的商标品牌，还有公司账上的现金。据事务所委托当地审计所评估，公司现有资产价值大约260万美元，今天亦舒和刘鹿鸣过来，主要是商谈怎么处理亦舒手上这个20%股份赠予事项的方案。昨天在宾馆，亦舒已经把她的处理意见大致告诉了刘鹿鸣，同时委托一会儿见面的时候，由刘鹿鸣主谈，亦舒再三强调说，虽然她与这位南洋表亲在这之前没有过任何交集，但不管怎么说，彼此有着血缘上的连接，一定不要让对方为难。

两人一前一后顺着楼梯来到楼上，阿隆诺表舅正在办公桌前忙碌着，抬头一见两人过来了，忙着用闽南话打了一声招呼，起身引导客人到一侧的茶室入座。这间茶室大约有10平方米，中间是一个泡茶的茶桌，两侧放着四把椅子，茶室临街，窗户外面就是热闹的商业街，茶室墙上悬挂着郭和中和他华裔太太张氏的合影。

阿隆诺把水壶的电源接通，忙乎着洗涮茶杯，在陶制茶壶里放入铁观音乌龙茶，用烧好的滚烫开水冲淋一遍，然后倒入第二遍开水，将泡好的茶汁分别倒入三个精巧的小茶杯，再用金属镊子夹住送到两位客人面前，整套动作操作十分娴熟。对于闽南人的泡茶功夫，亦舒是再熟悉不过了，在她的印象中，几乎每一个闽南人都有一手泡茶的手艺。前面两次亦舒过来和这位表舅见面说明来意的时候，对方表示这件事情以前长辈有过叮嘱，公司的章程和文件也有明确的记录，况且在这之前，新加坡金水事务所也都来电话和来函把事情的来龙去脉说得很清楚了。阿隆诺表示这件事是祖辈留下的遗嘱，尽管他本人从未曾见过郭和中本人，但前辈的意愿明确，记录有序，自然应该执行，他对此没有任何异议。几次接触下来，亦舒觉得眼前这位表舅是一个非常本分老实的中年人，他身上几乎看不到一点商人的圆滑，话语不多，属于那种寡言少语埋头做事的。据阿隆诺介绍，他从18岁开始就在公司里从学徒工做起，20年前从他父亲手上接过这一摊子事情，这些年做得不好不坏，一直就是一份小本买卖的维持状态，养家糊口没有问题，但是大富大贵那是一点都谈不上的。

"诺叔，"刘鹿鸣用闽南话称呼对方，显得更亲热一些，他等大家都喝过两杯茶稍事寒暄后，开口说道，"今天我和陈小姐过来，想具体和您一起把这个遗嘱执行的事情最后落实一下。经过前面几次沟通，情况大家都比较了解了。公司20%的股份按照遗嘱人郭和中老先生的意愿，经过大家确认，应该交给受益人陈亦舒小姐，她的身份我们事务所已经确认无误。具体怎么执行，诺叔我们之前交换过意见。"

"是的，我这边没问题，按我们原先商议的方案，我觉得挺合理。"阿隆诺很诚恳地说道，这是一次正式表态，在过去几天刘鹿鸣和阿隆诺商讨的时候，后者提出以出售公司拥有的库房物业的方式来兑现这 20% 股份，但那还只是私底下闲聊而已。现在有了对方的明确表态，这件事情看来会十分顺利，刘鹿鸣心里松了一口气，虽然从身份上他是遗嘱接收人陈亦舒的代表，但亦舒多次强调不能有让对方为难的要求，所以如果阿隆诺不配合的话，刘鹿鸣就不知道该怎样推进了。

阿隆诺把陶壶里的茶叶倒出来，更换了一泡茶叶，按先前走过的流程，洗涮之后，把新茶给两位客人斟满。

"谢谢诺叔，"刘鹿鸣拿出一份报告，接下来转而用英语叙述，"我们现在经过审计所的资产评估，现在公司所有的各项不动产存货和现金加在一起，折合成美元的话，大概是 240 万—280 万，如果按 20% 计算的话，大约 48 万—56 万美元。从资产的构成看，我们现在所在的这座商铺，估值 140 万美元，仓库估值 70 万美元，商标估值 10 万美元，库存橡胶货物和账上现金 60 万美元。阿隆诺先生提出割让或出售仓库来兑现这 20% 股份，我的委托人陈小姐没有异议，陈小姐一再叮嘱我处理这个事情要有两个原则：第一，不要让阿隆诺先生为难，第二，尽量不影响正在运作的生意。按陈小姐的指令，我们可以以低于市价出售仓库，但需要有两个附属条件，这两个条件一旦明确，我们预计会拉低 10% 左右的售价，但对于公司今后的业务发展将有帮助。"

听到这里，阿隆诺先生有些不解，他抬起头来等着刘鹿鸣的下文。"陈小姐，这个你来说明吧，是你的主意。"刘鹿鸣请亦舒做进一步的介绍。

这个点子实际上是陈亦舒父亲给她支的招，过去几天，亦舒一直觉得继承高爷爷的这份嘱托，最好能尽量减少对于阿隆诺现有生意的影响，虽然说大家知道这是早已明文确定的事，但毕竟人家一家子就靠这点生意过日子，唯一能变卖的也只有仓库，可是做批发商生意没有个库房是不行的，她想了两天也没有琢磨出什么好招来，不得已给父亲打电话求教。父亲轻易不干预几个孩子处理事情，从小就特别注重培养他们姐弟三人的独立决定和应对能力，特别是自两年前从凯盛投资高管的位置上退下来以后，他的生活基本上就只有每天外出爬山徒步，看看书，外加摆弄他的几块菜地。不过父亲毕竟心疼女儿，亦舒把问题一说，老江湖还是一下子给出了让陈亦舒豁然开朗的解决方案。

"是这样的，阿隆诺舅舅，"亦舒同样用英语解释道，"我从事的是媒体工作，对于商业经营本身没有任何经验，但我估计如果把库房出售出去，您的货物存储就没有着落。我们可以在出售库房的时候提两个要求，一是回租 20 年，提前说好租金；二是约定我们有权力在今后 20 年的任何时候，以房产出售价格外加每年银行拆借利息向上浮动 20% 的条件，回购本次出售的物业。这样一来，您的日常经营不至于受太多影响，而且但凡生意好一些的话，随时可以把库房再买回来，这里有个专业术语叫作 buy back option。"最后这个金融词亦舒是从父亲那里现学现卖的。

"还有，物业出售我们按上述两个条件挂牌，预计最低能售出 60 万美元，陈小姐指示我们，不论最后售价多少，陈小姐只提取 40 万美元，其他部分归入公司账上作为后续经营资金。"

"这个方案固然好，但我觉得对陈小姐不太公平。"阿隆诺听了有些意外。

"我不懂经济，我也有自己的一份工作和收入，不瞒您说，就是这 20% 折算下来的 40 万美元，我也并不准备放到我的个人腰包，我看了高爷爷的遗嘱，他老人家生前交代几件事，我想用这笔钱把它办好。"亦舒连忙向阿隆诺解释道，对于这笔钱的使用，她已经有了一个初步的想法。

"那真是让陈小姐照顾我们了。"阿隆诺很感激，这句话是用闽南语脱口而出的。

"既然大家都同意这个方案，细节问题回头我来跟进。我回去就着手起草一个文件，请双方签字确认，我代表金水事务所作为见证方负责执行。"刘鹿鸣总结道。

见股份处置的意见谈得差不多了，亦舒开口问起石碑的事，这其实是她最为关心的。"高爷爷遗嘱里说到的那些石碑，我可以相机处理对吗？"

"那当然。"阿隆诺知道亦舒指的是祖辈留下来的那些华人墓碑，他小时候听长辈讲，这些墓碑是他曾祖父郭和中先生生前做善事收集的，都是一些散落在民间田头荒野，被丢弃的各个时期的石刻墓碑，有两百多块，那些东西一直放在仓库里，几十年了从来没有人动过，因为先辈叮嘱过不能丢弃的。"不过东西可是有点重。"

亦舒点了点头："我知道，前天去库房的时候特地把储存区的铁锁打开，我仔细数了两遍，一共是220块墓碑，每一块我都已经拍好照片。我的想法是，如果您同意的话，我准备联系一家博物馆，以郭和中的名义开辟一个专区，既是华侨历史的一个侧面，也实现了我高爷爷的心愿。"

"这个想法很不错，不过运输起来可是有点麻烦。"

"这个没问题，金水事务所会负责的。"亦舒回答说。

临别时，陈亦舒从包里拿出两个精致的相框交给阿隆诺，其中一个是流传村天一信局的老照片，另一个相框里镶嵌的是信局创办人郭有品的半身像："留给您做个纪念，这是您血脉之根的发源地。"

27

马尼拉郊区，华侨义山公墓

义山公墓是马尼拉最知名的华侨墓地，这里是十足的中国传统风格，既有中国江南常见的庭院建筑，也有古代宫殿的门楼设计，还有许多石狮、石虎这类富于中国民间色彩的装饰。除了各个墓室华丽的外观，这些建筑的内部很多甚至配备了全套的现代化设施，空调、马桶、冰箱、吊灯、炉台等家电，折射的是中国人对死后阴间生活的迷信，希望自己的先人在阴间能够过上好日子。

华侨义山始建于十九世纪五十年代，初期占地20万平方米，经过菲律宾华侨几代人的多次扩建，现已扩大至55万平方米，如今它是全球最大、最负盛名的华人公墓。

说来这中间还有一段值得记载的历史，清朝晚期，南下菲律宾谋生的华侨亡故后，当时的菲律宾正值西班牙殖民统治时期，因为信仰问题，华人尸体被当地天主教公墓拒之门外，于是华侨社团决定组织起来，经当局批准修建了专门用于埋葬同人的中国墓园。后来二十世纪三四十年代第二次世界大战期间，菲律宾被日本占领，许多在菲的中国籍侨民奋起反抗，与侵略者英勇斗争，加入保卫菲律宾的行列，不少阵亡的华侨抗日将士埋葬在华侨义山，此地因此声名大噪，战后经过在菲华侨群体的集资修整和当地政府的宣传，这里成为华侨与菲律宾民众团结协作的象征，如今已成为当地一处著名的历史古迹。

在华侨义山入口处，陈亦舒买了一炷香和一束菊花，顺着墓园一层层小道，很快找到了她今天要祭拜的墓园，亦舒是第二次前来这里的。

只见一处由花岗岩石柱垒砌的亭子高高耸立在面前，亭子是黄色琉璃瓦屋顶，亭子中间矗立着一块高1.7米的墓碑，上面清清楚楚地刻着：显考流传人士郭和中先生之墓，1882—1960。墓碑后面是鼓起的墓园。亦舒把鲜花在墓碑前放好，掏出火柴，点着了刚刚买的一束香火，恭恭敬敬地朝着墓碑行了三个磕首礼，然后把香火插入墓碑前的香炉里。3天前她来这里的时候，带来了在山下雕刻室制作的一个高30厘米的小石碑，上面镌刻着：唐山孙女郭玉洁率子、孙同祭。下方依次刻着郭玉洁儿子辈和孙子辈一共8个名字。据表舅阿隆诺介绍，墓碑高度1.7米与郭和中本人等高，墓碑朝向东北，寓意着葬于此处的亡者，依然以站立姿势翘首仰望故乡。

亦舒绕到墓碑背面，这是安葬棺椁的位置，她从背后的双肩包里取出一个精致的楠木盒子，打开盒盖，单膝跪地，用双手细细地捧起墓地上的土，一点一点地装到盒子里。这是她今天特意过来要做的事。按照陈亦舒与奶奶郭玉洁商量好的意见，她要从高爷爷郭和中的墓地里取出一撮土，日后与老家天爷爷郭有品坟头的土壤一道，埋在流传村将要竖立的郭氏先人雕像基座下面，郭有品在老家的墓地，已经在"文革"期间被捣毁了。

亦舒小心翼翼地把装有墓地泥土的楠木盒子盖好，放入双肩背包，起身拍了拍身上的尘土，又在墓地周围停留了一阵子，把四周的一些杂草都清除干净，最后再向墓碑上的相片三鞠躬，转身离开。

周围都是大小不一的华侨墓地，亦舒在墓园里漫无目的地走了两圈，发现这里所有的墓碑齐刷刷地都朝着同一个方向——东北，那是祖国的方位。由此可见，这些漂泊在异乡的中国人对于未能叶落归根的遗憾和情怀。以前总是听说中国人有浓厚的故土情结，今天站在这片墓园上，望着几千个墓碑整齐划一地向着同一个方向，亦舒感到非常震撼，如果不是担心惊扰了这些长眠于地下的先人灵魂，她几乎忍不住地想拍一段视频发布到自己的自媒体账号上，不过最后还是忍住了。

中国人不论走到哪里，心永远留在祖国，对无数代华侨先人来说，他乡再好也是异乡，故土再破旧，都是自己的家园。哪怕生前无法圆一份故乡梦，死后总希望能魂归故里，至少向着家乡的方向遥望凝视。亦舒顺着眼前一排排墓碑向远处注目，禁不住双眼湿润，她似乎感受到了几千位同胞先人回荡在这片上空的脉搏跳动。

从华侨义山公墓出来，亦舒叫了一辆计程车回到宾馆，痛痛快快地洗了一个热水澡，来到一楼的西餐厅，简单叫了一份意面和一碗海鲜汤，算是她的午餐。明天就要离开马尼拉了，这一趟行程还是很顺利的。她拿出手机给奶奶郭玉洁打了一个电话，报告了事情处理的进展。现在，遗嘱交代的 20% 股权已经签订了转让文件，仓库出售事宜由金水事务所委托当地房屋中介全权办理。220 块华侨墓碑，亦舒已经挑选了 5 块最有代表性的流传故人墓碑，准备捐献给家乡的市博物馆，其他的她正着手联系内地和南洋的几处华侨博物馆，洽商开辟华侨墓碑展示专区事宜。她已经决定把本次获赠的这 40 万美元，加上高爷爷留下来的黄金变现后，一共大约 120 万美元，从中拿出 100 万美元以郭和中的名义设立一个专项基金，日后用于征集和展示各地的华侨先人墓碑，按亦舒的设想，这个专项基金接受社会上的墓碑献赠，不做任何墓碑本身的收购，以免变得商业化。基金的钱用于墓碑收集后的保养、维护、展出费用，同时接受社会各界的共同捐赠。这个动议受到了菲律宾福建同乡会、新加坡闽南商号等华侨社团的大力支持。至于仓库里现存的 215 块墓碑的运输，等确定去向后，亦舒将把它们交给金水事务所处理，金水事务所是专业从事信托和遗嘱事宜的，做起这类事情来非常专业。墓碑运输的相关费用，事务所坚持不再收取任何额外费用，用刘鹿鸣转达总经理的话说，他们 61 年前接受这份委托的时候，委托人已经一次性把相关费用都支付完毕，何况郭氏后人现在做的收集和展出华侨墓碑，是一件行善积德的好事。

另外一件事是奶奶提议的，亦舒觉得是个好主意。她在 120 万美元的总收入里留下 20 万美元，用于采购英文图书，捐献给家乡流传小学，供当地的小学生学习英语使用。这件事也已经和流传的小学校长说妥了，校长很高兴，特意表示说将在每一本书的扉页印上"致敬流传郭和中先贤"几个字样，借以弘扬华侨的爱国爱乡情怀。

28

马尼拉街头

在宾馆餐厅吃过午餐，亦舒想再到街上走一走，她是从事媒体行业的人，喜欢多观察各地的风土人情，所以每次出差只要还有些空，陈亦舒总是喜欢一个人到街上溜达。

亦舒背了一个黑色牛皮的单肩包，从宾馆门口出来，沿着马路边上的人行步道慢慢闲逛着，这会儿是中午时分，街上的行人稀少，东南亚地区的气候炎热，当地人多有午睡的习惯。

向前走出大约 1 公里的步行路程，亦舒觉得自己浑身都已经湿透了，她今天只穿了一件 T 恤衫，下身着一条运动长裤，她从口袋里掏出纸巾擦了擦汗，见马路对面有一家饮料店，准备穿过去买一瓶水。这个位置正好是一个三岔路口的把角处，亦舒四下张望了一下，见没有过往车辆，就在她刚要迈步穿越街道的当头，身后传来一个声音："小姐，你的东西掉了。"

亦舒回头一看，她的侧后方有一位小伙子指着地面。亦舒低头看了一眼地上，并没有发现任何东西，她笑了一笑，刚想继续过马路，在她左侧突然间有一股不知从何而来的力量在使劲拽她，亦舒完全是下意识地双臂一收，两只手紧紧护住了前胸。等她回过神来，才发现左肩上的挎包被抢走了，就是和他说话的那个年轻人拿着小刀，一把割开了她挎包的皮带，顺势把包包抢走。只见那人把包包递给一个同伴，两人一前一后，快速跑开。

亦舒一下子愣住了。这种事情她以前听说过，但还是第一次碰到。追是追不上了，而且抢包的两个人在前面左右分开跑走，你都不知道应该朝哪个方向追。

"坏了！"等亦舒稍微缓过神来，她这才意识到大事不好，挎包里装的不仅有手机、钱包，更重要的是她的护照也在里面，眼见那两个人影瞬间从视野中消失了，亦舒顿时慌了神，斜靠到马路边的墙壁上，不知所措，大口地喘着粗气。

按计划她明天就要动身回香港，这下可怎么是好？足足过了 10 分钟，亦舒才渐渐平静下来，走回宾馆。

进入自己的房间，她从旅行箱里找出携带的文件，里面有金水事务所的名片，她拿起客房电话，拨通了名片上金水事务所新加坡办公室的号码，请对方联络刘鹿鸣，让他马上给自己的宾馆房间来电话。

亦舒自然有刘鹿鸣的移动电话号码，只是都存在了手机里，现在手机连同包包被盗，只能通过这样一个迂回的办法找到刘鹿鸣。

　　打完电话，亦舒和衣躺到床上，瞪大眼睛望着天花板，回忆着刚刚所发生的事情，不由得深深责备自己："真的是太大意了，抢包的事情在许多大城市并不少见，自己算一个经常出差出门的人，怎么就没有一点提防的意识呢？所有的证件、钱包、手机，一股脑地都放在同一个挎包里。"

　　10分钟后，刘鹿鸣的电话打过来了："您好，陈小姐，我听说您有急事找我？"

　　"是的。"亦舒把刚刚被抢的经过，大致跟对方说了一遍。

　　"啊！那您等着，我马上过来，20分钟，为了赶时间，您在水星酒店楼下大堂等我吧。"说罢挂了电话。

　　20分钟后，两个人在大堂见了面。亦舒这才将刚刚发生的抢包事件前后经过又细细和刘鹿鸣叙述了一遍。对方倒没有太意外："我这些年一直在东南亚，这种事情几乎天天发生，你人没有受伤，这是不幸中的万幸。我相信你对于丢掉的手机还有钱包里的那一些钱，应该不会太在意，更重要的是护照和信用卡。"

　　"没错。"亦舒感激地看了对方一眼，他能这么快了解自己的顾虑，这是没想到的。"你把手机先借我用一下。"亦舒拨通了两家香港银行的紧急热线，让银行将自己的信用卡做了锁定处理，之后将手机还给刘鹿鸣。

　　"护照。"刘鹿鸣自言自语道。

　　"是啊，这个让我发愁，"亦舒不由得叹了口气，她是很少会发愁的人，"你知道，我明天就要返回香港，后面的行程都安排得比较紧。护照固然可以补办，但是我估计补办的话怎么也得有一个星期时间，那我后面的行程就全部被耽误了。"

　　"你先别急，让我来想想办法。"刘鹿鸣咬了咬嘴唇。

　　亦舒有点不解地望着对方："难不成你还能帮我找到小偷？"

　　"猫有猫道，狗有狗道。"刘鹿鸣改用中文说了一句话。他走到一边，用手机拨打了电话，留下亦舒六神无主地站在酒店大堂中间独自发愣。

约莫10分钟后，刘鹿鸣走回来对亦舒说："我已经联系上了这边的一个朋友，他介绍我去找阿柴，这个阿柴是华埠的一个地头蛇，你现在跟我一起过去吧。"说完不由分说地拉上陈亦舒，在酒店门口上了计程车，告诉司机目的地，司机点点头发动车子，驶出宾馆大门。

计程车司机是一个当地菲律宾人，刘鹿鸣故意拿中文和对方说了一句要给他小费的话，司机没有反应，他确定对方不懂中文，于是就在后座上用中文向陈亦舒解释道：

"我并不直接认识这个叫作阿柴的人，刚刚我打了两个电话，问我在菲律宾当地的朋友，他推荐给我的这个阿柴，大家管他叫柴叔，据说他是当地不大不小的地头蛇。就像我刚刚说的，猫有猫道狗有狗道，这些小偷扒手街头小混混之流的人，通常都有团伙，也有所谓道上的帮派，关键是我们的交际圈和他们没有交集。所以呢，如果能够找到一个跟他们有交会的人，这可能是最好的一个解决办法。我也想过要不要到警察局报案，后来我否定了这个念头，你知道菲律宾警察是最无能的，除了腐败，什么事都做不了，你过去报案，他们能做的就是把你的口供记录在一个本子上，把本子放到抽屉里，等到本子记满了再换一个新的本子，别指望有任何结案破案的好结果。"

亦舒印象中记得在电视新闻里看到过类似的报道，刘鹿鸣思路清晰，让她不由得心里升腾起一份感激："多亏了有你在。"

"别着急，一定会有办法的。"

不一会儿，计程车在一栋古旧的酒吧前停下，刘鹿鸣示意亦舒下车，他把车费付了，领着亦舒走进酒吧，朝吧台上的服务生问道："兄弟，我是茂华夜总会老板王总介绍来找柴叔的。"服务生点点头，领着两个人走到酒吧最靠里面的地方，推开了一扇黑色小门，示意两人往上走。

两人顺着昏暗的木制楼梯走上二楼，发现这是一处尖顶阁楼，大约30平方米，阁楼一侧有一个酒吧柜台，中间是一张台球桌，另一侧则摆放着茶桌茶椅。柴叔个子不高，微微有些发胖，正一个人在靠墙的位置玩着飞镖，有一个年轻人站在一旁，像是他的助理。刘鹿鸣走上前去做了自我介绍，柴叔招呼两人在茶桌上落座，开始烧水准备泡茶。

亦舒注意到，柴叔身后柜子上放置着一个铜制的大刀关公塑像，这是很多生意人和道上的人常有的摆设，看上去，这人不拘言笑，神情很严肃。刘鹿鸣把刚才亦舒被劫包的事情，时间、地点和前后经过大致叙说了一遍。

"里面有什么东西？"柴叔在两位客人面前放上刚刚泡好的功夫茶杯，用福建闽南话问道。

亦舒连忙回答说："有一部苹果手机，一个钱包，里面大概有几万比索，两张信用卡，一些名片，还有就是我的香港护照。"她说起闽南话来有些结结巴巴的。

柴叔点了点头，没有再说话，示意面前的客人喝茶，接着自己端起茶杯喝了一口，又把面前的功夫茶壶用开水重新满上，倒入公平杯，再拿起公平杯把客人的功夫茶杯续满。他做这一套泡茶分茶的动作如行云流水，跟几天前亦舒在她表舅阿隆诺那里看到的几乎如出一辙。

亦舒耐着性子静静地喝了两杯茶，终于忍不住开口询问："柴叔，我明天就得用护照，这……"

柴叔把茶杯再次装满，半晌缓缓说道："5＋2。"

两人都没明白是什么意思，刘鹿鸣抬头征询地看着站在柴叔身后的小伙子。

"哦，柴叔答应帮忙，条件是 5000 美元，外加钱包里货币金额的两成。"小伙子解释道。

"这个没问题，"亦舒满口答应，她继续用不太熟练的闽南话补充道，"柴叔如果今天能帮我把包里的东西找回来，我愿意 double，也就是说在您刚刚这个的基础上翻一番，1 万美元酬金另加钱包里现金 40% 的分成，只不过我必须在今晚 12:00 之前拿到我被抢走的东西，因为我明天要飞香港。"

柴叔摆了摆手，没有再多说话，只问了一句："住哪个宾馆？"

"马尼拉水星酒店，我的房间号是……"

对方一抬手制止她往下说："不要告诉我房间号，我们彼此知道的细节越少越好。干我们这一行，受客人委托拿钱办事，从来不问客人的姓名地址背景，大家省得麻烦。行，我知道你住哪家宾馆就行了，今天晚上会有人把东西送到宾馆前台。到时候你找前台要就可以。"

"就这样？"亦舒有点不敢相信。

"是啊，就这样。你会说闽南话，但讲得很别扭，大概判断你祖上是福建人，但是你从小接受的应该是西洋教育。就按照我原来的'5+2'收费就行了。二位如果没有什么别的事的话，就请回吧。"柴叔示意送客。

"稍等，柴叔，"亦舒问道，"我们怎么付款？来之前，朋友交代说办事的辛苦费需要预付，这个是当然的，可是我钱包被抢，现在一下子没有现金给您，不知道能转账吗？"话刚一出口，亦舒觉得有些冒失，她猛然意识到对方干这行当，不太可能光明正大地走银行汇款，刚想改口，没想到柴叔点点头，指着身边的助理："他告诉你账号，现在网络很方便的，记得要写出口咨询服务费。"

"出口咨询服务费？"亦舒一下子没反应过来。

"对啊，现在各家银行对每笔汇款经常要抽查。我们这边办理的是出口咨询服务，协助客人护照咨询不是正好与出口有关吗？"

"柴叔厉害。"亦舒不由得竖起大拇指称赞道。

29

马尼拉机场

亦舒排在出境移民柜台前长长的通道上，正准备从马尼拉国际机场出海关搭乘国泰航班返回香港。

海关大厅乱哄哄的，准备出关的人群里绝大多数都是出国打工的菲佣，他们十几二十人会合成一支小队，每人都随身大包小包的，忙不迭地拍照留影，脸上充满好奇和兴奋，这大概是第一次出远门的人常有的状态。

总算挪到了移民官员柜台前，亦舒递上护照和机票，柜台后面一脸严肃的海关官员面无表情地分别在护照和机票上各盖了一个印戳，扔回给亦舒。

来到候机大厅，广播上响起航班延误的广播，亦舒将要搭乘的这趟航班预计延误两个小时，她叹了一口气，打开笔记本电脑。公司的邮箱已经有10多天没有浏览了，上面显示有300多个未读邮件，她想了一下，决定还是等到下周一上班以后再来处理这些积压邮件。随后她打开自己的个人 gmail 邮箱，看到有一封刘鹿鸣发过来的邮件，不禁有些意外，因为她跟刘鹿鸣昨天晚上还在一起晚餐，对方今天下午飞回新加坡。

点开邮件，只见上面简单的几行字："亦舒：晚上睡不着，想你。另：你说到想拍摄一个流传人在南洋足迹题材的专题片，我觉得很棒。我手头上有一些资料，待我回新加坡以后整理一下交你做参考。我想卜周末飞香港找你，方便吗？"

邮件上所说的那个流传人在南洋足迹的构思，是昨天晚上亦舒和刘鹿鸣晚餐的时候告诉对方的。亦舒过去几个月利用业余时间收集了不少相关素材，也写了一份解说词初稿，昨天和刘鹿鸣聊起这个构思的时候，对方建议把它放到《世界那些事儿》作为一个选题。亦舒主办的每周一期《世界那些事儿》专栏，需要选取各种有深度、有代表性的题材，100多年来流传人下南洋拼搏奋斗的故事，本身就很有感染力，而且这段跌宕起伏的故事在浩瀚历史长河中至今从未被深入挖掘和报道过，这个建议恰恰是亦舒以前没有想到过的，或许这就是旁观者清。亦舒觉得刘鹿鸣的意见很有些道理，这不仅仅是她和郭家先人的私事，更是一份珍贵的历史记载，而且放到《世界那些事儿》专题里，只要选题通过，可以调用的资源更加丰富。这次受奶奶的委托前来东南亚执行这一项郭氏先人的遗嘱，亦舒在香港、新加坡和菲律宾各地档案室和图书馆查找相关资料，并没有关于流传人移民海外的完整记载，仅仅从菲律宾郭氏宗亲会那里看到了一些族谱，还有零星片段的老辈人口述。按亦舒的推算，仅仅过去 150 年，从流传出来在菲律宾谋生的人数，连同他们的后裔，就大约达到 5 万人，这是一个不小的数字，他们有些人在这里干了几年后回到故乡，但更多人则选择长期在当地驻留下来，他们或者与华族子女通婚，或者和当地菲律宾人融合。这些流传乡民分布在菲律宾的各行各业，有的经过打拼，日后成为企业家，有的升职成高级白领，更多的则是一辈子打工谋取每日三餐。近几十年，由于政府的限制和当地民族主义色彩的抬头，很多人都改成了当地的姓氏，所以从名字上已经不太容易分辨出哪些是从流传或者中国大陆过来的华侨后裔，如果再不抓紧挖掘整理，这份历史很可能就会彻底被岁月淹没。

刘鹿鸣对亦舒提出的这个选题很感兴趣，他特别提到如果能把这个专题放到《世界那些事儿》节目制作播出，对许多国内年轻人应该很有吸引力。这些年来，中国人一谈到出国，总是美国、欧洲，殊不知，海外华侨华人群体 80% 落地生根的驻留地，其实是在东南亚，也就是华侨们俗称的南洋诸国，包括菲律宾、马来西亚、印尼、泰国、新加坡。言谈中亦舒才知道，刘鹿鸣大学本科主修的是历史专业，东南亚华侨移民史是他毕业论文的选题，他是在国内广州上的大学，后来到新加坡攻读工商管理研究生，毕业以后加入了金水事务所，如今是新加坡的永久居民即通常说的绿卡持有人。按理说，金水事务所属于中介性质的委托服务机构，与他所学的专业并没有太直接的关系，但是事务所服务的客户群体，绝大多数是东南亚有代表性的华侨商人企业家，他们身上具有浓厚的中国移民的历史传承。刘鹿鸣一直对这个群体的研究感兴趣，手上也收集了不少华人下南洋的资料，所以金水事务所工作对他来说，有这一层与其个人研究兴趣相对口的吸引力，他便接受了对方的 offer，如今已在这家机构工作了 3 年。

刘鹿鸣邮件中说他想把资料做一些整理，包括一些他收集的照片、族谱、口述记录等等，飞过来香港一趟，把这些当面交给她，除了对于这个题材的兴趣与关心之外，亦舒隐隐约约觉得刘鹿鸣是在试探与自己发展更亲密关系的机会。对这位和自己年龄相仿的小伙子，亦舒倒是有几分好感。这些年风风火火地从事媒体编辑工作，接触的大多是各行各业比较优秀的人物，不知不觉间，亦舒选择恋爱对象的标准越发升高了，一开始她自己不觉得，是母亲提醒她的。几次和母亲闲聊时，亦舒不经意间流露出对某某人过于平庸的不屑，母亲说：你现在每次采访的对象都是精英中的精英，如果你一直戴着这样的一副眼镜看待周围的单身男性，怕是很难有人能入得了你的眼。亦舒承认母亲的说法有一定道理，但她没办法强迫自己降低标准，她知道自己没有很强烈的物质拥有欲，并不希望对方是一个富家子弟或者有多高的成就，但他希望将来与她生活的人是一个有独立见解的男性，为此，她被闺蜜们狠狠地数落了一通。按闺蜜们的高论，如今帅哥很多，有钱的帅哥也不难找，但是有独立见解的男人怕是比大熊猫还稀缺。"物质是基础，每天一日三餐都得发愁的人谈什么独立见解？"就是一直这么不愿屈就，让陈亦舒今年 31 岁，依然单身。虽然家里长辈们从来不催促她，但是她也知道女人除非一辈子不结婚，否则一过 30 岁门槛，终归是到了寻求归宿的年纪了。眼前的这个刘鹿鸣，会不会是人生伴侣的人选？亦舒没想明白，只是觉得对这个小伙子有不错的印象。

候机大厅落地窗外，一架架飞机满载乘客飞上天空，亦舒所乘坐航班登机所在的 18 号候机厅座位外侧，一名地勤人员举着告示牌，同时用随身喇叭通知说：国泰飞往香港的 CX 930 航班将继续延误。

30

纽约上曼哈顿，睿德投资办公室，开放办公区

睿德公司准备组建一个全新的部门：亚洲投资部。过去 10 多年，亚洲地区以中国为首，包括印度、韩国和越南等国家的经济持续处于

高增长状态，这个区域的国民生产总值 GDP 占全球总产值的比重已经超过 20%，这使得像睿德这样的老牌跨国投资企业开始以重视的眼光注视这个新兴市场，并希望从中获得商业机会。随着新部门组建决定的颁布，公司内部这阵子正紧锣密鼓地从全球各地分公司抽调人手。根据总部的任命，薇娜出任亚洲投资部总经理，亦然也在新部门的备选名单中。

一转眼两年过去了，陈亦然如今的身份是投资经理。按理说，他大学毕业从分析员做起，升职到投资经理的门槛需要 3 年时间，如果有突出表现的话，可以获得二加一的机会即两年之后提前晋升。在分析员岗位上，亦然负责的几个项目成绩十分优秀，所以获得公司额外的破格，入职一年半就升职为投资经理，如果顺利的话，明年年初他很有可能再次晋升为资深投资经理。这就意味着亦然已经比与他一起毕业加入金融职场的同一届学友们大致上超前了两年，换句话说，他现在所坐的这个位置，大部分人要毕业 4 年之后才能坐上来。随着职级的上升，亦然的工资也比入职的时候翻了一倍以上，算是十足的年轻金领。

亚洲投资部的投资重点首先是中国，接下来是日本、韩国、印度和东南亚，其中中国的业务大概占整个亚洲投资部总业务量的 60%。中国投资业务在亚洲投资部有一个专门小组，一共 6 个人，基本上是华裔。在一个以高鼻子蓝眼睛为主体的大型投资公司里，有这么一组由黑头发、黑眼睛构成的华裔团队，倒也是一份独特的景象。

这 6 位华裔群体的构成，大致又分为两个大类，一是在海外出生或者长大的华裔，包括本地华裔、东南亚华裔、香港台湾居民，以及一部分海外华侨子弟。另一个类型是从中国大陆出来的留学生，他们绝大部分都是在国内高中毕业后到海外留学，在当地上完大学本科或者研究生后获得工作签证留下来的。虽然大家都说着同样的语言，长着类似的面孔，很多细微的差别还是明显可见的，这一点，西洋人大多看不出来，例如我们一个中国人看德国人、法国人、英国人都差不多，但如果你向一位英国人打听，他可以轻而易举地告诉你德国人跟法国人有哪些明显的区别。华裔群体的不同，首先表现在对政治的关注和政见方面，通常从大陆出来的留学生对于各种各样的政治题材都特别感兴趣，能够侃侃而谈，而港台和海外长大的华人们对政治特别是内地官场这类话题并不那么敏感。两部分人在政治观点上也经常大不相同，尤其是在有关台湾、香港归属和治理这方面问题的意见上。好在大家形成了一个默契，一旦涉及这类政治问题的时候，他们通常不会交织在一起讨论，否则很容易争吵得面红耳赤。除此之外，日常生活习惯上的不同也随处可见，以着装为例，海外和香港的职场人士，穿着搭配，女士化妆风格，都与中国内地人士有细微的不同，日常饮食更趋于简单清淡，虽然不能很清楚地说出差别在哪里，但彼此都能大致辨识。

亚洲投资部是由睿德总部直接设立并管辖的，睿德总部位于美国纽约，因此亚洲投资部创立之时，工作地点就定在纽约的总部大楼，新部门的全班人马从世界各地办公室抽调过来，集中到纽约上班。一开始，亦然还有些担心，薇娜的先生和孩子都在伦敦，怎么安排才好？没想到闲聊时说起的时候，他才发现薇娜对此完全不以为意，薇娜说她先生是一名大学老师，教书职业的好处呢，就是到哪里都可以找到一个差不多的岗位，拿差不多的薪水。所以她先生很快就在纽约大学找到了一个化学系讲师的职位。两个小孩也跟着他们转到纽约上私立小学。至于搬迁的各项琐碎事务，因为费用是公司支付的，所有内部调动转到纽约工作的员工的搬迁都交由国际联运的全程门对门跨国搬家公司打理，完全就是交钥匙工程。这种搬家公司可以让你连床铺都不用收拾，书桌文具或者梳妆台物品原地摆放，人家负责一件一件标记打包，到了新地方原样放妥，让你丝毫不觉得有异样，这也是在顶级公司工作的重要福利之一。这类公司在异地派遣员工时，生活上的事情无须雇员操心，特别是对于这种 Expatriate（外派任职）的生活照料，公司都很愿意下足本钱，为的就是让雇员能够心无旁骛地替企业卖命。

一到了美国上班，亦然感觉这里的工作节奏比原来在英国明显快了很多。他们的办公室位于上曼哈顿区，这里集中了全球最顶尖的投资界精英。人们盛传投资行业最有代表性的一句名言是：恐惧与贪婪，始终是华尔街的主旋律。在贪婪的驱使下去寻找各种挣钱发财的机会，又在害怕失去、担心失败的恐惧中挣扎。如何在两者之间寻找平衡，不仅仅对投资项目至为关键，对一名投资从业人员来说，他的个人生活也需要这份平衡。

经历了过去两年全球新冠疫情的困扰，各国经济尤其是供应链和能源供给受到许多困扰，金融市场从原先持续多年的低利率转向高通胀高利率，股票市场动荡不定，私募投资变得格外谨慎。位于纽约的睿德亚洲投资部主要从事私募投资和股权并购，亚洲投资部的资金来自公司内部，首轮太平洋1号资金12亿美元，投资期10年，换一句话说，睿德母公司本身就是亚洲部的LP有限合伙人。这个部门成立至今，大约投资了6个项目，由于市场的浮动特别是新冠疫情导致的消费低迷，目前在投项目仍然处于浮亏状态。

亚洲投资部主要针对的是新兴市场，亦然从转到这个部门后才真正理解到，新兴市场与欧美成熟市场的投资逻辑有很多不同。他佩服薇娜组建新部门时尽可能选拔具有当地语言或者文化背景投资人的决定，这是富有见地的，因为在这样的新兴市场，创新项目往往没有成熟的借鉴标的或者模式，较之于成熟市场的同体量项目，风险更大，潜在的投资效益也更可观。以典型的私募6—8年投资周期，成熟市场2—2.5倍获益就是一个很不错的成绩，而新兴市场通常能达到3—4倍，以此相对应的，就是打水漂的风险也高了许多。就像投资中国市场的很多项目，用本地人通俗的说法，叫作摸着石头过河，水位多深，大家事先基本一无所知，这不仅仅对于创业者如此，对于睿德这样的老牌投资公司，这也是他们过往所不熟悉的全新板块，无法过分依赖来自成熟市场的经验，这正是薇娜再三强调尽量使用有目标投资区域当地文化背景人员的主要考虑。

这一天薇娜约亦然外出午餐，告诉他一个消息，与薇娜同样处于合伙人位置的一位美国同事Martin准备辞职自己成立一家基金公司，问薇娜愿意不愿意一起加入，薇娜谢绝了，但她大致了解了Martin的计划。Martin 是一位来自香港的美籍华人，在华尔街打拼多年，按照 Martin 的设想，他准备自己组创一家风投早期基金，主要针对中国市场，尤其是聚焦于中国内陆的医疗板块，进一步往下细分的话，新基金关注的重点不是医药研发，因为那个太费钱，回报周期长，Martin 计划主攻医疗的应用，特别要抓住中国消费升级后的医疗保障和越来越多老龄化人群的医疗服务需求。

亦然听了感到有些意外，他和 Martin 只是一般同事，彼此没有过多深交，但是一个多年来在顶级投资机构任职的投资经理人一下子做早期创投基金，他有些不以为然："这是两个不同的领域。"

薇娜点点头表示赞同："我还是很敬佩他敢于迈出这一步的勇气，不过他对中国大陆的了解有限，而且医疗应用这个领域虽然前景美好，但是各级政府对它的管控都比较严格，不容易进入。"

"我知道现在唯一浮出水面的就是各种体检机构，这个已经是红海了。"亦然说道。

"嗯，我们先不去管他将来要做什么，这毕竟是人家的决定。我想说的是，Martin 很可能会找到你，因为你是华裔，了解中国情况，中文的运用又很熟练。"薇娜介绍完 Martin 的创业意图后提醒道。亦然不假思索地回复说："就我本人而言，我的目标是做一名职业投资人，前面奋斗的台阶还有很多级够我攀爬的，至少在现阶段更换平台，我的兴趣不大。"

"你这个想法与我很类似，我从毕业后进入睿德就一路待了下来，从我这边，当然希望你能留下来，毕竟我们合作共事了几年，彼此都很默契，我相信睿德能给你的未来发展提供广阔的空间，"薇娜接过话茬，"不过你也要从自身发展的角度考虑，不用顾虑我的因素，如果你觉得 Martin 那边给你的条件足够优惠，也不要一口气回绝。只不过希望能事先知会我一下，毕竟亚洲投资部刚刚组建不久。"

"谢谢老大，不过受人滴水之恩，当涌泉相报。"亦然转而说了一句中文，他不太肯定对方是否明白其中的意思，于是调出手机翻译软件，把这几个中文字输入进去，显示给薇娜，"只要你还在睿德，我就继续跟着你混。"

"对了，你上次跟我推荐过你原先的同事Tony，"薇娜转了一个话题，两个月前亚洲投资部组建的消息传出来的时候，亦然曾经当面向薇娜推荐过Tony，Tony两年前在睿德伦敦公司年度考评时被退回人事部以后，就在数据部做一些后端的基础研究，一直没有机会重新回到一线投资团队，亦然觉得可惜，"我理解你有意帮忙同事的好意，不过Tony缺少现成的业绩表现，同时他是加拿大籍，没有亚洲文化的加分项，我觉得把他要过来不合适。"薇娜停顿了一下，向亦然建议道："不过你找个时间侧面问一下本人，如果他还想回到东欧投资部的话，我应该能帮忙做些疏通，毕竟他对那块业务有些基础，当时被退回去，既是因为本人过于任性，同时也有直接主管的偏见。"

亦然点点头表示感谢，他佩服薇娜处理这种人情事项的分寸拿捏，既不丢掉原则，又留有通融空间："我一定转告，Tony真是很幸运能有您的帮助。"

果然，很快，Martin辞职自立旗杆的传言成为现实，他牵头成立的新创投基金第一期募资5000万美元，办公地点定在香港，睿德亚洲投资部有5名员工被Martin挖墙脚过去。

31

纽约上曼哈顿，西55街公寓

陈亦然如今在纽约上班所租住的单身公寓，位于曼哈顿西55街，从这里到著名的曼哈顿中央绿地公园只有5分钟的步行距离。

20多岁的年轻华裔女子Jenny（杰妮）走进公寓大堂，向入口处的黑人保安报出了自己的名字，因为事先登记过，保安也不再多问，指了指大堂尽头的电梯，Jenny点头致谢，乘电梯来到7层，打开706房间。

尽管有足够的心理准备，推开房门，Jenny 还是被眼前这个跟垃圾场毫无二致的场景惊呆了。

这是位于纽约上曼哈顿的一套一室一厅公寓，是陈亦然在纽约租住的地方。Jenny 是一个星期前从伦敦飞过来的，她是亦然的恋人，这位在英国出生的第三代华裔，和陈亦然家族祖辈有所交集，Jenny 的爷爷和亦然的祖母是 70 多年前在伯明翰大学读书期间的大学同学。4 年前亦然祖母郭玉洁重返英国故地游的时候，Jenny 陪她爷爷和郭老太太见面，两位年轻人就此认识，随后有很长一段时间双方没有过多联系，直到两年前，在一个华裔青年社群举办的周末派对上，不经意间，两个人再次相遇，就此热络上了。

时光隧道之 2018：
英国伯明翰大学，Jenny 和亦然初次见面

2018 年 10 月。

英国伯明翰大学校园正对面，坐落着一栋深灰色外墙的五层建筑，这是一家老式宾馆，大门口的迎宾员都是花白头发的老侍应，举手投足之间透着典雅的礼貌和娴熟。宾馆临街的咖啡屋，老人郭玉洁和男孙陈亦然相向而坐，看样子是在等人。

郭玉洁一行三人是昨天下午入驻这家老牌酒店的。郭玉洁的长子陈平陪母亲从厦门老家经阿姆斯特丹转机，直接降落在伯明翰，在机场与陈平的大儿子陈亦然会合，陈亦然在英国上学，他直接从剑桥提前来到伯明翰机场接机。陈平工作日程繁忙，把母亲安顿下来，将后续的料理事项交代给了儿子后，今天上午便匆匆搭乘航班飞往纽约，忙他的商务活动去了。

陈亦然在 6 岁上小学之前，都是爷爷奶奶帮忙带大的，所以他跟奶奶的感情很深，一听说奶奶要来英国，特别高兴，自告奋勇地说要请假全程陪奶奶。都说隔代的血缘更加亲密而且长得像，乍一看，陈亦然的五官轮廓跟他奶奶还真有几分相似，方形脸，长耳垂，宽阔的前额，浑身透着开朗阳光的气息。"奶奶，整整 70 年啊，您就从没想

过再回来看看？"陈亦然替老人把眼前茶杯的茶水重新装满，十分好奇地问道。

"我是 1948 年从伯明翰大学毕业，回到国内的。屈指一算整整 70 年光阴。前面那 40 年基本上出不来。你们这一代人或许不太了解，中国内陆经历过'反右''文革'，一大堆政治运动，我和你爷爷在'文革'期间都被关进牛棚限制自由，直到八十年代初期才陆续平反解放，重新回到教学岗位。按理说从八十年代以后就可以出国，也有多次的国际学术交流机会，可能奶奶不是一个特别爱动的人吧，就一直没有迈出国门。"

坐在对面的陈亦然点了点头："那是什么原因触发您最后决定还是要过来英国一趟呢？当然奶奶您能过来真是太好了，我和我爸都很高兴，但我还是有些好奇。"

"不是前段时间，奶奶不小心摔了吗，还到香港去做了一次手术。这一次摔倒突然就让我意识到，如今自己是一个耄耋之年的老人了，用中国人的话说，黄土埋到脖子根了，那么在走完自己生命旅程之前，重新造访一下当年我迈向成人的故地，应该是一件有意义的事，也是了却自己的一番心愿。"

陈亦然点点头，他从父辈那里大致听说过奶奶的一些经历，虽然他对什么"文革"、极左运动、牛棚这些名词没有太多感性认知，但是在他的心目中，这些长辈比起他们年轻一代来，在毅力方面毫无疑问要坚强得多，也就是人们常说的，碰到挫折不困惑，遇见困难不认输，这大概是环境造就的吧。虽然他身边的同学们大多家境优裕，不愁吃穿，也很少遭遇委屈，但是经常有人因为一门考试考得不好，或者申请一份实习工作面试没有通过，就得了抑郁症，要去看心理医生。有一次他回家跟母亲说起，母亲回答说，这种事情在他们那一代人身上根本就不算一个事。那个时候，能够活下来不饿肚子就是最大的奢望了，看来人一旦物质条件好了，精神方面反倒更为脆弱。

两个人正说着话，从门口走进来两个身影，郭玉洁一眼就认出这正是她今天要见的老朋友，当年在英国伯明翰医学院上学时的中国老乡、老同学魏建平，如今他是英国最知名的心脏外科专家。

"建平！"郭玉洁一下从座位上站了起来，快速迎上前去。

对方是一位与玉洁年龄相仿的老人，花白头发，穿一身藏青色西装，一副精神抖擞的模样，跟在他后面的是一个年轻的高个子女孩。"哎呀玉洁，总算见到你了啊！"魏建平紧走两步，趋前伸出双手，与郭玉洁紧紧相握，接着张开双臂抱住了对方。

足足有两分钟，两人紧紧地拥抱在一起，都没有说话，只见两位老人眼角各自涌出了泪花。"70年哪。"魏建平重重地说出了这几个字。

"是啊，我刚刚正在和亦然说，整整70年，我第一次重新回到这个地方，也是整整70年以后，我才有机会跟你再次见面。对了，"郭玉洁擦了一下眼角，转过来介绍说，"这是亦然，我的孙子，是我的长子陈平的大儿子。"

"魏爷爷好。"陈亦然在一旁礼貌地问候了一句。

"小伙子你好，哎，玉洁，亦然，我也把我的孙女带来了，这是Jenny，中文名字杰妮，我的大孙女。她在美国读医学专业，也是去年刚刚回来，正在医院当住院医生呢。"魏建平接着提议道，"玉洁，你看这会儿天气正好，你选的这个地方又正对着伯明翰大学，要不咱们就先不坐下来了，一起到对面的校园里转一圈怎么样？你知道在英国，阳光时刻是很金贵的。"

"好啊好啊，这个提议太好了。有很多景象在我脑子里面的画面还是清晰的，只不过70年过去了，应该早就面貌全非了。"

"其实不尽然，一会儿你就知道了。在欧洲，在英国，几十年上百年以后，90%以上的东西都还在那里，这个可能是跟国内大不一样的地方。"

穿过宾馆前面的一条马路，一行人一边闲聊着，一边缓步走进校园，来到大学校园的室外球场，这是当年郭玉洁几次和魏建平一起打球的地方。这会儿是下午时分，八片篮球场地，有一多半都在使用中，一群活蹦乱跳的男女青年来回穿梭，年轻的身影在这几位驻足观看人们的眼前晃动。

"怎么样，还要不要下去比画两下？"魏建平邀请道。

"你饶了我吧。"郭玉洁大笑,"你我这种90岁的老人再下到场内,还不把人家小年轻们给吓死。"她转过身来对杰妮说:"小妮,你爷爷和我呢,当年都是伯明翰大学篮球队的热心分子,我是女子篮球队的,他是男队的。我们当年可没少在这片场地打球。"魏建平笑着点点头:"你们可能不知道,我当年是很暗恋玉洁小姐的。"

话一说出来,郭玉洁顿时有些不好意思,脸都红了:"怎么跟孩子们乱说这些?"

"每一份经历,都是人生珍贵的收获。"魏建平辩解道,"我们彼此在对方的人生轨道上留下过深刻印记。别的不说,就说那一次我发烧,你照顾我整整一个晚上,那是我一辈子永远忘不了的。"

"就这么一件事,你都说了70年了。"

"我知道,还是你们护理系才能搞到冰块,当年那东西可是稀罕物……"

两位90岁的老人你一言我一语,兴奋地聊着那些陈年往事。

杰妮和亦然跟在两位老人身后。"你在英国几年了?"杰妮问道。

"算来有8年了,我是高中时过来的,在这里读完中学、大学本科,现在上研究生,明年毕业。"亦然回答道,对方问话时有很明显的美国口音,这是他没有料到的。

"我和你的经历差不多,也是海外留学,我去了美国,主修医学专业,算是继承爷爷的专业,去年刚刚从美国回来,现在在医院当住院医生,不过我接下来想改行当运动康复理疗师,自己开诊所。"

"这个有意思,我也是一个户外运动爱好者,运动康复是一个很热门的专业。"亦然随口说道。

"咦,这我倒是没有料到,前面两位老人家在说他们年轻的时候喜欢篮球,你喜欢什么运动项目呢?"杰妮侧过身来望着亦然问道,她一头如丝缎般的黑发,这会儿随着微风轻轻飘起,脸色洋溢着掩盖不住的青春气息。

"我其实更喜欢个体型的运动项目,"亦然解释道,"例如无动力航海和滑冰,因为集体项目如果不是专业团队的话,时间上很难凑齐队伍。"

"航海我不懂，滑冰我倒也试过几次，还不太熟练，只能上初级道，不过玩滑冰可是特别容易摔伤的。"杰妮不自觉地就进入了她准备从事的运动康复专业。

"这个不假，我就因为滑冰摔倒，导致左膝盖半月板撕开了一道裂缝，嘘，这是个秘密，我没敢和家里长辈说，省得他们徒然担心。"

"运动受伤很正常，永远不出门可能安全一点。"杰妮善解人意地回答说。

"也不尽然，屋顶塌下来不是照样把人砸没了？"亦然开了一句玩笑。

"你毕业后会留在伦敦吗？"杰妮换了一个话题。

"目前是这么打算的，"亦然解释说，"如果要从事投资行业，全世界最集中的就是两个核心城市，纽约和伦敦，亚洲地区应该还有香港和新加坡吧，不过它们还只能算是区域中心。我们这个行业和医学不太一样的地方在于，就业比例很低，英国每年金融专业毕业的大约有15000人，顶尖投行加上二流机构合计起来每年招聘的新人总数最多1000人，大家都得挤破脑袋。"

"这么激烈啊，这和我们学医的的确不太一样，那要靠什么取胜呢？"

"人品。"亦然突然改用中文说。

"人品？"杰妮显然听不懂亦然这个中文词语的意思。

"表面意思是一个人的素质，"亦然回到英文上，"不过实际上这是中国比较流行的一个网络用词，更多指的是一个人的运气、造化。"

"哦，这个意思啊，"杰妮有些不好意思，"我的中文都是在英国学的，说话和听力基本都能应对，但是不太懂得成语和国内的流行语。"

"你会观看中国的电视剧吗？"

"我偶尔会陪爷爷看，他喜欢历史题材的。"

"噢，说几个名字我听听。"

"你想考我啊，"杰妮顿了一下，"好，《水浒传》《三国演义》，对吗？"

"对，那是 20 多年前拍的连续剧。"

两位年轻人虽然是第一次见面，却觉得有许多共同语言，他们随意更换话题，海阔天空地闲扯着。

……

时光隧道之 2020：

英国伦敦　温布尔登网球场休息区，Jenny 和亦然相约观赛

温网男单半决赛，亦然和 Jenny 两人走进休息区的吧台，现在是场间休息时段。亦然买了两杯香槟，递给 Jenny 一杯，双方举杯喝了一口："干杯，祝贺你诊所开张。"

上次两人陪各自的老人在伯明翰大学首次见面后，亦然和杰妮互相交换了脸书账号，偶尔有些联系，不过很长一段时间没有再聚。杰妮如她所愿，离开住院医生的工作，自己在北伦敦开设一家康复诊所，主要从事运动康复，这个诊所的顾客，大多是职业运动员以及一些热爱户外运动的人士。亦然从大学毕业后在伦敦睿德工作期间，有一次周末在手机 App meetup 群里参加一个户外运动群的线下聚会时，意外和 Jenny 重逢，这时离两人上次在伯明翰大学见面已经过去两年。Jenny 比上次见到的时候瘦了一些，她身高大约 1.7 米，一身米色运动服装打扮，丰满的胸部，紧实包裹的臀线，亦然一下子被迷住了，过去两年两人虽然在脸书上互为好友不时有些联系，但没想到今天在这个聚会上碰见了。自从这次重逢后，两个人开启了频繁交往模式，很快双双坠入爱河。

从交谈中 Jenny 了解到亦然也是一个酷爱户外运动的人，尤其喜欢无动力帆船项目。"这个和你所从事的投资行业几乎没有牵连呢。"Jenny 有些好奇。

"的确很不搭界。"亦然回复道，休息室里人潮涌动，两人好容易才在靠外侧的高台上找到了一个位置，亦然招呼 Jenny 坐下，自己面对着她站着，"大概潜意识里是我祖上的一部分基因作用吧。"亦然解释说，他知道自己的祖上漂洋过海到海外谋生，曾经创造过知名的华侨企业天一信局。

"给我说说你喜欢的这个运动项目。"Jenny 饶有兴致地问道。

"无动力帆船最让我着迷的地方，就是它的不可预见性。因为没有动力驱使，在海上航行，风力、海浪、气候等等，随时都会影响你的航向和速度。你要最终到达你设定的目的地，除了对周围水文地质的了解，风向风速的阅读以外，更重要的是及时做出判断和调整，很多时候为了到达终点，必须绕道，必须迂回，但你心里永远要知道自己的终极目标在哪里。这其实和投资这种目的性非常明确的职业有着异曲同工之妙。"亦然一板一眼地说道，他不是一个善于拿俏皮话或者耍贫嘴去赢得女生的男人，但凡是和他有过接触的年轻女性，大多会被他谈吐的自信、渊博的知识、富有条理的陈述所吸引，更何况这个东方男性身高 1.8 米，阳光帅气，身材壮硕。

"对了，你喜欢网球的原因是？"亦诚知道对方是一位多年的网球爱好者，于是问道。

"它让我很专心很投入，只要拿上球拍往场子里一站，这个世界其余的一切都不再和我有什么关系，脑子里只剩下这块几十平方米的场地，随时面对将要击打过来的绿球，我喜欢这种感觉。"Jenny 有些兴奋地说。

"这个我特别有同感，就像我去滑冰、无动力航海一样。"亦然意识到：追求专注，全身心投入，这一点他们两人有着高度的认同。

自从两人重新见面并双双坠入爱河以后，亦然在伦敦工作期间，基本上每周至少有一次周末时间要和 Jenny 厮守在一起。亦然的上班时间长，在投资行业工作，每天到晚上 12:00 下班是常事，周末至少还得有一天加班，所以一周难得的半天或者一天休息时间，基本上两人就厮守在 Jenny 位于北伦敦的公寓里，这套公寓是 Jenny 贷款买下的，离她的诊所只有 10 分钟车程。Jenny 每天自己开车上下班，她把公寓布置得温馨简洁，干干净净，浸透着一个知性女生的品位。

亦然在伦敦工作的那段时间，每次两人见面，都是在 Jenny 的公寓或者外面的餐厅、酒吧，不时也会在宾馆订一个房间度周末，

Jenny 从来没有去过亦然在伦敦市中心 Mayfair 租住的单身公寓，后来亦然转到纽约工作以后，Jenny 大致每个月都要安排一次越洋飞行，从伦敦直飞纽约，与心上人见面。因为她的诊所是自己开的，时间上比较机动，为了配合跟亦然见面时间上的协调，Jenny 还把自己的诊所时间，调整为每月最后一周的周六到次周周二不营业，这样的话每个月她就可以抽出 4 天的时间，飞去纽约跟心爱的恋人缠绵厮守。每次 Jenny 过来，亦然自然是十分期盼和欢迎的，但他总是在曼哈顿的酒店预订好客房，两人就在酒店里相会，几次 Jenny 都说要到他的公寓走走，亦然多次推辞，说自己的地方太乱了，怕把 Jenny 吓到。这次 Jenny 趁着复活节长假，来纽约住了一个礼拜，她明天就要返回伦敦了，返程之前，Jenny 很执着地说要去帮亦然收拾一下屋子，亦然还是一如既往地找借口推托，Jenny 有点不高兴了："亦然，除非你那里藏着一个洋妞怕我看见。"她觉得和这个小伙子谈了一年多恋爱，至今没有去过他的住处，有些不可思议。

亦然实在拗不过，只好把钥匙交给 Jenny，这几天依照惯例，亦然都是提前租好了宾馆房间与女朋友一起过的，上午两人一起在宾馆餐厅用完早餐，亦然要去上班，他拥吻了一下女友，警告道："你是当医生的，一会儿如果你到我房间后晕倒了，应该知道自救吧。"

曼哈顿西 55 街，7 层，亦然公寓。

从男友手上接过公寓房间钥匙的时候，Jenny 觉得亦然的警告过于夸张。"我也是从大学公寓住过来的人，再怎么乱的场面没见过？"她万万没料到其实自己想得过于简单了，这会儿她打开亦然公寓的房门，站在入口处往里望过去，才真正体会到男友事先的警告不虚。

Jenny 视线所及，是一间大约 10 平方米的客厅，一对布艺沙发，一张书桌，两把椅子。怎么形容这张书桌呢？只见这个长 1.4 米、宽 0.8 米的桌面上，大约有 4/5 的空间全部杂乱无章地堆满了各种各样的物品，有酒瓶子，饮料罐，翻开倒扣着的书，摊开的杂志、报纸，各种各样打印出来的 A4 稿纸，上面是数据报表、分析报告、股市简报，还有两听喝了一半的饮料、一个绒布靠垫、几块不知什么地方颁发的运动奖章，以及半瓶威士忌、一个水晶杯。桌面剩下的一小块空白地方，还能露出桌面的那个部分，大约就只有 30 厘米，就这么一小块可以腾挪的地方，立着一台 9 英寸的笔记本电脑。书桌前面的两把椅子背靠背支棱着，椅背各披挂着五六件运动服，显然是主人健身或者运动时用的，但椅背上实在挂了太多件衣服，椅子早已失去平衡，所以两把椅子就得背靠背紧贴着安放，以便互为支撑。Jenny 刚想把其中一把椅子挪开，另一把的椅背向后一仰眼看就要倒地了，Jenny 连忙一伸手扶起来。

这还算是好的，待 Jenny 往卧室里面走，天哪，眼前的场景让她几乎要晕倒：

卧室有 20 平方米左右，侧后方是一个洗手间。卧室中间是一张双人床。整间卧室地上凌乱不堪地散落着各种各样你所能想到的东西：衣服，篮球，网球拍，球鞋，袜子，几个没有打开的快递纸箱，10 多本各式各样的书籍，几条浴巾，两盒 N95 口罩，3 个旅行拉杆箱，其中有一个是打开的，箱子里面是一堆换洗衣服。门后方地板上搁着一箱易拉罐的德国啤酒，两瓶威士忌，半箱葡萄酒。靠墙的地方放着一把吉他，一台手风琴。从卧室的门口如果要走向床铺或者后侧卫生间的话，那一定无法直线通行的，因为扔在地上的各种各样物品，早已经把路径堵住了，所以 Jenny 必须像跳格子那样一步一步寻找落脚的地方，就着仅有的一点小缝隙，迂回走上十几步才能挪到床头。

双人床被褥倒是很干净的白色床单，白色羽绒被，以及白色枕套，只不过这个 1.8 米宽的双人床，有一半也是堆满了物品，不仅仅有毯子衣服，居然还放着一台电脑显示屏和一个小型投影仪，真不知道这个屋子的主人脑子里装的是什么东西。

Jenny 叹了口气，先从床上把显示屏和投影仪拿下来放到靠墙的角落，然后把床上几件毛衣挂到一侧的衣柜里，刚打开衣柜，发现里面挂着四五套西装，衣柜下面是十几件待洗的衬衣和西服，看样子还没来得及送洗。Jenny 从衣柜抽屉找到两个干洗店塑料袋，准备把这些脏衣服装进去，她习惯性地将手伸进西服的内口袋，检查一下有没有需要掏出来的东西。

哇!

只听她惊叫了一声,西服被她触电似的扔了出去。

半晌,Jenny 稍微缓过神来,战战兢兢地从地上捡起这件刚被她扔出去的西装上衣。

猜她掏出什么了?

半截长满绿色毛茸茸细菌的萨拉米香肠!

估计有些时日了,香肠上面的绿色菌群都已经有接近 1 厘米的长度,如果把这截香肠掰开的话,说不定里面还有虫子呢。

这下,Jenny 终于明白亦然不让自己到他公寓里来的缘由了,以前也碰见过居家凌乱、不整理房间的年轻人,但这幅景象完全超出了Jenny 所能想象的范围,她忍不住掏出手机,拍了两段视频。"这个要是发布出去,或许能获得几万个点击流量了。"她自言自语道。当然,涉及个人私生活的内容,Jenny 不会那么莽撞的。

浴室的情况是另一幅场景,显然主人很有购买护肤洗浴用品的天赋,Jenny 把浴室洗漱台上、地上、淋浴间、浴盆以及柜子和抽屉上上下下清理了一下,各种沐浴液、洗发护发素、剃须膏、洗面奶,各种瓶子加起来,足足有 60 多瓶,仅仅打开用了一半的沐浴液就有 8个瓶子。"这人脑袋里的内存应该是短路了吧。"Jenny 实在想不出一个解释。

她叹了口气,走出公寓,来到楼下附近的超市,买了一大堆清洁用品、刷子、抹布和手套,随后用了整整半天的时间,总算把这个在她看来比狗窝还凌乱几十倍的屋子收拾干净了。

Jenny 累趴了,这会儿干完活,长长舒了一口气,走到客厅的咖啡机前,把咖啡机里里外外擦洗了一遍,两个咖啡杯也用洗洁精彻彻底底地清洗得干净如新,接下来给自己泡了一杯咖啡,终于可以坐下来了。

一边喝着咖啡,Jenny 一边拿起手机,播放着刚刚拍摄的比狗窝还狗窝的这房间的两段短视频,与眼下收拾一新的场面相比,简直天地之别。她刚想把那凌乱不堪的视频发给亦然,想了想还是忍住了,紧接着把这两段视频直接删掉了。Jenny 出生于英国,从小在西方社会长大，西方年轻人潜意识里都有一种不要去窥探或者暴露其他人隐私的习惯，哪怕对方是自己的恋人或者好友，再说揭示对方的短处，除了让人家觉得有些难堪以外，又有什么好处呢？删除了视频以后，Jenny拿起手机站起来，把打扫得干干净净的客厅和卧室各自拍了几张照片，发给亦然，同时附上一句话：专业清洁人士加班4小时，工作完毕，酬劳为米其林餐厅正餐宴请，请及时安排。

不到1分钟，亦然短信回复：You have been warned（我警告过你哦）。同时发来一个地址，是位于帝国大厦楼上的一家法国餐厅。"晚上七点见。"亦然在短信里留言。

32

纽约曼哈顿，地铁站台

亦然享受了一阵子Jenny替他收拾得干干净净的住处，可惜没能持续多久，这次倒不是他不在意，相反地，虽然他自己是一个胡乱放东西，基本不懂得打理房间的男人，对女朋友的关心和好意，亦然还是很感激的，他知道尊重爱人的体贴，于是下决心要克服自己的毛病，至少下次Jenny过来的时候，房间的面貌要比过去改善一些。

可惜1个月不到，亦然就被迫搬家。纽约的公寓分为两种，没有在美国生活过的人很容易混淆，一种叫co-op（共享住宅），另一种叫condominium，中文叫独立产权公寓，亦然租住的是后者。这种公寓房东持有产权的费用很高，各项政府收费、垃圾清理、公寓摊销加起来，每月支出接近2000美元，虽然表面上看来，这个位于曼哈顿中心地段一室一厅的独立产权公寓每月租金3500美元，但其中有一半进了政府税务部门和养护维修的口袋。这样的高租金如果不是在华尔街上班的高收入人群，年轻单身打工人士自然租住不起，只能要么几个人合租，要么往远一点的区域寻找住处。近日亦然租住的这套公寓的房东太太被查出身患重病，财务上遇到了困难，需要转卖物业，新的买家是来自中国的一对中年夫妇，给他们孩子在纽约上学买的，用于自住。本来亦然的租期还没有结束，提前解约的话房东需要付一笔违约金，但人家处于这么危难关头，再搬出合同条款理论就有些不近情理，亦然知道这样的想法还是有些中国式的思维，但他还是答应房东，提前把房子腾退出来。

新找的住处位于布鲁克林高街附近，这里距离他上班的曼哈顿中心，和他原先租住的公寓相比远了几公里，但是因为这套新式公寓附带有室内游泳池和健身房，对于亦然这种每天上班十五六个小时，几乎没有什么时间外出锻炼的人来说，是个不错的便利。从新住处到他上班的西哈士顿大街大概 30 分钟车程，通常情况下，亦然每天晚上 11：00—12：00 之间下班，从办公室楼下直接叫计程车就可以回公寓。今天的情况有些特殊，当天晚上他要搭乘晚 9：20 的飞机从纽约前往达拉斯，参加第二天的一个行业研讨会，因此亦然在下午 6：00 从公司下来，准备回公寓拿上行李再往机场走，这会儿正是下班的晚高峰时段，只见写字楼门口计程车上车点密密麻麻地排着二十几个人。以往他都是晚上 11：00 以后下来打车回家的，基本上随叫随走不需要排队等候。亦然一看这架势，没有 30 分钟是上不了车的，于是就改变主意，往地铁站走去。从这里走路到地铁车站，再坐地铁到布鲁克林他新租住的公寓，全程大约需要 40 分钟，亦诚测算了一下，时间上完全来得及。

地铁站前的出入口两旁，挤满了各式各样人等：流浪汉，街头艺人，相拥亲吻的小年轻，还有破衣裹身的乞丐。纽约的地铁脏乱差是有名的，这个地铁系统已经运行了 100 多年，虽然不时有一些维护，但是它作为公共市政设施毕竟经费有限，所有的维护只是保证每天列车行驶进出车站能够正常运行，舒适是谈不上的。亦然夹在下班拥挤的站台人潮里，总算挤上了下一趟地铁。

经过 10 多个站点，这趟满员地铁来到了布鲁克林高街站，亦然下了地铁。这边的人倒是少了很多，至少不像刚刚在地铁车厢里挤沙丁鱼似的跟别人前胸贴后背的。亦然舒展了一下胳膊，顺着下车的人流往出站口方向走去。

让他完全没有意料到的情况发生了。

亦然刚走出20步远，突然听见砰砰砰几声清脆的枪声，紧接着有人大喊："消灭人类，消灭人类，哈哈哈。"

完全是下意识地，亦然和四周正匆匆往外走着的乘客几乎一模一样的反应，马上就地趴下，面部朝下趴到地上。亦然趴下的时候，双手交叉放到后脑勺，屏住呼吸，生怕发出声音。

这几乎是在美国碰上突发抢劫或者杀人现场时众人不约而同的一种标准姿势。记得亦然刚刚到美国工作的第二个星期，公司专门组织了一次紧急情况下自我保护的培训课，请来曼哈顿警察局的警官介绍遇到持枪打劫或者威胁生命这类危险情况如何自救的方法。按警官的告知，首先是原地趴下，尽量不要动弹，千万不能刺激枪手和歹徒，尽量按照对方的指令去做，不要试图报警，不要眷恋钱财，不要反抗，避免刺激对方，最大限度保护自己不受伤害。亦然觉得这与他小时候在国内接受的勇于斗争、抗击坏人、不怕牺牲的教育完全是南辕北辙。

紧接着又传来一阵枪声，夹杂着有人被击中后的尖叫。亦然脑子有点蒙，这种事以前在电影里见过，亲身经历还是第一次。他判断枪手应该是没有目的地胡乱开枪。他悄悄侧了一下脑袋，从趴着的地面往前张望过去，依稀可以看见一个身穿棕色工装的30多岁白人模样的男子，端着一把自动步枪，腰间还别着另一支短枪，一边喊着跑着，一边随意地挑选目标射击。枪手这当头已经跑过自己趴着的这个位置，现在位于离他右侧前方10多米开外的地方，他又打出一梭子子弹，紧接着朝前方站台跑去，眼看着枪手已经从与他交会的这个方位往远处跑开了，忽然间，"妈妈，妈妈……"，亦然猛然听到紧挨在他趴着的右侧方位传来一声女孩的哭泣声。

亦然一看，啊，是一个约莫四五岁的小女孩，正惊慌失措地站在原地，大声哭喊着。由于所有人都已经趴在地上，这名站着的小女孩显得分外突出。

"Shit。"完全出于下意识，亦然一只胳膊撑地跃起身来，另一只手伸出去一把拎起小女孩，把她摁倒在地上。

女孩的哭叫声惊动了枪手，就在亦然起身按住女孩趴倒的一瞬间，枪声再次响起，枪手一扣扳机，一梭子子弹雨点般扫射过来。

亦然觉得自己腿部有一股被电灼的感觉，紧接着，腿肚子发麻，整个过程前后不过几秒种的工夫。枪手胡乱射击着，同时朝站台远处跑去，所有趴在地上的人仍然一动不动。

大约过了两分钟，只听见"警察，警察"几声喊声，从前面地铁出口处冲进来几名持枪特警，迅速布防控制了站台，警察招呼趴在地上的人们可以起来了："All clear now。"

亦然刚想站起来，这才发现他的腿肚子正流着血，原来刚刚扫过来的子弹打中了他的小腿。这下子亦然动弹不得了。边上一名特警看到了这情形，连忙赶过来扶着亦然坐起来，叮嘱道："先生你受伤了，请别动，救护马上就到。"

几分钟前被他按倒在地上的那名女孩，这会儿她父亲找了过来，把女孩抱走了。原来当一开始有人喊叫有枪手的时候，大家一惊慌四处散开奔跑，这个做父亲的也没来得及拉上小女儿，就剩下她一个人惊慌失措地站在站台中间。

很快有一群医护人员抬着担架走进站台，把所有被枪击倒地的人以及受伤的乘客分别放到担架上抬了出去。亦然后来知道，枪手在现场枪杀了3个人，另有8人受伤。枪手跑到站台的尽头，自己饮弹自杀。幸运的是，亦然被自动步枪扫过的时候，子弹只击穿了他的腿肚子，肌肉受损但没有伤及骨头。不过原计划今晚出差的行程是走不成了。

亦然被救护车送到了附近医院，急救室医生麻利地做了伤口清创处理，缝合包扎以后，医生对他说："年轻人，你今天真是很幸运。这点外伤大概住院2—3天观察一下，如果顺利就出院了。"亦然点点头，随着他们的安排住进了病房。过了一会儿，陆续有两拨警察过来，详细询问了事情发生的前后经过，亦然脑子还是有点乱，刚才发生的那一切来得太突然，他根本没反应过来。"没事的，我们就是了解一些情况，你能回忆起多少就告诉我们多少好了。"问询的警察倒是很善解人意。

亦然凭着自己的记忆所及，简单叙述了几句，他没有刻意提到小女孩的事，警察好像也没有在意这个细节。

病房电视里正播出刚刚发生的地铁枪击事件的新闻。西方社会的媒体效率就是高，很快，电视台把枪手的背景资料播放出来了，枪击者是一个现年30岁的白人男子，离异，自己带着两个孩子。他原本是一家食品加工厂的流水线工人，在那家工厂已经工作了8年，两个星期前被工厂解聘，生活没有着落。因为交不起房租，两天前，房东把他从租住的房子里赶了出来，他只好把两个小孩安顿在那种只收留一个晚上临时居住的救济所里。因为绝望和愤怒，产生对世界的不满与怨恨，他终于失去理智，持枪滥杀无辜。

作为一名住院病人穿上住院服在医院里过夜，这对亦然来说是人生的第一次经历，他感到有些新鲜。腿肚子上那个缝合的伤口还是有点疼，医生给了他一些止疼药，吩咐他按时服用。亦然抽空用手机给部门主管和亚洲部老大薇娜发了封邮件报告刚刚发生的事情，两个人马上分别打过来电话问候。晚上11:00左右，护士过来替他量了体温、血压，招呼他把止疼药吃下，亦然很快就入睡了。

第二天一大早，亦然被早班的护士唤醒服药，护士告诉他，最好能现在去冲个澡，把身上的汗渍和污垢清洗一下。亦然觉得自己走起路来伤口还很疼，不过护士则坚持应该及时洗澡。亦然明白这是西方护理观念与中国截然不同的地方，他们觉得病人经历过这一切，身上会有很多污垢要尽快冲洗，以免污染，这和中国人的观念是完全不同的。很难想象在中国，伤口缝合才不到10个小时就要去冲澡。护士见亦然走起路来还是很艰难，表示可以扶他进浴室，帮他擦洗。

亦然望着眼前这位年轻的女护士，脸顿时涨红了说："不用不用，我自己来。"接着拄着拐棍往浴室走去。护士也不坚持，回答道："行，那我帮你把水温调好，同时把你的换洗衣服都给你放到卫生间里。"护士一边说着，一边麻利地收拾停当，搀扶着亦然进了浴室。亦然在浴室里把门反锁上，脱了衣服裤子，站在调好水温的淋浴龙头下快快冲洗了一遍，接着把自己擦洗干净，换上衣服。

从浴室走出来的时候，亦然发现女护士还在房间里等着，有些意外："您还在这？"

"是啊，我得确保你在洗澡的时候不出意外。"女护士笑着回答。

"多谢多谢。"亦然充满感激地道谢。

这天上午没什么事，除了住院医生的查房，做了一个常规的抽血化验，另外就是每隔两个小时护士过来量量血压测测体温，再吃一片消炎药。由于事发突然，亦然身上没有任何随身物品，好在医院可以租赁电脑。

近中午的时候，亦然正在病房里拿着刚刚租赁的笔记本电脑，上网查看今天的华尔街新闻，门外传来一阵喧哗声，他隐约听到有护士的声音在试图制止：

"对不起，请等一下，请等一下。"

话音未落，房门被打开，只见七八个人，将三四台摄像机和采访话筒呼地一下伸了过来，房间里一下子涌进来一群记者模样的人，亦然感到很意外。

"怎么回事？"他开口问道。上午招呼他洗澡的那名女护士在一旁解释道："我们也不知道，这几个记者一下子闯进来，指名道姓地要采访您。"

"采访我？"亦然一时没反应过来。

只见一个拿着印有"CAC"字眼话筒的记者走到亦然面前，伸出话筒问道："请问您是亦然·陈先生吗？"他问话的时候，一旁扛着摄像机的摄像师同步启动，机器发出呲呲的声音。

"是我。"

"陈先生您好，我是CAC记者。"

"我是纽约台记者。"

"我是今日新闻记者……"

只见现场几个记者模样的人争先恐后地把各自的话筒齐刷刷地伸到陈亦然面前："昨天发生在布鲁克林高街地铁站的枪杀事件，您在万分危急的情况下起身保护了一位5岁女孩，我们就此事向您做个现场采访。"原来是警察局事后向媒体提供了地铁站台的监控现场回放，记者们通过观看回放看到了陈亦然当时的举动。

"这，我就是下意识的，小女孩现在好吗？"

"她很好，请您谈谈当时您是怎么想的？"

……

一时间，陈亦然成了纽约当地各大新闻报道的中心人物，电视台、广播电台纷纷做了大篇幅的专题报道，接下来两天，几乎每时都有陌生人的鲜花和祝福卡片雪片一般送过来，亦然的病房外走廊堆满了各式各样的鲜花。纽约市长亲自致电向他表示感谢，并授予他"纽约市荣誉市民"勋章。公司也派 HR 经理前来探视，转告大老板的问候，并嘱咐他放心休息，什么时候彻底康复了再回来上班。

虽然以前多次听说美国的恶性枪击事件，可是陈亦然万万没想到，自己是以这种完全始料未及的方式经历了这一切。

33

美国西海岸北部，大西洋海岸线

晴空万里，一艘浅蓝色的无动力帆船缓缓向北驶去。帆船上只有一个人，光着膀子，下半身穿着一条白色短裤，整个人浑身晒得乌黑乌黑的。

陈亦然利用这次年假，计划从西雅图海岸出发，驾驶无动力帆船一路向北进入加拿大，目的地是温哥华海岸，全程 500 公里，预计需要 3 天的行程。

无动力帆船行驶依靠的最主要动力就是风力，包括推力和吸力。根据空气动力学原理，流体速度增加，压力减低。空气绕过向外弯曲的帆面，从而产生推力，以此形成速度，另一个帆面压力减小，产生吸力，把船帆扯向一边。船帆背风一面由于压力降低而产生的吸力和推力相互作用，自然季候风在船帆两侧的吸力和推力的作用下推动船体行驶。在无动力帆船行驶中，风力被风帆分解为两个分力，一个分力推动帆船向前行驶，另一个分力则使船向背风一面倾侧，整艘帆船向前移动的动能全凭运用帆的张力与推力结合的技巧。

为了借助风势，无动力帆船不能完全正面顶着风航行，像陈亦然这回驾驶的这艘长12米的帆船可以与风向形成12到15度的夹角侧风行驶。如果要正面迎着风的方向前进，必须以"之"字形路线航行，因为帆船本身没有动力，需要依靠风力鼓动船帆航行。因此相对船身而言，帆船上的帆通常都做得很宽大，以更加充分地利用风力。挂在桅杆上的风帆可以根据风向随时改变角度，帆船逆风行驶时，需要侧转船身，使帆与船身形成一定的角度，帆的一面鼓满风，另一面所受的压力较小，船体利用这种压力差前进。通过这样借助风力的方法航海前进时，船的行进方向与目的地不时会有偏差，因此，帆船航行过程中需要随时调整帆的方向，从而改变航向，迂回地接近目的地。

作为一名喜爱这个项目多年的熟手，陈亦然知道怎么准备这次航海旅行，生活的必需品——食物、水、饮料、毛毯、衣服，户外的常用工具——急救包、无线手台、海洋卫星定位定向仪，还有紧急状态下用于发射求救信号的荧光手枪，一应俱全。他是昨天从西雅图南部的一处名为 Dash Point（德仕角）的海岸登船出海的，今天是航程的第二天。

亦然调整了一下帆的角度，以便更好地适应刚刚有些变化的风向，收音机的信号断断续续的。在这个远离海岸10多公里的海面上，手机是没有信号的，他靠着事先下载好的这几天周围气象风向的预报资料，加上零零星星从收音机里得到的一点信息，规划着今天的航程路线。

无动力帆船让亦然着迷的地方，就在于这种不确定性，任何意外都可能发生，随时随地都要做好应对的准备。这不，今天一大早是西北风向，风力不大，大概也就是3—4级的样子，这种风力对于无动力帆船航程而言是最舒服的。如果一点风都没有的话，帆船的行驶速度会很慢，而风速太大则难以驾驭。所谓的满帆出行，那是竞技项目多人操作，像亦然这种一个人出海航行的，并不希望遇到太大的风力。

亦然把航向做了些调整，将风帆的绳子紧紧系牢，帆船就顺着规定好的方向不紧不慢地往前漂去。大太阳照射下的甲板上，陈亦然从存储柜里掏出一听啤酒，呲的一声打开，美美地喝了一大口，惬意地仰天躺下来。太阳暖洋洋地直射在身上，浑身每一个毛孔都感觉那么通畅。

金融行业工作的强度是外人难以想象的，每天应对各种各样的市场变化，数据随时更新，价格每秒都在跳跃。盈利和亏损，往往就在一念之间。这也是为什么许多从事金融行业的人都习惯于极限运动，例如长距离徒步、户外攀登，以及陈亦然所喜欢的无动力航海，等等。每次亦然独自出海，都会事先切断互联网，关闭手机，在这几天时间里不再依赖任何信息时代的东西，过一种完完全全不受外界打扰的、属于自己的一段光阴，他把这个称之为洗身，就是让自己的周身从每日弥漫的信息浸透中解放出来。以前听父亲说过，父亲在中国工作那些年，习惯于每年都要到山上的某处庙里闭关几天，也是要刻意与周围隔离开来。只不过那是上一代人的做法，亦然无法想象自己会选择这种过于安静的隔离方式。他所钟爱的这种无动力航行，形式上和父亲那代人不同，但是本质上是一样的，都是让自己摆脱喧哗和繁杂的事务，能够放空自己，让周身在一个远离喧闹的自然环境下尽情舒展开来，暂时忘却工作上的事。对于亦然来说，打从他昨天一大早合上笔记本电脑，关闭所有手机和其他互联网连接工具的那一刻起，他就与这个时代的信息传播切断了联系。

这几天亦然脑子里面盘旋比较多的，是跟 Jenny 下一步的关系怎么定夺。他跟这个女孩相处两年多了，对方几次暗示希望把两人的关系进一步固定下来。亦然还是没有下定最后的决心，他喜欢这个女孩，Jenny 有着渊博的学识和自己喜欢的专业，为人开朗，富有生活情趣，善解人意，更有着让他着迷的美妙身材，以及与他本人比较接近的文化背景和生活爱好。但对于自己是不是要很快步入婚姻殿堂，或者说要以法律的形式去捆绑两位男女恋人的关系，亦然并没有拿定主意。对于这一代人来说，自我，以及个人空间和生活唯一性不受干扰，似乎已经成为许多人的常态。从他15岁那年父母把他送到英国私校读高中的时候起，他已经独立生活了10多年，亦然习惯于这种高度自我的生活状态。跨世纪的这一代人，尤其是受过良好教育以及富有事业进取心的职场白领，更习惯于维持恋人间的同居关系，同居并非不替对方负责，而是彼此的约束无须借助第三方社会化的认可来界定。对于亦然的世界观来说，社会化的规范是一种借助第三方的干预，他不认为任何外在力量可以过多干涉本来应该由当事人自己决定的事。或许有人说婚姻关系的确认是一种相互关系的保障，对此，亦然从不苟同，两人的关系只能由当事双方确定，如果彼此无法再携手向前，那就应该由双方自己结束，借助任何第三方的力量，只会把事情变得更加复杂。

当然，他必须顾及恋爱对方的感受，这是让亦然纠结的地方，他知道不愿借助外力来框定恋爱关系，这是他自己的想法，他了解Jenny有一份对婚姻的期待，既然相互爱恋，就应该尽量满足对方的期待，至少千百年来人们对于正统男性都是这么要求的。亦然知道自己深深爱着Jenny，希望与对方保有长期稳定的关系，但若是因此意味着要迈入婚姻殿堂，他觉得自己没有完全准备好。关于这一点，他曾经向母亲解释过，母亲批评他的态度是对女方不负责任，亦然抗辩说：负责任与否不会因为外在的一张纸片有所改变，如果两个人的关系需要借助第三方的认可才能放心的话，这本身就不是一份牢固的感情。"到底是更应该相信自己，相信所爱恋的对方，还是相信不认识的第三方？"亦然回复母亲质询的时候说了这么一句话。

当然，人类本质上是一种群居动物，这是千百年来的延续，只不过，在亦然看来，随着文明的发展和人类的进步，特别是信息时代交流的高度便利以及由此带来的个体化生活环境，人类正在逐渐从依靠群居作为生存的基本单元，朝着更多独居的方向倾斜。古时候生产力低下，抱团取暖、互相依靠成为生存的首要需求，所谓的男耕女织就是在相互的协作中，互相依靠的一种以夫妻或者家族为单元的群居形态，获得生活的基本保证，同时养育后代，那样低生产力的年代，男人离开女人，或者女人没有男人，生存将变得异常艰难。到了如今这个信息时代，男人和女人几乎不再有明显的内和外的区别，女人一样工作，男人一样做家务。而独立工作、独立生活的机会和条件更加成熟，至于两性关系和没有婚姻状态的子女抚养，今天已经被普遍认为是一种正常的生活轨迹，与是否存在婚约没有任何必然的联系。

亦然并不反对拥有一个自己的家庭，与自己心爱的女人一起生活，共同组建一个温馨的小单元，或许将来也会生儿育女。但是对于要去登记结婚这件事情，他内心一直是有抵触的。他是一个很不喜欢由第三方来决定自己的命运，或者来认可自己决定的人，在他眼里，两个人的关系理应由当事双方确认，政府机构作为第三方颁发一张纸片实际上是对于私权的一种无端干预。亦然的世界观有些小政府，甚至无政府主义色彩，他认为随着社会文明的发展与进步，社会形态中绝大多数人的个体约束和自我规范意识及其能力都在不断提升，需要借助外在的任何第三方来干预的事项理应越来越少。当然公共建设、基础设施规划和实施是另一回事，那是公共机构的功能，至于涉及个人财富分配、生活方式的选择，以及居住权、迁移权，那完全就是个体自决的领地，最近几十年，多数西方国家过度强化社会福利，直接导致的结果就是税收增加，处于社会塔尖阶层的人拼搏的动力衰减，混日子的人数直线上升，这其实是违背人类发展的本来天性的，"物竞天择，适者生存"听上去有些残酷，但恰恰是动物界千万年来发展进化的内在规律和动力。现在西方体制下各级政府不断许诺的高福利，说穿了无非就是政客们拿别人的钱替自己拉拢选票的手段。在一人一票的公共管理体系下，谁能获得更多人的投票，谁就能当政，对于政客们来说，一旦当政，不管是做总统、州长还是做议员，就是一份风光无限的高收入工作。与其他行业申请一份工作需要展现自己的技能或者专长的匹配性不同，政客们除了忽悠，大多并没有什么一技之长，他们靠的是竞选时候大嘴巴答应选民，让选民给他一份总统、州长的工作，他承诺将给大家带来好处，发更多福利，建更多球场，扩充低收入人群的医疗保险。听上去很诱人，但仔细想想，这些允诺即便兑现起来，花的也都不是政客们自己的钱，他们只是伸手向纳税人索要而已。

以他本人为例，作为年轻高收入的单身白领，亦然每月薪酬将近一半被以各种名目的税收盘剥走了，如果再加上强制性的个人医疗保险、养老保险扣缴，还有每次花钱的消费税，他的实际银行账户所得远远不到薪酬的二分之一，这是他十分不以为然的。他知道自己处于高收入阶层，也明白税收调节的道理，但如果每天起早摸黑，辛苦挣下来的血汗钱有超过一半要用于支付社会调节的税收，这不是一种能鼓励人们向上的机制。"如果一个社会的财富分配情况是干活的个体本人拿到手的工钱连收入的一半都不到，其他的一半以上给了不干活或者没有直接参与干活的人，这种设定日久天长一定是培养懒汉，制造躺平。"亦然研究了过去100年主要西方国家的个人所得税演变，发现平均税收费率在这期间翻了一番以上，特别是在第二次世界大战后的这半个多世纪，因为政府需要不断提高对居民的福利承诺来换取选票。各种救济金、全民医疗、免费上学等名目繁多的承诺，听上去很有吸引力，而这些开销只能来自税收的加码，因为政府本身是不创造生产力的。在民选政治体系下，每一个想要上台的政客，获得选票的最有效办法都是福利的承诺，这背后的税收则是左口袋、右口袋地倒腾。早先在大学上学的时候，亦然就比较敬佩上世纪八十年代的美国总统里根，以及英国首相撒切尔夫人所实行的小政府体制。在亦然的认知里，政府从来就不是一个可以有效运行的机构组织。社会上绝大多数事情，如果没有政府插手的话，通过民间的协调，恰恰可以解决得更好。政府的介入，只是增加了一堆繁文缛节和官样文章，把原本简单的事情复杂化。社会文明的健康发展，更多依靠约定俗成的默契和个体之间的相互牵制。从这个意义上说，亦然的政治观念更接近共和党人、保守党人的主张。

回到眼前的问题，对于 Jenny 的几次暗示，自己应当如何明确回复，还有如果双方确定组建家庭，那么落户在什么地方。纽约显然不是一个适宜家庭生活的城市，但只要自己仍然希望在投资界发展，又难以离开华尔街这个行业精英最集中的地方，Jenny 从事的行业倒是没有太多地域限制，来美国开诊所发展一样能有前途，但这就意味着需要让她舍去几年间积累的客户资源，到一个全新的国度重新开始，这一系列相关问题，都会随着两人关系进一步的发展摆上日程。亦然很清楚以他对 Jenny 的这份感情，他和对方一样都希望能将彼此的关系进一步固定下来，很快地，孩子问题、购房立业、申请当地居留权等一系列事项，都得仔细全盘计议，他是一个条理性很强的人，习惯于凡事事先考虑周全。

亦然躺在甲板上想着事情，风向好像又有了变化。他连忙站起身来，把风帆做了一个微调，让航行的帆船转了一个 30 度的弯，朝更加贴近海岸线的方向驶去。他今天需要完成大约 140 海里的航程，按照计划，帆船将在夜幕降临时分靠近美加两国边界的分界线，在一个名为 Birch Bay（比斯湾）的海边停下来过夜。明天再向北航行半天，明天中午时分应该就能到达他的目的地，位于温哥华北岸的怀特崖公园。

这会儿，海面上传来一阵马达轰鸣声，陈亦然手搭凉棚朝远处望去，只见一艘悬挂着星条旗的小型巡逻艇正朝着自己的方向开来，隐约可见巡逻艇上有一名身着制服的男子在向他招手。亦然明白这是美国海岸警卫队在边境海面的巡逻，主要是为了防止有人偷渡进入美国国境。亦然朝对方挥了挥手，转身调了一下风帆，让帆船慢下来。

不一会儿，巡逻艇靠近过来："先生，你好，天气不错啊。"

"是啊，这会儿风力比刚刚大了一些。"亦然伸手和对方隔着艇沿握了握。

"我们是美国海岸警卫队的，能看一下你的证件吗？"

"sure。"亦然转身从甲板侧面的柜子里拿出防水背包，从中掏出护照递给对方，"要不要来两听啤酒？"巡逻艇上是两个人。

"不了，谢谢，我们在执行公务。可以了，祝您航程愉快。"对方把护照还给亦然，右手两根手指贴在太阳穴位置潇洒地比画了一下，巡逻艇掉头离开了。

34

悉尼，瘸腿酒吧

李卫东卷款出逃，"柔软的太阳"一下子断了资金，所有人对此都义愤填膺，但获知这个消息的时候，当事人早已经逃离了，除了咬牙切齿痛骂几句，似乎也没有什么更好的办法。

"必须告他！"一开始的时候，伊琳娜是这么坚持的，这位从澳大利亚内陆乡下来的姑娘特别容不下合伙人这种无耻的背叛，"再怎么不要脸也得有个基本底线啊。"

亦诚和 Andy 都知道这是无法追回的死账，以他们俩对李卫东的了解，这个人一向很有心机，他敢这么大胆地卷款出逃，事先一定想好了万全之策，尤其是从公司文档里看到那份与香港公司的推广合同，两人心里完全明白了李卫东设计好的诡计，这份推广合同实际上成为他万一被追究的挡箭牌。亦诚虽然和伊琳娜一样怒不可遏，但他心里明白，这就是自己经验不足酿成的教训，所谓的哑巴吃黄连——有苦说不出。

既然资金被抽得一干二净，"柔软的太阳"只能草草停工收场，Andy 重新找了一份新的营销工作，亦诚恢复自己全职上学的节奏，忙着写他的毕业论文，伊琳娜通过招聘公司得到了一份朝九晚五的白领工作。除此之外，她还另外有一份兼职收入，每星期有 3 个晚上在市中心的一间酒吧做侍应生，上班时间是周五至周日的晚上 8 点到酒吧打烊，通常是凌晨 2 点。

这天傍晚，亦诚和伊琳娜相约在市中心乔治大街电影院看了一场电影，散场以后，两个人在街边拐角处一家日本面馆简单吃了晚餐，然后亦诚送伊琳娜去酒吧上班。两个年轻人依偎着并肩走在石子铺成的老街小巷上，伊琳娜把她戴着的其中一只蓝牙耳机塞进亦诚耳朵："听听，这是本周刚刚上市的瑞塔乐队的一首新歌，*Dancing on the sky*，旋律很好听的，特别有重金属音乐的感觉。"

亦诚知道伊琳娜喜欢流行音乐，而且像很多当下年轻人一样，喜欢用苹果的蓝牙耳机听音乐，他试着听了二十几秒，的确感觉到歌手的吟唱与乐队的背景音乐浑然一体，每个音节起伏跳动的层次分明，很具有冲击感，他朝身边的女友点点头："不错。"

"他们下个月要来悉尼开一场演唱会，"伊琳娜把自己戴着一只的蓝牙耳机取下来拿在手上玩着，说道，"我最近拿的 tip（小费）比较多，这两个星期连着都有游轮靠岸，来了不少海外游客，他们更习惯于给小费，我把小费攒一攒，到时候买两张票，我请你去听现场演唱。"

"好啊，这是一份大礼物。"亦诚侧过身来，对着伊琳娜的嘴唇亲了一口，"别让客人对你动手动脚的哦。"

"你没搞错吧?! 我们这又不是色情酒吧，就是那种光溜溜的只穿着胸罩到处晃的那种。"伊琳娜一边说着一边把双手放在胸前，做了一个托举胸部的动作，"先生，您看，能给一点小费吗?"

亦诚马上进入角色："小姐，小费我有的是，你让我摸一下，我可以给很多很多钱。"说着手就伸过去试图摸对方的乳房。

"去你的，"伊琳娜嗔怪着，在亦诚脸颊上轻轻拍了一下，"本小姐不出卖色相。"

两个人一边说笑着一边漫步穿过几条小巷，很快走到伊琳娜上班的酒吧门前。亦诚停下脚步："亲爱的，你自己多小心，我先回去了。"伊琳娜转过身来，双臂环绕着亦诚，给了对方一个深情的拥抱，然后转身走入酒吧。

"瘸腿酒吧"在这个市中心地段已经经营多年，吧台正上方是一个挂着拐杖的流浪汉的红色灯管剪影，下方一行霓虹灯映射的英文 Crippled Bar，这正是伊琳娜上班的这家酒吧的名称和招牌。"瘸腿酒吧"是一家以海外青年游客为主要客户群体的时尚酒吧，酒吧墙上贴满的都是当今最流行的歌手和乐队的照片，吧台中间空地上有一个小小的乐池，每天晚上 10:00 到凌晨 1:00 有歌手在这里现场演唱，其他时间客人如果有兴趣的话，也可以自愿上台唱歌。不过酒吧有一项规定，当客人登台唱完一首曲子以后，如果在场听众鼓掌的声音超过

80 分贝，你就可以再继续唱下一首，低于 80 分贝的话，那就对不起，你只能下台了，乐池边上有一个噪音分贝显示器。据说设立这个规定是为了避免有人喝多了，站在乐池中央破锣嗓子喊上半个钟头，反倒让大家觉得无趣。

今天晚上是星期五，每周工作日的最后一天，这一天照例是本地客人最热闹的一天，加上今天凌晨悉尼港有一艘巨型游轮停靠，所以今晚酒吧的客人比其他日子多了不少，估计有百来号人。吧台区域一共有 4 个侍酒师在班，再加上负责点单上菜的 6 个侍应生，大家都忙得不可开交。伊琳娜从 8:00 进入酒吧的那一刻起，就一直在厨房、吧台和客人的桌子之间来回穿行忙碌，不曾歇息一口气。

好容易到了晚上 9:50，现场的乐队马上要开始演唱了，这会儿客人稍微安静下来，伊琳娜在员工出入通道找了一处角落坐下来，倒了一杯冰水，咕咚咕咚喝了几大口，边上一名侍应生走过来挨着她坐下，她叫 Miranda，也是一位兼职的大学生："累死了，今晚的人手好像不够。"

"有两个人没来，说是辞职了，老板说要再招人，但最快也得下个星期，这几天我们就得拼了命顶着。"伊琳娜站起来，走到两米外的饮水池前接了一杯冰水递给对方。

"嗯，不管怎么说，这个兼职的收入还是不错的，我每星期的房租就全靠它了。"Miranda 接过水杯一饮而尽。

"是啊，只要钱给得够，其他的都能克服。"两人咸一句淡一句地扯着。

不一会儿，只见外头一位年轻高挑的男歌手站到了酒吧乐池中间："女士们、先生们、帅哥们、靓妹们，你们是不是等我很久了？"现场四周呼应似的响起一阵热烈的掌声和尖叫声。"今天很高兴见到这么多新老朋友，下面我开始献唱今晚的第一首歌，这是这星期刚刚上市的新曲，*Dancing on the sky*。"

"哇。"伊琳娜听到曲名，情不自禁地高声叫了起来。

乐池传来一阵悠扬的旋律：

Dancing on the sky,

alone myself with my soul, far far away from the earth, far far away from home.

Dancing on the sky alone, myself with my dream,

let me rock out, explore to the remote heaven,

far far away heaven。

随着歌手的深情吟唱和电子吉他悠扬的配乐，全场 100 多人情不自禁地随着节拍左右晃动起来。伊琳娜早已跳到酒吧舞池的中心地带，随着起伏的歌声扭动着腰身，忘情地置身于乐曲的熏陶中。

深夜 2 点，忙碌了大半个晚上的十几名酒吧员工聚在一起，厨房准备好了宵夜，大家一边吃着宵夜炸鸡块，一边数着晚上客人留下的小费。按照行业规矩，小费是汇总以后平均分给今天上班的所有人。伊琳娜分到了 42 澳元，她把钞票放进口袋，然后拿起帆布背包跟大家道晚安："各位晚安。明天见。"

"晚安，不是明天，是今天晚上见，对了，今晚有一个 40 人party，大家都要准时哦。"领班吩咐说。

"周六不是我的班，我要周日才有排班，伊琳娜你周日来吗？"Miranda 问道。

"当然，我周五到周日都上班。"

"好的，钞票万岁，我们周日见，保重。"

伊琳娜与 Miranda 道过别，走出酒吧，来到户外深深吸了一大口气。她是从酒吧后门走出来的，这是一条窄巷，只有 6 米左右的路宽，巷子一边一辆挨着一辆地停靠着小轿车，都是周围居民的私家车。从酒吧后门小巷走路回到她的住处，大约需要 20 分钟。

此刻已经是凌晨 2 点多，寂静的巷子道路上空无一人，石头铺就的路面高低不平，在昏暗街灯的照射下泛着微光，往前延伸着。伊琳娜掏出蓝牙耳机戴上，随手把手机的音乐 App 打开，调好音量，将手机插到牛仔裤的后兜，迈开步子往前走去。

Dancing on the sky alone,

myself with my soul, far far away from the earth,

far far away from home.

Dancing on the sky alone, myself with my dream,

......

富有磁性的男中音透过蓝牙耳机环绕着在耳畔响起，伊琳娜陶醉在自己非常喜爱的音乐声中，低着头继续朝前走着。

前面是一个十字路口，自从伊琳娜到这家酒吧上班以后，这条巷子小道她几乎每个上班的晚上都步行经过，熟悉到她甚至闭着眼睛都知道什么地方有交叉路口，哪个角落要拐弯，伊琳娜听着音乐低着头走近前面的十字路口，凭记忆沿着路口东侧的人行横道继续朝前走着。

不远处大约 10 米处，一辆夜间作业的垃圾车正在倒车。悉尼的垃圾车是那种大型罐装车，只有一名司机操作，附近居民各家各户按照规定日子事先把垃圾桶放在路旁，司机通常是开着罐装车缓慢地沿着马路的一侧行驶，罐装垃圾车的一边带有机械臂，司机把车子开到侧面靠近垃圾桶的地方停下，操纵机械臂向外伸出，机械臂夹住垃圾桶，然后高高举起，在空中滚动翻个，接着，收缩机械臂将桶里的垃圾倒入罐装车里，罐装车内部的装置可以把垃圾做一次挤压，留出空间来，再继续收集下一个垃圾桶，这种场景，生活在悉尼的人都很熟悉。这会儿，这辆垃圾车正好驶到这个路口，因为是窄巷子，司机显然要在十字路口上做一个倒车，把车挪向另一个方向。垃圾车倒车的时候会发出有规律的警告声，嘟嘟，嘟嘟……

伊琳娜依旧低着头朝前走着，因为她太熟悉这个路段，加上耳机里听着音乐，全然没有意识到正从侧面朝她行走方向倒车过来的垃圾车。

Let me rock out, explore to the remote heaven,

far far away heaven……

嘭。

猛的一声，伊琳娜被倒车行驶的垃圾车厢重重地撞到头上，她一下子脑袋着地，全然没有一点提防。

司机显然没有意识到已经撞到人了，垃圾车还在继续往后倒着，巨大轮胎在大功率马达带动下，仅仅不到两秒钟，碾过已经倒地的女孩。

蓝牙耳机的音乐声戛然停止，耳机在她倒地的一瞬间被甩到几米外的地面上。

这会儿司机好像感觉后面出问题了，连忙急刹车，打开车门跳下驾驶座，走到车后一看，地上躺着一个人，一摊鲜血正往外流淌着。司机是一个中东人长相的中年人，大约40多岁。他显然吓坏了，左右看了看，四周静悄悄的没有一个人影，慌慌张张地爬回驾驶室，一挂挡开足马力驶离现场。

前后不到1分钟工夫。

深夜寂静的马路和1分钟前一样，依旧无声宁静，昏暗的街灯照射着倒在人行步道上流血的年轻姑娘，白色帆布包掉在一旁，里面的化妆盒、钱包、太阳镜、卫生巾，凌乱地撒在四周，殷红的血正慢慢地顺着石子路面不平整的接缝处向外流淌。

30分钟后，悉尼圣马丁医院急救室抢救台。

一位主治医生和两名值班护士正在紧张地忙碌着，抢救台一侧心跳监测仪显示，病人心跳处于静止状态。"让开。"医生对两旁护士吩咐道，随即再次拿起电击板，在病人胸前做了15秒钟的电击，病人依然毫无反应。

"无效。"医生放下电击板，一脸悲戚地摇了摇头。两位护士用白色床单把伊琳娜的脸盖上，几个人站立一旁，低头做了默哀。医生走出急救室，对守候在门外的两位警察说道："抱歉，抢救无效。"

两位警察是当晚附近值班的巡夜警察，20分钟前接到报警电话，电话说有一名年轻女子血淋淋地躺在 Tony Way 与 Bolton Line 路口的斑马线上，警察赶到现场，呼叫救护车把伤员送到就近的圣马丁医院，此时是凌晨 3:00。

"要不要通知家人？"医生问。

"我们在现场倒是有找到她的手机和钱包，钱包里有她的驾驶证，所以我们能获知她的名字，但死者的手机设有密码和指纹，我们一时还解不开。"高个子警察回答说，"一会儿我们回到警局，请技术部门的同事解锁，尽可能快速找到他的家人，这边遗体就麻烦您先放到太平间吧。"

医生点了点头，接过警察递过来的驾驶证，在病人诊治单上填上"伊琳娜 Elina Walton，出生：1999 年 4 月 8 日，亡故：2021 年 3 月 6 日。"随即在下方签上自己的名字，再将诊治单递给警察："请二位做个见证。"

两名警察分别在 eye witness（见证人）栏目签上了自己的名字。高个子警察从遗物里拿起手机，试着输入一串数字，没想到正是解锁密码。手机里伊琳娜最后一段语音留言的声音响起：

"嗨，亦诚，你现在应该睡觉了吧。给你留个言，我下班了，今晚累坏了，今天中午过来陪我睡个午觉，然后我们一起去游泳哈，love，想你！"

35

纽约曼哈顿，睿德投资公司办公室

亦然一直都很喜欢自己的这份工作，从事投资行业一个最大的特点，就是能有机会和各行各业最优秀的企业家打交道。对于正在职场早期阶段的年轻人来说，不断接触处于社会成功人士金字塔顶端的这些优秀企业家,和他们交谈,了解他们的想法,吸取他们身上的精华,让人时常有一种耳目一新、醍醐灌顶的感觉。

他总结下来,发现自己接触过的各类企业家,虽然各自的经历不同,个性不一,风格迥异,但他们身上都有一个共同的特点,那就是坚持和毅力,认准了自己要做的方向,不放弃不妥协。记得有一位企业家曾经在跟他闲聊的时候说过,当你经营一家企业,决定朝一个方向走的时候,行进途中不管顺利也好,挫折也罢,总会有各种各样的声音试图干扰你。这个时候你心里要明白,改道,停止,掉头,不往前走下去的理由有千千万万个,但继续朝前迈进的理由只有一个。后来他把这句话分享给了他弟弟亦诚,亦诚也深有同感,他说在学校里的时候,总是有很多同学特别有创意,想起做一件事,恨不得不吃不睡,但绝大多数都是三分钟热度。亦诚还把哥哥给他的这句话稍微做了改动,用来总结自己每年 365 天跑步的坚持,那就是,刮风下雨,每天不出门跑步的理由有许多个,而坚持下来的理由只有一条:决定的事,就必须做完。

亦然从这些成功企业家身上看到最为难得的品质,不是他们有多聪明,多刻苦,而是他们都很坚持。"用 1% 的精力思考企业的定位和方向,剩下的 99% 用来实施执行。"这是上一次承接一个 IPO 项目时,那家准备上市的老板告诉他的。亦然把这句话牢牢记住了,他看到了太多有着优秀创意但无果而终的 startup,恰恰是整天都在讨论战略。

睿德投资公司亚洲部除了从事私募投资,同时还代理亚洲各地企业来美国上市、融资和并购事宜,这些年,中国经济持续高速发展,中国企业到美国融资上市,以及寻找并购机会的案例,每年都稳步增加。不久前,亚洲部接了一个案子,是一个私人公司并购案。卖方是位于美国田纳西州的一家小型医药公司,名为杰弗逊医药,核心是它们自建的新药研发中心。潜在买方则是一家来自中国江苏的民营企业,晨星制药。按理说,像杰弗逊医药这种市值只有几千万美元的企业不应该是睿德投资公司的服务对象,但是杰弗逊医药两年前做私募融资的时候，来自投资方的经手投资人——美国人麦克不久前加入睿德投资，因为是老客户的关系，自然就把这个客户介绍了过来，这在投资行业是常有的事。

睿德公司亚洲投资部依然是由薇娜担任总经理，薇娜现在已经是资深合伙人，这次杰弗逊医药并购案因为涉及和中国企业家做生意，睿德公司进行了一个跨部门组合，由北美投资部的新进合伙人麦克负责，考虑到文化层面的理解和沟通，把亦然抽调进这个项目组。现在这个组一共有5个人，麦克牵头，小组成员包括麦克手下一位VP投资副总裁、加拿大人Linda，投资经理陈亦然，再加上两位从哥伦比亚大学临时聘用的中国研究生当翻译。项目组是上个星期组建的，亦然抓紧利用这两天时间查阅了并购双方的基本情况。卖方杰弗逊医药成立于2005年，现有20多位员工，应该说只是一家小型公司，他们的主要经营重点，是研发及销售可供孕妇感冒发烧使用的药品，因为女性孕期的特殊性，市面上绝大部分常用药品都不适宜孕妇服用，这是这家公司的专注点和生意机会。他们以手上拥有的几款专利产品的销售权作为最主要的利润来源，具体的销售途径主要通过与美国各州的药品批发商和中小零售药店合作，公司还在田纳西州拥有5家与第三方联营的展示专柜。人员构成方面，杰弗逊医药有大约10名医药研发人员，8名销售经理负责与经销商零售商打交道，剩下的就是行政库房财务。过去3年，公司平均每年纯利约300万美元，按照25倍的市盈率报价，7500万美元。潜在的买方江苏晨星医药公司成立于1990年，老板赵建国今年65岁，是一位有着近40年行业经验的制药界资深人士。晨星医药的主要业务是从事各种OTC即非处方药生产，同时也具有处方药的生产资质，他们的制药厂年产值5亿元人民币，国内和国外订单各占一半左右，公司过去几十年一直维持着稳健增长速度，至今没有上市。赵建国本人拥有公司85%的股份，剩下的15%由公司其他高管分别拥有。从审计所提供的财务报表看，这是一家非常健康的民营企业。睿德投资公司这次是作为卖方，也就是杰弗逊医药的代理人，负责与买方晨星公司洽谈，买方没有指定第三方代理机构，除了外聘的律师事务所以外，一切洽谈由公司法务牵头，老板赵建国拍板决定。买卖双方在这之前已经沟通过几轮，交换了各自的经营财务数据、股东结构和股权具体分布，按照先前双方讨价还价谈下来的初步结果，并购标的金额定在6500万美元，晨星公司董事长赵建国特意飞来纽约，今天下午安排前来睿德公司位于曼哈顿的办公楼，对并购案签约细节再做一次沟通。

下午2:00，亦然来到公司楼下大堂，迎接晨星公司的代表。他在大堂落地玻璃窗前站了5分钟，就看见门口有一行人下了一辆奔驰商务车，几位身着深色西装的中国人顺着玻璃转门走了进来，他连忙迎上前去，和为首秘书模样的人点头打了个招呼，然后转向正对面的一位长者问候道："赵董，您好，欢迎您。"这是他第二次见到赵建国，上一次赵建国是在一个多月前和投资公司做首轮沟通时，亦然临时被抽过来担任翻译。

"你好啊，小伙子，我们又见面了。"赵建国握住亦然伸过来的手，转身介绍道，"这两位一个是我们公司的法务李保华，后面那位是主管生产的副总裁赵冰，我儿子。还有这位小韦秘书你上次见过的。"亦然分别和赵建国介绍过的3位中国客人握手问候，随后比了一个邀请的手势："赵董，各位，我们这边请。"几个人走到电梯间门外，亦然按住电梯按钮，用一只手臂挡住电梯门，礼让客人们都进了电梯轿厢，自己才最后一个走进来，按了28楼层。赵建国注视着陈亦然的这一连串动作，待电梯开始向上爬升时开口说道："你们注意到没有，小陈在国外生活工作，还保留着很好的中国文化待人接物的礼让习惯，各位要学着点，老祖宗的礼仪，我们很多国内的年轻人都忘干净了。"

亦然不好意思地笑了笑："赵董过奖，这是应该的。"他知道赵建国指的这种迎宾礼仪上的差异，东西文化的确很难有可比性。传统的中国礼仪讲究的是贵贱长幼，美国人才不管这些呢，连国家总统接见外宾都是一双大皮鞋直接搁到桌子上，至于类似进出大门时伸手引领让客人先走进电梯或者房间，以及当对方比你年长或者是尊贵的客人时需要恭让有加，这样的礼节在美国人这里是不存在的，他们都是直接推开门大摇大摆往里走。按理说这只是一个非常小的细节，赵建国竟然注意到了，亦然意识到这是一位极富观察力的老板。

几个人来到会议室坐定，项目组的另外两人麦克和 Linda 已经在会议室等候着，还有一位实习生翻译也坐在边上，亦然做了简单的介绍，双方寒暄后在长桌两侧分别入座。晨星公司这边唯一懂得英文的是秘书小韦，小韦在美国留学后回国，应聘为赵建国的助理兼秘书，这次客串中方翻译的角色。

"欢迎赵先生，欢迎各位。"麦克递过来几张打印纸，"这是我们初步建议的几位在纽约的行程安排，一共 3 天，赵先生看看有什么要修改的？"

赵建国借助翻译的解释看了一下行程建议，回答说："参观曼哈顿和长岛的安排不用了，把时间挤一挤，我们抓紧点，争取今天下午和明天一天完成所有商务。"

"好的，我们重新安排一下，不过今天晚上的议程请赵先生务必赏光，我们请各位到帝国大厦顶层用餐。"麦克说道。亦然明白，这是公司的一项保留节目，通常在谈判结束的时候都要在公司签约的几家纽约顶级餐厅宴请客户，帝国大厦顶层的法式餐厅是其中标准最高的一家。

赵建国点头表示认可。

"那好，关于这次并购条款和合同文本，大家来回沟通过几次，最新版本我们已经事先发给晨星公司，现在放在各位面前的这份打印文本是双方律师基本确定的草稿。如果各位没有什么新的问题要讨论的话，我们争取明天举行正式的签字仪式。价格方面，杰弗逊医药公司给出了最大的诚意，最后确定的价格在 6500 万的基础上额外让价12 万美元，我们是今天上午接到客户的最新指令，所以现在打印稿的价格是 6488 万，也是按中国人的习惯，讨一个吉利的兆头。"赵建国显然听不懂对方在说什么，经过翻译后，他笑着回复道："好意我们心领了，其实口彩不口彩的并不重要，不是所有的中国企业家都是那么迷信的。我们更看重的是物有所值。"赵建国操着一口带浓重江浙口音的普通话，亦然听起来有些费劲。边上的秘书小韦把赵建国的这几句话翻成英文以后，麦克和 Linda 不禁一起哈哈大笑起来，麦克伸出大拇指："赵先生豪爽，我们一定有缘分。"

接下来，双方开始就交割的各项细节按事先列明的清单逐一沟通，包括向两边政府主管部门提报文件、资金划拨、并购媒体文案的口径等，这个过程，晨星公司主要由法务李保华负责与麦克、Linda和亦然讨论，赵建国几乎没有介入。

细节讨论大约持续了两个小时，按计划，睿德投资今天晚上会把下午讨论的细节与客户杰弗逊医药做一次沟通，第二天双方还有一次会晤，以便针对并购合同文字稿做最后的修改确认，如果一切进展顺利的话，第二天下午双方正式签字。

36
纽约帝国大厦，顶层法国餐厅

当天晚上 7:30，帝国大厦顶层法国餐厅，麦克领着 Linda 和亦然三个人提前 10 分钟乘高速电梯进入餐厅等候客人，几个人在吧台先各自要了一杯饮料，麦克说："这个项目如果不出意外的话，明天就可以签约了，大家干得不错，特别是亦然，这个项目你做了很大贡献，回头应该好好奖励。"

"谢谢麦克。"亦然客气地回复道。他和麦克原先并不是很熟，因为双方虽然都在睿德上班，但分属于不同的部门，陈亦然在亚洲投资部，麦克和 Linda 则属于北美并购部，是因为这个项目才凑到一起共事的。亦然不是那种人来熟的个性，而且公司内部各部门之间总是有些办公室政治，麦克是合伙人级别，在公司职级金字塔中属于高层，陈亦然并不清楚麦克和自己顶头上司、Frank 的关系，听说这次抽调他过来帮助这个项目，Frank 原本并不太乐意，是麦克找到薇娜疏通的。亦然知道这里面有各个合伙人之间的较力和利益竞争，对他这种处于投资经理层级的职场年轻人来说，不该过问的事情还是少知道为妙。在这个项目的推进过程中，亦然一直比较小心谨慎，但凡需要请示的，他都用邮件询问，发送给麦克的每封邮件他都同时抄送给自己的主管上司 Frank 和部门老大薇娜，小心避免因为被抽调来做这个跨部门工作给自己带来任何人际上的麻烦，毕竟他很快就到了可以升职的年限了，这次升职需要全体合伙人的投票。

"杰弗逊公司那几个股东我都认识很多年了，以前还时常一起打球。"麦克回忆着说，"这次能把他们公司用这么好的价钱卖给中国人，对那几个老牛仔真是一个天上掉馅饼的好事。"

"价格很不错。"一旁的 Linda 补充了一句。

"当然，能给他们找到这么一家实力雄厚的中国公司接盘，他们几个估计做梦都得笑醒。中国人的钱真是好挣啊。"麦克一脸的得意神态。

陈亦然在一旁默不作声，心里忍不住有几分难受，他很清楚，20 倍以上的市盈率成交价格，在这种小规模的并购案里，应该是天花板行情了。卖方明显利用了中国内资企业对美国资本并购市场行情不了解，同时过分以国内这些年平均每年两位数销售和利润增长的自信来衡量美国企业。这其实是一个很大的误区，作为新兴市场，中国企业可以在 5 年内实现利润翻两倍，这在美国这样的成熟市场几乎是不可能发生的。美国经济近年来一直处于低迷状态，真正能见到的在快车道上行驶的企业，只有像互联网科技、生命工程等少数几个前沿领域，这些与杰弗逊公司的业务完全不沾边。

"信息不对等的红利。"Linda 顺着麦克的话说道。

"当然，也是我们挣钱的机会。"麦克不无炫耀的口气，"知不知道他们那几个股东都有一个共同的爱好，都喜欢养马，饲养那种用于赛马的优质马匹，这可是很费钱的，是一份奢侈的爱好。一匹优质马匹，且不说买卖的价格有多贵，每一年的饲养费用，再加上聘请驯马师的开销，没有 10 万美元根本就拿不下来。"

"这个数字有点吓人，养个孩子都不需要那么多钱呢。"亦然觉得几个人闲聊，自己一直不作声总是不太好，找了个空当说了一句。

"那是，养马可是比养孩子成本高多了。"

三个人站在吧台前说着闲话，赵建国一行四人走了进来，赵冰将随身携带的两瓶茅台酒放到桌上，赵建国说："谢谢各位的邀请，听说你们美国人的习惯，赴宴的时候需要带一束花或者一瓶酒，鲜花我们就免了吧，这里的葡萄酒洋酒我也不懂，特意带了两瓶中国特产茅台酒。以前你们的总统尼克松访问中国的时候，我们周恩来总理送了尼克松几瓶茅台酒，后来尼克松回到白宫为了表演茅台酒的力度，差点把白宫给点着了，亦然你应该知道这个故事。"

"是的，我听说过。"亦然躬身很礼貌地回答说。

"有这样的事？"待翻译把赵建国的话翻译成英文后，麦克听了哈哈大笑，"要是真点着了的话，那茅台的广告效应就是全世界无敌了。以前我只知道俄国的伏特加很厉害，今天倒是要好好尝尝这个中国白酒。"

待侍应生把每个人的餐布和碟盘布置停当，麦克介绍说："我担心各位可能不太习惯吃西餐，特别是传统西餐的牛排、鸡排什么的，不过这个帝国大厦的顶层餐厅景观很不错，可以俯瞰整个曼哈顿。"他指了指窗户外，此时正是夕阳西下的时候，曼哈顿上空天际映照着漫天红霞，此起彼伏的高楼大厦错落有致，依稀可见："这是一家老牌的法国餐厅，法国菜系在我们的西餐里是属于比较清淡的，讲究少用调料，注重原味烹饪，希望各位喜欢。"说完之后，麦克直接吩咐站在身后的侍应生，按照事先点好的菜谱开始上菜。

"来吧，各位，"赵建国让身边人把每位用餐者面前的水晶白酒杯满上，端起杯子说，"茅台国酒，我们干一杯，预祝合作圆满。"

在场七个人相互碰杯，一饮而尽。

37

纽约帝国大厦，顶层法国餐厅外侧酒吧

帝国大厦晚餐正餐结束后，宾主双方移位到餐厅外侧的酒吧，在落地玻璃窗前分开落座，这会儿大家都不再谈论商务，是社交形态的闲聊。亦然正好紧挨着赵建国，边上赵冰和麦克由睿德投资公司的翻译陪同着交谈，另一边是 Linda 和法务李保华，由晨星公司的助理小韦充当翻译。亦然见赵建国一时没有了聊天对象，便找了一个话题："赵董，听说你们这次从旧金山飞过来的时候不太顺利。"

"是啊，好事多磨，正好赶上航空公司的地勤人员罢工，航班被临时取消了，我们只好绕道从旧金山飞到加拿大多伦多，再从多伦多飞来纽约，这通折腾。"赵总有些不满地唠叨说。

"嗯，罢工在美国是常有的事情，这边基本上就是各行各业轮着来，几乎成了规律，这阵子航空公司罢工，过一阵铁路工人罢工，然后还有教师罢工，护士罢工，连警察也不时弄个罢工。这些都是服务公众的行业，一旦罢工，对市民生活影响很大，而且通常罢工都会选择最繁忙的时段，例如圣诞节前后、中小学假期等等，在中国不会有这种事情吧？"

赵建国摇摇头："我和你说一个段子，第二次世界大战期间，中国处在打击日本人的抗日战争时期，那时候中美都属于同盟国，美国政府支持中国对日作战。有一回蒋介石派他的夫人宋美龄访问美国，蒋夫人是在美国接受的西式教育，英文流利，也懂得怎么和西洋人打交道。在一次和美国议员会面的时候，蒋夫人前往会面地点的车辆在行驶途中碰到罢工游行，时间耽误了，见面时，美国议员问蒋夫人，这种情形如果发生在中国，您先生的政府会如何处理，据这位议员事后的会议记录描述，他说只见面前的这位雍容华贵的中国第一夫人抬起右手，在她的脖子上优雅地做了一个切割动作。"

"哈，这个段子好，哪怕像宋美龄这种在西方文化里浸淫多年的

上层精英，骨子里依然和美国人的想法不一样。"亦然诚恳地向赵建国讨教道，"赵董，您觉得这是因为中国民众没有西方社会居民那样的维权意识吗？"

"我觉得也不尽然。"赵建国喝了一口甜酒，缓缓说道，"就像我们公司是一家民营企业，所有员工和管理层都是聘用制，来去自由。针对任何关乎个人利益的意见，我们都有足够的提出管道，甚至我们还设有董事长信箱，任何人都可以向我提出要求或者建议，我必须亲自阅读亲自回复，平均每个月我都要处理好几份员工的意见书，绝大多数都是正面回复，或者把反映的问题给予妥善解决。"

"先比之下，罢工实际上是把个人主张极端化，强调对立。"亦然试图理解对方的意思。

"是的，在我看来，罢工体现的是西方社会推崇对抗的文化和追求极端个人主义，而中国几千年孔孟之道，文化上更讲究中庸和适度。"赵建国打开话匣子。亦然望着面前这位饱经人生风雨的老人，聚精会神地等待他的第一步解释，刚刚赵董说的这个角度，是他原先不曾想过的。

"中庸就是寻求彼此妥协的中间地带，这与强调个人自我为上的西方文化本质上截然不同。你知道东西方文化有很多不一样的地方，中国文化是从大到小，西方文化是从小到大，我们是以大（群体）来包容小（个体），美国是以小（个体）来超越大（群体）。想象一下，就好比在一张纸上画圆圈，我们先有一个大圆圈，然后在里面构建一个个小圆圈，美国人是先画好一个一个小圆圈，然后在每个小圆圈相互重叠的地方去试图画一个大圆圈。这种小和大起始点不同的文化例子随处可见，就好比写信，中国人的习惯是先写省、市、县，再来是街道地址、门牌号码，最后姓名，西方的信封正好是反过来的，名字的书写也是一样，我们是姓在先名在后，姓是家族，是传承的起始，是大圆圈，名是个人，是传承的末端，是小圆圈，西方的习惯正好相反，名在前，'我'为主。所以从他们的文化去解读的话，就容易理解这种罢工现象，个人的诉求如果没有被满足，我就罢工，至于罢工是不是影响到其他人，给我服务的企业以及客户带来不便，那不是我要考虑的。我们都知道罢工一定带来社会层面的困扰，秩序被搞乱，但在西方文化里，这样的举动能够被其文化接受，不会受到质疑。在中国就不一样了，如果你只是为了自己工资待遇差一点，你动不动就罢工，护士罢工了，病人就没人照看，铁路工人罢工了，火车就得停运，工厂工人罢工了，生产就得停顿，产品就不能按时交付。这种只考虑个人自我利益的行为，在我们的文化里是被诟病的，舆论和公众看法就不支持。"

"受教了，"亦然说，"我们这一代人对中国文化的了解远远不够，应当补课。您提到中国文化讲究中庸，就是和为贵，不到万不得已的时候彼此不要撕破脸；大家相互留有余地，日后好做事做人，这个和西方社会追求唯一性的文化大不相同。他们这里是今天我们组织起来闹罢工，和你吵得刀光剑影的，谈判结束后，该涨工资的涨，该让步的让步，事情过后，大家还和好如初，这在中国文化中是很难做到的。"亦然不由得想到他在纽约这一年多时间，经常被各种无厘头的罢工弄得昏头转向的。上星期，他从网上订购了一批冻品海鲜，刚好碰上快递公司送货员罢工三天，快递包裹被困在卡车里没人处理，等货物送到他手里的时候，所有的海鲜都已经烂了。索赔不索赔的倒在其次，由此所带来的上万件包裹的浪费和无数人的生活不便，这个社会化的成本被忽略不计。

"由此看来，罢工好坏不仅仅是简单的是非。"赵建国听了陈亦然网购冻品海鲜的经历后说道，"其实文化差别导致的相互间完全不同的做法延续了几千年，信息化时代沟通的即时和畅通，让这种不同更加凸显出来而已。既然我们都生活在同一个星球上，也只能是求同存异，永远不要强迫别人一味地接受自己的标准和判断。"陈亦然知道对方是有所指的，这些年来，中美关系摩擦不断，很多都是由于各自观念和价值观的不同所导致的，一方强调只能有一种思维一个模式而另一方主张求同存异，并行不悖，彼此对不同观念容忍度的天差地别引发了许多碰撞甚至冲突。

一旁，几位同事和晨星的高管们聊得挺欢，麦克好像刚刚说了一段笑话，惹得赵冰和翻译都放声大笑。

38

纽约，亦然公寓

当天夜里。

帝国大厦的宴会结束后，亦然几个人在门口和赵建国一行道过晚安，然后他直接步行回到自己的公寓。

用钥匙把门打开以后，亦然脱了西装，换上一身睡衣，从酒柜里拿出一瓶苏格兰高地的泥煤威士忌，满满地倒了一大杯，咕咚咕咚猛地喝了几大口，走到临街的窗户前，凝视着户外川流不息的车流。

亦然今天一整天都有些心神不定的，这会儿会谈和宴请都结束了，只有他自己一个人，他可以完全放松下来好好想一想。亦然知道自己眼下的这份纠结，以及伴随而来的难以言状的迷乱是这些年工作中很少见的。

投资是一个资本逐利的行业，低进高出，从这个过程中获利。关于投资公司操作规范的法律和道德约束，各个国家的政府机构陆陆续续颁发了诸多文件，美国在经历了本世纪初的安然事件以及 2008 年金融危机之后，各项针对性的操作要求也比之前严格了许多，但行内人都知道，真正的约束来自每一笔投资买卖的操作者本身，就是人们常说的内心道德评判。血是红的，钱是黑色的，投资人把这两者糅合在一块，像是搅拌机一样，吐出来的永远不会是纯粹的成分，要么道德为主，夹带一定比例的不规范，要么欺诈蒙蔽，道德成为轻薄如包装纸的点缀。一左一右两个极端之间，固然受不同投资公司的风格和内部流程的制约，更主要的还在于具体操盘人的把握。

陈亦然现在面对的困惑，正在这里。

从接触这个项目一开始，他就发现所谓的买卖诚信这个在睿德公司守则和并购法律条例中明文强调的东西，其实并没有真正被理会，合伙人麦克刚刚加入睿德不久，带有更多以前公司的野路子风格。很明显地，在这个并购洽谈中，中国的晨星公司被误导了，按照杰弗逊公司的实际经营状况，对比卖方报价和现在初步达成的交易价格，中国买家至少多付了 2000 万美金。

首先，这家小型医药公司的卖点是它拥有几款供孕妇感冒发烧使用的专利产品，以此支撑其日常销售和利润，对于这样的小型公司，20 倍的市盈率明显高出市场行情。大型上市医药公司或许能有这个倍数的市盈率，但大型公司能有比较高倍数的估价，很大因素是它已经在行业里建立起自己足够分量的市场占有率，这种占有率成为行业内的竞争壁垒，例如一家公司的药品拥有 30% 以上的市场份额，这就为任何后来的进入者设下一道高门槛，这种情况在杰弗逊公司这种小型企业并不存在。更关键的是，杰弗逊公司过去几年的盈利，主要是靠将其供孕妇使用的专利产品授权药厂生产以后供应给美国国内一些药店和妇幼医院，通过它们进行零售终端销售，这里面的核心价值，就在其中两款感冒和退烧药的专利。美国的专利规定很复杂，其中包括设计、商标、发明创造、商务秘密等多种项目，而且美国的专利保护是由联邦和州两级实施的，其中申请专利在联邦层级，但是销售权的保护则由州一级行政机构管辖，这和其他多数国家包括中国的专利保护和销售权规范有很多不同。而这家杰弗逊公司，它最主要的这两款产品的所谓专利，其实不是发明专利，而是销售保护权，它分别在美国三十几个州申请了市场销售专项保护。这里容易忽略的是，每个销售专项保护在各个州都是有期限的，有效期各不相同，卖方显然有意模糊了这个关键数据，只在并购文件中写了一句：本公司投放市场的专利产品拥有美国专利并在美国 35 个州拥有专利销售保护权，销售保护有效期多为 15—20 年不等。这里面最为关键的字眼，就是"多为"，英文原件的表述是：the majority。

亦然曾经调看了这里所描述的销售保护申报的原始文档，他特别留意其产品销售保护在各州的注册情况和具体时间框架，通过从网上查询相关的各州网站，亦然发现，这拥有销售保护权的 35 个州，其中最重要的 3 个州，加利福尼亚州、内华达州和亚利桑那州的销售保护期只剩下不到 5 年，因为那几个州是杰弗逊公司产品最早销售的区域，也是其多年的销售主力，大约占总体销售的 40%。换一句话讲，只要这几个重点州的保护期一过，其他公司的类似产品就可以上架销售形成竞争，这样一来，杰弗逊公司的整个盈利情况势必大幅度下滑。关于这一点，卖方很巧妙地用了一个英文单词"多为"一带而过。很显然，来自中国的买家缺乏对美国法律的了解，至今没有留意到卖方在这个地方埋了一颗雷。说到底，杰弗逊公司有其专利产品，但其申请保护的重点是销售保护期，而不是专利产品本身，这两者之间是有很大差别的。

亦然很担心这颗雷被晨星公司在完全不知晓的情形下接手过去，将会埋下隐患，但同时他也很清楚，睿德投资公司作为卖方的代表，其收益体现在整体并购项目的成交金额上，成交的金额越高，除了让卖家满意以外，公司获得的佣金越多。这种规模的公司并购案，通常收取的是 5% 左右的佣金，而睿德投资公司这次与杰弗逊公司签订的是阶梯式佣金协议，只要成交价超过 6000 万美元，公司总计获得的佣金将超过 400 万美元。他知道如果自己跳出来充当一个 whistleblower（吹哨人），未免过于轻率，属于拿自己喜爱的投资职业生涯做冒险。

可是明明知道有这么一个大的漏洞，如果不去提醒的话，亦然觉得违背自己从小所受教育的基本价值观，特别是这几次和晨星的赵董接触下来，他对这位白手起家，一步一个脚印踏踏实实闯荡出来的第一代企业家充满敬意。以他了解到的情况，赵董年轻时正好处于中国"文革"时期的末年，赶上知识青年上山下乡的极左风潮，那是中国现代历史上黑暗倒退的一段时光，无数年轻人中学毕业后被分配到农村，接受贫下中农再教育。整整有 10 年时间，国家的教育荒废，视知识为粪土。后来"文化大革命"结束，政策调整，年轻的赵董从下乡的内蒙古赤峰回到老家江苏如皋，先是在当地一家化工厂里做了几年的学徒工，后来辞职出来自己单干，用手上仅有的 2000 元人民币起家，逐步做到现在拥有 1800 多名员工，年产值 5 亿人民币规模的当地标杆性企业。赵董的公司没有任何外部融资，所有的资金都是通过自己的利润积累一步一步发展起来的，这在中国企业中并不多见。亦然记得上一次见面会后和赵董喝茶闲聊的时候，他曾经问过赵董融资方面的事，赵董很坦诚地告诉他，可能是因为他们这一代人的风格吧，从小穷怕了，总觉得还是要用自己的钱去做买卖更踏实一些。亦然大致了解这是国内许多老一辈企业家常见的想法，具有鲜明的时代印记。这种不愿意借助资本渠道，过于稳健的管理理念有可能失去一些更快速扩张发展的机会，但是这样的企业无疑从经营和财务数字看都十分健康，是许多投资机构都想进场的理想标的。

哪怕晨星的盈利状况再怎么稳固，6000多万美元的并购，对于一家完全依靠企业内部自身盈利掏钱购买的中国民营企业来说，也显然不是一个小数目。对方到现在都没有意识到这个所谓专利销售期的漏洞，可能将因此蒙受上亿元人民币的损失。可是如果把这个潜在风险向晨星方面做个提醒的话，该不该做？用什么样的方式去做？这是陈亦然最为困惑的地方。眼见着买卖双方马上就要签约了，不说吧，他觉得有违自己的价值观，从小家里的长辈们就反复向他灌输"以诚为本"这个家族祖先的传世家训。可是贸然说出来，虽然自己抱着一番好意，有可能导致这个并购项目出现意外，影响睿德的收益甚至自己的职业前途。还有，他现在毕竟代表的是美国卖方公司，怎么能保证说出去人家晨星不会觉得自己是在耍什么套路？

这个困惑与抉择亦然已经想了好几天了，明天下午就要签约，到现在这个时候，亦然觉得自己还是拿不定主意，他把威士忌酒瓶里剩下的酒倒入杯子，端起来猛喝了几口，脑海中突然闪过了一部名为 Whistle Blow 的美国电影。

"不对，我这个算不上吹哨人，"亦然把酒杯放到水池里，一边清洗杯子一边自言自语道，"我这又不是揭露什么丑闻，只是侧面做一个善意的提醒，或许人家早就看到了呢，我暗示一下，无非是把并购文件里已经写着的内容让对方留意一下而已。"他转过身来重重地把自己摔到沙发上："说，还是不说？"

手机铃声响起，这是他设定的晚上上床睡觉时间："明天找个机会，侧面说。"亦然下定了最后的决心。

第二天上午10:00，赵建国和他的团队一行人再次来到睿德投资公司，双方对协议的一些细节条款最后做了一遍核实和沟通。今天上午的会晤，麦克没有参加，是 Linda 和陈亦然出席的，另外还有杰弗逊公司委托的律师事务所的两位律师，晨星方面则由它的法务李保华和赵冰主导，董事长赵建国没有太多介入。经睿德投资公司提议，今天下午并购协议签约后，还将安排一个媒体见面会，双方现在正在沟通对外发布新闻稿的口径。

上午的沟通会进行到中途茶间休息，公司准备了咖啡茶水和各式糕点小吃。赵建国没有和众人凑热闹，他一个人从会议室出来，随意浏览了过道里的一些照片，那上面是睿德投资公司近期促成的几个投资和并购项目，随后，赵建国走进过道尽头的盥洗室。陈亦然今天上午一直留意着对方的动向，他意识到这是个难得的机会，连忙尾随着进了厕所。

"小陈，这次让你费心了哦，还帮忙做了那么多翻译，你不常回国内吗？"两人站在水池前洗手，赵建国寒暄道。

"这边工作比较忙，也就很少回去，我从初中毕业就被爸爸妈妈送到国外读书了，这些年基本上都在国外生活。"

"你爸爸妈妈呢？"

"他们都退休了，现在定居在香港，不过我老家是福建闽南。"

"哦，好巧，我弟弟年轻的时候在厦门当兵，知道福建前线吗？"

"我知道，听我奶奶和父亲以前说过，不过那是好几十年以前的事了，好像有什么金门炮战，大喇叭互相对着广播喊话什么的，现在平和多了。"亦然回复道。

"嗯，还是把经济搞上去才是根本。"两人在池子前一边洗手一边闲聊着，赵建国扯了两张纸巾擦手，然后丢进水池侧面的废纸篓，应该是要走出盥洗室了。亦然最后下定了决心，他快步走到后方的两个厕所间，推开隔断门往里头看了一眼，确认盥洗室里除了他们两个人以外别无第三者，于是转过来喊了一声："赵董。"

赵建国正走到盥洗室门边，听到陈亦然在身后喊他，连忙停住脚步。"您等一下，"亦然很谨慎地再次前后后又查看了一遍，确认盥洗间里没有任何其他人，然后走上前来，轻声说道，"赵董您最好再注意看一下杰弗逊公司提供的文件第 38 页最下面的两行小字体备注，文件是英文的，建议您把它彻底搞明白一下，是关于销售保护有效期大多为15—20年的说明，只是正文下方一个小小的备注字体，一带而过，很容易被忽视。"

"38页，好，记住了。"赵建国点了点头，没有再多说什么，径直走出盥洗室。

当天下午，睿德投资公司接到晨星公司的通知，他们希望推迟原定今天下午的签约，当天飞往田纳西州，和卖方做进一步沟通。

3天以后，进一步的消息传来，买卖双方直接面对面协商的结果，并购项目按原计划实行，并购的协议价格重新做了修正，经过双方签字的修正稿送达睿德投资公司和律师事务所，依照并购双方的指令，交易价格更改为4000万美元。

两周后，陈亦然收到了一份从中国寄来的包裹。打开一看，里面是一张手写的信函和一支旧钢笔：

　　陈亦然先生，我已回到国内。特致此函感谢你的正义感和提醒，在一个金钱至上的社会，能遇到你这种内心深处坚信诚实并践行的小伙子，于我还是第一次。我看到了你身上这份优良品质，它将给你本人、给你现在和将来所服务的公司带来长久的客户价值，上善若水。

　　此信末端我列上我的家庭地址和私人电话号码，任何时候，有任何需要请随时联系我。你如果回到中国，请务必赏光到我家来做客。虽然从年龄上我是你的长辈，但我必须在这里尊称你为先生和学长。学海无涯，并不仅仅指校园阶段的读书经历，社会更是一个无际的大教堂，你的品德让我深怀敬佩。

　　随函附上一支老旧英雄牌钢笔以为存念。我知道贵公司有不能收受客户礼物的规定，我这么多年也从不以礼物的方式去馈赠任何商务合作伙伴，这是唯一的一次例外。这支钢笔论市场价值大约就是几十元人民币，不是什么贵重的物品，但是它对我来讲有着特殊的意义。这支钢笔是 20 几年前我第一次出国之前，我太太特意到商店买给我的，已经陪伴了我 20 多年。今天把它赠送给你，借此表示我一份由衷的谢意。

赵建国敬上。

39
悉尼，邦迪比萨餐馆

悉尼，邦迪比萨餐馆。

傍晚时分，正是用餐高峰时段，店里几十个座位都坐满了食客，七八位身着统一红色外套的送餐员进进出出，忙着取餐送餐。

陈亦诚一手拎着装有四盒比萨饼的保温袋，另一只手拿着几瓶塑料瓶装饮料，快步从餐厅门口走出，"嘀嘀"，用遥控钥匙打开了停在大门外的凯美瑞汽车。

"柔软的太阳"商务创新项目的失败，让陈亦诚颓废了好一阵子。几位一起创业的小伙伴作鸟兽散，各自奔自己的前途找工作打工去了，伊琳娜意外身亡，更是让亦诚茶饭不思，度过了几个月神志恍惚、不知所措的黑暗时光。

创业挫败，被合作伙伴背叛，心爱的姑娘突然离世，几个事件接踵而至，像是数把锐利的尖刀深深插入胸腔。之前亦诚做过的所有事情大都顺风顺水，小时候读书成绩优异，参加球队的各项比赛和其他活动，也是胜出居多，虽然也有过小小的失利经历，但是和近期的这些挫折相比实在不算什么。"柔软的太阳"项目，自己全身心投入了半年时间，最后居然以被共同创业的伙伴卷款出逃而告终，这让他充满愤怒和自责。好不容易刚刚调整过来，伊琳娜又突然消失在茫茫人世间，这份意外的打击彻底把他击垮了，过去几个月，亦诚基本上足不外出，整天把自己关在房间里。他的大学课程必修课和选修课学分都上完了，只剩下一篇毕业论文，亦诚随便应付了过去。好在前面各个学科的学分累计都不错，总算没有落下不能如期毕业的窘迫。

虽然学业勉强应付过去了，但下一步如何打算，亦诚一点心思都没有。远在香港的母亲知道儿子的挫折，特意飞到悉尼来陪亦诚待了一段时间，没想到的是，母亲的到来反倒加重了儿子的抑郁，大概是每个人潜意识里的依赖性在起作用吧，特别是男性后辈对于自己的亲生母亲。亦诚母亲刚刚住进儿子公寓的那天晚上，亦诚就歇斯底里地高喊着要自杀，把自己反锁在卧室里不让人进去，母亲怕儿子出事，一整晚不敢回房间睡觉，只得拿了一条毯子，靠在亦诚卧室的门外坐了一宿，不时地还得把耳朵贴到门上听听里面有什么动静。连续几天亦诚都不理睬母亲，也不出门，不时地拿脑袋撞墙，或者神志恍惚，如同嗑药一般。亦诚母亲很快意识到自己在儿子身旁待下去不是一个好办法，客观上纵容了亦诚毫无节制的发泄，她通过当地朋友的介绍帮儿子安排了每周两次的心理医生上门诊疗，就回香港去了。

心理医生是一位原籍香港、在悉尼上学并行医的中年女性，姓肖，她每周和亦诚母亲有一次通话，介绍亦诚的复原情况。按肖医生的诊断，亦诚如今是中度抑郁症，服用药物的话或许能有帮助，但容易产生药品依赖性，肖医生主张采用她一位同行朋友的催眠式疗法，配合自己每周两次的心理疏导，尽量让亦诚把淤积在心头的所有不痛快、悲伤和挫折感都倒出来。"想象一下，他体内现在有许多垃圾，发臭发霉，现在要帮助他把所有垃圾掏出来。"这个办法果然管用，仅仅两个星期后，亦诚的情绪就逐渐稳定下来。

经过肖医生的抚疗，亦诚慢慢走出抑郁，开始试图重新调整自己，他找了一份外送比萨饼的送餐短工工作，每星期上班5天，工作时间从下午5:00到晚上11:00，这是一个低薪纯体力的跑腿活，没有什么专业性可言，亦诚遵从肖医生的引导，有意寻找一份不用动脑子的体力活，希望通过换一种不同的工作内容来调节自己。既然意识到自己必须振作起来，那么每天开车送餐的忙碌能强迫自己不要过多地陷入无休止的郁闷当中。

外送比萨饼是一个跑腿活，亦诚上班的地点在距离悉尼市中心大约5公里的Bandi（邦迪区），这是一个海边生活区，道路狭窄，忽高忽低，亦诚开着他的二手丰田凯美瑞，平均每小时送餐6—8份，外送比萨的薪资很低，每小时只有10澳币，更多要依靠客人的小费，所以送餐们要准时，另外还得满脸堆笑，很有礼貌地和客人打招呼道谢，希望获得人家的小费。陈亦然以前虽然也做过一些临时工，从来没有过这种依靠小费挣钱过日子的经历，他身上那份不服输的劲头被激发起来，非得在同一家比萨餐馆七八位送餐员中拼得小费第一，这股子狠劲倒是帮他很快摆脱了困扰自己多时的沮丧。

送餐的工作做了4个月，亦诚恢复得基本正常了，这一天他买了一大束鲜花，来到市郊伊琳娜的墓地，祭奠女友。

"伊琳娜，我可能要走了，舍不得你，但你说得对，人生就是往前迈步的旅程，想你，很希望能留住你，能够和你长久厮守，但我不能一直这样萎靡下去，你在我心里永远有无法抹去的痕迹，让我带上你，再次重新出发吧。"说罢，他把一张CD唱片放到墓地前，那是伊琳娜意外亡故前听了一半的曲子：*Dancing on the sky*。

按照澳大利亚当地的传统，大学本科以及硕士毕业生是要提前一年找工作的，各大公司也都会早早安排下一个毕业季的校园招聘。本年度毕业季招聘的那个时间窗口，亦诚在当时下决心要自己创业，根本不考虑投递简历的事。如今创业失败了，作为应届生入职的机会也错过了，换一句话讲，即便他现在有意想寻找一个与自己专业对口的工作，可能性也几乎没有，唯一能做的，就是推迟提交毕业论文，让自己再多待一年，挤进明年的毕业季应聘，不过这不是亦诚的打算。

上周末，亦诚与在纽约上班的哥哥亦然通话聊天，亦然问他想不想来美国发展，因为那边的就业机会多一些，亦诚回绝了："虽然上次创业失败给我的打击很大，但我还是不想放弃走创业这条道。职场打工朝九晚五上班，顺着职级金字塔一步一步按部就班往上爬，那不是能让我激动和感兴趣的。我从小就有一种强烈的要自己做主、自己张罗一摊事情的愿望，所以，我准备整装出发，寻找下一个机会。"

"对上一次的失败，你有什么总结？"哥哥问道。

"我的总结就是两点：第一，我过分相信别人。有人说那是年轻的代价，我承认随着阅历的增加，这种类似厨师做菜对火候的把控能力会掌握得比生手好，但是不管怎么说，相信别人并没有错，说到底，这是一个世界观的问题，我哪怕错误相信了一个不应该相信的人，摔了跤，也不会因此改变世界观。第二，上一次做的那个项目我过于自以为是了，试图去改变用户的习惯，现在我明白，改变客人的消费习惯不是我们应该做的，我们要做的其实是去了解顾客的习惯，顺应顾客的习惯，服务顾客的习惯，可能这正是年轻的冲动和无知的代价，很狂妄地觉得只要给我一个支点，我就可以撬动整个地球。"

亦然明白了弟弟的想法，他突然提出一个建议："亦诚，你知道几年前我陪奶奶走访过她年轻时在英国上学的伯明翰母校，那是4年前的事，那时我经奶奶介绍认识了一个人，是一位伯明翰本地的英国老绅士，叫亚瑟。亚瑟是奶奶70多年前在伯明翰大学上学时收的一个小徒弟，教他弹钢琴，这位亚瑟先生现在80多岁了，他在伯明翰创建了一个以天然植物成分为主的护肤品牌萨维尔，当时我还真的对它很感兴趣，也跟亚瑟先生了解过，他们对于开拓中国市场也是有兴趣的，只不过没有合适的人合作。后来我进入投资行业打工，这件事就没有再往下过问了，如果你还想自己走创业这条路的话，不妨可以考虑一下亚瑟的这个资源，他们的品牌和运作都是现成的。"

亦诚听了眼前一亮："护肤品牌，这个倒是和我上次做的防晒霜有共通之处，你能把手头上的资料先发给我看一下吗？"

"没问题，而且你可以直接上他们的官网。"亦然接着把萨维尔品牌故事的来龙去脉跟亦诚做了个简要介绍，亦诚一边听着，一边通过谷歌搜索相关信息，他很快了解到，这是一个注重成分，以实验室为基础的护肤美容品牌，成立于英国伯明翰，现在拥有大约20家自营门店和一个萨维尔花园，主要针对都市职场白领的肌肤保养，公司至今没有扩展到中国，零星的网上信息都是由在英国上学的中国留学生分享的。"这个项目挺有意思的。"亦诚一下子有些兴奋，"首先，它是一个现成品牌，如果以这个为基础往前走，可以减少定位的不确定性，这恰恰是我们年轻团队不擅长的。其次，做品牌零售是创业的一个好方向。现在用户的获取和维护成本一年比一年高，如果做的是渠道零售，卖别人的商品，意味着对于上游毫无把控能力，除非能够做成行业前三，否则难以成气候，那是一种零和游戏。相反地，品牌零售的魅力在于可以最大限度地把顾客掌握在自己手里。最后，你刚刚介绍的这个萨维尔产品的主力用户，正好是我们最为了解也最想经营的核心群体：年轻上班族，满足他们生活品质提升的消费需求。这真是一个好项目。"

亦然感受到了弟弟的兴奋劲，连忙鼓励道："我这就把资料发给你，如果你感兴趣，我这里有亚瑟的联系方式，这件事情我可以帮你联系起来，当然通过奶奶也可以，不过奶奶年纪大了，怕她不一定明白生意合作上的事，这些年我都和亚瑟保持着通信邮件来往，Jenny，就是我女朋友也认识他们家的人，我来帮你拉一下线好了，你可以接着往下聊。"

"谢谢哥哥。"亦诚直观上觉得这是一个可以借势双赢的机会。

亚瑟先生是英国伯明翰人士，现在已经 85 岁，当年他在少年时代学习钢琴，亦然、亦诚的奶奶郭玉洁刚好在伯明翰大学读书，是亚瑟的钢琴启蒙老师。老先生收到亦然的推荐，知道自己恩师的孙子想做萨维尔在中国的业务，很是高兴，也非常乐意尽全力支持。在几次与亦诚电话沟通后，亚瑟给出了一个让人无法拒绝的合作条件，就是独家授权亦诚的公司在中国大陆经营萨维尔品牌，品牌使用费前面 5 年每年只象征性地收取 1 英镑，从第六年开始，才按照年销售金额的 5% 收取使用费。5% 在护肤品行业里是偏低的费率，通常行情都在 6% 到 8% 之间，至于前面 5 年每年 1 英镑的免费使用，用亚瑟的话讲，是给项目刚开始时减少一些负担，但亦然和亦诚心里都明白，这是对方以此向他当年的启蒙老师表达一份谢意。因为彼此的特殊关系，双方的洽谈进展很顺利，很快达成合作意向，协议草案经过双方律师的确认，正式签署。

陈亦诚为此去了一趟伯明翰，在萨维尔公司待了3个星期，除了签署合作协议外，主要了解品牌发展的沿革和主要产品的生产、销售情况及产品特点。

亦诚从英国返回悉尼后，下决心回到中国，开启他的第二次创业篇章。本次创业的启动资金，经过母亲的同意，亦诚把他名下悉尼的那套两室一厅的公寓卖了，大约拿到400万人民币，同时通过一个天使轮投资，从外部融资600万，总共1000万元人民币。他决定把萨维尔公司的创办地点选在深圳龙岗区，一来，这里毗邻香港，随时回家方便；二来，深圳是个经济发展特区，有充足的互联网人才。

40

深圳，龙岗区兴科创业园

亦诚在小学毕业那年离开内地随父母定居香港，他的初中三年是在香港上的，后来高中阶段和大学学业则是在澳大利亚完成的。阔别十来年后再回到中国内地，亦诚明显感觉到这边的工作氛围跟澳大利亚几乎是天差地别，尤其在深圳，举目望去都是匆匆行走的步伐，川流不息的白领背着公文包挤地铁，过马路的人群都是一秒钟也不停顿的模样。到了晚上10点，一栋栋写字楼依然灯光明亮，仿佛周围的一切都在试图诠释一个字：赶。赶时间，赶进度，赶机会，赶着挣钱。这与他在悉尼所经历的那种懒洋洋的办公环境，下午5点以后以及周末时间写字楼里空无一人的场景完全是两个世界。

龙岗这边聚集着不少创业公司，有做游戏的，有做第三方软件开发的，有做AI人工智能的，自然也有做大数据运算和像陈亦诚他们这样从事电子商务和物联网的。亦诚给自己注册的公司起名为萨维尔深圳电子商务有限公司，租下 200 平方米的办公场所，另外在附近物流园区租了 500 米的库房，就正式开干了。

仅仅不到 1 个月时间，公司首轮招聘基本完成，共有 20 多位员工，分技术、销售运营、市场推广、生产质检、仓储物流，以及后端支持等若干部门。对于人员的招聘，亦诚有几个基本要求。首要的硬性规定是必须年轻，最理想的是大学毕业工作 1—3 年的人选，这些人已经有了一些最基本的工作经验，不是刚出校园的青苹果，招进来就能派用场，同时他们还没有混成职场老油条，依然具有年轻创业者的激情和闯劲。第二个要求是愿意接受低工资。亦诚觉得创业公司的早期员工，愿意拼搏一把是最重要的入职要求，所以他给出的薪资也和别的公司不一样，所有人加入公司头两年，每人每月只拿 6000 元基本生活费，从最基层的前台服务员，到最资深的软件工程师和公司高管，每个人都是一样的薪酬待遇。他们的不同体现在按职级高低获得赠与的公司原始股票的不同数量，最高阶的管理层和首席设计师，股票赠送数量相当于公司 1%—3% 的股份，最低阶层的行政助理，工作满两年且公司发展达到预计目标，其期权价值也至少相当于 2 倍的基础薪资。陈亦诚并不刻意强调要招聘有过互联网大公司经历的员工，大公司人员的好处是见多识广，条理性强，但通常在极为细致的分工下只懂得一个很局部的小环节，而且大公司出来的初级和中级员工多多少少都带有一股自以为是的傲慢，仿佛在阿里、腾讯做过两年，那家公司就是他干出来的，反倒是那些自己开网店做抖音销售的人，拳打脚踢能力更强。

招人进展挺顺利的，公司日常运作也很快步入轨道，得益于亦诚构建的薪酬和股权奖励结构，所有员工几乎都不需要监管，从来不用过问每个人是否准点上班或者干活有没有偷懒，因为大家心里很清楚，这个项目干成了，每个人都有丰厚回报，如果干不成，6000 块钱在深圳生活，可能连每天请女朋友喝一杯咖啡的钱都不够。

人员到位，办公室布置停当，每个月固定开销有 30 多万，亦诚希望尽快把产品推出来。因为只有销售跑起来，生意才能滚动。英国那边提供了全套的产品配方，包括面部产品、身体产品和其他一些居家周边产品，总共150多款。按照对方的建议和团队内部的初步筛选，他们决定首批投放市场30款产品，产品筛选定下来以后，针对这30款产品到底是原汁原味使用英国配方，还是在原配方的基础上根据中国消费者的特点有所调整和改良，内部有两种不同意见，多数人倾向于以英国配方作为基础，但是需要结合中国用户的肤质特点做一些调整。持这种意见的人认为，亚洲女性的皮肤比欧美人更加细腻，她们更在意那种细腻滑润的肤感，而且不太喜欢油性过重的护肤品，这也是为什么在中国，像日本资生堂，还有很多韩国品牌都很受年轻人欢迎的重要原因，反观欧美美容护肤品，林林总总几千个品牌，除了像欧莱雅、雅诗兰黛这类一线知名品牌，其他二三线品牌以及自有品牌在中国市场反应平平。

对于这个讨论，亦诚有点拿不定主意，他本能地觉得，毕竟人家这个品牌在英国已经做了几十年，配方成熟并经过市场的反复验证，一上来就轻易改动会不会操之过急。但欧洲产品原样照搬，的确有针对中国消费者水土不服的诸多不成功先例。考虑再三，他决定问一下父亲的意见。父亲现在已经退休，对于孩子们事业上的事情完全是一副甩手掌柜的模样，几乎都不闻不问，每天就喜欢侍弄他的那一小片菜园。用父亲的话讲：成年人的世界，路是靠自己走出来的。亦诚打电话过去，父亲正在他的小园子里为卷心菜地施肥，拗不过小儿子的恳请，他给出了自己的意见，说来很简单的一句话。

父亲说："先完成，再完美。"

"谢谢老爸。"亦诚听了豁然开朗。是啊，我们只是想当然地觉得欧洲产品未必适合中国女性消费者的肤质，但是在没有任何市场反馈的情况下，就把人家的配方凭空改一遍，说穿了就是一种自以为是拍脑门的行为。

配方的事情就这么定下来了，首批30款产品全部采用原汁原味的英国配方，在国内寻找OEM工厂加工制作。至于销售路径，他们主要采取三条路径：第一，开拓加盟体系的品牌专卖店；第二，入驻天猫、京东等主要电商平台经营品牌旗舰店；第三，通过抖音、微信大量运用自媒体做品牌与粉丝的互动同时吸纳会员。亦诚给团队制定的销售目标是：第一年实现 1 个亿的销售。

就公司的上下班制度而言，陈亦诚从不赞同国内互联网公司动不动提什么 996（每天早上 9 点上班，晚上 9 点下班，每周工作 6 天），甚至 711（每周 7 天不休息，每天工作 11 个小时）那种耗时间无限度加班的做法。他认为对于以从事脑力工作为主的科技公司来说，让员工保持饱满的工作能量，有充足的精神，体现良好的上班效率才是最主要的。让一个人每天 10 多个小时在公司里耗着，除非是特殊情况不得已而为之，例如修补网站的 bug，或者项目上线之前的冲刺，如果把这个作为一种常规运作，亦诚认为既没有效益，也毫不人道，何况还违背劳动法的相关规定。萨维尔公司正常的作息时间是每天上午 9 点上班，下午 6 点下班，即便临时有事情耽误，最迟 7 点，他要求员工都必须离开公司。作为老板和公司 CEO，亦诚通常都是最后一个离开公司的人。每次离开前如果看到有员工还在工位上，亦诚都要走过去问候两句，同时吩咐员工下班回家。在他这种风格的影响下，公司现有的几十名员工都养成了准时下班的习惯，自然也不会有偷懒迟到的现象。亦诚的这个做法与国内很多公司下属总是要耗着等到领导离开才能下班的情形大不相同。

41

深圳，龙岗区兴科创业园，萨维尔公司办公区

眼下是 11 月初，深秋时节，转眼，亦诚到深圳创业护肤品牌零售公司萨维尔已经将近 1 年了，公司如今已经有了完整的产品线，销售分线上电商和线下实体门店，累计拥有了近 60 万的购买用户，每个月的用户数量和销售额都维持着两位数的增长，这也是互联网创业公司初始阶段的市场红利。公司成立至今，经过了两轮融资，最近一次

的融资在今年 9 月份，估值 3500 万美元。

这天下午 6 点多，亦诚照例处理完当天事务后，拿起他的笔记本电脑包走出公司。他先去了附近的安康健身中心做了 50 分钟室内健身运动，洗完澡后换上便装，在楼下一家粤菜馆美美吃了一顿，饭后沿着邻近的步道散步 20 分钟，才返回自己租住的两室一厅公寓。

看了一会儿电视，墙上挂钟显示刚刚过了晚上 10:00，亦诚从沙发上站起来，走过去坐到书桌前，他从电脑公文包里取出一沓资料，准备第二天上午和下一轮潜在投资人瑞轶资本的会面。按照亦诚的习惯，每次重要的商务会面之前，他都要把所能想到的相关话题，自己一个人关在一个独立的空间里先行演绎一遍，而且要高声说出来，这样的预演可以保证现场沟通的时候他所要表达的关键信息不至于遗漏。

他以自己熟悉的说话语速开始了演练，才进行了十几分钟，当他介绍今后 3 年公司的发展计划时，猛地意识到忘记东西了，市场部负责人今天在办公室把未来 3 年的推广计划 PPT 的纸质版交到他手里，他居然没有放到电脑包里，那些打印件应该还落在办公桌上。"幸好提前做了预演。"亦诚拍了拍脑门，赶紧起身拿起钥匙走出公寓，准备回办公室拿上文件，因为第二天上午他计划从公寓直接前往位于华强北的强生宾馆与客户见面。

亦诚租住的公寓距离萨维尔公司办公室不远，以亦诚的步行速度，大约就是 15 分钟的距离。

进入办公楼，亦诚乘电梯来到位于 6 层的公司总部。公司实行的是门禁刷卡，他拿出门禁卡刷开大门朝里头走去。按理说这会儿除了走廊的应急灯以外，开放办公区域的所有灯光应该都是熄灭的，可是远处右前方分明有一排照明灯依旧亮着。萨维尔公司实行的是开放式办公，除了几间会议室、财务室以及放置服务器的机房外，所有人都在一个敞开的大厅式办公区上班。亦诚自己的工作座位就在大厅最靠里侧的左后角，他没有多想，只顾着朝前走着。

"陈总晚上好。"突然间有一个怯生生女孩的声音传过来，吓了亦诚一跳。

亦诚抬头一看，问候的是一位新近加入公司的数据分析员，印象中这个员工刚来公司半个月左右，是西北大学数据系毕业的应届生，面试的时候，亦诚和她简单聊过几句，觉得对方的数学基础比较扎实，其他的也没有太多印象。他一时想不起来对方的名字，连忙停下脚步回复道："你好。怎么这么晚还没回去？"

亦诚的话一出口，对方显得有些慌张："我就是做点自己的事，宿舍里没有网络，不好意思，我这就走。"对方显然知道萨维尔公司不主张员工加班的规定，慌忙解释说。

"没事没事，你随便哈，别紧张。"亦诚多年来在国外上学工作，如今回到国内，还是没有完全习惯国内员工与老板上下级关系的拘束，这和自己原先在悉尼所处的环境大不相同，哪怕像互联网这一类的创业公司，国内的员工还是更加讲究规矩，注重长幼有序和高低尊卑，不像在悉尼的互联网企业那样，每个员工跟老板见面都是大大咧咧的，拍拍肩膀称兄道弟。"对不起，我还真忘了你的名字。"亦诚试图缓解一下女孩的尴尬，"怎么称呼你？"

"我叫蒋勤勤，勤奋的勤，您叫我小蒋就行了。"自称蒋勤勤的回答说。

"蒋小姐你好。没事，大家都是同事，千万不用客气，你忙你的。"亦诚说完，朝对方点了点头，继续往他的工位上走去。

来到自己的工位前，亦诚从抽屉里找出那份市场营销计划文件，快快翻看了一下，走到办公桌侧面的复印机前复印了 6 份，大约过了十几分钟等他忙完再往回走准备离开办公室的时候，他发现刚刚蒋勤勤所在区域的灯光已经灭了，那个女孩应该是离开了。亦诚觉得有一点意外："是我把人家给吓跑了吗？"他一边想着一边往外走。来到楼下大厅，亦诚向保安打了声招呼，一边递了一盒香烟过去，随口问道："我们 6 楼萨维尔公司晚上经常有员工过来加班吗？"

"就是那位瘦瘦的蒋小姐，"保安谢过亦诚，把香烟放进口袋后说，"她几乎每天晚上 9 点左右都会过来，大约都要忙到夜里一两点钟。这不她刚刚离开一小会儿，我还觉得有点奇怪，她今天怎么这么早就走了。"亦诚点点头，拍了拍保安的肩膀。转过身来，又折返回到 6 楼自己的办公桌前，打开公司内部监控录像的软件，输入密码。这个软件是当初入驻的时候人事行政经理主张安装的。全公司只有两个人——他和人事行政经理拥有调看密码。亦诚快速回看了过去两周夜里进出的记录，果然如楼下保安小哥说的，大约每天晚上 9 点前后，蒋勤勤都一个人背着双肩背电脑包进入公司来到她的工位，待上 3—4个小时，夜里 1 点多才离开。这三四个小时里，她都是在自己的笔记本电脑前忙活，除了偶尔上一趟厕所，或者去茶水间倒一杯水以外，几乎就没有其他动作。亦诚把监控关上，走出了公司大门。

接下来几天晚上，亦诚利用远程登录观看公司的监控视频，他发现这个女孩再也没有在晚上时段出现在公司。亦诚觉得有些好奇，心想这个女员工到底是来夜里加班，还是如她所说的，过来处理一点私事。按理说处理私事是偶尔为之，不应该每天晚上都来。如果她晚上时间在公司做的事情都正常的话，为什么被我撞见一次以后就不来了呢？

这天夜里 11 点，亦诚散步走到公司大楼，恰好碰上那天和他交谈过的王姓保安小哥值班："小王师傅你好，今天还是你值班？"

"陈总好。"小王礼貌地回复。

"我突然有点事想找一下我们公司的小蒋，就是上回提起过的那个女孩，你有看到她进我们公司了吗？"

小哥摇了摇头："好像这几天晚上她都没有过来，不过我知道她去了世纪网吧，就在马路对面离这里只有不到 100 米。"小王保安对这一带的情况很熟悉。亦诚知道这些保安属于第三方公司的协议派遣，他们都是轮流值班的，今天在这栋楼，可能明天就换到另外一个地方了，小王保安说的那家网吧亦诚以前曾路过，他谢过保安，步行来到这家网吧。从门口张望，只见网吧门楣上硕大的霓虹灯招牌亮着蓝光。

原先在他的印象中，如今互联网这么发达，网吧应该是没有多少市场的。一推门进去，眼前的场景让他大吃一惊，一间足足有 200 多平方米的开放空间，整齐摆放着 5 溜长桌，上面有大约 100 台显示器，其中有一半左右已经被占用。和 20 年前公共网吧烟雾缭绕的情景截然不同，这里的环境整整齐齐，也很安静，有的客人在上网浏览，更多人是在显示器前打游戏，但每个人都戴着耳机，所以大厅里几乎没有噪声。

亦诚眼睛扫了一遍前后四周，果不其然，在第三排中间的位置，坐着公司的员工蒋勤勤。亦诚走到她边上的空位置坐下来，掏出手机扫描了位置前方屏幕上显示的二维码，按照每 60 分钟 8 元的费率付了款，他做这串动作的时候，边上的蒋勤勤看到了，女孩本来是戴着耳机的，她连忙摘下耳机，吃惊地问道："陈总，您也来这里？"

亦诚点了点头："是啊，我想来打一会儿游戏，你该不也是在这里打游戏的吧？"他调侃着说。

"不是，我，我是在这上网做一个数据模型。"蒋勤勤说得吞吞吐吐。

"数据模型？什么内容可以说给我听听吗？"

"嗯，是一家私立医院的建模，想通过过去 10 年的数据来求证气候变化和医院问诊病人之间的关系，从而求出一个最佳的每周门诊数量预测，是一个比较简单的模型。"

"哦，这个有点意思。"亦诚说着，指了指网吧大厅侧面，"过去歇会儿？"

两人来到一侧的休闲区，那里有几台自动饮料售卖机，蒋勤勤顺从地在一张椅子上坐下。亦诚站在她对面问道："你喝什么？橙汁可以吗？"

"嗯，可以，谢谢。"

亦诚拿出手机微信，扫码购买了一瓶饮料和一瓶苏打水，他把饮料的瓶盖拧开递给对方："你来公司半个多月了，我还真没有机会跟你聊过呢。"

"是的，陈总。我叫蒋勤勤，是西北大学今年的应届毕业生，算是校园招聘入职的。今年我们公司入职的毕业生有 5 个人，走了 1 个，现在还有 4 个，我是其中 1 个。我第一次来深圳，很多东西都不熟悉。"女孩回答得倒是落落大方，但不太敢正眼看亦诚，流露出一份谦卑和拘束。

"没什么，你放松一些哦，就随便聊聊天，我其实也没比你大几岁，我今年 25 岁，你应该是 22 岁左右对吧，我记得你的简历介绍。"陈亦诚喝了一口苏打水，接着说道，"反正内地也没有那么多讲究，不像香港和国外，不能随便询问女生年龄。我是 95 后，你是 00 后，都是同代人。我可以问一下吗？那天晚上在公司碰到你，你也是在忙和你现在做的类似的事情吗？"亦诚试探着问了一句。

"我知道是我不对，真对不起。从那天以后我就改到这里的网吧来做了。"蒋勤勤一听亦诚说到那天晚上在公司的事，一下子神经紧张起来。

"严格意义上说其实没什么，你知道我们公司不主张员工加班主要是不想让大家太劳累，希望大家都能保持旺盛的精力，提高效率才是最根本的。当然，如果你自己有事的话，完全可以下班以后在公司做，这又不是什么违纪的事。"亦诚表示对此不以为意。

"坦白说，我就是下班以后处理个人的一点私活，跟公司的业务无关，我也不会用到公司的任何数据资料。"蒋勤勤停顿了一下，下决心说出来，"我现在是跟其他两位女大学毕业生合租一间筒子房，上下铺那种，那里没有网络，上网不是很方便。我就想晚上时候跑到公司做一下。后来我想还是不对，公司的规定我不应该违背，所以我就改到网吧来了，请陈总批评。"

"没有的事啊，谈不上批评。你晚上时间用一下公司网络，这一点问题都没有。我更多只是好奇罢了。能跟我说说你做这个数据模型是做什么用的吗？是你自己要搞研究还是？帮朋友？"

"没，我就是个人的一点兴趣做着玩的。"对方低下头回答，好像不太愿意展开这个话题。

"好的，没事，那说说你进公司以来各方面安顿得怎么样，有什么需要帮助的吗？"亦诚转而问道。

"都挺好的。"一见陈亦然不再追问数据模型的事，蒋勤勤一下子轻松多了，抬起头来看着亦诚回答，"公司同事们都挺好的，我们数据组总共就 3 个人，我是最年轻的，组长凯文，他特别有经验，给了我很多指导。"

亦诚点了点头："你们每个人有具体的分工吗？"

"我主要是做前端访客的数据来源分析，特别是每天每个不同时段的流量分布。我们要从中找出最有效的流量来源，按照凯文的要求，每周定期向市场部提供数据来源效果的简报，列出点击和转化率最差的20%数据来源的网站联盟，向他们提出减少或者中止投放的建议。"

陈亦诚明白对方说的是什么，在今天的信息时代，顾客登录访问官方App和网店是最重要的销售基础。用户资源和顾客访问又分为免费访问和付费站点，免费访问大约占总流量的40%，其余的60%流量来自付费站点。萨维尔公司和各大代表性的网站联盟有定期的流量购买投放，耗费的金额视萨维尔重点商品的销售排期和各个网站的用户匹配度随时调整，核心是努力提升投放的有效性，这就需要定期筛选转化率和访问效果不好的网站站点。

"你觉得公司有什么地方做得不好或者需要改善的吗？"亦诚追问了一句。

"没有没有，我觉得各方面都挺好的。"蒋勤勤说。

"这就不对了，任何地方、任何人、任何企业都有需要改进的地方。特别是新人刚刚进来，观察往往更加敏锐，不像老员工，习惯成自然了。有什么建议或者意见，大的没有，小的看法总有吧。"亦诚继续追问。

"陈总见笑了，如果一定要说的话，我就觉得咱们能不能别那么浪费。"蒋勤勤鼓足勇气提了一句。

"浪费？"亦诚一下子没反应过来。

"嗯，比如我们公司周一到周五每天给员工预订工作午餐，是外送的盒饭。我们的盒饭固定都是按照人头订的，公司现在有82人，每天就订85份盒饭，外加3份是备用的。我发现我们公司从来没有哪一天所有82个人都在公司楼里吃午饭的。"

"好细心的观察。"亦诚听着，心底里默默赞许道。

"我留意了一下，每天平均有10%—20%同事外出商务或者请假没来上班，所以我看到每天午餐后少则十几盒，多则二三十盒的盒饭都浪费了。公司虽然让每个员工可以把剩余的带回家，我也几乎每天都拿两盒盒饭回去，还总是拿不完，每天浪费那么多。可是我又不敢说，因为我是一个新员工，挺心疼的，但是不敢说出来。"

亦诚认真地听着，赞同地点了点头，这种细节恰恰是大多数互联网公司时常忽略的。

"还有，"蒋勤勤显然看到了亦诚鼓励的眼神，接着说道，"我们每次开会，大家都习惯用PPT，会议室不都有投影仪用来投放PPT演示文稿吗，每次也都会使用，可是已经养成一个习惯，报告人都要给参加会议的人每个人人手一份提供打印的PPT。您知道PPT打印是很费粉末的，而且还是彩色打印，1套PPT好几十页，按照每次开会五六个人的话，算起来要用不少纸墨。那些其实都是浪费的，既然有电子版有现场投影，已经足够了，如果要做笔记，大家也都习惯用自己的笔记本。哦，我可能说的太多了。"

"不不，你刚刚提的这两点都很中肯，特别是后面打印文件浪费这点我深有感触，你知道我这边收到的各种报表是最多的。在你提起之前，我自己都没有意识到这一点，就像上次晚上10点多我在办公室碰到你，就是因为第二天我要去参加一个商务洽谈，想起来忘记拿打印版的PPT，其实你说的有道理，发给对方一个电子版不就行了吗？完全不必要做这种既浪费又多余的劳动。"亦诚发自内心地认可对方的意见。

"嗯嗯，谢谢陈总的肯定，那我先过去了。"蒋勤勤说着站起身来。

"好的。以后有什么好的意见随时提出来哦。"亦诚本来还想多聊会儿，见对方急着要结束谈话，也不好再挽留。

"陈总再见。"蒋勤勤把饮料瓶拿起来丢进垃圾桶，转身离开。

陈亦诚坐在位置上没有动弹。他望着女孩逐渐走远的背影，心里忽然生起了一股异样的温馨感觉，自从1年多前伊琳娜意外亡故以来，他已经很久没有特别留意过异性了。眼前的这位大学毕业生，与他先前接触过的女性完全不同，清新知性，带有几分羞涩，亦诚仿佛觉得前面不远处有一块无形的磁铁，正悄没声息地吸引着他。

42

香港，金钟广场中餐厅

香港，金钟广场一楼，"大华粤菜馆"。

下午时分，本应该是餐厅空闲时段，现在却挤满了100多位年轻人，原来，这里正在举办每年一度的悉尼大学中国同学会，参加的都是曾经在澳大利亚悉尼大学上学的校友。三三两两的人群穿梭过往，相互打招呼，热烈地交流着，两侧的大型电视屏幕播放着过去几次聚会的录像。

陈亦诚今天上午特意从深圳赶过来参加这次活动，几天前接到Andy要过来的消息，他很期待和这位老友的重聚。

亦诚走到餐厅门口，用手机微信呼叫Andy，对方从餐厅里面跑了出来，两人甫一见面，就相互紧紧地拥抱在一起，亦诚激动地说道："Andy，咱们可是有两年多没见了。"这是两人在悉尼分手以后的第一次见面。

"可不是嘛。"Andy高兴地回答说。

"柔软的太阳"项目终止后，Andy在悉尼加入全球知名的护肤品跨国集团欧梅亚公司，负责该公司两个主力系列品牌针对澳大利亚华裔族群的推广营销，工作一年后，Andy通过内部申请调动回到中国，落地欧梅亚中国总部上海，这大约是1年前的事，如今他是欧梅亚公司中国区的网络市场推广经理。

Andy一身职业西装打扮，头发梳得油光发亮。"你小子现在真是人模狗样的啊，你看看我。"亦诚比画了一下自己的一身运动装打扮。

"少来，你不一样，你走的是老板路线，当老板的自然怎么穿着都是随意的，我们打工的才有这些着装要求，你还敢取笑我！"Andy反驳道。

两个人走进聚会餐厅，里面人头攒动，好不容易在一个角落找了一张小桌子坐下。亦诚问道："快说说你的近况，你这新郎官日子过得很滋润吧？"他知道 Andy 几个月前刚刚结婚。

"现在算是稍微安定下来了，你看我这肚子。"Andy 拍了拍有些发福的腹部，"男人一结婚大肚腩就成为标配。"Andy 到上海工作后在一次聚会上认识了一个本地女孩，谈了半年恋爱，3 个月前结婚的。"对了，多谢你的大红包，我们是旅游结婚，所以没有婚庆宴请。"Andy 打开手机相册，向亦诚展示两口子的旅游照片。

"喜糖还是不能免的，新娘子是上海人？"亦诚用手指轻轻滑过手机相册，问道。

"是的，她是本地人，在浦东中学教语文。"Andy 邀请道，"要不你找时间来上海，我带你见见弟妹，你也给我参谋参谋。"亦诚比 Andy 年长 1 岁。

"你这虚情假意的，老婆都娶过门了，还说请我参谋，难不成让我再送一次礼？"亦诚笑着调侃道，"你还是专心造人吧，这个是你当下的重点任务。"

"时间过得真快，想想我们几个人在悉尼一起读书，打球，做'柔软的太阳'那个项目，一切几乎就在眼前，这一转眼都快 3 年了。我还记得你帮我准备面试，陪我一起去桑博利面包公司在达令港的促销现场。"Andy 感叹道。

"对，记得那天凑巧碰到了一位和你佩戴同一款手表的澳大利亚老哥，叫什么名字来着？"

"叫威利，我现在还跟他有联系呢，半年前他到中国出差，在上海我还跟他见过一面。"

亦诚把自己的椅子转了个方向，正对着 Andy，正儿八经地开口说道："Andy，闲话我们晚上还有时间再扯，我今天特地过来和你见面，一是叙旧聊天，另外也想把我这边的情况跟你说一下。"

"嗯，我们找个安静点的地方。"Andy 提议道。两个人站起来走到里面的一间小屋，这应该是一个餐厅小包间，这会儿没有营业，房间是空着的，Andy 顺手把房门关上，示意亦诚坐下："这个地方清静多了。"

亦诚介绍说："Andy，你知道我回国以后在深圳创业做了一个护肤品，说来它与上次在悉尼的'柔软的太阳'项目有连贯性，和你现在的工作也是同行，都是属于护肤美容商品。这个品牌是一个英国小众牌子，通过我们家长辈的关系，我把它接手过来做中国地区的业务。在中国这个区域，我们拥有自己独立注册的品牌和独立运营的公司体系。这是两年前开始的项目，算是新零售互联网的创业吧，现在这么说比较时髦。一开始我们就把品牌定位为走小众路线。也就是说，我们的主力用户比起跨国公司大品牌来说，更加精准聚焦，我们主要服务于大学毕业后走向职场的年轻女性，22到30岁，很专注，不矫情地去做什么用户延伸。从精准用户定位出发，避免在营销和产品方面跟国际大品牌发生正面冲突。"

"能具体说明一下吗？"Andy问道。

"先说营销，你肯定很明白，大品牌营销走的是全方位投放路线，它们的主力战场还是在各大媒体多方位布局地打广告，比如电视广告、报纸广告、路边各种大广告牌、机场的广告横幅等等，同时在各大购物中心设立专柜，铺天盖地造声势。这样的营销路线需要大手笔巨额投入，见效也比较慢，你是学营销、干营销的，这方面，你比我懂得多。而我们的营销推广，更多是借助各种新媒体阵地，我们有自己的自媒体矩阵，常年跟我们合作的各种自媒体大号加起来大概有七八个，包括小红书、哔哩哔哩、抖音等等，这方面我们都有专门化的团队随时跟进和监控。另外我们坚持不做品牌广告，创业公司一没有超大体量资金，二没有那么多时间，做品牌广告不是我们的菜，我们专心做营销广告，做带货宣传，找各类网红充当我们的代言人，这是营销方面的情况。从产品的角度，我们避免跟传统大品牌发生正面对抗。传统大品牌通常卖得最好的就是行话说的水乳霜、面霜、日霜、晚霜、眼霜，还有肌肤水、抗皱乳液等等。而我们的核心产品则在皮肤的清洗上面，这是我们在护肤品类中寻找到的一个细分类，我们的口号是：洗得干净。清洗成为我们的重点产品领域，我们推出的产品包括面膜、泥膜、洗面奶、男士运动型洗面膏和沐浴露等等，整体上就是让我们的产品围绕着清洗这个小分类走。在面部清洗这个领域，国际大品牌没有太多的市场垄断优势，这就是我们的机会，而且这个类目与用户族群关联性很强，就护肤观念和保养习惯而言，上一代人，包括 70 后、80 后用户，更关注购买名牌面霜、晚霜、眼霜，在清洗这个环节上，他们不像现在 90 后、95 后的年轻人那么在意，新一代用户从小了解空气污染的伤害，与之相关的感触更深，所以把面部肌肤每天清理干净，这个观念在新一代人群里更深入人心。这正是我们新品牌营销和产品开发走错位经营路线的机会。"对于老友，亦诚不想做任何保留，一口气说出了公司最为核心的定位和策略。

"你这个角度找得很棒，这恰恰是创业公司最有杀伤力的地方，能够快速找到市场的相对短板并且获取红利，你们不像跨国大公司，搞一个研究、一个可行性调研，没有两年时间下不来。"Andy 接着问道，"现在的销售规模呢？"

"现在大概年交易有 1 个多亿吧。我们从开始到现在 1 年多时间，基本上每个月都维持两位数的增长，整体的发展应该说还是比较健康的。"亦诚停了半分种，开口说道，"今天见面，我其实有个不情之请，你我都这么熟了，我就不跟你客气，直截了当。Andy，我们发展到现在碰到的一个最大瓶颈是管理。"

"怎么说？"

"你看现在公司有将近一百号人，这是在一年多时间内从无到有拓展出来的，从最开始就我一个光杆司令到现在一百号人。你很清楚管理其实是一门学科，或者说是一个系统工程，当你管十个八个人的时候，你完全可以凭你的直觉，带着你的几个哥们喝一顿大酒，喊几句口号就行了。一旦上了规模以后呢，管理就会有很多专业化的东西，比如说流程打造，员工行为规范，设定量化考评指标，实行公平的奖惩机制，等等，这些我并不擅长，我更多的是凭直觉做事。我的习惯是工作上比较放手，这种放权授权式的管理，优点是发挥每位下属的主动性，但是缺点也很明显，一旦出了问题，收拾起来就很麻烦，我们已经有过几次教训。我心里很清楚，这种放手式的管理，对于公司草创阶段行之有效，因为一开始你找来的人，基本上跟你有共同的目标，志同道合，否则人家也不会加入，但随着公司的发展，后续人员不断扩充，企业内部逐渐出现职级台阶，初期的那种放手式管理就跟企业下一步发展难以匹配了，这时候规范化管理就提上议事日程。"

"那你怎么考虑？需要引进职业经理人？"听着亦诚的介绍，Andy 有些意外。

"现在谈职业经理人对我们来说还太早，规模还不足够，模式没有完全固定下来，同时我们还是希望寻找有创业激情的人。"亦诚眼睛直视着对方，"我想坦率地问你，以萨维尔公司现在的情况和规模，有没有可能邀请你进来？这个公司的股份结构是由风险投资基金、我本人和管理团队共同拥有，实际的创始人只有我一个，没有联合创始人，决策树比较简单，如果你能加盟的话，作为公司的联合创始人，我把所有的前端交给你来打理。公司整体上划分为三个板块：前端，就是跟销售有关的部门，包括线上运营，实体零售管理，市场营销，顾客服务。后端，就是产品，物流配送，以及技术等等，这属于后端。最后一个就是中台服务端，包括行政人事财务。怎么样？Andy 你是不是有兴趣加入像我们这样的一家创业型公司？"

Andy 双手合十托住下巴做沉思状，半晌才回复道："多谢老哥你的盛情邀请，这个情分让我很感动。我在大公司做了两年多，说实在的，创业和大公司打工是两个不同的职业轨道。我总是会回忆起我们一起做'柔软的太阳'那段经历，对我来讲，创业始终是一个充满激情的向往。你这么猛地一提出来，我还真的没有思想准备，容我再斟酌一下，不过我担心现在这个时间点更换轨道，对我来说是不是不太合时宜？你看我回国工作才一年多，又刚刚结婚，心里总有一种想过安稳日子的慵懒，反正在大公司打一份工，我知道难以有多大的出息，但至少收入稳定，每周工作有条不紊，这可能是我这两年打工生涯导致的随大溜心态。"

亦诚听了 Andy 的回复有些意外，他没想到两年多前一腔热血共同创业的伙伴如今沉湎于一份固定薪水的工作，如果 Andy 在薪资和报酬待遇上提出要有更高的回报，这倒是他可以理解的。看来跨国公司把人才笼络进去温水煮青蛙的说法所言不虚，亦诚忍不住为自己的好友担心，他知道 Andy 原本是一个有热血有闯劲的小伙子，进入大公司的象牙塔不过两年时间，心态居然发生了这么天翻地覆的变化，这大大超出自己的意料。亦诚是一个喜欢直来直去的人，话到喉咙口了，还是转个弯用了比较和缓的口吻说道："都说大公司很养人，好不容易进去了，只要别太出格，在里面待着安全而且舒服，这么好的条件总是让人舍不得，有点像是大夏天待在空调玻璃房，舒服。不过依赖度太高的话，也得有所防范，万一停电了呢？年轻只有几年时间，不知不觉把青春的锐气给消磨掉了，回过头来有可能会留下遗憾。你我现在才20多岁，本来是才华横溢，去创造去探寻未知人生的最好时光，要不要甘于就此过一种被指定被固化的螺丝钉一样的生活，这个你或许得好好再考虑一下，我是有点不以为然。"

Andy觉察出了亦诚刚刚这席话语强压着不快的怒气，他知道自己的态度有点过了，于是用一副缓和的口气说道："亦诚，你的意见我听进去了，说到追求，我也不是没有自己的梦想。当年毅然决然出国留学，经历了许多历练，如果我笃定一辈子就在大公司里面混，刚刚被提拔为市场推广经理，几年再上一个台阶做中国区营销总监，如果干得好的话，最后升职成一个什么副总裁或者高级合伙人然后退休。这样的日子真的是有些太过无聊了，想想都对不住自己来人世间走一遭。"

"没错，这不是一件轻松简单的事，不着急，"亦诚表态说，"任何时候只要你想通了过来，我都非常欢迎。你看你身上具备最好的条件，首先是你我之间知根知底相互信任，这点是其他人比不了的。其次，你本身就是学营销专业的，又曾经在'柔软的太阳'有过创业的实践，你现在的工作接触的都是和萨维尔相似的护肤产品，如果你加盟我们，这些优势方方面面都可以无缝对接，我认为天底下没有比这更合适的。不过这个话题我们今天就聊到这里，再多说的话就变成我在为难朋友了。"亦诚适可而止地对谈话内容踩了个刹车。

"好，我回头再好好想想。对了，你知道李卫东的动向吗？"Andy转了个话题。

亦诚的脸色一下子变得有些阴沉："过去的事了，还想它干吗。"每次说到和"柔软的太阳"有关的人和事，总会想起伊琳娜，让他有种胸口发痛的感觉。

"不久前有一个从悉尼回来的留学生，我从他那听说了一点消息。李卫东改了名字，这是毫无疑问的，这小子肯定害怕被追查，据说他现在是在南美巴西开一家中国杂货店。"

"想想我们当年做项目的 5 个人，现在都四散了。"亦诚不想再聊这个话题，转而说道，"今天这个聚会看上去有不少我们不认识的新人。"

"好像是的，对了，你是单身贵族，我替你找找，应该有漂亮可人的邻家小妹。"Andy 打趣道。说罢，他站起身来，拉着亦诚离开小房间，走进同学会的聚会大厅。

43

深圳，龙岗区兴科创业园，萨维尔公司办公区

萨维尔公司每月固定有一次月度销售总结会，由销售运营部牵头，市场营销部、财务部、技术部和数据分析部分别派人参加。这个月度会，亦诚照例每次都要全程出席的。今天下午的月度会议，销售运营部总监李刚报告了过去一个月的销售情况，他用激光笔指着投影仪上面的数字图表说道："这就是过去一个月的总体销售分布，上一个月，我们的销售出现了一些问题，同比增长和环比增长分别有 3% 和 5% 的下滑，这是公司成立以来不曾有过的。"

"客观方面固然有疫情结束后阶段性报复消费攀升一个阶段后回归到正常水准，以及正好是处于暑假，很多人外出旅游，上网的访问量大约减少了 10%，除了这些客观因素之外，我们内部在两个方面出现了问题。第一，我们的促销活动不够有力；第二，更为严重的是，我们的网站转化明显下滑，我们的访问弹出率以前一直维持在 40% 左

右，这次的弹出率达到了 50%，换一句话讲，有一半的流量成为无效访客，仅仅这个弹出率上升 10 个点，我们测算就带来了大约 4%—5%的销售损失。"

"客服这边有什么异常情况吗？"亦诚知道这个数字变化，他更关心的是后面的缘由。

客服主管刘晓莹回答："上个月客服跟踪的各项指标都是正常的，无论从满意度、投诉率或者客服的响应度都没有太大的变化。"

亦诚对两个业务部门的回答显然不满意："我们需要集中讨论一下弹出率突然上升是什么因素导致的。李刚你说促销力度不够，这个要你们部门内部自己想办法解决，除了这以外还有没有别的原因？"对于业务会议的讨论，亦诚喜欢一针见血。虽然他还很年轻，但这毕竟是他第二次的创业项目，他知道聚焦于重点问题的意义。

李刚回答说："我们和技术部做过确认，无论是我们在几个大型平台的网店和我们自己的 App 端，来客访问的响应速度依旧维持在0.4—0.6 秒之间，并没有明显的变化。"技术部门的与会人员随之附和道："是的。"

"小蒋，你有什么看法？"亦诚侧过身来，询问坐在数据部负责人凯文边上的蒋勤勤。自从上次接触之后，这个年轻女孩给亦诚留下不错的印象。

"我有一个不太成熟的看法，还没有来得及和凯文讨论。"蒋勤勤犹豫了一下。

"说出来听听，这是业务讨论会，不必拘束。"亦诚鼓励道，凯文也赞同地点了点头。

"嗯，只是我的一个初步想法，不成熟，供各位领导参考。"蒋勤勤先做了一个铺垫，接下来说道，"我们不久前做了一次很大的分类导航改动，这次改版变动比较大，牵涉到首页的位置，以及分类栏位重新划分，等等，会不会导致用户一下子不习惯？"

"有道理，"客服主管刘晓莹插话道，"我们是没有接到这方面的投诉，但是在顾客留言里确实有不少关于这方面的反馈，主要反映的是找不到路径，犯晕。"

"我们没有做 AB 版吗？"亦诚询问技术部总监。

"AB 版以前在 PC 时代大家都会做，App 时代不太好操作，所以基本上不再沿用这种做法了。"技术总监回复说。

"类目改版是一件大事，太草率了。"直觉告诉亦诚，改版导致的用户使用不习惯很可能是造成过去这段时间弹出率上升的主要原因，他提出要求："小蒋，你和技术部同事一起，你们抓紧跑一下过去两周的点击数据，重点围绕进入分类页的 bounce rate 跳失率，看看最大的衰减来自哪里。"两人点点头。

"我们是不是考虑再改回去？"技术总监问道。

"改版这个事情虽然是技术部和网络销售部联合进行的，最后拍板的是我，所以这个责任肯定是由我来承担。至于要不要回调，现在做这个结论还为时太早，先跑一跑数据看看。如果我们现在一发现有问题就不管不顾地回调，那就太草率了。"亦诚停顿了一下，补充说，"现在再改回去，时间上也不太合适，我们改版有两个多星期了吧？"

"18 天。"蒋勤勤回答道。

"18 天。我们的顾客月度活跃率大致是 70%，换一句话讲，大约有 一半的顾客已经见识了我们新的分类改版，如果再改回去，意味着这一半的人还得重新适应，所以开弓便无回头箭，这个时候再改回去，显然不是一个好的办法，得想其他的补救方法，例如插入一个提示页或者浮动弹窗。"亦诚说。

"这是一个好意见。"李刚接过话题，"我们还可以做一个改版后分类的卡通式演示，类似动画小视频，把它做得有趣一点，应该能够弥补。还可以设计一些类似看短视频得积分的奖励，引导用户尽快熟悉我们的新分类入口。"

"先找到问题，然后我们合力解决问题。无论如何，用一周的时间把弹出率恢复到正常水平。"亦诚提出了最后的要求。

会议结束时，趁着大家四散往外走的当口，亦诚叫住了勤勤，随口问了两个数据方面的问题，等所有人都离开了，他转而开口道："小蒋你晚上有空吗？我请你吃一顿饭。"

"好的，老板。"

"别叫我什么老板，叫我名字就行了。"亦诚纠正说，"那我们暂定晚上7点，我就近选个餐厅，一会把地址邮件发给你。"

"谢谢。"

亦诚回到他自己的工位，打开手机上的美食App搜索了一下，他知道请对方吃饭选的地方不能太过奢华，但也不能是那种很喧闹的场所，他斟酌了一下，选定了附近潮港城购物中心5层的新加坡餐厅"新洲小厨"。亦诚在那家餐厅吃过两次，觉得环境很安静，典雅的南洋风格布置，菜品也比较清淡，应该适合女生的口味，他把地址通过邮件发了过去，对方很快回复：谢谢领导，我准时到。

亦诚看了邮件，笑笑，然后在键盘上打出8个字，随即发送过去：

我叫陈亦诚，晚上见。

当晚6:15，亦诚离开公司，叫了一辆滴滴专车回到公寓，他自己有一辆丰田卡罗拉，但大多数时间亦诚喜欢走路上下班，今天是为了赶一会儿的约会时间才破例叫了车子。回到公寓房间，亦诚快快冲了一个热水澡，换上一条米色的休闲长裤和一件藏青色T恤，走出房间，步行来到潮港城5楼餐厅，发现蒋勤勤已经在里面等候，亦诚连忙走上前去："小蒋，你来得早。"

"陈总好，我才刚刚到3分钟。"她穿了一件碎花连衣裙，显得楚楚动人，一边把对面的椅子拉开，请陈亦诚坐下，然后再绕回到自己的座位，"这家餐厅我是第一次来，好漂亮。"

"他们家餐厅有几道菜品做得不错，我可以向你推荐一下：肉骨茶，新洲米粉，还有你们女孩子可能比较喜欢吃的椰蓉芋头煲。"亦诚招了招手，唤来一个服务生，随口点了几道他熟悉的菜，然后问蒋勤勤："小蒋你喝酒吗？"

"啊？我不会喝酒。"

"那行，"亦诚吩咐站在一旁的服务生，"给我来一瓶麒麟啤酒，给这位小姐上一份现榨的橙汁，谢谢。"

服务员很快端来橙汁和啤酒，亦诚举起杯子示意道："来，我们碰一下，谢谢你今天的好建议。"蒋勤勤笑了一笑，脸上露出两个甜甜的酒窝："我其实是有些冒昧，也不知道说得对不对。"

"多虑了勤勤，"亦诚鼓励道，"千万记住我们是互联网创业公司，大家都是开放式，不要有太多顾虑。"亦诚知道刚刚从学校出来的毕业生容易走两个极端，要么眼中无人，不可一世，觉得周围的人都是笨蛋傻瓜，要么就是像眼前的蒋勤勤似的，特别胆小，做事说话谨小慎微。他转而问对方："如果不介意的话，你上回做的是什么医院的数据模型？还在做吗？"

"已经完成了，只是一个很小的数据分析模型。"

"为什么会想到做这个呢？觉得大学里的作业没做够？"亦诚看上去很随意地脱口而出，"按理说，那个东西跟你现在从事的业务没有关系，也不像是一个学术研究的项目。"

"不瞒您说，这其实是我揽的一点私活，算是一份兼职收入，因为我需要还我的学费贷款。"蒋勤勤犹豫了一下红着脸回答，一边说着一边低下头去，好像做了什么错事似的。

"这没有什么不好意思的。"亦诚摆了摆手，"首先利用上班以外的时间兼职，这个不违反任何规定，而且靠自己的劳动挣钱付学费，买东西，这有什么不能说的呢？"见对方还是有些顾虑，亦诚连忙介绍起自己在澳大利亚打工的经历：

"我以前也干过兼职，在澳大利亚上学的时候。我做过比萨店外卖送餐员，干过高中学生数学辅导，在周末体育比赛现场卖过饮料，对了，我还当过优步司机呢，那是我在悉尼的时候。我喜欢跑下半夜的活，路上不堵车，开起车来畅行无阻，而且还有后半夜 30% 的加价率，就是总能碰上喝酒喝过劲的客人，一身的酒气。"

"是吗？您还做过这么多零活。"蒋勤勤一副非常吃惊的神情，"我听说您是富家子弟出身，又曾经很多年在国外读书和创业。"

"'你'，不是'您'，我没那么老，勤勤。关于你刚刚提的问题，我想可能是观念有些不太一样吧。我的家境不错，读书和在海外生活那些年父母都给了我很多财务支持，但是在香港和国外，18 岁以上就开始经济上独立，这是多数人的认知，哪怕父母再怎么有钱，再怎么愿意资助你，那是人家的钱、人家的好意，不是我的资本。现在大陆有一个词叫作啃老，这种现象在海外不多见。我发现国内很多地方，特别是北方地区，还时常把挣钱当成一件好像见不得人的事，这个我很不理解，挣钱只要合法合规，那是光明正大的。我在海外有很多同学也都是向银行贷款交学费的，通常毕业以后前面几年工作的工资有一大部分要还贷。如果你当年上大学背负学费贷款的话，刚刚工作这几年肯定经济上是比较紧张的，尤其在深圳，这里的生活费太高了。"亦诚知道像蒋勤勤这样的应届本科生，在深圳特区每个月的基础工资市场行情大约是 8000 元，不过萨维尔公司按照亦诚的要求，所有人入职前面两年一律只领取 6000 元生活津贴，其他的报酬以期权的方式体现。这样的薪酬结构本意是培养员工的主人翁精神而且体现创业企业的利益分享，但对于一些经济上比较困难的员工，或许会造成额外的压力，毕竟深圳这个地方的生活成本远远高于内地其他城市，这是亦诚当初设计萨维尔的员工薪酬方案时没有想到的。他拿起公勺，盛了一碗椰蓉芋头递给勤勤。

"哦，谢谢。"勤勤接过来吃了一口，"好吃。我们毕业生刚刚参加工作，公司给的工资其实足够了，我也喜欢刚参加工作就有获得期权的机会。虽然说深圳的生活费用比较高，我们其实还是能够克服的，你看我跟两个小姐妹三个人合租一间筒子房，一个月分摊下来只需要 1200 元房租，加上水电费、网络上网费、交通费，一个月 2000元左右，吃的用的再加 1500 元，一个月差不多 3500 块钱就够了。主要是因为我是农村来的，家里有一个弟弟，还有我爸身体不好，我每个月固定要给我弟弟和我父亲寄过去 2000 块钱，所以每个月的钱将将够用。但是我上大学的时候，我在我们老家那里找人做了一笔高利贷贷款，用来交学费和住宿费，大学 4 年下来有 20 多万，利息挺高的，所以我想在外面揽一点活，争取早些把这个高利贷还了，这样会轻松一些。"

蒋勤勤一口气把自己的情况说了出来，亦诚坐在她对面，默不作声静静地听着，民间那种借高利贷用来交学费娶媳妇的故事，以前自己只在文学作品和电视连续剧里看到过，现实中他还从来没有碰到过这样的实例。他本人上学是父母资助的，在香港和海外认识的其他同学如果需要贷款，通常找的都是由政府担保的银行无息贷款。他从小到大，从来没有过经济上的窘迫，14岁的时候母亲就给他办了一张信用卡，是在他母亲名下的附属卡，有什么花销的话直接刷卡就行。在他和他姐姐哥哥成长的家庭环境里，父母很刻意培养他们姐弟三人独立的消费观和消费判断，从来不去干涉或者限制孩子们的花销，也从来不问每一笔钱花得合理或不合理，这种家庭金钱观的熏陶，即便在他周围家境不错的同学圈里也不多见。所以亦诚从来没有碰到过像蒋勤勤这种家庭背景的经济窘迫，这会儿他听对方介绍找高利贷交学费的经历，觉得很新鲜好奇。

"一个月1500元伙食费，哪怕中午在公司吃工作餐，也是够紧的。"亦诚感叹道。

"不紧，我们在学校的时候一个月才400元的伙食费，现在已经好多了，都能吃得很不错。"蒋勤勤很知足，"别的都好说，现在各种网络收费太贵了，例如现在视频网站年费要500多元，而且视频网站还不止一家，每一家的片源都不一样，你要买至少得买3—4家才能满足追剧的需要，还有VIP邮箱也要几百块，每个月的手机上网费等等，光这些网络费用一年就得干掉你大几千块钱没商量。"

亦诚点了点头："说到网络使用，你尽可以放心大胆地使用公司的网络，反正公司接的是光纤，我记得是有6条100兆的专线，富余得很，无论怎么下载或者看视频都用不完，再说下班以后也是闲置，这方面你一点都不用担心。如果有居家上网需求的话，回头我可以跟行政说一下，由公司给有需要的员工办理移动上网卡。"

"不用了，我宿舍实在太小，就摆了几张床铺，连个书桌都没有，转不开。"

"你原籍是哪里的呢？"

"我老家是陕西洛川县乡下，离西安大约200公里。"

"记得你是在西安上的学？"

"是的。毕业的时候觉得深圳的发展机会可能多一些，就申请到这边来工作了。"

两人一边聊着天一边用餐，亦诚替蒋勤勤倒了一杯热茶，说道："西安是著名古都，我听我父亲介绍过，但至今还没去过。"

"是吗？那您有空应该去转一转，兵马俑、大雁塔、西安古城墙都挺有名的。"蒋勤勤热心地推荐道。

"你说你家是农村的，父母都还好吗？"亦诚问话刚一出口，对方微笑着的表情有了一丝变化，转头侧面望着窗外，回答说："我有一个弟弟还在上中学，父母多年前离异，父亲身体不太好，母亲已经很多年没有联系了。"亦诚意识到对方的家境应该比较曲折，农村女孩可能不太愿意提起自己的家庭，他知趣地不再往下问，转而换了一个话题："喜欢什么电视剧呢？"

"美剧，"蒋勤勤脱口而出，"现在正狂追《光环世界》。"

"那是科幻剧，你们女生也看这个？"亦诚有些意外。

"我喜欢，特别是男星帕布罗·施雷柏饰演的士官长。"两人接着聊了几个热门影视剧，不知不觉，一个多小时过去了，亦诚示意服务生过来，买单结账。

"谢谢陈总的晚餐。"

"亦诚。"亦诚再次纠正。

"那好，下班时间这么称呼，在公司还是得叫您陈总或者老板。"蒋勤勤做了个鬼脸状，邀请道，"像您这样的企业创始人老板，又是海归背景，可能没有见识过底层小白领的生活，要不要我带您去我的寝室看看？现在刚刚 8:40，时间还早。"

"'你'，不用'您'，纠正过来。"亦诚再次试图调整对方。

"OK，我邀请你到我的寝室看看？"

"好的，我们怎么过去？"

"来，你跟着我就行。"等亦诚结完账，蒋勤勤拿起挎包领着亦诚往外走，来到商场一层大门口，她熟门熟路地穿过两个路口，走到一处公车站点，从包里掏出一张公交卡递给亦诚："这张卡给你用，我还有一张。"说着就领着亦诚上了刚刚驶入公交车站的 26 路巴士，坐了十几站，下车以后再转 39 路，大约用了半个多小时时间，来到了一处位于深圳与保安接壤的类似城乡接合部的居住区，这一带大多是

2层的筒子楼，从一旁的楼梯走上二楼，每个房间依次一长溜排开，一间挨着一间，房间前面是长长的走廊。每间筒子房就是一间独立结构的卧室，后侧带一个卫生间，以及半开放式的小厨房。蒋勤勤领着亦诚走到二楼走廊中间地段的一间卧室前停下："先稍等一下。"说着她从挎包里拿出钥匙，打开房门进去，大约两分钟后走出来："你请进，室友们都不在，屋里现在没人。"

亦诚跟在蒋勤勤身后进了屋，只见这是一间大约20平方米的筒子房，入门处有一张方桌、三把椅子，方桌应该算是会客桌兼餐桌同时也是女人的梳妆台，房间里摆放着三张铁架子的上下铺，上面是睡觉用的床铺，下面是衣柜和行李箱。再往里侧就是一个简易的灶台，旁边有一台双开门冰箱和一台微波炉，后方浴室门上挂满了女人的胸罩内衣，蒋勤勤顺手拿了一条浴巾遮住浴室门上的挂件，有些不好意思："实在太乱了。"

"都差不多，我的房间也挺乱的。"亦诚宽慰道，心想如果让你见识一下我哥哥亦然的房间，那你这点凌乱就是毛毛雨了，不过他忍住到了嘴边的话，没有说出来。

"地方不大，有些拥挤，不过住起来挺舒服的，你看还有空调。"蒋勤勤指了入门上方的壁挂式空调，"就是隔音不太好，原先隔壁住的是两口子，经常吵架拌嘴，我们这边就当成是听电台广播了。"

在亦诚的印象当中，如此简陋的筒子房应该是外来务工的民工住的，至于上下铺，他知道国内的大学宿舍都是这种格局，为的是节省空间，但他没想到单身白领在深圳的居住环境如此拥挤，还沿用这种上下铺的形式，不过以深圳现在的房租市场行情，每月1200块钱，大致也只能租住到这种很拥挤简易的宿舍。"真是贫寒人家出状元。"他不禁想起小时候回福建流传老家看古代电视剧时，奶奶曾经跟他说过的这句话。

"亦诚你坐。"这是蒋勤勤第一次直呼亦诚的名字，她一边招呼客人坐下，一边泡了一杯咖啡奶茶。亦诚谢过勤勤，接过奶茶喝了一口，随意问道："你们的几个室友也是和你同行？"

"不完全是，她们都是跟我同一届的，也是从外地来深圳工作的大学毕业生，这边这位是做杂志社时装编辑的，你看她铺位上面都是各种时尚照片，那位叫李美华，在多媒体网站做视频剪辑，她们两个都是夜猫子，我属于睡得最早的女生。"蒋勤勤手里好像闲不住，一边说着话，一边收拾着桌子上散落的报纸。

"还早？你都加班加到夜里一两点。"陈亦诚说。

"你不知道，他们两个不到早上三四点钟是不睡觉的，还好我特别好睡，脑袋一靠到枕头就睡着。"蒋勤勤怕亦诚觉得不通风，赶紧把空调打开。

亦诚点了点头，他知道深圳素有不夜城的称谓，尤其对于外地在深生活的单身青年来说，熬夜几乎是常态。相比之下，他更习惯于早睡早起，说起来，自己的生活更像中老年人。

44

深圳，华苑国际公寓

最近这些天亦诚有些心烦意乱，公司的现金流出现了大问题。

和几乎所有成长期的互联网企业一样，萨维尔公司正经历着初创时期拼速度的高速上升阶段，这就意味着每个月需要投入大量现金用于支付产品研发、生产、市场推广、用户的流量吸引和员工费用。本来下一轮 C+ 融资已经在一个多月之前就谈妥了，由一家美元基金注资 1000 万美元，占股 16%，双方投资协议文本签妥之后，亦诚和几位高管商量，决定按照这个资金量安排接下来 6 个月的发展规划，重点是产品研发和生产订单的货款，还有市场推广的投放资金。这里面有很大一部分是需要走预付款的，他让财务人员核算过现金流预算后，就陆续从公司账上把几笔大额款项支付了出去。

按照原来的设想，签约融资的这 1000 万美元新的入资，在合同签署后 10 天之内就应该汇入萨维尔公司的香港账户，没想到最近一段时间金融市场出现急剧动荡，以服务风险投资为主要业务的美国知名银行硅谷银行突然宣布倒闭，而萨维尔这次融资的风险投资公司恰恰使用的是硅谷银行，这下子无意中踩到雷区了。这笔计划中的投资款一直拖延着进不来，眼见着从硅谷银行出事到现在经过了一个多月时间，还是没有任何资金汇入的准信，这中间亦诚想过其他方法，包括寻找新的资金投资或者过桥贷款等等，但是都没有着落。

屋漏偏逢连夜雨，最近这段时间随着全球各个发达国家央行相继加息，美国股市迅速从高位回落，硅谷银行宣布破产之后不久，百年老号瑞信投资被清盘，多米诺骨牌效应使得整个投资市场风向骤变，处于观望低迷和消极状态，谁都不愿意在利息接连上升的风口浪尖上贸然出手，这就给亦诚和萨维尔这家刚刚起步的公司出了一个天大的难题，已经付出去的款是追不回来的，资金不到账，公司日常运作马上就要面临资金链断裂的危机。现在公司账上的钱只够维持这个月的员工薪酬和预付今后 3 个月的房租，连日常的办公费用都有些周转不开了，重要的是，如果因此把所有的市场投放终止的话，所有的营销计划就会出现断档。有人形象地比喻说互联网的投放就像用柴火烧一大锅水，既要火力旺，还得持续，一旦出现营销投放中断，日后再试图恢复，就需要一个漫长的重新起步把冷水加温的过程，这对于创业公司的发展无疑是非常致命的。

C+ 轮协议投资 1000 万美元的风险投资方对于目前的这种状况也很无奈，它们给出的意见是要么再给他们 3 个月的宽限期，作为回报，他们愿意在原先估值的基础上增加 10%，也就是 100 万美元作为补偿，要么只能双方终止原先的投资协议。且不说 3 个月萨维尔公司能不能坚持下去，就这个延缓 3 个月的预估时间表是否能确定，风险投资公司心里其实也不敢保证。过去两个多星期，亦诚几乎天天都在和各路财务投资机构接洽，每天连轴转，说话说得口干舌燥，名片发出几百张，依旧没有什么实质性进展。眼下的困境让亦诚真实感受到了世态炎凉，那些曾经追着赶着要给钱投资的风投基金，现在都打着官腔，纷纷表示看好亦诚的创业项目，只不过这个时间点上不太合适进入，个别小的风投资本则是胡乱压低报价，试图趁火打劫。

昨天晚上亦诚和香港的父母通话的时候，大致说了几句工作的近况，没有过多细说萨维尔目前的困境，他觉得自己是一个成年人，创业做事情，凡事应该靠自己承担，况且父亲退休以后在香港新界购入了一块不大的农场，每天就忙活着他的那片甘蔗地和几块菜园子，不再关心商场上和投资界的事，半个月都难得上网一次。父亲和他通话时，照例只有三言两语，问了问他每天坚持跑步的事，就把话筒递给母亲，母亲更多是叮嘱他注意休息，三餐要吃饱吃好，还有出门记得多穿衣服的车轱辘话。通话结束后，亦诚还是觉得很郁闷，自己在公寓里开了一瓶威士忌，嘟嘟嘟连喝了三大杯，昏昏沉沉地就在沙发上睡着了。第二天早上醒过来，一看手表已经是上午 10 点多了，挣扎着从沙发上爬起来，觉得脑袋昏昏沉沉的，直接进浴室快快冲了一个热水澡，换上干净的衣服，提着电脑包，自己开车来到公司。

亦诚在办公楼地库把车停好，乘电梯来到 6 楼。刚刚走进办公室，财务经理就堵住了他，有两笔支出款需要他签字，亦诚接过来一看，一笔是服务器的年度续费，另外一笔是形象代言人每季度固定的代言费，这两笔款都是躲不掉的，亦诚皱了皱眉头，拿起笔签了字，总数 80 万。

财务经理低声提醒道："陈总，最新的资金情况已经邮件发给您了。"他知道老板这两天因为流动资金短缺的事心情不好，四处找钱发愁，轻声报告了一句就转身离开了。

"好消息，好消息。"亦诚刚刚在自己的工位上坐下，产品部经理吴明生急匆匆地走过来，隔着 5 米就朝亦诚喊。

"什么好消息？"

"我们这款热销品被红点网站评为最富创新的年度产品。"红点网站是一家全球性的创新评选机构，专门评定年度最有创意的新品。"这的确是一个好消息，对我们下一步销售推广和品牌建设有很多好处。"亦诚试图调整自己内心的焦虑，开口祝贺道，并随着和吴明生聊了几句有关新品拓展的事。他心里很清楚，什么好消息都抵不过目前面临的资金困境，而这个难题恰恰是除了他本人以外公司其他任何人都帮不上忙的，他想起有一次在一个创始人沙龙里听过的一句话：创业是一条孤独的登山步道，个中滋味只有当事人才能体会。

中午时分，亦诚匆匆吃过公司提供的工作午餐，在自己的工位趴在电脑桌上迷糊了一会儿，他平常都不习惯午休的。"昨晚真不该喝那么多酒。"他自言自语道。大约30分钟后，亦诚从桌子上抬起头来，顺手拿起手机，发现上面有一条短信提示，他打开一看，是一个陌生号码的留言：陈亦诚你好，我是李卫基金会的卓亚琴，我和李卫都是你父亲先前工作时候的同事和朋友，这是我的手机号码，请你有空给我来个电话。

亦诚随手把号码拨了过去。

"嘟嘟"，铃声响过两下以后，话筒里传来一个清脆的女中音："你好，我是 Rachel。"

"请问是卓亚琴女士吗？我是陈亦诚。"亦诚问候道。

"亦诚你好，你等一等，别挂电话。"对方显然正在开一个会议，话筒里传来她的脚步声，大约过了20秒钟，对方说道，"好了，我刚刚从会议室出来，亦诚你现在说话方便吗？"

"我方便。"

"好。我在媒体上看到了有关萨维尔公司融资情况的报道。"亦诚知道对方讲的是什么，公司最近融资困难的事情，这两天好几家新媒体陆续都有披露。"如今的互联网时代，什么事情都藏不住。"卓亚琴感叹道。

"是啊，碰到了一点困难。"亦诚还没有明白对方的用意，含糊地回复了一句。

"我刚刚跟我们老板李卫商量了一下，你看我们可不可以给你提供一些力所能及的帮助？"话筒里传来卓亚琴直截了当的声音。

"您的意思是？"亦诚一下子清醒过来，连忙把手机更贴近耳朵，生怕自己听错了。

"这样，我今天中午和我老板李卫通了一下电话，李卫的情况你在网上可以找得到，他原先是一位著名的互联网创业者，成功做了一家独角兽企业，公司上市后，他从企业的管理中退出来，并且将他95%的收益捐出来成立了李卫教育基金会，主要资助国内外贫困学生上大学，这是题外话。李卫本人现在已经不再过问任何商业上的事，这个基金会由我牵头打理，他自己就是满世界闲逛，纵情于山水之间。我从网上看到你公司融资的困难后，向李卫说了一下，李卫提出了这么一个建议，你方便拿笔大致记一下吗？"卓亚琴停顿了一下。

"好的，您请讲。"亦诚拿起桌上的便笺。

"李卫已经不介入任何商业经营，所以投资不是他现在考虑的问题，就萨维尔公司目前的困难，李卫提出他可以向你们提供一笔6个月的无抵押私人贷款，所有风险由他本人承担，贷款金额500万美元，利息可以按照目前商业贷款利息的下限，大约年息12%。如果你同意的话，我们只需要草签一个简单的协议就行了，不需要那么多繁文缛节。因为这是从他个人名下出的钱，也不用什么评估或者过会讨论，这笔款子可以汇给你们在香港的账号，随时可以操作。"

"这太好了，我真是没想到。"卓亚琴的消息完全出乎亦诚的意料，他从来没有想到居然会有这么一个天上掉馅饼的好事，"我很好奇，您怎么会想到帮助我们的？"

"李卫基金会的主要工作内容就是向贫困学生提供上学支持，您这种创业项目虽然不属于我们的扶持范围，但是对创业企业提供支持也没有背离我们的大原则，只不过我们不从事商业化运作。"卓亚琴对亦诚提出的问题用两句话含糊地带过，接着说道，"就像我刚刚说的，这笔款项是基金会创始人李卫的个人资金，所以操作很简单，一会儿我们通完电话你把邮箱发给我一下，我把这500万美元贷款的基本条款邮件给你，只有几行字不到一页纸，你看一下如果可以的话，今天就可以把协议签了，我知道你们现在应该是很着急用钱。"

"太感谢，太谢谢您了。"亦诚激动得几乎说不出话来，眼角都湿润了。放下电话，他呆呆地在办公椅上整整坐了两分钟，然后突然站起身来往上一跳，高声大喊道："耶。"弄得前后左右几个正在上班的员工忍不住地都转过头来望着这位亢奋中的年轻老板。

亦诚有些不好意思地朝同事们挥了挥手，他站起来走到一个僻静处，拿起手机拨通了父亲的号码："老爸，我刚刚接到一位名叫卓亚琴的电话，说有一个叫李卫的准备向我们提供贷款，这是你疏通的吗？"父亲没有正面回答，回复道："如果按照商业条款，你们应该给对方什么样的贷款利息？""这是无抵押贷款，对我们来说这是比想象中最好的结果还要好的结果，我大概了解目前过桥贷款的利息，如果是由公司股权做抵押物的话，年息大概在14%—20%之间，我估计如果是无抵押贷款，那么至少应该有25%的年息。"

"利息多少你来斟酌，我不替你做判断。"父亲说，"不过我有一个建议，你可以提这么一个方案，6个月内本金全额付清，你目前融资上的困难，再怎么折腾，3—4个月也能梳理清楚了。这500万美元的利息部分，就按照你们公司上一轮估值的市值折算成相应的股份给到对方。如果按照你说的500万的25%年息，半年就是约63万美金，你上一轮的估值我记得是3000万，那么这63万美金的利息就相当于占公司股份的2.1%，这样的话也算给对方一个善意的回报。"

"这个意见太好了，就这么办。"亦诚高兴得几乎想跳起来。

柳暗花明又一村！记得小时候学古文，好像有这么一句古诗来着。

45

深圳，萨维尔办公室

蒋勤勤工作起来具有很强的独立性，尤其突出体现在她梳理和解决问题的能力方面，这在以独生子女为主体的这一代职场新人里是不多见的。亦诚特意调来了勤勤入职时填写的个人简历和推荐资料，了解到蒋勤勤大学就读期间曾经担任校学生会副主席，推荐信描述她有着超强的组织协调天赋，特别对于处理大型活动的突发情况比较冷静。就长相上来讲，蒋勤勤不属于那种特别惊艳、漂亮的女孩，但看起来很顺眼，有着北方女人白里透红的细嫩皮肤和凹凸有致的身体曲线，留一头披肩发，1米65左右的个子，这在中国北方算中等身高，但在深圳这种南方城市，她已经是高挑的女生，勤勤丝毫没有很多小姑娘弱不禁风的样子，干起事情来风风火火的。

　　近期，萨维尔公司将要赞助一个在深圳举办的全国大学生才艺比赛，活动主会场位于深圳大学田径场。按照协议，公司可以在这个决赛主会场侧面搭建一个品牌宣传棚，为期一周。为了组织好这次大型宣传推广活动，公司按照亦诚的建议，成立了一个跨部门的协调小组，亦诚特意让蒋勤勤出任这个跨部门小组的总协调人，借机考察一下她的组织能力。几天后，蒋勤勤约陈亦诚在一个小会议室碰头，报告协调小组几次讨论下来的初步方案。"陈总，"蒋勤勤递给亦诚一张费用清单，虽然过去几次日常接触中勤勤还是有一些害羞，但只要一谈起工作来她就变得落落大方，"我们小组协商了一下，公司领导划拨给现场活动的总预算是30万，您给到的初步意见大概是20万用于舞台布置，这项开销通过先前与我们合作过的演艺公司承办，包括搭台子、灯光、音响、条幅、屏幕以及礼仪小姐等等，另外3万是促销人员的费用，7万用于其他一些道具宣传手册活页印刷分发等，我们商量了几次，我想提出一个修改方案，请陈总定夺。"

　　说罢，蒋勤勤打开笔记本，把它切换到投影屏幕上："这是我们的现场规划，展台尺寸大概是15米×8米，展期5天，加上布置和撤展一共是7天时间。原先计划展台布置交给演艺公司承办，费用20万，我想把这个费用砍掉，重新做个调整。"蒋勤勤俯身向前操作笔记本键盘，试图调出一个Excel表格，不经意间，她的披肩长发轻轻拂过坐在一旁亦诚的脸，一股年轻女子清新的发香飘入鼻腔，沁人心扉。

　　"我的想法是我们只要从这20万里拿出5万和学校的学生会合作，由学生会组织在校同学们勤工俭学，搭台子，自己动手做舞台布置，这些东西学生们都很在行，而且这是勤工俭学活动，学生肯定会愿意出面，这样一来，我们可以把节省下来的15万拿出来，我想把它用来采购公司产品的样品，另外加上一些大学生们常用的东西，例如圆珠笔、记事本、太阳帽等，按照每份30元的预算，省下来的15万就可以备齐 5000 份礼品袋，这几乎可以覆盖这次活动前来参赛的选手和大部分观众，意味着我们获得了 5000 个流动传播的站点，陈总您觉得这个意见可行吗？"蒋勤勤结束自己的陈述。

"这个创意好。"亦诚点头深表赞同，"把钱花在舞台布置上，几天过去后，谁也记不得是什么东西，而把钱花在免费的产品宣传品发放上，实用传播力强，是一个一举多得的好事，点赞你这个好创意。"

"谢谢老板。"

两人接下来又讨论了几个与项目有关的细节，就在工作汇报结束，勤勤拔掉投影仪连接线，合上笔记本电脑的时候，亦诚随口问了一句："小蒋，你这个周末有什么安排？""没有什么特别的打算，睡睡懒觉，追剧看看片子。"

"我周末喜欢爬山，要不要星期天跟我一起去出一身汗？"亦诚邀请道。

"好的。"蒋勤勤犹豫了几秒钟后点了点头。

"那好，回头我把地址发给你，我们周日上午 10 点，在笔架山脚登山步道的入口处见。"

周日上午 10 点，亦诚把车子开到登山步道入口处对面的停车场停好，沿着路边人行步道走到预定会合处，刚刚站定，抬头就看到蒋勤勤正从对面步道上走过来。蒋勤勤今天穿了一身藏青色的运动装，戴着一顶白色的太阳帽，浑身散发着青春气息。"早上好。"亦诚招呼道。

"你好，看看，这是我们这次活动的帽子，好看吧？"勤勤说着，把手上拿着的另一顶帽子递给亦诚，和她头上戴着的一模一样，"送你一顶，这个是限量版。"

"怎么个限量法？"亦诚有点好奇。

"你瞧，这个帽檐内侧有一个编号，看到了吗？就这里。"顺着勤勤的示意，亦诚果然看到有一行楷体字样：2023 大学生才艺年度大赛，决赛纪念品 002 号。"怎么我是 002 号，那谁是 001 呢？"

"当然是我啦，创意是我出的嘛。"蒋勤勤调皮地眨了眨眼睛。

两人一前一后顺着登山步道往上走，这条步道是亦诚经常光顾的登山小道，全程大约1200级台阶，500米高度差，难度系数属于中等偏上。因为附近没有公交车站，又不属于旅游攻略上介绍的景点，加上四周有不少年代久远的荒芜坟墓没有清理，所以这个地方来的人不多，全程都比较幽静，难得的是，这是一个风景优美的登山道，从半山腰处可以俯瞰到远处的香港新界，还有茫茫的南太平洋海面。蒋勤勤爬山是个新手，速度很慢，不时地要停下来歇息，大约用了1个钟头的时间才到达半山处的一座废弃古庙。"互联网公司害死人。"亦诚见蒋勤勤一屁股坐到庙前的栏杆上，呼哧呼哧喘着粗气，浑身汗水，像是刚刚从澡堂里出来似的湿漉漉的，连忙递给她一包纸巾，调侃道。

　　"不行了，我。"蒋勤勤红扑扑的脸好容易喘过气来，摆摆手不连贯地说了一句。

　　亦诚宽慰道："多爬几次就好了，我坚持每周固定来这里爬山，风雨无阻，不然的话，整天趴在办公桌上，尤其是像你们做数据分析的，往电脑前一趴就是一整天，除了上厕所都不动窝了，将来还不得退化成大脑特别发达、四肢萎缩的E时代怪物。"

　　"你才是怪物。"蒋勤勤笑着回复了一句，两人最近比较熟了，勤勤表现得也不再那么拘泥，她实际上是一个比较活泼的女孩，只不过属于慢热型。

　　"来，继续上。"见勤勤已经喝了大半瓶水，亦诚一把将她拉起来，他担心如果坐得太久，这个女孩可就没劲再往上爬了。

　　"霸道总裁。"勤勤不情愿地嘀咕了一句。

　　笔架山山顶。

　　"告诉你一个好消息，特别大的好消息。"一共用了两个小时，两人总算爬到了最高峰，在山顶的凉亭前停下，蒋勤勤向小摊摊主买了两瓶冰镇矿泉水，拿手机微信支付过后，拧开一瓶的瓶盖递给亦诚，自己猛地咕咚咕咚喝了几大口，然后开心地说道。

　　"哦，有好消息啊，快说来听听。"亦诚喝着冰凉的矿泉水，爽透了。

"这是我大学毕业以后参加工作的第一年，马上就要到年底了，昨天接到人事部的通知，我今年可以拿到 5 万块钱的年底奖金，加上我这一年自己兼职挣了差不多有 5 万块钱，这样的话我就能还掉上学高利贷款的一半，我再努力一下，明年就可以全部还清了，我太开心了。"蒋勤勤兴奋的模样写在脸上。

"你真是厉害。"亦诚发自内心地祝贺对方，他听勤勤讲过为了走进大学校园找民间高利贷的经历，心里觉得不安，几次提出想借钱给她，提前把高利贷还了，勤勤一直不肯，她坚持认为，这是她自己的事情，必须靠自己的能力解决。"很多人都说放款高利贷的人，每年收取那么高的利息是一种罪恶，其实我不这么看。首先，这是愿打愿挨的事，人家把钱借给你，总得有一个回报；再者说了，如果没有这样的高利贷款，我根本就上不了学，那就不可能找到一份好的工作，只能和祖辈们一样，在我们西北的黄土坡上，面朝黄土背朝天地终老一生。所以说，我真的很感谢当年愿意借钱给我去读书的债主。"蒋勤勤说得很认真。

"你总是这么阳光和开朗。"亦诚由衷赞叹道，"很少听你说起过你家里的情况，跟我介绍一下可以吗？"看得出，今天勤勤心情很好，亦诚试探着问了一句。

"我来自社会最底层的家庭，陕北山沟沟里的乡下人家，像我们这样的家庭可能在你过往的生活轨迹中根本接触不到的，估计你也很难理解。"蒋勤勤跟着亦诚在凉亭内的石凳上坐下，缓缓介绍着，"我从小就住在黄土高坡的窑洞里，父母很早就离异了，母亲在我 8 岁那年离开，听说改嫁到外地了，我们就再也没有她的音信，父母离异时，家里有我和我弟弟两人，都跟我父亲过，弟弟比我小 6 岁。后来我慢慢长大懂事后，才知道其实怪不得母亲，因为我父亲酗酒，而且好赌，这两样都是中国西北农村男人普遍有的坏毛病，客观原因是他们有大把的时间无事可干，尤其是我们那个地方天气很冷，10 月份就进入冬天，要到来年 4 月份才化冻，一年有半年时间不能耕地，也没有其他活计可干，整天就在窑洞里待着。这个时候除了喝酒抽烟，就是摆麻将打牌。父亲赌博把家里仅有的一点东西输得一干二净，几亩旱地被他赌没了，家里的牲口、农具，以及其他有点值钱的东西都赔了个光。听说当年父母结婚的时候，我母亲娘家那边陪嫁过来的电视、摩托车，甚至几套衣服，这些也陆陆续续被我父亲拿去赌博，最后只剩下一个破败的窑洞，窑洞里外有两个土炕，其他什么都没有。"

亦诚很认真地听着，随着勤勤的描述，他的眼前浮现出西北山坡老旧窑洞的画面。

时光隧道之 2014：
陕北洛川县蒋家河窑洞，初中生模样的蒋勤勤和他上小学的弟弟

洛川县蒋家河窑洞，这会儿是晚上 9:00，外面的天空一片漆黑。

窑洞外屋，初中三年级的蒋勤勤和上小学四年级的弟弟，正在仅有的一张桌子前就着微弱的灯光学习。勤勤刚做完自己的功课，现在正在检查弟弟的作业。"这个算法不对，"姐姐解释道，"数学的平方和多次方应该是这么计算的，28 的 6 次方，相当于你要把这个数字 28 连续乘上 6 遍，你看。"勤勤一边解释，一边拿着圆珠笔在一张旧报纸上做着演示。

"哦，俺直接乘以 6，所以算出来的不对。"弟弟不好意思地挠了挠头。

"那是乘法，你现在学的是数学平方和多次方，别搞混了。"

"嗯。"

姐弟俩说话间，窑洞的门吱呀被推开了，醉醺醺的父亲蒋宝山跌跌撞撞地走了进来。"阿大，您怎么又喝得这么烂醉了？"阿大是陕北方言对父亲的称谓。蒋勤勤连忙站起来，扶着父亲进了窑洞里屋，在炕上躺下，然后拿了一条毛巾放到脸盆里，从暖水瓶倒出一些热水，把毛巾拧干，替父亲擦了把脸，再把他脚上脏兮兮的布鞋脱了，安置他躺好，盖上被子。

刚刚反身走到外屋坐下来，准备继续辅导弟弟作业，里屋传来一个声音："勤勤，你过来。"

蒋勤勤顺着声音又折返回到里屋，站到父亲躺着的位置前。蒋宝山睁开眼睛吩咐道："去，你去小卖部买一瓶酒，喏，这是买酒的钱。"说着从兜里哆嗦着掏出一张 10 元纸币。

"阿大，您今天不能再喝了，看您都醉成这样了。"勤勤从小营养不良，现在 15 岁了，看上去还没有发育，一副瘦小模样，身高不到 1.5 米，体重不到 40 公斤，她刚刚把父亲从外屋扶进来安顿到炕上，几乎费尽了所有的力气。

"你这女娃怎的这么不听话，大让你去，去买一瓶酒，怎么这么多事？"蒋宝山口气严厉地训斥道，"赶紧去，一会儿小卖部就关门了。"

"我不去。"勤勤倔强地回答道。

"你个倔娃，要找大人捶是吧。"

外屋的弟弟闻声跑了进来，一把护住姐姐："大，你不能欺负俺姐。这么晚了，俺不会让俺姐出门。"

"反了天了你们这俩娃，"蒋宝山猛地从炕上突然坐起来，拿起炕上的枕头啪的一下扔过来，站在炕前的两位少年低头一闪，枕头擦着他们的头顶上方飞过去，砸到了满是灰尘的墙根上，"娃们真是不懂事，我难受，我要喝酒。不喝酒还不如让我去死的好，死了好……"蒋宝山呢喃地吐着含糊字眼，倒头在炕上睡着了。

勤勤把父亲刚刚递给她的那张皱巴巴的 10 元纸币，放进炕头矮桌子的抽屉里，叮嘱弟弟："别让大知道。"

弟弟懂事地点了点头。

深圳郊区，笔架山山顶凉亭，勤勤喝了整整一瓶瓶装水，这会儿喘气稍微匀称下来。

"我弟弟比我小 6 岁，从小就是我照顾他，他很乖，也很上进刻苦，现在还在镇上的中学读高中。因为我很讨厌我父亲爱赌的陋习，怕他影响我弟弟，所以我让弟弟从初中开始就寄宿住校，假期也到县城找一些零星工作勤工俭学，只有每年春节的时候才回家几天。没办法，父亲是那样的人，改变不了他，但我不希望弟弟受父亲不良习惯的影响。"蒋勤勤向亦诚介绍了父亲的情形和弟弟现在的状况。

"弟弟学习还好吗?"

"嗯,他一直是优等生。"说到这里,蒋勤勤原先有些发愁的脸上放出光彩,"他特别喜欢琢磨电脑,还得过全省中学生计算机编程比赛高中部的第三名。"

"那你父亲还住在乡下老家,身体还好吗?"

"不好。他很多年前就因为抽烟落下了慢性肺病,又加上喝酒,现在是高血压、肺病、心血管中期堵塞等一大堆毛病,要命的是,我再怎么劝他都没有用。小时候,我曾经很憎恨他,觉得他特别没用,是废人一个。后来慢慢长大了,也能明白很多和我父亲一样的乡下男人的无奈,他们既没有知识,又不敢外出闯荡,浑浑噩噩一辈子,他们的一生有太多的无奈。如今我大学毕业有工作,经济上能接济他一点,也因为我现在是他的财神,他变成对我百依百顺的,但是那些习惯还是一直改不了,你今天告诉他不能抽烟,不能喝酒,不能赌博,他什么都答应你,可是转身又什么都忘了。可是不管怎么说,他是我父亲。"蒋勤勤叹了口气。

"血浓于水,这是自然的。"亦诚点了点头,"你今年春节会回老家吗?"

"今年不准备回去了,难得春节有 10 天的假期,我想让我父亲和弟弟都来深圳玩一玩。我算了一下,可以把我回去的路费,还有回家总是要买的一些东西,把这些钱用来请他们两人过来深圳过年,他们可是从来没有来过大城市,尤其是南方冬天不像陕北老家那样冰天雪地的,让他们见识见识。"

亦诚不禁想,自己可是从来没有过要把路费省下来接济哥哥姐姐或者父母外出旅游费用的念头,穷人的孩子早当家啊。

46

深圳，潮港城购物中心

与蒋勤勤关系的进展比亦诚想象的要缓慢得多，亦诚自少年时代起就在香港和国外生活，相对来说更习惯于国外人与人之间交往的模式，特别是年轻男女的往来，爱憎分明，立竿见影，推进迅速。他当然明白国内的女孩相比之下要矜持得多，尤其是像蒋勤勤这种出身于社会底层的姑娘，心里有一种自卑感和强烈的自我防范意识，就像打造了一身硬壳盔甲生生把自己包裹起来。在盔甲以外，她可以和你交往共事，但是你如果想触达其内心深处并且让她无保留地接受你，那真不是一件容易的事。亦诚从侧面大致了解到蒋勤勤至今还没有过正式的恋爱经历，貌似在她大一那年，曾经单相思地喜欢过系里的一位留校助教，后来那人出国留学了，也就没有了下文。亦诚可以算是蒋勤勤交往较深的第一位异性朋友，她心里有几分渴望和兴奋，同时又有那种说不清道不明的羞涩和迟疑。对于亦诚来说，自从上次伊琳娜意外身亡之后，他有过很长时间的抑郁，这也是他决定回大陆创业的一个主要原因，希望借助环境的变化让自己重新振作起来，遇上勤勤是亦诚始料不及的。这是他第一次喜欢上一位内地女孩，他很迷恋她，希望与对方发展更为亲密的关系，但同时也格外小心，怕冒冒失失的反倒惊扰了对方。虽说用慢火熬汤的方式去酝酿一份情感是东方文化的常态，对于亦诚来说则是一种全新的体验。交往大半年下来，两个人一起吃饭，一同看电影，周末一起爬山、骑车、游玩，有过很多美好的相处时光。蒋勤勤从不排斥与亦诚的交往，但是双方一直没有捅破那层纸，换一句通俗的话讲，就是还没有确定正式的男女朋友关系，亦诚能感觉到勤勤对于和自己公司的老板谈恋爱依然存有顾虑。

转眼到了春节，公司宣布今年春节除了国家规定的假期外，提前放假一周，以便外地员工可以有充足的时间返乡过年。亦诚回香港在家里待了10天，哥哥和姐姐也都回来了，姐弟三人平常都在世界各地各自奔波忙碌，难得有一个全家团聚在一起的机会。

正月初八，亦诚从香港返回深圳，公司要到大年初十才开始上班，按照深圳的惯例习俗，新春开业的第一天，当老板的要站在公司门口给每位员工发一份红包，通常金额不大，也就是10块、20块的样子，更多的是一种新春吉祥兴旺红火的寓意。亦诚忽然想起自己需要准备将近100份红包，于是从公寓楼的地库开车来到附近的潮港城购物中心，买一些红包提前准备好。他停好车子来到卖场二楼，在一家包装用品专卖店把红包买好，想着顺便到负一层的超市买点东西，正走在购物中心通行走廊的一侧，猛地发现蒋勤勤和两位父子模样的男性正迎面走过来，亦诚连忙抬起手臂朝对方挥了挥手，一边喊道："蒋勤勤。"

蒋勤勤应该是看见了亦诚的招呼，可是她好像没有反应，反而领着身边的两个人准备转个角度朝侧面走去。亦诚顾不上多想，快速往前紧走几步，离着蒋勤勤还有5米开外就大声招呼着："勤勤，过年好！"

蒋勤勤只好停下脚步，等着亦诚走到面前站住后，才微笑着回复了一句："陈总春节好！"

"你好，这个春节都在深圳吗？"

"是的，我没有回家过年，对了，这是我父亲和我弟弟。"蒋勤勤说着把身边一左一右的两位男子介绍给亦诚。亦诚想起来上次勤勤提起要让她家人来深圳过春节，他打量了一下，迎面右侧是一个上了年纪，略微有点驼背的老人，很瘦，在他印象中，勤勤父亲应该只有四十五六岁左右，比他父亲年轻近20岁，但是眼前这个人的模样，可是显得比他父亲苍老了许多。另外一侧的小男生长得很俊俏，身材结实，虎虎有生气。"这是我弟弟蒋壮壮，在老家上高中。"

亦诚连忙伸出右手，跟蒋父握了握手，自我介绍道："你好，我叫陈亦诚，和你女儿是同事。"

"他是我们公司的老板。"蒋勤勤补充了一句。

"老板好年轻啊。"蒋父十分客气地寒暄道。

"哪里话，我们都是一起做事的。"亦诚转过来问蒋勤勤："这几天都在深圳玩？"

"嗯，他们从来没来过南方，带他们四处走走。"

"气候和吃的都习惯吗？"

"还好，这边春节的时候比俺陕北暖和多了。"蒋父客气地回答，他说着一口浓重的西北口音，亦诚觉得很像他几天前在香港家里和母亲一起看过的电视连续剧《走西口》的西北腔调。

"深圳室内没有暖气，你们会不会不适应？"亦诚问蒋父。

"还好，挺暖和的，而且房间里有空调。"

几个人站着寒暄了几句，亦诚说："这马上就到饭点了，要不找个餐厅，我陪几位远方的客人一起吃顿便饭？"

还没等蒋父回话，蒋勤勤抢过来断然回绝道："不了，我们还有别的事情，先告辞了。"说着就一左一右挽着两人的手臂要往另一侧走开。

蒋父停住脚步，从口袋里掏出手机打开微信，向陈亦诚说道："陈先生加个微信？"

蒋勤勤正试图制止，亦诚已经调出微信扫描界面："当然没问题，我扫您。"说话的工夫添加了对方的微信号码。

"谢谢老总，回头再聊。"蒋父把手机放回口袋，招了招手，随女儿往侧面走去。

亦诚站在原地，望着蒋家父子父女三人在人群中渐渐远去的背影，他对刚刚蒋勤勤的冷漠有些摸不着头脑。

正月初十，公司正式开工，上班的第一天大家都喜庆洋洋的，亦诚按照行政部的安排，一早就站在办公室入口处，给每一位节后返工的同事送上红包。中午公司安排集体聚餐，公司员工有90%都来自外地，春节自然是要回老家过年的，假期结束返回深圳，几乎无一例外地都带来满满几大箱的家乡特产。今天是节后上班的第一天，每个人都兴奋地拿了一堆家乡美味过来与同事们分享，一时间，会议室里堆满了全国各地特产，仿佛是一个小型美食节。

这天上午11点多，亦诚正在与一位前来拜访的供应商洽谈，突然，手机跳出一条微信短信，打开一看，竟然是蒋勤勤的父亲发过来的："陈总您好，俺是蒋勤勤的父亲，蒋宝山，俺今天晚上就要离开深圳回老家了，请问您中午有空吗？想约您一起吃一顿饭（请不要告诉我女儿）。"

陈亦诚没有多想，点击微信回复道："好的，蒋老伯，我们公司楼下有一间北方面馆，我把地址发给您。"

对方马上回复道："北方面馆，俺知道那个地方。"

"好的，那我们约个时间，中午12：30见。"

亦诚准时下楼来到了北方面馆，这里离他的办公室只有两栋楼的距离，是一座综合楼的底商，只见蒋宝山已经在面馆门口等候，他连忙上前打招呼，双方走进面馆，找了个靠角落的位置坐下。"老伯怎么不多待几天？"亦诚替对方倒了一杯茶，开口问道。

"不了，你们都忙，俺这次来游玩了不少地方，真是长了见识，比俺们老家那个地方可是好看多了，这么多高楼，吃的东西多，人也多，就是东西太贵。"蒋父媚笑着说。

陈亦诚客气地点点头，随手拿出菜单，点了几个菜，问道："老伯您要喝点酒吗？"

"好的，来点白酒。"

亦诚猛然想起蒋勤勤提到过她父亲酗酒的事，于是提了个建议："那我推荐您来一瓶二两小瓶装的五粮纯，我下午还要上班就不陪您喝了。"见对方认可，便举手招呼服务员要了一小瓶白酒。

饭菜很快上齐了，"来，随便吃点"。亦诚拿起筷子做了个邀请的动作。

"好的，"蒋父自己拧开酒瓶盖，把二两白酒往玻璃杯里一倒，仰起脖子喝了一大口，这才开始拿起筷子夹菜，"俺听勤勤说你是公司的老板，谢谢你对俺家女娃的关照。"

"哪里话，是她关照我们才对，这里是创业公司，说得通俗一点，就是一伙年轻人凑在一起做一点事，谈不上什么老板哪，员工哪，也没有那么多上下级关系，就是想着一起把事情做起来，大家就都能有钱赚。"

"了不起啊，你们都是人才，都是人才，而且俺看大家工作真的很辛苦，勤勤还发了那么多的奖金。"

陈亦诚没有继续这个话题，转而问候道："老伯回去以后在老家平常都做些什么呢？"

"俺们那个地方就是一堆土疙瘩，什么都做不了，一年有半年的时间要猫冬，哦，就是躲在窑洞里面，天冷，地里干不了活，也基本上出不了门。另外半年就是收拾收拾地里的庄稼，山里头的地不肥，只能种土豆，别的都种不活，年轻人还可以到外面打点零工，俺这岁数大了，身体也不好，出不来门。"

"您还不到50岁，正是壮年呢。"亦诚见对方意犹未尽，便招呼服务员再添了一瓶二两装的五粮纯白酒。

"这个味道好。"蒋父高兴地拧开瓶盖，显然二两酒对他一点都不过瘾。"您还觉得俺是壮年呢，陈总您可能不知道，在俺们乡下，50岁就是老汉咯，一身的病。"

"那边空气好。"亦诚没话找话地说了一句。双方停顿了一会儿，各自把面前的面条吃完，几道炒菜也吃得差不多了，蒋父拿起餐巾纸擦了擦嘴，把桌上玻璃杯剩下的白酒一滴不剩地喝完，开口说道："陈先生，俺有一个事情特别不好意思，不知道您能不能帮个忙？"

"您说。"亦诚替对方把茶水续上，微笑地看着对方，这是一张充满倦容的乡下老汉的脸。

"是这样的，俺的身体一直很不好，肺病、心血管病，还有高血压，一大堆毛病都得吃药，俺们乡下人也没有什么你们说的公费医疗、保险这些东西，什么医保的俺们都不懂，看病吃药都得自己掏钱买。俺这次出门的时候，村里的医生告诉俺在深圳可以买到几种治疗俺的病的西药，俺前两天出去看了一下，这些药都好贵。俺估摸了一下，如果要买6个月用量的话，需要不少的一笔钱，跟您说这些其实俺很不好意思，本来是应该找俺女娃要的，可是俺看她日子也过得紧巴巴的，有点不忍心向她开口。"

"我明白，勤勤刚大学毕业参加工作，工资不高，深圳又是高消费的地方，"亦诚说，"身体不舒服一定得吃药的，这个钱怎么都不能省。您说的买药大概需要多少钱呢？"

"药房说大约 8000 元。"

"这个没问题，您抓紧把药买了，买药的钱就让我来帮您。"亦诚说着掏出手机，"微信转给您可以吗？"

"可以可以，真是不好意思，俺给您开一张借条好吗？"

"不用。您老伯吃药，本身就是一项必需的生活开销，更何况我现在单身，手头上也还宽裕。"说罢，亦诚直接点击微信，转账给对方 8000 元。

"老板您真是好人，俺都不知道该怎么感谢您。"蒋父双手抱拳鞠了个躬，一副感激涕零的神情。

"这是小事，您千万别和我客气。"亦诚有点不习惯对方的礼节。

"这是真心话，俺都不好意思跟女儿要的。要是她知道俺找您借钱，还不得把俺骂个半死。"

"没事，我明白，这个事情我不会跟勤勤说的。"

"太感谢了。"老伯说完站起身来，再次毕恭毕敬地向亦诚抱拳鞠了一躬，双方在面馆门口道别。

第二天刚一上班，陈亦诚收到蒋勤勤发来的一封邮件：

"亦诚，对不起，我父亲找你的事情，我是事后才知道的，给你添困扰了。你不知道的是，他找你借钱根本就不是用来买药吃药的，他的药品我都定期给他寄，他找你借钱其实是用于酗酒和赌博的，真是为老不尊。再次抱歉给你带来这些困扰，这 8000 元钱款算是我的欠账，容我接下来发工资的时候再转还给你。

"更加让我担心的是，我父亲知道了你的联络方式，以后可能还会再来打搅你，这样的事情以前多次发生过，他曾经在我上大学的时候自作主张去找我的室友借钱。所以那天我们在商场碰见的时候，我很小心地不想让你和他有单独接触的机会，没想到他还是直接找你开口了。人穷志不短，我要求自己有尊严地生活。稳妥起见，我准备辞职离开本公司，以避免因为父亲的事情日后还给你带来更多的困扰。我会抓紧把手头的工作做个了结，尽快跟人事部提交辞职申请，再次向你道歉。"

"勤勤，你来一下，"亦诚看完邮件，直接走到对方的工位上，把蒋勤勤叫到小会议室，关上玻璃门，"首先，老人家有困难我资助一下，这个算不上什么事。你如果觉得我不应该介入这种事情，我以后不再答应他就是了，或者我可以告诉老人家，说如果要我借钱给您，请您事先跟您女儿打个招呼，这不就结了吗。这怎么扯到辞职上面了？牛头不对马嘴的。"亦诚一板一眼严肃说道。

"我也不想辞职啊，这么上手的工作，可我就是担心他以后还来骚扰你，谁让我摊上这么一个不争气的父亲。"蒋勤勤眼眶红红的，噙着眼泪回答。

"听我的，你什么都不用担心，我们能协商出一个好的处理办法的。再说，"亦诚提高了嗓门，"我好不容易喜欢上一个女孩，一定不会这么轻易放手的。"

借着这股子劲，陈亦诚终于让憋在心里好久的话顺着喉咙口蹦了出来。

47

深圳龙岗，萨维尔办公室

"糟了糟了。"产品部经理吴明生冲到陈亦诚的工位前，一把拉上亦诚的手往会议室走去，慌慌张张地叫喊着。

这也是开放式办公的一个缺点，所有人都在一个大的空间工作，很难有什么私密性，遇上需要单独交谈的话题时，就得走到会议室里。好在公司当初设计空间布局的时候充分考虑到这一点，萨维尔公司大大小小一共有8个会议室，足够各种会议或者单独谈话时使用。

亦诚把会议室的玻璃门关上，转身告诫吴明生："别这么慌慌张张的，影响同事的情绪，到底怎么回事？"

"老大，出事了，产品的事儿。"吴明生与亦诚面对面坐下来，叹了一口气，"就是咱们最新这批法国产的面霜。"

"面霜怎么啦？"亦诚一听这话不禁心里往下一沉，他知道公司前不久从一家法国工厂下单生产了面乳和面霜两款产品，订单价值大概是 200 万人民币，这批货品是通过国际海运送达广州保税仓的，上星期的管理周会提到过，大约两个星期前完成入库手续，10 天前正式开始销售，为此，市场部门还投放了大约 100 万的线上宣传营销。

"这款面霜刚刚开始销售几天，因为是法国原装品，感兴趣的顾客很多，可是这几天我们陆续收到好几位购买用户的投诉反馈，说是面霜抹到脸上以后有红斑和过敏反应，有两个人还说脸上一直很痒，好一阵都消不掉。我们当然是给顾客做了退款处理，前天我特意去了一趟保税仓，拿了几瓶面霜，到广州市找了一家我认识的检验室让他们连夜加班帮我测试，昨天结果出来，果然是黑曲霉菌超标，也就是微生物含量不合格。"

"黑曲霉菌，微生物？解释一下。"

"关于化妆品微生物含量一直有明文规定，例如用于面部、眼部、口唇的化妆品细菌总数不得大于 500 个 / 毫升，这是指在单位容量中的细菌个数，而在实际检测化妆品的细菌总数时，活细菌总数是通过对检测试样处理后，在一定条件下培养生长出来的细菌菌落形成多少的单位个数。你看，这里有一个栏位，菌落。菌落是微生物细菌存在的一种特有形式，是指细菌在固体培养基上发育而形成的能被肉眼所识别的生长物，它是由数以万计的相同细菌聚积而成的，基于化妆品试样中的细菌细胞是以单个、成双、葡萄状或成堆的形式存在，因而在培养基平板上出现的菌落可以来源于细胞块，也可以来源于单个细胞，因此计得的菌落数字是以单位质量（g）或容量（ml）菌落形成的单位数，即以毫升表示。"吴明生是化学专业出身，说起成分来头头是道，"这方面，以前我们国内执行得不很规范，现在慢慢严格了。"

"如果是污染的话，应该就是生产环节的问题。"陈亦诚喃喃道。

"也不能一概而论。"吴明生解释道，"化妆品微生物生成和对产品产生污染的途径有很多种可能，包括生产过程中使用的原料、容器和制作过程的无菌环境等等。化妆品的许多原料都是微生物生长繁殖所需要的营养物质，其中含有丰富营养成分的水状原料，极易受到微生物污染。另外还包括包装材料、密封程度、运输中的环境变化等等。以前经常使用例如过氧化氢银离子复合消毒剂，对于抑制霉菌和霉菌孢子有理想的杀灭效果，但这种消毒剂对金属和塑料包装材料有一定的腐蚀性，现在倡导不用和少用消毒剂，所以生产过程中使用它的频率越来越少了，这也是一对矛盾。"

陈亦诚接过话题："那找厂商沟通啊。"

"关键就在这里，"吴明生懊恼地说，"我们跟厂商沟通了，这两天我都在跟那家法国工厂沟通。对方的答复是出厂前他们给出的封样检测是合格的，所以他们不认账。"

"那有没有可能在其他环节出了问题？"

"可能性不太大，也怪我们当时在工厂交货的时候没有委托当地第三方机构代为验收和封样，现在产品封样都是厂家做的，我们只能听天由命。如果封样检测合格的话，唯一能想到的就是运输，运输过程中温度的变化，有可能导致微生物生成，特别是如果瓶口密封没有达到真空标准的话，空气随时会流通进去，这也是有可能发生的。尤其我们这一批货当时为了节省运费，走的是海运，海上运输几十天漂洋过海，势必有很多不确定性，集装箱本身没有保温功能，从寒冷的北大西洋经过赤道，太阳暴晒，这个谁都不敢打包票。"

"问题已经出现了，躲也躲不过，现在的问题是，谁的责任？"亦诚意识到此事不妙，这可不是一笔小数字。

吴明生显然不知所措："工厂说他们的产品出厂时没有这个问题，所以拒绝承担责任，我们的货款都已经和厂家全部结算完毕。"

"胡闹！生产合同呢？你把苏小娟叫来。"亦诚吩咐说。

苏小娟是萨维尔公司行政人事的负责人，对外相关的法务也是由她牵头处理的。"苏小娟知道这个事，我已经跟她沟通过。"吴明生一边说，一边用微信呼叫："小娟，您现在到三号会议室来一下，我和老大在这里。"

几分钟后，苏小娟推门而入，见到会议室这两个人的神态，大概明白了要谈的是什么话题，她开口说道："老大，法国面霜的事情明生跟我已经沟通过几次，本来下午也想着找机会跟您汇报一下。"她把一份商业合同放到桌上："加工合同是用我们香港公司的名义和法国公司签的，付款从香港账户走，当初对方坚持使用他们的合同文本，是法文。这一点我们的律师提醒过，后来因为对方不愿意退让，我们就同意了，这是我和明生讨论后的决定，我有责任。"这句话让亦诚感到有些意外，大凡商务合同，甲乙方使用谁的合同范本，谁就居于有利地位，范本固然可以协商修改，但如果用的是对方版本，那就意味着任何一处条款或者措辞的修改都要和对方的律师沟通，尤其是海外的商务合同，通常都有上百页的篇幅。正是基于自我保护的意识，亦诚一直要求各个部门对外合作的时候尽量使用本公司的合同范本，但是各个部门在执行的时候经常不够坚持。"这家法国公司当时洽谈的时候很固执，在合同版本使用环节上死活不让步，说是他们承接的所有法国以外的订单都只能使用他们公司律师提供的合同版本。法国人不喜欢使用英文，这是地球人都知道的拉丁语文化自豪，我们和对方来回争执了好久，最后我们只好让步，没想到现在被动了。"吴明生补充道。

"合同有问题吗？"

"是的，"苏小娟说，"因为合同是法文，在对方坚持使用他们的制式合同后，我们不够细心，现在看来是有疏忽的地方。"

"疏忽在哪里？"亦诚不禁心底一颤。

苏小娟把桌上的合同文本翻到第 45 页："主要的疏忽有两处，一个是这里，合同规定如果产品质量有任何问题，涉及委托方也就是我方向生产方即法国工厂方提出任何索赔要求，必须在产品出厂后 15 天内提出，显然现在的这个时间点已经过了追索期。"

"15 天，怎么可能？我们就是空运入库也来不及啊。"亦诚愤愤然说道。

"这就怪我们当时合同没有看得更仔细，这是埋在对方责任条款几十条中间的一条，只有一句话带过，如果不是每一行都细细推敲的话，很容易漏过。往好了说，我估计这个合同版本是针对法国国内加工订单的，因为本国运输，15 天时间是足够了。"

"还有呢？"

"还有就是纠纷的法律条例适用，这上面规定的是如果双方发生争执无法协商解决，需要适用法国法律，这就对我们更加不利了。"

"等等，"亦诚皱了皱眉头问道，"合同没有经过我们的法律顾问把关吗？"

"有的，是我经手的，"吴明生低头回复，"当时我把合同给了我们的法律顾问，让顾问审查，因为生产部的加工合同比较多，每个月总有 10 份以上，我们又催要得比较急，我记得当时我请律师两天内回复我们，我估计我们的律师没有看得很仔细。"

"是国律师吗？"

"是的，他是我们的承接律师。"苏小娟见吴明生没有回复，估计他记不得律师的名字，在旁边补充了一句。

"国律师是产权律师出身，术业有专攻，这种生产加工合同不是他的强项。"亦诚继续追问吴明生："那么下一步你有什么意见？"

吴明生回答得有些结巴："老大，像小娟所说的，我们在合同上留有大的漏洞，如果对方紧紧咬住文字上的规定，我们恐怕没有多少可以和法国人理论的空间，毕竟我们是被动的一方。"

"那你这两天和对方都聊了些什么？"亦诚听到吴明生只是一个劲地描述过程和找客观理由推脱，心里很是不满，他又追问道。

"我已经直接找到他们工厂的老板，对方是一个很古板的法国老头，这工厂好像是他父亲传下来的，他们的加工生意客户除了法国以外，就是西班牙和意大利周边的欧洲国家，他只会说法语，英语讲得别别扭扭的。我跟他沟通了几次，都不顺利。对方认为他们没有责任，说是按照合同条款，他们已经做了他们应该做的事情。他们说我们应该找船运公司索赔，直接就把责任推了出去。"吴明生略微停顿了一下，他看见坐在对面的陈亦诚脸色变得通红，正努力咬着嘴唇在听他的叙述，只好硬着头皮往下说，"船运公司我也联系过了，他们认为有可能是温度变化引起的。要命的是，这批产品我们没有办理保险。我问过船运代理，他们说发生运输途中商品损坏，只要不是丢失，通常得由物主方向保险公司索赔，船运公司最多只能退还运费，这是在运输合同里有规定的。"

"狗屎。"亦诚终于忍不住爆了粗口，"就是说现在这泡狗屎没有人认领，法国工厂说他们出厂时质量没问题，船运公司把责任推给我们，说我们没买保险自认倒霉。吴明生，你是负责产品生产制作环节的，验货和运输的事情都是你的职责范围吧？"

"我没想到会出现这样的差错，当时决定不买运输全价保险，也是为了替公司节省一笔费用。"吴明生回应了一句，他觉得被亦诚这么严厉训斥，有些委屈。

"去你的节省，你就省出这 200 万的麻烦。"亦诚气愤得情绪上来了，操起会议桌上的无线电话话筒，朝正对面的吴明生扔过去。吴明生下意识一闪，话筒顺着他的耳朵旁飞过，砸到后面的墙上，嘭的一声摔了个粉碎。

苏小娟连忙站起身来，示意吴明生不要声张，然后走到墙边把摔成几块碎片的无线话筒捡起来，放进垃圾桶。"陈总，你冷静点。"

"冷静个鬼！"陈亦诚愤愤然地说道，"我又不是所有人的保姆，合同核对，商务条款防雷，办理运输保险，还有注意产品的描述合规，这些都是每个人应该做好的基础本职工作，我们这里是公司，不是幼儿园，多少次了，出问题都是因为日常的疏忽造成的，就这点德行还想创业做品牌呢，胡扯！"亦诚这下是愤怒情绪大爆发，他的确多次发现公司内部各部门做事不够细心，进而惹出许多麻烦，包括前不久产品部印制包装外盒的时候没有认真校对文字，直到所有生产环节结束，产品入库时库房主管才发现包装外盒印刷的有效日期居然是 2005 年 5 月 30 日，错将 2025 年印刷成 2005 年。

"这次的确是我们内部的疏忽，如今这种情况，法国工厂不认账，运输过程没有上保险，即便我们起诉船运公司，对方也很容易反过来举证说，他们还有其他类似产品在运输当中没有出现问题，所以很难证明是船运公司的责任。"苏小娟说。

"那当然，谁会来替我们担责？这件事情肯定就是无头公案，只有我们当傻 X。"

"亦诚，真的对不起，这次的确是我的过失，责任应该由我承担，我自愿要求扣除我今后 3 个月的工资和今年的全部期权。"吴明生红着脸表态。

"先把产品从销售端撤下来，马上就做，已经卖出去的召回，无论如何不能让这些东西流入市场，不仅影响用户的使用，更会伤害我们的品牌信誉。其他的找时间再议。"亦诚给出了明确的指令，挥挥手让两人退出。

待两名同事离开会议室，陈亦诚一人呆呆地坐在椅子上。眼下出问题的这批货物，是公司创业以来订单金额最大的一笔，当初有韩国、日本和欧洲好几家加工工厂可供选择，这家法国工厂相比其他厂商的报价是最高的，最后决定与这家法国工厂合作，图的是产地效应，希望借助法国工厂生产来提升萨维尔的品牌影响力，没想到如今出了这么大的差错。这次错误再次敲响了公司管理方面的警钟。商务世界永远不要指望别人对你的关照和礼让，大家都是为了利益而来，一旦被算计，就只能说明自己这一方的无能，亦诚虽然年轻，几年创业经历下来这个道理他已经很明白。合同条款没有经过更加仔细的推敲，一目十行的以制式条款这样的理由轻易放过，出厂交付前没有经过严格的测试验收，大金额的越洋运输心存侥幸没有投保商业保险，这些本来应该是正常流程的若干环节都被疏忽了，这才是让亦诚生气懊恼的。他知道刚才一挥手扔话筒的动作有些失态，但就是控制不住。萨维尔公司员工大多是年轻人，近百号人平均年龄 24 岁，这个年龄段的人，通常都是干劲十足，但缺乏对于细节的重视，尤其从事与互联网相关的创业，注重速度、增长，忽视执行过程中的每个细节，就好比一家建筑施工队，总在想着每天往上盖楼的速度越快越好，墙壁漏风，地板有裂缝，大家都不太在意。这种现象既是新兴行业的普遍特点，也与公司员工的年龄构成有关，包括他自己在内，公司每次讨论新的创意，大家都兴高采烈的，一旦碰到合同条款推敲，似乎都不太注意，经常就是随手签字，或者推给外包的法律顾问，看来需要从管理层面适当引入更成熟有经验的管理者。

亦诚呆呆坐在椅子上想着，会议室玻璃门上响起两下敲门声，蒋勤勤推门进来。"我刚看到你和生产部吴明生急匆匆地进来关上门，后来苏小娟来了又走了，估计是有什么事，所以就过来问一句，都好吧？"勤勤温情地轻声问道。

"不好。"亦诚把事情的来龙去脉简单陈说了一遍，勤勤面对他坐着，静静的没有作声。

"200万啊。"亦诚说着，有种心如刀绞的疼痛感。

"嗯，是好大一笔钱，"勤勤伸出双手捧起亦诚的右手，用两个拇指在他的右手手心上轻轻按摩着，"那你接下来有什么打算？"

"损失一大笔钱，可是问题还不仅仅如此，我们现在只能把这批货报废掉，从头再找别的工厂生产的话，正常需要两个月周期，这一来我们的销售就会出现断层，互联网销售一旦出现断层，难免会有归零效应，再重新起势就太艰难了。"

"是挺讨厌的，"蒋勤勤理解亦诚的烦恼，"不过我们得这么想，既然问题已经在那里了，早发现总是好的，要是等到大批顾客使用不适产生纠纷，再遇上媒体曝光，那我们的损失可就更大了。不仅仅是金钱上的，还有公司品牌。"勤勤说着话，换了亦诚的左手，继续来回按摩着他的掌心。

"还是你比我想得开，我刚才的确有些失态，差点把吴明生给砸伤了。"亦诚叹了口气，"行，我来想办法解决吧，先得找一下财务。"他知道公司目前的资金吃紧，本来计划这200万成本的货物投放市场，预计3个月销售50%，大约能有800万的资金回笼，如今出现这个意外，不仅仅800万资金一时没有指望，而且即便找到合适的厂家重新生产，还得另外垫付200万的现金，这一增一减的，公司的财务怕是难以支撑。

除非……他脑子里忽地闪过一个方案。"嗯，或许可行。"

48

厦门，海沧开发区

3天以后，厦门海沧区。

海翔大道临近厦蓉高速入口处，这里有一片近年规划的工业园区，白鹭日化生产有限公司就在这个园区里。

"陈总您好。"陈亦诚在一排白色厂房的门口下车，白鹭公司的老板高翠云已经站在门口迎候。高翠云是江西人，原籍九江，她丈夫早先参军服役到厦门，她就作为随军家属，10多年前到了厦门，后来自己创办了这家外贸型的日化工厂，他丈夫魏宝华退役以后加入公司负责库房，全家人就在厦门安顿了下来。海沧位于与厦门岛隔海相望的大陆板块，距离厦门市中心大约20公里，如今是厦门的一个郊区，许多加工型企业都坐落在这一带。

萨维尔公司和白鹭日化以前有过合作，但订单量都比较小，这次陈亦诚亲自过来，是想寻找那批经法国工厂加工的面霜产品出问题后的补救方法。萨维尔品牌的所有产品配方都是由英国母公司提供的，工厂只是按照配方做来料加工，调制产品小样，确认后生产灌装，这就少掉了产品研发这个漫长环节。时间上如果国内加工厂全力配合的话，应该能够在一个月之内完成所有的原料采购、加工及灌装出货。不过这次陈亦诚前来拜访的主要诉求并不仅仅是生产时间问题，这些，生产部门的同事可以负责沟通。受到公司现有资金的限制，萨维尔的银行现金一下子拿不出200万，所以亦诚脑子里闪过一个变通的办法，但这是否可行，需要跟对方商量。

"高总您好惬意啊，"双方在高翠云办公室坐下，主人热心地泡了一壶铁观音功夫茶，陈亦诚端起来喝了一口，不禁赞叹，"好茶，真香。"他知道福建人大多有喝茶的习惯，说起来，自己曾奶奶那辈祖先还从事过茶叶出口生意。

"陈总祖籍福建，应该很懂茶道的。"高翠云说。

"我只是喜欢喝茶，茶道那可是一点都谈不上。高总，我们已经合作过好几次了，彼此都相处得很愉快，今天我就开门见山。"直截了当一直是亦诚与任何商业伙伴洽谈的风格，他很清楚生意人心里都有一杆秤，虚情假意地绕弯子，不过就是浪费时间，"我们现在有一批货出现了质量问题，这个情况您知道了吧？"

　　"是的，昨天你们的吴明生大致和我说了，怎么会这样呢？"高翠云把亦诚面前的茶杯续上。

　　"还是我们自己大意了，怪不得别人。"陈亦诚端起茶杯一饮而尽，是他交代吴明生提前把情况跟高翠云说明的，这样就省得见面时还得从头叙述一遍。"高总，我现在想跟您协商一下，把这批货在您这里抓紧安排生产出来。"

　　高翠云点点头："我们公司主要做的是外贸订单，内贸接得不是很多。像我们这样的外贸企业，现在相对是一个淡季。我昨天跟我们生产车间负责人碰了一下，按照您的数量、基本原料要求，还有如果我们可以直接联系常年与我们合作的开瓶厂，让他们加班赶活的话，从我和您双方签订合同开始，打样送检，确定封样，采购原料，下单制作亚克力瓶，盒子印制，到生产装瓶出货，整个流程下来，我认真算了两遍，最快25天可以交货。"高翠云是一个亲力亲为的老板，对每个环节都了然于胸。

　　"好的，那就太谢谢您了，我原来计划是一个月，25天已经比我的心理期待值要缩短一些，您知道，我们很怕一下子断货，影响到日常的销售。一旦确定是25天，我们可以提前两周做预售，这样，空档的时间就不多了。"

　　"这个我们都能理解，而且我们长期做外单的，合同时效容不得一点差错，这25天是我的保险系数，应该还能有提前2到3天的机动量，我们尽量赶。"

　　"来，预祝这次合作顺利，"亦诚端起茶杯与高总碰了碰杯，一口喝完，放下杯子开口说道，"合同细节回头我让吴明生对接，有个事我想冒昧提出来跟高总商量，就是货款问题。"在他的印象中，高总是个快人快语的风格，这个性格和亦诚很类似，也是他决定亲自过来一趟寻求突破的原因。"按照行规，我们应该在签约时付款 50%，封样付款 30%，交货时再付尾款。可是我们最近的资金链确实比较困难，您也知道我们一下子要报废 200 万库存，而且接下来一段时间又无货可卖，没有相应的销售款入账。所以我想斗胆问一下高总，我们是老合作伙伴了，有没有可能大家这次做一个两全其美的通融办法。"

"陈总有什么设想呢？"高翠云递过来一盒鼓浪屿馅饼，"尝尝这个。"

"我这次来，就想把我们的实际情况和高总敞开了说，看看我们协商一下。我这边有两个建议，不太成熟，您看有没有参考价值，"亦诚咬了一口馅饼，"一个方案是，我们付款的节奏，签约的时候只付您 20%，交货的时候付 30%，剩下的 50% 我 3 个月以后支付，可以按照 12% 的年利率计算这部分的资金成本。还有第二个方案可能更激进些，就看高总是否对我本人、我们公司有足够的信任，愿意不愿意接受风险。"

高翠云这边听出来了，这句话是在为接下来的方案做铺垫，她不动声色地回答道："陈总说来听听。"

"好，我的第二个建议方案呢，就是我们只支付总货款 5% 的定金，算是一个意向金吧。接下来呢，我们计算出这批货物全部的第三方成本，就是采购原料的成本、外订亚克力瓶子瓶盖成本、纸盒印刷制作成本，总之就是您这边需要对外采买的所有成本，这些都是您付给别人的钱。这些钱您负责垫付，我们 3 个月后还是以 12% 年利率一次性付给您，剩下的就是您工厂的人工费、灌装费用、生产均摊、设备折旧还有管理费，以及最重要的您的利润，这些我们以商定的销售百分比提成，每月结算一次，按照我们的预算和市场营销计划，这批货应该 5—6 个月可以基本上卖完，这个时间点我们可以书面承诺。您很清楚我们做零售的有营销成本、履约成本、人工成本等等，我们也和您这边一样，只计算支付给第三方的成本，主要是市场投放费用，不考虑品牌投放，只计算针对这款商品的广告和销售投放，还有就是线上销售的快递费，其他的人工办公什么的都是我们公司内部的费用，这个我们也一样不做计算。那么总销售款，我们双方把您这边和我们这边各自付给第三方的钱扣除以后，剩下的这个毛利，我们各取50%。这样算下来，与我直接付您200万协议款相比，您的收益要大得多，我在过来的飞机上初步算了一下，这里有个手写测算您先看一下。"亦诚把一张手写纸交给高总。"当然，对您来说这样做有一定的风险。如果您愿意相信我，帮助我们渡过这次难关，能跟我们一起承担这份风险的话，您的收益也会更大。另外更重要的一点是，从此我们的关系就会往前大大迈进一步，时髦话叫作伙伴型战略合作关系，您知道，我们是一家刚刚起步的创业公司，每年至少有百分之百的增长幅度，后续的生产需求会不断增加。"

高翠云认真听着，半晌没有直接回复："来，喝茶。"

"如果，"亦诚犹豫了一下，"如果高总能够帮助我们，利益分成方面我们还可以再做些调整。"

"这个都好说，"高总缓缓开口说道，"你这个想法的确非常大胆，我们这家加工厂这些年还从来没碰到过这么操作的。你知道，像我们这种外向型的来料加工厂，主要接受的是外贸订单，外贸订单的好处是数量比较大，资金交付都很准时，缺点就是利润很薄。你别看我们一年做几千万美元产值，利润只有4%左右。"

"这个我理解，利润低，意味着抗风险的能力低，如果我们这张订单的货款回收出现问题，您这边可能大半年就白干了。"亦诚表示认同对方的顾虑，"跟外贸相比，我们这个订单量不算大，不过如果我们一起把这事做成，您这边的收益，可能不小于正常情况下半年的纯利润。"

"说实话，陈总你特别打动我的，是你的坦诚，如果换一个人，可能先天花乱坠地胡乱吹一通牛，恨不得银行都是你们家开的，而你一上来就直接告诉我你的资金困难，这样的企业家我还很少碰见。"高翠云把茶壶里的茶叶倒了出来，一边更换新的茶叶，一边像是自言自语地说。

"我祖上是经营企业出身，百年前的家族企业天一信局，原址至今还在，就在离海沧几十公里外的龙海流传，从小我就听老辈人教育说做生意一定要以诚为本，这也是祖上的训诫。"亦诚诚恳地说道。

"天一信局，我知道啊，现在是全国重点文物保护单位，上次公司春游我们组织员工去参观过，那是你祖上的企业？"高翠云很吃惊地望着面前这位小伙子。

　　"嗯，我祖母现在还住在老宅，天一信局的司训是：以诚为本，这也是我如今做企业的信念。我们的确有资金方面的短期困难，这个是暂时的，机会在于我们面对的是巨大的国内市场的旺盛需求，我看中您这家工厂，一方面是你们有多年的外贸生产底蕴和良好的资质背书，另一方面也是更重要的是老板高总您为人可靠。这次法国产品出乱子，这个教训对我来说很沉重，没有什么比可靠的合作伙伴更重要的了。"亦诚说的是心里话。

　　高翠云拿出手机，调出了他们公司几十人去天一信局春游的照片，亦诚把自己收集的有关天一历史的介绍链接通过微信发给了对方，两个人聊了聊闽南华侨闯荡南洋的历史，包括华侨领袖陈嘉庚毁家兴学的故事。约莫一个小时后，亦诚起身告辞，待高总送他到办公室门口，亦诚伸手和对方相握："多谢高总接待，刚刚谈的合作您考虑一下，两个方案对我们来讲任何一个都可以，不过我的确更希望我们达成第二个方案，双赢才是根本。"

　　"明白，你容我考虑一下吧。"

　　陈亦诚与高总道别后，在白鹭生产部经理的陪同下参观了工厂制作车间，又和经理一起驱车拜访了附件的亚克力瓶身制作厂，忙乎了一整天，晚上回到宾馆房间洗漱完毕，准备下楼吃晚饭，刚刚走出房门，手机的微信声叮叮响起，他连忙打开一看，是白鹭公司的高翠云发过来的：

　　陈总，我接受您的第二个方案，和您一起，让我们也做一次甲方。

　　陈亦诚点击微信表情包，回复了一个大大的笑脸。

49

空中，北京飞巴黎航机

法国航空 110 航班，北京飞往巴黎的万米高空之上。

空客 330 客机，180 座的经济舱几乎满员，漂亮的法国空姐刚刚分发完午餐，有中式鸡肉饭和法式海鲜面，这是起飞后的第一顿正餐。

陈亦诚坐在机舱中部 28 排 F 座，这款客机机舱是横向每排各三、四三个座位分左、中、右三组的布局，亦诚选的是右侧靠窗的位置，这会儿每位乘客都在津津有味地享用着餐食，空姐们忙着给乘客送上咖啡、茶水和其他各式饮料。陈亦诚望眼过去，只见走道里来回忙碌的七八个服务生里只有一位亚洲面孔，刚才飞机起飞的时候，这位亚裔空姐自我介绍说她是新加坡籍，讲一口带有南洋腔调的普通话。陈亦诚要了一杯黑咖啡，把用过的空餐盒递给空姐。亦诚每次乘飞机旅行，习惯于尽可能挑选靠窗的位置，他觉得这样比较安静，不容易受到打扰，尤其是越洋的长途航班。

机舱是一个小小的万花筒，他举目前后左右来回扫了几眼，乘客中有出行的年轻情侣，有穿戴整齐的商务人士，左前方不远处那几排坐着的应该是旅行社组织的出国旅游团游客，十几个人都戴着统一的白帽子。他不太理解为什么外籍航空公司飞中国的航线不能多配备几名讲中文的服务员，像今天这个航班，差不多 90% 都是中国乘客，很多人不懂英文，法语就更不用说了。可是执飞的空姐们除了那位新加坡妹子，都不会说中国话，沟通起来很不方便。这大概就是人们常说的大公司病吧，10 多年前，中外航班上外籍人士居多，那时候没什么中国人出国商务，海外旅行更是稀罕事，但现在情形倒了个个，相应的服务调整没有跟上。

亦诚收回四处张望的目光，端起纸杯把剩下的咖啡喝完，转过脸来朝舷窗外部望去。万里无云的天空一片蔚蓝，飞机应该刚刚跨过国境进入中亚，下方的物体几乎看不见，只是一片片起伏连接的山峦。亦诚想到自己最近一年多来经历的许多事，萨维尔从零开始的曲折，融资的起伏，商品研发和市场营销出现过的几次问题，还有蒋勤勤。创业真的是一场惊涛骇浪的拼搏，这是他第二次创业了，和两年前在悉尼的经历相比，他如今遇到事情从容得多，但想想过去这一年多所经历的几次风浪，还是要比他原先想象的要复杂得多，尤其是在国内做事，各种规定、审核，连广告用语都有很多限制，这与他以往10年在国外上学和生活所经历的有很大的不同。记得母亲曾经提醒过，说他从小一直在一个比较优裕的环境下长大，身上具有很强的独立性和创造力，但是缺少对于挫折的防范意识。他在创业过程中经历过被伙伴欺骗，融资变卦，产品出错几次大的危机，说穿了还是自己太过轻易相信承诺而导致的被动，如今萨维尔公司成立不到两年，还在早期发展阶段，碰到障碍和大的挫折还容易有回旋余地，一旦公司上了规模，再出现类似产品不合格或者资金链断裂的情况，那就很可能使企业处于万劫不复的境地。有一个流行的说法，叫作任何上市的互联网公司永远距离破产只有18个月，以此类比的话，任何新兴创业公司距离破产都最多只有6个月，大家喜欢讲成长速度，谈融资规模，可是对困难和意外的防范恰恰是创业公司万不可缺少的，这一点，亦诚通过上一轮的融资困境和不久前面霜产品报废的经历切身体会到了。

亦诚一边想着，一边打开随身的小型笔记本电脑写下他的一段思考：

所谓的创业艰难最主要来自三个方面，第一是明确商业模式以后如何付诸行动，第二是节奏把握，第三是如何防范各种不可预见的挫折，随时准备好备选方案。另外，很多人总喜欢谈中国的人际关系、应酬，把它说得神乎其神，特别是还有什么厚黑学、官场应酬学等等，其实这种事情你琢磨得越多，越是无所适从。反过来说，只要你不去心存侥幸，不要总是试图钻空子，一切按规则办事的话，虽然琐碎一些，但相比于为了图省点事整天四处请客拉关系，其实反倒轻松许多。

亦诚写的是实际情形，萨维尔公司成立到现在，亦诚出面应对的酒桌应酬只有寥寥可数的几次，但是公司的发展并没有碰到太多的刁难。一开始他刚刚从海外回来的时候，每个人都告诉他没有充足的关系在国内做不成任何事，结果他看到的是很多人成天热衷于此，钱也花了，精力也赔进去了，反而因为行贿出了大乱子。说到底，自己并不是那种靠拉拢人际关系做企业的料，本质上也不相信那种做法可以长久，那就坚持自己的本色，反而显得更加简单。

陈亦诚把上面的想法输入电脑笔记本里的工作日志后，合上笔记本，拿出手机打开保存的图片，翻看和蒋勤勤在一起的照片。

亦诚心里明白，最近一年和勤勤的交往，他已经深深地喜欢上了这个善良、阳光、秀气的女孩。自从上次伊琳娜出事以后，亦诚低迷了很长一段时间，伊琳娜的意外亡故是他人生第一次经历自己所熟悉而亲密的身边人瞬间离去，他难以接受天人永别这种残酷的事实。后来家里人都鼓励他离开澳大利亚回中国大陆创业，其中一个重要原因就是希望亦诚能换一个环境，使自己重新振作起来。到深圳以后空间的改变，加上新项目的忙碌，使亦诚渐渐地从那份撕裂般的痛苦中解脱开来。勤勤的出现，无疑向他曾经颓废的情感世界，重新射入了一缕阳光，使他有一种久旱逢甘露的感觉。

也许是从少年时代起就一直生活在境外的缘故，他不太理解国内那种所谓家庭背景门当户对的观念，在亦诚看来，男欢女恋是两个人情感碰撞的事情，父辈们有钱也好没钱也罢，那是父母的人生，每一代人终归是要靠自己走各自的人生路。他知道自己比较幸运，家境优越，多年来在海外上学的学费和生活费都是父母资助的，别人可能没有这样的条件，但他是一个独立性很强的青年，自从他上大学一年级起，就一直坚持勤工俭学，做过五六种不同的兼职。他不认为父母的财富应该左右下一代人的发展。显然，这是勤勤和他认知不完全一致的地方。他曾几次试图向蒋勤勤表白自己深处的情感，对方都闪烁其词，岔开话题。亦诚清楚蒋勤勤的顾虑，她总是对自己不太理想的家庭背景和她父亲的酗酒赌博劣迹存有许多心理芥蒂。"等这次出差回去以后要找个时间跟勤勤聊聊，彻底解开她的疙瘩。"亦诚心里默默说了一句。他盘算着，或许去一趟陕北，直接当着勤勤父亲的面清楚表白，可能更能有效去除勤勤心理上的担忧，至少在亦诚的处事认知里，没有什么事情是不能敞开来说清楚的。

勤勤宽宏体贴的性格多次让亦诚感动。亦诚是一个脾气比较火暴的青年，一旦遇上不顺心的事情，时常会控制不住自己甚至歇斯底里发作。记得有一次两人外出逛街，是乘坐亦诚的小车一道出去的。到了商场以后，天气比较热，勤勤就把外衣脱下，连同她的双肩背包一起放在亦诚的车厢里。没想到两个人逛着逛着，因为一点鸡毛蒜皮的事，好像在讨论木质地板和地毯的优劣，亦诚觉得地毯容易招惹很多螨虫，不适合居家使用，勤勤抗辩说她喜欢光着脚踩在地毯上的感觉，如此等等，也不知道怎么回事，亦诚突然间爆发脾气。两个人当时是在商场外侧临街的一家咖啡厅里喝咖啡闲聊的，争执之中，亦诚一下子起身走开，再不理睬对方。随后蒋勤勤打电话过来，他也都掐断不接，甚至不管不顾地径自开车回家，回到公寓往床上一趴倒头就睡，后来第二天才知道，因为蒋勤勤的双肩背包放在亦诚的汽车里，她寝室的钥匙也在里面，亦诚不接电话，勤勤回不了寝室，不巧她两位同寝室的室友都出差在外，整整一个晚上，勤勤无处可去，只好在公司的工位上趴着睡了一宿。当然年轻恋人很快又和好如初，勤勤事后也从来没有对这件事情有过丝毫埋怨，但亦诚心里很清楚，自己的这份脾气，如果不是勤勤这种富有包容心的女孩，换别人早就受不了了。

此刻倚靠着飞机座椅，陈亦诚一边刷着手机上两位恋人的合影，一边回忆着和勤勤在一起的许多时光，心头涌上一份说不出的甜蜜。

"这位先生，您好，请问您看得懂法文吗？"亦诚的耳朵旁突然响起一个陌生的声音，他侧身一看，原来是邻座的乘客，中年女性，大概40多岁模样，身穿一套崭新的灰色西装，看上去像是国内县城或者中小城市人士出门旅行的装束。"您好，我会一点法文。"亦诚学过两年法语，日常的阅读和沟通还能对付。

"那太好了，你这样出国就很方便，小伙子贵姓啊？"

"我姓陈，阿姨好。"亦诚礼貌地回复道。

"小陈同志啊，我是广西柳州的，我姓曾，这是我平生第一次出国，陪我儿子到法国留学，他是学工程的。"

"祝贺你啊，阿姨，工程是个好专业。"

"我对法国的事情什么都不懂，听说那边的物价很高，学生公寓一小间每个月要3000欧元，折合起来差不多2万块钱人民币了。在我们柳州，5000块就能租一套三居室的大公寓。我还听说在法国最怕的是看病。留学生要买保险，可是那个保险吧，好像有一些还是不能报销的，像牙疼什么的都不给报账，中介给我介绍了半天，我还是稀里糊涂的。你看我们国内就很简单得多，公费医疗或者医保，报销一个百分比，自己掏钱也有个数。我儿子买的那个法国保险吧，又是什么牙齿不报销，看眼睛的话得单独购买，还有矫正脚型需要12个月以后，等等，一大堆，区分得好细哟。"曾女士不停地唠叨着，言谈中让人感到她一半是埋怨，一半是对出国留学儿子的自豪。

正说着话，空姐走过来提前发放入境申报单。亦诚和邻座曾女士分别收到两张印着法文的小卡片。"这是法国字，小陈同志你看得懂吗？"曾女士问道。

亦诚点点头，这种卡片式的申报单每个欧洲国家都大同小异："上面这张是入境携带物品的申报，喏，底下这张白色的是个人信息，填写后交给海关的。我来帮您吧，您把这上面的信息告诉我一下。"

"那太感谢你了。"

两个人一问一答。亦诚按照对方提供的姓名、出生年月、家庭地址、在法国的住址、入境原因、有无申报项目等一一用法文填写妥当，最后把笔交给对方，请她在签名处签上字。

"这个签名一定要写外文吗？写中文可不可以？"曾阿姨问道。

"当然可以，签名的作用就是对这表格上面所陈述的内容做一个确认，什么文字都可以，不过在国外最好每个签字都保持固定格式。"陈亦诚建议道。

"好的好的，太谢谢你了，小伙子。"邻座女士签好了字——曾燕，然后把笔递还给亦诚，她犹豫了一下，开口问道："陈先生，您看能不能再麻烦您一下？"

"没问题，您请讲。"亦诚回答道。

"是这样的，我这不是陪我儿子去法国上学吗？我们两个人都是第一次出国，他呢以前是学英文的，法文的基础很初浅，就上了三个月的补习班，当然他去法国上学要先读一年的语言学校。我估摸着表格上的这些内容他可能也不会填的。要不您也帮他填一下可以吗？"曾燕说着，做母亲对孩子的关爱和挂念表露无疑。

"这当然没问题，您儿子呢？"陈亦诚四周环视了一圈，没有看到周围有符合曾女士描述特征的年轻小伙子乘客。

"哦，他在前面，前面。"曾燕手指往前指了指。

"前面？您是说前面几排？"亦诚好像没明白，为什么母子出行座位不在一起呢？

"不不，是前面那个，那个高级舱，叫什么来着？"

"高级舱？"亦诚一下子有点糊涂，他顿了一下，这才反应过来，"您是说那个商务舱吗？"

"应该是吧，我也不知道叫什么，就是那个座位可以躺的。"

"我明白，您说的就是商务舱。"亦诚有些吃惊。北京飞往法国的航班是商务舱和经济舱两舱配置，商务舱大约有20个座位，正常情况下，这种越洋长途航班商务舱的票价是经济舱的4—5倍，以他多次国际旅行的经验估计，这趟飞行商务舱的票价至少需要4万元人民币。

"是的是的，应该就是这么个叫法。"曾燕点点头，"好像还不让我们过去呢，刚刚登机的时候我怕孩子不知道怎么安顿想帮他弄一下，空姐还说我不能待在那里。不过我现在走过去把他喊过来应该是可以的，您等我两分钟好吗？"说罢，她松开安全带，起身朝前舱走去。

几分钟后，曾燕领着一个约莫十七八岁的男生走了过来，她把男生按到自己的座位上，她站在过道向亦诚介绍道："陈先生，这是我儿子白建华，建华，这是我跟你说的小陈哥哥。"

"您好。"白建华有些腼腆地和亦诚打了声招呼。

"你好，建华，我叫陈亦诚，"亦诚问道，"听你妈妈说，你要去法国留学是吗？"

"是的，我去南巴黎工程学院，主修机械工程专业。"

"祝贺你，你妈妈说让我帮你填一下入境单，这上面的说明你能看得懂吗？"亦诚希望帮助男生克服刚开始接触外文表格的害怕心理，想想当年自己第一次独自出国的时候才14岁，也有类似的胆怯。

　　"这上面的姓名、出生年月、地址什么的我都明白，入境理由写上学，就是后面有许多要申报的项目我不太明白。"白建华指着面前的表格。

　　亦诚笑着说道："来，没什么大不了的，接触了第一次，下回你就很有经验了。"他比画着向对方解释："这些都是需要申报的事项，如果有，就得在这个栏位打钩，没有的话就填后面这个空格。来，我们一项一项来。"亦诚逐条向白建华翻译了上面申报的各个问题，包括入境现金是否超过1万欧元，有没有随身携带动物制品、生化制品、蔬菜水果腌制食品，行李的烟酒是否超过免税规定，等等。

　　"all no。"白建华说。

　　"是的，通常都是 all no，不过你一定得记住，"亦诚提醒道，"西方社会的习惯是无罪定论，通常你填写没有违禁品，大概率都会让你免检入境，但千万不要有侥幸心理，特别你是要来法国上学的，万一被查出携带违禁品，那就是大事，甚至有可能被当场吊销签证，拒绝入境。"

　　"嗯，我明白了。"白建华表示理解。

　　"等等，"站在过道听着亦诚解释的曾燕插了一句，"我在建华的行李箱放了几盒牛黄解毒丸，中药，还有两罐腐乳和几袋咸菜，那是孩子喜欢吃的。"

　　"这个您可能要斟酌一下。"亦诚以前看过类似的报道，他有些担心地建议道，"要么在下飞机的时候把它处理掉，要么您就在申报的时候把这个项目填上，走申报通道，就是我们平常说的红色通道，把东西给海关人员检查一下。我知道在国外，尤其是欧盟国家对含有动物成分的中药查得很紧。小白同学要在法国上学，如果在入境的时候被查到携带违禁品，哪怕解释清楚了，但一开始就有记录在案，怕是很不好的。"

　　"其实这几样东西也不是很值钱的，就是想给孩子备着。"做母亲的一下子没了主意。

"如果价值不是很高的话，倒是有一个变通的办法，"亦诚建议道，"一会儿下飞机以后，先把这些规定不能入境的东西都扔掉，中药药丸、腐乳咸菜，这些最好都不要携带。回头等入境以后，找一个时间去巴黎十三区唐人街上的中国药店和中国杂货店，这些东西在那里都能买到，具体地址您如果需要，飞机上有网络，一会儿我上网查一下通过微信发给您。"亦诚前些年在海外留学，对于这些生活细节显然经验丰富。

"小陈你这个建议太好了，谢谢你，真是帮了我们大忙。"曾燕说道。

"应该的。"亦诚随后指导白建华把他的入境表填妥，让对方在签字处签了字。小男生一阵道谢后起身，回到他前面的座位。

待妈妈坐下来，亦诚问道："您为什么会想到给他买商务舱机票呢？那票价可是很贵的。"看得出，对方并不是什么超级富豪。

"是的呀，一张票4万多。要说不心疼那是假的。我呢只是做一点小生意，在我们老家县城开了一间美体店，日子虽然说过得去，但是送孩子去留学，一年的学费、生活费大约50万，真的是勒紧裤腰带挤出来的。可是我总想着孩子出国长途旅行，别让他那么受累，也是中介的建议，说商务舱的机票可以躺着过去，我想让他能舒服一点，这不就给他买了一张，我可舍不得自己花那钱，我这边的坐票大约8000，和那种躺着的票价钱差出3万多，总共就10个小时的飞行时间，这点钱够我挣半个月的了。"曾燕笑着说，她还是不太习惯说商务舱、经济舱，直接说成是躺着的票和坐着的票。

陈亦诚忍不住回复："如果要躺的话，那也应该是您年纪大的长辈躺着才是啊。"

"没事，我怎么克服一下都可以。我以前比这辛苦多了，年轻时进货跑长途，坐火车一天一夜，站票都挺过来了，很习惯。"曾燕一副知足的神情。

"真是天下无私父母心啊。"亦诚不禁感叹。中国父母应该是全天下最宠爱孩子的长辈了，他们宁可自己吃苦受累，也要给孩子最好的条件，尤其是过去几十年，在强制性的独生子女政策下，几乎每个独生子女生下来都被视为掌上明珠，父母双方，加上爷爷奶奶外公外婆，一堆长辈捧着一个小孩，含在嘴里怕化了，抱在手上怕摔了。像眼前这种母亲送孩子出国上学，妈妈坐在拥挤的经济舱位，半大的小伙子舒舒服服享受商务舱的情形，在国外社会怕是不太可能见到的。"不过只要妈妈觉得开心和高兴就好。"亦诚在心里嘀咕，"关键是这孩子要能够懂得珍惜父母给他们创造的机会。"这些年，他接触了不少在海外上学的中国留学生，比阔气、大手大脚花钱的例子比比皆是，很多人开着豪车出入高档餐馆，却不好好读书，不时引起当地人的非议。

亦诚和曾燕两个人又闲聊了一会儿，机舱灯光被调暗下来，周围的人陆续入睡。亦诚向曾燕道了声安好，掏出随身的眼罩，把座位向后调了一下，闭上双眼。

50

纽约曼哈顿，睿德办公室

办公室政治哪里都有，在纽约曼哈顿工作的陈亦然最近接连碰上两件典型的公司内部人际纠纷。

第一件事说来与员工升职有关。

金融行业的从业人员有若干级金字塔，对于刚入行的低阶投资人来说，他们的早期职业发展通常是每年有一个小台阶，两到三年一个大台阶，是否能升职主要条件是熬年资同时看个人的业绩。这里所说的大台阶，指的是从分析员走向投资经理，或者从经理迈进到投资副总裁，而小台阶是在一个级别中的职级升迁，例如从分析员到资深分析员。

亦然过去一年的工作成绩和年度考核评分都在同职级人员中名列前茅，他现在是第一年的投资经理，按常规估计他完全符合在这个年底晋升为资深投资经理的条件。睿德公司各投资行业组加起来在职的投资经理级别员工一共有25人，通常年度小台阶的升迁比例是30%，以此推算的话，今年大概可以晋升8个资深投资经理。公司对于小台阶年度升职的流程，是由本人提出申请，主管推荐，再经过第二级上司确认同意，由人事部门将初选入围名单提交合伙人会议讨论，最后拍板确定。如果是大台阶的话，那就需要全体合伙人投票通过。

　　亦然第一时间就提交了申请，也得到了他的直属主管和二级上司的推荐，没想到最后被卡了下来。

　　"为什么？"他感到很意外，直接找到了负责年度评选的人事部经理Eden。亦然多年在英美工作和生活，已经很习惯于西方文化这种直来直去的行事风格。

　　Eden是一位大胡子的美国白人，面对亦然的质问，他也很直接地给出原因："亦然，我们的年度升迁决定，除了工作年限和个人成绩以外，还得考虑各种平衡，例如性别平衡、各个族裔平衡，优先照顾印第安原住民等等。今年获得升迁的小台阶分析员和投资经理这两个职级的人员，一共是18人，其中分析员晋级10人，投资经理晋升为资深经理8人，这次评定的8名从投资经理升职到资深经理的人员名单中已经有3名亚裔背景的同事，而且都是男性，如果再把你加进去的话，这个比重就会失衡，对整个年度晋升的公平性产生影响。"

　　"我觉得这不应该成为理由，这是另一种形式的种族区别对待。"亦然知道现在西方各个政府部门和大型企业，都在执行一种Affirmative Action，用中文表述的话可以翻译为平权行动，说白了就是一项试图矫枉过正的纠偏，过去对于有色人种，对于女性，对于残疾人士和同性恋者有很多歧视和排斥，如今需要从升学、就业等领域更多照顾这些弱势群体。平权行动本身是一项积极的扶持政策，但在这样的框架下容易出现偏差，很容易被转化为另外一种方式的不平等和歧视。就好像如今在美国各大名牌高校，如果仅仅依照颁布的条件择优录取的话，不论学习成绩、校外表现、个人品质等衡量，华裔学生往往都是独占鳌头，于是很多高校纷纷出台每个族裔学生数量占比规定，以不能由某个族群学生数量比例过高为由，将升学资源更多地向黑人族群和拉丁裔倾斜。在亦然看来，这显然是当今时代新形势下的另一种不公平和种族歧视。

"我理解你的想法。"Eden似乎对亦然的境地有几分同情，他看过每位升职入选员工的年度考评，知道眼前这位年轻亚洲同事的业绩十分突出。"如果你愿意的话，你可以提出申述。"他鼓励道。

亦然点了点头，在今天与人事部门会面之前，他询问过周围的朋友，大家的意见不太一致，他的朋友里凡是在西方社会长大的，都支持亦然去维护自己的权利，只有少数国内中学毕业来美国上大学取得学位后进入当地职场的中国籍朋友，劝他息事宁人，等候下一次机会。亦然知道这是两种文化价值观之间的差别。他不由得想起了不久前晨星公司老板赵建国关于罢工和冲突的那一番解释，亦然打定主意，既然是在美国公司和美国人共事，就应当按照美国文化的方式处理问题，他决定接受Eden的意见，直接将问题反馈至公司的管理委员会。

一个星期以后，管理委员会就亦然提出的升职评定缺乏公正一事指定调查小组并召集了专门会议，这个专门小组成员包括两名睿德投资管理委员会成员，一名人事经理Eden，还有两名外部聘请的第三方独立顾问。亦然受邀参加调查小组的会议，并被要求在会上陈述自己的申述理由。

规定的陈述时间是10分钟，亦然仅仅用了两分钟时间，他知道自己的书面陈述调查小组成员事先都看过了，再啰唆一遍反倒是画蛇添足。他先用两句话简单概括说明了自己过去一年的工作业绩和表现，接下来说道：

"我相信平等公平的竞争机制，这也是这个国家两百多年间吸引包括我本人在内的无数外来人才加入并为之贡献的最大动力，平权行动的重要性在于我们能够正视过去的失误和偏差，并试图纠正，这个我完全理解，也和各位一样很清楚这项措施的重要性，但如果因此忽视Reward by Merit这个本公司创始人的价值主张，并且因此排斥业绩优秀的年轻同仁的话，那我们不仅仅弱化了择优奖励的企业信条，而且还将创造出新的不平等，是在纠偏的同时带来了新的偏差。如果说我仅仅因为在这家公司有其他亚裔的成绩很优秀，因而哪怕同样表现出众也难以获得晋升机会的话，那是不是意味着我需要更换一家亚裔族裔数量少的投资公司才能获得晋级机会？换一句话说，我如果因为同族的优秀表现而被排斥，在我看来，就是一种新的种族歧视，因为我不是由于我的成绩不突出而失去晋升机会。"

"你觉得假如是由你来主持这么一个年度评定工作，你会有什么处理方案呢？"一位花白头发的老头和蔼地问道，他是来自纽约大学的外部顾问。

"以我今天所处的位置，我的责任是提出自己认为不公正的诉求，希望获得合理的解决，至于如何处置，不应当由我提出，我不能既当队员又做裁判。"亦然下意识的反应是，自己不应该越界，把别人当傻瓜的做法往往是最大的傻瓜，他停顿了一下才补充道，"我认为平权行动应该是在原有择优晋升基础上的额外机制，而不是打破现有评选原则，不应当因此否定企业多年的价值主张。睿德内部升迁Reward by Merit 即奖励优秀这个基本原则如果被破坏了，导致的结果就是优秀的员工反倒因为这种所谓的族裔平衡成为牺牲品。"若然没有再往下展开，他把话题点到为止，他自然可以用足 10 分钟时间再做更多陈述，但他很清楚调查小组中的这些长辈，人家经历的风雨多了去了，长篇大论往往适得其反。

白发老头若有所思地点了点头，接过人事部 Eden 递过来的一张年度考评评分表，仔细阅读起来，上面列出的是今年 25 位投资经理的综合考评记录。

接下来，调查小组的其他人又询问了陈亦然几个问题，亦然一一做了简要回答。

随后是表决时间，Eden 请亦然离开会议室。

第二天，亦然收到人力资源部门通知：经审核确认，陈亦然先生即日起升职为资深投资经理，基础薪资上调 25%。后来他了解到，年度考评综合得分最靠前的 8 位员工，包括亦然在内有 2 位原本没有获

得提升，另外那位表现突出的同事也和亦然一起被重新调整，获得了
升职机会。

51

纽约曼哈顿，睿德办公室

亦然还碰到另外一件事，相比上一次的晋升事件，这件事情直接
牵涉的是同事之间的关系处理，显得更加复杂一些。

亦然所在的亚洲投资部如今调整为三个投资组，他所在的亚洲一
组目前有 6 个人，老大是一位从其他部门升职后调过来的初级合伙
人，两位投资副总裁，两名资深投资经理，还有一个是今年刚入职的
分析员。两位副总裁中有一个名字叫 Samul，他已经在公司待了 7 年，
算是老员工了，曾经在投资经理职级干了 5 年，远远超出正常两到三
年升迁的轨道，随后又在副总裁这个位置上待了两年。这样的人属于
人们常说的职场老油条，喜欢凑热闹，工作成绩不突出，闲言碎语特
别多。在整个亚洲一组的 6 个人中，亦然最不喜欢的就是跟他做同一
个项目，以亦然的观察，团队里的其他人也都尽可能地试图避开他，
Samul 就守着自己曾经做过的几个老客户勉强维持着其业绩。

不久前，亚洲一组接手了一个 IPO 项目，是一家从事高端医疗仪
器生产的韩国企业 Instep，这个上市项目有两三家同行在争抢，睿德
投资公司最后以比较优惠的报价获得了 IPO 代理权，算是今年的一个
重头项目，指定亚洲一组负责。从团队合伙人开始，大家都很重视这
个项目，老大安排下来，这个项目不再分配给某个人，而是团队全员
参加，由亚洲一组的另一位副总裁 Willy 牵头。

虽然说是团队全体人员都参与，但每个人手上都还有别的项目在
跟进中，真正全职扑在这个 Instep 项目的人，就是 Willy 和 Samul，

其他人按照项目推进的工作分配表配合。

项目按计划展开，其中有一项前期工作，就是由睿德投资公司邀请审计事务所对 Instep 过去 5 年的财务报表进行独立审计，审计过程中，涉及一份 Instep 收购的子公司的市场竞争数据分析，合伙人布置下来，请 Samul 具体负责。不知道他是忘了还是疏忽，总而言之，Samul 压根儿没有跟进这个竞争数据的事，直到审计公司完成了相应的审计工作，睿德投资公司要出上市招股书的时候，才发现缺了这块资料。合伙人有些恼火，发邮件给 Willy 和 Samul 问及此事，Samul 当即回邮件说，他把这个任务布置给了亦然，后来没有了下文，应该是亦然忘记了，然后表示自己可以抓紧把缺少的数据加班整理出来。这一来一回的邮件只在合伙人、Willy 和 Samul 三人之间交流，亦然是在两天后无意中获得这个信息的，他一下子火冒三丈："又是 Samul 甩锅。"这个老油条干这种栽赃的事已经不是第一次了，团队里不少人都替他背过黑锅，这种无厘头的事情，亦然肯定不能逆来顺受，更何况如今的合伙人是从美国消费品行业转过来的，刚刚接手亚洲一组投资业务，亦然不想给新老大留下这么不好的印象。

怎么处理为好？亦然一下子拿不定主意，按照年轻人直率的做法，最好直接冲到 Samul 面前去和他当面质询，或者打电话给亚洲一组老大把真实情况说清楚。亦然知道 Samul 这个人脸皮很厚，跟他当面质问，他很可能翻脸不认人，但是自己和新老大还不熟悉，公司团队成员的办公地址未必都在同一座城市，新老大日常上班是在波士顿，而亦然在纽约曼哈顿的总部办公室。犹豫了半天，亦然拿起电话，决定征求父亲的意见。父亲退休以后几乎不过问孩子们的事情，他和绝大多数的中国父母不一样，一直坚持孩子的成长要靠他们自己摸索锻炼，很少干预。电话中，父亲耐心听了儿子的诉说，然后问了一句："你准备怎么办？"

"我一开始是想直接找 Samul 当面对质，后来觉得这样做没有什么意义，他这个人脸皮很厚，干这种无中生有的事早不是第一次了，和他当面说，最多吵一架而已，我其实真正的诉求是得让我老大知道这个人的为人。"

"思路是对的，职场里总会有小人，你斗不过小人，不要和这种人纠缠。"父亲回答道。

"我想找时间给我们老大，就是刚刚转到我们部门的合伙人，打个电话，把这个事情的来龙去脉说清楚。同时要提醒我们老大，Samul这个人总是四处搬弄是非，很多时候他对我们团队正在进行中的项目，喜欢在公司内部甚至在酒吧喝酒的时候和外面的同行吹牛，经常把还在接洽中的客户项目显摆出去。"

"关于你说的第一个问题，用邮件。"父亲提议道。

"邮件？"

"是的，你如果打电话，你不知道电话那一端的人正处于什么状态，也许人家正在开会，在下班的路上，或者在忙一件事，对方不一定有心思听你说，所以要写邮件。有一句话叫冷邮热语，你可以这么理解：如果是开心分享的事要打电话，因为对方听了高兴。而反映问题寻求帮助的，在职场内部沟通最好用邮件。至于你说的第二件事情，你不用去说，那是节外生枝，你要做的只是就事论事，只谈你被诬陷这件事情本身，让你老大了解你根本不知道有人找你做数据整理这档子事，这就足够了。至于Samul喜欢搬弄是非，对外胡言乱语，这些事端你不要去发表意见和评论，让他自取灭亡更好。"

"可是？"

"你想过没有，如果你向你的老大反映Samul很多工作过程中搬弄是非的问题，你实际上是在帮他。"父亲说了一句。

"啊？这个我还真没想到。"经父亲这么一点拨，亦然有种恍然大悟的感觉。

"你要做的是保护好自己，专心做你的业务，而不是去改变Samul，犯不着由你去当他的人生导师。"父亲结束了他的建议。

亦然按照父亲的意见给合伙人写了一封邮件，他刻意控制内容长度，只用了大约150个字，把这件事情的前后经过做了陈述，合伙人很快回复邮件，只有简单几个字：谢谢，我知道了。

一个月后，亦然突然接到合伙人打来的一个电话，对方在电话里说："亦然，提前知会你一声，Samul 已经被公司解聘，明天生效。"

看来是非总是自有公道的！亦然放下电话，长长地舒了一口气。

52
深圳，市区街头

不知不觉间，陈亦诚和蒋勤勤两人已经相处了差不多一年时间，每个星期他们总会有 2—3 个晚上是在一起的，周末的时候如果没有出差和加班，俩人就会留出一天的时间相互陪伴。亦诚是一个兴趣很广泛的青年，跑步爬山，打篮球羽毛球，看演出听音乐会，甚至开卡丁车，游泳冲浪，都是他喜欢的，勤勤相比之下更文静一些，喜欢读书，追剧，偶尔看看电影。说到共同爱好，玩电子游戏是两个人都非常着迷的，他们经常一起戴上华为虚拟智能 5K 眼镜，在高分辨率的逼真环境下杀个天昏地暗。在和异性交往方面，勤勤显然没有什么经验，处处都显得很谨慎，亦诚知道对方是一位很传统守旧的女孩，从小还经历过父母婚姻不和睦的困扰，他猜测勤勤应该至今还没有过任何性经历，这在今天这个时代的职场女性中已经十分少见。也正因为如此，亦诚特别注意掌握分寸，从来不去过分为难她，尽量体谅对方，不去触碰她的敏感神经。两个人相处至今，最亲昵的举止，也就是分手的时候互相搂搂抱抱一下，最多就是接吻，这在当下的男女年轻恋人当中实在不多见。

今天是周六，两个人约好了去看新近上映的好莱坞新片《阿凡达二》，从电影院看完电影出来，勤勤提议去一家他们喜欢的火锅店吃火锅，大约就是一公里的距离，两个人有说有笑地沿着马路朝目的地走去。

深圳是海边城市，天气变幻多端，刚刚还是好端端的太阳天，这会儿突然下起了阵雨，亦诚连忙把自己身上的外套脱下来，披到勤勤身上。前面不远处正好有一家便利店。"你等等我"，亦诚让女友站到路旁一处屋檐下等候，他要进店里买一把雨伞。

没想到就在他走进便利店的这两分钟时间，意外发生了。

亦诚从货架上拿了一把雨伞，付款后从便利店出来，刚刚走到门口，抬头发现勤勤站在店铺斜对面的一个角落，正低着头在看手机，她站立的位置距离亦诚所在的便利店门口，大约十几米距离。

亦诚把刚刚买到的雨伞撑开，朝勤勤所在的方向走去，这才迈出两步，猛地发现前方有一辆准备卸货的中型货车正在倒车，车尾部正好朝着蒋勤勤所站的位置，因为这会儿下着雨，司机的视线不好，没有意识到倒车路线的后方站着一个人。

不好！

"勤勤。"亦诚丢下雨伞，猛地冲将过去，一把将蒋勤勤按倒。两个人几乎同时重重摔到柏油路面上，就在他们倒地的瞬间，货车倒车的车厢尾部正好扫到勤勤被扑倒前站立的位置。

所有这一切发生得如此突然，就在几秒之间。

街道两旁过往的人群目睹眼前闪现的这场惊险，不禁都尖叫起来，货车司机闻讯连忙刹车，巨大的货车后轮停止在距离倒在地上的两个人两米外的地方。

在亦诚推开蒋勤勤倒地的一瞬间，他脑子里闪过的是伊琳娜被垃圾车碾过的画面。当年的那个场景亦诚并未亲眼见到，但是伊琳娜因车祸意外亡故后，亦诚无数次在脑海中还原伊琳娜遇难的遭遇，那撕心裂肺的一幕一直牢牢地刻在心际，成为一道永远无法排遣的阴影，从那以后每次外出见到货车倒车的时候，亦诚总是有一种心颤的绞痛，下意识地要躲得远远的。这会儿亦诚刚走出便利店，抬头看到的正是和伊琳娜遇难几乎相同的场景，亦诚几乎要精神崩溃了。

柏油路面上积着薄薄的一层雨水，亦诚和勤勤倒在地上，四周很快围满了观看的人群。蒋勤勤被突然发生的事情闹得有点蒙蒙的，一下子没明白怎么回事，她让自己坐起来，晃了晃左右胳膊，发现没有扭伤。

"小姐，您没事吧？"货车司机很紧张地问候道。

蒋勤勤摇了摇头，她发现自己只有左手胳膊肘在倒地的时候擦破了一点皮，其他的都没有什么大碍，幸亏今天她穿的是牛仔裤。可亦诚就不一样了，亦诚今天是短袖衫和运动短裤装束，而且在把勤勤推倒在地的一刹那，可能是一种本能的反应吧，他伸出自己的左腿，试图减缓勤勤落地的冲力。不巧的是，他的左腿小腿肚子正好被地面上突出的一块碎玻璃划伤了，小腿肚上有一个约莫四厘米的口子。

"赶紧叫救护车吧。"人群中有人喊了一句。

亦诚本想摇头制止，蒋勤勤在一旁大声回答："好的，谢谢，麻烦帮忙叫一下。"同时一把将亦诚扶起来，将他受伤的左腿垫在自己的大腿上。

围观人群中有人迅速拨打了 120 急救车。不到 10 分钟时间，红十字救护车鸣着呜呜的紧急笛声赶了过来，车上两名急救人员迅速将亦诚抬上救护车，送往附近的人民中心医院。

不一会儿，救护车在急救室正门前嘎吱停下。

"就是这位病人，我没事，是他的腿肚子受伤了，有一道玻璃划伤的口子，可能腿上还有玻璃碴。"急救车刚停下来，救护人员打开车厢，蒋勤勤赶忙说明。

两位护士模样的人打开带有轮子的折叠车，与蒋勤勤一道将亦诚抬起来放到折叠车上，推着车子飞速地朝急救室跑去。

"外伤，左腿，心率正常，快，通知张大夫。"刚刚进入急救室，前面的护士一边跑着，一边朝分诊台呼喊着。

"进三号急救室。"分诊台的值班护士拿手指比画着，同时拨通了电话："张大夫，一位急诊病人，外伤，三号室。"

护送亦诚进入三号急救室的护士麻利地给病人套上氧气面罩，同时测量心跳、血压、体温。"验血。"其中一位护士喊了一句，在亦诚的右胳膊上略作消毒，抽取了一管血液。

两分钟后，主治张医生已经把准备工作收拾停当，开始做创面清洗，上药，缝合。前后一共只用了10分钟时间，取出嵌在腿肚子上的两小片玻璃碎碴，并给亦诚注射了一针预防感染的抗生素。"好啦，没事了。"张医生对守候在一旁的蒋勤勤说，"只是一个外伤，门诊小手术而已。今明两天不要接触生水，一个星期以后过来这里拆线。"

"需要服用什么药吗？"蒋勤勤问道。

"应该不用，我已经给他打了一针抗生素，这就是一点表皮的划伤而已，而且年轻人身体状态好，不会有什么问题的，你放心。"

"谢谢医生，很可惜以后怕是不能参加美腿比赛了。"亦诚开了一句玩笑，"我们可以直接回家吧？"

"可以的，注意半小时后麻药劲过了会略微有点疼，很轻微的。"张医生吩咐了一句。

急救中心过道，勤勤扶着亦诚找了一把椅子坐下："你乖乖坐在这里别走动啊，我去交一下费就回来。"说罢，她伸手摸了摸亦诚的脑袋，转身朝远处的收费口走去。亦诚百无聊赖地坐在长椅上，看着急匆匆过往的医护人员和病人，脑海里不禁再次闪过伊琳娜躺在医院太平间的景象，心里一阵抽搐。一转眼，伊琳娜离世两年多了，当年在悉尼合作做项目和首次创业的几个小伙伴们也都各奔东西：Andy现在回到国内，在跨国公司干得风生水起，Lauranne还在悉尼，听说准备结婚了，至于那个卷款逃走的李卫东，大家都没有他的消息，仿佛人间蒸发一般。"等忙过这阵子，要抽时间去伊琳娜的墓地看看她。"亦诚刚刚又经历了一场生死关口的挣扎，不禁感叹生命是如此地脆弱。他拿出手机，拨通了伊琳娜父亲Mador的电话，回国以后这两年他不时地还和这位居住在内陆乡下、为人憨厚本分的澳大利亚白人有些联系。"嗨，是我，对的，我还在中国深圳，您那边都好吗？"亦诚问道。

交谈中，亦诚获悉，伊琳娜的哥哥Edward结婚后新近生了一个儿子，孩子刚刚满月："祝贺您升级当上爷爷了。"Mador随后介绍说保险机构和当时肇事司机所在的运输公司经过两年多的来回取证调查，不久前正式向伊琳娜的家人发放了一笔意外死亡赔偿金，Mador

准备拿这笔钱购买一小块农场自己经营："除了这个，其他的我也不会啊。"

"这是个好主意，对了，我过几个月想回一趟悉尼，到伊琳娜安眠的地方去看看她。"亦诚说道。

"那好啊，你时间定下来以后提前告诉我一声，我开车过去和你见见面。对了，你还记不记得上次你帮忙垫付伊琳娜的救援款8万澳元？我从抚恤金里留出来还给你。"Mador在电话里说道，显然他还惦记着那件事。

"那都是过去的事，您千万不要再提起，"亦诚口气很坚决，"能在悉尼和您见面当然太好了，我非常期待，但您必须事先答应我，不能再提救援款的事，不然只会让我心里更加难受。"

"你这么坚持，我就依了你，我们悉尼见。"

10分钟后，勤勤办完付费手续回来，她特意为亦诚租借了一支拐杖："来，试试。"

"你别把我整得像个残疾人似的。"亦诚勉强接过拐杖，有些不以为然地说。

"你这会儿就别逞能了。"蒋勤勤一副命令的口气。她扶着亦诚走出急救中心大门，门外有一辆白色中巴正停在侧面等候，是勤勤提前叫来的滴滴专车。"我要了一辆面包车，这样你上下都方便些。"司机关上车门，启动面包车朝前驶去，很快就来到亦诚租住的公寓华苑国际，勤勤帮助亦诚下车后，快步走在前面，进入大堂按了电梯按钮：18层。

扶着亦诚来到他的公寓1806房门口，勤勤从亦诚裤子口袋里掏出钥匙打开房门，扶着他直接来到里屋的床铺前，吩咐道："来，慢慢坐下来，对了，好，你就在床上躺着。"说话的口气像是一位执勤的幼儿园教师。

亦诚有些犹豫："我要不要先洗一下，身上有很多泥。"

"医生吩咐过的，你刚刚动完手术，伤口不能冲澡，要不……"勤勤有点腼腆，"亦诚你闭上眼睛，我帮你把衣服脱掉，擦一下身子。"

"哇，还有这福利，这算是因祸得福哈。"亦诚躺到床上，顺从地闭上双眼。紧接着，他感觉到对方温柔的动作，先是脱掉脚上的运动鞋和袜子，运动外裤，接下来俯身上前，试图脱去自己的短袖上衣。"来，你稍微侧身挪一下。"勤勤轻声耳语着。

亦诚挪动了一下左右肩膀，同时借机偷偷把眼睛睁开一条小缝，隐约看到勤勤正俯身在他的胸前忙碌着，一头宛如瀑布一般的黑色披肩秀发垂到他的脸上，透过那浓密的发丝，他能看到勤勤一对丰满凸起的胸部，领口处清晰可见半截雪白色乳房，有如小说中描写的两只被困在竹笼里的兔子，好像随时准备跳将而出。此时正是夕阳西下时分，落日霞光顺着高层公寓的落地玻璃窗户，由室外照射进来，光线从一侧映在她的身上，勾勒出一幅丰满而圆润的身体曲线，这画面实在太美太诱人，亦诚不由得有了一股不受支配的生理反应。他一下子控制不住，倾身向前，一把将勤勤牢牢抱住。他过分使劲了，年轻男人的冲动让他抱住勤勤的双臂像是紧紧裹住对方的铁钳，勤勤胸前那对坚挺的乳房被一下子重重挤压，如同橡胶一般蹦弹开来，在亦诚结实的胸前形成一份紧贴的覆盖。

蒋勤勤被他突如其来的动作吓了一大跳，却也没有挣扎，顺势把自己的脸庞紧紧贴在亦诚的脸上，任由亦诚热乎乎的面庞和自己摩挲着。

"躺下来，让我抱一抱。"亦诚浑身发热，他试图往床铺里侧挪一下位置，不经意间碰到了刚刚缝合的伤口，"哇"，一阵疼痛感袭来。

"你看你，捣乱也不挑个时候，别动，老老实实待着。"勤勤心疼地喊了一句，随即挣脱开来，拿一条毯子给亦诚盖上，把刚刚脱掉的亦诚的衣裤袜子收好，转身进了洗手间。不一会儿，勤勤拿了一条用温水投过的毛巾走回卧室，帮忙亦诚擦洗身子。她做得很认真也很细心，先是替亦诚擦脸，然后脖子、胳膊、胸部，来来回回地不放过每个角落。这会儿顺着腹肌往下擦洗，毛巾贴着亦诚发达健壮的肌肉来回摩挲着，擦洗到大腿内侧，勤勤的手有点颤抖，她的脸上泛红，很羞涩地特别绕开眼睛正前方这个青壮男人三角短裤下那处高高隆起的树干。亦诚感到一阵浓热的暖流在体内沸腾般地翻滚着试图突破地表喷发而出，他拼尽周身力气强忍着，好容易止住了汹涌滔天的洪流闸口。

柔和的光线将忙碌着的勤勤的剪影映射到对面白墙上，像是摇曳起舞的一棵柳树。

"还成吗？"勤勤中间更换了几次热水，前后用10分钟把亦诚周身彻底清洗了两遍，用手捧着亦诚的掌心，轻轻搓揉着。

"太棒了，舒服极了，早知道有这么好的待遇，我应该多摔几次。"亦诚打趣道。

"你还开玩笑，我可是被你吓死了，"蒋勤勤拧了一下亦诚的胳膊，"你刚刚怎么那么紧张呢，冲过来一下子把我推倒了。"

"我是害怕失去你。"亦诚脱口而出，他本来想说伊琳娜遭遇意外的事，话到嘴边又咽了回去，只是轻轻说了一句，"以前碰到过有人被卡车倒车给撞了。"

勤勤忍不住倾身向前，抱住亦诚深深拥吻，两人的舌尖相互进入对方的领地，不受拘束地缠绕着，半晌，勤勤轻轻问道："我有那么重要吗？"

"那当然，不然谁给我擦洗啊。"亦诚脱口而出。话音刚落，就换来一阵拳头击打胸膛的咚咚鼓声："你坏透了。"勤勤双手握拳，装作生气的样子。

"玩笑玩笑，不过我的确对倒车撞人心里有阴影。"

"你这是一朝遭蛇咬，十年怕井绳。"勤勤顺口说道。

"十年怕井绳，这是什么意思？"亦诚重复了一遍，有些不明就里。

"哦，你是多年喝洋墨水的，这是一句中国的民间谚语。意思就是说你有一天不小心被蛇咬了一口，从此以后每当看到绳子就会联想起咬你的蛇，这个阴影十年内都消除不了。"

"你记不记得有一个美国电影，叫《达·芬奇密码》？"陈亦诚想起了一部他很喜欢的电影。

"我知道，应该是2014年左右的电影，我喜欢看侦破片，汤姆·汉克斯是我最喜欢的演员。"勤勤回复道。

"那里面的男主角，兰登教授，他小时候曾经掉到井里，以后就特别怕置身在密闭的空间，例如电梯。"

蒋勤勤点点头："说来那个电影场景其实和你刚刚说的害怕碰上倒车是同样的道理，就是心理阴影。不过好了，经历过今天这件事情，坏事变好事，你就再也不会害怕倒车了，这个阴影就此消除。"蒋勤勤比画了一个切割清除的动作："以后你就不用再胡思乱想地害怕了，其实货车倒车的时候，我当时站的位置离倒车的车尾还有段距离呢，你就这么冲上前来，要是你被撞倒了怎么办？"

"我可不能没有你。"亦诚抓住一个表白的机会，脱口而出。

"天哪。"勤勤一下涨红了脸，低着头没有再多说话，把亦诚的手掌搭在自己侧身坐着的大腿上，用手轻轻抚摩着。

足足过去了20分钟，这对热恋中的青年男女，一个平躺着，一个侧身坐着，除了勤勤手上来回轻轻抚摸的动作，屋内一片宁静。

"你要不要进去洗个澡，看你这一身被我弄得脏兮兮的。"亦诚望了望窗外渐渐暗下来的天际，伸手拧开床头灯，打破室内的寂静，开口问道。

勤勤显得有些犹豫："我……"

"没事儿，洗手间里面水池旁边的柜子里有我平常运动时穿的运动装，衣服裤子都有，运动服都是 Unisex 的，你随便拿两件凑合着先穿上吧。总不能一直这么一身脏地待着。"

"嗯，那好，我去洗洗，你可不能进来哦。"

"怎么会？我又不是色狼。再怎么秀色可餐，也不能勉强我的心上人，放心吧。"亦诚努了努嘴，示意勤勤，"赶紧去吧，洗干净了，一会儿大家都舒服。"说着，他从床上下来，一瘸一拐地推着勤勤进了洗手间。

洗手间的磨砂玻璃门传来咔嚓的锁门声，亦诚慢慢地挪动步子从卧室走到客厅，他从酒柜里拿出一个水晶杯，倒满了一大杯威士忌，喝了一口，然后打开电视，看了一会儿时事新闻。

15分钟的新闻播报结束后，亦诚换了个频道，是一场 ATP1000 男子网球转播，亦诚全神贯注地看完第一盘，瞄了一眼手表，这已经足足过去45分钟了，怎么浴室的门还是关着的？他有点不放心，连忙走到浴室门口趴在门上听了一下，里面没有一点动静，灯是亮着的。他知道女生洗澡可能时间会比较长，于是又回到客厅的沙发上坐下，继续看第二盘网球单打。

第二盘的比赛一边倒，不到20分钟就决出胜负，俄国名将梅德韦杰夫胜出，亦诚用遥控器将电视调成静音，再次回到卧室，只见浴室门依然紧闭着，里面亮着灯，但还是没有一点声音。他感到有些奇怪，犹豫再三，还是走到浴室门前，抬起手指在磨砂玻璃门上轻轻敲了两下："勤勤，你还好吧？没事吧？"

"嗯，我很好。"里面传来蒋勤勤的声音。

"你洗完了吗？"

"嗯。"

"洗完就出来吧，别着凉了。"亦诚隔着玻璃门说了一句。

约莫过了两分钟，门闩声响起，浴室门打开了，蒋勤勤站到了亦诚面前。只见她穿着一件NBA湖人队的篮球上衣和运动短裤，这是亦诚以前打球用的，头发上裹着一条白色的浴巾。她有些羞涩扯了扯衣角："我，我，我有点害怕。"

"你害怕什么呢？"亦诚深情地将勤勤揽入怀里，轻轻地吻着她的发际，温柔地问道。

"我从来没有和一个男生一起过夜过，有点怕怕的。"

"没事，"他扶着女孩走到床铺前坐下，让对方的脸依偎着倚靠在自己的肩膀上，"你放心，我不会欺负你的，更不会让你为难。哎你放松点，累一个下午了，我们都休息一会儿。你要是不放心的话，我可以睡到客厅，你一个人睡床上就行了。"

"不，我要和你在一起，想和你聊天。"

"那好，等我一下。"亦诚说着，站起来走到衣柜里找出一张新床单，把它铺好，招呼着勤勤躺下，而后自己半坐立着，俯下身来，用嘴巴咬住了勤勤的嘴唇。

两人一阵深情的狂吻。

"亦诚，我能把灯关上吗？有点害羞。"

"来，我帮你关。"亦诚伸手拧灭了床头灯，卧室里一片黑暗，只有外面客厅静音下的电视机屏幕发出一丝光亮。

"这样好了，你也躺下，慢点，别碰到伤口。"蒋勤勤温柔地说道。

亦诚先把受伤的左腿挪到床铺上，然后缓缓地挨着勤勤躺下来，年轻姑娘的体香飘入鼻孔，沁入心扉。亦诚抬起自己的左胳膊，伸过对方的后脑勺，从另一侧搂住了既兴奋激动，又略带一些害羞的女孩，让勤勤把脸紧紧地贴向自己，这是认识以来两人第一次拥抱着躺在一起。

"勤勤，我给你讲一个成人笑话吧，是我上一次去东北出差，在酒席上人家告诉我的。"黑暗中，亦诚抚摸着蒋勤勤绸缎般柔滑的肩膀，轻声提议道，他觉得找个笑话说说，或许能遣散蒋勤勤此时的紧张，毕竟就如同她所说的，这是这位姑娘生平第一次与异性几近赤裸地躺在一张床上。

"什么成人段子？"蒋勤勤眨巴着一双大眼睛，柔声问道。亦诚能感受到她的睫毛在自己的脸上轻轻抚过。

"先声明一下，我是二道贩子，版权不归我所有哈。上次酒会上一位东北的客人说的，我觉得挺好笑的。"亦诚清了清嗓子。

"话说呢，以前有一个农村小伙子，赶着一群羊准备到镇上去卖。赶着赶着呢，走到半路上，天突然下起雨来了，哗啦哗啦，哗啦哗啦。"亦诚用另一只空着的手在半空中比画着，试图渲染气氛。

"就像今天下午那样，突然下起雨来。"勤勤依偎在亦诚的胸膛上认真听着，很快进入了角色。

"对，跟今天一样，不过那雨比起今天下午来可是要大得多。"亦诚左手在勤勤的肩膀上来回抚摸着，"眼见着雨没有停下来的意思，天色也渐渐暗下来了，怎么办呢？小伙子想啊，还是得找一个地方躲雨过夜，明天一早再继续赶路。他看到前面路旁有一间茅草屋，于是走上前敲了敲门。门打开了，里面走出来一个少女。小伙子开口问道：姑娘，我赶路不巧碰上下雨，现在天已经黑了，能不能在你这里借住一个晚上？姑娘回答说：这个恐怕不方便，我爹出远门了，今天屋里就我一个人。小伙子说：你看这样好吗？我送你一只羊，你就让我在院子里待一个晚上就行。姑娘想了一下，点了点头，把门打开，让小伙子进来。"

"我猜那小伙子姓陈。"勤勤调侃道。

"小伙子在干净的院子里待了一会儿，肚子饿了，便问道：姑娘，能不能我再给你一只羊，你帮我弄份晚饭，随便什么都可以，有几口吃的就行。姑娘同意了，给小伙子生火做饭。"

"嗯，这下肚子也不饿了。"

"又过了半个时辰，小伙子说，夜里这院子里好冷啊，你看这样行吗，我还多给你一只羊，你让我到炕上去睡吧，那上头比较暖和。"

"哈哈，得陇望蜀。"勤勤说了一个成语。

"得到姑娘同意，小伙子爬到姑娘的热炕上躺着。过了一会儿，小伙子又说：姑娘，现在我再给你一只羊，你让我抱抱你可以吗？姑娘害羞地点了点头。小伙子钻到姑娘的被窝里，一下子把她紧紧抱住。"

"还有吗？"亦诚停下来半天没有动静，勤勤忍不住问了一句。

"还有，你别骂我流氓哦，"亦诚申明了一句，接着说，"两个人抱在一起，犹如一团火球，滚烫滚烫的，小伙子说：干脆，我再多给你一只羊，你把衣服脱了，我也脱了，你让我……"

"不听不听，羞死人了。"勤勤一把捂住亦诚的嘴巴。

"好的，不说不说。"亦诚顺从地停了下来。

过了两分钟没人说话，还是勤勤忍不住打破寂静："那后来呢？"

"后来啊，这是最精彩的部分，你不听真是可惜了，"亦诚不失时机地卖了一个关子，"接着，两个赤裸的男女青年面对面抱在一起，小伙子趴在姑娘身上，一动不动的。姑娘觉得奇怪，问小伙子：你怎么不动一动呢？小伙子说：嗨，我没羊了，都送光了。姑娘说：没事，我家有很多羊。"

"第二天上午，小伙子哼着曲子，赶着比昨晚上多一倍的羊，走出茅草房。"亦诚结束了故事的叙述。

"你坏死了，这是什么黄段子？你这脑袋怎么尽是这些乱八七糟的东西。"

"亲爱的，你要羊吗？"亦诚一副认真的模样。

"我不要羊，我只要你。"勤勤贴过来紧紧抱住亦诚热吻，随后坐起身来，在夜色中缓缓脱掉自己的所有衣服，扑到亦诚的身上。

一阵急促的喘息声回荡在卧室上空。

53

上海浦东，环球21世纪传媒办公室

陈亦舒所在的互联网媒体公司环球21世纪的业务持续扩展，不久前正式在上海设立分公司，亦舒也从香港总部被派往位于浦东的上海公司担任编辑部总监，除了继续主持她的《世界那些事儿》专题节目外，新组建的两个节目组也归她一并负责管理，其中一个节目名为《地平线》，主要采访和报道中国大陆新兴的互联网创业公司，另外一个节目是《中华手艺人》，着重介绍各式各样的民间手工匠人，尤其是一些濒临失传的传统手艺。3个专题节目的采编人员加起来总共有25人。这样一来，亦舒的工作量增加了不少，好在如今定点上海，出差的行程少了一些，不像以前她的办公地点在香港，采访对象几乎都在港岛以外，做一期节目就意味着要出一趟差。

亦舒的办公室是一间临窗的通透小房间，窗外就是浦东世纪公园，举目眺望，一大片生机盎然的绿色尽收眼底。这会儿，她正端坐在电脑桌前审核下一批选题。

呲呲，桌上被覆盖着的手机发出规律性的振动。上班的时候，亦舒习惯把手机设置成静音振动模式，免得受到过多的陌生电话和短信干扰。

她拿起手机，解开屏保一看，是来自刘鹿鸣的微信通话请求，亦舒按下通话键，里面传来刘鹿鸣急促的说话声："小舒，你赶紧看一下我发到你邮箱的一个链接，那是一篇关于你祖上的天一的报道。"亦舒一下子没有反应过来，天一信局的故事这些年间不时有媒体介绍。"上面都说些什么呢？"按理说，如果仅仅是关于天一的普通介绍，刘鹿鸣犯不着这么着急地给自己打电话。

"挺有意思的，与其我这里给你复述一遍，不如你直接先读一下我发到你邮箱链接上的报道。等你先看完，回头你再打给我。"刘鹿鸣说完就挂断了，和他相处这些年，亦舒知道这个内向男人的特点，话语不多，不是那种喜欢叨叨唠唠的人，自从两年前亦舒去菲律宾处理她的高爷爷遗嘱事情后回到香港，第二周刘鹿鸣找了个借口跑到香港向亦舒表白，他们双双坠入爱河，此后两人一直维持着稳定而亲密的关系。她点开邮箱，果然有一封刘鹿鸣发来的邮件，上面只有一个网页链接。点击链接进去后，电脑屏幕上显示的是英文的《菲律宾时代》*Time Philippine* 的一篇英文稿的新闻报道：

"近日 Wyandt Treasure Hunting Ltd（温尔特寻宝公司）在临近菲律宾的太平洋东经 119 度 16 分、北纬 18 度 31 分海域，探测到两艘沉船，先期打捞工作已经告一段落。本社记者从目前披露的有限信息获悉，两艘沉船均为二十世纪初往来菲律宾与中国的海上商务运输船只，其中有一艘船上的大部分物品留有金属篆刻'天一信局'标识，该船打捞出的物品包括数十块石头质地的中国汉字墓碑，若干袋外包装腐化的银锭、珠宝，还有散落开来已经完全生锈变形的机械制品，包括缝纫机、自行车和几架钢琴。据悉，标识上的'天一信局'为菲律宾华侨企业，在二十世纪三十年代分布于马尼拉和东南亚各地，在南洋华侨中颇具影响，创办人为来自中国厦门附近流传村的华侨企业家郭有品郭和中父子。本社记者查阅到 1936 年 8 月 25 日菲律宾华文报纸对这个事件的报道，是年 8 月 23 日，该船由马尼拉港启航驶往中国厦门，途中遭遇突发台风，船只沉没，随船人员获救生还。

"温尔特公司隶属于美国老牌的家族企业温尔特集团，这是一家专业打捞公司，多年来主要从事太平洋公海区域航道上历史沉船的发掘打捞。2015 年，该公司曾经成功打捞过一艘从中国广东驶往波斯（现伊朗）的明代商船，船上装满中国产瓷器近万件，那次打捞发现轰动一时，其打捞出来的瓷器几乎完好无损，温尔特公司从近万件明代瓷器中挑选出 300 件，其余全部就地销毁，这种为了追求稀缺性不惜毁坏珍贵历史文物的做法受到学术界的普遍指责。那 300 件明代瓷器后来交由佳士得拍卖行公开拍卖，总共获得 8500 万美元，成为中国古代文物的一大新闻。"

这篇新闻的下方，还附上了当年天一沉船事件的新闻报道和几张温尔特寻宝公司过往打捞的照片。

亦舒仔细读着这条新闻报道，惊讶得用手捂住自己的嘴巴。她简直不敢相信，小时候听奶奶和父亲多次说过的祖上天一信局的历史故事，居然今天以这样的方式被重新发现了。天一的历史对她和她的两位弟弟来说并不陌生。听长辈人说，当年天一信局负责承接在南洋的福建华侨往老家寄信、寄送物品的业务，类似今天的邮局和快递公司，这篇媒体报道的正是发生在 1936 年的一次意外，由于台风导致商船沉没，为了坚守以信为本的企业训条，当时的天一掌门人，也就是亦舒的外曾祖母郭月女士，毅然变卖所有房屋田产，加上所有个人积蓄并从亲友处借款，凑足资金按原价赔付给物品交付的华侨们在中国内地的家人，此事历经近一个世纪，至今在天一老家流传村仍被村民们传颂着。亦舒还想起两年前赴菲律宾处理高祖父遗嘱的事，她记得很清楚，遗嘱上，他的高祖父特意交代过沉船石碑这件事，亦舒至今仍不知从何下手。高祖父还提到了他所收集的两百块海外华侨先人墓碑，亦舒已经初步联系了相关的博物馆，仍在洽商安顿和展示细节。眼下读着关于沉船打捞的新闻报道和图片，亦舒一时间仿佛望见遥远的祖辈先人，正穿过漫长的时间隧道，站在她的面前。陈亦舒不由得浑身热血沸腾，下意识地用手指轻轻触碰着面前展示新闻报道的屏幕，似乎摸到了 1936 年 8 月，在浩瀚太平洋上行驶着的那艘船上先人们跳动的脉搏。

时光隧道之 1936 年：
太平洋海面，南中国海

浩瀚的太平洋，一望无际的大海，茫茫水域，海天一色。

一艘双层蒸汽船行驶在海面上，此处处于菲律宾海岸线西北方位大约 300 海里处，地图标注的位置名称为南中国海。

远处有一座无人居住的小岛，从船上甲板一侧望过去，小岛上的灌木丛透过浓雾依稀可见。初秋的海面已经有几分寒意，今天是个狂风大作、乌云密布的天气，海面随着一阵阵大风刮过，起伏跌宕，天空正下着猛烈的暴雨。郭振明披着雨衣，双手紧扶栏杆站在这艘由南向北偏西方向行驶的汽轮船上，望着海面四周狂劲的风暴和大雨，不由得眉头紧皱。郭振明是马尼拉天一信局总部的一位主管，这次和另外两位伙计张茂发和李阿财一起负责押送一批物资运回老家福建流传，途经厦门港中转。这次运送的物资加起来有 50 吨，其中包括在南洋的福建华侨捎带回家给亲人们的各种银锭珠宝首饰、东南亚特产香料、布匹、大米，还有各种新式的西洋机械缝纫机、脚踏车、钢琴、小提琴，以及东家交代的几十块已故流传村人墓碑。福建沿海乡村的年轻人多年来都有下南洋谋生的传统，天一信局平均每两个月就有一班租赁的货船运送华侨托寄的物资回中国。由于近年来天一的业务量发展很快，每批物资的体量也从最早时候几个箱子发展到如今租用西人蒸汽机轮船的船舱，这次天一租用的是意大利人在菲律宾货运公司的商船太平洋阿波罗号，这艘货船的货物量，大约 1/4 的货位是由天一租用的，另外 3/4 是其他公司的货位，运送的是菲律宾本地产的顶级大米，由厦门港卸货后转往中国内地，整个船期预计 7 天时间。这条航线郭振明每年都要跑好几趟，所以他对沿途的航道情况非常熟悉。

"你们再去仔细检查一下货舱，记得所有的老鼠夹一定要固定好。船舱晃动，夹子很容易跑掉。"

"好。"站在身旁的李阿财点了点头，和张茂发两人迅速从甲板中间的楼梯处往船舱走下去。这次运输的物品中有南洋大米、花生和胡椒，这些东西很容易招老鼠。30 多年前，天一信局的掌门人郭有品就是在这条航线上随船押送货物，途中不小心被老鼠咬到，得了鼠疫不治身故的。天一信局对每一位随船押运的伙计都叮嘱再三，务必严防老鼠。

郭振明在甲板上又转了一圈，和几个正忙碌着的火头打了招呼，火头是轮船上负责烧煤的船工，他们是整艘汽轮船上职级最低的，从船长、大副、水手，一路排下来，最底层的才是火头。充当火头的有很多是中国人，今天这艘轮船上的火头也是中国华侨，不过以潮汕人居多，郭振明老家的闽南方言和潮汕话很接近，就是发音的腔调稍有不同，类似英国人和澳大利亚人说英语，彼此都能听得懂。

从楼梯下来走回到船舱自己的铺位，郭振明掏出烟斗，装满烟丝划了根火柴点着，慢悠悠地抽了起来。船上的日子其实是百无聊赖的，每天除了三顿饭，不时要检查一下随船物品是否捆绑牢靠，靠近外侧的地方留意防止进水，其他时间就无所事事，除了睡觉，偶尔就是几个人凑在一起打打牌聊聊天。这条航线上时常也有其他华侨运输公司的物品，不过他们大多不派人随船押运，一来减少费用，二来他们的规模也比天一小得多。天一信局是从 1880 年开创这项替华侨送物资回乡业务的，那时候还是大清朝代，从一开始天一的第一代老板郭有品就坚持每批物资都要有人随船运送，起初是他本人亲自押船，后来由他的二儿子郭和中随船，再后来业务量越发增多，改为指派在天一做事多年的资深老伙计负责随船送货这件事。在郭氏几代东家看来，南洋的华侨们把辛辛苦苦挣到的血汗钱换成各种物品寄回老家接济亲人，这是人家的生命线，受人之托忠人之事，天一的使命就是尽最大限度保证把物品完好无损地送到华侨家人手上。郭振明至今已经在天一做了 8 年，对于信局的训诫了然于心。

把烟斗里的一袋烟丝抽完，郭振明从铺位的枕头底下取出一张全家福相片，上面是一家四口人的合影，第一个孩子是女孩，今年 6 岁，他老婆前年给他生了一个大胖小子，现在算来应该差不多两周岁了，这张照片是 4 个月前他押送物资回国的时候拍的。老婆在流传老家，郭振明常年驻守菲律宾，每次随船押运物资回去的时候，可以在家里住上半个月，那是他最幸福的日子。郭振明每天都要抱着儿子到村头的榕树下玩耍，爷俩一玩就是几个钟头。女儿今年6岁了，这次回去该准备替她张罗上小学的事了。为此他在出发前特意去了马尼拉最好的一家西洋人开的文具用品商店，替女儿置办好了上学用的铅笔、橡皮擦、文具盒，还有一个漂亮的小书包，此刻就在他的枕头边放着。

郭振明拿着全家福照片躺到床铺上，底下的棕榈垫子硬邦邦的，硌得后背很不舒服，不过他已经习惯了，只要能睡觉，其余的对他来说都不是问题，他是那种脑袋一挨着枕头就能入睡的人，没过一分钟，已经响起了一阵阵鼾声。

"不好，阿兄！"躺在边上铺位的人突然大声惊叫起来，是李阿财，他的铺位紧挨着郭振明，他一边叫唤着一边使劲摇动郭振明的肩膀。

惊恐的叫喊声一下子把刚刚睡着的郭振明惊醒了，他睁开眼睛，只见突然间船舱左右激烈摇摆着，幅度之大，他还来不及反应，就一下子被一个大幅度的角度倾斜从床铺上猛地甩了出去。郭振明整个人毫无防备地在船舱地板上滚了好几个翻滚，头部重重地撞到船舱中央的一根木柱上。"哎哟，"郭振明捂住脑袋叫了一声，"出什么事了？"

"不知道呢。"阿财也被刚刚的震动掀翻到地上，瞬间滚到船舱对面的一角。

两个人不约而同地扫视了船舱四周，这是一个原本密封的统舱，是供船员和他们几个随船押送物资的伙计们睡觉用的，并排摆着两行8个铺位。

"瞧，阿兄，你看。"阿财指了指船舱的右前方，"情况不妙，进水了。"

郭振明顺着对方的比画望过去，只见右侧前方离舱板地面约半米处，木质的船舱墙壁上被海浪冲破了一个大口子，海水顺着洞口呼呼地往里头灌。

"赶紧起来，阿财。"郭振明连忙扶着木柱站起来，趔趔趄趄往前走出几步，伸出右手拉起还在地板上的阿财。"茂发呢？"郭振明追问道。

"茂发应该在甲板上面，我们收拾完货位以后他上去吸烟了，还没下来。"

"赶紧走。"

两个人顾不得其他事了，迅速走到船舱中部的楼梯口，顺着狭窄的木质楼梯一前一后走上甲板。这艘船的设计共有三层，底舱是所有的轮机机房，中间这一层是货舱，后面一小部分作为员工休息区以及睡觉的地方，上层是驾驶室、船长卧室和餐厅，外面则是甲板。郭振明和阿财跌跌撞撞地走进上层的轮船驾驶室，只见里面已经有七八个人围在一起，菲律宾籍船长一边把握着方向舵，一边用菲律宾塔加洛语下达着指令，郭振明听得懂塔加洛语，船长的话的大致意思是让水手们赶紧看看一共有几处漏水，还能不能现在修补。"不行了，风浪太大，现在船只已经失去重力平衡，右侧有三处同时进水，加上货物，整个重量歪向一边了。"有一位菲律宾水手喊道。

"快过来，帮我把方向舵稳住。"船长下令道。有三个人应声向前，好几双手同时握住了方向舵。

"不行，船长，握不住。"方向舵在失去重力平衡的情形下回转，船身迅速向右侧倾斜。

"怎么办，船长？"

"你们握住方向舵，我到下面看一下。"船长还在试图想办法。

"下不去了，下面都是水。"另一位天一的伙计张茂发扶着驾驶室周边的扶手，走进来说道。

船长回头往甲板中间的楼梯口望去，只见海水已经淹没了整个楼梯口，很明显，船舱完全被海水吞噬了。他转身从驾驶台下面的工具箱里取出信号枪，交给一位水手："发信号弹求救，快！你们几个，每个人把救生圈套上，快点，准备跳水。"

郭振明、张茂发和李阿财三人各自找了一个救生圈绑到身上，几颗橙色烟雾信号弹划破风雨交加的海面腾空而起，颜色穿破乌云密布的海平面，发出一串耀眼的光亮。

"大家都有，跳海。"船长下达了最后命令。

"等等。"郭振明转身要冲向被海水灌满的楼梯口。

"你要干什么？阿兄，下面都被海水淹没了。"阿财一把拉住郭振明。

"我的全家福，还有给女儿的书包。"郭振明试图挣脱阿财的搂抱，他还在想着往楼梯处走。

"来不及了，再晚的话命就没了。"阿财不由分说地一把将郭振明拉到甲板外侧，一使劲推了一把，随后和张茂发也一起跳了下去。

波涛汹涌的太平洋海面，狂风裹着暴雨犹如出膛的连发子弹一般倾泻着，几分钟后，这艘满载货物的蒸汽轮船消失在茫茫的海面上。

54

上海浦东，环球 21 世纪传媒办公室

亦舒打开微信，拨通了与刘鹿鸣的微信通话。

"很意外吧？"刚一接通，刘鹿鸣就高声问道。

"我真是没想到，这么多年以前的沉船，今天居然被找到了。"刘鹿鸣最早与陈亦舒认识是当时他负责处理郭和中遗嘱的事，所以对天一信局的故事很了解。刘鹿鸣告诉亦舒："我是今天浏览新闻的时候看到的，心想这个跟你们家族有关，沉船的那段历史我以前也知道，所以我赶紧通知你一声。还有，刚刚我从网上查了一下这件事情前后的来龙去脉，好像这次打捞已经持续了大半年，只不过我们不在那个行业不知道而已。你回头看一下我现在微信发给你的资料。"刘鹿鸣解释说："这家温尔特寻宝公司是一家老牌的美国家族企业，他们家族好像是爱尔兰后裔，有 100 多年历史。我查了一下，沉船打捞只是它们集团跨领域下面的一项业务，它们还从事大型海上勘探和钻井平台的生产和安装，以及制作各种机械用的润滑油，在中国安徽有一家

外商独资工厂，生产奇丽牌润滑油，可以用于很多民用的机械，包括农用拖拉机、扬谷机和摩托车，看样子来头不小。而且由于它们是一家家族企业没有上市，其财务数据和股权结构从来没有对外披露。依我估计，每年几千万美元的利润应该是有的。它们这一次在临近菲律宾的南中国海打捞沉船，发掘出来的物品，除了天一信局你祖上的一些财宝石碑以外，另外一艘船上是锡锭和一部分法国葡萄酒，原本是要运往上海的。温尔特公司准备把这些分类清理后交古董拍卖行拍卖，这是它们惯有的做法。"

"它们打捞以后就可以拍卖吗？原来的主人不会找它们追索？"亦舒若有所思地问了一句。

"这就涉及许多复杂的法律条文。"刘鹿鸣在信托事务所工作，显然对这方面的情形比较了解。

"别卖关子啦，你先大概跟我解释一下。"亦舒拿起桌上的记事本，这是她从事媒体行业多年的习惯。

"权威的介绍恐怕要找相关律师，有专门从事这个领域的，不过我可以说个大概。按理说，任何人找到遗失或者丢失的物品，包括沉到海底的东西，只要原来的主人能够证明拥有权，那这些物品就应该归还物品所有人本人或者他的后裔。但这里有几种例外情形，其中包括物权归属的时间有效性，以及物权归属的位置控制权。所谓的时间有效性就是过了一定年限以后，这些物品就不再归属于原先的物权所有人，而归于发现者所有，至于这个时间长度的界定，每个国家不一样，菲律宾我记得是一千九百九十九年。第二个更主要的因素是位置控制权，如果这个物品发现的地方是在某一国的领地、领海、领空，例如是在菲律宾境内发现的，那就是归菲律宾管辖，菲律宾政府有权将这些物品运用本国的法律程序予以处置，但如果是在公海，那么任何一个国家的政府都不拥有管辖权。这也是为什么这些年来那么多西方的专业打捞公司、寻宝公司通常都在公海领域搜寻和打捞物品，包括你看到那篇报道说的上回这家温尔特公司打捞到中国明代瓷器，发了很大一笔横财，也是从公海发掘的。因为是在公海，不受任何国家管辖权的控制，而且明代沉船时效上已经过了几百年，哪怕所有人都知道那些瓷器是中国货物，由中国船只从中国运出去的，但是任何人，除了打捞者以外，其他人已经无法做物权主张。在这种情形下，打捞者就可以随心所欲地处置这批物品。不过，"刘鹿鸣说到这里停顿了一下，点击发送了一个新的链接，然后继续说道，"你们郭家祖上的这批沉船物资情况还不太一样，沉船事件当时媒体都有报道，而且当时交办的船运公司的运输记录应该也都还能找到，一定要打官司跟对方争取的话，也不是没有可能，这个我们需要问一下律师。如果能通过法律手段把这些东西要回来，当然是一件好事。对你们家族说，这是圆你祖先的一个梦，另外呢，我总觉得，应该找机会教训一下这些跨国流窜的打捞公司，它们这样公开地满世界寻宝，简直就是打劫。"刘鹿鸣有些愤愤不平。

结束和刘鹿鸣的微信语音通话后，亦舒走出办公楼，信步来到附近的浦东世纪公园，沿公园里的步道往前走着，脑子飞快地思考。这是亦舒的习惯，每逢她有捋不清的事情，她习惯于到户外找一处相对安静的场所来回漫步，梳理自己的头绪。今天得到的这个消息，让她大吃一惊，这是她完全始料不及的。它让亦舒很惊奇也很兴奋，这件事除了涉及自己家的先人以外，从某种意义上说，她身上的那种媒体人一追到底的劲头被瞬间激发起来，她觉得无论用什么样的方式，如果能够把这批物品从这家打捞公司手里争取过来，对自己的祖先是一份很好的交代，她奶奶多次提起过这个事情，每次都流露出很多遗憾和思念。她知道90多岁的奶奶在乎的其实不是那一点财富，而是一份对亲人的追思。何况，这个题材完全可以编辑成一个从文字到视频的热播专题。

不过，怎么去争取更合适呢？找律师打官司？运用媒体舆论的力量造势，发起网络签名活动给对方施加压力？……亦舒脑子里飞快地闪过数个不同方案。

和对方打官司，旷日持久，估计会有一笔不小的费用。不过这还在其次，关键是能够有多大胜算？对方是专业干这个的，一定很懂得如何钻法律的空当。目前自己对这方面的知识还不具备判断力，可以先找几家律所了解一下。

发动网络舆论造势，把事情的原原本本经过公之于众，找几个公众大微号做宣传拉动影响？媒体运作是亦舒特别擅长的，但是国内媒体的公众舆论对一家美国家族企业能有多大的影响力？说到底，舆论是不具有法律约束力的，唯一能够施压的就是对方的关联公司在中国有业务，或许它们还会顾忌一些。不过这些年很多流落海外的中国文物在国外拍卖行被反复高价炒作，参与抬价的有很多也都是在中国有业务的欧美企业，没见着几家公司真正在意的，国内舆情更多能影响到的，还是本国企业。

另外，这事要不要告诉奶奶和父亲？亦舒想了一想，决定还是先不要告诉老人，他们都已经退休，没必要再把他们牵扯进来，最好是等到事情有了最后结果后再告诉长辈们。说来或许是基因传承，家里几代人似乎都有这个习惯，就是相信每一代人、每个家庭成员的独立处理能力，很少依赖长辈。倒是应该抓紧和自己的两个弟弟通报一下这件事，亦舒想到了这点。

亦舒姐弟三人，亦然小自己3岁，亦诚比自己年轻5岁。这些年，每个人各忙各的，亦然在美国从事风险投资，亦诚在深圳创业，自己则穿梭于香港和上海之间，从事新媒体编导工作。姐弟三人共同的特点就是独立性都很强，三人都在海外接受过高等教育，英文都能达到母语水平，如今也都有一份不错的工作和事业。不过最近这几年，姐弟三人彼此交往不多，逢年过节相互发声问候，每个人的生日，都会彼此寄一份贴心的礼物。除此以外，大家实在都太忙了，每人都是一个星期工作七八十个小时以上，所以闲暇的时间很少，记得三姐弟单独相聚在一起度假，还是两年前母亲60岁生日的时候，全家在海南三亚酒店订了几个房间，替母亲做完生日活动以后，亦舒提议他们三个年轻姐弟单独留下来多待了两个晚上。

亦舒拿起手机，调出了一个聊天群：胡椒面。那是他们姐弟三人的微信沟通群，她熟练地输入了一段文字：

二位好，今天晚上中国时间10:00，大家有时间吗？我想跟二位微信群语音群聊一下，有一件涉及我们家祖上的天一信局的事，要跟二位通报一下。如果时间可以，请回复1。

亦舒点击发送，一边还在想着：怎么做比较好？怎么做比较好？我们一定要介入，不能让这些祖先的物资就这么不明不白地落到外人手里。

但是怎么介入？怎么介入？

亦舒一边自言自语地叨叨着，一边沿着公园的林荫小道慢慢朝前走着，她还是没有想出一个所以然来。

"1"

"1"。

微信回复的提示音间歇地响了两次。

亦舒沿着浦东公园的步道走到半途，眼前出现一片梅林，由红梅、绿梅、白梅、垂枝梅等几十种梅树组成了一片梅花世界，初春时节，树上的梅花纷纷绽开怒放，一片生机盎然的景象。这会儿是下午3点多，步道空无一人，一条小道在梅花丛林中蜿蜒向前，宛若通往天堂的步道就在脚下。这场景让亦舒有种虚幻的感觉，仿佛往前再走几步，马上就能与在天堂的先人相见……

55

浦东，亦舒公寓

如今的通信真的是发达顺畅，更重要的是便宜到几乎免费。亦舒不由得想到十几年前，自己在美国留学，那时候还没有网络即时通信，每次想家了，憋着劲给妈妈打电话，1分钟通话费是两块六美元，每次通话的时候，亦舒都是嘴里说着话，眼睛瞄着手表，每次通话都是掐着秒计算的。她记得很清楚，那时候从美国打到中国的国际长途，是按每10秒钟一个台阶计费的，所以通话时间最好是在接近10

秒的时候掐断，不然就白白浪费了那宝贵的几秒钟。亦舒在海外上学那会儿，除了住宿费和每月的书本费用，日常生活费差不多有一半是花在打国际长途电话上，除了给母亲打电话，不时地还要和国内的闺蜜们说上几句，每次长途通话，即便她再怎么加快语速，说话的音频到了快播的程度，恨不得原先正常语速下3分钟要说的话在1分钟内说完，长途电话的账单还是让人肉疼。这种情况并非亦舒的个例，她身边的海外留学生们的情况几乎大同小异，女生尤其突出。乡情、恋家，是每一个中华子女在海外无法遣散的情愫，从历史上的华工出国、华侨外出谋生，到现在的中华学子海外留学，莫不例外。好在如今互联网四通八达，微信语音的出现更是彻底解决了在外中国人与国内亲朋好友的通信困扰。

晚上10:00，胡椒面微信群语音连通，姐弟三人寒暄了几句以后，亦舒切入主题："我下午已经提前把今天要说的这则消息的新闻报道和相关材料发到微信群里了，亦然亦诚你们两个人估计也都看到了。这个故事的背景我们大家都了解，总之现在突然就冒出来了，真的很意外。但想想也是一件大好事，如果我们能够做一些努力的话，对于奶奶、父亲，还有那些我们从未见过面的祖先们也是一份安慰，毕竟我们身上流淌着他们的血液。"

亦然接过话头："同意，我在美国官方的公司注册信息网站查了一下，这家公司是家族企业，很低调，最上层的公司架构是一家家族信托企业，股东都是温尔特姓氏的人，很有钱，下面有5家直属公司，亦舒你说的这家寻宝公司是其中的一家，我估计它们就是专业干这行的，明显的就是冲着找到宝物，变卖挣钱。"

"亦舒你有什么进一步的想法吗？"小弟弟亦诚问道。

"我还没有理出一个清晰的头绪来，初步的想法是，这批属于天一信局的物资不能这样平白无故地就被这几个美国人抢走。至于应该归还给我们的祖先，归还给当年交付物品的失主，还是怎么个处置，我还没有主意，但不管哪个结果，都比被美国人拿走了去拍卖要强。"亦舒说。

"按理，当年我们的祖奶奶变卖田产拿出她个人积蓄，补偿了货物委托人，也就是货主在国内的家人，双方已经是钱物两清，我们跟交货货主的关系已经了结，所以要说物品所有权的话，应该归属于我们的祖奶奶才是。"亦然斟酌地说。

"我今天白天和刘鹿鸣通过电话，他也是这么主张的。"亦舒的男友刘鹿鸣，她的两个弟弟还没见过，但在过往的沟通中已经几次提起过这个人，所以他们俩对刘鹿鸣这个名字是不陌生的。"刘鹿鸣倾向于和他们打官司。"亦舒补充了一句。

两个弟弟表示认同，毕竟这是处理纠纷最为常见的做法。

"要打官司的话，就在美国打。"亦舒提议道，"因为它是一家美国企业，虽然这是一个发生在公海的行为，但是对方的主体是美国公司，我们就在其本土向它发起法律诉讼。这样做有利的地方是，美国法律很复杂，有各种案例法，只要请来够专业的律师，应该能够找出相应的漏洞。不过有一个小小的环节，就是诉讼的主体，也就是原告，最好是天一的菲律宾公司。可是天一原先在菲律宾的那家公司现在已经不存在了，如果以自然人作为诉讼主体的话，牵涉到几代人关系的认证，又牵扯到奶奶、父亲等等，把他们再折腾出来恐怕不太合适，即便要走法律途径，最好也不要去惊动老人家们，这个事情到现在为止我都没有跟爸爸和奶奶说，就是不想让早让他们激动，尤其是奶奶，90多岁的人了，虽然她脑子还是很清醒，但是心脏不好，高血压，还有早期脑血栓。别一激动下来身体受不了，那就是我们的罪过了。"

亦诚插话道："我上个月到福建出差，顺道回老家去看了一趟奶奶，她最近的身体状况差了许多。原先走路都很正常，这次我看她都需要借助拐棍。叔叔说现在老人家的心血管堵塞已经到了70%，属于高度堵塞，不过奶奶的脑子还很清醒。我从香港给她带了几本心血管自我护理的英文书，她很高兴，说喜欢读医学类的原著。"

"那是她几十年下来的老本行，你有什么意见，亦然？"亦舒问她的大弟弟。

"关于诉讼主体，或许有一个变通的办法。"亦然思考了一下说道，"可以用我们姐弟三个人的名义在美国成立一家公司，由这家新成立的美国公司作为原告向被告发起诉讼。虽然说我们这家公司是新公司，但是我们三个人作为股东，这三个人跟当年天一信局之间的血缘关系，可以通过适当的公证文件来解决。"

"我手上有这些公证。"亦舒插了一句，前年她协助奶奶前往菲律宾处理郭和中遗嘱，做了一整套中英文的血缘关系公证。

"那最好，这样的话，美国公司在美国起诉另一家美国公司，顺理成章。"亦诚也认可这个意见。

"如果我们决定跟对方走法律诉讼途径的话，我们的切入点是什么呢？"亦然反过来问道。

"我们的诉求就是不能让它们把这批物品拿出去拍卖。"亦舒不假思索地回复说。

"等等，"亦然打断了亦舒的话，"有两个重要环节。第一，法律上是不是支持这批物品的原主人拥有优先物权，即便我们能够证明我们跟物品的原主人有血脉传承的关系。第二，更重要的是……"亦然停顿了一下，他要确保其他人都集中精力认真听他接下来的阐述。说来真是血缘的传递和承袭，这种每到说话的重要节点前要先停顿一下的习惯，亦然的祖奶奶郭月、奶奶郭玉洁、他父亲陈平都有，这是一种说话的技巧，通过把控说话的节奏，掌握停顿感，让自己的主张得到足够的关注。

"我们都听着呢，你快说。"亦诚敦促道。

亦然说："关键在于，即便我们获得了物品的优先拥有权，法院要求对方把物品归还我们，对方也接受了，但是我们还是会被对方牵着鼻子走。"

"牵什么鼻子？"

"对方仍然可以索取打捞费用。"亦然一字一顿地说道。

"什么？"亦舒一下子没反应过来。

"你们听的没错，打捞费用，"亦然解释道，"我这是换位思考，如果我处在对方的位置，我的目的就是要钱，那么东西你要拿走，好啊，给你没问题，不过我打捞这些物品的费用你得如数支付给我，这个主张，法院一定会支持。而打捞费用多少就全凭人家说了算，机器、设备、定位卫星租用、人工船只费用等等。"

"亦然你这个提醒很深刻，"亦诚认可哥哥的意见，"打捞费用是在发掘这批货物过程中产生的。对方可以随他们的性子开出来一串天文数字，这个数字你无从查考。反正人家只要能拿到钱，怎么做都无所谓。"

"难道这条路就是死胡同？"亦舒忽然有些气馁，看来走法律途径还是有很多不确定因素。

"无论如何，这件事我们必须做，这是大家都同意的，那么还是应该先考虑走法律的途径，我人在美国，回头我先就近找一个律师所问一下，同时我们抓紧在美国把我们诉讼主体的公司注册完成，公司名字应该叫什么？"

"就叫天一有限公司怎么样？"亦诚提议道。

"再加两个字，天一文化有限公司。"亦舒补充说。

"好，那这两件事情我先着手办，有什么进展我在群里及时跟大家沟通。"亦然爽快地应允下来。

亦舒以姐姐的口吻说道："二位，接下来这段时间，大家心里要多记挂着这件事，我们姐弟三人都要把它当成一件大事，认真办好。我知道大家都很忙，每天忙得四脚朝天的，但手头上别的事情尽量挤一挤，拿出一些时间来做这件事情。我估计这件事今后几个月会占用两位不少的时间。我已经下定决心，要全力以赴把它办妥，无论如何，对自己、对我们的家人和祖先，也是一份交代。往大了说，这是中国文化的一个部分，我们都负有传承和弘扬这份华夏文明的使命。"

接下来几天，亦然在美国接触了几家从事历史古物归属权纠纷的律师事务所，最后选定了韦德事务所，这家事务所位于波士顿，有20多年历史，是一对双胞胎兄弟联合成立的，专门帮助委托人提出历史古物权属的法律诉讼。美国法律对于古物所有权的归属和划分有烦琐的案例判罚依据，而且各个州的执行标准各不相同，这就要求承接的律师不仅要十分熟悉这方面的案例和过往的法官判决，还得了解不同诉讼角度抗辩的有效性，因为这属于民事诉讼，如何判罚具有很大的弹性。韦德律师所这类案件的诉讼委托基础收费是 15 万美元。

波士顿离纽约不远，韦德事务所的老板、兄弟俩 50 多岁，特意从波士顿赶到纽约，与陈亦然做了两次长谈，接下来又通过电话和亦舒、亦诚，以及远在新加坡的刘鹿鸣做了几次沟通。按照律师提供的第一版法律咨询意见，认为这个诉讼提出应该选择在加利福尼亚州，那里有很多过往华侨物权的诉讼案子，有几桩和眼下天一的案子有几分相似之处。律师还建议在提起诉讼的同时，寻求庭外和解的途径，实行诉讼与和解双轨并行的策略，法律诉讼最起码保证在案件结案之前，这批物品不会被随意拍卖处理。姐弟三人随后签字确定，委托韦德律师所作为天一物品追索案的全权独家法律代表，并且随即在洛杉矶注册了天一文化有限公司，作为原告主体。至于庭外和解，韦德律师兄弟希望陈氏姐弟能够给出一个现金支付的最高限额，姐弟三人商议了一下，提出愿意支付 100 万美元的打捞费，用于了结天一物品的这部分打捞物，这样对方不至于分文未得，至于天一之外的其他物品，如果没有出现物权主张人，打捞公司依然可以拥有。

56

深圳，龙岗区兴科创业园，萨维尔公司会议室

姚明杰是新月 VC 风险投资基金的合伙人，按名片头衔的称呼叫董事总经理，他不久前刚刚从另一家基金公司应聘入职新月基金。新月基金源自美国硅谷，是一家主要从事早期创业项目投资的风险基金，尤其聚焦于消费品和互联网创新，这也是为什么当萨维尔公司启动 A 轮融资的时候，它就率先进入，成为 A 轮的领投基金。萨维尔成立至今经历了三轮融资，目前公司的股权结构是创始团队和员工占 60%，三家投资公司占 40%，其中占比最大的就是新月基金，它占有

公司股份的 25%，其他两家风投分别占 10% 和 5%。最开始新月基金投资进来的时候，牵头的是该基金的一位合伙人名叫刘川生，刘川生是新月基金的老投资人，6 年前新月进入中国的时候他就是第一批员工，参与了新月在中国的很多投资项目，是新月中国区资格最老的合伙人之一，遗憾的是不久前刘川生被诊断出肝癌，不得已提前退休。投资界类似刘川生这种拼命三郎，白天黑夜连轴转，持续地高负荷工作，结果把身体搞垮的事情并不少见，时常有媒体传出这方面的新闻，让人叹息。刘川生是 80 后，今年刚满 42 岁，就在他本该是生命最灿烂的黄金年华，早早地因病离开职场，实在可惜。随着刘川生的离开，新月基金与萨维尔公司的关系，也发生了十分微妙的变化，接手刘川生在新月的角色并代表新月风投出任萨维尔公司董事的，就是这位姚明杰。

与做事干练、善于理解和协助创业团队的刘川生风格截然不同，姚明杰是一个很势利而且处事圆滑的人，亦诚和他第一次见面就觉得对不上眼，明显感到彼此趣味不相投，完全不像原先与刘川生讨论公司业务的时候大家凡事都能开诚布公。刘川生经常帮忙从其他被投公司中寻找资源共享，促成大家的互补，私底下的休闲时间里，还会不时地约几家被投公司的创始人在一起喝酒聊天。自从姚明杰取代原先的刘川生作为基金公司的代表出任萨维尔董事会成员以来，亦诚和对方仅仅保持一种公事公办的礼尚往来，私底下没有其他接触。姚明杰到任后参加了两次萨维尔公司的董事会，不时在会上提一些比较刁钻的问题，例如要求管理团队向董事会提交每位高管人员每月公费开销的详细审计报告，还要求聘用第三方对现有库存的数量和金额做全面的复查，等等。作为董事会成员在董事会上提出这样的提议，表面看来也是无可厚非，因为董事会负有监督管理团队的职责。但实际上，明眼人都知道，这就是在有意无意地给管理团队出难题，甚至是刁难。以创业公司有限的日常应酬，萨维尔管理团队用于公共宴请和本地交通报销的数额并不大，每月大致就是几千元，库存数据则每三个月盘点更新一次，通常不会有太大的偏差。

面对姚明杰的刁难，陈亦诚过去这段时间还是尽量忍耐配合，对于他提出的几个要求，亦诚都逐一落实，并将跟进的结果书面提交给每位董事会成员。不过今天召开的季度董事会，亦诚和姚明杰第一次发生了正面冲突。

事情的起因是今天董事会关于 CFO 聘用的讨论。随着萨维尔公司业务的发展，公司需要聘请一位 CFO 加入高管团队，目前公司只有1名财务经理和3位财务人员，显然无法从资金管理以及将来进一步融资发展的角度统筹企业的财务运作。按照公司章程的规定，CFO 人选需要经过董事会同意。亦诚提前请人事部门接洽外部专业的猎头公司，推荐了一些人选。经过几次面试从中间挑选出两名他认为比较合适的候选人提交董事会商议。可是还没等他把两个候选人的情况介绍完，姚明杰就发言表态一口否定。他提议说有一家由新月基金投资的游戏公司最近刚刚宣布破产，那家游戏公司的 CFO 和他认识多年，他觉得很合适，希望作为萨维尔 CFO 的人选。姚明杰说：CFO 人选最好是由来自投资方的股东推荐，这样能够保证工作的独立性，避免公司管理团队的独断专行，从而结成一个小帮派，集体对抗投资人。对此，亦诚十分不以为然，在今天的董事会上，他直接提出反驳意见："投资公司和创始团队彼此没有利害冲突，目的都是把公司做大做好，而且也没有任何章程规定 CFO 人选必须来自投资方面的推荐。这个职位将来是向作为公司 CEO 的我报告工作，首先我要觉得满意，能够执行我的经营意图。"

对此，姚明杰并没有直接提出反对意见，他当然知道 CFO 的工作需要向 CEO 报告的道理，所以官腔十足地说了一句："陈总，兼听则明嘛。我推荐的这个人，名字叫林铁，我完全是出于对公司负责的想法推荐的，这个人非常有能力，亲身经历过几次融资，他应该是萨维尔今后首席财务官的合适人选，对于公司将来的财务管理和日后的融资发展一定会有很大帮助。你都还没有见过这个人，甚至都没看一下他的简历，就一口回绝，显得有些不够职业。"

亦诚强压住怒气，他知道对方是在有意激怒他："我并没有绝对地否定这个人，我与他根本素不相识。但我需要强调两点，也请在座各位董事参考。一是这个人的背景是做网游的，而我们是做零售的，这属于两个不同的行业，其财务成本和费用结构都有很多不同，例如我们这里时常碰到的商品损耗、原料的加工成本变化，以及品质监控等，这些在网络游戏公司里面几乎都是不存在的。二是，在可能的情况下，我觉得我们还是应该尽量避免去聘用一个在失败公司任职的CFO。虽然说失败是成功之母，但失败关张的公司，恐怕还是教训多过经验。"

针对这个问题，今天的董事会足足讨论了半个钟头，姚明杰一点都没有让步的意思，甚至在争执的过程中双方有一度处于剑拔弩张的状态。最后只好通过投票表决的方法来结束这个话题的讨论。萨维尔公司董事会目前有7个席位，3家投资公司的代表各占1席，创始团队拥有4席，为了不分散其他管理团队的精力，这4个席位从一开始到现在都是由亦诚代持。

投票结果，5比2，亦诚反对姚明杰的人选推荐，新月基金的姚明杰和另外一位投资机构董事投了赞成票。

董事会下面一个议程，是讨论萨维尔下一轮融资。按照亦诚代表管理团队的建议，下一轮融资目标2000万美元，出让14%股份。现有的几个投资者站在他们的角度考虑，自然不希望过早地进一步稀释各自手中的股权，特别是公司现在处于向上发展的快速爬升阶段，于是他们提出一个折中方案，那就是做一次由现有内部3家投资机构追加投资的增资，目标是1000万美元，拥有10%的股份。用这笔钱来应对下一阶段公司的资金需求，等公司规模更上一个台阶后，再对外正式启动D轮。对此，亦诚没有异议，内部增资流程简单，而且避免董事会由太多不同的投资机构组成，更加难以协调。

按这个内部增资方案，现有3家投资公司以目前的持股比例分配，即新月公司将增资625万美元，其他两家分别增资250万和125万美元。3家投资公司联合作为甲方，萨维尔公司作为乙方，双方签订为期6个月的对赌协议，要求乙方达到今后6个月的销售和费用后毛利预定目标。如果达不到这个目标值，则公司的估值减半，也就是说，萨维尔公司需要出让20%的股份给现有的3家投资机构。

亦诚对于萨维尔的经营数字心里有底，所以没有过多纠缠，对赌协议很快由各方签署完毕。

董事会结束后的第二个星期，这一天亦诚正在工位上忙碌，突然接到姚明杰的电话，这对亦诚来说有些意外，他和姚明杰近期关系紧张，没有什么私底下的沟通。对于这个人，亦诚一直有些防范，几乎完全出自下意识的反应，他在接通手机的同时，从抽屉里取出了一支录音笔，将它贴着手机，按下了录音键，如今的数码产品，这一切都不曾发出一点声音。

"陈总您好，这会儿您方便吗？"姚明杰客气地问道。

"我方便，姚总您请说。"

"也没什么大事，我就是抽点时间和您聊聊，您能找一个比较安静的地方吗？"

"好的，请您稍等。"亦诚起身走到一间会议室里，把门关上，"好，我现在在会议室里，这里就我一个人，您请讲。"

"首先我要跟您抱歉，上次在董事会上，我的态度有点粗暴。您可能不知道，我们新月最近有好几家投资的创业公司都倒闭了，我们的压力很大呀。你看我们投资人辛辛苦苦地把钱投进去，结果创业公司失败了，创始人只需要另外找一个工作，可是我们是要对 LP（有限合伙人）交代的，那些 LP 每个人都不是省油的灯，恨不得扒了你的皮。"姚明杰感叹道。

"这个我完全理解，你们做 VC 的真的很不容易，投资创业本身的确有很多风险、许多不可控的因素，但不管怎么说，最后如果项目黄了，钱丢了，你们总是要承担损失的。"亦诚表示理解。

"陈总，您明白我们的处境，那就太好了。其实今天我没有什么正儿八经的事找您，就是私底下联络联络，互相多交流，我比您年长几岁，您就当我是您大哥，或者您的哥们，咱们以后就这么处着。"

"嗯，姚总多指点。"亦诚客套了一句。

"谈不上，互相支持。陈总啊，我这边遇到一个私事，估计得找您帮个小忙。"

亦诚完全没想到对方要跟自己套近乎，一下子没有反应过来，于是回答说："姚总别客气，您直接告诉我，看看有什么地方我可以替您出力的。"

"是这样的，陈总，"对方明显压低了音量，"我老婆出身乡下，她是她们家唯一一个通过上大学留在北京工作的，所以他们全家人这些年都得靠我们两口子接济过日子，日常隔三岔五地给几万块钱，都是我们从牙缝里抠出来的，这些问题不大，也是我们应该做的。可是最近她父母和两个哥哥要在老家县城盖房子，一下子要我们资助100多万，我们俩都是工薪阶层，挪个几万的还可以，哪里能拿出100多万啊，那边还催得紧，说如果不出钱就要断绝关系，我老婆是个孝顺的女人，愁得偷偷哭了好几回。"这几句话明显是个铺垫。

亦诚仿佛有点猜到对方接下来的意图，他没有说话，将耳朵更贴近手机。

姚明杰继续说："现在的物价天天涨，您别看在小县城盖一套房子，如今没有一两百万的根本下不来。您看这次萨维尔公司不是要做内部融资嘛，1000万美元，您就把我当成帮您做事的FA怎么样？您应当知道FA的运作吧。"

"我晓得。"亦诚简单回复了三个字，他当然知道对方指的是什么。FA是一种融资代理中介，性质有些类似卖房中介，专门负责替创业公司寻找投资机构，促成融资并收取佣金。现在市面上对于早期创业公司的融资中介服务，以1000万美元规模计算的话，通常FA成功收费的提成是3—5个点。

"我只要3%，陈总我只需要FA市场的下限，3%就可以了。"姚明杰说出了他的诉求，"这样的话，我肯定全力为您下一步的1000万融资保驾护航。我保证到时候资金一分不少地准时入账。"

"真他妈混蛋，居然这么敢开口。"亦诚心里骂了一句。不由得庆幸自己事先有所防备。他敷衍地说了一句："姚总，这个事情我还真的是从来没有遇到过，您让我考虑一下可以吗？"

"不着急不着急，我其实打这个电话，主要是问候你，这个私事不过顺便提一下而已。在我这边真的也是迫不得已。我以前从来没有这么做过，这是第一次，厚着脸皮请您帮忙，您这边千万不要太为难。哪天有空我请您打高尔夫，平谷那边最近有一个新的场子很好。"

"好的，谢谢姚总，我还真不会打高尔夫呢。"

"没关系啊，我也是刚学不久，找机会玩玩去。"

"好的，那我们再约时间。"

双方各自挂断了电话。

亦诚拿着手机有些发呆，以前他曾听说过创业公司在寻找风险机构融资的过程中，有来自投资方的投资经理试图趁机索要回扣，这里面可以寻找的名目不少，例如咨询费或者介绍费等等，的确有许多创业公司融资的时候不太熟悉金融圈，需要通过 FA 的引荐和促成，有个别贪墨的投资人就以融资成本的名义公然向创业团队索贿。不过这类事情亦诚以前只是听说，今天是第一次碰上。他原以为萨维尔融资架构是美元投资，新月是一家美国公司应该会规范一些，没想到不管在哪一片天空，都可能有乌鸦飞过，有鸟屎掉下来。现在，这一串又臭又硬的鸟屎，正好不偏不倚地砸在自己的脑袋上，他有一种想呕吐的恶心。

接听了姚明杰的电话之后，亦诚觉得不回复对方为好，毕竟这种见不得人的事对方不敢声张，也不敢硬来索要，置之不理，这个事情应该也就不了了之了。果然在这之后，姚明杰没有和亦诚以任何形式再提起这事。此后一段时间，双方有几次在行业论坛会议上见面，彼此都客客气气地打招呼，没有更多的交谈。几个月下来，亦诚觉得上次的事情应该只是一个小小的插曲，这一段就算翻篇了。

陈亦诚想得太简单了，让他完全没有料到的是，表面平静之下，一大片压顶的乌云即将来临。

57

深圳，龙岗区兴科创业园，萨维尔公司

萨维尔启动内部融资，是董事会在今年 6 月份决定的，并同时签署了对赌协议，接下来的 Q3 第三季度，萨维尔各项经营数据都很正常，销售和费用后毛利值都在预算范围内，由于提前做了充分的准备和几次模拟预演，亦诚对预算目标的达成没有太多担心。

转眼进入第四季度，这是线上零售行业一年中最为关键的季节，第四季度有全年最大的双十一、双十二活动，还有国庆节、圣诞节、元旦，几乎每家公司都铆足了劲提前备好货，安排好各式促销活动，力争打一场歼灭战。让公司所有人感到意外的是，从 10 月中旬开始，不利消息接踵而来，萨维尔产品在各大平台的销售直线下滑，顾客的退货和投诉率直线上升，媒体上出现许多负面评论。

"说说吧，是怎么回事？"陈亦诚召集销售、市场推广、客服、人力资源几个部门的主管开会。

"我们注意到一个很奇怪的现象。"负责销售运营的副总裁李刚说，"倩丽公司是我们的竞争对手，它比我们早两年成立，今年前半年的销售规模大概和我们差不多，6·18 活动后，我们每月的交易量都稳步超过它们，因为我们比它们增长的速度更快，这个有详细的竞争数据监测。可是从上个星期开始，倩丽公司针对我们销售最好的三款产品面霜、洗面奶和面膜，以跟我们同样配方、同样包装规格的镜面产品冲击市场。"

亦诚知道李刚所说的镜面产品，它指的是竞争对手为了打压我方，生产并向市场投放几乎完全一模一样的产品，从原料构成、规格甚至包装形状都难以区别，以此来打击我方销售业绩。李刚接着说："最要命的是，它们的定价比我们便宜 10 块钱，而且一律买一赠一，这一来几乎抢走了我们这三款主力产品原有销售的七到八成，很明显是有目的而来的。"

"按理说，对手通过这样的镜面产品来抢夺我们的市场份额，这也是常有的竞争手法不是吗？"亦诚没有那么轻易被说服。

"不对，老大。"李刚摇了摇头，"这阵子是全年销售最大的旺季，如果它们要抢市场，不太可能在这个时候下这么猛的药。要知道现在已经进入双十一促销预热，我们推出的也是全年最低价，而且各平台都有价格保护政策，即售价保护期，就是说在今后 30 天内销售价格只能维持或更低，不能回调。我们都是同行，随便测算一下，倩丽公司这是要赔大本的，不太像是正常的竞争行为。"

"这边的舆情监控发现网络上有好几篇针对我们的负面文章，攻击的角度也比较奇怪。"媒体总监曹丽珠接过话题说，"文章重点攻击我们的产品质量，主要出自一些新媒体大号。我们都知道这些新媒体大号的文章是花钱买的，像这一家名为'才子佳人'的微信大号，拥有 160 万粉丝，这种级别的大号投放一篇文章，行情大概是 8 万到 10 万块钱。这个大号最近一周连续发了三篇文章，其中有两篇是对我们产品的号主评测，另外一篇专门采访那些使用过我们的商品，同时给过我们负面评价的用户。让我们想想，三篇文章，几十万货币价值的投放资源，号主那么详细地写几千字的产品测评，配上检测机构的评测报告，还从我们数十万顾客中刻意挑选出那几位给过负面评价的用户做深入采访报道，这是要花大价钱和下很多力气的。如今的自媒体人都是无利不起早，没有人会去做公益替别人免费搞产品评测，或者跟进用户评论，这显然不是一般新媒体人的行为，后面一定有人指使。"

"会是什么人呢？"亦诚一下子没了头绪，"是不是有什么刚刚冒出来的新竞争对手？"他追问了一句。

与会每个人都摇了摇头，这次会议没有得出任何结论。

两天后的傍晚，亦诚下班离开办公室，步行来到公寓附近的健身房，他更换了衣服，直接到跑步机上跑步。不一会儿，媒体总监曹丽珠的电话打了过来，亦诚在跑步的时候电话是放在无声振动状态的，他按下了拒绝接听的按键。两秒种后，电话再次打了过来，亦诚又按了拒绝键。电话第三次振动，他只好拿起来接听："我在跑步机上。"

"抱歉，老大，这事不能等。"话筒里传来媒体总监曹丽珠急促的说话声。亦诚按下跑步机暂停键，从轨道上下来走到健身房大厅的一角："你说。"

"米人停止了与我们双十一期间直播的所有合作。"

"什么？"这下子亦诚大吃一惊，米人是如今线上销售最火热的网红直播，她被公认为当今中国线上直播的一姐，是一位在各大平台直播带货领域最具影响力的大咖。她的带货能力惊人，每一次排期，3分钟的直播销售平均过百万，如果安排30分钟的专场，通常能够做到2000万的销售业绩。萨维尔公司和米人已经合作了1年多时间，平均每两个月有一场直播专场，这次为了保证年度销售目标的完成，萨维尔和米人早早签订了双十一重点合作协议，约定米人公司在双十一期间承接萨维尔产品6次为时各3分钟的单品直播和一次15分钟的专场，预计能取得1800万到2000万元的销售业绩。公司生产部门提前下达产品订单，所有的直播商品也都交付到合作发货的第三方打包公司的库房。萨维尔公司已经提前向米人公司支付了总直播坑位费50%的预付款。"怎么可能？"亦诚足足发呆了十几秒钟才缓过神来问道。

"对方说是因为最近媒体上关于我们品牌的负面宣传比较多，他们觉得在这个时候不适合继续直播我们的产品。"曹丽珠沮丧的口气顺着话筒传过来。

"你找他们老大了吗？"亦诚问道。米人直播是由网红主播米人和她弟弟张立江联合创办的，张立江任公司总裁，负责包括商家对接在内的日常管理，亦诚和张立江此前见过两次面，这次双十一的重点合作协议也是亦诚和对方直接敲定的。

"约不上，我给张立江张总本人发了微信，也通过米人的商务总监要求约谈，对方一直没有回复。"

"嗯，我知道了，我这边也抓紧想想办法。"这可是一件天大的事，陈亦诚心里沉甸甸的。这个直播合作关系到近2000万的销售，如果出现意外的话，为此准备的大量库存就会出现严重的积压，这些产品是为了这次年度促销直播活动特意准备的个性化包装，包括捆绑小样赠品和带有米人宣传图案的年历，如果这个计划中的直播不能进行，这些产品都得重新做二次处理。更要命的是，这笔近 2000 万的销售一旦出现闪失，那么今年的销售任务无论如何是完不成的。

亦诚定了定神，拨通了米人公司总裁张立江的手机，电话响了十几声没有接听。亦诚感觉有些不妙，用微信给对方发了一段文字：

张总您好，我是萨维尔的亦诚，您什么时候时间方便，我想跟您电话聊一下关于今年双十一活动直播合作推进的事，打搅了。

亦诚再也没有心思回跑步机跑步，他从存衣柜里拿出衣服、毛巾，在健身房的淋浴室冲了个澡，换好衣服从健身房走出来。

这一个晚上亦诚一直心神不定，每隔 5 分钟就要拿起手机看一眼有没有微信回复。几个小时过去了，对方没有任何答复。亦诚犹豫再三，还是拿起手机，再一次拨通了张立江的电话。这一次电话响过三声之后变成忙音状态，他知道这是对方按下了拒绝接听的按键，这也清楚地表明他之前的电话和微信米人直播的张立江已经收到了，显然对方不希望再和自己做任何沟通，亦诚意识到这是可能出现的若干种不利情况里最糟糕的一种。

到底是怎么回事？亦诚在公寓沙发上陷入沉思，这几天接连发生的几件事表面看起来没有关联，怎么这么凑巧都赶到一块了呢？媒体抹黑，竞争对手低价打压，顾客投诉，商务伙伴取消合作……

首先可以肯定，绝对不是产品问题。萨维尔近期没有新的产品上线，现有产品都是比较成熟的，几家灌装厂也都合作过多次。其次，公司近期没有任何来自管理层的负面消息或者劳资纠纷，不存在有内部员工泄愤的可能性，整体的经营大环境也都没有问题。如果说仅仅是某个单一事件发生的话，还可以解释为市场波动和竞争态势的变化，但是几件事情接二连三叠罗汉一般地压到一起，这让亦诚百思不得其解。他打开笔记本电脑，调出他分析问题时经常用的微软决策分析软件 Decision Explorer，亦诚碰到解不开的疑团或者头绪不清时，喜欢用这款基于 Windows 的思想映射工具，将自己能够想到的各种可能进行结构化排列、重组和探询，以此帮助他梳理思绪并寻找得到答案的路径。

产品问题……

对手抹黑……

与合作对象的处置出现重大失误……

熟悉的新媒体号主通过猎奇文章拉人头……

得罪平台……

公司内部新近离职人员或者在职员工泄愤……

……

亦诚把能想到的每个角度都罗列出来，一共有 20 多条，但随后又一一否定，他每天都在萨维尔上班，很了解公司各个部门的运作情形，这段时间为了努力完成第四季度销售计划，大家都很小心，内外应该都没有大的漏洞。可是，问题的确冒出来了，而且明显的是故意为之，陈亦诚这会儿不由得开始怀疑背后有人在操纵这一切……

他脑子里突然闪过一个名字，他？有可能是他吗？

不可能！

有可能？

不可能，不会的，因为这么干对他没有任何好处，而且这种动作也太过下三滥了吧。

可是等等，本质上他就是一个下三滥的人，不排除有这种可能。

不，别这么无厘头地猜疑人家……

亦诚站起来走到客厅的酒柜，倒了一杯威士忌，端起来一饮而尽，然后再次将杯子倒满，回到沙发上，来回想着。

58

深圳，龙岗区兴科创业园，萨维尔公司

亦诚并没有猜错，这一切背后的始作俑者，正是姚明杰。

几个月前，姚明杰打电话给亦诚，试图索要回扣，没想到亦诚没有理睬他。最开始进入萨维尔董事会的时候，姚明杰几次故意在董事会上和管理团队对着干，包括执意要推荐一个他所认识的 CFO 人选，这一切对于姚明杰来说，都是前期的铺垫，他当然知道在创业公司的决策上创始团队通常都占有多数票，萨维尔公司也是如此，如果投资方和创始人双方意见不统一的话，亦诚作为创始团队的代表和大股东，拥有绝对性的票数优势。他之所以要几次为难陈亦诚，就是想用这样的举动让亦诚明白，如果没有他的支持，创始人在董事会上的日子不会太好过。用现在时髦的一句中式英语，我可以给你 color see see（给你些颜色瞧瞧）。这样的手法姚明杰过去在其他好几家他参与投资的创业公司都使用过，效果还是不错的。按理说做完这些铺垫以后，他把自己索贿的目的说出来，对方如果是一个明白人的话，通常会有所表示的，哪怕打个折扣也算通晓事理啊。毕竟，以自己代表投资公司出任被投公司董事会成员的身份，如果想做些刁难的事，那要比做帮助被投企业的事容易得多。何况在姚明杰看来，他的要求并不高，萨维尔下一轮的内部融资 1000 万美元，自己完全有能力让这件事顺利完成，只需要 3% 的扣点，算起来区区 30 万美金而已。对公司来讲，这一点费用就是一项公关开销，如果通过 FA 融资的话，付出的远远不止这点钱。

新月基金在萨维尔这个项目上的投资，从内部考核流程来讲，它是由前任刘川生投的，这个项目如果最后黄掉的话，和姚明杰没有太大关系。这次追加融资 1000 万美元，按照现有 3 家投资公司以持股占比为基础同比例投入的话，新月公司需要追加投资 625 万美元，这笔钱一旦投进去，这个项目的成败结果就会算到姚明杰的头上。所以对他来讲，这次追投如果不做的话，他个人没有损失，做了，将要承担风险。那么在个人的私利和基金公司的公利之间如果不能两全的话，姚明杰很清楚首先要保证自己的私利。既然陈亦诚这么不上道，那就想办法暗中使一些坏招，让萨维尔第四季度的销售和毛利不能达到原先的预算，从而启动对赌条款，这样的话既打击了对方，又让自己出了一口恶气，客观上，新月基金还能以协议价格一半的成本获得新的股份，这样一个一举三得的好事，姚明杰当然求之不得。至于这些使坏动作如何实施，对于姚明杰来说并不困难，那一家竞争对手倩丽公司最近也在投资圈寻找融资机会，姚明杰通过朋友关系，给了倩丽一个暗示，声称只要能够把萨维尔的销售打压下去，此消彼长，他们的融资估值就能上扬一个台阶。新媒体发文抹黑，顾客投诉和直播撤诉，姚明杰是通过他的一个朋友，专门从事网络舆情监控的皮条公司来做这几件事的，为此，他忍痛掏了 20 万块钱。"这是用于购买射击对手子弹的费用。"姚明杰这样说服自己，当然他不会忘记索要发票，将来找机会让其他被投公司把这个窟窿填上。

第二天是周六，陈亦诚昨天晚上想着公司这几件闹心的事，夜里都没睡好，上午醒过来已经快 11 点了，他走到盥洗室冲了个澡，决定给姐姐亦舒打个电话，亦舒在新媒体圈有许多人脉资源，或许可以帮忙查个究竟。他们姐弟三人各自在不同领域忙碌，相互联系基本上都是以闲扯为主，很少有工作上的事情交集，今天算是个例外。

电话接通后，亦舒仔细听弟弟介绍了事情的来龙去脉，开口说道："直观感觉这里边应该有妖怪，你先放松下来，过一个好周末，我抓紧打听一下，有结果及时告诉你。别太着急哦，天塌不下来的。"

和亦舒通完电话后，亦诚又分别给萨维尔媒体总监曹丽珠和人事经理苏小娟打了电话，让她们通过各自的关系，抓紧了解一下到底是什么人在背后搞鬼："找人打听消息，必要的打点费用你们斟酌垫付，回头我从个人微信转给你们，不走公司账。"亦诚叮嘱了一句。

天下终归是没有不透风的墙，一个周末下来，几条查访的线索，证实了亦诚的猜测。

果然是他！收到反馈消息的时候，一开始亦诚还有些不太相信，觉得这种没有底线的使坏似乎应该只有街头小痞子才会那么干，职业投资人这么下作，让他感到很意外。后来想想也不奇怪，这个人既然敢公然越过红线索贿，未能得手后恼羞成怒暗地里下黑手也顺理成章，亦诚不禁庆幸自己当时做了妥当的防备。

周一上午上班以后，亦诚召集财务经理、媒体总监曹丽珠和人事经理苏小娟开会，他特意让蒋勤勤也以旁听的身份参加会议。从亦诚的角度，他希望能让勤勤多了解一些公司经营中出现的种种情况，但勤勤现在只是普通员工，列席旁听是个折中的安排。

"各位，今天这个小规模会议的所有内容是绝密的，任何人不准外传。"简单两句开场白后，亦诚让曹丽珠和苏小娟分别介绍过去两天收集到的信息。

"现在事情已经基本查清楚了，就是他干的。"人事经理苏小娟待媒体总监曹丽珠说完后，打开笔记本电脑，把整理好的姚明杰背景资料通过投影仪打到会议室墙壁上：

"姚明杰现在是新月 VC 风险投资基金的董事总经理，就是我们通常俗称的合伙人，新月基金是一家成立于美国硅谷的风险投资资金，规模 10 亿美元，在早期风险投资基金行业属于规模中等的机构。新月基金目前在美国有两个办公室，分别位于硅谷和西雅图，海外公司有中国、印度和巴西。新月中国风投基金成立于 2017 年，现在有 3 个合伙人、8 名投资经理人，办公地点在北京金融街。

"姚明杰今年 38 岁，复旦大学毕业，2010 年进入风投行业，曾在两家 VC 公司任职，今年初加入新月基金，已婚，有两个孩子，喜欢社交，打高尔夫。曾经主持和参与投资过近 10 个项目，比较成功的项目是快活人餐饮公司，那家公司后来在美国上市，成为一家独角兽企业，那是在 2018 年的事。"

两位部门主管的介绍和亦舒周日晚上发给亦诚的调查资料基本吻合。

"你们觉得接下来应该怎么办？"亦诚本来想将录音的事情说出来，话到嘴边停了一下，还是憋住了。

"我想我们有两个办法可以考虑，"曹丽珠说，"一是我们直接找到姚明杰，我们手上已经有足够的证据，足以证明是他从中使坏。对付这种小人，与其绕弯子，不如直接打击。第二个办法是由公司律师出一份公开声明，指出有人恶意诋毁我们的产品和品牌形象，说明公司保留做进一步法律追究的权利。"

"那些直播专供的库存商品怎么办？"亦诚问道。

"年底前另外谈直播销售的机会几乎没有了，头部主播的排期至少提前两个月，我们的数量较大，而且还是米人直播的定制款。"曹丽珠回答。

财务经理补充说："我和产品部确认过了，所有原本用于米人直播的库存可以全部返厂，这批产品是厦门白鹭公司高老板那边生产的，双方合作很融洽，这是不幸中的万幸。我们可以请厂家把专供的小样、宣传册重新更换包装，这一来一回的运费和重新包装费用，以及报废的小样和宣传品，初步算了一下，大概 30 万人民币的价值。"

"好，这个事情就这么做，抓紧返厂。"亦诚布置道，自从上次以利润分账方式与白鹭公司高翠云合作面霜产品之后，两边一直维持着良好的商务关系。

"好的，我们会后就落实。"财务经理比了一个"ok"的手势。

陈亦诚侧过身来，询问紧挨着他座位的苏小娟："你还有什么其他建议吗？"

苏小娟合上笔记本，思考了片刻，说道："刚刚几位说的方案都有道理，但我比较担心的是，跟姚明杰这样的小人直面对抗，对我们来说并不会有什么收益。损伤一个品牌，破坏我们的形象，远比我们重新建设容易。这也是今天互联网时代最让人头疼的地方，伤害几乎没有成本。"

"是的，这一点我完全同意。如果仅仅为了打击对方，对我们没有丝毫好处的话，这不是我们的首选。"亦诚心里已经有了一份主张，"今天的会议就先到这里，千万记住所有内容保密，产品马上安排返厂，其他的我再想想。大家先忙吧。"亦诚结束了今天的碰头会，示意蒋勤勤留下。

等其他人都离开会议室后，亦诚关上玻璃门，从口袋里掏出录音笔，按下了播放键，录音笔传出姚明杰的声音：

"我只要 3%，陈总我只需要 FA 市场的下限，3% 就可以了。你就把我当成是公司这次融资的 FA，这个钱给别人也是给，你私下支付给我，美元或者人民币都行。这样的话，你好我好大家好，我负责保证下一轮内部融资1000万美元如期到账……你如果在国内操作不方便，从香港入账也可以……"

"天哪！"蒋勤勤简直不敢相信自己的耳朵，她按了录音笔的快退键，又重新听了一遍，"这是什么时候的事啊？"

"大约4个多月以前吧，当时我只是下意识的一种防范意识，随手拿出录音笔贴在手机背面录了一段音，没想到如今真能派上用场。"

"我留意到你刚刚在开会的时候，有一段话说得吞吞吐吐的，是这个事吗？"勤勤猜测道。

"对，我觉得这件事还是不要扩散的好。你有什么看法？"

"这方面我谈不上有什么经验，但我赞同苏小娟在会议结束前说的那一段意见，登报也好，和对方当面澄清也罢，固然能够起到打击对方的效果，但对我们的销售和接下来的融资没有一点帮助啊。"

"是的，我们这次签的是对赌协议，白纸黑字写得很清楚。现在看来我们无论如何是达不到对赌协议所规定的销售和毛利目标的，在这种情况下我们就得把公司的估值做50%的折价处理。换一句话讲，原来1000万占我们10%的股份，现在就变成占20%。这样一来最糟糕的是，稀释20%以后，贱卖公司股份不说，我们团队的持股比例就将低于50%的临界线。"亦诚说出了自己的担心。

"这个怎么计算啊？"勤勤有些不明就里。

"喔，我给你解释一下，融资是同步稀释。我们现在是60%股份，稀释20%就等于将现有股份乘以一个0.8的系数，$60\% \times 0.8 = 48\%$，我们稀释20%以后就变成拥有48%的公司股份，所有投资人加起来就将拥有过半的股权，这对于创业公司来说不是一件好事。"

"原来如此啊。"勤勤若有所思地皱了皱眉头，她是统计出身，对数字方面的计算自然很敏感。当亦诚说出这次融资的对赌，如果达不到目标的话，规定的融资金额不变但是持股比例从10%变为20%，她马上意识到这个预先提出的对赌设计是有目的而来，暗藏杀机："现在看来我们被下了一个套，那你是不是可以考虑把这个事情直接在董事会上摊开了说？"

"等等，你再说一遍。"亦诚听了一愣。

"我是说干吗不把它拿到董事会上明说？"勤勤重复道。

"对啊，你这个提醒好，这个角度说得好，等一下，你让我捋一捋。"亦诚喃喃自语般地来回重复着，"捋一捋，我想想，我想想。对，我们可以这么做。"他嗖地站起来，在会议室来回踱了几个圆圈以后，面对着蒋勤勤，一字一顿地说道："把这个事情在董事会上说开来，这是一个好方案，不过我从你的这个意见里得到启发，在开董事会之前我还可以做一个更直接更有效的动作。"

蒋勤勤仰脸盯着亦诚，一动不动地注视着自己的恋人，她知道眼前这个人有一颗充满智慧的脑袋。

亦诚说出了自己的打算："我来和新月的美国总部直接谈，你帮我做现场记录。"

59

美国硅谷，新月基金办公室，视频会议

两天以后，位于美国硅谷的新月基金，创始人办公室，秘书给即将参加远程会议的3个人连好视频网络，转身退出。

按照陈亦诚的请求，位于硅谷的新月基金公司CEO，同时也是基金创始合伙人David（戴维）和新月基金公司总裁、基金联合创始合伙人Steve（斯蒂夫）安排了一次与亦诚的视频电话会议，亦诚特意提前请对方现场提供一位中文翻译，对此，负责协调会议的新月总部CEO秘书一开始还觉得有些奇怪，因为他们知道亦诚具有相当于母语水平的英文能力，不过对方还是按照亦诚的要求做了。会议安排在美国旧金山时间下午4:00，也就是北京时间早上8:00。考虑到时差关系，亦诚特地挑选了这个时段，因为上午9:00以前公司办公室不会有人打扰，说话比较方便。

"Hi，David，Steve，两位好。"视频接通后，亦诚开口打了一声招呼，他今天难得穿上一身正式的深色西装，让蒋勤勤陪同自己参加这个与新月老板的电话视频会议。虽然创业公司与风投基金开会大多没有很严格的着装规矩，但考虑到自己将要诉说的话题，亦诚希望以一种更加正式的面貌出现。

"Nice dress，你今天穿得很帅。"戴维笑着夸了一句。

"谢谢。"亦诚端起桌子上的水杯喝一口水，开门见山地说道，"抱歉今天占用两位的时间，因为有一件特别重要的事情需要直接和两位老板沟通，这不仅仅关系到萨维尔公司，也关系到新月基金的存亡。"

视频镜头的另一方，戴维和斯蒂夫肩并肩坐在一间小会议室里，正聚精会神地倾听着。

亦诚继续往下说："你们知道我们4个多月前签订了一个内部增资协议，包含对赌条款的内容，计划年底时内部融资1000万美元，这个协议你们两位应该都知道，对吧？"

"是的。我们很关注萨维尔项目的发展。"戴维回答道。

"好，那接下来我想请二位听一段录音。这个录音是中文的，这也是为什么我想请你们安排一名中文翻译的理由。不过我想提前说明一下，这个录音内容牵涉到高度机密，特别是涉及新月基金的品牌形象和你们内部合伙人的行为操守，所以是否请你们确认一下你们身边这位翻译的守密准则，提前说明一下，这个录音所叙述的内容未经我和你们二位的书面允许不可以外泄。"

"亦诚你放心，我们有这方面的准备。我们今天特意请的翻译不是来自公司内部的员工，而是一位在美国专业从事法庭翻译的职业口译，保密这方面绝对没问题，你放心吧。"

"好，"亦诚对着视频通话镜头前一位60多岁的华裔老太太点了点头，"那我们开始放录音。"说着，他按下了播放键：

"我老婆出身乡下……他们全家人这些年都得靠我们两口子接济……在老家县城盖房子……我只要3%，陈总我只需要FA市场的下限，3%就可以了。你就把我当成是公司这次融资的FA，这个钱给别人也是给，你私下支付给我，美元或者人民币都行。这样的话，你好我好大家好，我负责保证下一轮内部融资 1000 万美元如期到账。不仅不会从中刁难，我还会和新月美国总部的老板们沟通好，为你的融资保驾护航，对，让我来帮你应付那几个美国大佬。汇钱的事你如果在国内操作不方便，从香港入账也可以……"

翻译一边听着录音的播放，一边做着同声翻译。

播放结束后，视频镜头那端的两个美国人一副目瞪口呆的样子，过了半天才缓过神来，斯蒂夫有些狐疑地问道："陈，你确定这个录音是真实的吗？"

"100% 确定。这是我本人操作的，当时他给我打电话的时候，我为了防止他使什么坏招，所以提前做了一个备份。这方面你们如果需要，我随时可以提供给你们做技术鉴定。"亦诚十分肯定地回复。

"Bastard，狗杂种！"斯蒂夫忍不住大声骂了一句。

"陈，还有需要中文翻译的内容吗？"戴维问道。

"没有了。如果还有个别需要的，我边上的助理勤勤可以充当。"

"那好，我先请我们这边的翻译退场。"戴维低头和那位华裔老太太说了几句，老太太起身朝陈亦诚这边点了点头，离开会议室。

目送翻译离开后，戴维转过头来，一脸严肃地对陈亦诚说："陈，相信我，我在这个行业干了 30 年，我和 Steve 做新月基金，这家公司至今运作了将近 20 年，这样的事情是我们第一次碰到，前所未闻。居然有我管理下的公司员工，而且还是合伙人这样的高级投资人，公然向我们投资的企业索要现金回扣，这简直无法想象。"

"Bastard，"斯蒂夫重复骂了一句，"他要是开口要两瓶红酒，或许还能睁一只眼闭一只眼，这混蛋居然敢……气死我了。"

"情况我们都了解了，陈，有什么需要我们帮忙的吗？"戴维换了一个谈话角度。

"你们公司合伙人姚明杰没有拿到回扣，就开始从中作梗……"亦诚把公司近期被抹黑的几件事简单介绍了一下，接着说，"这些暗中破坏导致我们整体销售受到了严重挫折，原先的销售计划被搁置，市场上莫名其妙出现了很多针对我们品牌的负面报道，可以说损失惨重。既然现在事情已经水落石出，我们也必须有个妥善的惩戒处罚。具体地说，姚明杰是贵公司的合伙人，代表新月公司出任萨维尔董事，客观上，他的行为新月公司负有责任，所以我希望听听你们有哪些解决方案。"

"我觉得可以这样，一会儿我还要跟斯蒂夫确认一下，不过我个人认为事情出在我们员工身上，我们内部对这件事情一定会有严肃的处理，这种事情如果发生在美国，我们一定直接提交法院，当然中国的情况稍有不同，但我保证这件事我本人亲自跟进，一周之内把处理意见反馈给你。"戴维说到这里思考了一下，然后表态说，"关于萨维尔本次内部增资，我觉得我们应该按照原先的约定去兑现，那就是1000万美元，占股10%。"

"这个恐怕不够。"陈亦诚笑了笑，直接拒绝了对方的方案，"二位，1000万，10%，这是原先说好的协议，现在你们内部的员工捣乱，造成我们公司品牌受损，生意下滑，负面报道冲击，库存部分报废。而对于新月基金来说，只要这件事情被压下来做内部处理，对外是影响不到你们的，试想一下，如果这个事情被公布出去的话，那么作为一家从事早期创业项目投资的风险基金，这个污点对你们的冲击是不可想象的。"

"这个我明白。谢谢你的提醒。我们一定在内部做严肃处理，必要的话我们会考虑从中国找律师起诉这个姚明杰。"

"那是你们新月基金内部的事情，我想说的是，如果仅仅这么处理，可以说因此事造成的损失全部由萨维尔承受，新月没有一点损失或者补偿，这个不合理。"陈亦诚一脸严肃模样，他决定亮出底牌，"二位老板，我说说我的想法。作为弥补你们的行为造成的我方伤害，我希望在这一轮的1000万美元、10%的增资过程中，我们先按原方案进行，就是新月投资625万美元，增加持股6.25%，同时新月拿出2%的股份，作为你们奖励萨维尔管理团队的期权激励。这个数字是这么算的，你们看对不对。"坐在亦诚身边的蒋勤勤快速在一张白纸上写了一个公式，拿起来透过视频展示给对方：

新月参与融资：1000万，增资占比25/40=625万，持股增加6.25%，其中 2% 转让给公司管理团队，实际增股 4.25%。

"这样做的合理性在于，"亦诚解释道，"一方面，另外两家投资公司和这件事情没有关系，他们不应该在这一轮的增资中受到任何影响。另一方面，以新月转赠给管理团队奖励期权的名义来进行，可以提振新月今后在其他项目投资上的形象，充分体现你们很在意很鼓励创业团队，这等于是给你们做一次品牌宣传。当然，对我来说，作为萨维尔公司的创始人和 CEO，我需要拿到一份损失的补偿。综合来说，我认为这是一个最好的方案。当然，我不会在任何时候要挟我们的投资人，但这件事情的后果，二位心里想必十分清楚。"

亦诚说完后，眼睛正视着镜头，等候对方的回复。

会场再次陷入几分钟的寂静，两边参加会议的 4 个人几乎都一动不动地坐着。

过了一会儿，戴维和斯蒂夫低头商量了几句，最后戴维抬起头来对着视频镜头说："陈，我们明白你的意思了，我们考虑一下，两天内正式回复你。期待下一次去北京的时候和你见面。"

"好的，多谢两位的时间，期待见面。"亦诚笑着朝镜头对面的两个人摆了摆手，结束了这次的视频会议。

"真棒！"这边亦诚刚刚点击断开网络连接，蒋勤勤秒动一般地贴到男友脸上亲了一口。

"嗯，这个值 100 万。"亦诚一伸手紧紧搂住了女友。

两天后，亦诚的邮箱收到了来自新月基金创始合伙人、CEO 戴维的电子邮件，邮件上只有简短几行字：

陈，确认你的方案，新月在本轮增资结束后，回赠 2% 股份作为管理团队股权激励，行权期 3 年，期待萨维尔有更加出色的业绩表现！戴维。

60

纽约，曼哈顿，帕克街咖啡馆

曼哈顿是全世界最著名的金融中心，在这片寸土寸金的狭长地带，集中着数千家各式各样的金融机构，从全球顶级的投行、对冲基金、风险投资、私募基金，到小型融资公司、金融服务机构，这里的每一栋建筑都仿佛是一台巨型的钞票印刷机，凝聚着人们对财富和资本的追求。曼哈顿是一座典型的不夜城，从早晨到深夜总是车水马龙川流不息，无论是白天的繁忙还是夜幕降临后的狂欢，每一条街道都永远热闹非凡。无数金融机构驻扎在一栋栋高耸入云的大楼里，各家公司名称的标识被制成五颜六色的灯管在空中闪烁着，犹如一颗颗发光的星星，它们交织成一张有如巨型钞票的网，将人们牢牢地吸引在这座世界金融之都的核心。站在这里呼吸，空气中弥漫的是一股焦虑、紧张和激情的混合，所有的人都在为着各自追逐的财富奋斗。站在这里观察，你会看到无数投资人穿着正装匆匆而过，他们手中无一例外地或者夹着电脑公文包，或者手里握着简报，每一个人都在为自己和自己所代表的机构争取更多的机会和更大的利益。站在这里凝望，当夜幕降临时，每一条街区花灯齐放，霓虹灯管散发着刺眼的光芒，刺激着每个人的本能欲望。

有人很准确地描述说，曼哈顿街上只有两种人，挣钱的金融投资人和花钱的游客，从过往人流的步履频率，很容易判断出谁是前者谁是后者。

作为世界上著名的旅游城市，纽约曼哈顿吸引着无数游客前来观光和旅游。来自世界各地的人们穿着五颜六色的服装，在曼哈顿的街头巷尾漫步，这个方圆不过几公里的狭窄地段，集中了许多著名的旅游景点，包括帝国大厦、自由女神像、时代广场等等，它们都是曼哈顿的标志性建筑，代表着这座城市的历史和文化。最近这些年，前来曼哈顿的中国游客逐年增加，他们特别喜欢观赏位于华尔街附近的那尊铜牛塑像，据说摸一摸可以带来好运。这尊铜牛的创作者是来自意大利的一位艺术家阿图罗·莫迪卡，莫迪卡设计了一头铜牛，寓意股市的好运和牛市，1989 年 12 月 15 日午夜，莫迪卡用一辆大卡车，将他这头长 5 米、重达 3200 公斤，英文名为 Charging Bull 的铜牛，偷偷运到华尔街证券交易所门前，安放在一棵巨大的圣诞树下。此后几经周折，铜牛成为纽约市的公共财产，被永久安放在曼哈顿区鲍林格林公园，邻近纽约证券交易所大楼，从此成为一个海外游客打卡拍照的必到景点。

这天下午，纽约曼哈顿，Park Place（帕克街）临街的一间小咖啡馆。

亦舒、亦诚和亦然姐弟三人围坐在一张咖啡桌前，亦舒和亦诚两人是昨天同机从香港结伴飞来纽约和亦然见面的。这会儿三个人在这家咖啡厅的一个安静角落坐着，准备商量下一步的对策。韦德律师事务所的律师刚刚离开，他是特地赶过来向几位报告最新的进展情况的。

转眼一个多月过去了，韦德律师事务所和温尔特公司进行了几次沟通，事情推得并不顺利，更准确地说，几乎没有任何进展。温尔特公司断然拒绝了天一文化公司的诉求，直截了当地表示，他们不介意走法律途径，因为他们有足够的信心赢得这场官司。至于庭外和解，对方的答复是这批物品将会在法院诉讼判决后通过公开市场拍卖，郭家后人如果有意愿，可以参加竞拍。温尔特公司不考虑与天一文化公司有其他任何方式的和解。

"目前还是无解，来，换个口味试试这款。"亦然给两位国外来人各点了一杯店家特有的松子咖啡说道。这家咖啡店离亦然上班的华尔街只有 5 分钟的步行距离，是他时常光顾的场所。按照诉讼流程，原告和被告双方将在下周五第一次开庭，韦德律师所提醒说，如果原告方觉得胜诉概率不高希望撤诉的话，最好在开庭以前，这样可以减少一些法律费用。

三个人默不作声地喝完咖啡，随后又换了一壶红茶，大家都在想着有什么破局的方法，但依然找不到任何出口。咖啡馆柜台后面有一个老式的摇摆式挂钟，钟摆来回规律性地晃动着，发出咚嗒咚嗒的摆动声。

挂钟响了 4 响，报告着现在的时间，下午 4:00。亦然站起身来，拿上茶壶到柜台前续了一壶开水，替亦舒和亦诚把各自面前的茶杯倒满，每个人呆呆地望着眼前陶瓷杯中枣红色的红茶茶水，眉头紧皱。亦舒上了一趟洗手间，当她走回来的时候，站到亦然亦诚两个弟弟座位的面前，紧紧咬住下嘴唇沉思片刻，突然猛地拍了一下桌子："二位，我有个新想法。"半天没有言语的两个人抬起头来望着姐姐。

"我们干吗不想办法找到它们公司的掌门人，就是大老板，是他吗？"亦舒说着，从手机网络上搜出一张相片。

"是他。"亦然看了一眼手机上的网络相片，肯定回答说。

"亦然，你把这个人的情况说说。"亦舒心里有了一个新主张。

"嗯，我这段时间特意从各个网络资料了解了一些，这个老头全名为奥力特·飞利浦·温尔特，现在应该已经 80 多岁了。奥力特是这个家族企业的第五代掌门人，'二战'结束后，他接手了这个家族企业，那时候他才 20 多岁，是他把这个家族企业从一个不知名的小公司变成一家年销售几十亿、年利润几千万美元的大企业。他有个爱好，喜欢古董，奥力特很喜欢收藏各个时代不同文化的古董，什么埃及的啦，中国的印度的，还有意大利石雕、德国教堂风琴，等等。"

"亦然你停一下，"亦舒若有所思地说道，"既然喜欢古董，我们这一次沉船物品中有一些石碑，也是古董的一部分，或许从这里我们可以做一些文章。"

"你的意思是？"亦然似乎明白了姐姐的意图，把身子往前倾了倾。

"嗯，你们看，这样。"亦舒拉开椅子坐了下来，三个人一阵低头窃语。

61

纽约州，梅布克小镇

周末的 Maybrook（梅布克小镇），这里距离纽约市中心大约一个半小时的车程，全镇有 800 户人家，近 3000 名常住人口。

小镇东面有一座名为 Stewart State Forest（州属斯图尔特自然森林）的绿色保护区，里面尽是高耸入云的参天巨树和成片的原始森林，沿着保护区四周有一条环形自行车道，当地居民喜欢来这里骑车锻炼。今天是周六，陆续有开着越野车，带上自行车和野营装备的附近居民从森林保护区外围驶过。

Barron road（坝仁路）是一条上山的乡间机动车道，路两旁依次建有几十栋欧式风格的别墅，坝仁路 5 号位于道路拐弯处的一处高地，是一栋建筑面积超过 800 平方米，带有网球场和室内游泳池的老式别墅，别墅正门两侧的柱子是用精细的海洋砂岩砌成的，这种材料亦然在他老板家见过，据说是最为昂贵的建筑装饰材料。正门是外向双开的遥控不锈钢栅栏，透过缝隙望进去，庭院中间有一条石板砌成的车道，通往几十米开外的一栋别墅主楼。车道左右两侧是别墅前院，绒布般的草坪绿油油一片，草坪中间竖立着几尊大理石雕刻的人像，看上去是文艺复兴时代的石雕风格。

亦然开着一辆银灰色的奥迪 A6，将车子停在正门入口处，轻轻按下侧面门铃。

"哪位？"

"您好，我姓陈，我和奥力特·温尔特先生约好了今天见面。"亦然对着门铃上的喇叭说道。

"陈先生是吧？有请。"对方回答道，不锈钢栅栏的自动门随即向外展开，亦然缓缓地驾驶汽车，顺着车道开向别墅正门，他将车子停好，姐弟三人依次下车，走到大门口。

"三位好。"大门内传来了一声豪爽的男中音，"请进。"

几个人顺着声音走入别墅前厅，只见大厅中央站着一位白头发老人，他身着一件亚麻的咖色上衣、浅灰色的纯棉西裤，正在一位中年人的引导下朝他们走来。估计这个人就是今天要拜访的主人温尔特，而温尔特边上的那位中年人应该是别墅的管家。

今天亦舒、亦然和亦诚三人是特意前来实施三天前在纽约咖啡馆商讨的那个方案的。按照那天亦舒的建议，他们觉得如果能找机会直接与温尔特公司的大老板温尔特先生面谈，或许有机会达成共识。亦然通过他在美国投资界朋友圈的关系，想办法预约到了前往温尔特乡间别墅与奥力特·温尔特见面的机会。说来这个世界很小，奥力特·温尔特是曼哈顿另外一家风险投资机构 Martin Fund 的投资人 LP，而这家 Martin Fund 有一位合伙人是亦然打德州扑克的牌友，所以就帮忙做了引荐。说到底，人际关系在哪里都是可以派上用场的。

"温尔特先生您好。"亦然领着亦舒亦诚两人走上前去，和主人握手致意，一边用带有英式口音的英文介绍道，"这位是我姐姐，亦舒，来自中国，她从事媒体工作，我弟弟亦诚，自己创业做互联网零售。"

奥力特·温尔特招呼几位在客厅的沙发上坐下，亦然继续说道："我读过您的传记，里面记载了您在上世纪九十年代到中国旅游，去了长城、兵马俑，最后决定在安徽投资的经过，描写得十分精彩。"

"等等，我怎么听到的是英国口音？"温尔特先生有些意外。

"哦，我在英国上的学，从高中、大学本科到研究生，习惯了牛津腔。"亦然没想到老人这么快察觉出来自己的口音，不禁心里有几分得意，他是故意使用英国口音和老人交谈的。

"那才是优雅的英语发音，美国人的英语总是有一股子牛仔味道。"温尔特先生附和道，看样子这是一位古旧的爱尔兰绅士。"你们二位呢？"他抬起下巴示意坐在侧面沙发上的亦舒和亦诚。

两个年轻人用标准的英文简单介绍了各自的上学和工作经历。

"Wonderful，真的很棒，你们都说这么纯正的英语。中国的发展太快了，尤其是年青一代，你们能熟练掌握英语，可以在西方社会生活工作毫无阻碍，相比之下，欧洲和美国都老旧了，本地人没有几个学习中文的。现在是互联网时代，整个地球就是一个村庄，叫作地球村嘛，村里人相互都要沟通，语言是前提。我见过不少在美国的中国人，他们比美国人更勤奋，更刻苦，有一句话怎么说来着，对了，比你更聪明的人同时比你更努力，那不把你打败才怪呢。"说完，老人大声笑了起来。

管家给客人们端上了咖啡和红茶。"各位请，随便选你们喜欢喝的。"温尔特先生招呼了一句。

坐在温尔特侧面沙发上的亦舒注意到这间硕大的客厅布置了两处不同风格的会客场所，他们现在坐着聊天的是西式小牛皮沙发，但左侧还有一套古色古香的中式太师椅，亦舒还是第一次在一个美国富人的家里，看到这么一套原汁原味的中国客厅摆设。她有些好奇地问道："先生收集中国家具？"按照三个人事先的约定，今天过来以寒暄为主，如果遇到合适的谈话环境可以提出天一沉船物资的事情，由亦然相机行事。

"我老咯，出远门的时间越来越少了，这套中国古董椅子，是我上一次去中国旅游的收获，那是 5 年前，我先去了中国的南部，四川、广西，还有云南，然后从云南西双版纳进了泰国、柬埔寨，整整走了两个月。那一代的风土人情别有一番特色，我特别喜欢云南的蜡染。"温尔特介绍道。

"我也特别喜欢蜡染，我还收集了一些蜡染剪纸呢。"亦舒附和着说。

"哦，你们来看，"温尔特先生站了起来，"我这里有好几幅很漂亮的蜡染织物，你们瞧。"说着，他推了一下身后方墙上的立地式画框，只见十几幅用玻璃镶嵌的蜡染展现在大伙眼前。

"真漂亮。"亦舒走过去仔细端详着，发出由衷的感叹。

"这幅是我的最爱，"温尔特指着一幅蜡染织物介绍着，上面是一位傣族姑娘在小溪旁梳头的画面，"这个意境很美，特别是这上面很清晰的人像倒影，这可是用天然植物通过纯手工染出来的。"

"我收集的蜡染剪纸里也有和这个类似的画面，那些剪纸我都整理成了图片，温尔特先生，回头我发一套图册和您分享。"

"那太感谢了。"温尔特笑着点头致谢。

"没什么,反正我都是现成的,好东西分享出去就多了一份快乐。"

亦诚注意到客厅四周还摆了好几个落地式的古董挂钟,他走过去好奇地看了一遍,问主人:"这就是老爷钟吗? Grandfather Clock?"

"你还知道这个词? Grandpa Clock,都快失传了。"对亦诚的观察,温尔特有些意外,"这几款都是十九世纪德国产的半月钟,就是上弦一次可以走半个月,每到整点时都会报时。"他向亦诚展示了一个落地钟的上弦发条,亦诚饶有兴趣地拍了好几张照片。

参观完毕,几个人回到沙发上坐下,大家一下子安静下来,都没有说话,半分钟后,温尔特打破沉默,问道:"你们几位通过 Martin Fund 的朋友约我见面,是有什么特别的事情要和我谈吗?"

"是这样的。"亦然在今天前来拜访之前就怎么展开话题做过几次推演,在刚刚进门后和对方的寒暄中,他看得出对方是一位饱经风霜、富有见识的长者,于是打定主意,直截了当地把他们的想法说出来,"温尔特先生,您下属的温尔特寻宝公司最近在菲律宾外围南中国海打捞了一批沉船物品,这个事情您知道吗?"

"他们好像有跟我提起过,我现在是半退休状态,基本上不过问公司日常经营,几家公司都是由我儿子,还有几个职业经理人打理的。他们每个月会给我送一次月报,我记得在几个月前的一次月报里提到过这件事。怎么?你们对这些东西感兴趣?"

"不瞒您说,我们就是打捞出来的那批沉船其中一部分物品当年的物主,天一公司后裔,算来那批沉船物资当年交运的公司股东,是我们的曾曾祖父。"亦然介绍道。

"曾曾祖父?你等等,让我算一下,"温尔特拿着手指头算了一下:"父亲,祖父,曾祖父,曾曾祖父,这是五代人。"

"没错,是第五代。"亦舒回答说。

"有意思,我是第五代的爱尔兰移民后裔,我的曾曾祖父130年前来美国的。好,你们继续。"

亦然拿出事先打印好的几份资料,包括文字介绍和天一信局当年在菲律宾店铺的图片，一一放在温尔特面前："作为家族后裔，我们自然不希望这些东西被拍卖出去四散流落，因为这毕竟是我们祖先的物品，除了一些金银财宝以外，这次打捞出来的物品里面还有几十块中国人的墓碑石刻。您喜欢中国古董，也了解中国历史文化，想必您知道故人墓碑在中国人心目中的地位，这是祖先魂灵的寄托物，后人见了墓碑都得下跪朝拜。按照中国民间的说法，人死了以后，灵魂是要升天的，墓碑就是后人与故去的先人沟通的一条通道，跪在墓碑前祭奠，叩拜，烧香，就如同在跟自己的祖先说话。所以无论从感情上，从文化上，这些墓碑都不应该被送往拍卖市场。"

"你们中国人讲究这些情怀，这个我理解，虽然我不太懂得跪拜的礼节，但是追思先人，这个情分我们英国人、爱尔兰人也都有，不过陈先生、陈小姐，恕我直言，你们今天前来拜会，我很开心，但是我们温尔特寻宝公司毕竟是商业化运作。中国人有墓碑，德国人有挂钟，埃及人有象牙雕刻……这些都是宝贵的文物，在我们这里其实就是商业化的价值实现。你们想必知道，我们从不做违法违规的事情，例如文物走私，那种事情我们不做。作为一家家族企业，我们在美国存续 100 多年，在世界各地都有业务，我们从事的所有活动都是合法合规的。海上钻井平台设备的生产和安装，那是我们温尔特信托集团公司最大的业务，您提到的温尔特寻宝公司，我们做这个打捞物品的业务已经有几十年，包括你们可能知道的，上回我们打捞出中国明代瓷器的事情。我们在每次打捞之前都会进行多项可行性研究，包括相关法律规范、所在区域的地理地貌、沉船事件发生的时间和地点等等，最重要的是，我们要保证我们所打捞的物品一定能够在法律上拥有归属权。说到这个沉船，我昨天还电话问了一下，是不是你们准备对温尔特公司发起法律诉讼？"

亦然点点头，亦舒在一旁补充道："不过我们更希望有一个协商解决的结果。"

温尔特笑了笑表示理解："美国是一个法治社会，法律诉讼能够明确自己的主张，这是你们的权利，并不是说因为你们跟我们公司有法律诉讼，你们就是我的敌人。法律只是公平竞争中的一个环节，这个很正常。至于你们刚刚提出的诉求，你们不希望祖先的这些物品流入陌生人手里，那也不难办，你们可以参加拍卖，或者如果你们愿意，双方可以坐下来商定一个更加合适、直截了当的办法，我们找一家第三方评估机构，对这些物品做一个市场价值的评估，如果你们觉得这个评估价是你们所能接受的，我们可以直接转售给你们。这就好比我是一位农人，在地里种小麦，或者一位牧人，养了几只羊，如今到了收获季节，我需要在市场上销售出去，我以公平的市场价格出售给愿意接受的买者，这和我们打捞物品交给拍卖行销售是一样的道理。"温尔特一本正经地说道。

亦舒从随身包里拿出了一本薄薄的英文小册子，放到温尔特面前："先生，这是有关我们祖上天一信局的历史介绍，天一信局二十世纪早期在中国华侨界和东南亚都很有名，相关的介绍文章和书籍自然不少，可惜几乎都是中文的，我特意找了一遍，才找到这个英文版的，是新加坡华侨博物馆印刷的，比较简单，只有二十几页。您看这上面有几张相片，这是在东南亚的华侨墓地，我的曾曾祖父也埋葬在那里，我曾经去祭奠过，您看照片上的墓碑，这上面密密麻麻的许多墓碑，它们都整齐地朝向东北方向，因为那是从南洋朝向中国大陆的方向。中国人讲究乡土情结，也都很迷信。他们觉得人在海外亡故，如果不能叶落归根回到中国的话，灵魂就会飘忽不定，死后不能安神，埋在国外至少墓碑朝向祖国的方位，表达的是一份对故土的思念。这本小册子送给您，您有空可以看看。"亦舒认真讲解道，仿佛置身于埋葬在马尼拉华侨墓地的先人面前。作为媒体人出身，她很善于在交谈中观察谈话对象的反应，从对方刚刚回复的口气和态度，她知道要想通过今天的拜访去改变对方的主意是不太可能的事，那不妨先以天一的故事留给对方一个活口，或许以后还有再次商议的机会。亦舒郑重地双手捧着小册子交给温尔特，随后朝边上的两个弟弟使了个眼色，亦然会意地站起身来说："温尔特先生，那我们就不多打搅您了，什么时候如果您对天一的故事感兴趣，随时打电话给我们，我们很乐意和您分享，这是我的名片，请您惠存。对了，中国方面有消息说正在筹备拍摄天一题材的电视连续剧，或许这可以是你们一个值得投资的娱乐项目呢？"

"好的，我们保持联系，多谢各位的介绍和来访。"温尔特先生显然听进去了亦舒刚刚的那段介绍。

三个人和温尔特先生握手告别，走出别墅，亦然启动奥迪轿车，驶离别墅车道，沿着乡间公路慢慢向前开着。车子从山路上一路下坡，驶入镇子郊外的平原，公路两旁是一望无际的草地，三三两两的羊群正低着头吃草，一派悠闲的田园景色。

"看来光靠卖情怀还是不行啊！"亦舒望着车窗外闪过的田园风景，嘀咕了一句。今天的拜访进行得不顺利，几个人心情都有些郁闷，大家心里明白，好不容易想出这么一个招数，如果从温尔特老人这里不能取得突破，这件事情很可能就卡在进退两难的境地。

坐在后排的亦诚接过姐姐感慨的话语，脱口说道："商人出身，我们还是得给他一点实惠，关键得搞清楚他想要什么。"

"对！给他实惠。"吱的一声，手握方向盘的陈亦然一下子猛地踩住刹车，汽车在公路中间戛然停住。

亦然回过头来，一字一顿地说："我知道他要什么了！"

62

纽约州，梅布克小镇

亦然这么猛地一刹车，坐在副驾驶座上的亦舒和后排座位的亦诚措不及防，亦舒身体随着惯性朝前一倾，脸几乎磕到前方的面板，要不是系着安全带，估计整个人都会撞向前风挡玻璃。"你干吗！"她有些恼火地惊叫了一声。

"Sorry。"亦然忙不迭地道歉，随即重新踩着油门，把车慢慢驶到道路一旁的行车线外，将车子停了下来，挂到泊车挡，然后侧过身来，对车里的其他两人说道：

"我突然想到我们应该换一个角度，对于像温尔特这样的富豪来说，从钱多钱少的角度跟他做商业谈判，貌似是走不通的。他比我们精明多了，和他说什么道德的制高点，那更是对牛弹琴。刚刚在他别墅的时候我注意到一个细节，他家里面有很多古董物件，说明这人应该对历史感兴趣，他也收藏了一些中国文化的东西。这样看来，我们或许有一个切入点，可以考虑用这个办法试试。"亦然压低声音，耳语一般地向亦舒、亦诚说了他的想法。

"这是个好主意，就这么着，我们再努力一次，看看能不能把老先生拿下。"亦舒和亦诚听后不约而同地表示赞同。

亦然将奥迪车重新挂上挡位，做了一个 U 形掉头，朝上山的机动车道坝仁路开过去。大约 15 分钟后，一行人驾车再次来到了温尔特别墅外的大门口，亦然按响了门铃。

"你好，我是亦然·陈，刚刚和温尔特先生见过面，麻烦您开一下门，我们想进去和温尔特先生再见个面说几句话。"亦然对着门禁礼貌地说道。

"抱歉，温尔特先生今天没有其他见面的预约，你们不能进来。"门禁喇叭里传来管家冰冷的回答。大概是觉得有些不礼貌，过了 10 秒钟，管家补充了一句："温尔特先生现在也不在家，他到镇上去了。"

亦然有些无奈，这才想起刚才几个人只顾沉浸在有个新主意的激动中，一下子忘了美国人的礼仪，特别是和像温尔特这样的富豪或者名流见面，都必须事先约定的，贸然过来叩门显然被认为是很没有礼貌的举动。他有些自嘲地说："唐突了，回头得去补打一针贵族基因。"他把车子退回到行车道上，向两位乘客提议道："既然见不上面了，我们今天也没有别的事，要不我们也开车到镇上去转一转？"

"同意，这是一个挺优美的小镇，我事先看过攻略介绍。"亦舒赞同道。

"也好，我们找个地方坐下来，把刚刚的想法再打磨一下。"亦诚附议说。

亦然点了点头，启动车辆，将车子在前头的缓冲地带绕了一个大弯，朝镇上开去。

温尔特别墅所在的位置距离梅布克小镇中心地带只有5分钟的车程，大约3公里远。小镇有两横一竖三条主要街道，各式各样的零售商店、咖啡厅、餐厅一应俱全，镇上还有一片打理整齐的中央绿地，绿地对面是镇子最热闹的中央广场。广场前的十字路口中间有一座青铜塑像，竖着一尊约2米高的人像。路口东侧是一座天主教堂，西侧是一家爱尔兰酒吧。亦然把车子沿路边停车位停下，在人行道上的自助收费机上预付了停车费，三个人穿过人行道，走向前面的雕像。

雕像下方的黑色大理石基座上有几行文字介绍，说明雕像上面的这个人名字叫惠勒姆，原籍爱尔兰Greyston（格雷斯顿）。惠勒姆是勘探测绘师出身，24岁时从爱尔兰老家移民来到美国，在1885年成为第一个进入斯图尔特森林区的白人，并在附近勘探测绘出一个新的居民区，也就是如今的梅布克镇。惠勒姆后来就和他的家人在这里安顿下来，成为这座小镇的第一批居民。也因为这个缘故，这个小镇历史上一直以爱尔兰族群为主要居民，至今原籍爱尔兰裔的常住人口仍然占全镇总人口的三分之一，是最大的居民族群。

"这有点意思。"亦舒取出她的单反相机啪啪拍了几张照片，"我提前做过一些研究，了解到惠勒姆这个人喜欢探险，他只身一人来到这个当年还是荒无人烟的内陆山区，觉得这个地方适合居住，就开始设计需要开发的市政工程以及居住区商业区，同时把他家人从爱尔兰老家接到梅布克，他们好像在这里开了一间面包房，一代一代延续至今。"

亦诚感叹道："西方人移民的观念和我们中国人外出还是有很大的不同，他们讲究落地生根，到哪里就在哪里扎根，我们的祖先更注重叶落归根，总认为身在异乡只是客居，挣一点钱都要寄回国内，将来老了也希望能够回老家安度晚年，如果老死异乡被认为是一件很凄凉的事情，所以才有墓碑朝向故土方向的习俗。西方人则是走到哪，认为家就在哪儿，而且还把文化信仰、社会制度，他们的手工艺、谋生技能等都带到当地。"

"本质上这就是农耕文明和商业文明的区别。"亦舒的男朋友刘鹿鸣是研究华侨历史的，她本人又是媒体编导出身，这方面的文章接触了许多，"中国是几千年的农耕文明，先人们安土重迁，守着老祖宗的几块田地一代一代地过日子。西方的商业文明，更注重的是探索未知，开疆扩土。哥伦布发现新大陆，英国囚犯开发澳大利亚，都是例子。"

"我在澳大利亚待了很多年，这一点我有体会，"亦诚补充道，"当年英国人开发澳大利亚，对于政府来说几乎是零成本，那时候库克船长发现澳大利亚，这个新大陆对于英国政府来说当然有巨大的商业价值，但如果要凭官方力量去开发，成本太高。于是他们就想了一个办法，从囚犯里寻找志愿者，两个选择：要么继续在英国服刑，要么前往生死未卜的不毛之地拓荒，承诺你可以获得自由身，但前提是你有可能在航行途中挂了，而且这辈子再也回不了英国。澳大利亚最早就是靠这些囚犯开发出来的，很多人至今还在嘲笑它的血统不高贵。事实是，这是以最低成本开发新大陆的一个绝妙创意，几乎不花国库的钱，获得了一大片殖民地。"

参观完雕像，姐弟三人沿着中心广场一侧的人行道朝前散步，一边聊着闲天。

"我请你们吃冰淇淋吧。"亦然说了一句，抬起右手指了指人行道旁的一个贩售冰淇淋的流动摊位，他走过去买了三个甜筒冰淇淋，分别递给亦舒和亦诚，招呼大家在路边的木制长椅上坐下。

"小镇真美啊，"亦舒由衷地赞叹道，"我们刚刚一路开车过来，大多数人家的院子都收拾得干干静静，几乎每户人家的前院都有鲜花绿植，空气还特别新鲜清新。"她忍不住深深嗅了一口凉爽的空气。

"这种小镇通常都是一些有钱人，以及退休人士和专业工作者喜欢居住的地方。安静悠闲，生活设施齐全，离纽约大城市又不远，这种地方的人节奏特别慢，镇上的人们可能一天就做一件事，从来不考虑追求效率，不赶时间。"亦然解释说。

"还是得有物质条件作为前提啊。"亦诚感叹道，"现在国内大家都在拼命，'内卷'这个词据说都被翻译成英文了，大家相互比拼的是996、711，超负荷运转，这跟眼前的场景相比简直就是天壤之别。什么时候我们也能把步子放缓下来，像这个镇子上的这些人一样，更注重的是生活质量，而不是天天赶进度。"

"俗话说富贵不过三代，在我看来还应该加一句话，叫作富贵三代有沉淀。国内进入市场经济，允许私有财产才几十年，现在奋斗的大多还是第一代，顶多就是第二代，穷怕了，爱钱，强烈的物质占有欲，势必导致每个人都像是拼命三郎。"亦然回应着说，他想起了不久前并购案子中结识的江苏晨星医药公司老板赵建国，赵董在跟亦然的沟通中多次提到小时候一日三餐食不果腹，穷怕了。

姐姐亦舒两眼随意地在前方左右扫视，看到正从眼前走过的一对中年男女，两人穿着极为考究的名牌休闲服装，看样子是从事设计行业的专业人士，她把视线收回来，说道："亦诚亦然，其实并不仅仅是钱的问题，还得有一份安然知足的心态。我在美国读书的时候，印象最深的就是当同学们开始要找工作的时候，最玩命的总是亚洲学生，当地白人黑人好像淡定得多，不像亚洲学生，没有找到工作就每天惶惶不可终日，找到一份工作后又总是觉得不如其他同学的薪酬高，照样心神不定的，或许这与他们的宗教信仰有关。"亦舒指了指不远处高耸入云的教堂尖顶。

"这个太复杂了，反正他们比我们容易满足，我在澳大利亚留学，当地学生的价值观大多是，能挣到多少钱并不是第一位的，做自己喜欢的事，工作环境感觉舒服才是首要考量。"亦诚说道。

"也看行业，我们做投行的不管在哪个国家，都是每天夜里12点钟地干活。"亦然做了一个军礼敬礼状。

"你们那是变态行业，每个人都想从奴隶做到将军。"亦诚调侃了一句，"Slave to slave driver（都想从奴隶做到将军）。"

姐弟三人坐在长椅上闲聊，亦舒悠闲地一边吃冰淇淋一边漫无目的地四处张望着，突然看见10米开外有一个熟悉的身影正朝他们坐着的长椅方向走来。"是温尔特老头吗？"她连忙低下头，悄声问身边两位。

"是他。"亦然一眼看见那个人，正准备站起身来，亦舒一把将弟弟按住，同时把手指头贴在嘴唇上。"嘘，"她低声说道，"机会来了，机会来了。"兄弟俩低头交汇了一下眼神，马上明白姐姐的意思，会意地点了点头。

亦舒将了一下额头前端的刘海，站起来准备把刚刚吃完的冰淇淋纸盒扔到前面几米处的垃圾桶里，刚走出两步，恰好与迎面走来的温尔特先生打了个照面。"温尔特先生？好巧啊。"

对方显然完全没想到会在这里碰到这三位中国年轻人，他拄着拐杖，连忙停住脚步，礼貌回了一句："哦，是你啊，很巧很巧，能在这里碰到你。"亦舒朝前一步把冰淇淋纸盒扔到垃圾桶里，然后指了指坐在椅子上的两位弟弟："我们从您那里出来以后就到镇上闲逛着，大家都很喜欢这个小镇，正商量着要不要在镇上找个 Air BnB 住一个晚上，等明天再回纽约。这么一个山区的历史小镇，人文景观都保存得这么完好，可是不多见的。"

"年轻人你说得很对。"老人显然对亦舒开启这个话题非常开心，他往前走了几步，和亦然、亦诚点头招呼，随后在长椅上坐下。"这个镇子最早是爱尔兰人开发拓建的，到现在差不多接近 150 年历史了，你们看前面那一家爱尔兰酒吧，"温尔特举起拐杖指了指斜对面那一座棕色建筑，"那是镇上的第一家酒吧，开业于 1900 年元旦，当时刚好进入二十世纪，所以俗称世纪吧，这一转眼，又一个多世纪过去了。"

"嗯，我对酒吧一点都不懂，不过我知道这个镇上有一家年代更久远的百年老店，艾玛面包坊，它是 1888 年开张的，我们正准备过去买几个面包尝尝呢。"亦舒此趟行程之前查过旅行攻略，这是她看到过的一处网友推荐，鬼使神差似的她突然就冒出了这么一句话。

"你还知道艾玛面包坊？"温尔特脸上掠过一丝异样的神情。亦舒是媒体编导出身，在这些年的采访过程中早已锻炼出一种下意识的超强观察力，她一下捕捉到了老人的这个神情变化，于是接着详细说道："是的，我读到的介绍资料，这家艾玛面包坊是梅布克镇的开发先驱惠勒姆先生的太太最早经营的，当年惠勒姆先生勘探到这片区域并举家在这里安顿下来后，这里还是一片荒地，他太太领着孩子们开了一家手工面包坊，专门制作爱尔兰风味的面包，特别是经典的苏打面包。我以前在英国出差的时候有一位我的采访对象，是一位原籍爱尔兰的建筑学教授，他向我推荐过，它是爱尔兰的一种传统面包，和一般的酵母制作面包不同，借助苏打粉在常温状态下发酵，很膨松，外壳酥脆，内部绵软，吃起来别有一番风味。"亦舒滔滔不绝地介绍着，举止和描述完全就是一位主持人的专业口吻，仿佛正在向观众热心推荐一款她所喜欢的爱尔兰美食，坐在长椅上的温尔特认真听着，露出意外和欣喜的神态。

"这家店离这里不远。"温尔特等亦舒说完关于爱尔兰面包的故事，插嘴说了一句。

"是的，我们正准备拿谷歌地图找路呢，应该就在前面两个街口的拐弯处。"

"来，年轻人，跟我走。"温尔特支起拐杖站了起来，招呼几个人跟在他身后。

"这，真是太好了，谢谢先生。"亦舒扶着老人，一边向同行的两位弟弟介绍说，"这家面包房 1888 年开始营业，说来和我们祖上的天一信局开业时间差不多，但人家至今还在原址经营，我看介绍说至今销售的面包还是 100 多年前的配方、100 多年前的制作工艺，这才真正叫作经历岁月洗礼的历史传承。"四个人顺着人行步道慢慢往艾玛面包坊的方向走着，温尔特默不作声地听着亦舒的介绍，脸上洋溢着一股孩子般灿烂的笑容。

大约七八分钟后，一行四人在一个街角拐弯处停下脚步，温尔特指了指对面一栋木制建筑对一旁的三个人介绍说："这就是你们要寻找的地方。"说着抬起脚步准备过马路。

"等一等，先生。"亦舒喊了一声，随后把手机递到温尔特面前，"麻烦您帮我们三人拍一张照片好吗？就以那栋楼作为背景，记得要把招牌拍上哦，我回头想写一篇报道。"

老人微微一笑，把拐棍往胳膊肘一搭，接过亦舒的手机打开相机咔咔连着拍了好几张："你看看行不行？"

"谢谢，能和您拍一张合影吗？"亦舒把手机递给亦诚，后者替两人拍了张合照。

"完美，我们现在过去吧。"亦舒左右看了一下，见没有过往车辆，扶着温尔特老人穿过街口，走进面包坊。

这家 100 多年历史的面包坊是前店后厂模式，所有售卖的面包都是在后面院子的加工间现场制作的，当天生产当天销售，剩下没有卖完的全部送到镇上的教堂由教会负责分送给需要的教友，艾玛面包坊绝不销售隔夜产品，这是从开业 100 多年以来坚持至今的惯例。店铺是一间大约 40 平方米的开放式空间，临门处有一个收款和服务柜台，中间和右面是开放式木制货架，上面有若干个竹编的圆筐，里面依次摆放着十几款不同式样的面包，亦舒提到的苏打面包有核桃和黑麦两种材质，它们就陈列在最显眼的位置。店铺左侧放着三四套桌椅，看样子是供客人现场喝咖啡吃面包用的。

"来，"温尔特端过来一个木质盘子，招呼着他们三人，"这就是小姐你刚刚提到的苏打面包，也是店里的主打产品，核桃和黑麦大家都尝尝，还有这款也不错。"老人一边说着，一边用夹子夹了几块面包放到木托盘里。"对了，这个很有特色，"温尔特又推荐了一款，"这是慢发酵面包，要经过 48 小时的发酵，这是爱尔兰的传统工艺。"他不厌其烦地领着亦舒三人沿着面包货架来回转了两圈，不断地往木盘里放面包，很快，整个木盘被堆满了。随后，温尔特领着三人来到店铺右侧的椅子上坐下，把刚刚选中的面包往桌子中间一放："来吧，你们开始品尝，我请三位喝咖啡。"说着，他直接走到柜台后面，自己张罗着咖啡机，不一会儿就端过来四杯咖啡。

"我们还没付钱呢。"亦舒有些不好意思，连忙站起来掏出钱包，想去柜台付款。

"不用不用，我请客。"老人一副慈祥的老爷爷模样，与上午在他别墅里谈话时正儿八经的样子判若两人。

"哇，真好吃，名不虚传。"亦舒迫不及待地掰开黑色的核桃面包，吃了一口，由衷赞美道，"十足的麦香味道，不愧是百年老店啊。我是做媒体的，好东西要分享出去，回头好好写一篇稿子，推荐一下这个地方。"温尔特这时得意地微笑着说："告诉你们吧，这是我们家族五代人传承下来的生意。"

"啊？"三人不约而同地张大嘴巴，只有亦舒吃惊的表情里夹杂着些许的得意。

"嗯，刚刚在路上碰巧偶遇，当你们问到艾玛面包坊的时候，我心里可高兴了。我没想到有这么远道而来的客人知道我们祖上的店铺，而且慕名而来，这真是一个奇迹。"

亦舒一副吃惊的模样："那这个艾玛是？"

"哈哈，姑娘，我来告诉你，这个镇子最早的开发者叫斯通德·惠勒姆，他和太太在这个镇上安顿下来以后，夫妇俩生育了两个儿子三个女儿，艾玛是他们最小的小女儿，当时面包坊开张的时候，小女儿刚刚出生满月，所以就以艾玛的名字命名，后来艾玛长大后出嫁成家，父母就将这个面包坊作为财产赠送给了她和她丈夫，夫妇俩接着以前父母的生意，一直打理下来，再一代代传承，到现在这是第五代后裔。面包坊开业是1888年，就在现在的这处原址，店铺后来翻修过几次，最近的一次是5年前，2018年，算来经营至今已经135年了，美国历史协会还几次来函来电话联系过，说是希望把它作为一个移民文物在旁边建一座博物馆。"温尔特滔滔不绝地叙述着。坐在椅子上的三位中国年轻人一边品尝着各式面包，一边饶有兴趣地听着。亦舒注意到墙上一张年代久远的照片，那上面是一对中年夫妇站在面包房前的合影，背景上有一行像是手写模样的店铺招牌：艾玛面包坊。亦舒站起来走近照片仔细看了半天，突然转过身来，走到温尔特面前，同样仔细端详着，望着眼前的这个白头发的老人，她半是猜测半是肯定地问道："相片上的那位先生就是温尔特先生？"

"正是，小姐你好眼力。"温尔特先生哈哈大笑起来，"那是我的第五代祖先。"

"哇，太神奇了，太神奇了！简直不敢相信。"

"嗯，如今经营这个面包房的，是我的一个堂侄孙，比我才小两辈，现在也快 50 岁了。这个生意虽然不算大，但养活一家子足够了，更重要的是，它是一个家族的传承，而且也是这个镇上的一张名片。"

亦舒赞同地点点头："应该有更多像艾玛面包房这样充满岁月痕迹的记载和文物被保留下来，被广泛宣传，让人们有机会了解这片新大陆开发发展的脉络。"

"是的，这方面，美国先天不足，这个国家才两百多年的历史。不像欧洲，还有中国、印度，几千年传承路径清晰可见。"

亦然意识到眼下是一个再好不过的机会，刚才他们三个人途中开车掉头回来的本意，就是想从历史文化传承的角度试图说服老人，于是他下决心开口说道："温尔特先生，我们实在是很有缘分，不知道您是不是了解，中国文化很讲究缘分，中国人认为，缘分就是冥冥之中彼此成全的牵连。今天上午在您家里提到的事情，我们其实是有些冒昧的，因为这本身不符合温尔特公司作为企业经营运作的逻辑。上午从您别墅出来的时候，我们三人一直想着怎么能促成这件事情，同时又能充分保障温尔特公司的利益。刚刚我们在街边坐着商量，现在到了这家您家族的百年老店参观，让我们更加怀念我们先人的天一信局，他们做了很多在那个时代非常有代表性的事情，连接在东南亚的华侨和他们的家人，上百万的家庭都靠着这份海上运输通道维系，信件、生活用品、财富接济等等，亦舒刚才给您的那本小册子里都有介绍。"

亦舒明白弟弟的意图，于是接过话题说道："艾玛面包坊和天一的历史真的像极了，如果从头梳理的话，天一最早的创始人是我们的前六代祖上，和梅布克镇的开发先驱斯通德·惠勒姆先生是您前六代祖辈一样。他一开始是为了谋生去了东南亚，在菲律宾创办企业，那个时候中国本土还没有银行汇兑，没有快递，没有邮局，他的公司就帮助华侨同胞把信件和物资带回家，天一其实是把银行、快递和邮局的业务三合一了。可惜后来因为政局的动荡，又赶上第二次世界大战，日本人占领中国和东南亚，天一的业务就慢慢衰落下去。但是祖先们留下的任何东西，还是非常让我们怀念的。"

温尔特认同地点点头："和我祖上从爱尔兰跑到美国来谋生发展

的经历很类似。"

亦然觉得亦舒的铺垫话语说得很妥帖，就像一场宴请的前餐用完了，现在是上正菜的时候，便接过话题说道："我们几个今天从您那里出来以后商量了一下，温尔特先生，是不是我们可以不考虑商业运作，就大家提到的那一批沉船的物资，里面有好几十块墓碑，中国人对墓碑是有很多情结的。我们有没有可能做这样的设想？"他走到前面的柜台上拿了一个装面包用的牛皮纸袋，转身回来坐下，从口袋里掏出笔来，在上面写了一行字，递给温尔特先生。

老人接过来一看，上面写的是一行英文字：温尔特流传华侨博物馆。"你的意思是？"

亦然解释道："流传是我们在中国老家村庄的名字，也是天一信局最早的发源地，就如同这个地方是艾玛面包坊的起源一样。流传名字的中文意思如果翻译成英文，可以叫作 Legend，这个很传神。我们有没有可能合作，成立一家带有温尔特家族名称的博物馆，就是我建议的这个名字：温尔特流传华侨博物馆。我们就以这个命名，大家合作来做这件事情，您公司把这次沉船发现的东西捐献出来，我们这边过去这些年也收集积累了一些相关的文物，都是关于海外华侨历史的，我估计应该有大几百件，其中还有不少已经收集并整理妥当的中国先人墓碑，我们把这些文物全部集中在一起，办一间博物馆做公益展出，这个温尔特流传华侨博物馆的选址，可以选在菲律宾或者新加坡，我们回头着手和当地政府接洽，请当地政府支持这个非营利项目的提议，这种公益性质的文化项目不涉及任何政治，当地政府和华侨商会应该都会热心协助。这样一来，既是对历史文化传承的一种推广宣传，对于温尔特公司来说，也是企业招牌一个最好的市场推广，因为博物馆一旦开张，每天都有无数人前来参观，这个宣传效应是不可低估的。"

亦舒随着补充道："资金方面我们商量了一下，原先我们准备购买这批货物的 100 万美元可以作为第一期捐款放进去，同时我们可以从社会各个渠道组织募资，详细的费用开支还没有细算，不过我这两个弟弟都是干投资和做企业的，他们俩初步匡算了一下，大约有个

400万到500万美元就可以启动项目的第一期，主要是建筑成本和文物展出的设施费用。"

"这个好办，钱不是困扰，"温尔特先生微微闭上眼睛思索片刻，随后以肯定的口气说道，"虽然有一些细节还得再推敲，但你们的这个创意我认为很好，很有建设性，到底是年轻人，能够跳出固有的框框想事情，寻找分歧的解决方案，这个让人赞赏。我原则上同意你们的这个意见，把这批沉船打捞货物就用到这个项目上。至于说盖一个博物馆前期需要的资金，这个我可以个人捐献，第一批我先捐500万美元，加上你们放进来的100万，我想600万美金应该足够做先期启动了。"

"太好了。"亦舒一下子站了起来，"先生您知道我是做媒体的，这方面我有一些资源可以调用，包括中国、东南亚和美国各个地方的新媒体同行大多很熟悉，我来请他们帮忙宣传。我们先把这个项目的预热做个铺垫，一定强调这是一个非营利的项目，不用于任何商业运作，将来也不会过度地货币化，这样的定位客观上能大大提升温尔特公司在中国、在亚洲的品牌形象。"

"这些你们更擅长，我相信你们几位的专业能力，想不到我们今天达成这样一个圆满的结局。来，"温尔特招呼店铺柜台后面站着的一个服务生，"帮我们四个人照一张合影，这将是温尔特流传华侨博物馆的第一张照片。"

63

英国，剑桥大学校园

陈亦舒最近两个月在筹划一个系列专题片：《中国留学生在海外》。这个专题报道一共分为10集，开篇是中国学生的留学历史回顾，随后每一集分别介绍一个国家或地区：采访在美国、加拿大、英国、欧洲大陆、日本、韩国、东南亚、澳大利亚、中东的中国留学生。

亦舒事先认真收集了这方面的历史资料和记载。她了解到中国最早的海外留学生是广东人容闳，容闳是第一位获得海外大学正式学历和文凭的中国人，1854年容闳毕业于耶鲁大学，是同班毕业的98人中唯一的中国人，美国耶鲁大学至今悬挂着容闳的肖像。在1859年，广东广州府香山县东岸乡人黄宽赴苏格兰爱丁堡大学学医并获得医学博士学位，成为中国近代赴欧洲留学的第一人，在英国爱丁堡大学孔子学院门口，至今仍矗立着这位中国人的雕像。清朝晚期的1872—1875年间，中国政府选派120名幼童赴美留学，开启了最早的规模化海外留学历史，这批留美中国学生回国后，大多从事工矿、铁路、教育、外交、行政等不同行业，为当时中国社会的发展做出了杰出贡献，著名工程师詹天佑、清华大学第一任校长唐国安、北洋大学校长蔡绍基都是当年的留美幼童。新中国成立后，出国留学在很长一段时间被抑制，五十和六十年代只有少量的公派出国学生，主要前往当时的苏联、东德等社会主义阵营国家。上世纪七十年代末改革开放政策实施以后，自费留学重新开启，1978年，首批52名公费赴美留学人员到达美国，开启了赴美留学的第一批行程。进入二十一世纪后，出国留学逐渐呈现出普遍化、低龄化的趋势。不同的时代有不同的留学考量，对于今天正在海外留学的年轻学者们来说，他们考虑更多的是读什么专业，将来找什么工作，学成后留在当地或者回国的问题。

"中国留学生在海外"这个选题在亦舒的专题片清单里躺了很长一段时间，她一直对这个题材特别感兴趣，从个人经历来说，这是一个自己再熟悉不过的选题。他们家从奶奶、父亲到他们姐弟三人，都有海外留学的经历；从题材播放的吸引力来说，这个题材很热门，如今正在海外求学的中国留学生有几百万人之众，在英国的一些大学，中国留学生已经占到全校学生比例的30%甚至更高，这一定是个备受关注、收视率高的专题。

但亦舒也很清楚这个题目不好做。不同的人都有自己的留学价值观不说，现在是自媒体信息时代，每个人都可以是一个新闻制作者，很多留学生都拥有自己的自媒体号，随时发布身边周围的信息，如果没有深度报道的功夫实料，仅仅靠一个热门话题不能吸引观众和粉丝，甚至有可能适得其反，受到低分差评，这就是互联网时代制作热点题材的双面剑效应。亦舒来回修改了几次导播稿，最后决定舍去那些学生人数多少、主要读什么专业的泛泛报道，集中就一些最受关注的重点问题做更深入的专题采访和讨论，她采取的是每个国家选择一个切入点的方式来组织这个大型专题片系列。例如美国篇，主要探讨留学生的去留选择；澳大利亚篇侧重报道中国学生如何适应当地慢节奏的生活；而眼下正在筹备的英国篇，她决定从中西文化碰撞的角度切入。因为英国是最老牌的资本主义国家，英伦文化、英国绅士、英国贵族被视为西方文明的典型代表，而中国的孔孟之道、儒家文化、佛学思想也是经典的东方价值观。作为一群拥有中华文化背景的年轻人，在一个典型的西方文明下生活，他们会面对哪些文化和世界观方面的碰撞、冲击或改变，求学和生活过程中面对什么样的困惑与抉择，这是亦舒对于《中国留学生在海外·英国篇》采访拍摄的整体构思。

英国剑桥镇，剑桥大学校园。

今天在剑桥女王学院的中国学生会会所，一间大约 20 平方米的房间被临时改成讨论室和拍摄厅，亦舒和她的四人专题采访团队邀请了几位在读的中国留学生在这里做现场讨论采访。这是专题采访团队在剑桥组织的第三场活动，在这之后，他们还要去伯明翰大学和爱丁堡大学进行类似的采访。这次来英国之前，亦舒提前跟亦然的女朋友杰妮取得了联系，她们俩以前见过两次面。按亦舒的设想，她希望能在这期节目中穿插一段对杰妮的采访，或许杰妮会从不同的角度对中西文化碰撞的话题有一些自己的见解，杰妮表示乐意参加，她特地抽出时间，今天从伦敦赶过来。

这会儿以讨论形式拍摄的采访已经进行了 1 个多小时，现在正在讨论的话题是海外留学生之前在中国受到儒家文化的影响，如今身在西方社会如何适应和调整的问题。这个问题在过往的几次讨论中都是大家争论最为激烈的。此刻，一位中国学生罗君正在发言，罗君是剑桥大学主修桥梁工程的硕士研究生，在这之前他在美国的宾夕法尼亚大学读了4年的大学本科。

"我们不能说到文化碰撞就一概而论。先不说西方社会本身不是一个整体，有拉丁语系、德语语系、英语语系等等，它们各自的文化传承并不完全相同。哪怕仅仅就英语语系文化来说，以我比较了解的美国文化和英国文化而言，它们的处事习惯上其实有着明显的差别，美国文化强调直率，正面冲突，英国人委婉，也就是我们说的英国人比较绅士，他们说话经常是绕着弯来，这一点跟我们中国人习惯于说话留三分余地的传统有些类似。他们不会像美国那样直接说no，例如你想邀请一个英国人跟你周末一起打球，对方其实不想去，但他会说：太棒了，我很喜欢，回头我们找个合适的时间。这样的表示，其实对方已经是客气地回绝你。在英国人看来，直接拒绝让人家有一种受挫感。这不是美国人的思维，美国人认为我如果不想去，就直接拒绝你，这样简单了事，效率更高。"罗君说了一通自己的看法。

一旁的一位南方口音的留学生说道："我在英国体会最深的就是，对方谈一件事情，要先聊一堆跟讨论话题毫不相关的废话，比如上星期我见一位统计学教授，我希望这学期能上他的选修课，我约了和教授见面，教授先是和我'哈罗''今天天气不错'客气地寒暄半天，接下来是'你的英语口音很纯正啊'什么的，还是废话，我见他一直在叨叨扯闲篇，也不好意思默不作声，礼节性地指了指他桌上的一个兵马俑，随口说我喜欢兵马俑。对方就跟我谈了整整5分钟有关他去中国看兵马俑的故事。都十几分钟过去了，最后才说很抱歉这个选修课已经满额，如果我愿意的话，他很乐意把我列入通知名单，下个学期可以考虑。本来yes or no就是一句话的工夫，这不瞎耽误工夫嘛。"

"拐弯抹角地表达，这方面，英国人是一流的。"另外一位中国留学生说，"除此之外，他们的很多绅士样其实是装出来的，明明很穷很拮据，都要装得自己很有钱、什么事情都很讲究的样子。不同的party要有不同的服装，参加正式晚宴，男士要蝴蝶结，女士得有搭配的晚礼服。这其实跟我们中国人那种死要面子活受罪很相似。小时候我家里很穷，我父亲总要在客厅桌上放着一包好烟，客人上门的时候招待，他自己从来舍不得抽那个，就是一份面子。想想英国人也差不多，我跟一个本地同学去参加他亲戚的 party，他是开车过去的，结果在离目的地住宅还有两个街区的地方就把车停下来。我有点好奇，问他为什么不直接开过去，那边应该有停车位。他笑了笑说，他那辆车太破，怕亲戚笑话，还嘱咐我说得跟主人家说是打出租车过来的。"

"各位说的这些我都有同感，但是我们来到这里，在这上学和生活，你们觉得英国人让我们最满意的地方是什么呢？"坐在亦舒对面的一位女生开口问道。

"守时！重预约。"有人回答说，"刚来的时候很不习惯，觉得什么东西都要预约，去银行开个户头，找老师签个名，屁大点事都得预约，觉得太没有效率了。后来了解以后才发现，守约守时，这是人家文化里对自己也是对别人时间的尊重。在这点上我们的文化就很缺乏，我们很习惯于随时找人，某某某，我想办一个什么事，对方就得放下手头的工作应对你，现在想想，你打乱了别人的节奏，反过来，别人也会这么随意找上门来的。"

会议的发言很热烈，亦舒除了简单的开场白，几乎没有插话，她和专题团队的同事事先说妥了，面对这样一群年轻人，只要把话题抛出来，让大家畅所欲言，现场做好充分的记录和摄像，这样尽可能地收集好原始素材，回头再剪辑加工。

讨论会上，杰妮只是专心地听着，并没有发表任何看法。现场讨论和录制结束后，亦舒约杰妮来到街对面的一家咖啡屋，这家咖啡屋是一座两层楼建筑，她们事先和店主人打过招呼，在楼上选一处安静的角落，让摄像师把机器架好，两人各自点了一杯卡布奇诺咖啡，亦舒把无线话筒在杰妮的衣领上别好，开始了她的专题采访：

"杰妮，关于我们今天会上的话题，可能你有一些不同的见解，希望和国内的广大观众听众分享一下。"杰妮点了点头，算是正式开始。

亦舒问道："你是完全意义上的第三代英国华裔。刚刚会上说的那些中国留学生在英国碰到的文化方面的碰撞和不适应，这种感受你不会有吧？"

"不明显，或者说表现的方式不一样。"杰妮用一种海外出生的华人说中文时特有的普通话腔调说道，"我可能更多带有的是那些留学生所说的英国人的做事和思维习惯，就是英国模样，而我面对的碰撞更多的时候是在家里，和我爷爷还有我父母，对，我家里的老人。不过我父母都是在英国出生在英国受教育的华裔，我爷爷18岁来英国后就一直待了下来，至今70多年了，所以我们家里的生活习惯包括语言，90%是英式的。"

"那剩下的10%是什么呢？"亦舒追问道。

"饮食。"话说出来，杰妮笑了笑，"爷爷还是几乎只吃中国菜，父母亲也是，我每次只要回到他们家里，都是色香味俱全的中式菜肴。"

"那你自己呢？"亦舒知道杰妮在伦敦北部有一处自己的房子。

"我自己就是简单的快餐，我是做运动康复的，我们这个行业的人更加注重健康饮食。"

"作为在英国出生长大的华裔，你对寻根认祖这个话题怎么看？"亦舒抛出这个无数海外华人热议的话题。

"我想过很多次，我身边的朋友有不少也是像我这样在国外长大的黄皮肤的中国人后代。我们共同的看法是，我们以身上的中华血液为荣，我们自豪于中华名族几千年灿烂的文化，但是我们是英国人，我们需要效忠的是以前的伊丽莎白女王现在的查尔斯三世，这是我们作为英国公民的职责，并且我们的行为举止、做事习惯，都更加接近本土的英国人。以前中国人在海外，不能融入当地社会是一个普遍存在的问题，这是一种村社文明的痕迹。早期海外华人以华工群体为主，不会说当地的语言，没有进入当地主流圈子的愿望，抱着一种客居异国他乡的暂住观念，挣一些钱寄回老家，老了以后回故乡养老。这样的想法在我们这些当地出生而且受过高等教育的人身上应该不存在。我们敬重中国文化，但我们不是中国人。这就好比美国人，他们知道自己最早漂洋过海来自英国，他们身上有很多英国人的传承，他们说英语，沿用英国法律和许多习惯，但他们是美国人，不是英国人。"

亦舒接着问道："像你们这一代人，除了肤色不同以外，无论在生活和工作的方方面面都与本土英国人几乎毫无二致，在你的生活和工作圈里，种族歧视这个问题应该不那么突出吧。"

"现在肯定比以前好多了，至少在法律上，任何针对性别、种族、宗教信仰的歧视都是被明令禁止的，至于说有没有一些内心的排斥，我觉得需要再给些时间去消化和冲淡。这么说吧，我们父辈和爷爷辈年轻的时候，那个年代成长过来的同龄人有很多种族宗教歧视或者抵触的观念，要去改变他们并不容易，而且这不是单方面的，我们的华侨老人也有很多时候歧视英国人。例如我爷爷，他那么有知识，还是女王陛下授勋的爵士，至今还不主张他的孙子孙女们和白人谈恋爱。"

"哦，这个我完全没想到，什么理由呢？"亦舒追问道。

"偏见，爷爷认为白人的感情不长久，是快餐爱情。"

"快餐爱情，第一次听到这个英文词。"

"爷爷自己编纂的。到了我们这一代人，大多数从小受的教育就是需要认同种族和性别的平等，所以我们这代人身上这些问题不再那么突出，我相信我们的下一代会有比我们更好的平等观。想想人类的发展就是这样一步一步过来的，两百年前可以拿钱买卖人口，60年前，妇女没有投票权，50年前，澳大利亚还有不让中国人入境的排华法案，现在英国这个最老牌的西方白人社会居然能让一个印度裔出任政府首相，回望历史，我们已经进步很多了。"杰妮对这个问题的看法相当乐观。

亦舒点头认同，听得出，对方是一个善于总结和思考的人。

"其实我们最担心的并不是这个，我们最担心的是英中冲突、美中冲突。一旦发生国家之间的冲突，任何一个生活在英国的中国人或者中国后裔，不管是像我们这种第二代、第三代华裔，还是那些刚刚从中国过来的留学生，往往处于被夹在中间，左右不知所措的境地，这种担忧和困惑如果不是置身于我们这种位置，是无法理解的，这边的本土英国人不理解，那边国内的中国同胞也难以感同身受。"杰妮说出了她身为海外华裔的内心顾虑。

"感同身受，你还知道这样的中文成语。"亦舒有些意外，她知道对方的中文很流利，但能够熟练运用成语描述，这在海外第二代、第三代华裔身上是不多见的。

"我的情况比较特殊，除了上本地华文学校学习中文，我小时候是和爷爷一起生活的，他一直要求我读中国很多古文古诗，算是一个意外的收获。"杰妮继续说道，"我们当然知道两边的文化不同，制度不同，价值观不同，以前中国很落后很贫困，英国人看中国的眼光，更多的是同情和不计较，中国大陆难得有学生过来留学，大家都很照顾，申请奖学金优先，找房子住宿，房东一看来的是中国人，很客气，价格从优。现在不一样了，他们觉得过来的中国人都是暴发户，花钱如流水，很多中国学生喜欢聚居在一起说中国话看中国视频，当地人就从原来的好奇，乐于接待到心里不平衡，产生抵触，这是民众认识层面的。在国家关系层面，现在两国关系也比较紧张，经常有摩擦冲突，不像十几年前大家都很和谐。这种中国和英国、中国和美国日渐增多的国家关系摩擦，也导致当地民众对中国人开始有一种猜忌和心理排斥，这对于不论新来的中国留学生，还是对于我们这样的本地出生华裔，都不是一件好事。"

"你本人会不会碰到这种两难的情形呢？"

"有的，这让我们很害怕，打一个比方，好比有两个人吵架，一边是你丈夫，一边是你父亲，你应该站在谁的那一边呢？"杰妮苦笑着对着镜头说道。

亦舒理解对方的顾虑，毕竟自己也曾经有过几年的海外留学经历，就像杰妮所说的，一个人如果没有亲身体验，这份苦涩是无法感受的。

"我了解到很多从中国来英国定居的华人，对英国有很多批评，特别是脱欧以后，觉得这个当年的日不落帝国已经完全没落了，你怎么看？"亦舒请 Jenny 站起来调整一个角度，侧面对着打开的二楼阳台，镜头从这里往外推，可以清晰地拍摄到对面古老的尖顶建筑和老街两旁的街灯。

"我敢说，你敢播吗？"Jenny 说了一句有些挑衅的话，毕竟她从小在西方社会长大，对于国内的舆论自由还是有些偏见。

"Try me。"亦舒毫不示弱。

"英国人的杰出之处在于有能力构建一整套系统并以此作为行为规范，从而使得社会运行的成本最小化，秩序得以世代延续，保证社会发展的稳定性。我们中国人聪明，勤奋，刻苦，这些都远远胜过盎格鲁－撒克逊民族，但我们缺乏构建稳定体系的能力，通常只能沿用或者说遵循别人制定下来的系统，在人家的系统下发展，我这里指的不仅仅是所谓的政治系统，从交通系统、法律系统、教育系统到金融交易体系基本上都是如此。"Jenny显然对这个话题有自己独特的见解。

"这个角度有些新颖，能展开说明一下吗？例如举几个例子？"亦舒示意一旁的摄像师把镜头聚焦到被采访者的脸上。

"以生活在英国的华人族群来说，我接触了不少在当地定居的中国人，他们比其他族群刻苦得多。我爷爷那代有不少上海籍的船员后来在英国留下来，很多人开炸薯条店，每周营业7天，星期天也不歇业，这种努力工作的状态大家都觉得佩服，但中国人喜欢权力膜拜，弄一个同乡会就有10多个会长、副会长，就看你花多少钱拿什么头衔，这种事英国人不会干。还有大家不习惯按照规矩来，总想钻空子，耍小心眼，例如卖东西以次充好、退税作假等等，这样的心态和文化习惯使得我们很难成为规矩的制定者，只能跟着别人定的规矩来，最终还是处在生态链的下游。"

"有点抽象，希望能说一些让你有感触的实际例子。"亦舒追问道，她的节目面向社会大众，需要让大家很容易看懂。

"好，你看，"Jenny指了指阳台外面街道尽头的机动车通行转盘，"就以这个Roundabout来说，翻译成中文叫作岔路口转盘，这样的设计在英国各个路口随处可见，每个开车的人都知道它的规矩是什么：永远礼让你右侧的车辆，因为英国是左行，换一句话讲，只要你的右手边没有车子进入环岛，你就尽管放心往前开。这样的设计减少了很多红绿灯的转换等待时间，让交通很顺畅，成本也比设立红绿灯要低许多。但前提是每个开车的人都得自觉遵守这个规矩，而不是你觉得你比别人先到你就应该先走，或者你觉得自己是个人物，其他人理应给你让道，这就是我刚刚说的善于制定规矩和自觉遵从规矩。还有你如果参观英国议会讨论，你会留意到会场中间有一根象征王权的权杖，所有人都默认这根棍子是女王或者国王的象征，没有它，任何决议通过就无效，几百年来一直如此，人们不会去漠视这种规矩，所以才有几年前出现过的一个笑话，有个反对脱欧的议员在表决前把权杖抢了跑出议会，所有议员赶紧追上去夺回来，不然的话再多人同意的决议都是无效的。外人可能觉得过于形式主义，但这恰恰就是制定规矩的能力和认同规矩的文明。"

"杰妮，最后一个问题，想请你说说你对中英两种不同文化的个人评论和看法。"亦舒请杰妮回到咖啡桌前坐下，把最后的采访问题抛了出来。

杰妮端起前面的咖啡杯，举起来对着镜头说道："一定要让我说一句概括的话，我觉得以茶和咖啡两种饮料来比喻是很恰当的。中国文化是茶，西洋文化是咖啡。中国的茶，温和，回甘，需要静下来慢慢品尝，西方的咖啡刺激，让人冲动兴奋。不同的民族生活习惯创造出，或者说反映在各自的文化传承上。中国是千年的农业文明，村落共同生存，是儒家哲学，讲究温良恭俭让，坐而论道，说的是一个人与自己内心的对话，从中寻求平衡，这不是西洋文化的主张。西洋文化是商业文明，个人英雄主义，崇拜征服、侵略，当年的环球旅行，开拓新大陆，征服美洲，都是这么过来的。说到底，让喝茶的人拿起长矛外出去当征伐骑士，或者让习惯喝咖啡的人一杯清水禅坐半天冥思苦想求突破，好像都干不来。"

"茶和咖啡代表了中西两种不同的文明。"亦舒重复着杰妮的观点。

"这是我的看法，有意思的是，在以前农业文明和工业文明时代，更多时候需要靠体力、靠肌肉取胜，拓荒种地，草原放牧，航海搏击，没有健壮的体魄肯定不行，所以西方文明占上风，世界版图由白种人说了算。如今到了信息时代，靠数学脑袋，靠编程，靠互联网运用，茶文化很可能会胜出一筹，因为这个时代越发不需要硬汉三角肌，需要的是智力，是逻辑的运用，在这方面，我更相信中国人的潜能。"杰妮说出了她作为土生土长海外华裔对未来文明发展的一份见解。

"这次采访干货满满。"亦舒收起话筒，心里默默念叨着。

64

美国，新泽西州伯顿私立中学

亦然和很多纽约投资界的同行一样，在高强度工作之余，都会寻找一份适合自己的志愿者工作，这也算是投资界的一项传统，既是对超强脑力劳动的调整，也是回馈社会的某种表示，毕竟投资圈的从业人员都属于社会精英阶层，享受着最好的工作条件和高工资收入，位居社会金字塔的顶尖。

比较常见的志愿者工作，包括到学校或者社区食堂做一天义工，担任老年球队的义务教练，或者周末去绿地公园打扫卫生。亦然选择的是联系到一家位于新泽西州的私立中学，Bolton College（伯顿私立中学），志愿担任一位留学生的 Mentor。Mentor 这个词没有很准确的中文翻译，其作用有些类似学长、辅导员的角色。Mentor 在西方教育体系中是一个常见的角色，很多时候都是由本校毕业的年长校友来担当的，因为亦然是在英国上学，如今在美国工作，显然跨洋做 Mentor 不合适，于是他就近联系了这一家私立中学，向学校说明自己的意图。很快学校就发来一位海外学生的资料，这是一名来自中国山东省济南的小留学生，名字叫朱方平，两个月前刚刚从中国来伯顿私立中学入学。

根据材料的介绍，朱方平现在是十年级的海外留学生，住校，亦然特地抽了一个周五下午，跟公司请了半天假，来到伯顿私立中学跟朱方平第一次见面。他一眼就喜欢上了这个还有几分童真稚气的中国学生。朱方平瘦瘦高高的，拥有一颗天才般的计算脑袋，从小迷恋计算机，初一的时候就能够自行编写小软件挣外快，还曾经捣蛋黑过国内几个行业协会的网站。他从小学开始就在中国的双语学校上学，所以英文相当流利。

"你将来准备主修什么专业呢？"那天在伯顿私立中学，亦然签署了志愿成为朱方平Mentor的书面申明后，和这位刚来美国不久的中国学生在校园的步道上散步闲聊，他问朱方平。

"我爸妈是想让我去学什么财会或者企业管理，因为他们都是自己做生意的。但是我还是对计算机相关的专业感兴趣，像软件编程或者产品经理。亦然哥，你怎么看呢？"

"这方面我有一个看法供你参考。上大学的专业和今后的职业选择出发点，说来就是这么三个主要衡量：干自己擅长的，干自己有兴趣的，或者干更能挣钱的。这就看你对这三个方面的权重取舍。"

"能挣多少钱我不知道，但我觉得我的兴趣和特长都是在计算机方面。"朱方平说。

"这就简单多了。如果说这三项里面，你选择的专业或者将来的职业已经占了其中两项，那你应该跟着这个感觉走。做自己擅长又感兴趣的事情，会有很大的机会把它做得很出色，只要能在自己从事的领域做出成绩，将来处于行业中出类拔萃的位置，在一个自由竞争的市场环境下，你的物质收益不会有太大问题。"

"需要三选二。"朱方平重复了一句。

"是的，仅仅凭一份兴趣难以谋生，仅仅能挣钱但不是自己擅长也非兴趣所在，干起来一定很无聊，三样都具备当然最好，不过那是可遇不可求的，能具备两点就足够了。"亦然与这位小留学生分享自己的体会。

"那亦然哥你呢？"

"我做投资这个行业是擅长加上好收入，也是三选二。"亦然坦诚的说，"要说兴趣，我的兴趣是户外活动，不过那个挣不来钱，无法养活自己。"

那次见面和交谈结束后，亦然回到纽约，两人之间基本上保持着每星期几次微信通话或者邮件沟通的频率，每个月亦然也会至少安排一次与朱方平见面。

这天在公司上班的时候，亦然突然接到伯顿校方打过来的电话，让他马上赶往学校，说是朱方平出事了："不是身体上发生了什么意外，而是他严重违反校规，学校考虑对他做开除学籍的处理。"亦然听了大吃一惊，随即给朱方平拨了一个电话，电话接通后，对方很沮丧地说了一句："亦然哥，对不起，我惹大祸了，但我真不是故意的。"亦然听出对方流露着一副绝望的口气，也就不敢在电话里再问细节，连忙安慰他说："没事，你现在就在宿舍待着，哪都不要去，我现在动身过去，两个小时以后就可以跟你见面。记住，你就在宿舍里等我，在我们见面前，你务必不要出门。"他怕孩子一时想不开，会酿出什么意外的事端。

亦然知道现在需要以最快的速度赶到学校，于是破例叫了一辆优步专车，从公司楼下直接前往120公里以外的伯顿私立中学，在路上他本来想给朱方平的父母打个电话，手机都拿出来了，转念一想不妥。这对中国父母远在天边，他们不懂得英文，对美国的情况毫不了解，现在情况还没有完全摸清楚，如果贸然给他们打电话，只是徒增他们的担心，对事情并没有什么帮助。于是他压下了给朱方平父母打电话的念头。

一个半小时后，亦然到达伯顿私立中学，下车后直接来到学校办公楼，找到伯顿的教务长史密斯，这之前因为接洽担任朱方平 Mentor 的事，两个人见过面，史密斯在他的办公室接待了他。

"陈先生，您好，情况是这样的……"根据史密斯的叙述，亦然大致了解了朱方平违规事情的来龙去脉。

按照伯顿学校的传统，每届十年级的学生都要出席由学校出面举办的一次正规晚宴聚会，称为 Formal，这个活动其实是美国私校试图培养孩子们在进入成年之前能掌握社交礼仪的基本规矩。依照 Formal 活动的惯例，每一位十年级的学生都要正装出席，男生穿着黑色燕尾服，系领结，穿黑皮鞋，女士则是晚礼服打扮，正规晚宴妆容。不仅如此，男生还需要事先以正式的方式邀请一位同为十年级的女生作为自己当天晚上晚宴和聚会的伴侣，在女生接受邀请之后，男同学要在Formal活动开始前，手持鲜花到女生的宿舍楼前正式邀请女生赴宴。从学生宿舍到位于镇上的Formal晚宴地点大概是2公里的车程，由学校委托第三方机构承办，因为这是正规的社交活动，每位男生都必须提前预订好礼宾车，搀扶女士上车前往宴会地点。当天晚上的活动包括简单的主持人致辞、正规的西式晚宴以及餐后舞会。

问题就出在一开始的邀请环节上。朱方平本来想邀请同班的一位白人女生朱丽叶做自己的Formal晚会伴侣，对方一口拒绝了，而且朱丽叶说了一句很难听的话：我只和长得帅气的男士约会。这样的回绝当然很深地刺痛了朱方平。Formal活动举办时间是这个周五晚，今天是周四，昨天晚上，朱方平从图书馆晚自习回来，走在校园人行道上，无意中看到朱丽叶四仰八叉地躺在人行道旁的草地上，一头散发，脚上的高跟鞋丢在步道上，上衣的衬衫扣子也掉了，露出半截粉色胸罩，一身酒气，完全是一副醉酒的模样。在朱丽叶躺着的草地边上有一瓶喝了一半的威士忌。只见朱丽叶在地上自言自语念叨着："你不要我了，你就是要看我出丑是吗？王八蛋，你个dickhead。"朱方平站着听朱丽叶醉醺醺地自言自语，大致明白了，这个朱丽叶原本约了一位她认为很帅气的白人男同学一起参加周五的晚宴，那个男同学临时放鸽子把她甩了，这一来她就没有了着落。因为到这会儿，几乎所有男女同学都找到了自己周末赴宴的异性伴侣，这种情况下，朱丽叶很有可能落单，她本来是一个心高气傲的女生，这对朱丽叶来说显然是一件很没有面子的事。

眼前卧地说胡话的场景让朱方平觉得好玩，他有一种出了一口恶气的痛快，于是从口袋里掏出手机啪啪啪拍了一小段视频，直接发到脸书上，还写了几句带发泄口气的英文：小妞，谁让你张狂！看你这副没人要的样子，即便脱光了也不会有人理你，你就是一个烂货，解气！就是这段视频给朱方平带来了麻烦。

视频获得几百个点击浏览，基本上都是本校学生，第二天上午，校方知道了这件事情，立即下令朱方平删除视频，但事情并没有因此结束。在学校看来，这是非常严重的学生违纪事件。伯顿中学作为一所百年私校，有着良好的口碑，它对于学生的品行操守有严格的规定。在未经本人或者其监护人同意的情况下，擅自发布这种涉及未成年人的不雅视频和照片，而且还带有挑逗侮辱的语言，这种行为严重违反了学校的学生行为规范，必须给予严惩，教务长倾向的意见是应该给予肇事学生开除学籍的处理。

史密斯向亦然解释道："陈先生，你想必知道，我们并不希望这样的事情发生在这位远道而来的中国学生身上，但是伯顿私校的校董会长期以来对所有学生的品行操守有非常严格的要求。100多年来，校董会一直认为，我们的知识教育和品德坚持两者缺一不可。这个事情如果不严肃处理，恐怕我会丢掉饭碗。"

亦然明白朱方平这次是闯了一个大祸，而当事人自己并没有意识到。小家伙只是觉得好玩，出一口恶气而已，但他不知道的是，在美国人的观念中，暴露未成年人的隐私，尤其是那种带有裸露画面的视频，是一件大事，校方如果一定要从严追究的话，无论怎么处分都不为过。想不到朱方平万里之遥前来，刚刚入学美国不久，就遭遇了这么一件大麻烦事。

从教务长史密斯的办公室出来，亦然去了朱方平的寝室。小家伙一副沮丧的模样，蜷缩在自己的床铺上。他显然是被这个突如其来的打击整蒙了，怎么也想象不到发一个短短的视频会给自己带来这么一个弥天大祸。亦然向他了解了一下事情的经过，跟教务长史密斯所说的大致相同，他只好先宽慰对方说："先平静下来，我会帮你尽量往最好的方向争取。"同时叮嘱朱方平："先不要告诉你父母，免得他们担心。更重要的是，我作为你的 Mentor，一定要你记住：哪怕天塌下来，你也得站着去顶。缩头、沮丧不是一个男人的做法，既无法改变现状，摧毁的也只是自己。"

当天晚上，亦然在镇上的一家 Motel 登记入住。今天和史密斯见面的时候，亦然希望校方能针对如何处理朱方平的违规事件召开一次听证会，亦然将作为学生的监护人参加。史密斯倒是很配合，当即答应。在他看来，如果借助亦然作为监护人的提请由听证会做出处理决定，可以避免日后校董会的追究。他知道亦然专门从纽约过来一趟不容易，很快安排了第二天早上11:00召开一个由学校各方代表参加的专题听证会。亦然整个晚上都在 Motel 客房里上网搜索相关案例和处理结果，力争为朱方平寻找最为有利的解决方案。

次日上午11:00，听证会如期召开。参会人员包括两名董事会成员，一位本地巡回警察作为外部独立意见代表，两位学生家长代表，以及校长、教务长和陈亦然。史密斯首先介绍了朱方平这件事情的大致经过，随后说："鉴于这件事情违规的严重性和对这位女学生客观上造成的伤害，同时严重违反伯顿私校的校训和学生守则，校长和我初步的意见是建议对朱方平给予开除学籍的处理，也请陈亦然先生作为朱方平的 Mentor 和监护人，代表朱方平在本次听证会上做陈述。"

"谢谢各位。"陈亦然昨天晚上整整忙乎到凌晨3:00，他手上已经提前打印好了厚厚的一大摞材料。这就是多年从事投资行业的好处，事先把能想到的每个环节都准备好，同时把所有材料都携带到会随时可供参会人员查看。他以一种类似听证会律师的专业口吻说道："我们在讨论如何对朱方平先生错误行为做惩罚处理的时候，需要综合考量实施动机也就是出发点、所造成的后果以及当事人主体三个方面。就这件事情而言，我们从这三个维度来分别讨论一下。动机，朱方平在这之前的确和这位女学生有过不太愉快的交集，他几星期前邀请该女生做晚宴伴侣的时候被后者用恶意的语言拒绝，这一点我们有充分证据，这就导致朱方平心里有一些不满情绪，是一种泄愤。我们不否认朱方平视频发布给朱丽叶带来伤害，但我们也应该清楚这个行为并非无缘无故。从一定程度上，我们可以把它解释为一种自我防护，不过是过度的自我防护。关于后果，这段视频是在脸书自媒体上发布的，显然对女生造成名誉的伤害。但因为学校很快发现并及时制止，所以这个视频的扩散范围是有限的。据我所知在学校出面要求之后，朱方平当即把这份视频从脸书上撤了下来，几百个点击浏览几乎都是本校十年级的同学，校外人员，包括女方父母在内并未看到这则自媒体消息，所以这个负面扩散的影响，总体上讲还是有限的。"

"我想陈述最重要的是第三点。"亦然昨天晚上自己在 Motel 客房里预演了好几遍，他觉得下面这个角度是最有可能打动听证会代表的，"我要特别提请各位注意这个事件的当事人主体的身份背景和年龄。讨论惩戒不能一概而论，成年人违规和未成年人犯错是不同的两种处理办法。大家都知道朱方平同学是一位海外留学生，刚刚到美国才 3 个月的时间，当然他从小接受过英文教育，在语言的交流和理解上是没有问题的，我们不能说因为他是海外学生，不了解美国文化下的行为规则而任其随意，但我们也必须明白，因为文化的不同，同一件事情在不同的环境下，人们的价值观是不一样的，就像在中国，很多地方人们至今还可以合法地食用狗肉，而杀狗行为在美国则是违法的。我们当然要求所有在美国上学和生活的海外学生都遵守美国法律、美国文化和学校守则。但是客观上我们也得考虑甚至理解对方在文化认知上的差异，他们的一些行为是不可能用几天时间就彻底调整过来的，打一个不太恰当的比方，各位可能喜欢中国饮食，但如果每天都让你们只能吃中国炒饭，估计用不了三天，你们的胃就接受不了了。关于当事人还有更重要的一点需要考虑，那就是这个事件的违规人朱方平，他本人也是一名未成年人。我们的法律对于未成年人的处理，历来都比对成年人的处置要轻微得多。哪怕就像性侵犯这种特别严重的犯罪行为，在美国，任何针对未成年人的性侵犯，其惩罚都是非常严厉的，但是也有一个法律上的通融空间，那就是如果实施侵犯的主体本人也是未成年的话，可以减轻甚至免于法律追究。那么同样的道理，我们讨论这个视频事件处置的时候，也应该考虑到实施的主体本身是未成年人这样的事实。基于上面的几点陈述，我认为如果学校直接给予朱方平同学开除学籍，这样的处理显然是处罚过重。"

陈亦然做完陈述后，代表董事会的一位白头发老年董事和学生家长代表分别就事件经过又做了一些问询。10 分钟以后是闭门投票决定处置结果的时间，按规定流程，亦然必须离会回避。亦然走出会议室，到外面走廊从饮料机扫码买了一听饮料，静候结果。

15 分钟以后，教务长走出来将陈亦然叫回会议室，听取本次听证会做出的处理决定。那位花白头发的董事宣布说："陈先生，听证会最后的决定意见是：驳回学校关于开除朱方平学籍的提议，决定给予朱方平同学为期 10 天的在校监禁惩罚。"

教务长接过话解释道："在校监禁惩罚的具体做法是：今后 10 天，朱方平同学除了上课，其他时间都必须到学校教务处报到，在我本人或者教务处其他教职人员的监视下读书学习，不可以从事任何其他活动，每天晚上 11:00 才可以返回宿舍睡觉。此外，他必须在今后 30 天内参加 20 个小时的校内义务工作，具体由我负责安排并跟进。"

"您如果同意这个处置意见，请您作为朱方平的 Mentor 和监护人在这份处理决定上面签字。"白发董事把一张手写的处理意见稿递到亦然面前。

亦然拿起笔来，在上面签了字。

65

深圳，萨维尔办公室

近期有消息传来，欧梅亚公司表示它们有兴趣收购萨维尔，同时给出了详细报价。欧梅亚公司是全球护肤品行业的巨头，仅仅在中国大陆年销售就超过 300 亿人民币，过去 10 年，欧梅亚采取的是现有品牌销售发展和收购兼并本土新兴品牌的双轨策略，陆续并购了 10 多个国内品牌。

对于不期而至的欧梅亚公司收购邀约，萨维尔董事会展开了激烈的讨论。自从上次新月投资合伙人姚明杰被亦诚投诉清退以后，新月基金指派了一位新的合伙人出任萨维尔董事，新董事名叫 Gorden，是从美国留学回国的，Gorden 比起他的前任更了解消费品行业，与亦诚在董事会上的沟通也比较顺畅。两次董事会的讨论下来，几个投资人比较倾向的意见认为还是出售为好，如果按目前欧梅亚公司的报价，每位投资人大致能拿到 80% 的回报。这对于投资早期创业的风投公司来说，算不上是一个好的回报率，但是几位代表投资方的董事主要考虑到如今国内线上用户的拓展成本持续上升，如果继续自主经营的话，目前 80 万左右的活跃用户基数还是太小，如果想要达到一个可以形成初步竞争壁垒的体量的话，以年销售额 4 亿—6 亿测算，萨维尔用户的数量至少还得拓展两倍，这样算起来还需要很大一笔资金用来获取新用户，这些钱从哪里来？只能靠融资。再往后，融资势必涉及股份稀释，如果要求现有投资人再往里投钱，每家机构都不太愿意在单一项目上投入过大，毕竟早期风投的资金量有限，更喜欢分散投资。那么就得考虑引入新的风险投资机构进来，这必然导致将来董事会人多嘴杂，不好管理。权衡下来，几家投资方的意见倾向于整体出售，落袋为安，拿钱离场。当然，亦诚以及他所代表的萨维尔管理团队拥有过半数的董事会票数，因此最后的决定权仍然掌握在亦诚手上。

　　面对目前的局势，亦诚不由得想起以前和 Andy 聊天时说过的养人和养猪理论。不论是年轻缺乏经验的菜鸟级创业者，还是见多识广的牛人企业家，当他们创办一家企业的时候，无一例外地都是抱着一份信念和激情，是养孩子的心态，对于所要从事的项目有着发自内心的喜爱。而投资人找项目注资，说白了就是养猪。孩子长大过程中，父母有感情有倾注有诸多不舍，而养猪的心理就简单得多，猪长大了就得卖掉挣钱，获得利益后再去寻找新的猪仔。创业者和投资人在企业发展过程中结伴同行，既惺惺相惜，又各有主张。在企业顺风顺水的时候，大家通常都很默契，偶尔的意见相左大多集中在发展速度的界定上，投资人如果需要让公司升值更快，往往希望有更快的增长速度。而一旦企业出现业绩下滑，竞争态势恶化，这种时候两边的分歧就变得明显，投资人喜欢压低速度，减少开销，等待新的机会，或者干脆低价卖出，认赔离场。而创始人往往更愿意坚持，通过调整、转型、另辟蹊径等方法继续生存下来。说到底，任何一个项目对于创始人来说几乎是百分之百的身心投入，对于投资人来说只是百分之一的成败影响，所以彼此的关注程度大不相同。

眼下这个来自欧梅亚公司的收购邀约，让亦诚有些纠结。一开始决定回国创业做这个项目，他的出发点有两个，一是摆脱伊琳娜意外离世的阴影，二是希望能验证自己创业的梦想。亦诚知道自己从小对于财富本身没有特别强的占有欲，更多是一种兴趣爱好和自我能力的证实。不爱钱的人做企业很难走得太远，很难把企业真正做大做强，这一点亦诚心里很清楚。创业是多年来自己一直想做的一件事，如果不去付诸实现，他会有一种遗憾，特别是上回那个"柔软的太阳"意外夭折，给他带来不小的打击，如果他不能在摔倒的地方爬起来的话，势必将在他一生的经历中留下一个很大的阴影。

两年多来，萨维尔的总体发展超乎自己初始的设想，无论是增长速度还是已经形成的市场口碑，这期间虽然有过几次不大不小的曲折，包括上回法国加工厂的产品差错和几款不太成功的新品投放，但瑕不掩瑜，从管理团队到投资方对于萨维尔的成长整体是满意的。不过如果还要一直坚持往前闯的话，亦诚越发觉得有一些力不从心，除了资金方面的需求以外，更多的顾虑来源于自己，亦诚对自己能否驾驭这艘快速成长的航船继续前行，心里实在没有把握。在与蒋勤勤的交谈中，他打了一个比方，想象他自己是开船的，他原本的知识和能力只是驾驶一只小船行走在没有大风浪的内陆小河，现在突然间让他去驾驶一艘几千吨上万吨的远洋巨型轮船，他不可能在这么短的时间内练就这身本事，这其实是很多创业公司创始人的瓶颈，只不过很多人或者过分高估自己或者不愿意承认罢了。许多创业型企业在走完从零到一这个阶段以后停滞不前，市面上几十年面貌依旧的小企业到处可见，本质上恰恰是创始人、老板的能力制约着企业的进一步发展，这一点亦诚比其他创业者看得更清楚，这也归功于自己对金钱物资不那么在意的性格。但是现在把辛辛苦苦一点点从零开始做起来的品牌拱手卖给一家跨国大公司，他心里是舍不得的。抛弃所谓情感方面的因素不说，亦诚相信每个品牌都有自己独特的个性，如果并到大公司里，很有可能这个新品牌将被束之高阁，因为跨国公司在意的是市场份额，只要把潜在对手收购下来，保护住自己的市场份额，对于跨国公司来说，它收购的目的就达到了，至于某个新兴品牌能带来多少销售，它们并不是很在意。这方面的先例层出不穷，最经典的例子就是曾经有一个在中国市场占有主力销售地位的国产品牌宝丽护肤霜，被欧梅亚收购以后，就彻底从市场上销声匿迹了，它们很巧妙地在收购以后通过推出同类产品的方式，把原先宝丽产品的用户转移到欧梅亚公司旗下一个和宝丽护肤霜类似的产品上面，然后把宝丽这个收购进来的本土品牌雪藏起来。作为萨维尔品牌的创始人，亦诚觉得这是创业者的一个悲哀，他自然希望自己的品牌能够继续活跃在市场上。另外，亦诚还需要考虑如何对管理团队和公司所有员工有所交代，虽然说自己占有大股东的地位，但是公司跟着他一同创业的几十号人，过去两年多大家都是拿着每个月 6000 块钱的基本生活费在拼搏一份未来，不能要求员工都一直这么以画饼充饥的方式支撑。如果出售萨维尔，大家都能够获得一些货币化收益，这也算是当老大的自己给团队每个人的一份交代和回报。

亦诚来来回回想了好几天，依然没有拿定主意，这天傍晚和蒋勤勤在公寓楼下散步，勤勤问他有没有和 Andy 联系过，这句话突然点醒了亦诚。"我怎么没想到和他聊聊？"一年多前，自己曾经热心邀请过 Andy 加入，后来没有成功，对方表示希望过一份安稳的生活。但是现在情况不一样了，萨维尔公司已经比一年多前的规模大了许多，目前能够给出足够优厚的条件，而且 Andy 本人就在欧梅亚上班，这是一个难得的有利条件，更重要的是，如果 Andy 能够进来……亦诚脑子里闪过一个新的合作方案。

亦诚决定动身去一趟上海，就这件事情跟 Andy 再好好聊一下。

66

上海，虹桥机场到达层咖啡厅

上海虹桥机场，到达层出口。

Andy 在到港出口处迎接陈亦诚，稍事寒暄，亦诚表示自己计划当天返回深圳，建议两人就近找一个地方坐下来聊聊，不再乘车进城，以便节省时间。Andy 依了亦诚的打算，领着客人来到机场迎客大厅里的一间咖啡屋。

"Andy，"双方落座后，亦诚开口问道，"最近你们欧梅亚在和我们公司接触谈并购的事，这个你知道吗？"

"我只是听说有这回事，但具体情况我是一点都不了解，你可能不晓得，我们这种跨国公司部门与部门之间的分工很细，再加上有很多清规戒律，通常也不允许我们打听我们不该问的事情。"

"这个我完全理解。"亦诚摆了摆手，"我今天找你来，不是打探消息的，一来是叙旧，二来想听听你的看法。你不用透露你这边的什么底牌，我估计你也未必知道，我是想请你跟我谈谈你是怎么看这种跨国大公司的并购邀约的。"

Andy 听懂了老友的意图，斟酌片刻后说道："我的看法不一定对，毕竟我不在其位，无法从你作为企业创始人的角度考虑问题。就整个行业而言，护肤品的相互并购重组案子这些年数量逐年增加。在我看来可以从两个方面看，一方面作为创业公司，它们从一开始寻找到一个好的市场红利，义无反顾地切进去，这种进入更多的是凭直觉，而不是真正的市场研究，所以它们要么撞得头破血流，要么迅速闯出一条新路，见效快是基本特点，1—2 年就有个大致眉目了，或许挂了或者浮出水面，这恰恰是像欧梅亚这种跨国企业做不到的。它们的决策树很长，要想进入一个新的领域，或者创立一个新品牌，从立案、讨论、市场可行性调研到最后总部的大老板拍板通过，没有两三年的时间流程根本跑不完。在今天互联网时代，两三年时间情况都大变样了。你是做电商的，你很清楚10年前电商是PC电脑电商，5年前是移动电商，从我的营销专业说，3年前，电商靠微信自媒体，现在靠直播，靠网红带货，这种行业红利点不断变化，市场热点营销手段瞬息万变的场景，远远不是大公司那笨重的身躯能自如转身追赶得上的，这恰恰给很多像萨维尔这样的创业公司留下了宝贵的空间，但是从另一方面讲……"Andy的手机响了，他按下拒绝键，回复了一个正在会议中随后再联系的短信，然后把手机放到桌上，继续说："如果想把一个新的护肤品牌做强做大，绝大多数创业公司都很难跟这些跨国大企业相抗衡，它们的研发能力、全球整体化的市场营销策划，它们的品控，以及最重要的流程化管理，能够在最大限度上保证一个护肤品牌的稳步和持续发展，而不像很多创业公司品牌一阵风，可能借助自媒体微信大号传播，或者合作几位网红宣传一下，立马卖出几千万，但是没有持续性，顾客也未必记住你的牌子或者你的识别符号，进而产生具有忠诚度的持续购买。所以在我看来，创业公司在护肤品行业完成零到一初始阶段以后，一到十这个进一步完善发展时期不妨考虑以某种形式借助跨国公司或者大公司的力量。很多时候不是非此即彼，寻求双方共赢应该是一个更好的思路。"

亦诚点头表示赞同："假如你处在我的位置，你会有什么选择？"

"这个假如的前提本身就不存在，就是英语表达时的虚拟语态，"Andy把杯子里的咖啡喝完，继续说，"对于创业公司来讲，需要考虑独自往前走还能不能保持过去几年的高增长速度，后续资金的补充能力。当然，如果出售给跨国公司的话，溢价空间如何。对跨国大公司来说，它们对新品牌的收购本质上就是支付机会成本，从而获得充分的市场份额，进而巩固自己的行业地位。"

"你这个分析很有道理，到底是在大公司磨炼出来的，想问题就是比我有高度、有概括性，很多创业公司走出从无到有的第一步，但很快死在从有到好的第二阶段。"

Andy招呼服务员给两人各添了一杯咖啡，接着说："我估计很多创业公司的创始人都有一种抚养小孩的情怀，这个养孩子的比喻你以前和我说起过，我印象很深，我同意你说的，没有一份特殊的关爱，创业公司根本无法破土而出。不过做企业也不能一味地靠个人直觉、靠创始人的感性。大家都想一门心思地往前走到底，可是你比我更清楚，从零到一创业公司能比跨国公司走得好，但从一到十无论在用户运营、市场推广、产品把控还是在企业管理各方面，创业公司跟跨国公司比差距还是很大的。既不能过于自卑，觉得一碰到大公司就害怕和对方抗衡，也没必要盲目自信，看人家怎么做都不顺眼，总感到自己天下第一，其他公司都不在话下。当然论创业我不如你有亲身经验，但我认为生意场上很多长项和短板其实都是阶段性的，没有永远的优势。"

亦诚点了点头，Andy 考虑问题的结构性思路正是萨维尔十分需要的。

"是这样，Andy，"亦诚又做出双手合十托举下巴的招牌式动作，"萨维尔卖或者不卖给欧梅亚，这个问题我们董事会反复讨论了多次，当然决定权在我，我想来想去觉得两个方案都不理想，我今天想和你探讨第三种方案。"

"难不成你要找人接盘？"Andy 略感意外。

"正是，而且这个接盘侠只能是你。"亦诚直接把结论告诉对方，"我的想法是把我现在的位置让出来，公司聘请你担任 CEO 兼总裁，全面负责公司的所有业务，一年以后，董事长的位置你也一并接过去。先说说待遇，薪资按目前 C 轮创业阶段的市场行情，这个我们回头找一家猎头给个建议，重点是股份，公司给你 3% 期权，从员工的期权池里面拿，这个期权分 3 年行权，另外我本人赠送你 5%，这个部分从我个人股份中划拨，不涉及其他人也不做任何稀释，这个 5% 即时有效，你进来当天就生效。公司目前的市值你是知道的，欧梅亚开出的收购价格可以让你有个参考。我相信这个 3% 加上 5%，8% 的股票从经济价值上算，够你在外资企业干大半辈子的收入了。当然这只是前提条件，不是唯一吸引你的地方，我觉得萨维尔这个舞台发展到现在这个阶段，已经有足够的空间让你长袖起舞，可以充分施展你的能力和才华。"

"假设我接受你的邀请加入，你将怎么回复欧梅亚的收购邀约呢？"Andy 问道。

"这个我们一起讨论，如果你接手，这将是我深度介入公司管理的最后一次，从此以后我不再干扰你的决定，You make the call（你拥有经营决定权）。"亦诚希望好友能放下包袱，他不希望出现有些创始人表面退出实际上还在幕后操控的现象，这也是为什么他提出把董事长的位置一并交给 Andy。"萨维尔发展到现在，我担心的其实并不仅仅是后续的资金问题，只要我们有足够好的增长曲线，我有信心能够做新一轮融资，你知道我父亲我哥哥他们都是做投资领域的，这里面有不少所谓的窍门可以借鉴。我现在最担心的其实就是管理的问题。管理一直是我们的短板，尤其在过去这一年越发明显，公司从我开始，所有管理层人员都具有两有一无的三大特点，这是我们在内部管理年会上总结出来的：有年龄资本（年轻）有足够干劲（激情）但没有受过任何正规的管理训练（个体土包子），凭着这个两有一无，我们走到今天没问题，再往前就会迷路。如果你过来接手的话，你有这几年大公司管理经验的基础，了解护肤品行业，你本人营销专业出身，以前也当过创业项目的联合创始人，这些是最理想的条件。只要解决我们内部管理的短板，我就有足够的信心独立坚持再走下去。我们接下来有若干个选项，我把它们统称为 C 方案，我们可以和欧梅亚谈战略创投，也可以寻找外部资金。"

"融资这方面我不太懂，你能否解释得具体点？"Andy 很认真地询问。

"没问题，这个我们一起走一次你就完全清楚了，不是什么高难度的事。"亦诚解释道，"我们的首选方案可以跟欧梅亚公司说，对不起，我们不准备把品牌出售给你，但是我们愿意请你以战略合伙人的身份进来。"

"战略合伙人？"Andy 似乎有些不明白。

"这就是一个好听的名称，主要是针对非风险投资机构的投资方，例如欧梅亚公司，因为它们除了资金，更重要的是有我们感兴趣的资源。具体地说，我们可以向欧梅亚出让 20% 的股份，对方成为萨维尔公司股东，我们共同发展。欧梅亚拥有的这 20% 股份价格按照现在公司的估值，这个可以比照它们已经发过来的收购邀约，或许金额有点小调整但不影响大局。作为战略合伙人，我们不需要欧梅亚全额以资金的方式注入，它们可能只需要比如说一半，即 10% 股份以现金的方式注资，另外 10% 用欧梅亚的资源来置换。它们有很多资源，我们最感兴趣的是它的客户资源，它们在中国大约拥有 1500 万活跃用户，我们可以从这 1500 万活跃用户中选取与萨维尔产品用户特征最为匹配的 200 万人，这通过后台筛选很容易找出来，我们让欧梅亚以这 200 万用户作为非货币化的资源投资。这样对欧梅亚是一个额外的资源变现，等于它只需要花 10% 的货币成本就获得我们萨维尔 20%的公司股份，跟其他潜在投资方相比，欧梅亚公司以战略投资人的身份节省了一笔现金，等于把它的用户资源做了一个二次变现。对于我们来说，一下子获得 200 万用户资源，有助于我们实现快速飞跃，获得这个时间优势，我们能够一下子把我们产品的用户基数上升几个档位，迅速建立我们在新兴品牌上的竞争壁垒。"

亦诚的设想显然打动了 Andy，他感叹道："亦诚，你这个想法太高明了。你几次都说我在管理方面比你强，其实也就是经过这两年多的历练，我比你见识的多一些。但是像这种股权结构层面的战略型思考，显然就是你作为一家公司创始人才能拥有的胆识和才华，这方面我远不如你。"

"所以我们哥俩有十足的互补，加上彼此的信任，如果没有这个基础，我也不敢轻易地把这摊子交出去。不管怎么说，当年'柔软的太阳'的确失败了，我们这一次一起把萨维尔努力做好，算是我们都能弥补心里的缺憾。"亦诚以十足诚恳的语气说道。

"你的话我听进去了，而且的确打动了我，你容我回去跟太太商量一下，总体上来讲，我有兴趣 on board。"

"太好了，哥们儿！"亦诚高兴地站起来，伸出拳头捶了一下 Andy 的前胸。

一个星期后，Andy 正式与萨维尔公司签订了聘用协议，随后亦诚提名 Andy 以新任 CEO 身份加入董事会，在接下来的董事会上，亦诚提出了自己的方案，邀请欧梅亚公司以战略投资人身份加入萨维尔，公司以获取现金和资源交换方式出让 20% 股份。经过几轮艰难谈判，最后确认的是 8%+12%，即欧梅亚公司支付 8% 现金，其用户资源折价 12%。亦诚和 Andy 都认可了这个让步，毕竟对于萨维尔来说，取得快速发展的机会价值，远远高于现在多收入一点现金投资。同时考虑到借这次战略融资机会适当改善公司内部的员工福利，亦诚提出并经董事会同意，本次欧梅亚公司现金购买 8% 萨维尔股份，其中的 3% 用于兑现员工已经行权的部分期权，合计相当于人民币 1500 万，由符合条件的 45 位萨维尔公司管理层及员工按不同期权比例兑换现金。

67

陕北，洛川县蒋家河

聘用 Andy 的决定在董事会顺利获得批准，陈亦诚接下来和欧梅亚公司跟进对方后续投资的资金入账和资源置换的一些细节，这是亦诚在离开萨维尔管理岗位前所做的最后一件事。

经过几轮的融资稀释，目前陈亦诚拥有萨维尔公司 38% 的股份，他将自己名下的股份做了以下处理：

一次性以 1 元价格转让 5% 股份给新任 CEO Andy；

分 4 年向公司管理团队无偿赠送 8% 股份；

一次性以 1 元价格转让 5% 股份给蒋勤勤；

以公司现有估值 50% 的现金折扣率出售 5% 股份；

以上各项累计，陈亦诚减持股份 23%。

其中 5% 的现金折扣价内部出让股权部分由内部股东自愿购买，因为各位投资方股东都感兴趣，最后决定欧梅亚公司、新月公司和其他两家风投机构按各自的占股比例摊购这部分股权，通过这项股权内部出售，亦诚获得了200万美元现金。上述这一系列操作之后，亦诚如今只拥有公司15%的股份，但是他和以Andy为首的管理团队，作为A类股票拥有方，仍然占有绝对的投票权，这个A、B股份不同投票权的安排是一开始就商量妥当并写入公司章程的，目的是保证管理团队对公司决策的话语权。

除了忙乎这几件事情，亦诚这段时间脑子里一直在盘旋着一个问题：从公司管理岗位退出来之后，下一步做什么？为此，他和蒋勤勤两人来来回回商量好多次了，勤勤在半年前就已经搬到亦诚的公寓居住，现在两人出入成双成对的，俨然是密不可分的两口子。

接下来是五一小长假，亦诚提议，陪勤勤回她的陕北老家看一看，顺便也当着勤勤的面，向他父亲提亲。对于这次出让股票拿到的200万美元现金，亦诚计划拿出100万美元在深圳买给自己和勤勤一套公寓住宅。剩下的100万美元他准备拿50万送给母亲，毕竟这么多年从上学到创业，父母为自己花了不少钱，这也算是一个小小的回馈。另外50万美元折合人民币大约340万，他想趁着这次去勤勤老家的机会，帮忙安顿好勤勤的父亲蒋宝山和她弟弟，此事他请勤勤大致合计个方案。按勤勤的想法，她希望在老家镇上买一套房子，供她父亲和弟弟居住，陕北偏远地带小镇上的房价不高，100万人民币就可以买到三房两厅的新楼房，剩下的钱存定期存款，每个月的利息作为他父亲的生活费。对此，亦诚没有任何异议："这是用来安顿你父亲和你弟弟的钱，你做主就行。"

4月29日一大早，亦诚和勤勤从深圳乘坐民航客机飞往西安咸阳机场，再经过两次公共客车中转，终于来到位于洛川县蒋家河的勤勤老家，这是一个典型的陕北山沟沟。虽然此前无数次在电影里看过，也读过相应的介绍，但是当亦诚第一次直接面对这黄土高坡场景的时候，还是很震撼。一垄一垄的山脊，三三两两的羊群，顺着山坡往里挖凿的窑洞依次排列，窑洞门口挂着一串串玉米和一排排红辣椒，每家每户的前院墙根四周都堆满了烧炉子用的干柴。

"来，亦诚，你肯定没吃过这些。"勤勤父亲蒋宝山和她弟弟以及亦诚、勤勤四人围坐在他们家窑洞外头院子的圆桌前，勤勤招呼道。这是到达蒋家的第一顿晚餐，勤勤特地交代她父亲准备了一桌地道的陕北农家家常饭，有棒子面粥、小米面窝头、两碟咸菜，外加腊肉炒土豆片，最后这道菜是当地人家常用的一道招待客人的硬菜。

"最近身体好一些了吧？"亦诚问候蒋宝山。

"挺好的，女娃定期给俺寄药，调理下来，现在那个哮喘已经好多了，最近俺也不怎么喝酒了，说老实话还是会喝，但开始有控制了，不信你问小弟。"蒋宝山怕女儿不相信，示意小儿子做证。

"他不会再像以前那样每天都喝得醉醺醺的。"弟弟在一旁证明。

勤勤开口说道："大大，接下来在镇上买房，这里到镇上也就10里地，平常如果闷得慌您还可以随时回来这个窑洞走一走住一住。但是我得跟您说好了，我是要装监控的，将来在镇上的新房和窑洞里我都要装上监控镜头，不允许您再有任何赌博，这个您可是跟我发过誓的，对吧？"

"是是是，再也不赌，再也不赌。"蒋宝山像是一个听话的孩子，不住地点头表态。

"哎，勤勤和小弟，你们二位给我一点面子，今天就让老伯破个例喝上二两吧。老伯我请您喝酒。"亦诚说着，从随身背包里取出三瓶五粮液，"这两瓶酒是送给您的，交给弟弟保管，他来控制您的酒量。另外这一瓶呢，我们四个人今天晚上喝了，提前庆祝老伯您的乔迁之喜，也庆祝我们四个人的团聚。"

"我去拿几个杯子。"勤勤站起来走进厨房，找出了几个满是灰尘的玻璃杯，在水池里仔细洗干净了，又用开水烫了两遍，才放到桌上。亦诚打开酒瓶，往每个杯子倒满酒，端起来："大家一起，干杯。"

晚饭后，几个人一起在村子周围转了一圈，回到窑洞就准备睡觉了，农村人睡得都早。

蒋家的窑洞分里外两间，外屋是炉台，有一张桌子、几把木头凳子，里屋是顺着外侧窗户的一长串土炕，里外屋子就用一个布帘子隔开。按照当地习俗，今晚四个人就睡在一张炕上，对亦诚来说这是一个从未有过的经历。陕北窑洞的土炕是一字形排列的，今晚睡觉从左到右依次排列的是勤勤、亦诚、蒋父和勤勤弟弟蒋壮壮。

"要是两口子想亲热怎么办呢？"亦诚在勤勤的招呼下洗漱干净，爬上土炕钻进被窝，咬着边上女友的耳朵轻声问道，蒋父和弟弟已经先一步就寝了。

"你这个大坏蛋，脑子里尽是这些不正经的念头。"

"那不亲热怎么办？乡下人总得繁衍后代对吧？"

"要不我喊我大起来你直接问他？"勤勤伸出手刮了一下亦诚的鼻子，陕北人管父亲叫大，阿大，这是亦诚今天过来以后才学会的。

"好吧，我这会儿不困，我们还是说说我们的正经事吧。"亦诚换了个话题，这个话题两个人过去一段时间已经来回聊了好几遍了，今天从深圳过来一路上都还在讨论。亦诚已经把公司管理交接给了Andy，下一步怎么安排自己，他和勤勤有两个想法。亦诚原本倾向于报名支边，就是去山区或者偏僻农村中学以志愿者身份当两年的中学教师，中学的课程除了语文以外，数学、物理、化学、英语他都能教，亦诚觉得这是他一直想体验一把的人生经历，如今在他20多岁这个年龄段，还未成家，又正好空闲下来，这是最好的时间段。勤勤并不反对男友的这个想法，只不过觉得没有必要花费两年的时间，那样过于漫长，仅仅是体验生活经历的话，可以安排半年也就是一个学期的时间就足够了。勤勤相比于亦诚更加务实一些，她觉得亦诚在辛苦创业几年以后，现在好容易有点空闲时间，应该趁着从公司退下来的机会，去读一个EMBA学位，也为将来进一步发展提前打个学业基础。EMBA学员几乎都是优秀企业家和公司高管，它和MBA最大的区别就是后者通常只需要两年以上工作经历，而前者对报考学员过往的管理经验或者创业履历有更加严格的要求，亦诚虽然很年轻，但他的经历符合申请条件。

"嗯，我认可你的意见，不过如果选择上学的话，你会跟我一起去读书，对吧？"亦诚侧过身来，面朝勤勤，很想把她拥入怀里，两位热恋中的恋人同炕而卧却要分开被子，他觉得很不习惯。

勤勤理解地伸出一只手在亦诚脸上抚摸着，略带羞涩地轻声问道："你就那么离不开我？"

"当然，上半身和下半身都离不开。"亦诚说着掀开被子就想钻进来。勤勤体贴地把朝向亦诚方向的被子掀起，从上面盖住了亦诚的被子，这样一来，被子底下的暗流涌动就不至于闹出太大动静。她知道亦诚希望自己陪同一起到国外读书，对她来说这固然是求之不得的好事，但她心里还是很纠结，自己过去上大学花了不少钱，如今有一份稳定的工作，现有的学历和知识也足够了，虽然说再去读书的话亦诚有这个经济能力承担他们两人的学费和生活费，但是她不想一味地靠男朋友花钱。

亦诚看出了勤勤的心事，他贴着女友的脸低声提醒道："如果你送我出国去读 EMBA，你继续留在深圳工作，我一不小心被哪个小妞给泡走了，那你的损失不就大了去了吗？你也知道以前深圳那个房地产公司老板念 EMBA 被十八线小影星脱了裤子的故事，前车之鉴啊。"

"流氓流氓，大流氓，"勤勤在被窝里岔开双腿紧紧夹住亦诚的腰部，"看你还往哪里跑？我有治你的妙招，我要在你手臂上刻一个文身：蒋勤勤专属。这样我看你还敢钻哪个小妞的被窝？"

"嗯，那还得中英法德多种文字的。"亦诚很应景地附和道。

"你还挺国际范的，那就依了你，再加上越南文和泰文，都刻上。"

"够狠！如果按照你的建议我们一起停下来去读书，我们就确定新加坡吧。"亦诚悄悄靠向勤勤，将脸埋到对方胸前摩挲着。按照他们俩原先对几个留学地点的商议，亦诚比较倾向于去新加坡，那是中国文化占据主流地位的社会，同时又足够国际化，官方语言是英语，汉语普通话也很普及，对勤勤来说可能更加容易适应，唯一的顾虑就是新加坡靠近赤道，全年都是大热天，生活方面或许有些不习惯。勤勤到现在为止还没有出过国，最远就到过香港，所以如果能够让她去新加坡读一个统计学的研究生，待上两年时间有助于拓展她的人生阅历。

"嗯，我都依你。"勤勤用手掌轻轻抚摸着趴在胸前的男友的脑袋，满是柔情蜜意。

亦诚嗅着心爱姑娘身上醉人的体香，有些不能自已："趁着今天在你老家的炕头上，我们就把这个事情定了，我同意你去念书的建议，我们一起去新加坡，你和我。"说罢，拱猪一般地一头钻进勤勤的罩衫。

"咦，痒痒。"勤勤一把紧紧地搂住对方。

土炕另一头，传来蒋家小弟轻微的鼾声。

68

龙海流传村，村头空地广场

从沈海高速公路临近厦门的九龙江大桥驶过，紧挨着河边有一个出口，开车由这个高速出口驶出不到 1 公里处，就是流传村。

这里是 100 多年前华侨企业天一信局开创的地方，也是一处著名的侨乡。天一总局 2006 年被国务院确定为全国重点文物保护单位，如今这个毗邻漳州郊区的村庄，成为著名的旅游景点，前来参观的中外游客络绎不绝。

流传村头有一片开阔的空地，这个位置当年是天一信局的广场，信局在这里举办华侨物资运抵后的分发，逢年过节的时候还不时请来戏班子为周围村民们唱戏，那时候是方圆几个村落最热闹的地方，如今这里只剩下一块空地。空地广场的中间，被临时性的工程围挡围了一个两米多高的圆圈。

95 岁的郭玉洁坐在轮椅上，由孙女亦舒推着，亦然、亦诚，还有孙子辈的两个堂兄妹和护理工翠花，6 个年轻人簇拥着郭玉洁朝广场中间围挡走去。闻讯过来的工作人员连忙上前打开围挡侧面的木门，礼貌地招呼一行人从木门走到里面。

围挡临时隔开的这块地方大约 40 平方米，中间挖了一个直径两米左右、50 厘米深的浅坑。原来这里正在准备竖立一尊天一信局创始人郭有品先生的雕像。郭有品先生150多年前从这里出发下南洋谋生，后来创办了服务华侨同胞的企业，为南洋侨胞运送物资回家乡接济亲人，同时交付华侨信件和汇款。郭有品将他的企业起名"天一信局"，这个名字源于董仲舒的《春秋繁露·深察名号》中的"天人之际，合而为一"，即"天道与人道，自然与人为合一"的信念。用"天"作为企业徽标，寓意天下一家，表达郭有品创办华侨信局的仁爱之心，并且从天一创办第一天起，就将"以信为本"作为天一的司训。近年来随着华侨历史的发掘和宣传，越来越多的人纷纷前来追忆古人的创业足迹，当地政府决定在流传村的中心位置竖立一座郭有品的大理石雕像。今天郭家几位后人前来，就是要为雕像基座举办一个奠基仪式。按照原先村里的想法，这个奠基仪式应该搞得隆重而有规模一些，可以邀请当地政商名流和乡民们参加，同时让媒体做一些宣传报道。郭玉洁很坚决地回绝了，她希望把今天的这个活动只限定在郭家后人，不张扬也不邀请外人。至于雕像落成之后的宣传活动，可以由村里和当地政府一同筹划。郭玉洁是流传村德高望重的老人，辈分高，声望也高，她的话举足轻重，于是村长就依了郭老太的意思。

一行人站到已经平放着基座的土坑前面，只见眼前土坑中间平放着一块长1米、宽48厘米的黑色大理石基座，这个宽度是有含义的，寓意着被祭奠人的阳间寿命，大理石上面镌刻着三行楷体文字：天一始祖郭公有品（1853—1901年）塑像奠基，曾孙郭玉洁率五代六代后人及流传郭氏族人同拜奠，干支癸卯年，癸亥月，戊子日，是日宜开光、动土、安葬。石碑前方放着几把事先准备好的铁锹。郭玉洁在孙子辈的搀扶下从轮椅下来，缓缓绕着基座四周走了一圈，说道："孩子们，今天这个仪式我特地留给你们几个年轻人，事先我交代好了，你们各自的父母都不要过来，为的就是有一个比较安静的场合让你们几个年轻人一起感受这个时刻。这个地方是150多年前你们的前六代祖先出发的地方。他那时只有16岁，身无分文，孑然一身，从这里走向南洋，走向世界，带给郭家后人，带给家乡，带给祖国的，不仅仅是财富，更多的是一种探险的精神，一份面对未知敢于求索的勇气和胆识。今天的时代当然跟100多年前大不相同，但是他的这份精神仍然是你们需要继承的。不仅仅你们的身体里流淌着郭家先人的血脉，还因为你们义务有责任让你们各自的一生，过得比你们的先人更加充实，更加精彩，能够做更多对社会有益的事情。现在我们在这里举办这个仪式，既是对先人的一份祭奠，对他们灵魂的悼念，同时也是对你们的一种鞭策。"说着，郭玉洁让站在她身边的翠花拿出早已经准备好的祭祀用品，包括一整只鸡、一盆寿桃、一碗米饭和一盘鲜果，外加两瓶白酒，恭恭敬敬地摆到地上。亦舒从随身的竹筐里拿出三个酒杯，帮助郭玉洁把白酒倒到酒杯里，一字形摆在祭祀供品前面。郭玉洁单腿跪地，颤颤巍巍地分别举起面前的三个酒杯，将杯中酒慢慢洒向土坑。这一串动作做完后，郭玉洁点着三炷香，双手合十，朝前做了三次叩拜，紧接着将三炷香插在面前摆放的香炉上。

随后，郭玉洁站起身来，从她轮椅的下方拿出一个精致的楠木盒子。那里面装的是郭玉洁外曾祖父郭有品坟地上的泥土、孙女亦舒从马尼拉带回来的郭玉洁外公郭和中在马尼拉华侨墓地前的一小包土，以及郭玉洁母亲郭月的骨灰。郭有品的墓地位于流传村后头的山坡上，"文革"期间破"四旧"被毁，现已无存。郭玉洁特意去了墓地原址一趟，从原址的土里挖了一抔土，和亦舒带回来的郭和中在马尼拉墓地的土混合在一起，同时把母亲郭月的骨灰一并放了进去。郭玉洁双手紧紧抱住这个装有三位先人生命痕迹的楠木盒子，禁不住老泪纵横，她那满是皱纹的手掌在盒子表面反复抚摸了好几个来回，才在几位孙辈的搀扶下，把楠木盒子轻轻放到基座的正前方。

这是孙女亦舒的主意。三年前，郭玉洁收到了来自新加坡金水事务所交付的外公郭和中1959年立下的遗嘱，其中有一项是遗嘱人希望有一天能够迁坟回葬于故乡，与郭和中的父亲郭有品相邻而葬。郭玉洁有些没了主意。一方面，她的外公郭和中亡故后安葬于马里拉华侨墓地，至今已60年，迁坟动土，势必惊扰亡灵；另一方面，家乡现在施行火化，家族墓地也早已不复存在。后来和孙女陈亦舒聊起这个事，亦舒出了这么一个好主意，郭和中墓地上的土壤也是亦舒从马尼拉特意带回来的。

把楠木盒子放置妥当后，郭玉洁老人拿出一个银质的圆形方盒和一把剪刀，她先从自己的头发上剪下一缕头发，再把剪刀递给在座的几位孙辈，让大家各自依次剪下一缕头发，放到这个银色的圆形盒子里。等到在场的每个人都做完这个动作，郭玉洁合上银质方盒，再将这个方盒放到楠木盒子的正上方。把这一系列动作做完以后，郭玉洁长长地舒了一口气，转过身来对围在两旁的孙辈们说道："好了，孩子们，你们的头发、我的头发，标志着我们大家的身体肌肤，都跟先人贴合在一起了。这就意味着你们会陪伴着先人的魂灵长久地栖息在这里。郭家先人也将会护佑和伴随你们的一生。孩子们，你们可能觉得我的这个做法象征意义大于实际意义，是吗？"郭玉洁停下话语，慈祥地望着边上的这6位孙子辈年轻人。这些人年龄最大的已经30多岁，年龄最小的才20出头，每个人的反应都不太一样，有人点头，有人不太理解地望着她。

郭玉洁深深吸了一口气，动情地说道："其实不是的。因为大凡追求物质的东西，说难很难，说容易也很容易，只要够努力，加上一点运气，大致都能够得到。而精神则是一份寄托，让人的一生过得坦然，不慌乱。我今天之所以要做这件事情，于我而言是寄托自己对先人的一份悼念，特别是过去几十年经历了那么多的风雨动荡，我的外公、我父亲我母亲，他们或者亡故于异国他乡，或者死后没有固定归宿，灵魂难以安宁，这始终是我心头的一块病。今天借着村里要给郭有品立像奠基的机会，我把装有他们生命物质的东西放到这里，对于我来讲是一种解脱，我之后的生活就会变得很轻松。同样地，对你们来说，这是一份血脉承袭的连接。祖辈的痕迹似乎距离你们已经很遥远，但是人生代代相传，当你们有一天老去的时候，你们也会惦念你们的后人，希望他们能忆起你们年轻时候的岁月时光，记住你们给这个世界留下的印记。所以今天我带你们一起做这件事情，意义将是久远的。从此以后，不管你们未来的经历顺利还是曲折，你们都能明白我现在告诉你们的这句话：人生有来处，凡事都心安。"说完这席话，郭玉洁拿起铁锹，铲起一锹土，往挖好的土坑中间填了过去，两旁的年轻人也纷纷加入，不一会儿，就把这块土坑填埋成整齐的平地。

人生有来处，凡事都心安。

说来奇怪，刚刚他们一行人走过来的时候还是大阴天，就这会儿工夫，等郭玉洁一行人收拾完毕，从围挡里走出来的时候，太阳正好露了出来。此刻晴空万里，天高气爽，眼前的九龙江河水从村头潺潺流过，河对面隐约可见茂密树林覆盖着的群山环绕，山峦起伏，最远处的山峰至高点若隐若现。微风轻拂着河岸上的荔枝树，树叶摇曳着，发出沙沙声响。阳光透过树叶的缝隙，投下斑驳的光影，映照出树干的纹理和树叶千奇百怪的不同形状。在远处的田野上，翠绿的庄稼随风起伏，如同舞动的波浪。湛蓝的天空上正好有几朵白云飘浮其中，像一朵朵雪白的棉絮。此情此景，勾勒出一幅恬静宜人的乡村风光画。

　　郭玉洁最后把目光停留在九龙江河道上，这是九龙江的一条河面不宽的支流，河水从这里流向厦门港，最终汇入太平洋。100多年前，天一信局的商船们从流传村口的这处小河出发，沿着顺江而行的水上通道，一直走向世界各地。这条面宽不到20米的乡间小河，连接着海洋和全球几大陆地，它像是一条永不停息的生命脉搏，日夜不息，持续有规律地跳动着。河水拍击两侧河岸发出阵阵声响，演奏着一代又一代流传人顽强的生命乐章。

跋

写完《流传》的最后一行，我这几年艰苦的文学创作生涯就暂告一段落了，于是不由自主地起身开一瓶罗杰斯红酒，怀着一股内心的兴奋，举杯庆贺。

对我来说，写作是一段富有挑战的人生经历。我的写作历程开始于2012年，从《我看电商》开始，陆续出版了《走出电商困局》《零售的变革》《电商的终局》等6本有关商业零售业的著述，后来承蒙编辑热心约稿，写了关于职场方面的分享《我看职场》，最后转向小说创作。《百年天一》《太阳花》《流传》三部曲始于2020年，那年的春节因为新冠疫情暴发，困居家中，于是开启了我的小说写作历程，今天完稿的《流传》是计划中三部曲的收官之作。

少年时代很憧憬作家的身份，那时候读高尔基、巴尔扎克、海明威的作品，被起伏的情节和引人入胜的文笔深深吸引，夜不能寐。长大以后，这个夙愿被雪藏了，进入管理行业，加入私募基金，到后来自己创业公司，忙的都是经营和为企业挣钱的事，直到10年前，才有机会圆这少年梦。

人们常说雁过留声人过留名，在我看来，"声"或"名"都免不了喧闹和功利，或许"人过留痕"才是一份最有价值的生命实践，虽然到最后，名也好，痕也罢，终将尘归尘土归土，转瞬而消失。人一生的生命轨迹，除了谋生让自己和家人能够生活有所着落以外，接下来无非就是两条路径：追求积累，或者尝试未知。前者让人为了更好地积蓄努力挖掘自己的特长，越做越顺手越驾轻就熟，从而收获更优异的成就、更显赫的社会地位，赢得周围人更高的认可。而后者，则通过不断探寻新的未知领域，让自己走出舒适区，在每一个新的陌生地带体会生命的价值。我自己想必属于后者，60后生人，小时候，父母在"文革"期间被关牛棚，我中学毕业下乡务农，直至恢复高考。大学毕业后，经历过政府公务员、出国留学生、海外谋生者、职场高管、投资人、创业者、作家以及教师等多重身份。每一项经历，吸引我的都是未知领域的新奇和探寻过程的曲折挑战，我由此一次次体验生命的斑斓和岁月的价值。

《流传》这本小说高度贴近当下时代，它描述的是如今二十一世纪二十年代年轻人的职场生涯和价值观。与上一代人不同的是，互联网环境下的这一代跨世纪新人，他们在信息高度发达、中国经济快速腾飞的大环境下长大，新一代的华夏儿女与国际社会几乎无缝接轨，他们与西方发达国家的同龄人，无论在知识掌握、语言沟通，还是创新能力、执行效率各方面，都毫不逊色，甚至大有超越的势头。以小说主人公陈家三姐弟为代表的新生代中国年轻人，哪怕他们身在海外，或者有些人已经拥有外国护照，血液里流淌的中国基因是不会改变的。他们在职场舞台长袖舒展，吟诵着一首首精彩动人的时代诗篇。

不少读者在网上留言说三部曲的前两部《百年天一》和《太阳花》情节描述与人物刻画很真实很鲜活，如果要说特点的话，我的写作态度就是尽最大努力去还原企业运作，去如实展现职场实况。真实是一切文学创作的基础，好在我的经历让我拥有这份优势，管理和职场曾贯穿我30多年的人生经历，从世界五百强，到本土传统企业，从领导数万人的大型集团，到与几十位年轻伙伴并肩熬夜的创业艰辛，我对商业经营和中外职场的起伏跌宕，有着远比其他写作者更直观更深入的亲身经历。我从不认为人际关系或者钩心斗角是商场及职场的主旋律，那是书斋里夸大出来的场景剧。商场和职场是一帮人在一起创造价值、创造财富的地方，虽然有些人或许情商不足有些吃亏，但那里毕竟是以结果论英雄的，网上可以读到很多杰出商界精英的经历报道，他们中有许多人并不擅长人情世故。在商场职场想要立足甚至脱颖而出，你如果做不出优异成绩完不成任务，再工于心计怕也是无济于事。作为过来人，我希望初入商场和职场的年轻人士不要被误导，不要把宝贵精力消耗在琢磨人际上面，更不用去理睬什么厚黑学什么PUA。每个人都可以给你意见，但你要看清楚，给这个意见的人，他自己的商场职场生涯是不是可圈可点的。认认真真做事，轻轻松松做人，这就是我多年企业管理和职场生涯的自我规范和座右铭。因为每个人都只能拥有那么些精力，在人际上面花心思多了，消耗的是你去创造业绩的体能和机会。

我的写作生涯先是聚焦于零售、电商、职场和管理，最后终笔于小说三部曲：《百年天一》《太阳花》以及这部刚刚完稿的《流传》。当我写完最后一行字的时候，心头不自觉地涌上几分伤感，仿佛在告别生命中如影相随的亲密伴侣。文学作品创作最激情澎湃同时也是最痛苦的事，就是你不知不觉地生活在作品人物的中间。

收笔之际，感谢无数微友、书友的热心支持，更衷心感谢家人的理解和鼓励，让我能把写作这么一件看上去枯燥乏味又不挣钱的事情尽最大的努力做完。稍作休息，容我开启下一段不同的人生探寻，祝各位读者书友在自己的领域取得更大的进步。

干杯！祝福我们共同的未来！

图书在版编目（CIP）数据

流传 / 黄若著 . -- 北京：作家出版社，2023.10
ISBN 978 - 7 - 5212 - 2375 - 0

Ⅰ . ①流… Ⅱ . ①黄… Ⅲ . ①长篇小说 – 中国 – 当代
Ⅳ . ①I247.5

中国国家版本馆 CIP 数据核字（2023）第 119202 号

流　传

作　　者：黄　若
责任编辑：赵　莹
装帧设计：意匠文化·丁奔亮
出版发行：作家出版社有限公司
社　　址：北京农展馆南里 10 号　　　邮　　编：100125
电话传真：86 – 10 – 65067186（发行中心及邮购部）
　　　　　 86 – 10 – 65004079（总编室）
E – mail: zuojia@zuojia. net. cn
http: // www. zuojiachubanshe. com
印　　刷：唐山嘉德印刷有限公司
成品尺寸：152 × 230
字　　数：306 千
印　　张：25.75
版　　次：2023 年 10 月第 1 版
印　　次：2023 年 10 月第 1 次印刷
ISBN 978 – 7 – 5212 – 2375 – 0
定　　价：58.00 元